BUR

Biblioteca Universale Rizzoli

BEPPE SEVERGNINI

MANUALE DELL'UOMO NORMALE

BURextra

ISBN 978-88-17-02637-6

Prima edizione BUR Extra: settembre 2008

Realizzazione editoriale: Studio Editoriale Littera, Rescaldina (MI)

www.rcslibri.it/severgnini

MANUALE DELL'UOMO NORMALE

Prefazione

Qualche volta penso di non aver scritto una dozzina di libri, ma un'opera unica, a puntate. Un lunghissimo libro sugli italiani: come ragioniamo, come viaggiamo, cosa mangiamo, come ci godiamo e/o ci complichiamo la vita; come ci comportiamo in casa e al lavoro, come giochiamo e quanto tifiamo, come vediamo gli inglesi e gli americani, come parliamo l'inglese e scriviamo in italiano.

Alcuni di questi libri sono stati scritti ex novo, partendo da un'idea e da un primo capitolo. Per esempio, la trilogia formata da *Inglesi* (1990), *Un italiano in America* (1995) e *La testa degli italiani* (2005); o i due libri sulla lingua: *L'inglese. Lezioni semiserie* (1992) e *L'italiano. Lezioni semiserie* (2007).

Altre volte, invece, ho scelto di raccogliere e sistemare il mio lavoro giornalistico: non c'è nulla di male, basta dirlo. Sono nati così *Manuale dell'imperfetto viaggiatore* (2000), *Manuale dell'uomo domestico* (2002) e *Manuale dell'imperfetto sportivo* (2003).

A giudicare dai risultati, avete gradito anche questi volumi, e la cosa mi rende felice. Non li considero, infatti, figli di un dio minore (anchc pcr via della paternità, umana e imperfetta). Se sono buoni, non spetta a me dirlo. Ma li trovo efficaci. Hanno il sapore e la velocità dell'Italia che cambia, e io ho cercato di raccontare. Vale per la vita quotidiana, vale per lo sport, vale per le vacanze. Chiunque, dentro un aeroporto, osservi una famiglia allargata italiana –

papà imperioso, mamma esausta, nonni nervosi, nipoti scatenati – non può non sentirsi ispirato. Se è un pittore, dipinge; se è un fotografo, scatta; se è uno scrittore, scrive (se non è nessuna di queste cose, si metta in salvo).

In questa raccolta ho voluto aggiungere qualcosa. Avrei potuto farne un libro a parte: il materiale era abbondante e – a mio giudizio – adeguato. Ma ho preferito offrirvi quello che, in milanese moderno, potremmo chiamare «bonus book»: un testo nuovo in una raccolta di materiale edito.

Si tratta di una selezione delle rubriche uscite su «Io Donna», settimanale del «Corriere della Sera», dal 2002 al 2007 (quelle pubblicate dal 1996 al 2002 formano il *Manuale dell'uomo domestico*). Sono felice che appaiano in un libro perché le considero tra le cose migliori che ho scritto. Se ho lasciato quello spazio sul giornale, dopo quasi dodici anni, era per chiudere in bellezza. Di meglio non sarei riuscito a fare.

Sotto il titolo *Manuale dell'uomo sociale* troverete le istantanee di questo inizio secolo. Riconoscerete l'Italia ormai abituata a Internet, ma sempre ossessionata dai cellulari. Sentirete l'aria economica che cambia: stretti tra stipendi balcanici e prezzi inglesi, molti connazionali stentano (per fortuna ci sono le case dei genitori, gli aperitivi abbondanti, gli outlet e i voli low-cost). Conoscerete le fissazioni private maschili, di cui solo mogli e compagne sono testimoni (essendo mie lettrici, riferiscono). Incontrerete alcune leggendarie icone femminili (l'Arronzatrice, la Martellatrice, l'Umiliatrice). V'imbatterete in bizzarri animali sociali (l'Altoparlante, l'Ostruttore, l'Italian Bonzo) e nuove figure professionali (il Nottaio, l'Architutto, il Consulniente).

Non voglio anticipare altro, per non rovinarvi il piacere della lettura. Vi dico questo, però: sistemando e rileggendo, mi sono reso conto che l'Italia mi passava davanti come un paesaggio visto da un treno. Conosciuto, ma commovente. Lo vediamo, ed è già passato.

Buon viaggio.

Crema, giugno 2008

Manuale dell'uomo sociale

A chi vede e sopporta

«La semplicità non è *mai* così semplice.»

Philip Roth, *Pastorale americana*

1

Socialmente utili

L'inizio di un nuovo libro è il momento giusto per una confessione. Diciamo pure: per rivelare un trucco del mestiere. Da quando scrivo – quasi trent'anni, ormai – molte lettrici chiedono: «Ma come fa a sapere tante cose di noi? L'organizzazione familiare, le colf, la mensa scolastica, il riciclo degli abiti, il colore delle mattonelle dei bagni?». Risposta facile: vi ascolto.

Quando, dopo cena, scatta l'apartheid sociale – uomini da una parte, donne dall'altra – io mi apparto con le donne. Questo porta alcuni vantaggi. Non solo hanno profumi migliori, ma discutono della vita com'è. Noi uomini, invece, parliamo della vita come vorremmo che fosse (o fingiamo che sia). Ci sono situazioni – molto milanesi – in cui il gruppo postprandiale dei maschietti parla solo di B-C-D (Borsa, Carriera, Divertimento). Le donne invece iniziano dalla A (Arredamento, Abbigliamento, Atteggiamento), e proseguono nell'alfabeto della vita con altrettanta praticità. Giuro: starei a sentirle per ore.

Ecco perché non leggo quasi mai articoli di costume sulle riviste: preferisco abbeverarmi alla fonte. Questa mia abitudine, devo dire, è professionalmente istruttiva, ma provoca alcune conseguenze. Per esempio, una delle donne in questione gira la testa, sgrana gli occhioni e dice: «Ma che meraviglia! Un uomo che sa ascoltare!». No, signora: io non ascolto. Io spio. Spio e prendo appunti. Mentali, naturalmente. Anche se talvolta la tentazione di buttar giù un promemoria sarebbe fortissima. Ma resisto. Ricordare i suoi commenti sulla nuova Smart (così piccina!) è un ottimo allenamento; memorizzare il prezzo di una lezione individuale di sci col Saverio (così bravo!) è un modo di tenersi in esercizio. Così non ho più bisogno di taccuino né di registratore, quando intervisto il ministro o l'amministratore delegato.

Peccato non dicano cose altrettanto interessanti.

La mia amica Federica prende le lattine vuote di cibo per cani e le mette in lavastoviglie: quando le tira fuori, scintillano. Il marito Carlo se n'è accorto e ha pensato: mia moglie è giù di testa. Ma Federica sta benissimo. Intende solo rispettare le nuove norme della raccolta differenziata, che nella nostra città viene eseguita con rigore prussiano. La regola è questa: le lattine vanno con vetro e scatolame (bidone verde). I resti del cibo per il cane Olmo vanno invece nell'umido (bidoncino nero). L'etichetta bisogna metterla tra la carta (bidone bianco o giallo). La plastica – se ci fosse – andrebbe in un sacco semitrasparente, così come il secco; che però sta in un altro sacco.

Voi capite perché in Italia non usiamo i test per il quoziente d'intelligenza (QI): non servono. Se uno ricorda le regole della raccolta differenziata, è dotato di facoltà mentali superiori. L'importante è non farsi domande. Perché vetro e lattine vengono raccolti insieme? Cosa li accomuna? Che differenza c'è tra «lattine» e «scatolame»? L'abolizione dei sacchi neri ha una giustificazione (ci finiva dentro di tutto). Ma perché i sacchi devono essere «semitrasparenti»? Non potevano essere *completamente* trasparenti? L'opacità è una forma di rispetto della privacy, o c'è altro?

Questi interrogativi agitano i sonni di molti italiani. L'immondizia sarà presto materia universitaria, e un senso d'inadeguatezza si diffonde tra la popolazione. I gusci della frutta secca vanno nel secco, come suggerisce l'etimologia? Oppure nell'umido, come vorrebbe la botanica? Le conchiglie delle vongole sono biodegradabili? È vero che giornali e riviste vanno tolti dal cellophane prima d'essere buttati tra la carta, pena scomunica? E soprattutto: è vero che l'interno in plastica delle buste imbottite va separato dalla busta medesima, e poi buttato nel sacco (bidone) della plastica? Oppure si tratta di una leggenda metropolitana?

Le autorità sul fronte dei rifiuti fanno poco per calmare le nostre ansie. Sul foglio distribuito nelle case della città compare questa scritta in rosso, maiuscolo: OCCHIO AL CALENDARIO. E appena più sotto: SUONEREMO AL TUO CAMPANELLO. Uno pensa: ci siamo, è arrivata la polizia politica della nettezza urbana! Invece no: è solo un modo d'aiutarci. Gli addetti alla raccolta differenziata verranno alla nostra porta e ci spiegheranno tutto. Corre voce che abbiano un dottorato in biochimica, e siano disposti a dare ripetizioni a domicilio.

In un articolo scritto da D.H. Lawrence nel 1929 leggo questa frase: «Il risentimento contro l'atto del mangiare, nell'animo della donna moderna che deve preparare il cibo, è profondo. Perché tanto lavoro, tanti fastidi, per il semplice atto di *mangiare?*». Ottant'anni e molti elettrodomestici dopo, è cambiato poco: molte donne non amano lo sforzo quotidiano della cucina. Una volta ogni tanto, è appagante; tutti i giorni no. Negli anni Cinquanta una casalinga italiana passava in cucina sette ore al giorno, oggi quaranta minuti. E spesso, in quei quaranta minuti, mugugna.

Quali le conseguenze di questo atteggiamento? La prima è che in molte famiglie della cucina si occupano gli uomini. Ma quello che in Nordeuropa è normale, in Italia è eccezionale: la maggioranza dei maschi che conosco cucinano poche cose buone una volta tanto ma, per dare il meglio di sé, devono avere intorno una sorta di apparato teatrale: amici ammirati, mogli servizievoli, cameriere che sanno dov'è l'apriscatole e non confondono la bottiglia dell'aceto balsamico con quella del chinotto.

Risultato: alla donna, salvo eccezioni, spetta la confezione del pasto serale, orgoglio e dannazione della famiglia italiana. Cenare insieme, possibilmente senza tragedie che colano dai telegiornali, è uno dei motivi per cui l'Italia tiene, nonostante tutto. Ma non c'è dubbio: occorre qualcosa da mettere sotto i denti, altrimenti la conversazione langue.

Eccoci, dunque, a studiare l'importanza del Momento TEST. L'acronimo significa: «Tonno E Sofficini. Tacete!». Caso classico: mamma torna a casa tardi, con un diavolo per capello. Anche papà è nervoso (ma, per assenza di capelli, deve trovare un'altra forma idiomatica). I figli adolescenti, abbandonati a malincuore computer e telefoni, reclamano la loro dose di calorie. La mamma non ha nessuna voglia di far da mangiare: propone due uova, ma quell'ipocondriaco del consorte teme il colesterolo. Cerca il formaggio, ma è finito. Allora apre il freezer e la dispensa e con l'aria di chi non ammette repliche dice: «Tonno E Sofficini. Tacete».

Ricordate: Momento TEST. Se una famiglia supera questa prova, è salva.

Devi ricordarti di andare dal dentista. Bigliettino. Devi ricordarmi di prendere Martina a scuola. Bigliettino! Devi ricordarti di ricordarmi di prenotare il traghetto. Bigliettino?

Il bigliettino non è solo un pezzetto di carta, usato come promemoria. È una categoria filosofica cui ricorrono smemorati e distratti, ansiosi e pignoli, persone anziane che sentono la memoria scemare (si sa: dopo i trenta, neuroni e sinapsi ogni tanto si prendono una piccola vacanza). Ma le scuse neurologiche e fisiologiche sono, appunto, scuse. In verità l'uomo del bigliettino – la patologia è prevalentemente maschile – vuole controllare la propria vita e, se è possibile, anche quella degli altri.

Il genitore che insegue la prole sventolando un pezzetto di carta, e gridando: «Poi ti dimentichi!», è una figura letteraria moderna. Non capisce che il figlio *vuole* dimenticare, e con un bigliettino in tasca non ha più giustificazioni. Dovrà ricordare di andare a prendere la zia, bigliettinista inveterata e sadica, la quale comincerà a rifilargli coriandoli-promemoria per attività da qui a Natale.

Eppure il bigliettino è fascinoso. È il rivale del palmare, il cugino dell'agenda, il nipote del nodo al fazzoletto. I cultori del genere non usano foglietti adesivi o blocchetti ordinati (di quelli che le case farmaceutiche rifilano ai medici, e questi sparpagliano nel mondo). Il professionista del bigliettino usa il retro di uno scontrino, l'angolo di un giornale, un foglio A4 piegato e tagliato (attenzione: i bigliettinisti-ritagliatori sono, in assoluto, i più pericolosi. Se poi riutilizzano un bigliettino già scritto, vuol dire che ce l'hanno con voi).

Ci sono periodi in cui questi personaggi sono più attivi. L'estate, per esempio. Partenze, arrivi e spostamenti offrono molte occasioni per distribuire promemoria pieni di sigle, abbreviazioni e diminutivi («Jo rit. da Na giov h 14.30. Vai tu a Mxp? Non dim. xché s'inczz di brutt»). Da questo punto di vista il bigliettino è l'antenato del messaggino/sms: con la differenza che non esiste un tasto «cancella». Il bigliettino del nonno te lo ritrovi in tasca, nel letto, sul divano, nei pantaloni lavati. C'è chi lo usa come segnalibri, a suo rischio e pericolo. Avete idea dei sensi di colpa che produce il bigliettino di papà che sbuca da *Re Lear*? Uno rischia di ricordare quello che c'è scritto, e sarebbe il colmo.

Mi scrive un amico, che chiamerò Taddeo: «Sono giunto alla conclusione che le donne milanesi in cerca di colf si possano classificare in cinque categorie; le colf in altrettante categorie». L'analisi è tanto accurata che ho deciso di prendere gli spunti ed elaborarli. Questo il prodotto finale. Oggi la premiata ditta «Beppe & Taddeo» affronta le padrone di casa.

La VIP (Vera Isterica Pesante) – Benestante, indaffarata. Assume la seconda colf che intervista, non le spiega nulla della casa e della famiglia. Le parla mentre si veste, controlla l'e-mail, sta al telefonino. La neoassunta regge un bimbo piangente e cerca di impedire all'altro di lanciare coltelli attraverso la cucina. Il marito tace e guarda compassionevole la colf. A volte, purtroppo poche, fugge con la colf stessa.

La AD (Amministratore Determinato) – Dirigente d'azienda, laureata. Ha avuto tre colf in quattordici anni, ma ogni volta ne ha intervistate diciotto. Conduce colloqui di selezione, e compila schede che anni dopo le permettono di chiedere: «Perché avete cambiato il numero di casa a Quito?». Prende le ferie per fare «l'introduzione alla casa» (105 mq). Consegna alla neoassunta mappe del quartiere, e schede Excel con orari delle pappe. Un giorno la ragazza confesserà d'aver perso due schede: licenziata.

L'altra AD (Antropologa Dilettante) – Unico criterio di selezione: nazionalità della colf. Linee-guida: «Sudamericane = brave coi bambini», «Filippine = sanno tenere la casa», «Africane = lavorano anche se non vuoi», «Slave = scappano col primo che passa», «Italiane = ormai non ce ne sono più». Unica certezza interetnica: «Au pair = restano spesso incinte».

La POP (Polemica Ossessiva Politicizzata) – Un tempo simpatizzava per la sinistra extraparlamentare, ora deve assumere la colf. Sfoga il senso di colpa sulla ragazza, che non capisce. Non solo: ha scambiato il ritratto di Che Guevara per il cantante dei Lunapop. Ed è pure sudamericana!

La LEO (Liberale Etnocentrica Organizzata) – Colta, laureata in materie umanistiche. Conosce il paese d'origine della colf, e gliene parla con entusiasmo. La ragazza è disperata. È partita perché del suo paese non ne poteva più, e a Milano non parlano d'altro.

Abbiamo appena esaminato il mondo delle padrone di casa alle prese con le colf. Ora studiamo le colf alle prese con le padrone di casa. Anche qui, cinque categorie.

Colf Diesel – Affronta le interviste con pazienza e risponde a domande improbabili («Come s'è trovata a Verbier?», «Quanta farina occorre per le cotolettine?»). La sua tattica è dire sempre «Certo», sapendo che la signora VIP non ascolta la risposta. Lavora bene e con calma, consapevole che il mondo va avanti comunque.

Colf Turbo – Individua subito i tre fattori di successo: 1) Distinguere le magliette blu col coccodrillo per uscire la sera da quelle (assolutamente uguali) per giocare a squash, e metterle in due cassetti diversi. 2) Ricordare che è la sera del lavaggio della strada ed evitare la multa ai datori di lavoro. 3) Insegnare ai bimbi di casa quattro-frasi-quattro in spagnolo/russo/serbo-croato, così papà e mamma possono dire: «Crescono così aperti!».

Colf Sovralimentata – Non pensate a una ragazzona slovacca dall'appetito formidabile. La Sovralimentata è altra cosa. Il combustibile in eccesso glielo forniscono i padroni di casa, ingozzandola di riviste, libri, suggerimenti e consigli. La poveretta, davanti a tanto fermento intellettuale, non sa cosa fare. Vorrebbe conoscere i ragazzi di *Un posto al sole*, ma quelli non glieli presenta mai nessuno.

Colf 4x4 – Ne avete assunta una, ma sono sempre in due (quattro, otto, sedici). La ragazza sembra conoscere l'intera comunità filippina (somala, ecuadoregna, cingalese, russa, moldava) con cui organizza incontri, feste, riunioni, gite, escursioni. I padroni di casa ormai conoscono tutti i nomi, e dirigono il traffico.

Colf Monovolume – È tetragona: quello che decide, si fa. Può essere di qualsiasi nazionalità. Conta il carattere. Il padrone di casa dice: «È brava, ma che sergente di ferro!». Lo dice sottovoce, però. Se lei sente, lo sgrida perché ha lasciato ancora in giro le scarpe.

La gioia di cenare al ristorante da soli. Ne ho scritto tempo fa, e da allora ricevo lettere complici come quella di Dario P., che magnifica anche «le sveglie della domenica mattina per potersi godere, senza l'affettuosa presenza di moglie adorata e di tre simpatici figli, il proprio salotto con un buon libro, caffè e» mannaggia! «una sigaretta fumata veloce sul balcone della cucina». Ho risposto: dissento sul fumo. Per il resto, capisco. I singoli sognano riti familiari, e i padri di famiglia bramano soddisfazioni da scapoli: salto del pasto, panino a metà pomeriggio, dormiveglia davanti a Marzullo senza qualcuno che gridi: «Vergogna! Cosa stai facendo?».

Le donne non immaginano quali siano i piaceri solitari degli uomini. O meglio, immaginano male. Conosco più gente tentata dal frigorifero che dalla pornografia: anche perché una birretta gelata, al momento giusto, è più interessante dei soliti acrobati nudi. Ma i maschi, certe cose, non le confessano. Ne confessano altre, purtroppo. Una volta esisteva il pudore dei sentimenti; adesso c'è gente che, sull'argomento, tiene prolusioni (magari a cena con la fidanzata). Un tempo c'era la riservatezza sulle questioni di salute; oggi non si può più chiedere a uno «Come stai?» che quello tiene una conferenza stampa descrivendo le più recondite abitudini gastrointestinali. L'ultimo baluardo della privacy è proprio il piccolo piacere, la microautoindulgenza.

Conosco astemi che bevono segretamente mirto gelato, medici ospedalieri che sotto il camice indossano magliette dei Sex Pistols, cinquantenni che quando sono in macchina da soli cantano a squarciagola le canzoni di Lucio Battisti (compresa *Il nostro caro angelo*, che non è per niente facile). Per non parlare dei criptoinfantilismi: dirigenti d'azienda che disegnano le caricature dei presenti durante le riunioni, nonni che fanno le linguacce quando vedono una certa faccia in TV, professori che staccano di testa cercando di colpire una palla immaginaria. L'importante è che non ci siano testimoni. Potrebbero infatti approvare o applaudire, rovinando il gioco.

Un lettore romano, Luigi C., mi spedisce alcuni resoconti di vita familiare. Insieme a litigi, incomprensioni, rappacificazioni e battaglie per il telecomando, emerge una questione che, nei miei scritti, ho colpevolmente trascurato: la lettura in bagno. Eppure si tratta d'un caposaldo della civiltà occidentale. Il luogo assegna infatti una sorta di Pulitzer informale. Un autore viene letto in bagno – nella vasca, e non solo – perché garantisce serenità e concentrazione. Uno scrittore noioso può cavarsela in salotto; un *columnist* prevedibile può arrivare in camera da letto, dove concilierà il sonno. Ma in bagno arrivano solo i migliori.

Scrive Luigi C.: «Se a casa voglio dare un'occhiata al "Corriere", aspetto che lei inizi a sparecchiare la tavola. Allora, con la scusa d'andare in bagno, lo porto con me, e finalmente leggo tranquillo. Per un tempo limitato, però. Dopo qualche minuto, infatti, mi sento chiamare: "Dove sei? Cosa fai? Non stai bene?". Il che vuol dire: esci subito, e vieni a farmi compagnia».

Sarete d'accordo: quanta poesia, nella confessione del lettore. Chissà cosa leggeva, il buon Luigi, nei pochi minuti concessi dal destino, dalla consorte e dall'intestino. Chissà che riflessioni, quante fantasie, quali conclusioni. In molte case italiane, le letture da bagno vengono occultate, quasi costituissero una colpa.

Nel mondo anglosassone, invece, sono un genere letterario. Fumetti, periodici, libri illustrati, dizionari, atlanti: opere che si possono consultare a rate, e offrono ogni volta lo stesso piacere. Il prodotto interno del Lussemburgo, la ricetta del pollo alle mandorle o l'anno di nascita di Frank Sinatra, in altro luogo, potrebbero apparire banali. Dietro una porta chiusa a chiave, invece, sono ghiotte occasioni di conoscenza.

Date retta: la prossima volta che siete ospiti, controllate la biblioteca da bagno. Vi racconterà cose interessanti sui padroni di casa, quasi come le fotografie appese alle pareti, sofisticata forma di comunicazione sociale. La foto in compagnia della celebrità, piazzata tra water e bidet, viene infatti vista da tutti. In salotto, nella cornice d'argento, diventa una banale forma di esibizionismo. E rischia pure di passare inosservata.

Sapone idratante all'aloe vera. Detergente fluido con avena colloidale. Shampoo con finocchio e geranio. Balsamo yogurt e miglio. Non invento: copio quello che ho trovato nella doccia di casa, ormai simile a un cubicolo per l'aromaterapia. Voi direte: storia vecchia! È da tempo che i venditori alzano i prezzi con la scusa della varietà, e creano la varietà moltiplicando i nomi. Accade anche con le automobili, nei viaggi e a tavola. Cantava Paolo Conte, già qualche anno fa: «"Pesce Veloce del Baltico"/ dice il menu, che contorno ha?/ "Torta di mais" e poi servono/ polenta e baccalà...».

D'accordo. Ma una novità in bagno c'è, ed è l'atteggiamento degli uomini. Alla presenza di prodotti esoterici i maschi italiani si sono prima abituati, poi affezionati, quindi appassionati. Adesso sono ossessionati. Non tutti arrivano a dichiarare lo sciopero dello shampoo se non sentono aroma di geranio; ma molti hanno finito per considerare quel profumo qualcosa di più di un semplice antizanzare. Perfino un paio di TYB (Thank-You-Bruce: quelli che, a imitazione di Mr Willis, preferiscono la pelata volontaria alla calvizie inevitabile) mi hanno confessato di desiderare qualche vecchio pelo per poter sperimentare certi nuovi shampoo.

Li capisco: gli odori sono evocativi, come ben sanno i cani e i poeti; e noi maschi siamo abitudinari, come hanno capito da tempo gli investigatori e le donne. La combinazione produce risultati interessanti, dal punto di vista igienico e psicologico. Mariti bruti che fino a ieri non distinguevano un bagnoschiuma dall'antigelo sono diventati capricciosi. «È rivitalizzante e intensivo oppure idratante e normalizzante?» gridano superando il rumore dell'acqua. Uomini rudi che cambiavano camicia solo se minacciati escono dal bagno profumati come danzatrici balinesi.

La cosa interessante è che le donne sopportano tutto questo. Non è buon cuore, ma astuzia: dopo aver spiegato a un marito apprensivo che l'«aloe vera» non è un'alternativa all'«aloe finta», si può fargli credere di tutto. Anche che l'efficacia dell'avena colloidale come detergente è stata testata per la prima volta sui cavalli: ma gli esperimenti sono stati sospesi dopo che gli equini affamati si mordevano il collo a vicenda. Provate a raccontarla, questa, al marito in doccia. Se chiude il getto, mette fuori la testa e dice «Davvero?», allora è proprio andato.

2

Socialmente multipli

In questo capitolo intendo offrire alle lettrici una radiografia – che dico, una Tac – delle peggiori abitudini maschili contemporanee. Roba leggermente pesante, o pesantemente leggera (fate voi). Possiamo intitolare questa mini-serie «Uomini Doppi». In ogni sigla, infatti, è nascosta una perfidia maschile.

Amore Aiutami – Perché un uomo non riesce ad appendere un quadro da solo, e ha bisogno di assistenza?

Baciami Bambina – Sembra incredibile: ma ci sono uomini che credono ancora di poter conquistare una donna con questi trucchi. Sembra pazzesco: ma ci sono donne che ci cascano.

Cinquantenne in Ciabatte – Non si muove, non propone, non accetta proposte: rumina proteste e celebra abitudini. In altre parole, ha sposato la vecchiaia. Peccato sia già sposato con voi.

Decisamente Deficiente – Dice che le cinture di sicurezza sono una limitazione della libertà individuale. Poi, se finisce in ospedale col naso rotto, non vuol pagare nemmeno l'aspirina.

Enfatico Esibizionista – Ogni occasione/oggetto/persona viene usato allo scopo: un'auto, una casa, un figlio, un gadget, una ragazza (spesso trattasi di SBIN: Solita Bionda in Nero). Voi direte: quest'uomo non ha amici. Sbagliato: ne ha molti, perché lui si esibisce con loro, e loro si esibiscono con lui. Un gioco di specchi, che funziona.

Fenomeni Fedifraghi – Esistono uomini che tradiscono con facilità, e sono irritanti. Poi ci sono uomini che tradiscono con felicità, e sono sconvolgenti. Il senso di colpa scivola su di loro come acqua sulle piume delle anatre. Suggerimenti? Uno solo: cambiare stagno.

Garruli Generi – I ragazzi di oggi non sono più come quelli di una volta, che si vedevano solo a Natale. Sposano tua figlia e vogliono parlare con te. Qualcuno può spegnerli, per favore?

Habemus Harem – Molti uomini sognano un harem. I più sfortunati lo ottengono. Sballottati tra amiche, amanti, fidanzate, compagne ed ex mogli, invidiano l'amico coniugato che guarda la Champions League a casa sua, coi figli e il gatto. Talvolta chiedono ospitalità. Che va concessa: a patto che HH arrivi vestito da sultano, così tiene allegri i bambini.

Incorreggibili Inopportuni – Esistono ottime persone che hanno il dono di chiedere/dire/fare la cosa giusta nel momento sbagliato. Alcuni hanno facoltà paranormali: state uscendo di casa, e telefonano; avete la nausea dopo una notte brava, e arrivano con una bottiglia di bianco; la vostra squadra perde, e vi parlano di calcio. Come bloccarli? È presto per dirlo. La scienza li sta ancora studiando.

Lucida Lucertola – Avete pensato ai crani sberluccicanti che punteggiano le spiagge italiane, incerti tra l'ustione e l'abbronzatura? Sbagliato. Le Lucide Lucertole sono uomini dall'intelligenza viva ma dalle abitudini sonnolente. Hanno il cervello per fare qualsiasi cosa (un viaggio, un figlio), ma preferiscono stare immobili, osservando la vita che passa. Ogni tanto una donna decisa gli mette le zampe addosso: ma loro lasciano la coda alla predatrice, e si spostano sul muro vicino.

Meglio Mollarli – Pensate a fidanzati inaffidabili, mariti irrecuperabili, padri impossibili? Errore. Parliamo solo di strette di mano. I Meglio Mollarli – noti anche come Mani Molli – non stringono la mano al prossimo: offrono una specie di mollusco. È lo specchio del carattere? In questo caso non limitatevi a mollare la mano: mollate loro.

Nocivi Negativi – L'umore è entusiasmante come il Po in secca, l'ottimismo non supera lo share di un programma culturale in TV, l'espressione meriterebbe tre punti di penalità sulla patente. Con un monosillabo gli NN sono in grado di deprimervi il figlio. Difendersi? Impossibile, ma ci si può vendicare. Procurategli una preoccupazione genuina (che so, invitate l'amica più loquace in vacanza con voi). E poi state a vedere che cosa succede.

Ormai Ormeggiato – Il suo inno è una vecchia canzone di Donatello, *Io mi fermo qui*. Un tempo era brillante, spiritoso, intraprendente, originale. Ora è pedante, permaloso, passivo e banale. Cosa gli è successo? Basta il matrimonio a spiegare certe trasformazioni? «Sì» dirà lui, mentre si guarda l'ombelico sotto l'ombrellone, e chiede un'altra spalmatina di crema.

Peluche Pericoloso – Ha quarant'anni, ma propone romanticherie insopportabili, inventa nomignoli scandalosi, emette vocine imbarazzanti (in inglese, *baby talking*). Sembra deliziosamente inoffensivo, finché qualcosa va storto: e allora diventa una belva. Alla larga, care lettrici: c'è un mostro, dentro ogni Teddy Bear.

Quieto Quadrato – La sua testa è una facoltà d'ingegneria: calcola, analizza, compone e scompone, immagina strutture (morali, affettive, sentimentali) e decide i materiali. Il tutto senza darne l'impressione: il suo sorriso bonario è più resistente del cemento armato. Come combatterlo? Semplice: proclamatevi architetti del rapporto, e ribaltategli tutto il lavoro.

Rovina Rapporti – Ci sono uomini che entrano nella vita sentimentale altrui con la grazia di un autoarticolato. Chiedetegli un consiglio, e vi distruggono il fidanzamento. Spesso sono simpatici. Se sono anche tolleranti, benestanti e bellocci, sposateli.

Sadici Simmetrici – Tremenda specie umana – scusate, maschile – che vuole Ordine & Perfezione intorno a sé. Gli spazzolini devono essere della stessa marca, i quadri alla stessa altezza, le bottiglie nello stesso ripiano del frigorifero. Sono i nazisti della vita quotidiana. Istituite un piccolo processo di Norimberga, e rieducateli.

Timidi Temporeggiatori – Sono gli uomini che non decidono. In amore e in vacanza, hanno sempre ripensamenti, perplessità, cautele inspiegabili. Il mondo inventa i viaggi Last Minute, loro creano i dubbi dell'Ultimo Minuto. Faremo bene, faremo male, spenderemo troppo, ci divertiremo, ci stancheremo? Ebbene: rispondete sì a tutte le domande, e tirateveli dietro.

Ultimi Umidi – Negli anni Settanta li abbiamo conosciuti tutti: facevano gli amici delle ragazze infelici e, approfittando di un momento di distrazione, cercavano d'infilarsi tra le loro lenzuola. Gli epigoni sono tra noi. Hanno l'occhio lucido, l'orecchio accogliente, la testolina piegata in atteggiamento comprensivo. Cosa dire, alle donne che ci cascano? Peggio per voi.

Viscidi Vermetti – Il Viscido Vermetto è indignato col mondo, e deve dirvelo. Scrive e-mail di fuoco, e non le firma. Disprezza i donnaioli, e fa la corte a tutte le donne. Che fare? Portatelo a pescare: come esca è perfetto.

Zz (zzzz...) – Noto anche come Uomo Narcotico. Lettura, guida, sport, TV, sesso, alcol: qualunque scusa è buona per addormentarsi. Una casa produttrice di sonniferi potrebbe arruolarlo come testimonial; un orso lo chiamerebbe «collega» e se lo porterebbe in letargo. Sì signora, stiamo parlando di suo marito. Lo svegli, e gli chieda di ripetere tutto.

Chi sono le «Donne Triple»? Personaggi inquietanti: più che una personalità, hanno un club. Una precisazione per le lettrici: qui non si parla di voi, naturalmente. Si parla delle vostre amiche.

Aspetta Amore Arrivo – Non c'è sesso, ma c'è il trucco: nel senso di make-up. Mentre lei si prepara all'uscita serale, la Ferrari cambia le gomme cento volte.

Bambola Bionda Bionica – Spesso è intelligente, ma fa la tonta per contratto. Quale? Quello che la lega a un fidanzato, un marito, un capoufficio galante (quelli sì, tonti davvero). La BBB si considera un'attrice. Una sorta di Marilyn da ipermercato, e ha una sua dolente dignità. Rispettatela, non tingetela.

Consorte Castamente Calda – Sesso? No, temperatura. Il comportamento nel letto matrimoniale dipende dalle condizioni ambientali: fa freddo, si avvicina; c'è afa, s'allontana. Il marito viene degradato alla funzione della borsa d'acqua calda. Non s'offenda: è un mestiere anche questo.

Delusa Dal Denaro – Separata dal coniuge abbiente, pensa di dare una verniciata filosofica alla nuova condizione. Nonostante l'assegno che riceve, dice di far parte dei *nouveaux pauvres.* La cosa la diverte. Certo però che volare in economy è seccante.

Eccessiva Enfatica Estenuante – Donna Tripla ben nota e temuta. Lei si considera un'altruista incompresa, e si domanda perché al suo cospetto gli uomini fuggano come davanti a Hulk. In effetti è un pericolo pubblico, e dovrebbe andare in giro con un lampeggiante in testa, in modo da essere visibile da lontano.

Forse Faceva Finta – La relazione è finita da poco, in modo drammatico: accuse, porte e portiere sbattute, lacrime. Dopo una settimana lui chiama, preoccupato per l'ex compagna. La segreteria telefonica, però, parla spagnolo. Ibiza, Canarie o quel vecchio amico di Barcellona?

Generosa Gentile Giocherellona – Che donna! Ha sempre in serbo uno scherzo, una battuta, una trovata. Qualcuno le dica di smettere.

Habitat Hotel Hilton – A casa ha l'umore di un'orsa prima del letargo: chi la irrita, lo fa a suo rischio e pericolo. In viaggio, però, mamma si trasforma: allegra, loquace, disponibile, un fuoco d'artificio di proposte e buon umore. Figli e marito stanno perciò pensando di trasformare la casa in un albergo. C'è un problema: chi fa il servizio in camera?

Informatissima Intelligente Italiana – Più che una nonna, è un servizio segreto. Cinque anni fa non distingueva un telefonino da un telecomando se non quando s'accorgeva che, col televisore, non riusciva a parlare. Oggi manovra due cellulari (voce e sms), due indirizzi e-mail e, quando si tratta di recuperare figli e nipoti, sa usare anche Skype. James Bond le fa un baffo. Voi non fatele scherzi.

Lunga Lingua Letale – Dice di odiare i pettegolezzi: le sue sono pubbliche esplorazioni nella psiche umana, sempre condotte a fin di bene. Le amiche, considerata la perfidia dei suoi giudizi e la rapidità di divulgazione delle notizie, la usano come ufficio stampa. Una volta, però, LLL ha mantenuto un segreto. Era il 16 maggio 1998, e ancora ci si sta chiedendo come abbia fatto.

Morbida Materna & Masochista – Donna intelligente, attraente e autosufficiente. Ha però un problema: s'innamora di bamboccioni, misantropi, playboy in disarmo e altri disadattati. Gli amici le chiedono: «Perché?». MMM abbassa gli occhi, risponde al telefono e poi corre via: lui oggi si sente triste, e si è anche chiuso un dito nella portiera.

Negar Non Nuoce – Questa Donna Tripla ha imparato tutto dalla politica. Il suo motto: negare l'evidenza, sperando che la controparte abbia poca memoria. Le voci sul suo conto si moltiplicano? NNN accusa la sinistra maldicenza delle avversarie, che vogliono squalificarla agli occhi del fidanzato. Una volta, dopo aver visto il Tg4, le ha chiamate «comuniste!».

Onesta O Ossessiva? – È la classica brava ragazza; giovane: in età postuniversitaria, diciamo. Il fidanzato, a 28 anni, si considera poco più di un neonato con la barba. Lei ripete: sposiamoci! Lui risponde: divertiamoci! Lei insiste, lui resiste. Lei accusa, lui si scusa. Dopo un anno, i due sono usurati come un motore reduce dalla Parigi-Dakar. Vecchie coppie prossime alle nozze d'argento osservano di nascosto, e scommettono sulla durata del fidanzamento.

Perplessa Per Poco – Dopo aver lasciato il compagno (che se lo meritava), PPP ha deciso di prendersi un periodo di riflessione. Ma il tempo è magnifico, e quell'invito non si poteva rifiutare. Che bel weekend! («Come hai detto che ti chiami, Marco o Matteo? Sebastiano?! Ma che distratta!»)

Quasi Quasi Querelo – Dopo aver messo sotto torchio le amiche, QQQ ha scoperto che lui va in giro a dire malignità. Passi qualche indiscrezione sulla vita di coppia. Poco male se ha imparato i nomi degli uomini che l'hanno preceduto, e li recita come fossero una squadra di calcio. Ma parlare di depilazione approssimativa, questo no. È intollerabile e falso.

Roba Realmente Rovente – È bella, d'accordo. È sexy, non c'è dubbio. Ma è intollerante, insofferente, impaziente, intransigente e un sacco d'altre cose che cominciano per «i» e finiscono per «ente» (salvo «intelligente»). Lui ricorda la prima volta che l'ha incontrata: «Sembra uscita da una rivista!», ha pensato. Ora vorrebbe rimandarla indietro, ma come si fa? Le riviste non accettano rese.

Signorina Sempre Scontenta – È in gamba, di bell'aspetto, ha un fidanzato paziente e un buon impiego. Ma è incavolata a tempo pieno («full time», dice lei che lavora a Milano). Il suo sguardo e i suoi modi non lasciano dubbi: il mondo le deve qualcosa. Il problema è: cosa? Una società di consulenza sta lavorando sulla questione, ma non è ancora arrivata alla soluzione.

Tanto Ti Trito – Ha la voce morbida, la mente pronta, gli occhi intelligenti. Sa ascoltare, ma quando apre bocca dimostra di sapere quel che dice. Gli uomini (amici, amanti, colleghi e conoscenti) si avvicinano, e restano prigionieri. Circe, Lucrezia Borgia, Ivana Trump, la Donna Ragno? Macché. TTT è un delizioso tritacarne, e le polpette siamo noi.

Umile Utile Ubbidiente – Donna straordinaria: cerca di aiutare il prossimo, e ci riesce. Delusi d'amore, licenziandi e licenziati, papà imbranati, carrieristi frustrati: sono dozzine gli uomini che si rivolgono a UUU per soccorso, consolazione e consiglio. Peccato che nessuno la sposi. Anzi, no. Uno l'aveva fatto, ed era il più bastardo di tutti.

Vera Virago Vendicativa – Dopo aver vissuto a lungo in un matrimonio affollato (lei, lui, alcune altre), VVV ha deciso di darci un taglio. I maschi? Brutti schifosi, gliela farà pagare. Preoccupato perfino Taddeo, il criceto di casa.

Zelante Zitella Zodiacale – Ha sposato l'oroscopo: ma anche lui sta pensando di chiedere la separazione. ZZZ non fa nulla senza consultare gli astri, che non ne possono più. Si sussurra che perfino Marte, pur di togliersela di torno, abbia deciso d'allontanarsi dalla Terra, e chiedere asilo politico a Plutone.

3

Socialmente irritanti

C'è il Vip, e c'è il MIP. Il MIP è una Persona di Media Importanza, ma non lo sa. Quest'incoscienza gli consente d'ingannare il prossimo, convincendolo di contare di più. Il MIP è un uomo di mondo: lo s'incontra negli alberghi eleganti, nei buoni ristoranti, in prima classe sui treni e nelle salette riservate degli aeroporti. Lo s'individua subito perché usa un tono di voce leggermente superiore alla media: non grida, ma parla in modo che tutti sentano. Il MIP chiede un caffè, chiama l'ufficio, commenta un titolo di giornale: i presenti, volenti o nolenti, devono ascoltarlo, e lui ci gode.

«*Meet the MIP*», come dicono a Milano dopo il quarto aperitivo. Il personaggio si sposta con un paio di collaboratori abituati a questi microesibizionismi: per sottolineare il proprio status inferiore, costoro camminano un passo indietro, con gli occhi bassi. Il MIP invece precede, incede, procede. Se si siede, si mette con le spalle alla parete, liscia la cravatta o osserva il mondo, sperando che il mondo osservi lui e lo riconosca come quello che una volta è stato ospite a *Porta a Porta*.

Raramente il MIP è un ministro, anche se ha uno sguardo e una prosopopea ministeriale: più spesso è un ex ministro, un sottosegretario in carica, un assessore regionale. Se viene dal settore accademico, è preside di facoltà in un'università minore, ben noto ai colleghi come manovratore di concorsi. Se si tratta d'un banchiere, è più ricco di agganci che di depositi. Se è un industriale, è conosciuto solo nella regione, dalla quale esce malvolentieri, perché negli aeroporti gli chiedono la carta d'identità.

Il MIP è una maschera italiana ancora poco studiata. Non è necessariamente scorretto: l'osservanza delle regole gli sembra però un'ammissione di debolezza. È un uomo irritante, a prima vista; ma diventa commovente se avete tempo di studiarlo un po'. Cerca i privilegi, per esempio, e li paga salati: il mondo dei Vip si regge sull'ambizione dei MIP. Perché si comporta così? Perché i privilegi lo rassicurano: e quand'è abbastanza rassicurato, briga per trovarne altri. Una sua passione sono le tessere/carte che garantiscono un trattamento particolare. Per sicurezza ne porta in giro un pacchetto, ma non vorrebbe usarle: una persona importante – ragiona – non ha bisogno di mostrarle. Ma lui è un MIP, non un Vip: perciò un collaboratore deve farsi avanti con la tessera giusta. Lui osserva la scena tre metri indietro, vagamente schifato. Noi pure, ma il MIP non se ne accorge.

Ero stanco, avevo dormito poco la notte e sognavo quelle due ore mattutine sul treno: star tranquillo, leggere i giornali, guardare la nebbiolina che si deposita sui vetri oleosi del finestrino. Ma alla stazione di Torino Porta Nuova è comparso lui: RR, una vecchia conoscenza. Ha cominciato a parlare in sala d'aspetto e ha smesso alla Stazione Centrale di Milano. Sembrava scegliere gli argomenti che m'interessano meno al mondo (yacht, golf), e non ascoltava: quando tentavo debolmente una difesa, mi guardava bieco, aspettando un varco per inserirsi e ricominciare. Ogni mio segnale veniva ignorato. Sfogliare il giornale, aprire un libro, chiudere gli occhi e provare a dormire. Niente da fare: RR tirava dritto. A un certo punto ho pensato di fingere un attacco di colite. Poi ho rinunciato: mi avrebbe seguito dentro il bagno.

Chi è RR? È Radar Rotto, l'uomo (o la donna) che non capta più alcun segnale. È una minaccia della società occidentale, ma non lo sa: crede che nessuno gli voglia bene (quando si vorrebbe solamente strozzarlo). Radar Rotto usa il prossimo come i tennisti usano il muro in allenamento: basta che il colpo torni indietro. Ti insegue per strada, ti sequestra durante le feste, ti aspetta al varco per fare colazione insieme. È capace di spingerti fisicamente in un angolo e chiuderti l'uscita col corpo. Se Stanković pressasse così, avremmo vinto la Champions League.

Quando ti vede, il Radar Rotto s'illumina, e tu ti rabbui. Ha sempre qualcosa da dire, e giugno e settembre sono i mesi in cui è più esuberante (per annunciare dove andrà in vacanza, per riferire dov'è stato in vacanza). Ma anche negli altri dieci mesi si dà da fare. C'è sempre qualcosa che lui/lei vuole raccontare, e tu non vorresti sentire.

So che il Radar Rotto di Torino potrebbe leggere queste righe, riconoscersi, e rimanerci male. Vi dirò: non mi dispiacerebbe. Perché quel giorno ho mugolato solo parole di resa; avrei dovuto ribellarmi, invece. Lo faccio adesso. Perché chi parlaparlaparla avvelena anche noi. Diciamogli di smettere (se non possiamo darci alla fuga).

Durante la mia ricerca tra le Nuove Tribù Italiane, ho scoperto un gruppo interessante: gli Scaricatori. No: non lavorano nei porti. Non scaricano software da Internet. Non sono bruti che abbandonano ragazze innamorate. I neoscaricatori tentano di rifilare al prossimo oggetti che hanno rimpiazzato, e non vogliono più, perché gli tolgono spazio.

Un classico moderno: lo scaricatore di cassette. Non cassette di frutta e verdura. Videocassette. Lo Scaricatore finalmente s'è regalato il DVD – che, come dice agli amici, «è un'altra cosa» – e ora sta ricomprandosi i titoli preferiti. Ha cominciato con *Star Wars* e *Il Signore degli Anelli*. Proseguirà con l'opera completa di Oliver Stone, seguita da alcune passioni di gioventù (*Un uomo chiamato cavallo, Soldato blu, Un uomo da marciapiede*). Per l'estate conta d'arrivare a quaranta film. Il che significa quaranta doppioni. Quindi, quaranta VHS da piazzare.

Lo Scaricatore comincerà a studiare le abitazioni di parenti, amici e vicini: se non hanno il DVD, gli ammolla la videocassetta. Non vende: regala. È sufficiente che il parente/l'amico/il vicino si porti via l'oggetto, e gli tolga il complesso di colpa. La casa dello Scaricatore – come quella di tutti noi – è infatti un deposito non autorizzato di materiali non identificati. Gli americani parlano di *throwaway society* (la società usa-e-getta). Lui, concreto, annuncia: «La mia casa è una discarica». Perciò, coerentemente, scarica.

Si era già allenato con altri oggetti, per esempio con gli immensi LP, sostituiti negli ultimi anni dai più piccoli, efficaci CD. Cosa fare dei dischi di Neil Young e degli Yes, dopo averli ricomprati nello speciale «cofanetto per quarantenni»? Chi vuole i long-playing dei Poco (il cui nome era tutto un programma)? Per saperlo, lo Scaricatore ha dovuto identificare gli amici che ancora possedevano il piatto dell'hi-fi. Oggi è più facile: tutti hanno un videoregistratore. E qualcuno dovrà beccarsi le cassette, perbacco.

Luigi! Giovanna! Conoscete *Un uomo chiamato cavallo*? No?! Guardate, ho qui una cosa per voi.

Ci sono individui che ci mettono un sacco di tempo. A uscire la sera, a scegliere dove andare, a decidere quando tornare. A truccarsi, a struccarsi, a partire, a trovare il modello, a scegliere il colore. Gli amici li sopportano, gli estranei li compatiscono, i negozianti li detestano, gli architetti hanno paura di loro. Un tempo si chiamavano tiratardi, indecisi, tentenna. Oggi hanno un nome ufficiale: Temporeggiatori.

Prendiamo il Temporeggiatore Cromatico: non sa scegliere i colori se non dopo un'angosciante incertezza. Deve dipingere la facciata? Si fa preparare dieci prove-colore e poi passa le giornate osservandole, da ogni prospettiva e in ogni condizione di luce. I parenti sono coinvolti, i passanti vengono consultati. Meglio la terra di Siena o il rosa antico? In effetti i colori sono entrambi inadatti, perché la casa è bruttina e nessuna tinta potrebbe salvarla. Ma il Temporeggiatore non vuol sentire ragioni: osserva le pennellate, assorto come il Tiziano. Poi, un bel giorno, decide. A quel punto, comincia a litigare sul preventivo.

La Temporeggiatrice Sociale è altrettanto perniciosa. Alcune attività le richiedono tempi biblici, ma lei non si scompone: la voluttà del ritardo la rende egoista. Qualche esempio? C'è la donna-che-si-trucca, e sembra debba restaurare un affresco del Trecento (quando invece ha ventotto anni, ed è pure carina). C'è la ragazza-che-telefona, e blocca una tavolata di dieci persone, in attesa della sua ordinazione. C'è l'amica-che-deve-divertirsi: qualsiasi cosa proponiate per la serata, inizia un dibattito. C'è la mamma-che-parte, e quando l'auto è già carica (figli a bordo, cane dai vicini, suocero neutralizzato) scompare per dieci minuti. C'è la nonna-che-saluta: mentre l'auto finalmente si muove, la rincorre gridando consigli e raccomandazioni.

Ecco, questo è quanto. Se conoscete una Temporeggiatrice, evitatela, o perdonatela. L'importante è non cercare di convertirla. Vi terrebbe lì per mezz'ora, cercando di spiegarvi che ha ragione lei.

Sostanzialmente, trattasi di uomo soddisfatto. Gli piace la sua casa, gli piacciono i suoi amici, gli piace il suo lavoro (anche se si lamenta). Gli piacciono i suoi hobby, gli piacciono le sue vacanze, gli piace il suo guardaroba, gli piace la sua poltrona. Qualcuno ha il sospetto che gli piaccia anche sua moglie, e in un certo senso è vero: la signora fa parte del paesaggio domestico, a lui molto caro. Ci ha messo anni per uscire dalle buriane universitarie, dalle secche dei primi lavori, dalle tempeste della carriera. Ora è contento della navigazione. Anzi, soddisfatto.

Come, chi è? Ma è l'Italian Bonzo, uno dei grandi personaggi nazionali. L'insostenibile leggerezza del benessere lo ha reso molle come una medusa e corazzato come un armadillo: un ibrido capace di far impazzire qualsiasi donna. Quando volete metterlo alle strette, scivola; se volete scuoterlo, il rimprovero rimbalza. L'Italian Bonzo davvero non capisce l'irrequietezza della consorte. Finalmente ha una vita tranquilla, e lei gli propone di sconvolgerla con iniziative folli come viaggi improvvisi e nuovi amici.

Se avete un marito di questa pasta, invece di picchiarlo con un portacenere o ingelosirlo sorridendo all'antennista, vi consiglio di regalargli *Né domani, né mai. Rappresentazioni del matrimonio nella letteratura italiana*, un libro di Fabio Danelon, docente presso l'Università per Stranieri di Perugia. L'autore spiega bene come, attraverso i secoli, sia cambiato poco. Machiavelli trovava il matrimonio saturo di «inestimabile noia»; Alfieri lo considerava «spesso ferale»; Tommaseo «si adeguava all'ossequio cristiano della pazienza, del dovere e del sacrificio». L'Italian Bonzo è uguale: e in più ha Sky Calcio.

Ditegli queste cose, se avete coraggio: vi guarderà senza capire. Un viaggio improvviso significa tirar fuori la macchina dal garage; amici nuovi vuol dire imparare nuovi nomi, nuovi gusti e nuove date di compleanno. Certo, si può fare. Ma perché?

Non sono soltanto le novità sociali a spiazzare questo coniuge tiepido: l'Italian Bonzo teme anche l'intimità ritrovata. Raccontano che un rappresentante della categoria, davanti all'orrenda prospettiva di usare il divano per un'attività sessuale diversa dall'osservazione delle Letteronze di *Mai dire Lunedì*, abbia avuto un mancamento. La consorte, preoccupata, ha detto: «Ci vuole il 118!». E lui, convinto si trattasse di una nuova posizione, è svenuto di nuovo.

Sabato sera d'estate, Milano, ristorante orientaleggiante pieno di provinciali come me che vanno a spiare i milanesi (che non si vedono: sono andati in provincia). Posto bello, pasto mediocre, sedili esoticamente scomodi e la cameriera che chiede: «Volete la ricevuta o lo scontino?». Dapprima capisco «scontrino». Invece è proprio «scontino», piccolo sconto. Incuriosito, chiedo di illustrarmi questa possibilità. La ragazza torna con un conto stampato su carta anonima: il totale (121) è barrato a penna, e sotto c'è scritto 115. In sostanza: 6 euro di sconto per dar loro la possibilità di non dichiarare l'intero incasso. Dico: be', potevate essere più generosi. La ragazza alla cassa mi guarda come se parlassi estone.

L'episodio è solo un esempio della creatività italiana in materia fiscale. Dovremmo studiarla, comunque la pensiamo: sia che siamo d'accordo con Silvio Berlusconi («L'evasione è intollerabile e va combattuta», 14.7.2005), sia che la pensiamo come Berlusconi Silvio («Se la pressione fiscale è troppo alta, è moralmente giusto evadere le tasse anzi rientra nel diritto naturale», 18.2.2004). In altre parole: la nostra preparazione sia superiore alla coerenza del presidente del Consiglio.

Ecco quattro tattiche moderne adottate nei ristoranti, le frasi-chiave e un breve commento.

1. «Il Pos è rotto.» L'espressione è efficace perché nessuno sa cos'è il Pos. L'unica cosa chiara è questa: il locale non prende bancomat e carte di credito, vuole i contanti.

2. «Facciamo centocinquanta euro tutti insieme! E vi offro un liquorino che faccio io!» Questa è la notissima «tattica del forfait», così detta perché i clienti, rintronati di limoncello e nocino, danno forfait e pagano in contanti quanto richiesto, dopo una patetica colletta.

3. «Non hai contanti? Non c'è problema, ripassa!» Questa è la celebre «strategia amichevole». Una volta che il cliente viene fatto sentire di famiglia, gli si può fare di tutto. Com'è possibile che pretenda la ricevuta fiscale dal vecchio zio?

4. «Ehilà comandante! Cosa prendiamo oggi?» Questo è il sistema denominato «Teniamoci buona l'autorità», perfezionato durante secoli di dominazioni straniere. All'apparizione di qualunque divisa – carabinieri, polizia, finanza, vigili, perfino guardie giurate – il ristoratore comincia a distribuire gradi (da tenente in su), bevande e stuzzichini. Alcune forze di polizia hanno ormai un serio problema di sovrappeso del personale.

Milano, viale Argonne, primo pomeriggio d'estate, giornata torrida e coperta, il cielo ha l'umore di un vertice di maggioranza. La Clio nera procede a strappi, spostandosi da una parte all'altra della carreggiata. Sfiora un ciclista sulla destra, rasenta un marciapiede sulla sinistra. Principiante al volante? Malore del conducente? Solito scemotto che usa il cellulare mentre guida? Niente di tutto questo. Lo affianco al semaforo e capisco: il conducente sta componendo un messaggino (sms). Sono contento. In fondo, ho conosciuto un nuovo esemplare dello zoo nazionale. C'è sempre qualcosa da imparare, nel nostro amato paese.

Cosa spinge un uomo apparentemente normale a fare una cosa del genere? L'urgenza, no. Nove volte su dieci scrive «Ciao. Cosa fai sabato sera?», o invia altre informazioni vitali di questo livello. Forse l'efficienza, il desiderio di sfruttare ogni momento della giornata? Non credo. Il maniaco, dopo aver attentato alla vita di cinque ciclisti, va al bar, ordina un Negroni e passa un'ora a guardarsi le punte delle scarpe.

Il movente di certi comportamenti, secondo me, non esiste. C'è solo l'incoscienza e la strafottenza di una nuova classe, trasversale agli schieramenti politici, ai livelli d'istruzione e alle fasce di reddito. Il motto di questi gentiluomini – la categoria comprende anche gentildonne, ma in numero minore – è: «Ci sono solo io». Il resto del mondo può andare a farsi fottere. Possibilmente senza fare rumore, altrimenti disturba.

Chi compone un messaggino mentre guida non va sgridato: è arrivato infatti a un tale livello di RCG (Rimbambimento Civico Globale) che non capirebbe. Il Messagginomane va rieducato: ma non si può farlo con un articolo di giornale. È necessario invece l'intervento della polizia locale, come accadeva appena approvato il divieto di usare il cellulare al volante. Ora i controllori hanno smesso di controllare: la norma c'è ancora, ma è passata di moda.

Andate in corso Monforte a Milano, un giorno qualunque, dalle parti della Prefettura. Un automobilista su cinque passa col cellulare all'orecchio attraverso sciami di poliziotti indifferenti (qualche guidatore, di sicuro, spedisce anche un sms). Lo stesso accadc davanti ai vigili, in tutta la città.

Viva l'Italia: sarà quel che sarà.

La discussione sulla circolazione dei SUV in città – accettarli? tassarli? vietarli? – ha assunto connotati interessanti. È subito sembrata impulsiva, aggressiva, emotiva, esplosiva. Errore, perché i fuoristrada si dividono in diverse categorie; e così i conducenti. I fuoristrada possono essere piccoli, medi o grandi. I conducenti, ragionevoli o sbruffoni. Il proprietario sbruffone di un SUV-transatlantico – non ho dubbi – è responsabile della piega che ha preso la vicenda, e dell'antipatia che circonda certe automobili.

A Milano un tipo così si chiama «Sun-chi-mi». Il suono giapponese non inganni: vuol dire «Son-qui-io!», ed è meglio di *show off* (termine riservato agli esibizionisti impiegati nel calcio, nella moda e nella finanza). Il «Sun-chi-mi» arriva e fa subito quattro cose sbagliate: 1) Ha la macchina troppo pulita e, in quel modo, rivela che il suo fuoristrada resta perennemente in strada. 2) Arriva gridando al cellulare (senza vivavoce, senza auricolare), una cosa che in Italia ormai fanno solo i pregiudicati e un paio di amiche mie. 3) Parcheggia e occupa due spazi. 4) Scende dal transatlantico con un saltello (nei casi più inquietanti dice anche «Hop!»). Tutte queste attività si riassumono nel nome che abbiamo detto: «Sun-chi-mi!», eccomi qui. Non mi avete notato?

Certo che ti abbiamo notato, o infelice! E alcuni di noi non riescono a limitare la propria antipatia alla tua faccia, e l'estendono all'incolpevole veicolo. Invece il mostro meccanico non ha colpe (se non quella di ubriacarsi di benzina). È il conducente che ha pensato di portare un'immensa automobile di stile americano dentro piccole strade di tipo italiano. Ma Milano non è il Minnesota: peccato che «Sun-chi-mi» non lo capisca. In città, invece di usare l'utilitaria (o la metro: lo ha fatto una volta, doveva essere l'estate del 1994), viaggia col macchinone adatto per le vacanze. Perché lo fa? Non si sa. Ama piombare alle spalle del prossimo e mettergli paura? Vuole guardare l'umanità dall'alto in basso? Se così fosse, non bisogna stupirsi che l'umanità, così osservata, s'innervosisca. E magari applauda, quando vede un «Sun-chi-mi» multato per guida provocatoria. Anche questo è accaduto, a Milano: doveva essere l'estate del 1995.

Una studentessa americana di nome Sarah, ospite come tanti connazionali dell'anglofona Republic of Florence, mi ha fatto notare che noi italiani, ai distributori di benzina, facciamo cose strane. «Molti, per esempio, si fermano e mettono dieci euro di carburante. In America, quasi sempre, la gente fa il pieno. Non è meglio aspettare d'avere cinquanta euro e riempire il serbatoio, piuttosto che fermarsi cinque volte al distributore?»

Il ragionamento non fa una grinza: le americane sono ragazze logiche. Ho bofonchiato qualcosa sui costi del carburante: tirar fuori cinquanta euro è un piccolo trauma, e c'è chi preferisce cinque microtraumi da dieci euro. Ma non ero convinto, e neanche Sarah. Così ci siamo fermati da un benzinaio che conosco, e gli ho posto il problema.

Ci ha risposto: dieci euro alla volta? Questo è niente. «Ho un cliente che viene tutti i giorni e fa un pieno da due euro. In pratica, quello che ha consumato nelle ventiquattro ore precedenti: perché vive in città, e non va da nessuna parte.» Psicopatologia del rabbocco, ho commentato. «E quello che viene ogni due giorni a controllare la pressione delle gomme? Gratis, ovviamente. Siccome sa che mi fa perdere tempo, è nervoso. Lo vedo che suda, biascica, si scusa. Ultimamente dà la colpa alla moglie: sarebbe la signora a essere fissata coi pneumatici. Ma lo strambo, secondo me, è lui.»

Un personaggio odioso è il malfidente: quello che teme l'inserimento della verde al posto del gasolio, o viceversa. Poi c'è il meschino: quello che s'infila nella sezione «self-service», finge d'essersene dimenticato, e chiede d'essere servito (olio, gomme, parabrezza). Una patologia nuova è quella dell'accaparratore: appena sente parlare di «sciopero contro le liberalizzazioni», si precipita a fare il pieno, come se dovesse partire per Varsavia.

Per concludere: Sarah s'è divertita, e ha detto che i distributori italiani sono posti interessanti. Le proporrò di salire in macchina col ministro dell'Economia, e andare a fare il pieno insieme a lui. Consiglio il self-service, però. In caso contrario, la conversazione col benzinaio potrebbe durare fino a notte.

È difficile studiare il deficiente che passa lampeggiando a centottanta all'ora e si ritiene moralmente giustificato perché la famiglia lo aspetta in Liguria. È banale ragionare sulla donna che sbanda causa cellulare: dopo l'introduzione della patente a punti, questa figura appartiene al passato (be', quasi). È inutile tornare sull'uomo che gesticola causa vivavoce: ormai di lui sappiamo tutto (se protestate, i suoi occhietti dicono: «Cavolo vuoi? Non vedi che sto parlando?»).

È più semplice e interessante studiare i nuovi tipi stradali creati dalla tecnologia. Code e rallentamenti non aiutano il sistema nervoso: ma facilitano questo tipo di osservazione.

L'uomo che litiga col navigatore – Se trovate un pazzo che gira tre volte intorno a una rotatoria è perché non ha capito qual era «l'uscita tre» che doveva prendere. Se vedete un tipo strambo che rallenta, sterza di colpo e poi guarda con odio il cruscotto è perché si sente succube di quella voce melliflua. Nei casi più gravi il guidatore risponde sbraitando al navigatore («No, si va di là! Porca vacca, lo so benissimo!»). In questi momenti, alla larga.

La donna che studia lo stereo – La signora ha superato i quarantacinque anni e ha un problema di vista:

tutti quei numerini, da vicino, non riesce a leggerli. Allora abbassa la testa – mentre guida, naturalmente – per vedere se il brano dei Coldplay che le piace tanto è il numero 5 o il numero 6. L'impressione, da dietro, è agghiacciante: sembra l'abbiano decapitata.

Il ragazzo che legge i titoli del CD – Come età, può essere il figlio della signora qui sopra. Sta ascoltando la vera, solida new-wave primi anni Ottanta – non le modeste imitazioni odierne – e vuole capire se la canzone dei B-52's è *Party Out of Bounds* oppure *Quiche Lorraine*. Per far questo raccoglie la custodia del CD sul sedile di fianco e legge i titoli. Di solito quando il semaforo diventa verde.

L'anziano che si strangola con la cintura – Accetta la nuova norma, ma non è abituato alle nuove cinture di sicurezza. Ogni volta che deve allacciarsele, è un match di lotta libera. Di solito avviene al casello, dopo che ha rimesso in tasca il portafoglio.

L'uomo che diffida del telepass – Campione di sospettosità italiana, tecnologicamente analfabeta, teme sempre che la sbarra del telepass non si alzi. Quindi, a pochi metri, rallenta di colpo. Voi, ovviamente, siete appena dietro.

Buon divertimento!

Quali sono le villanie del XXI secolo? Non stiamo parlando delle scortesie eterne, dei soliti sgarbi, di antiche pessime abitudini. Parliamo di moderne cattive maniere. Di nuovi modelli in materia di maleducazione. Di neoatteggiamenti irritanti e insopportabili. Di azioni che spingono a reazioni. Quando qualcuno si comporta in quel modo, avremmo voglia di tirargli un calcio in uno stinco. Poi, purtroppo, non lo facciamo.

In testa alla mia classifica – prima della mano molle, dello stuzzicadenti, disdicevole quasi quanto il pettine a tavola – c'è l'occhio vagabondo. Come, cos'è? È lo sguardo che, invece di fermarsi sull'interlocutore, gira per la stanza, osserva gli ingressi, cura i passaggi, cerca nuove occasioni. È come se dicesse: «Guarda, di te non me ne frega niente. Sono qui perché non posso far altro, ma aspetto qualcosa/qualcuno di più interessante».

Non ditemi che non vi è mai capitato, perché non ci credo. Aperitivi, feste, incontri, ritrovi, corridoi aziendali: c'è sempre chi parla con noi guardando oltre la nostra spalla. Come dicevo, una dose minima di violenza potrebbe essere utile, in questi casi. Un diretto allo stomaco, per esempio: è quasi certo che l'interlocutore, impegnato a guardarsi in giro, non lo vedrà arrivare. Ma siamo tutti troppo buoni, in certi casi. Capiamo l'antifona, tagliamo corto, e ce ne andiamo. Il maleducato biascica: «Ci vediamo», ma neppure in quel momento abbassa gli occhi e si concentra su di noi. È interessato a qualcuno che ha intravisto: una prossima vittima da avvicinare e poi ignorare.

Cosa dire? Niente. Se non questo: chi vuole conquistarsi stima, simpatia e attenzione non si comporti così. I politici – quelli abili – non lo fanno. Se parlano brevemente con una persona, i Clinton e Blair (ma anche Veltroni e Berlusconi) danno l'impressione che, in quei due minuti, non esista nessun altro al mondo. Poi prendono commiato – anche questa è un'arte che s'impara, magari ne parliamo la prossima volta – e passano a un altro interlocutore. Ipocriti? No: bravi. Così come l'Uomo dall'Occhio Vagabondo non è sincero. È un cafone.

Lo incrociavo spesso, ma non riuscivo a bloccarlo (càpita anche coi saraghi, le farfalle e le belle colleghe). Sto parlando del tipo disinvolto, di buona intuizione e poca preparazione, forte di lingua, debole di coscienza e incapace di costanza. Per molto tempo non sono stato capace di definirlo; finché l'altro giorno l'ho rivisto all'opera e ho capito chi era. Lo Sveltino.

Si muoveva in una festa con la grazia di un ballerino: non mangiava, piluccava; non vedeva, guardava; non conversava, commentava le conversazioni altrui. I muscoli facciali erano capaci di efficaci, gommose espressioni, forse allenate davanti allo specchio (che non può ridere). Non era antipatico, lo Sveltino: anzi. Sembrava più cordiale e a suo agio di tanti invitati, piantati lungo una parete come bitte sulla banchina. La padrona di casa – era chiaro – l'apprezzava e gli sorrideva. Lui ogni tanto le lanciava un bacio sussurrando: «Vai così, baby». Guia Soncini, fosse stata presente, l'avrebbe schiaffeggiato. Ma Guia, quando serve, non c'è.

Chiamarlo superficiale è sbagliato, perché lo Sveltino raggiunge abissi di ovvietà. Ultimamente ama negare l'evidenza: va di moda, pare. È sempre un maschio – per ragioni morali e grammaticali, la versione femminile non esiste – e ci inquina con metodo e leggerezza. Il suo modello è televisivo: i pubblicitari lo amano perché riescono a vendergli di tutto, dopo averlo fatto ragionare. È in questa apparente contraddizione la sua grandezza.

Lo Sveltino, infatti, fa funzionare la materia grigia: quella che ha, s'intende. Per lui andrebbe a pennello uno dei maestosi insulti con cui Shakespeare ha illuminato l'umanità: «Ha in testa più cerume che cervello» (*He has not so much brain as ear-wax,* in *Troilo e Cressida*). Ma sarebbe una citazione sprecata e crudele. Lo Sveltino, infatti, si ritiene intelligente perché (ogni tanto) è brillante. La confusione tra queste due qualità – spero siate d'accordo – è una piaga della modernità. Soprattutto se gli Sveltini si mettono in testa di farsi eleggere al Parlamento. E, grazie a elettori Tardoni, ci riescono.

4

Socialmente strambi

Tutti abbiamo incontrato l'Uomo-che-non-ti-chiama-per-nome. Neppure per cognome, a dire la verità. Diciamo: non ti chiama. Si rivolge a te, ma evita di precisare. Non è sufficienza, e neppure arroganza. È che il nome se l'è dimenticato, e non sa come chiedertelo.

Per raggiungere l'obiettivo usa una serie di trucchetti patetici: sbircia nella borsa (magari c'è una lettera o un documento), domanda se hai un diminutivo, chiede l'e-mail, origlia le conversazioni dei tuoi amici. Se non ottiene risultati, non si scoraggia. Prosegue la conversazione senza usare il nome di battesimo. Dice «tu», dice «bella», dice «carissima» – e nel frattempo continua ad arrovellarsi.

Se ha un'amica o una moglie, è salvo: le donne sono più attente e precise. Se una sconosciuta si presenta con «Ciao a tutti, sono Titti!», non se lo dimenticano. Se poi Titti fa la gallinella, ha una scollatura fino alla bocca dello stomaco – stile Canalis in pubblicità Tim – e i maschi del gruppo appaiono ringalluzziti, il nome «Titti» verrà marchiato a fuoco nella memoria delle femmine presenti.

Noi uomini siamo più distratti. Un conoscente mi ha confessato d'aver iniziato una relazione senza sapere il nome dell'amato bene. Come si può chiedere a una fanciulla che stai baciando davanti al mare «A proposito: tu come ti chiami?». Eppure bisogna scoprirlo. Altrimenti, quando lei ti dà il numero di cellulare, ti tocca registrarlo sotto «Biondina sulla spiaggia di Zoagli». Non è elegante.

Stiamo parlando di un fenomeno italiano, devo aggiungere. Il maschio americano registra subito il nome di battesimo dell'interlocutore – per educazione, per abitudine, per comodità – e poi lo ripete a mitraglia, per cacciarselo bene in zucca («Ciao, Gianni. Sei forte, Gianni. Bello averti conosciuto, Gianni! Tutto bene, Gianni? Perché scappi, Gianni?! Giaaanniiiiiiii!»). Noi, no. Usiamo la nostra strepitosa capacità di sintonia per trovare punti di contatto con la sconosciuta di fronte a noi, e inventiamo acrobazie verbali per evitare la trappola onomastica.

Non è più semplice aspettare la sera, e poi confessare: «Scusa, amore: ho dimenticato come ti chiami»? Dopo si può tranquillamente arrossire. Al buio, non si vede.

Esistono le scaramanzie ed esistono i rituali. Le prime sono assurde, i secondi comprensibili. Ci sono rituali del risveglio, dell'amore, dell'aperitivo e del tifo sportivo: mescolano la consolazione dell'abitudine al piacere della ripetizione. Un rituale interessante è quello destinato ad allentare la tensione (in italiano: farsi passare il nervoso). La gente fa cose strane. Ne elenco alcune.

1. Tirare accidenti. Come sistema antistress può apparire antiquato, ma talvolta funziona. Molto usato nel mondo televisivo, editoriale, artistico. Se sentite un regista che smoccola come un carrettiere, non è volgare: sta cercando di ritrovare il proprio equilibrio. I carrettieri, oltretutto, esistono solo in questi modi di dire, e non protestano.

2. Lavarsi i capelli. Ottimo metodo nel caso di nervoso domestico, poco s'adatta all'ambiente di lavoro. Immaginate: lunga riunione, si litiga

sulla distribuzione, il capo-area si alza, punta verso il bagno e grida: «Vado a farmi uno shampoo!». Torna dopo un quarto d'ora: ha provato ad asciugarsi la testa sotto l'essiccatore per le mani, e sembra Riccardo Cocciante.

3. Prendersela coi sottoposti. Metodo classico, eticamente discutibile. Se cominciate a molestare i dipendenti, magari vi passa il nervoso. Ma viene a loro.

4. Litigare in famiglia. Tecnica antica, moralmente indifendibile. La storia della letteratura è piena di esempi. Prendete *I promessi sposi*. Cosa faceva Agnese, quand'era agitata? Stuzzicava Lucia, che infatti meditava di farsi monaca.

5. Ascoltare musica. Dev'essere quella giusta, però. Se nonna accende lo stereo e sente i Deep Purple, s'innervosisce di più. Così il piccolo Christian se ascolta Chopin.

6. Spaccare oggetti. Forma spettacolare di furore approvata dai commercianti. L'importante è spiegare ai vicini che non si tratta di violenza domestica, ed evitare di colpire il gatto.

7. Scalciare i mobili. Metodo mutuato dai fumetti, di dubbia efficacia. Un consiglio: è bene indossare calzature.

S'è molto indignato – anzi: ha piantato un casino spettacolare – quando i fili di collegamento del computer sono stati sostituiti dai cavetti Usb. Ha difeso la stampante a getto d'inchiostro finché le cartucce sono state ritirate dal commercio. Ha aspettato che gli bollisse il padiglione auricolare prima di rinunciare al vecchio, massiccio cellulare Tacs, che scaldava come un ferro da stiro (e gli sfondava le tasche). Ma adesso è una persona felice: ha trovato una tecnologia che fa per lui. Quale? Non è importante. Importante – anzi: strabiliante – è il suo entusiasmo infantile. Peccato che abbia passato i cinquanta.

È uno studio che potremmo intitolare «Un uomo e il suo gadget». Un esempio? Il palmare. Ignorato e sbeffeggiato per anni («Meglio un'agendina! Costa meno e non devo ricaricarla»), l'aggeggio è stato improvvisamente scoperto grazie a una pubblicità, un figlio, una giovane conoscente, una moglie che non s'arrende. L'uomo maturo ha trovato un giocattolo, e si eccita. Fino a ieri alzava la voce parlando al telefono con l'idraulico in montagna (sapete, la distanza); oggi discute di sincronizzazione col computer laptop. Gli amici lo compatiscono, i colleghi lo evitano. È capace infatti di rovinargli la pausa-pranzo per mostrare di saper scrivere sullo schermo con lo stilo di plastica.

D'altronde, è noto. Prima senilità e ultima tecnologia, quando s'incontrano, producono effetti dirompenti. Badate bene: ho scritto *prima* senilità. Conosco nonne ottantenni che usano la posta elettronica con grande naturalezza: giustamente, la considerano un modo per risparmiare il francobollo. È l'uomo adulto con figli grandi, invece, che rischia di perdere la testa. Il gadget gli dà la sensazione di restare al passo coi tempi senza nemmeno farsi venire il fiatone. «Non è magnifico?» urla alla moglie. Ma quella ormai è chiusa in bagno, e apre la doccia per non sentire.

Un'eroica napoletana di nome Rosaria, mamma di cinque bambini nella lontana Brasilia, mi dice: «Nel tempo libero (*quale?*), mi piace studiare le abitudini locali. Lei sa perché una coppia, qui in Brasile, siede sullo stesso lato del tavolo, mentre noi italiani ci mettiamo uno di fronte all'altro?». Confesso la mia ignoranza. «Glielo spiego. Perché i brasiliani amano il contatto fisico. Stando vicini, si toccano tutto il tempo.»

La spiegazione, per quanto riguarda i brasiliani in Brasile, appare convincente. Resta da capire il comportamento degli italiani in Italia. Perché una coppia, a Brescia come a Brindisi, sceglie d'essere divisa da un tavolo?

Prima spiegazione, sentimentale: vogliono guardarsi negli occhi. Seconda spiegazione, perfida: così facendo, lui e lei possono osservare un'altra/un altro senza esser visti («Cosa guardi, caro?» «Il cameriere/la finestra/l'attaccapanni, cara»). Terza spiegazione, erotico-ginnica: i due possono farsi piedino senza slogarsi la caviglia. Se lui insiste a guardare la bruna di fronte, e lei finalmente se ne accorge, il piedino diventa un calcione. Anche questo è interessante.

Quarta spiegazione, strategica. Sedersi uno di fronte all'altro consente il controllo del territorio. Lui – spalle al muro, come il pistolero nel saloon – tiene d'occhio la porta, e segnala chi entra. Lei, rivolta nell'altra direzione, osserva i comportamenti alimentari degli avventori, e offre argomenti di conversazione («Non girarti subito. Quella scimmia della signora Gatti sta mangiando pesce come un maiale»).

Quinta spiegazione, cinica. I due sono diffidenti: temono che, lasciando libero un lato del tavolo, qualcuno possa occuparlo. Sesta spiegazione, pratica. Lui e lei mangiano con le braccia larghe come ali di gabbiani: fossero seduti dallo stesso lato, si scontrerebbero continuamente.

La settima spiegazione è estetica, ed è tra tutte la più interessante. Lei non si fida del proprio profilo. Dopo aver lavorato a lungo sul primo piano, a colpi di mascara e fondotinta, teme che il fidanzato trascorra la serata fissandole l'interno dell'orecchio. Potrebbe accadere, se ci pensate. L'anatomia auricolare è meglio della monotonia verbale. Ci sono ragazze dotate di padiglioni sensuali e conversazioni letali. Meglio affiancarle (alla brasiliana) piuttosto che affrontarle (all'italiana): se sbadigliate, non vi vedono.

Il vino è un piacere. Ma per molti è diventato un dovere. Come difendersi dai talebani del bicchiere?

Queste domande mi sono state poste da un lettore, Massimiliano C., cui va la mia solidarietà. Ha scritto al forum «Italians» dicendo di non poterne più delle esibizioni di tanti intenditori improvvisati: «Dopo la moda di qualche anno fa che vedeva il limoncello imperversare sulle tavole d'Italia, dopo la sbornia estiva a base di rum, siamo oggi in piena "fase vinicola". Non si riesce più a mangiare in pace una margherita senza che qualcuno discetti della necessità di ossigenare il rosso in un bicchiere adeguato. Mi aiuti, se può».

Cosa dire, al poveretto? Che siamo tutti assediati da sommelier-per-una-notte. L'Estremista Enologico Enciclopedico (EEE) è un'interessante, e preoccupante, sottospecie. Fino a ieri beveva aranciata col pesce; oggi disquisisce di «bouquet» e rifiuta di bere vino rosso se non gli date un bicchiere grande come un bidet. A trent'anni sapeva, al massimo, che il Tokai era un vino e non un ballo tipico; oggi conosce tutto dei produttori del Collio, molti dei quali sono amici suoi (o almeno così dice).

Sia chiaro: l'interesse per il vino è un'ottima cosa (è sempre bene sapere cosa s'ingurgita), e dimostra come noi italiani, in materia, diamo molti punti agli sgavazzoni smodati del Nordeuropa. Ma non bisogna rendersi ridicoli. Non so cosa consigliare, tuttavia, al povero lettore, per rintuzzare gli attacchi degli esperti d'assalto. No, forse un'idea ce l'ho.

Provi a recitare questo frammento di Alceo (poeta greco, VI secolo a.C.), intitolato *L'inverno e il vino*: «Piove / Giù dal cielo l'acqua rovina / Gelano i rivi / Tu getta legna sul fuoco e caccia l'inverno / e mesci vin dolce senza risparmio». Se lo pseudo-enologo tace meditabondo, ci sono speranze. Se invece comincia a dissertare su Picolìt, Moscato, Zibibbo e Passito («Ora vi spiego il problema della sovrapproduzione a Pantelleria...») resta solo una soluzione: infilargli in bocca il tappo di uno dei suddetti vini. Puro sughero sardo, mi raccomando, niente silicone.

Cos'è l'abitologia? È lo studio dei comportamenti indotti dall'abbigliamento. So cosa state pensando: un abitologo potrebbe divertirsi, se incontrasse certi stilisti milanesi. È vero: ma oggi ci occupiamo di abitologia domestica. Argomento più semplice, ma non meno inquietante.

Prendiamo una patologia classica: l'attaccamento maniacale a un capo d'abbigliamento. Si comincia vantando l'acquisto con gli amici, si passa attraverso un uso smodato, si scivola nel feticismo. La giacca ormai è lisa, i pantaloni sono bucati, il maglione verrebbe rifiutato nella raccolta della parrocchia (dove una volta è finito, in seguito a un blitz della consorte). Lui però non vuol mollare. Dice: «Lo metto solo in casa»; poi esce per portare a spasso il cane e il portiere vi telefona dicendo che la bestiola è stata rapita da un vagabondo. «Non è un vagabondo. È mio marito col suo maglione preferito» rispondete. Ma un po' vi dispiace. Temete infatti che dietro quest'idolatria si nasconda una psicosi; come minimo, una lenta discesa verso l'eccentricità. Ieri il coniuge è uscito con quello straccio di lana a forma di maglione; oggi vuol mettere la cravatta macchiata il giorno del matrimonio (De Mita era presidente del

Consiglio). Domani pretenderà di congelare le pantofole per i posteri.

Che fare, in questi casi? Una tecnica collaudata da un'amica di famiglia è quella del «sacco nero»: in assenza del maniaco, il sacco va riempito coi capi indesiderati e portato di corsa alla discarica (il cassonetto è troppo vicino: il sacco potrebbe venir recuperato, com'è accaduto quella volta in parrocchia). Un altro trucco è «il finto incidente»: il capo d'abbigliamento verrà strappato/bruciato/danneggiato in maniera irreparabile. Un terzo espediente è il «furto su commissione»: ma chi le ruba, le pedule del 1982? Da evitare assolutamente, invece, l'antico «metodo della sfida». Affrontare il marito gridando «O lei o me!» può funzionare se la rivale è una giovane amante. Se è una vecchia giacca di velluto, rischia di finir male.

L'uomo con la risata più pazzesca che io conosca è Jeff Bezos, americano di Seattle, fondatore di Amazon.com. Mi avevano avvertito che le sue frequenti esplosioni di buon umore erano sconvolgenti: ma quand'è partito con quel verso agghiacciante, mi ha lasciato senza fiato. Immaginate un branco di oche sotto l'effetto di un allucinogeno, finite per sbaglio dentro un ventilatore industriale: be', l'effetto acustico è quello.

Se Bezos è un fuoriclasse, molti uomini e donne ridono in maniera sorprendente: chi non ha avuto in classe la compagna dalla risata strozzata, o l'amico dal risolino isterico? Ultimamente questi personaggi si notano meno, anche perché in Italia c'è poco da ridere, e loro sono fuori allenamento. Ma se tendete gli orecchi e ascoltate, le sorprese ci sono ancora.

La donna-foca – Convinta nella prima infanzia che ridere fosse sconveniente, ha imparato a contenersi.

Quest'autolimitazione non è priva di conseguenze: la sua risata è a mezza gola, sincopata, e somiglia a un singhiozzo. Se avete una donna-foca in ufficio, chiudete gli occhi e mettete al massimo l'aria condizionata: vi sembrerà d'essere al Polo Nord.

L'uomo-iena – Non ride: schiamazza. Si sbellica, si scompiscia, schiatta dalle risate: e voi non capite perché. La sua risata però è allegra, rumorosa e contagiosa. Da solo, riesce a mettere di buon umore un'intera banca (e di questi tempi non è facilissimo). L'uomo-iena è popolare tra i colleghi: un suo sghignazzo è in grado di interrompere qualsiasi riunione e trasformarla in una simpatica gazzarra.

Il ragazzo-topo – Ha una risata acuta e nervosa, simile al verso di un ratto inseguito da un dalmata o da un animalista. La cosa curiosa è questa: il proprietario di quella risatina ha il fisico abbondante e l'occhione languido alla George Clooney. Voi lo guardate e non sapete cosa fare: dovete credere al fisico virile o alla risata infantile?

La nonna-lupo – Personaggio imprevedibile: sembra distratta, e poi parte in una risata lunga e lugubre, una sorta di ululato che gela la stanza. Le figlie interrompono le ciacole, i nipotini smettono di frignare, i generi si svegliano improvvisamente dal torpore. La nonna-lupo non capisce perché il suo buon umore abbia quest'effetto sul prossimo. In fondo, non c'è nemmeno la luna piena.

L'interesse dei mariti verso il guardaroba delle mogli ricorda quello verso gli animali domestici. Va dall'entusiasmo immotivato al disinteresse assoluto, senza passare attraverso una salutare, regolare, competente attenzione.

I casi più interessanti sono i maschi che di punto in bianco, presi da un fuoco sacro, esclamano: «È ora di fare pulizia nei tuoi armadi!». Di solito gli uomini hanno questi attacchi nei momenti meno opportuni (le due di notte, le sette del mattino, appena prima d'andare a cena da amici). Le mogli/compagne, a quel punto, non hanno scelta. Si frappongono tra l'esagitato e i propri vestiti, esclamando: «Dovrai passare sul mio corpo!». Poi s'accorgono che lui potrebbe scambiare la minaccia per un invito sessuale fuori programma, e così si farebbe ancora più tardi. Allora si spostano, e si rassegnano: «Avanti, cosa vuoi buttar via?».

Pensavo che queste scene avvenissero solo nei condomini della Val Padana, o in qualche villetta ligure e piemontese. Mi sbagliavo. Ho trovato un episodio simile nel romanzo *La sposa liberata* di A.B. Yehoshua. Una coppia di mezza età – lo storico Yochanan Rivlin e la moglie Haghit, magistrato – litiga nella notte di Haifa perché lui s'è messo in testa di gettare via vecchie gonne, scarpe col tacco, cappotti giudicati troppo pesanti per le stagioni di Israele. Lei deve partite all'alba per un viaggio di lavoro, e cerca di dissuaderlo. Niente da fare: Yochanan è scatenato. Intende ripulirle l'armadio, e regalare tutto agli immigrati russi.

Anche in assenza di russi – quelli che arrivano da noi fanno spese in via della Spiga – la scena si ripete in molte case italiane, come dicevo. Cosa spinge uomini apparentemente posati a questi assalti? Il desiderio di una catarsi tessile, che ripulisca l'esistenza? Il senso di oppressione provocato da un armadio traboccante? La malinconia nel vedere vestiti che ricordano anni lontani e un altro girovita?

È difficile trovare una risposta, ma è possibile dare un consiglio alle signore. Lasciate fare. Anzi, incoraggiatelo («Butta, getta! La gonna, la borsetta! Avanti, più in fretta!»). Poi spostatevi verso il *suo* armadio, afferrate le magliette col logo del liceo (il giubbotto che lui usava in moto, la camicia acquistata a Londra ai tempi della

Thatcher) e mettete tutto in un sacco nero della spazzatura. Lui caccerà un urlo, e offrirà un armistizio. Non concedetelo. Comprate invece una gonna nuova. Voi scegliete, lui paga.

Alcune micromanie s'infilano come acari in una convivenza, e producono allergie. Non subito: all'inizio uno ha l'impressione di divertirsi, poi esplode. La serie *Friends* è basata su questo meccanismo. Le persone, vivendo insieme, finiscono per darsi sui nervi. L'effetto comico, per chi guarda, è assicurato. Per i conviventi, un po' meno.

Abbiamo appena parlato dei mariti presi dal raptus di pulizia negli armadi (altrui), e dei feticisti che non buttano nulla. Ora ci concentriamo su un'altra fissazione: la necessità di trovare un posto per tutto. Non si tratta del caro, vecchio «ordine domestico», quello che si cercava d'insegnare ai bambini. Parliamo di una nevrosi bonsai, piccola ma genuina. Chi ne è colpito merita un nome cinematografico: Nettoyeur, il cattivo del film *Nikita*.

Come si riconosce, un Nettoyeur? S'aggira per la casa, e controlla. Se non s'aggira e non controlla, non è un Nettoyeur. Lo vedi in cerca di un dentifricio senza tappo, di un giornale fuori posto oppure – orrore! – di due mezze bottiglie di minerale. Si guarda intorno, aspetta che nessuno lo veda e zac! – mette il tappo al dentifricio (che stava bene pure senza) e butta il giornale, anche se sono solo le sette di sera. Poi, da due mezze bottiglie, ne ricava una. Infine, soddisfatto, trotterella verso il ripostiglio, dove controlla che i vuoti siano distinti dai pieni. In caso contrario, provvede.

Il Nettoyeur, nel tempo lasciato libero dalla sua ossessione, fa il medico ospedaliero, il preside, l'assessore, l'avvocato, il commerciante di carni: tutte professioni che dovrebbero insegnare a convivere col caos. E in effetti lui, col caos, convive benissimo. Fuori, però: in casa, tutto dev'essere perfetto. La sua cosmogonia domestica non prevede un asciugamano sul calorifero (a proposito: chi l'ha messo?). Lo spazio dev'essere prevedibile, riconoscibile, rassicurante.

Per questo, quando arrivano ospiti, il Nettoyeur si agita. Li rincorre recuperando la carta dei regali, li spia quando lasciano il maglione in salotto, li disapprova se buttano il cappotto su una sedia, invece di usare l'attaccapanni. Un'estate un Nettoyeur di mia conoscenza ha detto agli ospiti: «Fate come a casa vostra!». Quelli – noti casinisti – l'hanno ascoltato. Due mesi dopo non s'era ancora ripreso: ma aveva quasi finito di riordinare il salotto.

Avete mai sentito parlare del trasloco dei Bororo? No, non sono gli antipatici che abitavano al quarto piano. Si tratta di una fiera popolazione del Brasile che smarrì la propria identità spostandosi in un posto nuovo: trasferita in una struttura di tipo europeo, perse il collegamento spaziale e culturale coi luoghi, diventando docile e sottomessa. L'episodio, descritto in *Tristi Tropici* da Lévi-Strauss, viene citato da Carla Pasquinelli, un'antropologa che insegna all'Università Orientale di Napoli.

Voi direte: e a noi? Calma: Pasquinelli è autrice di *La vertigine dell'ordine*, un libro dove spiega – in sostanza – che i Bororo siamo noi. Morbosamente attaccati ai luoghi che abitiamo, li riempiamo di oggetti e significati simbolici. Buone notizie per arredatori e mobilieri; ma grane in vista per conviventi e conoscenti.

Il volumetto è fascinoso perché descrive l'inferno a porte chiuse in cui si muovono molte famiglie. Anch'io ho incontrato gente che non sa buttare un soprammobile rotto: asceti del risparmio o pazzi maniaci? Anch'io ho conosciuto papà che s'aggirano per la casa ordinando mensole e tavoli in una sorta d'insensato moto perpetuo. «Ogni cosa deve stare al suo posto!» sibilano (e chi l'ha detto? Guardate quelle scarpe in salotto: hanno forse l'aria di lamentarsi?). Anch'io ho visto mamme dolcissime chiudere gli armadi a pedate come Zagor: l'antro del disordine doveva scomparire alla vista. Anch'io ho conosciuto le megere della seconda casa: appena arrivano, cominciano a pulire freneticamente (se siete a tiro, mettono all'opera anche voi). Anch'io mi sono imbattuto in quelli che hanno un solo scopo nella vita: far sì che l'abitazione sembri disabitata.

Voi direte: ma questi sono matti! Be', sì. Ma si possono curare. Come? Col casino terapeutico. Quando andate a trovarli, portate figli in età prescolare, scarpe bagnate, bignè, cani esuberanti, mariti goffi, fiori che lasciano i petali. I padroni di casa vi guarderanno allarmati. Voi direte: «È per il vostro bene». Poi avvicinerete il bignè al cane (o al marito). Il resto verrà da sé.

5

Socialmente esotici

Gli aeroporti, dove mi sembra d'aver trascorso buona parte degli ultimi dieci anni, ispirano conversazioni metafisiche. Di solito iniziamo noi passeggeri, perché il personale è in altre faccende affaccendato (per esempio, deve impedirci di portare a bordo un baule spacciandolo per bagaglio a mano). Ma qualche volta, quando l'umore è giusto, anche gli uomini e le donne in divisa si lasciano andare.

All'aeroporto di Fiumicino, prima dell'alba di un giorno di dicembre, un addetto al check-in mi ha domandato: «Romantico o realista?». Ho risposto: «Dipende dal volo, dalla compagnia e da eventuali ritardi».

Ma la sua richiesta, ho scoperto, era precisa: voleva sapere se preferivo un posto-finestrino o un posto-corridoio. «I realisti pretendono il corridoio» ha spiegato. «I romantici vogliono sempre il finestrino.» Gli ho chiesto di descrivermi i realisti. «Gli americani, i tedeschi e voi lombardi» ha detto, con l'occhio filosofico del primo turno del mattino. «Perché lo fate? Non lo so. Immagino che vogliate alzarvi quando vi pare, senza chiedere permesso. In altre parole, amate quel po' di potere legato alla posizione. Mi creda: se offro un finestrino a uno di Milano, quello mi denuncia.»

Avrei potuto obiettare che il panorama fino alla Malpensa, in una giornata di nuvole basse, non è entusiasmante; ma ho preferito lasciar perdere, e domandare chi fossero i romantici. «I portoghesi, i sardi e i giapponesi» ha risposto il saggio del check-in. «Sentono l'attrazione dello spazio e il fascino del panorama. Vogliono vedere cosa succede là fuori. La libertà che cercano è esterna, non interna.»

Ho ringraziato, ho preso la carta d'imbarco (posto 21B) e più tardi sono salito a bordo, meditando. Mentre meditavo, ho scoperto che il 21B era un posto centrale. Chissà chi ama i posti centrali. Forse gli svizzeri, che cercano l'equidistanza. Oppure gli indiani, che sono abituati a star stretti. Oppure i polli come me che, invece di bloccare i posti con la prenotazione, filosofeggiano al momento del check-in.

Chi viaggia in aereo lo sa. Subito dopo l'atterraggio, i passeggeri vengono presi da una strana frenesia. C'è chi accende il telefonino, chi si mette la giacca e colpisce il vicino, chi rovista nelle tasche del sedile anteriore, chi si agita per recuperare il bagaglio, cercando di arrivare fino alla cappelliera con mosse da pitone.

Quasi nessuno, ormai, schizza in piedi come accadeva fino a qualche anno fa. Finché non si spegne il segnale luminoso delle cinture di sicurezza, il passeggero medio resta più o meno al suo posto: ma quando sente il «cling-clong!» e scompare il segnale, scatta come un centometrista. È rimasto per ore su un aeroplano in mezzo al cielo; adesso sembra non possa più restarci neanche un secondo.

A questo punto, accade una cosa curiosa. In tutto il mondo civile – e in parte di quello considerato incivile – i passeggeri della prima fila escono, seguiti da quelli della seconda fila, poi della terza, della quarta e così via, fino allo svuotamento dell'aereo. Si chiama «deflusso ordinato»: è semplice, è logico, e fa risparmiare tempo.

In Italia, no. Slacciate le cinture di sicurezza, tutti si gettano contemporaneamente verso l'uscita. Se non ci riescono, intasano il corridoio. Così i passeggeri col posto interno restano bloccati: non possono alzarsi, non possono recuperare il bagaglio, non possono far niente, se non aspettare che la processione s'esaurisca. Se non è rapido come un furetto e magro come un lombrico, il passeggero con posto-finestrino è condannato. Magari si alza, per far capire che vorrebbe uscire. Niente da fare: nessuno lo lascia passare, e resta in piedi sotto la cappelliera, con la testa piegata. Dopo cinque minuti ha il torcicollo, e si rimette seduto.

Giorni fa, all'arrivo di un volo Alitalia da Francoforte a Malpensa, ho voluto fare una prova: mi sono messo in supplice attesa, in ginocchio sui sedili della fila 5, aspettando che qualcuno mi lasciasse uscire. Macché: la fiumana umana non s'è fermata. Non era scortesia: era incomprensione. Forse i passeggeri che mi sfilavano davanti agli occhi pensavano: se mi fermo per far passare quel povero diavolo, quelli dietro protestano, come ai semafori. Oppure: doveva svegliarsi prima, quello lì; adesso aspetti. O anche: quel tipo l'abbiamo già visto sui giornali, diamogli lo spunto per un articolo!

Sì, la spiegazione dev'essere questa. Ho lettori generosi, in fondo.

Recentemente sono stato in giro, e ho avuto occasione di ragionare su una questione non secondaria per l'umanità che viaggia: il vicino di posto in aereo costituisce un'opportunità o una minaccia? Ecco cinque personaggi che hanno allietato – si fa per dire – le mie trasferte. Per ciascuno indico la tratta, anche se non servirà ai lettori per evitarlo.

La Star (volo Fiumicino-Linate, febbraio) – Seduta nei primi posti, s'accartoccia contro il finestrino, protetta dagli occhiali scuri, temendo d'essere riconosciuta. Ovviamente non se la fila nessuno, anche perché i milanesi che rientrano la sera da Roma sono talmente stanchi che non s'accorgerebbero nemmeno se Catherine Zeta-Jones servisse i salatini nuda.

Il Pauroso (volo Milano-Atene, agosto) – Ha un colorito terreo, sebbene stia andando in vacanza. È imbottito di pastiglie, ha lo sguardo vitreo e ha scritto mentalmente il testamento. Per fortuna la moglie è spiritosa, e lo prende in giro («Allacciato il paracadute, caro?»).

Il Migliamaniaco (volo Milano-Bruxelles, ottobre) – Partecipa a diversi programmi Frequent Travellers, e vuole sapere quanti punti ha guadagnato oggi. Non ne ho idea ma rispondo che, se l'Alitalia fallisse, lui perderebbe tutte le sue miglia. Non è vero, ma non fa niente: almeno tace.

L'Autore (volo Malpensa-Washington DC, ottobre) – Ha scritto un libro di racconti e non gli par vero d'incontrare un giornalista/scrittore che non può scappare. Incautamente, dico: «Peccato: l'avesse qui, potrei dargli un'occhiata, il viaggio è lungo». Ovviamente l'aspirante scrittore porta con sé il manoscritto, copiato su una chiavetta Usb.

L'Hobbista (volo San Francisco-Atlanta, novembre) – Corpulento, cinquantenne, dirigente d'azienda. Tira fuori la rivista «Modern Railroader» (Ferroviere Moderno) e legge per un'ora articoli sul modellismo. Poi accende il computer e lancia un gioco in cui i trenini entrano ed escono dalle gallerie facendo «Ciuf-ciuf!». Va avanti così per tre ore, mostrandosi scocciato quando chiedo d'alzarmi. Probabilmente pensa che io debba andare in bagno. Quando gli dico che devo scendere alla prossima stazione, si rilassa.

Nel 1993 ho scritto *Italiani con valigia*, e nel 2000 *Il manuale dell'imperfetto viaggiatore*. Dovessi tornare sull'argomento, ho già un titolo: *Il turista attivista*.

Il vacanziere nazionale ha subìto, infatti, una nuova mutazione. Siamo stati ruspanti, poi ingenui, quindi irritanti, infine eccentrici: ora siamo nella fase frenetica. Abbiamo conoscenze limitate, ma energie infinite. Non conosciamo la storia della Spagna, ma vogliamo visitare tutti i ristoranti di Barcellona. Rubiamo ancora i bottiglini di shampoo nei bagni degli alberghi, ma ora pretendiamo che siano prodotti di qualità: in caso contrario, ci limitiamo a metterli in disordine. Siamo capaci d'attraversare una metropoli per un acquisto: se un celebre monumento ci sbarra la strada, peggio per lui.

Studiate i compagni d'avventura. Scoprirete un italiano nuovo, sempre impegnato a far qualcosa. Controllare, commentare, comunicare, conoscere, chiedere, consultare, consumare (solo la lettura ci provoca qualche ritrosia). Gli ultimi luoghi tranquilli erano gli aeroplani: rischiano di non esserlo più. Tornando dalla Cina ho scoperto che la Cathay Pacific offre la possibilità di controllare l'e-mail in viaggio (presa Ethernet nel bracciolo, in cui qualcuno tentava d'infilare le cuffie per sentire il film). C'è di peggio: stanno per abolire il divieto d'usare i telefoni cellulari in volo.

Se la proposta passa, siamo fritti. Invece d'aspettare l'atterraggio, sciami di mamme lombarde e branchi di nonne venete chiameranno figli, nipoti e parenti dall'aereo. I manager terranno *conference calls* a novemila metri, urlando istruzioni. Finti manager, per darsi un tono, faranno lo stesso. La ragazza del posto 12F parlerà al telefono di pedicure e sesso, e il ragazzo del posto 12A si tufferà attraverso il corridoio, spiegando che lui può risolvere questi e altri problemi.

C'è poi l'aspetto litigioso della cosa. Un *columnist* americano, David Batstone, dice d'aspettarsi risse tra i connazionali se il divieto dovesse cadere. Già oggi i passeggeri americani litigano perché quello davanti reclina il sedile e quello dietro vuol leggere il giornale. Con l'introduzione del cellulare libero, e del *cell yell* (urla al telefono) aeronautico, ogni viaggio rischia di trasformarsi in un incontro di wrestling. Ma forse è proprio questo che vogliamo noi italiani. Almeno, nei lunghi voli, non ci annoieremo più.

I traghetti dalla Sardegna sono luoghi magici: riportano famiglie e fantasie, figli e fidanzate, fuoristrada e fondamentalisti del campeggio. I «costacei» di Porto Cervo e Porto Rotondo preferiscono l'aereo e l'auto a noleggio; i duri e puri scelgono invece la nave, sapendo che la notte in mare è un rito di passaggio. Al profumo della Sardegna e al mesto ritorno in continente bisogna prepararsi attraverso opportuna meditazione. La si può fare anche in una tavola calda piena di bambini olandesi che si tirano i grissini.

Certo, non è più come una volta. I rari «Canguro» e «Tirrenia» nel 1978 portavano esploratori, ed erano pieni di ragazzi col sacco a pelo, costretti alla notte sul ponte dal romanticismo e dal budget. Nel 2008 i traghetti sono navi da crociera, piene di divertimenti e comfort. Gli adolescenti sono abituati a viaggiare in cabina: se papà proponesse un passaggio-ponte, lo denuncerebbero per maltrattamenti. Porto Torres e Olbia, per loro, non sono più apparizioni sul mare, ma banchine affollate da lasciare in fretta.

Altre cose non sono cambiate, invece. I passeggeri sono sempre pallidi all'andata e scuri al ritorno (per l'abbronzatura, e perché devono tornare in ufficio). Le famiglie, nonostante decenni di vacanze sarde, continuano a perdersi nei corridoi, e girano come anime in pena in cerca della cabina. Gli ufficiali di bordo hanno sempre la faccia cinica e rude di chi ha visto tutto: la tardona in cerca di avventura, gli avventurosi in cerca di guai, i rompiscatole in cerca di loro.

Il luogo più fascinoso sono forse i ristoranti, dove filosofici camerieri napoletani illustrano l'umanità che hanno conosciuto durante una lunga carriera. I piatti – non s'offendano gli chef – sono sempre gli stessi, ma la capacità letteraria del servizio sopperisce alla prevedibilità gastronomica. Parliamo di gente che resta a bordo mesi di fila, e deve servire in smoking bianco tamarri che si presentano a cena con canottiera e infradito. Questo influisce sulla visione del mondo.

Chiedete al cameriere di un traghetto di parlarvi dei Mondiali, di Moggi, di banche, di politica, di giornali, di auto o di Vespa (Bruno o motociclo, fa lo stesso). Scoprirete che Torre del Greco non ha prodotto soltanto metà dell'Italia navigante: ma anche bravi sociologhi e ottimi psicologi. Guardatela bene, la signora abbronzata che consiglia il vino al giovanotto con codino: il cameriere saprà dirvi quant'è costato. Non il vino: il giovanotto col codino.

Sembra incredibile, ma nel XXI secolo c'è ancora chi riesce a scattare foto brutte. Più che brutte: imbarazzanti, impresentabili, assurde, sprecate. La tecnologia digitale non ha insegnato nulla. L'unica differenza è che gli orrori sono in pixel e non su pellicola, e finiscono in un computer invece che dentro un cassetto. Per il resto è uguale, se non peggio.

Poter scattare a volontà spinge alla bulimia fotografica, e le vacanze sono il momento peggiore. Il digital-compulsivo infatti è stimolato da circostanze, spettacoli e facce nuove. In città, durante l'anno, può riprendere da ogni angolazione il portiere, il figlio e il collega d'ufficio. Ma non è la stessa cosa.

Strumenti favoriti? Piccole macchine digitali, che alcuni sconsiderati nascondono nel costume da bagno, con effetti inquietanti; e telefoni cellulari capaci di scattare immagini fino a 3 megapixel. Il problema in questo caso è lo zoom di prestazioni modeste, che spinge il fotografo fin sotto il naso (la pancia, il sedere, il seno) della vittima. Alcuni, morbosi, fingono addirittura una telefonata (o la lettura di un sms) per scattare di nascosto. Quindi, se vedete un cretino che vi punta il cellulare sull'ombelico e finge di parlare con la mamma, ditegli di smettere.

Soggetti preferiti? La maggioranza dei fotomaniaci resta sul classico: pancette, pelate, piedi, bimbi arrosto, fidanzate sfocate, pseudo-celebrità, punti panoramici, punti neri, città di notte. Ma la facilità del digitale ha convinto molti a scattare a raffica, dovunque e comunque: quando la memoria della macchina è piena, l'orrendo materiale viene trasferito (via cavo o bluetooth) sul computer, dove giacerà nei secoli dei secoli, senza che nessuno lo degni d'uno sguardo.

Il ragionamento è il seguente: «Se scatto cento foto al giorno, ne uscirà una artistica!». Ecco l'aggettivo pericoloso: «artistica». Spinto da quest'illusione, il poveretto si dedicherà ai dettagli, e accumulerà una collezione di angoli, spigoli, pezzi, sbarre, linee e buche. La prospettiva è quella di un ubriaco a terra, o di una biscia d'acqua. Non fa nulla: tanto è gratis!, ragiona il fotomaniaco. Poi si guarda intorno, e pensa a chi mostrare i suoi capolavori (opzione: «presentazione», con musichetta). L'unico modo per difendersi è giocare d'anticipo: «Lino, guarda che belle foto ho scattato!». Lino si darà alla fuga, e voi starete tranquilli.

Per mezza giornata: poi si ricomincia.

Venerdì pomeriggio. Sto guardando una nave da crociera che scivola sotto l'Harbour Bridge di Sydney, e il cielo che si apre dopo la pioggia.

Qui hanno cieli larghi, muscolosi, dove le nuvole corrono avanti e indietro, giocando una partita tutta loro. Mi piace, l'Australia.

Giorni fa mi sono intrufolato in una comitiva di giapponesi con le cerate rosse, pronti al *jet boating* nel porto: speciali motoscafi si lanciano in evoluzioni, salti, giri su se stessi. I giapponesi non sapevano l'inglese e urlavano per la paura. Ho spiegato, a gesti, che per rallentare dovevamo gridare tutti insieme al pilota: «FAST! FAST! FAST!». Ci sono un sacco di cose interessanti da fare, in Australia.

Come altri bei posti del mondo, questo paese permette agli adulti di fare cose infantili con la faccia seria: e uno viaggia anche per questo, no?

Un esempio. Qui a Sydney è arrivato il nuovo Airbus A380 a due piani: il più grande aereo-passeggeri mai costruito, capace di portare fino a 900 persone. Il volo inaugurale, da Singapore, era pieno di gente eccitata e alticcia, che aveva pagato molti soldi per porre domande strambe all'equipaggio. Il superjumbo, forse, vale tanto entusiasmo; ma gli adulti-bambini s'accontentano di molto meno. Basta vederli prima di un volo intercontinentale: giocano con le tesserine, mettono via la trentesima borsettina-omaggio, importunano le assistenti di volo.

Spesso, nei lunghi viaggi, lo spettacolo di una cabina trasformata in asilo infantile mi tiene sveglio. L'ultima fissazione è la privacy: ci sono viaggiatori disposti a pagare cifre folli, pur di nascondersi durante le tratte notturne. Non perché vogliano mettersi in mutande, e neppure per misantropia. Amano invece la tenda, la capanna, il rifugio. Più o meno come quando avevano otto anni.

Alle compagnie aeree non par vero di poter cavare dalle nostre tasche grandi somme con così poco sforzo. In classe business sono comparsi letti, ripari, conchiglie, ovuli, culle. Nella notte australe, uno vede sbucare un minuscolo cinese da un enorme guscio. Magnifico: sembra *Odissea nello spazio*. Vien voglia di chiedergli: «Scusi, lei da che pianeta viene?». Ma lui non sente, perché s'è messo le cuffie e sta guardando un film.

Gli alberghi mi piacciono. E poi, anche se non mi piacessero, dovrei farmeli piacere, visto il tempo che ci passo per lavoro. Gli alberghi non costituiscono soltanto un ottimo rifugio dalla vita domestica, come diceva G.B. Shaw. Sono anche un campionario di umanità. Tutte le mattine, in ogni angolo d'Italia, nelle sale della colazione passa di tutto. È il motivo per cui molti di noi rinunciano al room service: non vogliono perdersi lo spettacolo.

Guardatevi intorno, la prossima volta. Ci sono le famose coppie mute: dopo trent'anni di matrimonio hanno elaborato un sistema di smorfie e sguardi che sostituisce le parole (boccuccia stretta = il caffè è amaro; occhiata allo zucchero = cosa aspetti a passarmelo?). Ci sono le coppie clandestine: si riconoscono perché lui chiede: «Stella cosa prendi?», e lei risponde: «Fai tu, amore». Ci sono le famiglie orientali in visita: genitori minuti studiano silenziosamente pacchi di guide turistiche, bambini microscopici s'arrampicano sulle tende (per fortuna). Ci sono i gruppi transeuropei: due tedeschi sveglissimi, alle otto meno un quarto, coprono il tavolo di carte e riempiono l'aria di domande; tre italiani li guardano nel dormiveglia.

Lo spettacolo più sconvolgente è però costituito dagli americani coi capelli bagnati. Si svegliano, fanno la doccia (un diritto costituzionale mattutino, per i cittadini Usa), non si asciugano la testa, e scendono a far colazione. Sì, anche d'inverno. Lo facessimo noi italiani ci beccheremmo il raffreddore, seguito da un attacco fulminante di artrite cervicale. Loro, no. Sembrano calciatori nelle interviste del dopopartita: umidi e sorridenti, scuotono la chioma, prendono la solita quantità industriale di cibo indigeribile e se vanno felici al tavolo. Noi li guardiamo, ammirati e atterriti. Ecco i figli di una società spartana!, pensiamo. Poi chiediamo al cameriere se, per favore, può chiudere la porta. Sembra infatti che venga uno spiffero. O sono solo gli americani che sbuffano perché il succo d'arancia non è abbastanza gelido e sono finite le uova strapazzate.

Molte lettrici mi chiedono consigli su dove portare in vacanza mariti iperimpegnati, fidanzati di lungo corso, amanti poco organizzati. Spiagge tropicali? Ma no! Meglio l'Europa, che offre destinazioni fascinose e facilmente raggiungibili. L'importante è scegliere bene: non si può trascinare un marito freddoloso a San Pietroburgo o un fidanzato colto a Saint-Tropez.

Dublino, ideale per gli astemi. Nella capitale irlandese, città vivace e letteraria, la Guinness non è una birra, ma una seconda religione (più rispettata della prima, par di capire). Se il vostro partner non beve, si sentirà osservato come un cannibale vestito da sera, un alpinista su una spiaggia, un Berlusconi riccioluto. Tanta attenzione farà bene al suo amor proprio.

Budapest, perfetta per gli insicuri. Buda sta su, Pest sta giù, in mezzo c'è il Danubio. Queste certezze infondono serenità al viaggiatore. Il problema di Budapest è questo: come tutte le città che iniziano per B, è piena di belle ragazze. Se l'insicuro è afflitto da quello che gli inglesi chiamano *roving eye* (occhio esploratore) gli verranno lo strabismo, la tachicardia e il torcicollo. A voi, l'esaurimento nervoso.

Riga e **Tallinn**, come sopra. Le belle ragazze sarebbero ancora di più, ma stanno tutte all'estero.

Oslo, la città dei buongustai. Se lui ama lo sci e i gamberetti, la capitale norvegese non ha rivali. Se ama le bionde, le rivali le avrete voi.

Edimburgo, ottima per i romantici. Il castello, i giardini, le piazze georgiane: l'uomo sensibile, nell'umida e fascinosa capitale scozzese, sarà felice. L'importante è che non soffra di reumatismi, altrimenti potete buttarlo via subito.

Cracovia, la città degli insegnanti. È una delle capitali europee della «E-generation» (Euro-E-mail-EasyJet-Erasmus), piena di ragazzi a qualsiasi ora del giorno e della notte. Se il vostro partner è un professore, penserà di avere un incubo e andrà a chiudersi in albergo. A quel punto potete andare a divertirvi da sole.

Berlino, la destinazione degli architetti. Se il vostro compagno è un architetto, o svolge una professione limitrofa (geometra, urbanista, immobiliarista, costruttore, piastrellista), girerà tutto il giorno col naso per aria. Se volete liberarvi di lui, fategli attraversare Potsdamer Platz, è il gioco è fatto.

Mi avvicino ai quarant'anni di viaggi indipendenti.

Il primo nel 1971: quattordicenne, in Svezia, ospite di amici di famiglia (ero ipnotizzato dalle commesse nei grandi magazzini NK di Stoccolma). Il più recente in Libano (non scherzano neppure le commesse di Beirut).

In questo periodo ho capito che nei viaggi, come in molte cose della vita, gli errori che si evitano contano quanto le cose giuste che si fanno.

Permettete, dunque, dieci consigli sul bagaglio. Magari salvate la vacanza.

1. Portate una sola borsa a mano, e imparate a tenerla tra i piedi (quando parlate, pagate, aspettate, bevete, mangiate, sognate). La se-

conda borsa la dimenticherete qua e là, oppure ve la ruberanno.

2. L'unica borsa a mano abbia le rotelle. Gli aeroporti del mondo sono sempre più grandi, e fare gli sherpa di se stessi non è una buona idea.
3. Se dovesse accadere di perdere questa borsa, dovete poter continuare il viaggio. Perciò passaporto, soldi, carte di credito e biglietti vanno tenuti indosso (tasche chiuse con bottoni o cerniere).
4. Portate una sola valigia, semirigida, verticale, con quattro rotelle (due non bastano). Potrete spostarla senza tirarla, e questo fa la differenza.
5. Portate vestiti che si possano combinare, accessori versatili e un impermeabile. Cambio di biancheria per una settimana: poi, si lava.
6. Portate poche scarpe. Tre bastano. Un paio marroni per camminare, un paio nere più eleganti, infradito da bagno/spiaggia/piscina. I consigli numero 5 e 6 sono maschili. Le valigie delle donne, in materia, sfuggono alla mia autorità (e alla mia comprensione).
7. Portate una borsetta da toilette minimalista – prodotti piccoli, da rimpiazzare col furto nei bagni degli alberghi – e una mini-farmacia. Bastano poche pastiglie di lassativo, astringente, analgesico, antistaminico, sonnifero. Tanto, starete benone.
8. Portate un maglione scuro comodo (lana o cotone, dipende da stagioni e destinazioni). Tornerà utile sugli aerei, nel tempo libero e quando il cameriere bussa col room service e voi state in reggiseno (il consiglio vale anche per i maschi, con e senza reggiseno).
9. Portate un libro rilassante che parli del posto dove andate, una guida turistica e un frasario.

Imparate cinque parole nella lingua locale (buongiorno, buonasera, a presto, grazie, scusi). Dimostrano un piccolo sforzo, e vi apriranno più porte di quante immaginate.

10. Ignorate ciascuno dei nove consigli precedenti, se avete idee migliori.

6

Socialmente dannosi

Al termine di ogni estate è tempo di tirare le somme. Ecco alcuni personaggi femminili che hanno inquietato le nostre vacanze. Se non ne avete incontrato almeno un paio, siete andati in ferie al Polo Nord.

Donna ROAR (Romana Oltremodo Aggressiva e Rissosa) – La maggioranza delle romane sono aperte, altruiste e filosofiche; alcune però sono davvero insopportabili. La donna ROAR ha una cinquantina d'anni, e crede che la vita sia stata ingiusta con lei (magari perché la domestica l'ha lasciata). È convinta d'avere un credito col mondo, e intende riscuoterlo. Voi che c'entrate? Niente: avete solo la sfortuna di trovarvi sulla sua pista.

Donna MIAO (Milanese Inquieta Attenta Ossessiva) – La donna MIAO usa le vacanze per abbronzare le sue nevrosi. Ha una quarantina d'anni, una collezione di fissazioni, e pretende rispetto: le sue inquietudini non vanno prese alla leggera. È capace di squisite gentilezze, per le quali pretende regolare ricevuta.

Donna GULP (Genovese Utilitarista Lucida e Prudente) – Quest'esemplare femminile è poco conosciuto, perché ama mimetizzarsi (ha una parente piemontese: la donna TUMP, Torinese Umile Ma Perfida). A Rapallo o Alassio si confonde col paesaggio; in Sardegna o sulle Dolomiti sceglie il basso profilo ligure, allenato in mezzo secolo d'esistenza. Sostanzialmente, la GULP si fa gli affari suoi. Il suo sguardo è uno scanner: vi esamina, vi attraversa e passa oltre. La diagnosi? Meglio non conoscerla.

Donna NEON (Napoletana Entusiasta O Negativa) – La NEON arriva in due versioni. C'è l'entusiasta-euforica, evoluzione della mater familias partenopea. Le vacanze sono l'occasione per cene, viaggi in compagnia, riunioni familiari: se intorno non ci sono almeno dieci persone, s'annoia. L'altra NEON è speculare: più giovane e introversa, vede sempre guai all'orizzonte (anche se sta fissando la punta delle scarpe). Provate a darle una buona notizia e vi risponderà: «Ma quando mai!». Tentate di farla sorridere e vi guarderà con lo sguardo triste di una cozza. Da evitare: è come la pioggia d'autunno sul Tigullio.

Voi direte: e gli uomini? Calma: ci arriviamo.

Ci siamo dedicati ad alcuni personaggi femminili che inquietano le nostre vacanze. Ora tocca agli uomini. Non è par condicio: è che i rompiscatole non hanno sesso, e non riposano mai.

Il podista suicida – Ha una trentina d'anni, e può essere alto o basso, asciutto o robusto, lento o veloce: ma è sempre vestito di scuro (blu, nero, viola), e corre sul lato della strada. Sbuca improvvisamente dall'oscurità, e quando imprecate vi saluta felice: per forza, l'ha scampata un'altra volta.

L'uomo che guarda il cellulare – Ha una quarantina d'anni, e ha scoperto gli sms. Ci mette un'eternità a scriverli, e quando li legge li commenta con smorfie e gridolini. La moglie dice: «È come non averlo!». Poi s'accorge d'aver usato la stessa frase per il figlio di otto anni, e si preoccupa.

L'uomo che non saluta – Ha una cinquantina d'anni, e qualcuno l'ha convinto d'essere importante (definendolo «manager», dicendogli che ha una bella macchina). Arriva in un gruppo, e si rivolge solo all'amico, ignorando tutti gli altri. Le signore presenti avrebbero dovuto tentare di rieducarlo, ma hanno esitato, e ormai l'estate è quasi finita.

L'uomo che grida – Ha superato i sessant'anni, e compensa col tono di voce l'autorità che crede d'aver perduto (perché è andato in pensione, perché le signore non lo guardano come una volta). Può essere un nonno che chiama i nipoti, un ex dirigente industriale che discute di politica, un giocatore di briscola che lamenta la scomparsa dei bar d'una volta. In ogni caso grida, e incute una certa soggezione. Se lo capisce, grida ancora di più.

L'uomo della penultima cena – Ha compiuto i settant'anni, e adora le grandi cene con amici. Ama gli affettati misti, le cofanate di pasta, le schiere di bottiglie vuote, le tavolate nei ristoranti (sebbene siano deleterie, tanto per il suo colesterolo quanto per il suo portafoglio). Teme gli acciacchi dell'età e tende a commuoversi: ogni cena è sempre la penultima.

E gli ottantenni?, direte voi. Gli ottantenni e i novantenni fanno quello che vogliono: godono di immunità assoluta. Sono arrivati fin lì, e tanti complimenti.

Venticinque segni inequivocabili che è una giovane donna da lasciar perdere (un segno: attenzione. Due segni: pericolo! Tre segni: darsi alla fuga).

1. Ha il pollice consumato per troppi sms.
2. È completamente priva d'ironia. Quando sente una freddura, controlla che lo sportello dei surgelati non sia rimasto aperto.
3. Crede che il testosterone sia uno shampoo per capelli secchi.
4. Compra profumi che hanno un nome da automobili, e viceversa.
5. La sua borsetta è stata dichiarata inagibile dall'Organizzazione Mondiale della Sanità.
6. Mette un fondotinta che sembra prodotto da Swarovski.
7. Possiede solo scarpazze con la puntazza.
8. A letto si toglie gli stivali. A letto: non prima.
9. Litiga con la sorella più giovane, e la chiama «la scema».
10. Considera tutti i suoi precedenti fidanzati 4-I (Individui Infantili Irritanti e Inaffidabili).
11. Quando voi partite, lei si strappa le vesti. Poi va a comprarle nuove.
12. È convinta che Valentino sia lo zio di quello che corre in moto.
13. Non si pesa dal XX secolo.
14. Parla di depilazione più di una volta al mese, descrivendone i cruenti procedimenti.
15. Il silenzio la spaventa. Una volta siete rimasti zitti per dieci minuti e ha chiamato il 113.
16. Dice sempre «Assolutamente no», sprecando sei sillabe. Poi cambia idea.
17. Non mette il casco in moto (dice che le rovina la pettinatura).
18. Non vuol essere abbracciata (spiegazione: la stessa).
19. Non guarda mai, ma vede sempre.
20. È già vestita da Grande Seduttrice alle nove del mattino, e poi si lamenta che gli uomini non hanno più i bioritmi di una volta.
21. Vi chiama «Pucci».

22. Ha gli occhi di Bambi durante la stagione della caccia.
23. Adora le feste a tema.
24. S'aspetta di essere accompagnata, servita e riverita.
25. Legge e dice alle amiche: «Ehi! Severgnini parla di voi!».

La vita sentimentale delle amiche dai 25 ai 35 anni somiglia sempre più a un racconto dell'orrore. Siccome non è possibile che s'inventino tutto, ho deciso di intervenire.

Venticinque segni inequivocabili che è un uomo da lasciar perdere (un segno: attenzione. Due segni: pericolo! Tre segni: darsi alla fuga).

1. Quando ti incontra dice: «Hi baby!».
2. È completamente privo di ironia. Le uniche battute di cui è capace riguardano la caccia o il tennis (e anche lì è scarso).
3. Non usa mai un congiuntivo.
4. Usa solo congiuntivi.
5. Il suo dopobarba ha lo stesso odore del bagno degli aerei dopo un lungo volo.
6. Quando gli presentate un amico ematologo che parla di plasma, lui pensa sia un tecnico della TV.
7. Le dimensioni del suo televisore sono superiori a quelle della sua libreria.
8. Ricicla le barzellette via sms.
9. Si annoda la sciarpa con grande attenzione.
10. Non dice cellulare ma «cellu». Non dice nervoso ma «sclerato».
11. Considera tutte le sue precedenti fidanzate 4-B (Banali Boriose Bellezze Barbizzate).

12. Parte e non chiama per quindici giorni. Al ritorno dice che vi ha pensato tanto.
13. Fa i muscoli davanti allo specchio e non ride.
14. Quando gli dite che Costantino è famoso per il motto «*In hoc signo vinces*» chiede: «Gliel'ha suggerito Costanzo?».
15. Si rade sotto le ascelle.
16. Non sta mai zitto. Il suo silenzio è solo attesa di prendere la parola.
17. Dice sempre e solo «Assolutamente sì», sprecando sei sillabe.
18. Apre una rivista femminile e legge solo la pubblicità dell'intimo.
19. Apre una rivista femminile e non s'accorge della pubblicità dell'intimo.
20. Guida una Porsche Cayenne.
21. Non mette la cintura di sicurezza (dice che lo fa sentire prigioniero).
22. Non vuol sentir parlare di matrimonio (spiegazione: la stessa).
23. Ha più di venti paia di scarpe (senza contare quelle sportive).
24. Ha gli occhi scamosciati.
25. Ascolta Barbra Streisand.

Parleremo di Scrutatrici. No, non quelle: tra elezioni politiche, elezioni amministrative, referendum e contestazioni varie, le professioniste del seggio hanno fin troppo da fare, e vanno lasciate tranquille. La Scrutatrice di cui parliamo oggi è un'altra, altrettanto meticolosa. È la moglie che scruta il marito. Figura mitologica, temuta dai maschi maritati di ogni età.

Voi direte: perché la Scrutatrice dev'essere per forza una moglie? Risposta: perché le ragazze ammirano (per un po' almeno), le fidanzate osservano, le amiche guardano. Solo le mogli – e nemmeno tutte – scrutano. La Scrutatrice è riconoscibile perché è concentrata e silenziosa. Il suo sguardo laser si posa sul coniuge e ne segue ogni mossa. Lui fa una cosa goffa, cerca di rimediare, peggiora la situazione, arrossisce, balbetta. Lei potrebbe intervenire, o almeno dire qualcosa. Invece, scruta. I presenti non riescono a cogliere il sadismo dietro lo sguardo impassibile. Il coniuge, sì. Sa che la signora sta registrando l'accaduto sul disco rigido (molto rigido) che ha in testa, in attesa di usarlo in futuro.

Come? Quando? Semplice: raccontando a figli, amici, parenti e personale domestico l'orrenda figura del (cosiddetto) capofamiglia, senza trascurare il minimo dettaglio (*«Papà si è alzato, ha urtato la dottoressa Bianchi – sì, quella che zoppica leggermente – così lei ha rovesciato l'analcolico sulla gonna chiara di Luisa – sì, Luisa Rossi, quella pazza maniaca perfezionista. Invece di scusarsi con la Rossi, papà s'è lanciato sulla Bianchi che lo ha guardato malissimo e stava per dirgli "pussa via" quando il cameriere è intervenuto con un tovagliolo, e papà quasi si mette in ginocchio davanti a lui, piagnucolando di riconoscenza...» – segue*).

Cosa fa un uomo, in questi casi? Tace, e medita vendetta. Ma la vendetta è impossibile, perché lui non s'accorge di niente, mentre lei vede *tutto*. La Scrutatrice ha un'ampia visione periferica, un occhio per i dettagli, una memoria di ferro: e nessuna pietà. Se la Martellatrice martella e l'Umiliatrice umilia – parleremo tra poco di queste possenti figure femminili – la Scrutatrice tace. Come una sfinge in abito da sera, studia la sua vittima, e ne assapora l'imbarazzo. L'abilità nel dissimulare le emozioni, e nel cogliere quelle altrui, potrebbe farne una grande giocatrice di poker. Ma a lei non interessa vincere alle carte. La posta in gioco è più alta.

Siete voi.

La Scrutatrice ha una sola, vera rivale: la Martellatrice. Non è solo una donna insistente, tenace o ripetitiva: è una macchina da guerra lanciata contro l'obiettivo. Se l'obiettivo siete voi, buona fortuna.

Come si riconosce una Martellatrice? Innanzitutto, dalla ferocia sorridente. La moglie Martellatrice, per esempio, ama chiedere al marito la stessa cosa: due, tre, cinque, sette volte al giorno. «Hai parlato con l'amministratore del condominio?» domanda, appena sveglia. Lo sventurato risponde: «Ho lasciato un messaggio, mi richiama». «Hai parlato con l'amministratore?» gli chiede dopo il lavoro. L'infelice ripete: «Ho lasciato un messaggio, mi richiama». A cena la Martellatrice torna all'attacco: «Hai parlato con l'amministratore?». Il poveretto, senza alzare gli occhi dal risotto, mormora: «Ho lasciato un messaggio». Ci fermiamo qui. Ma la Martellatrice, di solito, assesta almeno altri due colpetti: uno davanti alla TV; uno a letto, prima di spegnere la luce.

Cosa spinge una brava donna a commettere tali crudeltà? Una forma di demenza causata dalla degenerazione delle cellule nervose? Macché. La Martellatrice ha quarant'anni, la sua vittima pochi di più: tutti ricordano tutto, fin troppo bene. Trattasi allora di sadomasochismo domestico? No, perché la Martellatrice ama il coniuge, in fondo; e lui non si diverte, a essere martellato così.

La spiegazione è un'altra: la Martellatrice è intimamente convinta che lui non ascolti e/o non capisca. Questa sfiducia non viene manifestata in modo esplicito («Marrano! So che non hai chiamato l'amministratore!»), bensì con ripetizioni e allusioni. Alcune professioni portano questa diffidenza a livelli parossistici. Molti insegnanti, sacerdoti, medici, commercialisti, magistrati e notai sono intimamente convinti che l'ascoltatore non abbia la preparazione necessaria a capire ciò che gli si dice. E allora ripetono. Scusate: martellano.

Se escludiamo i religiosi – vista la posizione della Chiesa sul sacerdozio femminile, è improbabile che la

Martellatrice domestica rientri nella categoria – gli altri ruoli sono insidiosi. Certo: ci sono insegnanti che non martellano; e Martellatrici che non insegnano. Ma il rischio didattico esiste. Volete sapere se è possibile chiedere aiuto? Certo: ma occorre aspettare le sedici ripetizioni quotidiane. In questo caso scatta il reato di molestie, e potete chiamare i carabinieri.

Prova un piacere fisico a togliere divertimento al prossimo: marito, figli, figlie, amici, parenti, colleghi, chi càpita. Se sorveglia la vostra dieta ipocalorica, per esempio, non lo fa amorevolmente e discretamente, ma con iperbolico sadismo. Quando s'accorge che intorno a lei c'è il fuoco dell'entusiasmo, butta lì una battuta e spegne le fiamme, osservando felice le braci fumanti della conversazione.

Come, chi è? È l'Umiliatrice, la professionista della battuta gelida, la vestale dell'osservazione che deprime, la sacerdotessa del disagio altrui.

Alcuni diranno: è mia madre quando ha il nervoso! È il mio capoufficio durante le riunioni! È la professoressa d'inglese quando mi dice che parlo come Jimi Hendrix dopo un'overdose! Sbagliato: l'Umiliatrice è una figura eterna. Mi sembra d'aver letto che anche Elena di Troia, quando Paride si vestiva per la battaglia, gli dicesse: «Sei ingrassato, non ti si chiude la corazza».

Gli inglesi hanno un'espressione per definire questi personaggi: *killjoy*, quelli che uccidono la gioia. Altrui, naturalmente: loro si divertono un mondo. L'Umiliatrice è parente dell'Arronzatrice, di cui parleremo (quante lettere di maschi riconoscenti!): quella che vi ronza intorno nel corso di una discussione, e si mette sempre dalla parte degli altri. Ma l'Umiliatrice è più scientifica nella sua perfidia, e non ha bisogno di testimoni. Non vi fa arrabbiare – la rabbia talvolta è liberatoria – ma vi avvilisce. La sua ricompensa è la delusione dipinta sulla vostra faccia.

Qualcuno dirà: «Benissimo, abbiamo capito il personaggio; adesso vogliamo sapere come neutralizzarlo». Risposta: attaccando. L'Umiliatrice non sopporta d'essere anticipata: per lei, è una forma di umiliazione. Se, durante la dieta, state per lanciarvi su un lussureggiante bignè al cioccolato, non fatelo di nascosto. Annunciate: «Sto per gettarmi su quell'oggetto cremoso, vietatissimo e perciò doppiamente squisito! Chiunque tenterà di impedirmelo viola almeno tre articoli della Dichiarazione dei Diritti dell'Uomo, e si becca l'altro bignè in faccia». A quel punto l'Umiliatrice, che ama pugnalare alle spalle, non saprà che fare. Se tace, siete salvi. Se apre bocca, potreste approfittarne per infilarci gioiosamente quel bignè. Sì, almeno una volta, fatelo (punirne una per educarne cento). Un consiglio: non troppo spesso. L'Umiliatrice potrebbe scoprire che i bignè le piacciono, e poi dovreste inventare qualcos'altro.

Non ditemi che non conoscete l'Uomo Pastello. È il sessantenne che porta il maglioncino aragosta, il pantalone bianco, la polo turchese e i Crocs gialli: non sempre tutti insieme, per fortuna. È stato giovane negli anni Sessanta. La sua sensibilità cromatica s'è formata allora, e oggi – mai vecchio, mai domo, irriducibile – sembra sceso dalla copertina di *Sgt Pepper's Lonely Hearts Club Band*. Lui non lo sa, però. Si ritiene un eterno giovanotto, e fa lo smorfioso con le amiche della nipote, che pensano: «Qualcuno calmi il nonno, o gli tiro uno sberla».

È stata un'acuta lettrice, Clara C., a indicarmi il personaggio. Aveva letto un mio commento sull'Uomo Farfalla – quello che indossa solo cose nuovissime, che durano una sola stagione – e mi ha invitato ad allargare lo sguardo. Lady CC mi ha fatto capire che l'Uomo Pastello è un protagonista italiano: pernicioso o patetico, dipende. Al mare, fiducioso nelle virtù dell'abbronzatura, dà il peggio di sé.

Coste sarde, riviera ligure, Argentario, costiera amalfitana, isole minori: in ogni festa ce ne sono almeno quattro. Esiste anche un esemplare veneto e romagnolo (Homo Pastellus Adriaticus), ed è più alla mano: sembra la comparsa di un film, e corre dietro alle cameriere polacche nei bar dei campeggi.

L'Uomo Pastello Tirrenico non lo farebbe mai. A Porto Rotondo e a Portobello, a Santa Margherita e a Portofino, a Porto Santo Stefano e a Capalbio, all'Elba, a Positano e a Taormina lo conoscono tutti, e sanno di cosa è capace. Di amicizia sincera e conversazione brillante, certo; ma anche dell'assalto corsaro a una neodivorziata quarantenne che vorrebbe star sola. Lei è sdraiata al sole, finalmente libera dal marito asfissiante, e pensa quanto sono cretini gli uomini. L'Uomo Pastello sbuca da uno scoglio, rapido come una murena, e s'informa: «Libera stasera, bellezza?».

Se avesse il coraggio di proporre una vera serata anni Sessanta – Fred Bongusto, la rotonda sul mare e quella roba lì – la bella signora potrebbe anche intenerirsi. Invece l'Uomo Pastello suggerisce una serata in discoteca, dove s'addormenta su un divano. Siccome è tutto colorato, qualcuno lo scambia per un cuscino. Lui non protesta: se il fondoschiena è femminile, si limita a emettere un sospiro, come un materassino senza tappo.

Per capire le Arronzatrici, dovete ignorare i significati del verbo «arronzare» (dallo Zingarelli: 1. Lavorare in fretta e male. 2. Urtare con violenza un'altra imbarcazione. 3. Affaccendarsi). «Arronzatrice» è un neologismo onomatopeico: trattasi di moglie (fidanzata, ragazza, compagna, amica del cuore) che vi ronza intorno nel corso di una discussione con altri, e si mette dalla parte degli altri. Sempre, con metodo e convinzione. Per esempio: vi ferma la polizia, e lei è subito solidale col poliziotto (che farebbe a meno dell'alleata, ma abbozza). Oppure: cercate di tirare sul prezzo, e lei vi dà del tirchio. O anche: discutete in gruppo, e lei fornisce a tutti gli argomenti per umiliarvi.

L'Arronzatrice non è cattiva: è sadica, che è un'altra cosa. C'è una sorta di piacere perverso nel modo in cui vi mette in difficoltà davanti al prossimo. Molti uomini subiscono, pochi sbottano, alcuni divorziano. Lei, l'Arronzatrice, non capisce. È convinta d'essere stata imparziale, e magari è vero. Ma in certi momenti uno non vuole una donna imparziale: vuole qualcuno che gli dia una mano.

Arriva l'estate e vedremo all'opera le celebri Arronzatrici da Spiaggia, che si divertono a commentare il girovita del consorte («Massimo, fai vedere a tutti come sei ingrassato!»). La sera assisteremo ai virtuosismi dell'Arronzatrice Sociale. Nelle lunghe serate all'aperto, quando il sole della giornata e il vino bianco cominciano a fare effetto sui commensali, lei mantiene alta la concentrazione, e riesce a mortificarvi con piccoli, ripetuti, sferzanti commenti. È così cattiva che anche le zanzare la evitano. Ma la scelta di tempo è impeccabile, l'intuizione ammirevole, l'efficacia delle punture notevole.

Perché l'Arronzatrice si comporta così? Perché mostra rispetto per ogni divisa all'orizzonte (carabinieri, vigili, casellanti, camerieri, cassiere, posteggiatori, bagnini, pompieri) e non per il legittimo consorte? Perché adula gli sconosciuti, difende i figli, spalleggia le amiche ma si diverte ad avvilire il compagno di una vita? Perché solidarizza con tutte le popolazioni sfortunate del pianeta, e si diverte a ferire voi, che non le avete fatto niente? Sono domande impegnative, che andrebbero rivolte all'interessata. Ma l'Arronzatrice non risponderà. Nega tutto: è convinta d'esercitare una mansione morale – illustrare le vostre carenze, più volte al giorno e rigorosamente in pubblico – e niente la fermerà.

7

Socialmente tipici

Li ho beccati anche stavolta: a Los Angeles con le camicie a fiori, a San Diego in posa da surfisti, in Arizona coi cappelli da cowboy, a Las Vegas travestiti da biscazzieri. Ovviamente non conoscono i Beach Boys, non hanno mai affrontato un'onda, non hanno visto una vacca a meno di dieci metri, e gli unici tavoli verdi che conoscono sono gli antichi banchi di scuola. Chi sono, questi nuovi Zelig? Turisti: gente la cui massima aspirazione è confondersi con l'ambiente circostante.

Mimetizzarsi per farsi notare: la contraddizione non disturba i nuovi camaleonti delle vacanze. Non si esibiscono solo in America, e non sono soltanto italiani: le inglesi che arrivano in Toscana e si travestono da contadinelle sono uno degli spettacoli più esilaranti dell'Europa unita. Ma noi, come al solito, ci mettiamo un tocco di fantasia perversa.

Chiunque abbia visto una signora milanese in India, calata dentro vasti pantaloni di seta, con una decorazione circolare in fronte, sa cosa voglio dire. Spesso l'interpretazione è mediocre: i pantaloni sono goffi; e più che una decorazione, il segno in fronte sembra una ciliegia spiaccicata. Ma che importa? Il travestimento – a Calcutta come in California – dà l'illusione d'aver capito il posto, ed esserne stati accettati.

Non accade solo ai turisti. I novelli Zelig si esibiscono anche sul posto di lavoro. Nelle banche di Londra, ormai, gli unici vestiti da inglesi sono i giovani italiani: ingessati nel gessato, sono convinti di sembrare dei banchieri. Lo stesso vale per gli intellettuali nostrani che s'aggirano nel Village di New York o in certi quartieri di Parigi. Magari hanno scritto solo una prefazione per l'amico pittore, ma la ritengono sufficiente: è un lasciapassare per il travestimento, e il travestimento è necessario per l'inserimento. Dimenticavo: senza inserimento non c'è divertimento.

Uno si chiede: se trascorressero l'estate in una baita della Val Badia, questi personaggi si travestirebbero da pastori? Certo: dopo pochi giorni nemmeno le mucche badiote riuscirebbero a riconoscere, in quel rude valligiano, il noto commercialista di Varese. A Cortina molte dame romane fanno lo stesso: quando le vedono passare col dirndl, gli edelweiss fingono d'essere stelle di mare. Non è grave, naturalmente: questi travestimenti arricchiscono i commercianti locali, e piacciono agli altri indigeni. La signora così vestita, infatti, ha una sua utilità sociale: quando i bambini del Cadore la vedono, sanno che è cominciata l'estate.

«Abbuffarsi» e «buffet» hanno etimologie diverse. Il primo vocabolo deriva dall'antica voce meridionale «boffa» (rospo); il secondo pare venga da *bufetus*, che nel latino medioevale di Venezia indicava il piccolo armadio nel quale venivano riposte le stoviglie.

Curiosa, questa doppia origine: perché oggi nei buffet ci s'abbuffa. Riempirsi ingordamente di cibo è la tendenza di quasi tutti, nei pranzi in piedi. Osservatelo, l'affermato professionista, mentre nasconde una razione sufficiente per un drappello di ussari. Ammiratela, la donna-manager che mette nello stesso piatto tiramisù e vitello tonnato. Studiatelo, il pensionato-scoiattolo, che accumula riserve di cibo. Guardatela, l'esile signora che s'ingozza durante il breakfast alberghiero (a casa, solo una tazzina di caffè nero).

Perché la gente si comporta così? Ricordi di mense scolastiche, o timore atavico di non trovare alimento in futuro? Non so cosa muova il moderno Buffettaro. Vedo però che, davanti a un tavolo carico di cibi, si comporta come Luna, la mia dalmata: finché ce n'è, mangia. Luna ha un vantaggio, tuttavia: non parla, mentre consuma. I Buffettari si scambiano invece opinioni cercando d'infilzare un uovo sodo che schizza nel piatto; salutano tenendo d'occhio l'arrivo del risotto; fingono d'ascoltare mentre cercano di ricordare dove hanno lasciato il bicchiere (alcuni l'appoggiano in un posto strategico, che subito dimenticano).

La situazione è destinata a peggiorare: il numero dei buffet, infatti, aumenta. Questa forma di ristorazione punitiva sta prendendo piede: consente di rifocillare molte persone in uno spazio ristretto, in tempi rapidi e a costi ragionevoli. Dobbiamo cominciare a riflettere sul fenomeno, invece d'ingozzarci come oche. Provate a rispondere a queste domande, per esempio. Perché il sogno di tutti, nei pranzi in piedi, è sedersi? E, nei pranzi seduti, è alzarsi? Se conoscete la risposta, siete già sulla buona strada. Come, verso dove? Ovviamente verso casa, dove starete tranquilli.

«Per me, solo un caffè.» Questa è una delle frasi che i camerieri detestano di più, e a ragione.

La compagnia è numerosa, rumorosa, affiatata, assetata, affamata. Gli uomini scherzano, pensando d'essere divertenti. Le donne ridono, trovandoli ridicoli. A capotavola siede, trionfale e buddesco, il solito «Pago-Pago», che non è il capoluogo delle Samoa Americane, ma una persona più avanti con gli anni – padre, zio, amante, capoufficio: dipende dalle circostanze – che a un certo punto dirà: «A me il conto!». E tutti penseranno: «Bene!», mentre grideranno: «Ma no!».

Insomma: avete capito la situazione festosa e spensierata, uno di quei momenti italiani tanto cari ai ristoratori, perché nessuno guarda i prezzi sul menu. Ebbene: arrivati al dolce, il cameriere s'avvicina timidamente (lavoro complicato, quello del cameriere per le tavolate: se non arriva, tutti lo vogliono; se compare, nessuno se lo fila). Si guarda intorno. Tira fuori il taccuino e la biro. Dice: «Un bel dolce, adesso?». A quel punto, da professionista qual è, sa che il destino della serata, e un'ottantina d'euro d'incasso, dipendono da una frase: «Per me, solo un caffè».

Se qualcuno la pronuncia, è fatta. Tutti gli altri s'accodano, come anatre in un lago. «Sì, anche per me.» «Caffè anche per noi.» «Ma sì, un bel caffettino è quello che ci vuole.» Perfino Pago-Pago, pur desideroso d'accrescere il suo eroico sacrificio, dice: «Allora, sono dieci caffè». Il cameriere osserva disgustato la scena, e guarda con odio la signora che, per prima, ha pronunciato la frase fatidica. Se potesse, andrebbe in cucina, tornerebbe con una meringata alla cioccolata calda e gliela verserebbe nella scollatura.

Non è l'unico esempio di conformismo istantaneo, naturalmente. In fondo siamo animali sociali, e amiamo fare le stesse cose, possibilmente tutti insieme. Da tempo, per esempio, sono all'opera in Costa Smeralda i leggendari «mirtopertutti!». I tre vocaboli – mirto (sostantivo), per (preposizione), tutti (pronome) – si pronunciano d'un fiato, la sera, seduti a uno di quei bei tavolini sul porto dove si respirano i superscappamenti dei superricchi. Qualcuno nel gruppo trilla: «Shakerato, mi raccomando!». E non si riferisce al suo stato mentale, come sarebbe giusto, ma al delizioso liquore sardo che va giù che nemmeno te n'accorgi, ma a Milano non è la stessa cosa anche se lo tieni in freezer. Vero, baby?

Sono un noto estimatore dei miei giovani connazionali, che considero mediamente più svegli di tanti coetanei stranieri. Essere italiani è un lavoro a tempo pieno: anche se non risulta nei curriculum, battersi contro stranezze e furbizie è un'esperienza formativa, tempra lo spirito e prepara alla vita.

Nessuno s'offenderà, quindi, se elenco alcuni giovani errori, soprattutto al momento di cercare lavoro (passaggio difficile, che rende incerti e vulnerabili gli anni dai 25 ai 30). Ecco alcuni atteggiamenti controproducenti.

L'Ansioso – Davanti a una proposta che richiede tempo, comincia a tempestarti di mail, sms, dubbi e domande. Si fa? Non si fa? Quando, come? Non ancora, perché?! È vero che noi adulti – seduti belli comodi sopra carriere, vantaggi e privilegi – siamo spesso smemorati e inaffidabili. Ma torturarci non serve.

Il Difficile – Davanti a un'apertura, comincia a creare difficoltà. Un colloquio martedì verso sera? «Non posso, ho la palestra.» Mercoledì mattina? «Nemmeno, ho il turno.» Giovedì a mezzogiorno? «Sono dall'altra parte di Milano, e ho un impegno al lunch.» Fossero scuse, sarebbero perfette. Il Difficile, invece, tiene veramente all'incontro. Ma diventa così irritante che uno lascia perdere.

La Minuziosa – Vuole sapere tutto subito, in ogni dettaglio. Nei colloqui di lavoro s'informa, per prima cosa, su orari, ferie, permessi, scatti. Poi si stupisce se prendono un altro.

L'Iperdisponibile – Accetta ogni cosa, e lo dice: orari folli, retribuzioni ridicole, prospettive inesistenti. In questo modo, si svaluta. Non basta la buona volontà (quella si dà per scontata): nel mondo del lavoro è necessario essere dotati di autostima e di idee (chiare, se possibile).

La Sindrome di GREC (Grato, Riconoscente, Eccitato & Commosso) – Il GREC è un concentrato dei difetti precedenti, e ne aggiunge altri. Agli appuntamenti, arriva trafelato; parlando, s'emoziona; quando viene lodato, ha gli occhi lucidi. Se poi le cose non vanno per il verso giusto, apriti cielo: il GREC deluso diventa una belvetta astiosa.

Ecco, è tutto: cinque atteggiamenti discutibili, cinque errori da evitare quando si è giovani. Meglio aspettare la mezza età, per sbagliare. Guardate noi, come siamo bravi.

I liberi professionisti esaminano i nostri denti, la nostra pelle, la nostra psiche, la nostra situazione fiscale, catastale, matrimoniale. È tempo che noi cominciamo a esaminare loro. A questo scopo, suggerisco di analizzare le riviste che tengono in anticamera. Attraverso uno studio attento, è possibile capire con chi abbiamo a che fare.

Cosa indicano tre copie di «Io Donna» del 2003? Risposta: un lettore del «Corriere della Sera» con tendenza alla conservazione, scapolo (altrimenti la moglie avrebbe tenuto la rivista a casa), senza un caminetto (eh sì, anche a questo servono i giornali). Una pila di «Qui Touring»? Il professionista è socio del Touring Club Italiano, ed è un taccagno: la rivista non è infatti in vendita, e arriva con l'iscrizione. Tre copie di «Famiglia Cristiana», una di «Nigrizia» e due di «Max»: il professionista sta attraversando un difficile momento personale. Indicativa è la presenza di «Amica» negli ambulatori medici. Se mostra segni di consunzione, quasi certamente contiene un questionario sulla potenza sessuale che tutti i pazienti (maschi) hanno studiato, in modo da preoccuparsi ulteriormente in attesa della visita.

Una caratteristica comune a tutti i professionisti è la

pigrizia: prima di sostituire una rivista, in genere, aspettano che le pagine si stacchino, o siano ridotte come i manoscritti di Qumran (conosciuti come Rotoli del Mar Morto). L'età media del periodico d'anticamera, secondo un esperto (sempre io, ovviamente), è 3,8 anni, con punte di 14 anni (si narra di uno studio dentistico di Brescia dov'è stato trovato un «Panorama» del 1994 con un servizio su Achille Occhetto). Tra poco gli studenti delle scuole italiane condurranno le proprie ricerche nelle anticamere dei notai e degli avvocati. Solo là potranno visionare antiche copie di «Gente Viaggi» che descrivono la possibilità di visitare l'Urss o di trovare parcheggio all'isola d'Elba.

Voi, invece, cambiate professionista. Se quelli sono i tempi dell'aggiornamento professionale, meglio non fidarsi.

Una giovane lettrice dallo sguardo sveglio mi ha raccontato d'aver scaricato il fidanzato antiquario perché, nonostante ripetuti tentativi di rieducazione, costui era rimasto fondamentalmente antipatico. Non conosciamo i capi d'accusa – forse il giovanotto la chiamava «Luigi Filippo» nei momenti intimi – ma sappiamo che, quando parla di lui, la fiera fanciulla lo definisce «l'antipatiquario». Neologismo delizioso, che apre una serie di affascinanti possibilità. Eccone alcune, derivate dalla combinazione tra vizi privati e pubbliche professioni.

Il Nottaio – Trattasi, ovviamente, di notaio nottambulo. Quarant'anni fa non ce n'erano: le notti dei notai erano dedicate alla collazione o a barrare le righe bianche dei volumi del repertorio. Quando avevano finito, si ritiravano in salotto a guardare la fine di *Tribuna Politica* col plaid sulle ginocchia. Oggi i giovani notai hanno altre abitudini: l'unico plaid che conoscono è quello del tartan di St Andrews (golf). E le notti? Mica si possono vivere per procura.

Il Consulniente – Nessuno sa confezionare il nulla con tanto stile, servirlo con tanta grazia e farselo pagare tanto bene. Molti consulenti – sia chiaro – lavorano duro per spiegare al cliente cose che nemmeno loro capiscono del tutto. Ma il Consulniente considera questo sforzo inutile. Crede infatti nella Teoria del Caos, e cerca di fornire il suo contributo prima dell'ora dell'aperitivo.

L'Architutto – È un architetto con sindrome di onnipotenza. Entra in casa vostra e vuole spianare i muri, raddrizzare gli angoli e alzare i bagni. Non contento di ridisegnarvi la casa e sconvolgervi la vita, si ferma per cena ed esprime opinioni incontrovertibili su: a) l'arredo urbano di Milano; b) il mondo islamico; c) i giovani; d) la raccolta differenziata; e) Berlusconi; f) il Milan. Quando l'Architutto esce, i muri emettono un sospiro di sollievo. Lui rientra gridando: «L'avevo detto: umidità!».

Il Dirottore – Un incrocio tra un direttore e un dirottatore: in mano sua, l'azienda va sempre nella direzione sbagliata.

L'Ossistente – Assistente particolarmente magra, non corre il rischio di essere presa in braccio dal capoufficio: punge.

I Giornatristi – Colleghi dalla prosa deprimente. Molto attivi negli ultimi tempi, riuscirebbero a distruggere l'umore della nazione, se la nazione leggesse i giornali. Ma li legge poco. Non sarà colpa dei Giornatristi?

Se gli uomini si rendessero conto dei radar che li scrutano, si comporterebbero (o si nasconderebbero) meglio. Prendete questa lettera di Silvia, ventisettenne di formazione classica. La lettera s'intitola: «I seriali», categoria alla quale Silvia attribuisce un amante, un amico, un collega e un fidanzato. «I loro corteggiamenti» scrive «erano pressoché identici in termini di modalità, parole, strategie. Ho scoperto, a distanza di tempo, che un mio "seriale" aveva regalato i medesimi libri alle fidanzate precedenti.»

È vero: molti uomini tendono a ripetersi. E molte donne tendono a cascarci ogni volta. Confesso d'essere strabiliato di fronte al successo di rappresentazioni che, se fossero trasferite in un teatro, finirebbero con un lancio d'ortaggi. Invece tante donne applaudono. E perché? Perché vogliono vedere gli attori felici. È come se ci fosse una vocazione femminile non tanto al masochismo, quanto all'indulgenza. Ma l'indulgenza, con i bambini (soprattutto quando hanno quarant'anni), non funziona. Bisogna avere il coraggio di interrompere la recita al primo atto, e lasciare il palco.

Prendiamo la faccenda dei regali, cui alludeva Silvia: è atroce. Eppure è vera. Conosco anch'io uomini che donano a ogni nuova fidanzata *Siddharta*: hanno cominciato nel 1973, e non hanno più smesso (spero che a suo tempo abbiano fatto un acquisto cumulativo, così hanno avuto lo sconto). Alcuni – più giovani e meno letterari – preferiscono presentarsi al secondo appuntamento con lo stesso CD di Vasco Rossi: lasciano intendere di volere una vita spericolata, ma non hanno neppure il coraggio di cambiar titolo. I peggiori in assoluto, però, sono quelli che scelgono la stessa località romantica e lo stesso locale per portare ragazze diverse. Certo: i pini o le gondole non possono gridare: «Buuuuuh! Vergogna!». Ma i camerieri del ristorante dovrebbero farlo.

Secondo me, lo conoscete. Un graffio sull'auto gli rovina la giornata; un disturbo del televisore gli agita il sonno; una macchia si trasforma in un'ossessione: come in un racconto di Kafka, la macchia si dilata, diventa più grande della giacca e inghiotte il malcapitato.

Chi è costui? È l'Uomo Oggettivo, l'individuo fissato sugli oggetti. Un tempo qualcuno lo chiamava «pignolo», ma il termine è riduttivo. Questo nostro contemporaneo ha delegato la propria serenità all'ordine dell'ambiente che lo circonda. Se qualcosa non va, s'inquieta; poi cerca freneticamente di sistemare l'imperfezione.

Carrozzieri, sarti, tappezzieri, pittori, rilegatori, elettricisti: non c'è artigiano che non conosca la furia meticolosa dell'Uomo Oggettivo, capace di telefonare tre volte al giorno (magari dall'ufficio, dove dovrebbe avere di meglio da fare). Quando l'artigiano arriva, il maniaco si piazza alle sue spalle, e sorveglia l'esecuzione del lavoro. Non è sfiducia: è voglia di centellinare la gioia dell'ordine che ritorna.

Affascinante è il rapporto tra un Uomo Oggettivo e una Donna Soggettiva: una che se ne frega di macchioline, strappetti e graffietti, e pensa in grande. Magari non al significato della vita ogni mattina, ma certamente all'educazione dei figli, alle vacanze, a come Bush Jr abbia potuto diventare presidente degli Stati Uniti. L'Oggettivo detesta tutto ciò: e accusa la compagna di superficialità. Ma come, non vedi la macchia sul vestito, il disturbo nel televisore, il graffio sulla macchina, la pianta che sfiorisce senza chiedere permesso? La Soggettiva, con la borsa già a tracolla, risponde: «Vedo, ma vado». E parte al trotto verso una giornata piena di cose interessanti.

Lui, l'Oggettivo, rimane solo e turbato. In assenza di figli, vicini o animali domestici, comincia a borbottare. Poi accende per la trentesima volta il televisore, sperando che quel disturbo sul primo canale sia scomparso. Cavolo! È scomparso davvero. L'armonia dell'universo è tornata! L'Oggettivo prende la borsa, esce di casa fischiettando e saluta il portiere come fosse un vecchio amico («Ehilà Augusto! Ti stai facendo un caffettino giusto?»). Quello lo guarda sbalordito. Ma l'Oggettivo non ci fa caso: sta pensando al primo canale, che adesso si vede così bene.

Ormai l'avete capito: questo libro vuol essere un periscopio nel mare mosso delle relazioni sociali italiane. Non sempre è utile, ma – chissà – forse ogni tanto s'intravede qualcosa. L'uso delle sigle (i temibili Uomini Doppi, le inquietanti Donne Triple) rappresenta un tentativo di mettere ordine in una materia che potremmo definire magmatica, se la testa di certa gente fosse un vulcano (più spesso, è un acquitrino). La classificazione per categorie è una forma di protezione civile: serve a identificare psicosi improvvise, e allertare la popolazione.

Molte lettrici e lettori, devo dire, hanno capito qual è il gioco, e si fanno vivi con indicazioni e suggerimenti. Prendiamo Antonella C., 27 anni. Ha scritto per mettere in guardia contro i «Turba Diesel», «i coetanei maschi pieni di angosce psico-esistenziali, paura di non trovare il lavoro che li soddisfi, paura di non essere "in", paura di non essere belli, paura di dover passare il fine settimana in città, paura di conoscere una donna, paura di sconvolgere la propria vita. Molti di loro non sono in grado di mantenere un pensiero per più di venti minuti, ma sanno inventare giochi di prestigio per uscire puliti da ogni situazione».

Voi capite: una ragazza così è da evitare o da sposare. Personalmente, suggerisco la seconda soluzione. Ma molte giovani donne italiane mi dicono che i coetanei scelgono invece la prima: le corteggiano, le coinvolgono, le conoscono. Ma preoccupati che questo «co.co.co.» diventi una relazione, fuggono e vanno a fare gli spiritosi da un'altra parte. È vero, non è vero? È possibile che i trentenni siano infantili come i quarantenni? La questione è affascinante, e merita un approfondimento. Vorrà dire che mi travestirò da salatino, e comincerò a esplorare il misterioso universo degli aperitivi sociali. Confesso: avevo sempre pensato che fosse un modo per mangiar fuori con dieci euro, ma forse c'è di più.

Non ho nulla contro gli hobbysti. Non mi disturbano la «h» e la «y» nel nome. Non ho obiezioni contro le loro molteplici attività: ceramica e cucina, bricolage e decoupage, poesia e micologia. Ognuno fa quel che crede nel proprio tempo libero, a una condizione: che non invada il tempo libero altrui. Una minoranza deviata di hobbysti, invece, ama proprio questo: la soave prevaricazione. Ti regala i suoi piatti decorati, ti spedisce del vitello tonnato, ti rifila cestini di funghi sospetti, ti dona un armadietto laccato o ti martella di poesie.

«*Help!*» gridavano i Beatles, che forse avevano a che fare con una scuola di ceramica dalle parti di Liverpool. «Aiuto!» pensate voi, quando l'amica hobbysta si presenta per cena con un piatto sporco di sangue. «Non sono macchie di sangue!» cinguetta divertita l'autrice di tanta meraviglia. «Sono petunie!» Petunie?! Petunie trovate sul luogo di un omicidio, forse. Voi balbettate qualcosa, e l'amica prosegue: «Ho pensato di portartelo invece della solita bottiglia di vino!». Pieni di rimpianto per il vinello sfumato, abbassate gli occhi. L'hobbysta, sadica e contenta, infierisce: «È decorato a mano! È indelebile». E voi pensate: speriamo non sia anche infrangibile. E finalmente un debole sorriso vi compare sul volto.

Scagli la prima ciotola (decorata) chi non ha mai subìto queste piccole prepotenze: il buon cuore dell'hobbysta è un'arma, e andrebbe dichiarata. Prendiamo i libri. Come dire all'interessato – spesso un uomo simpatico e un professionista capace (in altri campi) – che il suo romanzo amatoriale è agghiacciante? Come spiegare all'amico medico che la lettura delle sue poesie richiede l'anestesia? Non si può fare: bisogna sorridere, ringraziare e cominciare a pensare: quale parente merita d'essere punito con un riciclo del genere? Attenzione: in quel momento è vietato distrarsi. Il dottore-poeta potrebbe approfittarne per apporre un'appassionata dedica, firmandola con uno svolazzo dannunziano. In quel modo diventerà difficile sbarazzarsi dell'oggetto senza provare sensi di colpa. All'inizio: poi ci si abitua. Fidatevi.

8

Socialmente effimeri

Un lettore scrive a «Italians» e chiede come organizzare la libreria di casa. Risposta: fai ciò che vuoi, ragazzo. Ricorda, però, che la disposizione dei volumi è un indicatore della psicologia dei padroni di casa. L'ospite attento sarà in grado di diagnosticare disturbi della personalità, manie e altre gradevolezze che rovineranno la cena. Ecco alcune delle patologie più comuni, e relativo fattore di rischio.

L'Arredatrice (rischio: 4) – La signora ritiene che i volumi facciano arredamento. «Senza libri» dice «la casa sembra nuda!» Non ne ha mai letto uno, ovviamente, ma ne conosce dimensioni, peso e colore. I suoi *coffee-table books* vanno intesi alla lettera: servono per appoggiarci le tazzine del caffè. In un appartamento di corso Magenta a Milano, dicono, c'è un libro illustrato sul Cenacolo che porta i segni circolari di un caffè bevuto ai tempi dell'ingegner Gadda («Chi è?» trilla l'Arredatrice. «Il tipo che abbiamo conosciuto domenica a Celerina?»).

Il Metodico (rischio: 6) – Il Metodico è un uomo che ha ragionato a lungo. Potrebbe scrivere un trattato filosofico sulla disposizione dei libri. Divide la narrativa secondo la lingua e il secolo. La saggistica è in otto posti diversi. La poesia sta vicino al giardinaggio, per affinità spirituale. Tutto è così sofisticato che il Metodico, quando cerca un libro, non lo trova mai. Allora corre piagnucolando dalla domestica filippina e le chiede: «Dolores, sai dov'è quel libro piccolo, bianco, in due volumi, con un disegno rosso e nero in copertina?». E Dolores: «*L'uomo senza qualità* di Musil, quello che lei inizia sempre e non finisce mai? Lo sta leggendo mio marito, ora vado a prenderlo».

L'Esoterico (rischio: 7) – Usa criteri bizzarri. Per esempio, pensa alla parete del salotto come a un planisfero: gli autori nordamericani in alto a sinistra, quelli australiani in basso a destra, sotto quelli orientali. Il problema dell'Esoterico, qual è? Ama discutere le sue scelte con gli ospiti, che invece vorrebbero parlare dell'opportunità di convocare Cassano in nazionale.

Il Denudatore (rischio: 8) – Toglie tutte le sovracoperte, perché «fanno disordine». I libri in quel modo finiscono per somigliarsi, e lui non trova più niente. Una scusa per non leggere: era, in fondo, il suo obiettivo.

L'Estetista (rischio: 10) – Ordina tutto per collana/casa editrice, in modo da ottenere un risultato esteticamente omogeneo. Se non l'avete ancora sposato, alla larga. Potrebbe chiedervi di non masticare mangiando, perché gli rovinate l'immagine che ha di voi.

Ci siamo appena occupati della disposizione dei libri in casa, e dei potenti segnali che trasmette. Ora ci spostiamo: di poco, poiché ci dedichiamo ai quadri, la cui sistemazione apre voragini nella psicologia familiare. Come e quando s'appendono, dove si mettono, a quale altezza: tutto è utile per sapere con chi abbiamo a che fare.

Cominciamo dagli **Impazienti**, di cui il sottoscritto è un degno rappresentante: appena entra in casa una cornice, finisce sparata su un muro. Molti maschi hanno infatti questa idea della felicità: martello, chiodi e l'intera famiglia al seguito, per assistere e consigliare. Ci sono poi i **Temporeggiatori**: quelli che, all'idea di appendere un quadro (o bucare un muro?), vengono assaliti dall'ansia. L'oggetto resta sul pavimento per mesi: il gatto lo aggira, la domestica lo spolvera, gli ospiti passando lo osservano.

Ancora più affascinante è la disposizione sul muro. Gli **Alpinisti** piazzano i quadri ad altezze siderali: per vederli bene, a meno d'essere giocatori di basket, è necessaria una scala. Si tratta d'una vecchia tradizione: nell'Ottocento i quadri erano piazzati lassù. L'abbassamento dei soffitti, e il buon senso dei razionalisti, li hanno riportati all'altezza degli occhi. Da un secolo, hanno continuato a scendere. Oggi alcuni italiani – li chiameremo i **Ribassisti** – appendono i quadri appena sopra il divano, in modo che i bambini possano colpirli col gomito mentre lottano. Un amico veneto riempie di quadri tutte le pareti: i più bassi sono a una spanna da terra, e per vederli bisogna camminare come Gollum (quello del *Signore degli Anelli*).

Altri tipi umani? I **Simmetrici** vogliono che il gruppo dei quadri s'allarghi partendo dal centro della parete. I **Bandieristi** amano vedere le cornici allineate a sinistra, o a destra. I **Casuali** appendono dove capita, e sostengono che il risultato è artistico. I **Riciclatori** usano i chiodi (o i buchi) esistenti, a costo di lasciare due cornici appiccicate, e altre distanti un metro.

Tutto questo, di solito, non crea problemi domestici. La disposizione dei quadri è un'attività nevrotica, quindi prevalentemente maschile, e le mogli lasciano fare. Se però la signora è una **Temporeggiatrice simmetrica**, e il consorte un **Casuale impaziente**, allora c'è da divertirsi. In alcune famiglie, appena compare una nuova cornice da appendere, i figli prendono posto come al cinema, in attesa di vedere la rissa.

Noi tutti veniamo classificati in base a ciò che scegliamo (abiti, auto, mobili, immobili, mogli, mariti). Ma anche quello che rifiutiamo dice molto di noi. Prendiamo le mode. Le subiamo tutti (chi più, chi meno). Ogni tanto, però, abbiamo un sussulto d'orgoglio. Ci si presenta qualcosa che proprio non riusciamo a sopportare, e finalmente diciamo: no!

Sono eroismi da poco, d'accordo. Comunque, sono meglio di niente. Il sottoscritto, per esempio, si rifiuta di adottare l'occhiale da sole sfumato, quello che ormai portano quasi tutti, anche se (o proprio perché?) fa tanto malavitoso. Da ragazzo indossavo con entusiasmo jeans stretti e scomodi, ma detestavo la scarpetta rossiccia a punta (quasi quanto detesto, oggi, la scarpaccia squadrata). Amavo il maxicappotto che, con la complicità della nebbia padana, trasformava tre studenti in altrettanti cospiratori; non sopportavo l'eskimo (con cui alcuni cospiratori fingevano d'essere studenti). Ho adottato con entusiasmo le camicie coi bottoncini (che non utilizzo: così c'è sempre una donna, dagli 8 agli 88 anni, che mi rincorre per abbottonare il colletto). Non sopporto, invece, il collettone a punte lunghe e la cravatta-bistecca: in queste faccende, resto un moderato (e ho un vantaggio: non devo sostituire camicie e cravatte ogni due anni).

Ognuno di voi, sono certo, ha gusti e disgusti simili. Siamo tutti i *refuznik* di qualcosa, in sostanza: e dobbiamo andarne orgogliosi. Non c'è solo l'abbigliamento, ovviamente. Anche la tecnologia obbliga a scelte continue, e provoca rifiuti entusiasmanti. Restiamo al sottoscritto, e relative idiosincrasie. Uso molto la posta elettronica, ma non il palmare (meglio un'agenda: non si scaricano le batterie. In quanto all'indirizzario, sta nel computer). Uso troppo il cellulare – come tutti – ma utilizzo poco gli mms. Ne capisco l'utilità, ma penso che un'immagine possa aspettare qualche ora.

Qui mi fermo, e v'invito a pensare a quanto ha provocato in voi un sentimento sincero, e un giudizio del tipo «Puah, che schifo». È un modo d'essere orgogliosi di noi stessi, in fondo.

Un tempo i figli accettavano gli scarti dei genitori (cappotti, cappelli, biciclette). Oggi i genitori prendono gli scarti dei figli. Accade soprattutto con la tecnologia. Guardate la famiglia media (che non esiste, ma voi guardatela lo stesso). Il figlio sedicenne usa il computer veloce come la luce; a papà è toccato il catorcio che sembra un forno a microonde («Tanto lo usi solo per la posta elettronica!»). La figliola quattordicenne ha un telefonino fantascientifico. Non telefona quasi mai: in compenso scatena tempeste di sms, fotografa, gioca con le suonerie. Il vecchio apparecchio – un giocattolone patetico col portellino che si apre e l'antenna che s'estrae – è passato a mamma. Quando l'interessata si lamenta perché è ingombrante, la prole ribatte: «Meglio così. Almeno non lo perdi».

Il primo ad avermi fatto notare questo curioso capovolgimento di ruoli è stato Marco Pratellesi, il nocchiero di Corriere.it. Lo ringrazio: sospetto che abbia i figli dell'età giusta (per di più sono toscani, quindi immaginate la deliziosa perfidia). Voi direte: cosa c'è di male in tutto questo? Nulla, naturalmente. I genitori sono disposti a fare molte cose per i figli: perché non la pattumiera tecnologica? È una trasformazione affascinante, tuttavia, anticipata dal mercato e dalla pubblicità televisiva.

Fateci caso. I prodotti d'avanguardia mirano a una clientela sotto i trent'anni (l'eccezione sono le automobili, che puntano a un quarantenne rintronato dal lavoro, felice di chiudersi dentro a schiacciare pulsanti). Nelle pubblicità dei cellulari trionfa un'illusione di benessere e felicità: giovanotte e giovanotti – belli, abbronzati, lucidi come scarafaggi – ridono, corrono, saltano, si scambiano piccoli gadget scintillanti. In Italia l'incredibile età media della laurea è 28 anni: al neodottore, per l'occasione, verrà regalato il ventottesimo telefonino della sua vita. Gli altri ventisette sono sparsi tra i parenti. Ne ha uno anche la nonna. Ogni volta che suona, pensa: «Che meraviglia!». Poi lo mette vicino al televisore, e lo accarezza con lo sguardo. In fondo, è l'unica che lo apprezza veramente.

Ci sono i toccatori e ci sono gli intoccabili. Confesso: non mi piacciono, né gli uni né gli altri. I toccatori, come sapete, sono dovunque. Ti mettono sempre le mani addosso: pacche sulle spalle, buffetti, bacetti, pugnetti, abbracci, orrendi pizzicotti spacciati per gesti d'affetto. Gli intoccabili si muovono invece con la grazia di zucchine surgelate. Se qualcuno cercasse di salutarli con un bacio, potrebbero spaccarsi in due.

La faccenda, come molti sanno, è legata alle culture nazionali: ma poi ognuno ci mette del suo. Gli inglesi non amano il contatto fisico: abbracci e strette di mano, se non assolutamente necessari, vengono visti con sospetto. Credo che alcuni, in cuor loro, deplorino anche i meccanismi di riproduzione della specie, così poco rispettosi della privacy. Gli americani, fino a qualche tempo fa, erano i grandi toccatori dell'Occidente: la pacca sulla spalla faceva parte dello stereotipo nazionale; una vigorosa stretta di mano era l'occasione per fare un po' di ginnastica a spese del prossimo. Oggi vaghi timori igienici, la solita correttezza politica e un generale irrigidimento culturale hanno ridotto le occasioni di contatto fisico. Provate a salutare una giovane avvocatessa di New York con una pacca sulla spalla, e vi fa causa per un milione di dollari.

Dove sta il giusto mezzo? Forse in Brasile. I brasiliani – uomini e donne, in ogni occasione: lo dico per evitare battute o facili entusiasmi – non disdegnano di toccare l'interlocutore. Ma lo fanno, devo dire, con molta grazia: il contatto è rassicurante, non invadente. Non parlo della pacchetta sulla spalla del presidente Lula, o del bacio sociale (due, ma si comincia da destra: forse perché stanno nell'altro emisfero?). Parlo delle dita appoggiate sul braccio, e tolte subito. Della carezza sui capelli di un bambino. Della mano che sfiora la schiena, parlando. Non sgradevole: sembra di stare tra esseri umani, e ogni tanto fa piacere.

Solo tre categorie di maschi, un tempo, giravano con un oggetto appeso al collo: gli arbitri, i tori e Fausto Bertinotti. Oggi, invece, italiani di ogni generazione portano al collo di tutto: chiavi, occhiali, schede, portamonete, carte, penne, tessere, accendini, iPod, telefonini. Siamo entrati nell'Età del Penzolino, e la cosa non provoca i turbamenti dell'Era del Borsello. Curioso, perché in fondo lo scopo è lo stesso: portare con sé alcuni oggetti ritenuti – a torto o a ragione – indispensabili.

Il confine tra il ridicolo e l'ammirevole, soprattutto d'estate, è mobile. Qualche anno fa le infradito – in inglese *flip-flops* (onomatopeico) – erano il marchio dello sbracato marino: oggi sono calzature (?) accettabili in società. Lo stesso accade col Penzolino. L'idea di attaccarsi qualcosa al collo, fino a due anni fa, faceva sorridere: roba da eccentrici, smemorati o deficienti. Oggi il comportamento non è solo tollerato, ma è di moda. C'è chi va in giro con le chiavi appese perché fa tendenza, anche se non ha niente da aprire.

Scrivo queste cose perché ho passato un mese nel Vermont con una tessera, due chiavi e gli occhiali al collo? Non credo: in Italia, ho visto gente conciata come me (e non insegnava nemmeno in un *college*). La causa? Questa, credo: gli oggetti necessari aumentano, insieme alla nudità consentita. Nell'Ottocento non esistevano cellulari e c'erano molte tasche; oggi, viceversa.

Nuove, pratiche chiusure in plastica permettono addirittura di togliere gli oggetti senza sfilare il Penzolino, che è ormai colorato e sponsorizzato: giornali e riviste, convegni e bar-ristoranti ne producono a tonnellate. È un passo avanti, probabilmente. La mia generazione usava, allo scopo, moschettoni di metallo attaccati ai passanti dei jeans. Sembravamo alpinisti che avessero smarrito le montagne, e non ce ne rendevamo conto (un amico girava con un enorme mazzo di chiavi, che lo sbilanciava camminando: non voleva mollarlo per alcun motivo).

Be', quel tempo è finito: il Moschettone 1978 è stato sostituito dal Penzolino 2008. Questo non ha impedito a molti di noi di continuare a dimenticare di tutto, sempre e dovunque. Ho letto che ogni estate nella sabbia delle spiagge italiane vengono smarriti soldi, orologi, gioielli e telefonini per un valore di 25 milioni di euro. Non male, se ci pensate. La nostra vita – come dicono i saggi – è appesa a un filo. Ma, evidentemente, riusciamo a perdere anche quello.

Quand'ero ragazzo, nel Mesozoico degli anni Settanta, «aperitivo» era un vocabolo malinconico, che evocava uomini al bancone del bar, coppie nella penombra, pensionati seduti al tavolino in mezzo al traffico. L'aperitivo aveva un colore fosforescente e arrivava accompagnato da cipolline glabre, olivette secche e salatini coi punti neri. Un ragazzo non ne voleva sapere. Piuttosto una birra, possibilmente con una pizza, meglio se insieme a una ragazza.

Come sapete, è cambiato tutto. L'aperitivo è un rito collettivo: conquistata Milano, s'è imposto in tutta Italia. Le città non conoscono più un momento di respiro: all'ingorgo delle 18.00/19.00 (uscita dal lavoro) segue quello delle 19.00/20.00 (primi arrivi per l'aperitivo, ansiosi di posteggiare in seconda fila l'auto nuova). Bergamo, Brescia, Cagliari, Cremona, Ferrara, Genova, Grado, Lanciano, Mantova, Modena, Napoli, Padova, Palermo, Pescara, Pisa, Roma, San Benedetto del Tronto, Siena, La Spezia, Spoleto, Trapani, Viareggio. Queste sono le città che ho visitato negli ultimi mesi, e dovunque il messaggio è chiaro: la Giovane Italia, con buona pace di Mazzini, è aperitivizzata.

Questo ha portato una serie di conseguenze. Del traffico, abbiamo detto; ma ci sono anche questioni nutritive e comportamentali. L'aperitivo arriva infatti accompagnato da un'offerta di stuzzichini sadici: ingollati in quantità industriale, sostituiscono la cena. I gestori dei bar – sono certo – si stupiscono vedendo ragazzoni atletici che sbattono giù focaccine smunte e frittatine anemiche. Ma i giovani connazionali hanno fatto i loro conti. L'aperitivo è diventato la versione autarchica dell'americano *All You Can Eat*: visto che il prezzo è fisso (ma non basso), si mangia tutto ciò che si può mangiare. Al dietologo, si penserà tra vent'anni.

La seconda conseguenza è alcolica. I giovani italiani – per adesso – bevono meno e meglio dei coetanei del Nordeuropa, che ogni venerdì e sabato sera si sbronzano con metodo e rigore militare. Ma le Fanciulle Multi-Caipirinha e i Ragazzi Tre Martini aumentano anche qui. Noi anziani neocinquantenni abbiamo un bel dire che non c'è nulla di più triste dell'*happy hour*: niente da fare. I nostri giovani connazionali buttano giù tutti i liquidi che vedono, basta che non contengano fiori o pesciolini. Dopo mezz'ora sono loquaci, dopo un'ora ottimisti, dopo due gridano che tutto va bene. Non c'è nessuno d'altrettanto allegro, in Italia, di questi tempi. Se li scopre Veltroni, li usa nella prossima campagna elettorale.

L'Uomo che Riprende a Giocare. No, questa non è una riflessione sulla necessità del momento ludico, né una giustificazione per i lettori che guardano le amiche delle figlie con eccessivo entusiasmo. Questo è il racconto del maschio italiano che riprende uno sport abbandonato in gioventù: tennis, vela, ciclismo, basket, corsa, ping-pong.

Prendiamo il tennis, sport estivo. L'Uomo che Riprende a Giocare è di due specie: quello che deve aggiornarsi su tutto, e quello che non intende aggiornarsi per niente. Il primo è la gioia dei negozianti: entra e spende trecento euro in polo, fasce, pantaloni fluorescenti, racchettona spaziale. Fino a due mesi fa era convinto che Nadal volesse dire «Natale» in dialetto bergamasco; ora ha capito che si tratta di un celebre giocatore, e vuole imitarlo.

Poi, come dicevo, c'è chi non vuole aggiornarsi. L'Uomo che Riprende a Giocare, in questo caso, si presenta così: scarpe di tela macchiate di ruggine e antica terra rossa; calze di cotone sopra la caviglia, con righine blu; pantaloncini a mezza coscia; polo che è stata bianca nel 1982, e adesso ha il colore di una crescenza dimenticata al sole. Per finire, una Maxima di legno con corde in budello impugnata «a martello», l'equivalente tennistico del twist.

L'effetto finale è inquietante: l'uomo che non vuole aggiornarsi è, infatti, un ideologo, pronto a difendere ogni sua scelta attraverso estenuanti discussioni.

Il tennis non è l'unico sport dove antiche abitudini e nuova caparbietà producono risultati spettacolari. Prendiamo il ciclismo. Conosco un pediatra varesino, padre di figli adolescenti, che si sciroppa centocinquanta chilometri in un giorno sulle strade statali della Lombardia, lamentandosi perché sono «troppo piatte»: sfreccia nel traffico vestito in modo futuristico, con una bici costruita su misura (i camionisti, intimoriti, lo chiamano Doctor Batman). Conosco anche, però, un ingegnere cinquantenne che si tiene in allenamento girando per

Milano su una bici rumorosa e malconcia, vestito come un pescatore di frodo. Ogni tanto lo fermano, e gli chiedono il permesso di soggiorno.

Se lo conoscete, lo ritroverete. Se non lo conoscete, statene certi: presto lo incontrerete. Quindi, cominciate subito a preoccuparvi. All'Estremista non si sfugge.

Chi è l'Estremista? È uno dei più inquietanti esemplari maschili in circolazione. È un ignorante che ha visto la luce (o almeno così racconta). È un dilettante passato al professionismo (dice). È uno che ha scoperto qualcosa – uno sport, un cibo, un vino, un prodotto, un gadget, un'abitudine – e sostiene che la sua vita è cambiata. Non è vero, naturalmente. In compenso, è cambiata la vostra.

L'Estremista infatti deve comunicare a tutti la sua scoperta, con uno zelo degno di miglior causa. Una volta si parlava, in questi casi, di «entusiasmo del neofita». Ma l'entusiasmo ha sempre in sé qualcosa di allegro. L'estremismo, no. La determinazione dell'Estremista è cupa e perniciosa. La sua passione, asfissiante. L'Estremista fino a ieri distingueva il vino bianco dal vino rosso solo con la luce accesa. Adesso – lo abbiamo visto – discetta di bouquet e retrogusto, e non ti lascia bere un bicchiere in santa pace: deve *parlartene.* E se il vino non è buono comincia a far smorfie. Gli altri ospiti lo guardano pensando che abbia inghiottito uno stuzzicadenti. Invece no: vuol segnalare la sua disapprovazione per il Cabernet.

Per cena, fino a ieri, l'Estremista s'affidava al microonde: ora parla come un libro di cucina. L'Estremista fino all'anno scorso si lavava i capelli con lo shampoo per auto: ora vuole il superdelicato all'ortica selvatica. L'Estremista guardava solo primo e secondo canale (Raitre già gli sembrava avventurosa): ora ha cinquecento canali sul satellite, e sostiene che sono pochi. L'Estremista un tempo andava in gita, decidendo la destinazione a seconda dei cartelli stradali: ora si sposta con il navigatore satellitare e cinque guide turistiche, che non legge.

Voi direte: almeno per le feste si riposerà. Nossignori. Ci sono vini e cibi e regali su cui disquisire. Parenti da istruire. Amici da convincere. L'Estremista di Natale fa parte del presepe sociale. Tenetelo lontano dai Re Magi, altrimenti gli spiega che incenso e mirra sono i suoi profumi favoriti per il bagno.

I maschi italiani devono confessare. Le scappatelle commerciali, infatti, sono segnali interessanti della nostra fragilità. C'è sempre una categoria di oggetti – spesso, più d'una – cui non sappiamo resistere.

Conosco maniaci delle cravatte, i cui armadi sono un unico, colorato spenzolamento. Ho un amico con una passione smodata per le cinture. A ogni viaggio parte con le scarpe nere e la cintura marrone (o viceversa, oppure senza cintura), e deve provvedere. Conosco uomini apparentemente normali che perdono il controllo di fronte ai giubbetti impermeabili. Personalmente, sono schiavo delle borse.

Mi guardano maliziose dalle vetrine, dondolano sensuali nelle mani di sconosciuti, mi aspettano negli aeroporti. Sono la mia ossessione di cuoio, e non so resistere. Acquisto borse nuove e non riesco a liberarmi delle borse vecchie. Le distribuisco tra case e uffici, e per spiegare qual è la borsa di cui ho bisogno, ho dato loro dei nomi: ci sono la Panciuta e la Mary Poppins, l'Americana e la Bostoniana, la Bolognese e la Cinese, la Verde, la Nera e la Nerazzurra (quest'ultima è un regalo di Massimo Moratti. Uno studente, sospetto juventino, durante un corso all'Università di Pavia ha osato definirla «borsa da idraulico». Invece di punirlo, lo costringerò a imparare a memoria le formazioni schierate da Cuper).

Possiedo anche quattro carrellini di colori diversi – in milanese moderno, «trolley». Mi piace portarli a turno sugli aerei, e vederli rifiutare uno dopo l'altro, con scuse sempre nuove.

Sono sicuro che molti uomini hanno fissazioni simili. Sono convinto che tra noi si nascondono i maniaci degli occhiali da sole, i bulimici del girocollo (un collo solo, decine di maglie colorate) e quelli che hanno più scarpe di Imelda Marcos. Individui che devono evitare certe vetrine, altrimenti una forza misteriosa li trascina dentro. Personaggi talmente consapevoli delle proprie debolezze da diventare ammiratori delle proprie tentazioni. Ma dopo aver ceduto, ceduto e ceduto ancora, arriva il giorno del pentimento: schiere di oggetti inutilizzati li guardano, con muto rimprovero. Fortunatamente, per me quel giorno non è ancora arrivato. Le borse mi circondano, festose.

A proposito: in quale avrò lasciato le chiavi?

9

Socialmente sconcertanti

A Milano una volta circolavano i «ganassa», spacconi più o meno inoffensivi, tanto scoperti nella loro bullaggine da diventare quasi simpatici. L'appellativo viene da «ganascia», forse perché i personaggi sembravano avere mandibole potenti, in grado di alimentarli a dovere (in senso fisico e metaforico). Oggi i «ganassa» sono scomparsi: alcuni vecchi rappresentanti si trovano nei bar oltre i Bastioni, con le mandibole appesantite, e lamentano la decadenza dei costumi altrui e del proprio appetito. Hanno lasciato però eredi morali: i «ganassini». Altro stile, meno innocenza: ma la stessa colorita arroganza.

Come riconoscerli? Innanzitutto l'età, che va dai venticinque ai quaranta; poi l'aspetto e l'atteggiamento. Il «ganassino» lo vedi da lontano: si muove come l'attore di un film trasmesso solo nella sua testa. Si specchia nelle vetrine, e si sistema i pochi capelli: deve controllare d'essere quello che immagina. Poiché gli specchi, nella realtà come nelle favole, sono sinceri, il «ganassino» si irrita leggermente. A quel punto deve sfogarsi. E, di solito, una macchina e una fidanzata gli permettono di farlo.

L'auto del «ganassino» è piccola e cattiva, riccamente accessoriata; oppure un mastodonte inutile, sul quale il proprietario s'inerpica come una scimmietta. Chiuso lì dentro, si sente protetto e importante. Guarda il semaforo con aria minacciosa, suona il clacson nel traffico intorno a San Siro, taglia la strada agli altri (ma guai se la tagliano a lui), ama spaventare i pedoni che lo obbligano a rallentare davanti alle strisce. In fondo, il «ganassino» è un personaggio emblematico: se l'Angelo della Giustizia scendesse a Milano, per prima cosa andrebbe a trovarlo e gli tirerebbe due sberle. Ma l'Angelo della Giustizia è impegnato altrove, e il «ganassino» può imperversare.

«Cambio spesso ragazza!» dice, senza specificare che sono le ragazze a cambiare lui: all'inizio sono affascinate dalla sua sicurezza virile, poi si rendono conto che non è molto macho essere scortesi col cingalese che offre le rose al ristorante. Ma il «ganassino» a questi dettagli non fa caso: visto che non riesce a essere un attore, vuole somigliare almeno ai personaggi della pubblicità, dimenticando che quelli vanno in onda per due minuti. La sua sceneggiata, invece, continua tutta la serata: la ragazza ha ormai il trucco sulle occhiaie, e sembra un panda. Lui se ne frega: anche il Wwf gli è sempre stato antipatico.

Potremmo chiamarli gli Ostruttori. Sono quelli che bloccano, impediscono, ostacolano, impicciano, stanno tra i piedi. Non stiamo parlando del futuro del paese, per una volta. Gli Ostruttori in questione sono personaggi minori, che si muovono impuniti nelle nostre città. Il problema è che non fanno muovere gli altri.

Chissà quante volte avete vissuto quest'esperienza. Siete al bar, avete bevuto il caffè e state per uscire, chiacchierando con un amico del tempo, della Juve e dei casi della vita. Sul marciapiede, davanti alla porta, c'è un tipo col piumone che vuole entrare. Vi guarda e non si muove. Voi sorridete, e il vostro sorriso significa: «Spostati, per favore. Così io esco e tu puoi entrare». Niente da fare: non capisce. Vi guarda con occhio vacuo, e resta lì.

Nel frattempo altri hanno finito il caffè, e si dirigono verso l'uscita. Ma l'Ostruttore non si muove. La buona educazione non la conosce. La logica – secondo cui un luogo deve svuotarsi, prima di riempirsi di nuovo – non lo tocca. Chiuso nel suo piumone imbottito, rimane lì impalato davanti alla porta. All'interno s'è formata una piccola coda che vuole uscire, e rumoreggia. Certo, voi potreste gridare: «Ho qui davanti l'omino scemo della Michelin, e non si muove!». Ma non sta bene. Allora commettete l'errore fatale: vi girate di fianco, e lo fate entrare. L'Ostruttore vi schiaccia contro lo stipite, e s'intrufola nel locale. È felice. E rimarrà convinto che chi entra ha gli stessi diritti di chi esce. Anzi, qualcuno in più.

Gli Ostruttori – fulgidi esempi di microstupidità ambulante – non si esibiscono soltanto davanti a bar e ristoranti. Sono dovunque. Negli uffici, fuori da negozi, negli ambulatori, nelle stazioni, dove danno il meglio di sé. Il treno arriva, voi aprite la porta, spingete la valigia sul predellino, state per scendere; ma un Ostruttore con famiglia si lancia in avanti gridando: «È questa!» (sottinteso: la carrozza). Se lo lasciate salire, rischiate che il treno riparta, con voi sopra. Quindi dovete scendere a tutti i costi. Non serve essere cortesi, in questi casi: e spesso non c'è tempo. Meglio un'azione decisa. Buttate la valigia sugli assalitori – evitando di centrare i bambini più piccoli, che non hanno colpe – e smontate dal treno.

Lo ammetto: la scena è un po' brutale, e lo stupore confuso della famiglia degli Ostruttori fa molto film neorealista. Però è educativo, e funziona. E questo è ciò che conta.

Si è sempre creduto che le donne parlassero più degli uomini: una media di 20.000 parole al giorno contro 7000. Uno studio pubblicato di recente sulla rivista «Science» dimostra che le cose non stanno così. Le ultime indagini danno questi risultati: 16.000 parole per lui e per lei, con punte di 500 e 45.000 (in entrambi i casi, si tratta di maschi).

Il dato – leggo sull'ottimo «FT Magazine», mentre osservo la pioggia di Londra battersi vittoriosamente contro l'estate – conferma l'esperienza di tutti noi: le donne oggi parlano meno anche perché gli uomini parlano di più. Chi, tra le lettrici, ha in casa un esemplare loquace (fidanzato/marito/papà/figlio) conosce il problema. Se parla lui, non puoi parlare tu. Perché parlare in due non si può: in famiglia non è come in TV.

L'uomo ciarliero è una novità culturale. Ci sono stati maschi logorroici, nella storia e nella letteratura, ma la chiacchiera sembrava una specialità femminile. Oggi è sotto gli occhi – anzi, gli orecchi – di tutti: circolano molti uomini verbalmente incontinenti. Perniciosi sono quelli che hanno sempre un'opinione; nelle riunioni di lavoro, nei Lions e nei Rotary, dopo un dibattito. I conferenzieri conoscono bene il personaggio. Appena sente «Domande dal pubblico?», lui scatta come una molla, e dice una cretinata. Non perché sia cretino; nell'ultima mezz'ora non ha fatto altro che rimuginare la sua domanda, ignorando quanto veniva detto.

Un secondo maschio logorroico è il cosiddetto «Uomo dell'Aneddoto». Convinto d'essere particolarmente brillante, ama narrare le proprie vicende, che non durano mai meno di venti minuti. Parte da lontano, s'avvicina alla conclusione, arretra, rallenta, riprende, divaga. Ascoltarlo è soporifero; talvolta, diventa una tortura. Ma nessuno ha il coraggio d'interromperlo, altrimenti l'aneddoto riparte da capo.

Questi individui sono temuti nei lunghi viaggi in auto, sulle barche a vela, e in tutte le occasioni in cui non è possibile scappare. Lui parla, e sa di tenervi prigionieri; voi lo ascoltate, e mentalmente cercate una via di fuga. Le ragazze, per farlo tacere, possono baciarlo. I maschi non hanno neppure questa possibilità. Salvo eccezioni, naturalmente.

Quanti hanno studiato la Tavolata Maschile (TM)? Eppure è un'antica tradizione della Repubblica. Credo che le mie gentili lettrici non abbiano idea delle cose che vengono dette a una TM. Oppure ce l'hanno, e preferiscono non indagare. Una candid camera rivelerebbe regressioni infantili, esibizionismi adolescenziali, semplificazioni commoventi.

Mi succede ogni tanto di trovarmi solo a pranzo e a cena: e non posso non ascoltare le TM, soprattutto quando parlano a voce alta, cosa che accade quasi sempre (negli italiani, il tono di voce è proporzionale all'autostima, spesso totalmente immotivata). I maschi al pasto sono indisciplinati, irriverenti, irritanti, impulsivi. L'età, il reddito e la posizione sociale contano poco. Una bella, giovane cameriera è sufficiente per scatenare in loro attacchi di goliardia senile.

Non stiamo parlando di tutte le tavolate, ovviamente, né di tutti i maschi. Ci sono incontri di lavoro dove si cerca di mantenere un contegno. Ma la classica TM è un rito liberatorio, con aspetti psicoanalitici e tocchi dionisiaci. Ognuno racconta quello che gli salta in mente, mescolando ricordi, giudizi lapidari, fantasie, ripicche, rivendicazioni, gusti e ossessioni, pettegolezzi. Lo Sbruffone e il Volgarone attaccano il Timiduccio, preso in giro dal Carognetto ma difeso dal Seduttore, che racconta di quando ha conosciuto la Disinvolta. Il Conoscitore (di vino, di auto, di sport: non importa) sbuffa, perché non gli lasciano spiegare come funziona il mondo.

Provate a entrare in un bar-tavola calda di Milano, in un giorno feriale, dalle 13.00 alle 14.30 (milanese chic: colazione; milanese moderno: lunch; milanese rassegnato: pausa-pranzo). C'è la TM studenti-fuori-sede, la TM artigiani-in-trasferta, la TM professionale, la TM dei venditori e la TM bancaria. Tra tutte, questa è la più interessante. Le vicende della filiale assumono connotati epici, i personaggi sembrano dipinti dall'Ariosto in delirio. Se Federica, la cassiera neoassunta, sentisse i commenti sulla sua nuova gonna, potrebbe avere un malore. Ma non li sentirà mai. Se entrasse nel bar, infatti, i coyote della TM diventerebbero subito agnellini galanti. «Ciao Chicca! Vieni qui con noi. Possiamo offrirti qualcosa?»

«Viviamo in un mondo di importunatori» scrive una lettrice, Dida F., che dimostra la sua buona educazione evitando di usare termini più corposi. Di cosa si lamenta? Del «mobilificio che una volta al mese chiama sul telefonino per suggerire l'acquisto di mobili a prezzi di fabbrica». Dei «messaggini serali che propongono "un servizio di barzellette via sms"». Della «società di sondaggi che domanda se faccio sport». Degli «opuscoli postali pieni di offerte speciali e irripetibili». Delle e-mail indesiderate («Un mucchio di messaggi su come perdere peso o aumentare le dimensioni del pene. Questi ultimi li mando a un amico cui penso possano interessare»). Conclude la lettrice: «Insomma: passo metà della mia giornata a parlare con gente con cui non voglio parlare, e a cestinare offerte irripetibili. Quasi quasi stacco il telefono, getto il cellulare, sigillo la cassetta della posta, rinuncio all'e-mail e parto per il Polo Nord. Con la speranza che non arrivi un eschimese a propormi arredamento in stile per l'igloo».

Brava! La sua brillante conclusione, cara Dida, rischiara il nostro cammino. Non possiamo aspettare d'essere salvati dal Garante della privacy, che fa quel che può. Dobbiamo passare al contrattacco. Un contrattacco artigianale, ma efficace. Piazzisti telefonici? Rispondere con jodel tirolesi, e terrorizzare l'avversario. Sms indesiderati: chiamare subito l'operatore e minacciare di passare alla concorrenza (a proposito: Tim potrebbe smetterla di bombardarmi di sms appena passo la frontiera? «Puoi chiamare in Italia!» Non sono tonto: lo so).

Proseguiamo nelle tecniche di autodifesa. Società di sondaggi: accordare un minuto al mese, non di più. E-mail indesiderate: chiedere di essere cancellati dalla mailing list (è un nostro diritto). Opuscoli postali? Se compaiono le parole «speciale», «irripetibile», «favoloso», «esclusivo», «sorteggiato», «Vip» e «complimenti!» (soprattutto «complimenti!»), buttare. Non ci si pente mai.

Tutto questo non ci salverà la vita: aumenterà però la nostra autostima, oltre ai nostri spazi vitali. Siamo infatti come lepri in riserva. Prima o poi ci beccano, ma facciamoli almeno sudare un po'.

Andarsene è sempre un problema. Richiede destrezza e tempismo. La scena è classica. State parlando con qualcuno in un luogo pubblico (ricevimento, festa, matrimonio, convegno), e non sapete come interrompere la conversazione. Vorreste parlare con altri, ma temete d'offendere l'interlocutore. Così iniziate a dar segni d'impazienza. C'è chi smette d'ascoltare, chi sbuffa, chi s'inventa una corsa in bagno (ma non si può fare tre volte di seguito: la colite è un'arma tattica e va usata con prudenza). Molti, disperati, si guardano in giro per la stanza, in cerca di qualcuno che li salvi: ma di solito non arriva nessuno.

Come uscire da queste situazioni? Come sganciarsi dalla gentile signora che ti ha beccato all'entrata e ti ha messo all'angolo, raccontandoti le vicende di tutti i parenti fino al quarto grado? Non è facile. I diplomatici, gli Indiana Jones del ricevimento, hanno una serie di scuse, segnali e battute, frutto di anni d'esperienza. Conosco un consigliere d'ambasciata che abbraccia ecumenicamente i due interlocutori (uno a destra, uno a sinistra), e scivola all'indietro mormorando: «Sono certo che voi due avete tante cose da dirvi!». Confesso che l'ho sempre odiato, finché nel corso di una di queste veroniche non ha abbattuto il cameriere coi salatini. Allora ho pensato che esiste una giustizia al mondo (e nei cocktail-party).

Ma noi non siamo diplomatici. Siamo uomini e donne impacciati, e la signora davanti a noi sta ancora parlando della laurea del secondo cugino, e chiaramente non ha intenzione di mollarci. Che fare?, come diceva Lenin, che doveva aver avuto di questi problemi. Ecco, sinteticamente, quattro suggerimenti: 1) Addormentatevi in piedi come una cavalla. 2) Gridate: «Ugooooo!» e attraversate la stanza. Magari un Ugo c'è davvero. 3) Strabuzzate gli occhi, fingendo che un'oliva vi sia andata di traverso. 4) Tossite dicendo: «Eh, questa Sars!».

Perfido? Se lo pensate, non avete mai conosciuta la signora appiccicosa. Ha più parenti di Sara, moglie di Abramo, e deve parlarvi di tutti.

«Altoparlanti» è un bel participio presente, secco e univoco, che noi utilizziamo solo come sinonimo di «amplificatori». Ma gli Altoparlanti sono molto di più. Sono i personaggi che ti urlano negli orecchi anche quando ci senti benissimo. Non dite che non ne conoscete, perché non ci credo.

Perché uno parla ad alta voce, se non è necessario (chiamare un bambino in fuga, interrogare un fidanzato reticente, avvertire il coniuge che un Tir polacco sta per travolgerlo)? La risposta apre interessanti squarci psicologici. L'Altoparlante umano è un individuo con queste caratteristiche: 1) Ritiene le proprie opinioni di interesse generale. 2) Vuol farsi notare. 3) È sicuro del fatto suo. 4) È un maschio adulto.

Un tipico Altoparlante è il vippone volante: sale sull'aereo, col blazer blu e l'occhiale scuro, e racconta all'amica le sue faccende, sperando così di impressionare le prime file di passeggeri (e, magari, di essere riconosciuto dalle assistenti di volo). Un altro Altoparlante è l'avvocato di provincia (notaio, farmacista, parroco, segretario comunale) che attraversa la piazza del paese come fosse Carlo V a cavallo, e saluta tutti con un tono di voce che andrebbe bene in alta montagna, per parlare da una valle all'altra.

Un terzo Altoparlante – sempre più diffuso – è quello che strilla i suoi affari privati nel telefonino, costringendoti ad ascoltare (le cose che dice sono così stupefacenti che non ne puoi fare a meno). Il quarto Altoparlante non grida per sadismo o incoscienza, ma per deformazione professionale. È un ex insegnante, un ex capotreno, un ex barista, un ex arbitro, un ex commesso parlamentare: ha passato la vita cercando di sovrastare la rumorosa indisciplina altrui, e continua a credere che l'autorevolezza sia proporzionale al tono di voce.

Il quinto Altoparlante è, tra tutti, il peggiore. Non ha motivo di gridare, ma lo fa comunque: si avvicina, e comincia a sbraitare. Quando gli chiedi educatamente di abbassare il volume, ti guarda come se avesse capito. Ma dura poco. PERCHÉ DEVO PARLARE PIANO? LA MIA VOCE TI DÀ FASTIDIO? Sì, amico, mi dà fastidio. Se non la smetti, ti stacco la corrente.

Il Minimalista Estivo è un animale strano. Dopo un anno passato a cambiar camicia due volte al giorno, e ad alternare legioni di scarpe stringate e mocassini, decide di passare le vacanze con due magliette e un paio di infradito. La moglie lo guarda divertita, il cane lo osserva stupito, i figli lo prendono in giro. Tutti si chiedono: per quanto andrà avanti? Ma lui va avanti. Le magliette cominciano a far schifo e le dita, dentro le infradito, vorrebbero rivolgersi all'Organizzazione Mondiale della Sanità. Il Minimalista Estivo sta diventando un vero eccentrico, roba letteraria. Il problema è che voi non dovete scrivere un romanzo, ma viverci insieme. Che si fa?

Il primo consiglio è cercare di capire il movente psicologico. La volontà di vivere per qualche tempo col minimo indispensabile è una reazione a un'esistenza trascorsa col massimo inutile. Il Minimalista stagionale è, in sostanza un Massimalista regolare: accumula cravatte blu (circa 40 tonalità), camicie bianche (20), scarpe nere (15). I suoi armadi sono la Fiera dell'Accessorio: ha comprato di tutto, nei negozi e negli aeroporti del mondo, e quello che non ha comprato glielo hanno regalato. Quando sfoglia una rivista rivede il suo guardaroba: gli indossatori sono alti mezzo metro di più, ma per il resto è lui.

L'estate eremitica è, quindi, una reazione. Vivere con l'essenziale!, ha sussurrato un giorno, mentre puliva il cucchiaio nella maglietta. L'idea di diventare un Robinson Crusoe part-time lo intriga, la possibilità di sentirsi un *sadu* l'affascina. L'India, il vecchio Kipling! I figli hanno notato che ha smesso di farsi la barba, e studia il volto abbronzato nello specchio. Qualcuno comincia a preoccuparsi. Vuoi vedere che papà ha preso davvero troppo sole, quel giorno in gommone?

Solo la moglie, compagna di una vita, è tranquilla. Gli ha visto passare diverse fasi, durante molte estati insieme. C'è stata la stagione alla Califano, in cui portava le tuniche per nascondere la pancia. Il periodo alla Bruce Willis, in cui s'era rasato in odio alla stempiatura. E la fase alla Sting – la più inquietante – in cui s'era fissato col sesso tantrico, e la inseguiva nei boschi saltando come un satiro. La signora lo sa: tra dieci giorni si torna in città, e il Minimalista Estivo comincerà a gridare perché non trova il decimo paio di mocassini. Basta aspettare.

Una delle conseguenze dell'aumento dei prezzi sulle spiagge italiane potrebbe essere questa: meno ombrelloni, più abbronzature. È possibile, in sostanza, che qualcuno decida di risparmiare, e s'accontenti del lettino (senza parasole: costa ancora meno). La scelta – voi capite – non è senza conseguenze. L'ombrellone, coi suoi confini mobili a seconda del corso del sole, resta un luogo privato di osservazione, pianificazione, letture e meditazione. Il lettino, usato smodatamente, è pericoloso: per la pelle, per la psiche e per l'estetica.

Succede ancora, nel XXI secolo, di vedere giovanotti ocra: sembra che li abbiano trascinati faccia in giù lungo un campo da tennis. Non è così: sono stati ore su una graticola, che loro – a differenza di scampi, gamberoni, saraghi e altre specie animali più realistiche – chiamano «lettino prendisole». Conosco donne lombarde che non s'accontentano di togliersi dal volto il pallore cittadino. Dopo un mese di mare ti guardano con due occhi da Bambi annegati in un mascherone color gianduiotto, dove nuove rughe – euforiche – festeggiano.

Certo che il mondo è strano. Sono stato in India e le ragazze vogliono schiarirsi; sono andato in Scozia e i ragazzi vogliono scurirsi. A Bombay acquistano creme improbabili come «Fair & Lovely» e «Neve Afghana»; a Glasgow si ustionano sotto le lampade dentro centri di tortura dal nome esotico. Sia qui sia là la fissazione cromatica sta provocando conseguenze per la salute: dermatiti, o peggio. Niente da fare: il masochismo continua.

In Italia – viene da pensare – siamo fortunati: non siamo tutti belli, ma la tonalità delle nostre facce è mediamente gradevole, e non ha bisogno di eccessive esposizioni solari. Nossignori: d'inverno e d'estate, ci sono sempre quelli che vogliono sentirsi dire: «Cavolo, come sei nero!». Pensateci: una volta si diceva «tintarella»: quanta leggerezza, in quel vezzeggiativo. Oggi l'abbronzatura è lugubre. Ci sono italiani che vogliono essere scuri come eroi di Conrad, e diventano ridicoli come personaggi dei Vanzina.

So cosa stanno pensando i più perfidi tra voi: se una lettrice, quest'estate, si presentasse conciata così, avrebbe il coraggio di dirglielo? Risposta: no, ovviamente (per questioni di galanteria e di prudenza). Mi limiterei a chiederle se ha sputato tamarindo controvento, e poi mi darei alla fuga.

10

Socialmente condizionati

Quando avevo i capelli neri, tre mesi prima d'arrivare al «Corriere della Sera», ho pubblicato un libro sugli americani, dove c'è un capitolo sull'aria condizionata. Gli eccessi polari, i maglioncini al supermercato in agosto, la sberla ghiacciata entrando negli uffici, le coliti dei visitatori italiani: la fenomenologia dell'*air conditioning* aiuta a capire gli Usa più di tanti film.

Da noi l'aria condizionata non è stata, per molto tempo, un fenomeno sociale. Qualcuno l'aveva, molti non l'avevano. Chi l'aveva non ne parlava. Chi non l'aveva, spesso, manifestava un'avversione filosofica verso la novità. Tutto qui, fino a tre-quattro anni fa. Le ultime, torride estati hanno provocato un terremoto psicologico. Il condizionatore sull'automobile è di serie; quello domestico è diventato un oggetto del desiderio, come il frigorifero negli anni Cinquanta e la progressione delle vendite nazionali lo dimostra. Ma noi italiani abbiamo imparato a usare lo strumento? Qualche dubbio è lecito. L'impressione è che qualcuno stia esagerando.

Ci sono due categorie di estremisti: gli Eschimesi e i Cagionevoli. I primi hanno acquistato il nuovo impianto, e lo mettono al massimo. Sono i forsennati del freddo. Entrate nelle loro case/uffici/automobili e vi si gelano i pensieri: pensate di essere a Miami, e invece siete a Milano. L'Eschimese vi guarda, sadico e soddisfatto: «Si sta bene, eh?». Voi lo guardate male, e aprite una finestra (in auto, un finestrino). Lui caccia un urlo: volete rovinare tutto? Non sia mai! Nemmeno la vostra pelle d'oca lo commuove. Con sguardo vizioso, sibila: «Così impari a girare senza calze, cara».

Il Cagionevole è all'estremo opposto: ha installato l'impianto, ma lo usa malvolentieri e solo al minimo. Sotto sotto, ritiene l'aria condizionata responsabile di tutti i malanni del mondo: raffreddori, mal di gola, strappi, cali di voce, nevralgie, paresi, legionella. Se lavora in ufficio, il Cagionevole evita di sedersi sotto il soffio del condizionatore; se va a trovare il capo Eschimese, porta il golfino. I due sembrano alieni di pianeti diversi finiti per sbaglio nella stessa astronave. Se riuscite a fotografarli, mandatemi le immagini: le porto con me in America, dove hanno bisogno di divertirsi.

Lo vedi subito, il Perfettino Estivo. Occhiali americani, occhiaie inglesi, orologino svizzero, creme francesi, calzoncini brasiliani, maglietta italiana, sandali americani (fatti in Cina, dunque). Ha curato ogni particolare: nulla di quanto indossa ha più di venti giorni. Ha comprato tutto prima di partire, cercando di raggiungere la fascinosa trascuratezza estiva. L'avrebbe ottenuta se avesse conservato, che so, la maglietta di cinque anni fa, o un orologio che non brilla nel sole come il cannone di una corazzata. Non l'ha fatto. Usato uguale povero, pensa.

Il Perfettino sente, confusamente, d'essere inadeguato come un manichino al sole. Passano adolescenti trasandati e fascinosi. Il suo tentativo d'imitarli è, insieme, presuntuoso e commovente. La moda, da sempre, copia dalla strada, dal caso e dal disagio. Il pantalone cadente e la magliettina mostra-ombelico non sono nati nella testa di uno stilista, ma dalla necessità di un ragazzo, costretto a ereditare i calzoni del fratello maggiore; o dalla necessità di una ragazzina di periferia, obbligata a usare le magliette di quand'era bambina.

Il Perfettino Estivo, questo, non lo sa. Se provate a spiegarglielo, abbassa l'occhiale e rivela lo sguardo desolato di chi s'è alzato tardi. Non capisce, e non ha voglia di provarci. La sua estate è fatta di innamoramenti fulminanti per abitudini a breve termine: non fa questa vita, durante l'anno, e non la rifarà. Ma adesso sembra tutto nuovo e colorato. Bisogna essere vestiti all'altezza, pensa. Solo i calciatori in vacanza, mal consigliati da amici interessati, riescono a raggiungere quelle vette di costosa prevedibilità. Il Perfettino Estivo, senza averne il budget e la fama, vuol essere come loro.

Il periodo che va dalla metà di luglio alla metà di agosto corrisponde alla breve vita di questo uomo-farfalla. Tra meno di un mese tutto l'equipaggiamento andrà in un cassetto, dove rimarrà per cinque anni, in attesa d'essere regalato via nell'estate 2013. A quel punto gli occhiali americani, l'orologino svizzero, i calzoncini brasiliani, la maglietta italiana e i sandali sino-americani finiranno a un cugino diciottenne.

Lui sì avrà stile, e gratis.

Si moltiplicano gli studi scientifici sull'intuizione. Quella che una volta era liquidata come l'intelligenza dei pigri si rivela uno strumento formidabile e sofisticato («Mai dubitato» direbbe vostra mamma, quella che classifica i fidanzati con uno sguardo). Alcuni studiosi di Princeton hanno descritto, sulla rivista «Science», questo esperimento: un gruppo di persone, dopo aver osservato brevemente le fotografie di alcune coppie di candidati, indovina quasi sempre quale sarà il vincitore e quale lo sconfitto nelle elezioni. Nel suo libro *Blink*, Malcolm Gladwell spiega cos'è la «cognizione rapida»: una classe universitaria ha dovuto giudicare un professore dopo tre minuti; un'altra ha potuto esprimere un giudizio al termine del semestre di lezioni. Ebbene: le opinioni erano identiche.

Interpretazione possibile del fenomeno: il nostro cervello è un fantastico elaboratore e utilizza ogni informazione a disposizione: aspetto, voci, luci, movimenti, occhiate, pause, odori, colori, ricordi, analogie. La conclusione cui arriva è spesso corretta: un'intuizione, in sostanza, è un'analisi estremamente rapida. Cosa vuol dire tutto ciò? Questo, per cominciare: non dovete sentirvi in colpa se vi formate un'opinione su una persona in pochi secondi. Il vostro cervello è più efficiente e più spietato del vostro cuore: e questo non è necessariamente un male.

Per esempio: io detesto le scarpe con la fibbia, il doppiopetto e il collo delle camicie con due bottoni verticali. Un uomo che veste così provoca nel mio cervello un allarme rosso. Magari è una persona gentile e appoggia i ragnetti sul davanzale invece di affogarli nel bidet. Ma la combinazione fibbia-doppiopetto-due bottoni m'inquieta. Forse in una vita precedente sono stato un poliziotto irlandese e ho avuto a che fare con i *mobsters* di Chicago, oppure ho visto troppi calciatori in borghese: certi spettacoli, però, mi turbano.

Devo farmi coraggio, tuttavia. Nelle piazze, nei bar e nei ristoranti d'Italia vedrò un sacco di uomini due-bottoni, e non posso tirargli un'oliva per manifestare la mia disapprovazione. Oltretutto non è escluso che chi indossa queste nefandezze sappia quello che fa. Un coetaneo due-bottoni mi ha illustrato onestamente la sua filosofia: «Se metto queste camicie e guido macchine sfacciate, le ragazze non si fanno illusioni su di me». Anche questa è un'intuizione, se ci pensate, e fa onore a chi l'ha avuta. Alle ragazze, un po' meno.

Un'esuberante collega, collaboratrice di un settimanale femminile, mi ha chiesto: «Cosa la induce a esclamare "Oddio!" quando vede una donna presentarsi in un certo modo?».

La domanda, voi capite, è insieme impegnativa e riduttiva. Impegnativa in quanto il terreno è minato: su certe cose, molte di voi non scherzano. E riduttiva perché, davanti ad alcune scelte, non viene solo da gridare «Oddio!». La tentazione è sbattere la testa contro il muro, e chiedersi se certe donne, invece dello specchio, usano le lattine del tonno.

Però una collega è una collega, una provocazione è una provocazione – e una vendetta è una vendetta. Ecco, quindi, ciò che non mi piace nell'abbigliamento femminile d'inizio secolo.

1 punto (sbadiglio) – La spallina del reggiseno che spunta fuori e dice: «Ehi, sono qui!».

2 punti (mi irritano) – I maglioni a losanghe, malinconico ricordo di piovosi pomeriggi domenicali del 1973.

3 punti (sopporto a stento) – Il maglioncino blu con la collanina di perline sopra la camicina. Troppi diminutivi.

4 punti (non sopporto) – Il burqa (tra l'altro, impedisce la visione periferica). È vero che in Italia se ne vedono pochi. Ma è meglio protestare per tempo.

5 punti (odio) – La scarpazza con la puntazza, che fa molto damazza (ma lei non lo sa, la pazza).

6 punti (detesto) – Tubino nero (*little black dress*) prima delle nove di sera.

7 punti (esecro) – Il pantalone a zampa d'elefante, soprattutto abbinato a un'andatura pachidermica.

8 punti (aborrisco) – I gambaletti (= calze di nylon al ginocchio).

9 punti (disprezzo) – Lo spacco a crepaccio. Sa di disperazione.

10 punti (odio con tutte le mie forze) – Qualunque vestito faccia somigliare una donna per la strada a una donna di strada. E alcuni noti stilisti propongono proprio questo.

Ho appena enumerato le mie idiosincrasie in materia di abbigliamento femminile. Non intendo chiedere perdono. Anzi, allargo il tiro. Dopo le Malvestite, i Malvestiti. Ecco ciò che non mi piace nell'abbigliamento maschile d'inizio secolo.

1 punto (sbadiglio) – I completi neri. Maglia, pantalone, scarpa, calza, giubbotto, occhiali: tutto nero. Matrix, prelato, agente Digos o caramella alla liquirizia (gommosa, considerato il girovita)?

2 punti (mi irritano) – I capi di abbigliamento simil-British. Mercoledì mattina, Milano: dottore, perché si presenta in tweed alla riunione? Se sta andando a caccia, mancano il cane e gli stivaloni.

3 punti (sopporto a stento) – Il pantalone di velluto liso. L'Ordine dei Giornalisti dovrebbe vietarlo a tutti gli iscritti. È l'equivalente delle paillette di Moira Orfei e del balzer blu di Vittorio Sgarbi: una divisa fin troppo prevedibile.

4 punti (non sopporto) – La sciarpona alla Mastella in grado di avvolgere una mummia. Anche Oscar Luigi Scalfaro ci ha rinunciato.

5 punti (odio) – La cravatta SPF (Spiritosa per Forza). Scritte, facce, balenottere eccitate, ranocchie che ballano il cha-cha-cha. Siamo seri, ragazzi.

6 punti (detesto) – L'occhiale sfumato. D'accordo che il «look spacciatore» è un sacco trendy. Ma i bimbi si spaventano.

7 punti (esecro) – Il cinturone cafone con la borchiona sulla panciona. Dignità, suvvia.

8 punti (aborrisco) – Ovviamente i calzini alla caviglia, che sono i cugini dei gambaletti. C'è un problema: all'estero le calze civili (= sotto il ginocchio) non si trovano. In viaggio, che si fa?

9 punti (disprezzo) – Lo stivaletto pitonato. Un giorno gli storici lo indicheranno tra le prove della decadenza della civiltà occidentale.

10 punti (odio con tutte le mie forze) – Qualunque vestito faccia venir voglia di tirare un calcio nello stinco a un uomo, per controllare che non sia un manichino. E alcuni noti stilisti propongono proprio questo.

Ci sono anche i Malvestititini: piccoli italiani su cui gli adulti sfogano il loro cattivo gusto.

1 punto (sbadiglio) – Camicie fuori, jeans stinti, scarpette sfiziose: ecco a voi i «Bimbinvolti» (bimbi disinvolti), icone del XXI secolo. In effetti si chiamano Tomaso (una «m») e Niccolò (due «c»), sono timidi e innocenti. Non è colpa loro se li hanno conciati in quel modo.

2 punti (mi irritano) – La nonna vestiva così la mamma, e mamma ora si vendica sulla figlia. Quel maglione tirolese grigio, con cerniera e bordature rosso-verdi, è un'autentica crudeltà.

3 punti (sopporto a stento) – La scarpa da ginnastica usa-e-getta. Passa la moda, e si butta via (vergogna!).

4 punti (non sopporto) – La piccola Valentina, alla festa, sembra un confetto rosa. Dove sta il Telefono Azzurro?

5 punti (odio) – Petit punk. Conciato così – capelli dritti, giubbino nero, scarponcino borchiato – sembra il cuginetto di Johnny Rotten dei Sex Pistols. La mamma rivive gli anni alternativi della gioventù. Come se fosse una giustificazione.

6 punti (detesto) – La cameretta è una bolgia di orsetti, pulcini e coniglietti. La tuta è una rissa tra ochette e pesciolini. Il bambino s'addormenta e sogna un pigiamino tinta unita. Ma pare non li facciano più.

7 punti (esecro) – Matrimonio in famiglia: giacchetta blu, camicina bianca, pantaloncino di velluto. Al piccolo lord (cinque anni) è vietato sporcarsi. Triste? No. Poteva andargli peggio. C'è chi si è ritrovato paggetto.

8 punti (aborrisco) – Felpe simil-americane con frasi banali e/o volgari. Per fortuna le scritte s'incollano al ferro da stiro, e si butta tutto.

9 punti (disprezzo) – Dodici anni, e lo vestono da adulto. Risultato: sembra un nano. Non è facile affrontare l'adolescenza in questo modo. E che cavolo.

10 punti (odio con tutte le mie forze) – I genitori e i parenti che commettono le nove atrocità di cui sopra. E i noti stilisti che gli danno una mano.

L'ho scritto e lo ripeto: se l'inverno è russo, la primavera francese e l'autunno tedesco, l'estate è la stagione italiana. Bella, eccessiva, un po' promiscua, lievemente enfatica. Non è solo la *silly season*, la «stagione sciocca dei giornali», come la chiamano gli inglesi. È invece il tempo in cui uno s'impegna, seriamente, a divertirsi. Qualche volta ci riesce, qualche volta no. In entrambi i casi, avrà qualcosa da raccontare in settembre.

Tutto ciò che si dice sul periodo luglio-agosto risente di questo preconcetto. La tristezza estiva, nel nostro incredibile paese, rischia d'essere dichiarata anticostituzionale. Romanzieri e poeti hanno capito da tempo che, dietro quest'esplosione vitale, c'è una malinconia implicita, un anticipo di autunno, una dolcezza amara. Giosue Carducci scrisse cose possenti sull'estate nelle campagne toscane (allora libere dalle truppe turistiche nordeuropee); Cesare Pavese raccontò «la bella estate», torrida pericolosa e sexy, sulle colline piemontesi; Piero Chiara e Alberto Vigevani ci hanno lasciato impeccabili acquarelli sulle estati al lago, dove la felicità si nasconde bene, ma c'è.

Purtroppo, non abbiamo imparato. La felicità estiva

italiana è soprattutto marina, e quasi sempre affollata: notti euforiche, mattine post-traumatiche e pomeriggi rintronati, seguiti da sere di preparativi. Libri e riflessioni sono i passatempi di una minoranza. Non perché la maggioranza non voglia leggere o pensare. Teme, invece, di restar sola, e capire che nel vento dal mare ci sono presagi e ricordi. Se una giovane donna si lascia immalinconire così, poi è dura guardarsi il piercing nell'ombelico e non sorridere.

Peccato, però. Perché l'estate è un collettore di sensazioni. Ma non ci aspettano, e passano in fretta. Nel sole secco del primo pomeriggio – quando gli adulti mangiano, i neonati dormono e i pensionati riposano – galleggiano infatti, lucidi e intatti, i ricordi delle nostre infanzie. Le attese dietro le persiane, a studiare i tagli di luce. I rumori nelle altre stanze, con dentro le promesse della sera. Il profumo del caffè che sale, e la voce di qualcuno che non c'è più.

11

Socialmente comunicativi

Molte famiglie, durante la cena, non rispondevano al telefono. Questo accadeva nel secolo scorso (suona bene, no?). Oggi qualunque soggiorno/cucina/tinello d'Italia, dalle 19 alle 21, è una corrida di suonerie sfrenate. Linee fisse e cellulari competono per attirare l'attenzione. Le conversazioni s'intrecciano. La mamma sente «Sì, grazie» e serve ancora pastasciutta; la figliola aveva invece accettato un invito per la domenica.

Non siamo ancora all'incomunicabilità anglosassone (le famiglie parlano attraverso i post-it incollati sul frigorifero), ma non andiamo bene. È tempo di siglare i TCT, Trattati di Convivenza Telefonica. Si stabiliscano alcune regole in materia, e si rispettino. Ecco un modello di TCT che potrebbe servire per la famiglia media italiana (mamma, papà, due figli scalpitanti, appartamento in proprietà di cento metri quadrati in un palazzo degli anni Sessanta).

Articolo 1. Ogni famigliare, durante la cena, ha diritto di ricevere una breve telefonata. Le urgenze sono escluse. La telefonata del fidanzato che non sa quale camicia mettere non è considerata un'urgenza.

Articolo 2. La telefonata della suocera vale doppio. Se la moglie (o il marito) accetta di rispondere, rinuncia alla possibilità di ricevere una telefonata la sera successiva.

Articolo 3. I messaggini ricevuti vanno letti in pubblico. Questo, in capo a una settimana, dovrebbe eliminare il problema.

Articolo 4. Gli «squilli» delle amiche sono vietati. Anzi: le ragazze-squillo vanno evitate (chiedere alla nonna: confermerà).

Articolo 5. Chi risponde al telefono non può alzarsi da tavola, né costringere gli altri al silenzio.

Articolo 6. Se un componente della famiglia s'attarda in conversazioni palesemente inutili, gli altri sono autorizzati a segnalare il proprio disappunto. Per esempio possono: picchiare sui bicchieri col coltello, gridando: «Porta dentro le vacche!» (effetto Appenzello); riprodurre il passaggio di un'ambulanza (effetto *ER. Medici in prima linea*); allenarsi alle percussioni sul tavolo, cercando di tenere il ritmo della conversazione (effetto Tribalistas).

Qui mi fermo: dovrebbe bastare. Che la pax telefonica sia con voi.

Quand'eravamo piccoli e ingenui, l'unico telefono di casa stava su un altare laico al quale ci si avvicinava con deferenza. I genitori insegnavano le regole da rispettare, pena la scomunica. Per esempio, mai dire: «Pronto, chi parla?» dopo aver chiamato, ma presentarsi e domandare: «Per favore, posso parlare con Giuseppe?» (una volta esistevano ancora persone con questo nome; ormai sono tutte giusibeppate o pinopippizzate).

Il cellulare ha portato sconvolgenti novità. L'effetto-sorpresa della telefonata, anziché suggerire cautela, ha creato dei neosadici che si divertono a mettere in difficoltà il prossimo. Caso classico. Lui chiama e spara frasi del tipo: «Cos'hai combinato ieri, maiale?». Ebbene: uno è in riunione (in auto, in bici, in bagno pronto a far pipì) e si trova costretto a riesaminare la propria vita: cos'avrò fatto ieri? E, soprattutto, chi è questo signore che mi apostrofa così?

Il signore è un Teleaggressivo, e s'è preparato. Non è scortese: è scientificamente crudele. Ha capito che chi risponde al cellulare sta facendo qualcos'altro: e ne approfitta. Quando chiama non saluta, non si presenta: attacca. La vostra difficoltà è il suo piacere. Se non capite al volo con chi state parlando, gode. «Ma come, vecchio mio, hai dimenticato questa voce dal passato? Su, avanti, dimmi se Valentina s'è sposata.» Solo a quel punto capite che state perdendo tempo con un deficiente che ha sbagliato numero (Valentina ha cinque anni, va all'asilo e comunque è contro il matrimonio). Però il disagio rimane: un Teleaggressivo vi ha fregato ancora una volta.

E le donne? Conosco fanciulle che, sapendo d'essere carine e corteggiate, pensano che *tutti* debbano ricordarsi di loro. La conversazione prende allora una forma surreale. Lei: «Dimmi dove sei con chi sei cosa fai, amore!». Lui (cercando di prendere tempo): «Sono a Pavia e sto montando una maniglia». Lei (ha intuito di non essere stata riconosciuta e si vendica): «E com'è quella maniglia, caro? Liscia o gasata?». Lui (sempre più agitato): «Ah ah, che spiritosa! Come stai?». A quel punto lei capisce d'averlo in mano, e giocherella come il gatto col topo: fino a un epilogo patetico in cui lei rivela la sua identità («Ma sono la Isa di Lecco! Ci siamo visti al mare l'anno scorso!»), e lui si dà silenziosamente del cretino. Isabella! Adesso ricorda: una rompiscatole. Perché cavolo le ho scritto sul tovagliolo il numero di telefono, quella sera?

So che alcuni studenti universitari, tra un messaggino e l'altro, stanno preparando la tesi di laurea sui cambiamenti avvenuti nella società italiana con l'avvento degli sms. Un suggerimento, se posso. Concentratevi sulla fisiologia del fenomeno, ma non trascurate la patologia. I messaggini hanno creato nuovi tipi umani, che vanno studiati con attenzione, prima che scompaiano (speriamo).

Il Profittatore – Gli avete dato il numero di cellulare per un'emergenza o una circostanza particolare, e quello continua a farne un uso allegro, come se foste vecchi amici («Dove 6, vecchio mio? Ke fai? Qui tutto bene, ma cmq ho voglia d vederti! Ciao, tvtb, tuo Carletto»). Per farlo smettere ci sono solo due strade: rispondergli con una parolaccia oppure cambiare numero.

Il Molestatore – Il Molestatore è un conoscente, e avrebbe tutto il diritto di mandarvi un messaggino ogni tanto: il guaio è che ve ne spedisce cinque al giorno (solo il servizio Tim Spot è altrettanto solerte). Il Molestatore non capisce che gli sms sono una forma di comunicazione, come le lettere, i fax, le telefonate o le e-mail. Li considera invece un giochino, che purtroppo lo diverte moltissimo.

L'Inopportuna – L'Inopportuna manda sms a qualsiasi ora, dimenticando che molti di noi tengono acceso il telefono anche di notte, e non gradiscono essere svegliati alle 02.30 da un bip che annuncia l'arrivo di questo messaggio: «Cosa fate quest'estate?».

Il Misterioso – Il Misterioso invia sms criptici, pensando di essere interessante: in effetti si rende odioso. «Be', che mi dici?» «Hai visto?!?!?!» «Questo non dovevi farlo!!!!!!!» Ditemi: chi spedisce messaggini così può pensare di ottenere qualcosa, a parte un calcio nello stinco al primo incontro?

La Presuntuosa – La Presuntuosa non firma i messaggi: è convinta che il suo numero sia nella vostra rubrica. Quando rispondete «Chi è?», apriti cielo: s'offende e promette di non scrivervi mai più. Voi, segretamente, gioite. Ma lei, purtroppo, vi perdona.

Ci sono molti modi per iniziare una telefonata. I modi per terminarla non sono altrettanto numerosi. Chiudere una conversazione non è mai facile: entrano in gioco la buona educazione, la sensibilità, il tempismo. Ecco sette tecniche elementari, divise per tipi telefonici.

I Velocisti – Sono i Petacchi del telefono: nessuno li batte allo sprint. Quando intendono chiudere la conversazione, accelerano di scatto e non lasciano dubbi sulle loro intenzioni. Un po' bruschi, ma efficaci.

I Rallentatori – La loro tattica è inversa. Quando vogliono terminare la telefonata, riducono gli interventi, dimenticano le obiezioni, mugolano come se li avessero imbavagliati («... mmm... mmm... mmm»). Le pause aumentano, i silenzi s'allungano. Quando l'interlocutore li sente russare, sa che è ora di chiudere.

Gli Eccitabili – Sono i wagneriani della telefonia: la loro conversazione è un continuo crescendo. Quand'è chiaro che non possono reggere l'enfasi, crollano e tacciono. È un ottimo momento per dire: «Be', ciao!» e premere OK dopo «Fine chiamata?».

I Sensibili – I Sensibili capiscono immediatamente se l'interlocutore sta perdendo interesse alla conversazione, e si regolano di conseguenza. Alcune mogli possiedono questa dote in misura paranormale.

I Buonisti – Non sanno mai come chiudere: quindi vanno avanti, sperando che l'interlocutore faccia la prima mossa. Due Buonisti Telefonici possono parlare per mezza giornata senza avere nulla da dirsi.

I Rituali – Hanno una formuletta che segnala l'intenzione di terminare la telefonata. Per esempio: «Benissimo!». Oppure: «Perfetto», «Chiaro», «D'accordo». O anche: «... va bene!» (abbinato a profonda espirazione). Se l'interlocutore non capisce, i Rituali diventano Disperati.

I Disperati – Chiudono la comunicazione senza una parola. Quando vengono richiamati, dicono che è caduta la linea. Così l'interlocutore ricomincia a parlare, e loro sono di nuovo nei guai. Gli sta bene.

L'ho capito osservando un'amica bionda di trent'anni. Quando riceve certe telefonate sul cellulare, s'accartoccia come una foglia sul vapore, come un bruco su uno stelo, come una ballerina nel tango. Non tutte le telefonate producono questo interessante effetto visivo: solo alcune. Dopo pazienti appostamenti, ho scoperto che erano le telefonate dell'Uomo Misterioso (ogni trentenne ne ha uno, è costituzionalmente garantito. Nei casi più intriganti si tratta del marito). A quel punto ho cominciato a riflettere sull'accartocciamento telefonico femminile, un fenomeno antropologicamente interessante.

Ricevendo telefonate intime, un uomo si irrigidisce (50%), si entusiasma (20%), si allontana (20%), emette vocine stupide (10%). Ma non s'accartoccia. Le donne lo fanno, dai 14 fino ai 94 anni (a quel punto smettono, per carenza di uomini misteriosi). Non lo fanno per tutta la vita. Solo in certe fasi, quando ne vale la pena. Allora, come dicevo, mettono in scena un piccolo spettacolo. La Donna al Cartoccio può essere una grande manager, un'affermata professionista, una saggia madre di famiglia, una capopopolo, perfino una dirigente periferica dei Ds. Ma all'arrivo di certe telefonate, s'accartoccia.

Questi contorsionismi non sono mai casuali. Seguono, invece, formule precise. L'accartocciamento sentimentale femminile è inversamente proporzionale all'età e direttamente proporzionale alla sorpresa. Per esempio, una ragazzina molto stupita di ricevere una telefonata s'arrotola su se stessa o contro una colonna, se ce n'è una (guardandola vien da pensare: per staccarla da lì ci vorranno i vigili del fuoco). Una donna matura che riceve una telefonata moderatamente sorprendente piegherà soltanto il collo portando avanti la spalla, come una statua greca. E via dicendo.

Ecco, dunque. Buona osservazione. Ma ricordate: la donna, durante l'accartocciamento, non è spiritosa. Quindi, occhio ai commenti che fate.

Gli sconosciuti che ci chiamano sul cellulare si dividono in tre categorie: 1) Quelli che hanno sbagliato numero. 2) Quelli che domandano: «Disturbo?». 3) Quelli che iniziano a parlare come se niente fosse.

La nostra reazione, come insegnano i manuali di strategia militare, dev'essere proporzionata all'attacco. Nel caso (1) basta dire: «Mi dispiace, ha sbagliato numero». Nel caso (2) possiamo rispondere: «No, non mi disturba». Oppure: «Sì, mi disturba. Ma oggi mi sento buono, e la perdono». O anche: «Sì, mi disturba. Vuol sapere quanto? Scelga tra "parecchio" e "molto"».

Il caso (3) è il più interessante e, purtroppo, il più comune. I talebani del cellulare – quelli che non ci conoscono, chiamano e cominciano a parlare – sono tra noi. Come difendersi? Ecco alcune frasi di sicuro effetto. Ve le proponiamo a seconda del grado di irritazione provocato dalla telefonata in arrivo.

Leggera irritazione – «L'ascolto. Ma sto guidando/sto facendo la doccia/sono a letto con mio marito/sto partorendo il mio primo figlio. Quindi, non posso restare molto al telefono.»

Irritazione media – «L'ascolto. Ma non sarebbe il caso di chiedere se posso parlare?» (segue sorrisetto pedagogico, che l'altro non vedrà).

Irritazione medio-alta – «Non posso parlare. Mi richiami più tardi.»

Somma irritazione – «Non posso parlare. Mi richiami più tardi. Se non mi richiama, meglio.»

Vendetta, tremenda vendetta! – «Lei ha sbagliato numero. Io sono George Bush e sto dichiarando guerra all'Iraq.» Oppure: «Questo-è-un-messaggio-registrato: VADA A RANE!». O anche: «Questa telefonata è registrata. Verrà trasmessa in un programma di Maria De Filippi».

D'accordo: quest'ultima è particolarmente cattiva. Ma certa gente se le cerca proprio.

«Elena chi?» Questo è il grido che attraversa ogni giorno casa mia e, sospetto, migliaia di altre case italiane. Motivo evidente (per me, meno per mia moglie): ho una cognata che si chiama Elena, una nipote che si chiama Elena, una baby sitter che si chiama Elena, una collega al «Corriere» che si chiama Elena, una collaboratrice a Sky che si chiama Elena. Abbiamo due amiche che si chiamano Elena. Tutte squisite persone, che ogni tanto telefonano, e fanno bene. A loro si aggiungono altre ventitré Elene di nostra conoscenza (ho controllato nell'indirizzario). Quindi – ho spiegato a mia moglie –

occorre specificare: *quale* Elena? Ma lei niente. «Ha chiamato Elena» annuncia da un'altra stanza. E io non so se ha chiamato la cognata, la nipote, la baby-sitter, la collega o una delle nostre amiche. Se domando, la consorte risponde. Ma perché devo domandare?

La questione non è grave (anche se conosco coppie che s'accapigliano per molto meno). Il problema non è tuttavia limitato a Elena. Conosciamo una batteria di Cristine (21), una schiera di Lucie (28), un battaglione di Laure (46), una legione di Anne (51), eserciti interi di Marie (81). Aumentano vertiginosamente le Susanne, le Camille, le Claudie e le Valentine. Dire «Ha chiamato Paola» non è un'informazione; è una provocazione (ne conosciamo 65). Sorella o maestra del figlio? Amica napoletana o responsabile della collana Superpocket? Compagna di scuola o ex fidanzata? Io dico: costa molto aggiungere un cognome, un dettaglio, un'indicazione di massima («Paola, quella simpatica», oppure «Paola, quella che quando chiama ti nascondi sotto il divano»)?

Niente da fare. Su certe questioni secondarie le donne non mollano, sapendo che non possiamo insistere più di tanto (rischieremmo di sembrare pignoli, e venire attaccati per questo). Sono le Piccole Battaglie Impossibili che tutti gli uomini conoscono, e accettano di perdere. Le nostre compagne hanno mille qualità, non è il caso di arrabbiarsi per così poco. Però sarebbe interessante sapere chi era Elena. Magari aveva qualcosa di importante da dirci.

Una delle più recenti sindromi telefoniche – non ancora studiata, che io sappia – si riconosce da tre parole: «Perché non rispondi?». Lui chiama lei, lei chiama lui, mamma chiama figlio, figlio chiama papà, papà chiama amica: e tutti pretendono che l'altro sia sempre lì a disposizione, col telefono acceso e l'orecchio attento. Il telefonino non è più considerato il terminale di una rete di telecomunicazioni, bensì un'estensione del corpo umano. Una sorta di Terzo Orecchio. Se io ti parlo non puoi far finta di non sentirmi, se ti telefono devi rispondermi.

Ogni altra possibilità è esclusa. Lasciare il telefono nell'altra stanza, dimenticare di accenderlo, aver esaurito la batteria, voler star tranquilli, essere sotto la doccia, stare in treno sotto una galleria: queste eventualità non vengono considerate da famigliari/amici/amanti. La non-risposta viene giudicata una mancanza di rispetto, una distrazione grave, una stranezza, una provocazione, un'astuzia. Lei s'innervosisce, lui si spazientisce, la mamma si mette in ansia, il figlio si preoccupa, papà s'interroga, l'amica si scoccia: tutto perché l'altro non ha risposto al telefono. E allora scatta la domanda, sintomo della nuova, interessante nevrosi: «Perché non rispondi?».

La difesa, in questi casi, potrebbe essere: «Perché sono un uomo/una donna, non un centralino». Oppure: «Perché non ne avevo voglia». O anche: «Tu, piuttosto: perché continui a chiamarmi?». A queste risposte seguono: a) espressioni perplesse; b) facce sbalordite; c) musi lunghi. Ma è il pedaggio da pagare sulla strada della civiltà cellulare.

L'orecchio si declina in molti modi: ci sono le orecchiette, gli orecchioni, gli orecchini e gli orecchianti. Volevo segnalare unaa nuova categoria: gli «orebizionisti», gli esibizionisti dell'orecchio. Chi sono? Tutti coloro che usano quest'organo per far mostra di sé. Per esempio: presentatori pieni di cavi che sbucano dalla nuca; guardie con la radio; uomini apparentemente normali con buffi auricolari senza fili, ritti come canarini congelati.

L'avrete notato: l'orecchio disadorno non va più. Prendete i locali notturni. Il buttafuori all'ingresso si presenta con un filo nero attorcigliato che gli entra nel collo della camicia. Domanda: non gli dà fastidio? E poi: cosa devono comunicargli? I risultati del Milan? Che è pronto in tavola? L'arrivo di un paravip – un ex concorrente della *Fattoria*, la sorella di una velina – e bisogna fare un po' di scena? Mistero. Di sicuro, l'uomo sulla porta è orgoglioso del suo apparecchio acustico. È il suo distintivo, la prova della sua identità e della sua modernità. Provate a dirgli: «Sei sordo? È l'ultimo modello Audiofon con protesi acustica retroauricolare e protezione antirumore?». Oppure: «Ehi, fratello, guarda che non stai guidando. Non serve l'auricolare». Fatelo, se avete il coraggio. In quel locale non entrerete più.

Un altro personaggio interessante, parente del primo, è l'Uomo con la Radio. Può stare fuori da una banca, in un parcheggio, alla guida di un'auto blu. L'apparecchio emette ogni tanto suoni gracchianti, lui se lo porta davanti alla bocca e comincia a pronunciare frasi sconnesse: «Roger! Roger! Vai Lupo! Ti copio». Lo vedete: è felice, come noi da bambini quando abbiamo provato la prima ricetrasmittente (che funzionava solo all'interno della stanza, ma non fa niente). Provate a dirgli: «Ma perché non usi il telefonino? Si sente meglio». Vi guarderà malissimo. Il telefonino ce l'hanno tutti. La radio ce l'ha solo lui. «Roger! Roger! Vai Lupo! Ti copio.»

Lei ha l'occhialone scuro, la scollatura più abbondante di ciò che dovrebbe rivelare, il sorrisino ebete. È ferma allo stop, e voi non capite. Cosa sta guardando, cosa sta pensando? Mi ha visto, sta ferma? Oppure scatta quando sono a venti metri? Finché, tra i capelli della signora, scorgete il luccichio del cellulare. Ecco la spiegazione! Lady Nokia sta telefonando: il mondo non ha il diritto di disturbarla.

Qualcuno dirà: storia vecchia! Errore: storia nuova, purtroppo. Per un po', infatti, dopo l'introduzione della patente a punti, la gente aveva smesso di guidare reggendo il telefono: erano comparsi gli auricolari e i vivavoce, qualcuno aspettava addirittura d'essere a casa prima di chiamare il parrucchiere. Poi vigili, polizia e carabinieri sono diventati indulgenti: hanno smesso di controllare, di fermare, di multare. E il segnale è partito, forte e chiaro. Allegria! Possiamo tornare a fare i nostri porci comodi.

Perché è così: noi italiani, come i cervi, siamo bravissimi a fiutare il vento nuovo. Se una norma non viene applicata (e sanzionata), decidiamo – collettivamente e contemporaneamente – che la possiamo ignorare. Le nostre coscienze l'hanno abrogata. È accaduto col limite dei 130 km/h sulle autostrade, coi trucchi nel calcio, con l'evasione fiscale. Semplicemente, abbiamo deciso che quelle regole non valgono più. Finché un poliziotto, un magistrato o finanziere decide di controllare: e allora scopriamo che le regole ci sono eccome, e iniziano le lacrime di coccodrillo.

Gli «autocellularisti» di ritorno sono odiosi, ancor più dei gonzi che negli anni Novanta, presi dall'entusiasmo per il nuovo giocattolo, reggevano il telefonino con la destra, cambiavano con la sinistra e giravano il volante col gomito: finché l'interlocutore non sentiva «BANG!», e capiva che era il caso di chiudere la conversazione. Chi oggi guida reggendo il cellulare sa benissimo che è vietato, stupido e pericoloso: eppure continua a farlo.

Come guarirlo? Dell'autorità, come dicevo, non possiamo fidarci (è un caso classico di patologia della tolleranza, radicato nel carattere italiano). Possiamo però contribuire a creare un meccanismo d'intolleranza sociale: se la guida col cellulare fosse percepita come una provocazione, qualche speranza ci sarebbe. Perché il divieto di fumo nei locali pubblici viene rispettato? Perché c'eravamo scocciati di respirare il fumo altrui. Proviamo questo slogan: «Chi guida col cellulare, danneggia anche te. Digli di smettere». Magari funziona.

Se ogni viaggio insegna qualcosa, una visita a New York è un corso universitario: basta guardarsi intorno e si capisce cosa imiteremo nei prossimi tempi. Una volta lo scarto tra l'invenzione locale e la parodia italiana era di qualche anno. Ricordo, durante il mio primo viaggio in America (1977), gli skateboard, con cui i ragazzini italiani sono andati poi a schiantarsi negli anni Ottanta (alcuni, volonterosi, continuano a farlo). Da qualche tempo, la distanza Usa/Italia s'è ridotta, ed è oggi di circa dodici mesi. Se volete vedere Milano nell'autunno 2009, prendete un aereo, andate a Manhattan e fermatevi a un angolo di strada: i passanti vi daranno molti spunti (e magari una monetina, se siete abbastanza patetici).

Scoprirete che la nudità è in lieve regresso (succede di vedere addirittura qualche bella ventenne con l'ombelico coperto). Capirete che la gente adora mangiare cose che non ha mai visto crescere (tapioca, miglio, coriandolo). Vedrete che il nero sui vestiti non muore mai (anzi, festeggia lugubre insieme al marrone). Dovrete ammettere che i meticci, con buona pace di Marcello Pera, sono invidiati e imitati: ma noi bianchi, con sole e lampade, arriviamo al massimo al beige.

Andate invece all'AppleStore di Soho, centro del tecno-acchiappo: vedrete passare tutte le sfumature epidermiche originali. Quando vi sarete ripresi (ci vorrà un po', e vale anche per le signore) uscite per strada e guardatevi intorno: da molti orecchi (maschili e femminili, senili e infantili) pendono due fili. Non è più l'antico auricolare del cellulare, ma quello di un lettore musicale Mp3. L'iPod è ormai il Walkman del XXI secolo, con buona pace della Sony: ha più accessori e vestitini della Barbie, ormai.

Conseguenze? Ognuno sente la musica che vuole quando vuole, e questo è bello. Ma arriva presto a un'autosufficienza emotiva ai limiti dell'autismo, e questo è brutto. Folle di persone sole s'incrociano e s'ignorano ascoltando musiche misteriose. Non sentono i clacson, i freni dei treni e lo stupendo rombo di Manhattan che lavora. Oddio: non è che a New York la gente abbia mai parlato tanto, per strada o nel subway: preferisce urtarsi, e amarsi così.

Ci arriveremo anche a Roma? Probabilmente ci siamo già arrivati. Ma ci sarà sempre qualcuno che davanti a una minigonna nazionale ben portata, si lascerà sfuggire un «... Anvedi quella!». A quel punto molti occhi si gireranno: dimostrando che gli italiani, all'ascolto personale, preferiscono l'osservazione di gruppo.

Ho iniziato a predicare le virtù della posta elettronica nel 1995, rientrando dagli Usa. Se m'avessero detto che, tanti anni dopo, sarei stato ancora qui a fare il Savonarola elettronico, non ci avrei creduto. Eppure l'indignazione è necessaria, anzi doverosa: c'è in giro gente che usa l'e-mail in modo simoniaco. Ecco quattro categorie di peccatori virtuali del XXI secolo che Dante metterebbe nella terza bolgia.

Newsletteratori – I molesti uffici-stampa che spediscono bollettini senza autorizzazione non vanno denunciati: basta sculacciarli. Li chiamano «newsletters» per darsi un tono, e stanno diventando un incubo. Come può, l'Associazione Pesisti e Palestrati di Asiago (Appa), credere che io sia interessato a ricevere ogni settimana notizie delle sue attività?

Spammaniaci – Rubano gli indirizzi nelle rubriche online e mandano in giro deliri, mugugni, dichiarazioni, insulti, richieste d'iscrizione. La cosa, prima ancora d'essere illegale, è maleducata e aggressiva. Ma gli artigiani dello spamming – spesso hanno una certa età, e sono grafomani felici di non dover più comprare il francobollo – non lo vogliono capire.

Rispostossessivi – Scrivono, e pretendono risposta. Se non arriva, scrivono ancora, con tono sempre più lamentoso. Quando gli rispondete (scocciatissimi, ovviamente) si convincono che li odiate davvero.

Allegatomani – Molti computer usano linee veloci (dall'ADSL alla banda larga); ma non tutti. Chi spedisce pesanti allegati senza autorizzazione non si rende conto del disagio che provoca, e degli accidenti che riceve. Un classico: arrivo in albergo, tento di scaricare la posta e vengo bloccato dalle foto di una sconosciuta associazione (500 k l'una). Nelle ultime ore ho ricevuto il catalogo di una mostra (1,7 mb), l'invito a una sagra del vino (496 k), l'opuscolo di una scuola estiva (520 k), le immagini di un premio giornalistico (720 k) e un libro in pdf (3,2 mb). Il mio PowerBook si limita a mugugnare; io, tra poco, do fuori di matto. Anzi: la prossima volta, faccio i nomi.

Quelli che non rispondono ai messaggi (e-mail, sms, segreteria telefonica) appartengono a cinque categorie. Per orientarvi, ricordate la regola del MEDIO: Maleducati, Espliciti, Disorganizzati, Incasinati, Onesti.

Maleducati – Categoria in espansione. Sono quelli che non hanno capito come l'iperconnessione – tutti possono contattare tutti, meno le persone che servono – imponga dei doveri. A una richiesta ragionevole (invito, domanda, proposta) deve seguire una risposta, possibilmente rapida. Sono ammesse scorciatoie – un'assistente, un parente, una risposta breve – ma non il silenzio, che lascia nel dubbio. «Avrà ricevuto il messaggio?

Quasi quasi lo rimando.» Così i messaggi in arrivo aumentano, e il Maleducato riceve la giusta punizione.

Espliciti – Vogliono farti capire che non conti nulla, e ci riescono. Questo sistema è molto utilizzato dai dirigenti d'azienda e dalle fanciulle di bell'aspetto. Quando le cose cambiano – il dirigente perde il lavoro, la fanciulla perde il fidanzato – gli Espliciti si rendono conto di quant'è irritante mandare messaggi che cadono nel vuoto.

Disorganizzati – Accumulano sms, messaggi in segreteria, e-mail e pensano «Rispondo domani». Poi aprono l'inbox, vedono 270 e-mail e vanno nel panico. Conosco un Disorganizzato che risponde agli sms dopo 15 giorni, spesso con un monosillabo: «Ok» (oppure «No»). Naturalmente tu non ricordi più cosa gli avevi scritto, ma ti fa tenerezza e lo perdoni.

Incasinati – Sono Disorganizzati in fase terminale. Riescono solo a rispondere al cellulare, e sembrano concitati pure lì.

Onesti – Sono brave persone, e non rispondono per non offendere. Talvolta, infatti, il silenzio è il male minore. Se un amico manda quattro sms al giorno («Pizza sabato?», «Cinemino domani?», «Un aperitivo stasera?» «Sesso subito?»), la ragazza non può rispondere «No!» ogni volta, e sceglie un pietoso silenzio. Per ogni Onesta c'è però un Ossessivo, che continua a spedire sms a pioggia. Come un untuoso personaggio in *Mare delle verità* di Andrea De Carlo, usa addirittura lo stesso messaggio per importunare più donne contemporaneamente. Se ve ne accorgete, smettete di essere Oneste e passate nella categoria Manesche. Forse la pianta.

Chi è il faxista? L'uomo (o la donna) che nel XXI secolo ancora spedisce e riceve fax. Esistono sei diversi tipi di faxista, ognuno dei quali rivela interessanti tratti psicologici. Ecco una piccola guida, utile a faxterapeuti e faxpsicologi.

Il faxista futurista – Il fax ha rappresentato il suo ingresso nella modernità. Ingresso difficile: non voleva rinunciare al francobollo, all'espresso, alla raccomandata, all'avventuroso «fuori sacco», all'emozionante telegramma. Figli e colleghi hanno impiegato anni per convincerlo, ma alla fine l'hanno spuntata. Convertito al fax, il soggetto ha subito mostrato la furia dei neofiti. Ancor oggi trova sensuali i fax in arrivo, e afrodisiaco il profumo della carta termica.

Il faxista nostalgico – Dopo dieci anni ha finalmente capito il funzionamento della macchina. È addirittura passato dalla carta termica alla carta comune, e in caso di emergenza riesce a cambiare la cartuccia. Sa coniugare il verbo «faxare» («Se ti faxassi il testo, me lo rifaxeresti appena puoi?») e, potendo, faxerebbe anche la moglie. Il suo motto è: «Allarmi siam faxisti!». E voi, adesso, volete convertirlo all'e-mail? Boia chi molla!

Il bradipofaxista – Usa lo stesso numero per telefono e fax. Quando tentate di mandargli un documento, deve convertire la linea. L'operazione richiede come minimo tre vostre telefonate (1. Devo mandare un fax! 2. Ecco che trasmetto il fax. 3. È arrivato il fax?). Provate a chiedergli l'indirizzo di posta elettronica. Vi dirà che non lo ricorda (il bugiardo).

Il faxista ansioso – Sostiene che un'e-mail può essere intercettata, un fax no. Quindi continua a mandarvi inutili documenti di venti pagine, consumando le vostre costose cartucce.

Il faxista succube – Sul fax c'è scritto «A faccia in giù». Lui non capisce che è solo un'indicazione per il caricamento dei fogli, e bacia il display come fosse un altare.

Il faxista sadico – Prova un piacere perverso a spedire documenti nel mezzo della notte, a casa della gente, svegliandola nel sonno. E oltre al danno c'è la beffa: se richiamate per insultarlo, risponde il fischio del fax.

12

Socialmente familiari

Le abitudini sono sempre consolanti per chi le coltiva, ma spesso irritanti per i parenti del coltivatore. Prendiamo il posto a tavola.

Conosco persone che, a casa propria, si siedono immancabilmente nella stessa posizione. Arrivano ospiti, aumentano i figli, la moglie scappa con un ballerino ucraino e viene sostituita da due giovani badanti moldave: niente, Mister Postofisso non si muove. Per farlo spostare servirebbe una ruspa, ma riuscirebbe tutt'al più a rimuovere il problema in blocco: perché lui, dalla sua sedia, non si schioda.

Cosa produce questo conservatorismo? La rassicurante consuetudine di certi movimenti (sale a destra, pane a sinistra, figlia di fronte)? Il fatto che il posto prescelto sia a distanza di sicurezza dalla porta della cucina, e renda di fatto impossibile qualsiasi collaborazione? Bieca pigrizia, timore, egoismo, chiusura mentale?

La risposta non è facile, e probabilmente non è univoca. I Postofisso che conosco – dozzine, uno più cocciuto dell'altro – si dividono in diverse categorie. Ci sono gli egoisti: a loro piace quel posto, e non vogliono sentire discussioni. Ci sono i metodici: detestano i cambiamenti, e se ne possono impedire qualcuno sono contenti. Ci sono i prospettici: l'appetito, attraverso un riflesso pavloviano, viene attivato dall'immagine di un certo quadro sopra una certa sedia. Ci sono i ritual-

tradizionalisti: per loro la vita è una successione di cerimonie, e quella dei pasti è tra le più importanti.

Domanda: bisogna redimere questa gente? Risposta: non è necessario, ma sarebbe utile e divertente. Utile perché muoversi intorno al tavolo è un esercizio di adattamento, e produce elasticità mentale (nuovo posto, nuovo punto di vista). Divertente perché i Postofisso, solitamente, sono dei piantagrane di prima categoria, pronti a difendere le proprie abitudini con le unghie e con i denti: affrontarli dà una certa soddisfazione. Dimenticavo: quando si alzano da tavola e vanno a letto, peggiorano. Ma degli uomini che s'addormentano solo se stanno a destra, parleremo un'altra volta, dopo che arriveranno le prime denunce femminili in materia.

Tra le degenerazioni dell'Uomo Domestico, una delle più gravi è questa: vuole mettere tutto in ordine, anche quando non ce n'è bisogno. È una nevrosi, naturalmente. Ma è una nevrosi interessante. Le case italiane sono piene di maschi di ogni età che, dopo anni di sciatteria assoluta, decidono che devono organizzare, sistemare, riordinare la casa. Mogli, figli e animali domestici osservano allibiti: non avevano mai visto una tale combinazione di solerzia e incompetenza.

Gli esempi sono numerosi. Ci limitiamo a due situazioni. Nella prima, il maschio adulto decide che i fili lo irritano. Ma le case moderne sono piene di fili: lampade, caricabatterie, televisore, computer, stampante, videoregistratore, stereo, DVD, PlayStation e/o X-Box. Solo i ragazzi sanno mettere le mani in quella orrenda matassa nera. Ma il babbo ha deciso che quei fili sono disordinati, e non stanno bene. Allora comincia a spingerli dietro un ripiano, a praticare buchi nei mobili, a convocare falegnami. Finché una presa non si stacca, e lui non sa più dove metterla. Disastro!, grida il genitore, e comincia a lamentarsi (da qui il soprannome ufficiale: «Filamentoso», colui che si lamenta dei fili).

Seconda situazione: papà, nella sua furia organizzatrice, individua un cassetto della cucina, e decide che è disordinato. La moglie prova a spiegargli che *sembra* disordinato, ma lei trova tutto. Gli inglesi chiamano quei ripostigli *one of those drawers*, uno di quei cassetti: e questa è già un'assoluzione. Ma papà non ne vuol sapere. Inizia a estrarre elastici, forbici, cavatappi, tappi dell'88, stuzzicadenti giganti, batterie, sigarette sfuse, presine, nastro adesivo, coltelli svizzeri, candeline d'un compleanno lontano, trinciapolli, piccole grattugie, due schiaccianoci, domopak, fiammiferi e altri piccoli oggetti non meglio identificati. L'Uomo Domestico, a questo punto, viene preso dal panico: trovare posto per tutta quella roba è scientificamente impossibile. Il suo posto è dentro un cassetto incasinato. Ma papà non vuole ammetterlo, e lotta come un tonno all'amo. Il resto della famiglia è autorizzato a ridere.

Basta che non si faccia vedere.

Una cosa che non manca mai di stupire le donne sono gli attacchi di pignoleria domestica maschile. La collera va bene: a quella si fa l'abitudine. Ma cosa dire di un marito che, fino a ieri, per distinguere la lavatrice dalla lavastoviglie doveva aprirle, e improvvisamente discute del tipo di lavaggio e della quantità di polvere necessaria? La moglie lo guarda, preoccupata. Starà male? Vorrà farsi perdonare qualcosa? Non avrà digerito i cetrioli? Niente di tutto questo: il consorte intende solo rilassarsi, e dar libero sfogo alla propria meticolosità patologica, quella che al lavoro deve nascondere dietro un atteggiamento giovanile e disinvolto.

Se esiste «lo zen e l'arte della manutenzione della motocicletta» (libro di Robert Pirsig), perché non deve esserci «lo zen e l'arte della disposizione delle posate»? In fondo vostro marito frequenta più la cucina che i tornanti di montagna: lasciatelo fare, dunque. Cercate piuttosto di convincerlo a trasformare questi attacchi saltuari in buone abitudini, magari con l'aiuto di questo libro. Posatelo sulla lavastoviglie in questione, corredato da una piccola iscrizione:

ALL'EROICO CONSORTE
NEL GIORNO IN CUI DEPOSE LE POSATE
AL POSTO ASSEGNATO DAL DESTINO
LA MOGLIE RICONOSCENTE POSE.

Fatemi sapere se questa strategia ha dato frutti. Perché, in questo caso, studierò altri modi per rendermi utile. Sarò l'incubo dei vostri compagni, il catalogatore delle loro inadempienze. No, signora: se anche dovessi scoprire che suo marito dentista bazzica le chat facendosi chiamare Piperita Patty, non lo scriverò. Praticherò invece lo spionaggio nei ristoranti, estorcerò confessioni, utilizzerò le soffiate arrivate per e-mail.

Vi domanderete: perché quest'uomo ci aiuta? Rispondo: ho tenuto per quasi dodici anni una rubrica su un settimanale femminile. Non sto dicendo che, a furia di vedere il mio nome sotto «Io Donna», ho le idee confuse. Questo no. Diciamo che ho capito chi è il più forte, e mi adeguo.

La Donna Domopak e l'Uomo Cuki. Chissà quante volte li avete incontrati, senza riconoscerli. Sono i teorici dell'avanzo, i profeti della ripetuta refrigerazione, gli ultimi epigoni della conservazione alimentare. In un mondo di sprechi, loro credono in una virtù opposta, e antica: il risparmio, preceduto da un avvolgimento attento.

Lui, il Compagno Cuki, s'aggira per la cucina col suo rotolo di stagnola, lucido e inquietante; lei, Lady Domopak, è specializzata nella carta da forno e nella pellicola trasparente. Lui avvolge tutto nell'alluminio: polpette e prosciutto, mezze banane e bocconi di verdura (neppure gli ispettori delle Nazioni Unite in Iraq erano così rapidi a raccogliere campioni di materiale sospetto). Lei è, a suo modo, un'artista. Riesce a tagliare il Domopak che le serve senza ricorrere al bordo seghettato della scatola. E con cinquanta centimetri quadrati di pellicola copre un tegame venti centimetri più grande, tirando delicatamente sui bordi. Alla fine dell'operazione, contempla la sua opera. I dodici fagioli avanzati sono stati resi innocui. Bene: cosa si fa, stasera?

Voi direte: visto quello che accade nel mondo, che importanza ha tutto questo? Pochissima, non c'è dubbio. Ma dobbiamo imparare ad analizzare i gesti quotidiani, perché sono i mattoni con cui costruiamo le nostre piccole nevrosi. La Donna Domopak e l'Uomo Cuki non rappresentano un pericolo per il pianeta. Ma sono una fonte di curiosità per il gatto, materiale di studio per i figli, motivo di sorpresa per i suoceri, oggetto di meraviglia per gli ospiti, che si vedono sottrarre il cibo nei piatti e più tardi lo ritrovano tumulato nel frigorifero. Certi personaggi vanno studiati, insomma, e così le loro inoffensive nefandezze. Diceva Vittorio Alfieri: «Tutto serve al grande studio della specie bizzarra degli uomini». Anche il Domopak, avrebbe aggiunto, se nel Piemonte del XVIII secolo avessero avuto carta stagnola come si deve.

Sulla vasca da bagno, nella vasca da bagno, sotto un tavolo in giardino, per terra in cucina, tra le pentole, dentro l'automobile, nella spazzatura. Questi sono solo alcuni dei posti in cui il signor G. sostiene d'aver trovato gli occhiali da sole della moglie, la signora B. Ogni volta il paziente consorte li raccoglie, e li depone su un tavolino all'ingresso, dove la signora li troverà, per poi abbandonarli in luoghi sempre nuovi e geniali.

Il signor G. non è arrabbiato (almeno così sembra dalla lettera che mi ha scritto). È rassegnato. Ha raggiunto uno stato di atarassia, una serena indifferenza filosofica che lo porta a non stupirsi più di niente. Quando ha trovato gli occhiali nella spazzatura, per esempio, si è limitato a ripulirli dai semi di melone e a dire: «Andavano nel secco».

Voi direte: e come reagisce la moglie? Qual è il suo commento quando ritrova gli occhiali nello stesso posto? È riconoscente col suo folletto servizievole, o magari irritata perché vorrebbe comprare un paio di occhiali nuovi, e il consorte recupera sempre quelli vecchi? Né una cosa né l'altra. Ci sono donne che non s'accorgono neppure di dimenticare in giro gli occhiali: trovandoli sempre sul tavolino all'ingresso, si convincono d'averli lasciati lì. Altre, invece, ritengono che il gioco faccia parte della routine matrimoniale: loro perdono gli occhiali, il marito li ritrova, il gatto osserva.

Torniamo al signor G. A suo giudizio, la moglie soffre di una patologia femminile di nessuna importanza, la microdisordinite. Ha ragione. Perché noi uomini, quando siamo disordinati, facciamo le cose in grande: quando prepariamo la cena, la cucina è un campo di battaglia; dopo una doccia, il bagno sembra una valle di Comacchio. Le donne, no: il loro disordine è minimalista, chirurgico, metodico. Può essere l'occhiale dimenticato, il tappo del dentifricio mai riavvitato, il file abbandonato nel computer. Noi uomini ci ribelliamo, da principio. Poi ci rassegniamo. Trovare gli occhiali da sole ormai è diventato un rituale, neppure spiacevole.

A proposito: va bene che fa caldo, ma chi li ha messi in frigorifero?

Ragionavo col mio caustico figliolo adolescente sulle giustificazioni scolastiche. Si tratta – diciamolo – di un genere letterario in ribasso. Tutte uguali, molto prevedibili. «Antonio è stato assente il giorno X per motivi familiari.» «Si prega di scusare il ritardo di Antonella, dovuto a ragioni di salute.» Che noia! Cosa sono i motivi familiari? Guerriglia tra i condòmini con occupazione dell'ascensore, o qualcosa di più serio? E le ragioni di salute? Pellagra, mal di pancia, unghia incarnita dalle 08.00 alle 09.00? La sonnolenza è una patologia?

Partendo da questa premessa, Severgnini Jr e io abbiamo preparato alcuni modelli di giustificazioni che potete adattare alle vostre necessità. L'importante, ragazzi, è consegnarle con la faccia seria, e confermare la dichiarazione dei genitori.

Giustificazione fantasy

«Prego giustificare il ritardo di Roberto, dovuto all'attacco di un ragno gigante. L'animale aveva le sembianze della professoressa di latino, ma si è dato alla fuga dopo essere stato attaccato col deodorante intimo.»

Giustificazione politica

«Prego giustificare l'assenza di Valentina il giorno 4 aprile. La ragazza, in un momento di disattenzione della famiglia, ha assistito a una puntata di *TeleCamere* ed è caduta in catalessi.»

Giustificazione sportiva

«Prego giustificare il ritardo di Walter. Il piccolo, appassionato di montagna, ha dormito con gli scarponi da sci, e s'è rifiutato di toglierli fino alle ore 09.20, quando il portinaio è stato convinto a travestirsi da addetto alle seggiovie e a controllargli lo ski-pass.»

Giustificazione stradale

«Prego giustificare Marco, che stamattina s'è svegliato preoccupato per il traffico sulla A22 del Brennero e ha voluto ascoltare quattro edizioni di *Onda Verde/Viaggiare informati*. È vero, noi abitiamo a Genova: ma non ha voluto sentire ragioni.»

Giustificazione televisiva

«Prego giustificare l'assenza di Giulia. Il fratellino Christian, convinto di essere Triple H, l'ha appesa a testa in giù nella doccia, dove la bambina ancora si trova. Forse nostro figlio ha visto troppo wrestling in TV, ma l'alternativa era *La Fattoria* (Christian, dopo la prima puntata, aveva chiesto un forcone da usare in casa).»

Giustificazione musicale

«Prego giustificare il ritardo di Alice, che ha passato una notte insonne. L'abbiamo trovata all'alba che guardava i gatti mentre i gatti guardavano nel sole. Ha detto che, poiché il mondo girava senza fretta, non dovevamo sollecitarla.»

Una lettrice, Roberta B., ha scelto uno dei mestieri più difficili al mondo (insieme al neurochirurgo, al mercenario e alla moglie): quello di accompagnatrice di gruppi di studenti italiani all'estero. Non contenta, ha scritto un diario delle sue avventure, che inizia così: «... piede griffato, andatura svaccata del tipo "Io sono figo dal mattino alla sera e anche il giorno dopo: cosa vuoi tu da me?". Maglia firmata e jeans bracalone lui, maglietta strizzatissima e mutande in vista lei. Si trascinano a gruppi, la voce troppo alta, la parolaccia sempre in bocca. *Italian students* in "vacanza-studio"!».

I capitoli successivi descrivono un'odissea umana e professionale. Si comincia in un aeroporto all'alba, quando mute di genitori apprensivi (ma tutt'altro che muti) consegnano la creatura, che si presenta con la fotocopia della carta d'identità e domanda: «Perché, ci voleva l'originale?». Si prosegue: c'è chi s'infila nel metal-detector con un taglierino per farsi notare dalle ragazze, chi chiama il papà al cellulare sette secondi dopo l'atterraggio in Gran Bretagna, chi sparisce nei gabinetti, chi s'accoda a una comitiva giapponese con una coincidenza per Toronto. L'accompagnatrice grida, sgrida, prega, strapazza. Ma deve risparmiare le forze, in attesa delle prove più dure: le escursioni e le notti.

Le escursioni sono un dialogo tra sordi: l'accompagnatrice propone una visita alla casa di Dylan Thomas, e i «bisonti con gli ormoni a mille si riversano dentro, ignari dei cartelli e indifferenti alle spiegazioni, ansiosi solo di tornare sul pullman a pomiciare con le ochette più promettenti». Le notti invece sono una battaglia tattica e psicologica: l'accompagnatrice conosce tutti i trucchi degli avversari (scambi di camere, merende in pigiama, passaggi sul retro eccetera), ma deve nascondersi come un Hezbollah per beccarli in flagrante.

Tutto questo per due o tre settimane, fino alla festa di chiusura, all'ultima notte insonne e al volo di rientro: i ragazzi, stravolti ma vivi, vengono riconsegnati ai genitori in ansia (i quali gridano «Tesoruccio!» a un gigante di 1.90 cm). Le accompagnatrici possono rilassarsi. Andando a scalare un vulcano, magari, o cercando tigri nella giungla indiana.

Pensierino finale, dedicato a Miss B. Mi chiedo se anche noi, da ragazzi, fossimo così impegnativi: ma non credo. Gli accompagnatori, in tre anni di vacanze-studio (Eastbourne 1972, Londra 1973, Edimburgo 1974), non li abbiamo *mai* visti. Come avremmo potuto farli impazzire?

Per i maschi della mia generazione, quella che s'aggira intorno ai Big 50, le ragazze sono state una scoperta entusiasmante (dai 14 ai 16 anni), seguita da una passione furibonda (dai 16 ai 18), sfociata in un interesse imperioso (dai 18 in avanti). Oggi le cose sono cambiate. I ragazzi conoscono l'argomento, ma sembrano metterlo sullo stesso piano di tanti altri: amici, computer, cellulari, viaggi, televisione, hobby e sport.

Questa equivalenza sarebbe stata, per noi, blasfema. I diciassettenni degli anni Settanta non erano poi così precoci, ma le priorità erano chiare: 1) ragazze; 2) conoscenze femminili; 3) amiche delle medesime. Il più tranquillo teenager del 1974, parlando della fanciulla dei suoi sogni, si commuoveva come il giovane Werther, s'eccitava come Gabriele D'Annunzio, mugolava come Lucio Battisti («Voglio Aaaaaaaanna!»). Oggi molti giovanissimi italiani appaiono compassati come vecchi inglesi. Se desiderano la ragazza di cui sopra, dicono: «Voglio Anna». E Anna, riunito il consiglio d'amministrazione, decide nel merito.

È vero: non ho studiato la materia e non mi sono nascosto nella camera d'un sedicenne per ascoltarne le conversazioni (non mi dispiacerebbe, ma temo di sentirlo discutere del fisico dei *wrestlers*, invece che di quello delle compagne di classe). Però sento i racconti delle madri, mie coetanee. Una di loro ha coniato per il rampollo un'espressione azzeccata: il Sultanino. La signora ha dimenticato, però, un dettaglio importante. Nell'harem, comanda lei.

Giocasta non c'entra: la faccenda è più giocosa. Il Sultanino ama la mamma d'un amore onesto e razionale. La signora lo cura, l'assiste, lo consiglia, lo istruisce e lo diverte. Il Sultanino non è un «mammone». Semmai, un «mammino». Un ragazzo di buon cuore, che ama la famiglia e sa fare i suoi conti.

Dipende dalla regale presenza materna, il tiepido interesse per le ragazze? O, invece, è una forma di difesa, viste le intenzioni focose di queste ultime? Non lo so. Di sicuro, il Sultanino è una figura nuova nel panorama sociale. Diventando adulto, si trasformerà in un vero Sultano? Avrà un harem in piena regola, popolato da amanti in competizione tra loro? O si limiterà a tenersi buona la mamma, e ad aggiungere fidanzata, amiche e colleghe al numero di donne che si occupano di lui?

Non so perché, ma propendo per la seconda ipotesi.

I pokeristi aspettano il tris d'assi, i buongustai assaggiano il tris di primi, gli appassionati d'ippica giocano la corsa tris. Pochi, invece, conoscono il tris di donne.

Una lettrice di nome Claudia dice d'averlo studiato. «Durante il fine settimana, per mantenermi agli studi, lavoro in un negozio di abiti per bambini, in un centro commerciale vicino Brescia. Le assicuro che la terna Nonna/Madre/Figlia fornisce spunti meravigliosi! Un classico è nonna padrona/mamma succube/figlia viziata. Interessante è nonna assente/mamma nervosa/figlia ho-undici-anni-e-sono-già-una-punkabbestia. Ma le combinazioni sono molte, e tutte interessanti. Se vuole, la tengo informata.»

Ti prego, Claudia: fallo. Le tue osservazioni dimostrano infatti tre cose: 1) I centri commerciali sono la giungla del XXI secolo: affascinante e misteriosa. 2) Far spese è un'attività fisicamente e psicologicamente impegnativa, che mette a dura prova i caratteri. 3) Su questioni tanto delicate, è difficile mettere d'accordo due generazioni: figuriamoci tre.

Francamente, non capisco perché qualcuno voglia far compere con la famiglia. Lo shopping – come dicono a Brescia, e non solo – è un esercizio solitario, che richiede calma e concentrazione. È dura, a quarantacinque anni, uscire dal camerino con un pantalone che stringe orrendamente in vita e sentire la mamma settantenne che dice: «Guarda che sei spettinata», mentre la figlia quindicenne mormora ad alta voce (sì, le quindicenni sanno mormorare ad alta voce): «Sharon Stone è un'altra cosa. E pensare che ha la tua età». Donne miti sono state spinte a reazioni violente. C'è addirittura chi, per ripicca, ha acquistato i pantaloni in questione, pur sapendo che non li avrebbe mai indossati.

Vi starete chiedendo: le famiglie reggono a questi traumi? Di solito, sì. Rischiano, semmai, le commesse: soprattutto se spifferano tutto alla stampa. Ecco perché Claudia deve farsi viva, ogni tanto. Vogliamo esser certi che non venga assalita con un attaccapanni. È vero che oggi gli attaccapanni sono leggeri e di plastica. Ma, usati come sciabole da nonna padrona/mamma nervosa/figlia punkabbestia, possono far male.

Leggete cosa scriveva nel 1964 Marcello Marchesi, un autore che ha segnato la storia d'Italia (ma, come spesso càpita agli umoristi, non se n'è accorto). La poesia s'intitola *La guerra continua*, e compare nel libro *Il sadico del villaggio*.

Madri coetanee delle proprie figlie
ma tradite dalla mancanza
di efelidi.
Padri sul ring coi figli
ma con strappi muscolari
e febbri per lo strapazzo.
Stempiati
a bordo di Maserati
e Jaguar.
Canuti nell'adempimento
del proprio dovere
nella grande guerra
per la sopravvivenza
ancora in attesa di un monumento.

Cos'è cambiato in quarantacinque anni? Be', le auto: a Maserati e Jaguar si sono aggiunte molte marche tedesche. E poi i numeri. Negli anni Sessanta certi comportamenti erano appannaggio di pochi bulli; nelle piccole città diventavano personaggi folkloristici, e passavano rombando nei sensi unici finché non mettevano incinta un'impiegata, che provvedeva a rieducarli. Oggi «il padre sul ring col figlio» è una figura normale: i due si rubano le T-shirt, si scambiano i CD, litigano per l'iPod e, quando arrivano a casa le compagne di liceo con l'ombelico al vento, entrambi le osservano con attenzione eccessiva.

E le «madri coetanee delle proprie figlie»? Sono numerose: oggi più di ieri. Le guardi e non capisci: sembra vecchia la giovane, o sembra giovane la vecchia? La figliola s'atteggia a donna vissuta solo perché ha un fidanzato universitario fuori corso; la mamma recita la parte della ragazza da quando s'è accorta che, per strada, gli studenti la guardano. Non sa che studiano medicina, e ammirano le conquiste della chirurgia estetica.

Negli Stati Uniti il fenomeno ha ormai assunto proporzioni epidemiche, ma anche in Italia appare in rapida espansione: non è possibile, per esempio, che tutte le signore con le labbra a salamella abbiano preso un pugno in bocca. Non sono credibili quei sorrisi e quei maglioni tirati. Uno le incontra, e non sa cosa fare. Riderne non si può: è maleducato. Farle ridere, nemmeno: il timore è di provocare disastri in quei volti lisci ed esplosioni in quei petti tondi. La soluzione è stare fermi e contemplare l'opera di ricostruzione, applaudendo mentalmente l'artista. Se proprio volete essere gentili, dite: «Signora, lei sembra la sorella di sua figlia!». A quel punto lei s'addolcirà: «Dammi pure del tu!»; ma s'offenderà la figlia. Voi, per consolarla, comincerete a contarle le efelidi, citando Marcello Marchesi. La ragazza chiederà cosa sono. Voi direte che sono le lentiggini dei ricchi, e poi ve ne andrete in cerca di gente normale.

Come quella che abbiamo raccontato in questo libro.

Manuale dell'imperfetto sportivo

Dedicato a tutti quelli che provano,
cadono e si rialzano

Per gioco
(Spiegazione necessaria e letteraria)

Ogni prefazione è una confessione, e questa non farà eccezione. Una confessione doppia, perché devo spiegare come mai da qualche tempo scrivo di sport, e perché ho deciso di pubblicare un libro.

La prima risposta è facile: lo sport mi piace. Lo sport è tecnico, eppure comprensibile. È impegnativo, ma ci si può limitare a guardarlo. Non è indispensabile, ma è divertente, utile e consolante. È letterario senza dirlo: un romanzo popolare che molti leggono senza accorgersene. Lo sport è lo stucco della vita e lo specchio di un paese. Uno specchio pasticciato, sporco, rigato, che rischia di rompersi ogni momento. Ma non si rompe, e ci rimanda ricordi. Scrive Don DeLillo nelle prime pagine del suo capolavoro, *Underworld*: «Un uomo porta il figlio alla partita e trent'anni dopo è di questo che parlano, quando il vecchio babbeo sta tirando le cuoia in ospedale».

Ci ho messo vent'anni a capire che mi piaceva scrivere di sport. È accaduto nell'estate del 2000, quando il «Corriere della Sera» ha chiesto ad alcuni di noi di raccontare «una grande coppia». Tutti hanno scelto coppie storiche o letterarie. Non so perché, ma io ho pensato subito che l'unica coppia di cui volevo scrivere era Inter-Juve. Da quella pagina – riportata nel mio libro *Interismi* (2002) – è cominciato tutto. In tanti si sono accorti che mi piaceva (s)ragionare di calcio, e hanno cercato di coinvolgermi (sul giornale, per radio e in TV). Ho partecipato perciò ad alcune trasmissioni (troppe, temo). Ho scritto ancora sul

«Corriere» (soprattutto dell'Inter, mia deliziosa condanna). E ho iniziato una rubrica su «Sportweek», il settimanale della «Gazzetta dello Sport». La proposta è stata di Franco Bonera, al quale questo libro deve molto. Dover trovare uno spunto ogni settimana mi ha costretto a scandagliare i miei ricordi e le mie passioni. Non solo calcistiche, naturalmente.

Anzi: il calcio, in questo libro, è spostato agli ultimi capitoli. Prima parleremo di tutto il resto. Di sport sociale e di sport familiare (cosa non fanno, le mamme e i papà italiani). Di sport sentimentale e di sport generazionale (quante ne combinano i miei coetanei, sotto gli occhi preoccupati delle mogli e i sorrisi impietosi dei figli). Di sport rumoroso e di sport faticoso. Di sport bagnato e di sport tentato. Di sport mistico e di sport agonistico (ho gareggiato in una dozzina di discipline, con risultati modesti ma grande soddisfazione). Il *Manuale dell'imperfetto sportivo* è un lungo viaggio dentro l'acqua e sulla neve, oltre il tennis e nel golf, tra tentativi di pescare e canestri sbagliati di poco, salite in bici e discese con gli sci, pallavolo nel sole e motociclette sotto la pioggia.

Lo sport infatti è tutte queste cose, e molte altre ancora. Una nazione – scrive sempre Don DeLillo – è fatta di «persone formate da lingua, clima, canzoni popolari e prima colazione, dalle barzellette che raccontano e dalle macchine che guidano». Aggiungerei: dalle squadre per cui tifano e dai giornali che leggono, dalle trasmissioni che guardano e dalle radio che ascoltano, dalle palestre in cui hanno sudato, dalle docce che hanno fatto, dai punti sbagliati di poco, dai calciobalilla che hanno maltrattato, dai salti che hanno tentato, dalla paura che si sono fatti passare, dal mare in cui si sono tuffati per inseguire un pesce o una ragazza.

Tutto questo troverete, nel *Manuale dell'imperfetto sportivo*. Sono convinto che il libro valga i due precedenti «manuali» (*Manuale dell'imperfetto viaggiatore*, 2000; *Manuale dell'uomo domestico*, 2002), che sembrano esservi piaciuti. E penso che, fra tutti, sia il più omogeneo. Raccogliere il materiale, sistemarlo e integrarlo è stato facilissimo. Lo sport è ordinato per definizione, e trova da solo il suo posto in un libro, così come nella nostra vita (solo la musica è altrettanto invadente e commovente). Se impariamo a leggerlo in controluce, forse capiremo qualcosa di più di noi stessi. Così credo, almeno.

Chiudo con una citazione, che ero tentato di mettere all'inizio: «Gioca, così da poter essere serio». Lo diceva Anacarsi, uno dei Sette Sapienti dell'antichità, citato da Aristotele nell'*Etica Nicomachea*. E sapete? Secondo me, aveva ragione.

Questo è tutto. Vi auguro buona lettura, e chiudo. Devo scendere al mare in bicicletta, e poi nuotare, e scoprire che mio figlio ormai è più veloce di me.

Rena Majore (Sassari), estate 2003

1

Sport filosofico

George Harrison era il mediano dei Beatles. Mediano geniale (non ci avrebbe regalato *Something* e *Here Comes the Sun*). Ma, comunque, un mediano. La mezzala era Paul McCartney. L'ala sinistra, senza dubbio, John Lennon. E con due così là davanti, i Fab Four potevano permettersi di tenere in squadra anche Ringo Starr, il Gamarra della situazione.

Il ragionamento, se ci pensate, si può estendere a famiglie, uffici, coppie, redazioni, associazioni e circoli ricreativi. Osserviamo chi ci sta vicino, e cerchiamo di scoprire quale numero invisibile porta sulla schiena. E quando parlo di numeri di maglia, divento un conservatore: 1 per me è il portiere, 2 il terzino destro, 3 il terzino sinistro, 4 il mediano, 5 lo stopper, 6 il libero e così via. Vedere un centravanti col numero 32 mi provoca l'orticaria. A meno che sia Bobo Vieri, naturalmente. Il quale – se continua a giocare e a segnare così – può scendere in campo anche indossando il codice fiscale.

Avanti, dunque. Chi sono i portieri tra noi? Io li riconosco, e li stimo. Sono donne, due volte su tre. Persone rassicuranti che domano i caratteri più bellicosi. Mentre davanti a loro va in scena il caos, tengono la posizione. In famiglia, sorridono e consolano. Sul lavoro, consigliano e proteggono. All'università, tranquillizzano prima degli esami. Se avete un portiere nella vostra vita, tenetelo caro. Certi rigori della sorte non li parerà nemmeno lei/lui, ma una partita non è fatta solo di rigori.

Il terzino destro è un animale completamente diverso. Salvo eccezioni, si tratta di persone senza particolari guizzi (ma ricordate il gol di Tarcisio Burgnich in Italia-Germania del 1970). Hanno caratteri ruvidi e introversi, e da principio possono non piacere. I terzini destri sono uomini, di solito. Se trovano una donna-ala sinistra, la marcano stretta per tutta la vita, e sono felici.

I terzini sinistri, un tempo, venivano detti «fluidificanti». Il vocabolo è orrendo – chimico-idraulico, mal s'adatta a giocatori come Facchetti, Cabrini e Maldini – ma rende l'idea. Il terzino sinistro non si rivela subito: scatta quando meno ve l'aspettate. Voi gridate: «Ehi, ricorda che sei un terzino!». Ma lui è già al galoppo verso un viaggio o un'avventura, ha già presentato una lettera di dimissioni, sposato una ragazza conosciuta il mese prima. Il personaggio non è prevedibile, ed è sentimentalmente agitato. Un tempo si diceva: «Corre la cavallina». Oggi si dice: «Corre come un terzino sinistro».

Il mediano porta il numero 4, ed è fantastico. Se ne sono occupati gli scrittori (Soriano) e i cantanti (Ligabue), ma non tutti capiscono la poesia del ruolo. Il mediano detta i tempi, in campo come nella vita. È un buon amante, un ottimo papà, un amico affidabile: le compagnie, con un centravanti, si divertono; ma senza un mediano si sfasciano. Nelle aziende, il mediano diventa responsabile della produzione. Nei giornali, viene promosso caporedattore. In una missione spaziale, gli chiedono di badare alla navicella mentre gli altri scendono sulla luna. E lui sta là, e sorride.

Siamo allo stopper, maglia numero 5. Ottimi stopper sono certe fidanzate: cerchi di andar via, e ti stendono (al massimo, ti permettono un colpo di testa). Stopper storicamente efficaci sono alcune madri. Non lasciano che i figli si sgancino; piuttosto li cinturano quando l'arbitro non vede. Uno stopper esiste in ogni azienda. Quando tutti si entusiasmano e fuggono in avanti, lui grida: «Attenti al contropiede!». Se gli avessero dato retta, durante il boom della New Economy, avremmo evitato molti guai.

Arriviamo al libero, e chiudiamo con la difesa. Il numero 6 è un personaggio singolare, perché deve intervenire dopo che tutti gli altri hanno sbagliato. Il ruolo può sembrare ingrato, ma il vero libero agisce per vocazione. Gli americani lo chiamano *troubleshooter*, ed è fondamentale in qualsiasi organizzazione. Ogni direttore di giornale deve individuare il libero in redazione; ogni presidente del Consiglio deve trovarlo dentro il suo governo. E affidargli un compito che sta tra il confessore e l'agente segreto, l'infermiere e il mediatore, l'esploratore e il killer gentile. Per Silvio Berlusconi, ad esempio, il libero è Gianni Letta. Se gli avesse dato retta, avrebbe evitato un sacco di contropiede.

Le ali destre portano il numero 7. Guardatevi intorno: non sono molte, nella società italiana. Sono infatti persone capaci, originali e, nello stesso tempo, affidabili. Il loro motto è: genio e regolatezza. Alcune ali destre caracollano per tutta la vita sulla fascia di competenza, con la serietà dei Domenghini e dei Bruno Conti. Altre hanno in sé lo spirito dei Jair, dei Causio e dei Beckham: un po' eccentrici, ma possono decidere la partita da sole. Se avete un'ala destra in azienda, tenetela da conto. Oppure fatela fuori subito: potrebbe soffiarvi il posto.

Le mezzali destre (numero 8) sono personaggi diversi. Caratterialmente, si inseriscono dovunque. Ma covano dentro di sé l'invidia per il numero 10 (il numero dei leader, dei geni e dei pazzi). La mezzala destra, in un'associazione, farà il vicepresidente. In un condominio, il presidente dell'assemblea. Molte donne si lamentano di aver sposato una mezzala destra: un uomo senza il fascino macho del mediano, né il carisma di un centravanti. Ma ammettono che è un buon papà, e sa caricare la station-wagon.

Siamo ai numeri 9. Chi sono i centravanti tra di noi? Quelli che sono sempre in prima fila. Dall'asilo all'ospizio, alzano la mano, prendono la parola, offrono la propria candidatura. Alcuni realizzano i propri obiettivi; altri segnano solo perché gli lasciamo tirare i rigori. Ma il centravanti in genere piace perché, mentre insegue la gloria, si prende le grane. Possiede la baldanza di Don Chisciotte, il linguaggio di Tex Willer, la bullaggine disneyana del Re Leone. Le squadre, le famiglie e le nazioni, spesso, finiscono per dipendere da lui.

Sul numero 10 esiste tanta letteratura che verrebbe voglia di non soffermarsi su di lui (o lei). Chi indossa, nella vita, la maglia di Rivera e Maradona? Spesso si tratta di personaggi insoddisfatti: gente che ha accettato il ruolo di leader senza averlo cercato. Altre volte, il numero 10 è un'ala destra senza alternative: o cambiava maglia, oppure la squadra andava a ramengo. Tra tutti, questi sono i migliori. Non calciano le punizioni, non fanno i divi: mettono la fascia di capitano e si presentano per primi ogni mattina (in azienda, in ufficio, in ospedale).

Ma ci sono anche numeri 10 che pensano d'essere unici, e ci costringono a correre per loro. In un reparto d'ospedale, pensano più alle pubbliche relazioni che alla clinica medica. In un giornale di provincia, spendono, spandono e spariscono (prima che l'editore faccia i conti). In un'azienda pubblica, passano come meteore, lasciandola in fondo alla classifica. In un ministero, annunciano dieci programmi rivoluzionari, ottengono cento articoli sui giornali: poi danno le dimissioni. In amore, il numero 10 si considera un gran seduttore. E talvolta lo è davvero. Ma solo perché lei è un incorreggibile terzino destro.

Siamo alle ali sinistre (numero 11), che hanno subìto una mutazione. Un tempo quello era il ruolo dei geniacci come Mariolino Corso, che nelle giornate estive giocava all'ombra delle tribune. Oggi le ali sinistre sono dei centrocampisti, e talvolta non sono neppure mancine. Nulla di male, naturalmente. Ma quando sulle spalle del collega ci sembra di intravedere il numero 11, non illudiamoci: potrebbe essere Bellucci. Bravo ragazzo, utile alla causa. Ma il genio, sul prato verde di un ufficio, è un'altra cosa.

Ecco, abbiamo finito. Rimarrebbero da descrivere i panchinari della vita. Ma ci manca il cuore.

Dimenticavo: ci sono quelli nati per fare gli arbitri. Ne conosciamo tutti: ogni volta che sorge una discussione, sentiamo nelle orecchie il loro antipatico fischietto. Non è una faccenda acustica, naturalmente. Il fischio può diventare un'occhiata, un silenzio, una smorfia, una particolare inclinazione della testa. L'uomo-nato-arbitro – o la donna: questa è una categoria dove molte femmine arrivano a livelli d'eccellenza – vuole decidere, stabilire, pacificare, mettere d'accordo. Anzi: dirimere. Il motto dell'arbitro per vocazione è: «Io dirimo».

Per dirimere – un'attività che gli procura un piacere quasi fisico – l'arbitro sceglie toni concilianti, oppure parole dure: dipende dalla sua personalità, e da come s'è svegliato quel mattino. Poi assegna punizioni (dirette, indirette), richiami, ammonizioni, occasionali espulsioni (in seguito si riunisce con la sua coscienza e stabilisce le giornate di squalifica).

Non c'è ufficio, compagnia, associazione o famiglia che non sia dotata di un arbitro. Talvolta è la persona più saggia, spesso la più impicciona. Nessuno le ha chiesto niente. Ma lei accorre, saltellando attraverso il campo della nostra vita. Ho litigato col mio fidanzato-portiere; di che t'impicci?, ragiona la ragazza-ala sinistra. Ma lui, l'arbitro, arriva con la faccetta compunta e la soluzione pronta. E magari il fidanzato viene cacciato, quando sarebbe stato sufficiente un richiamo verbale.

E i guardalinee, direte voi? Certo, ci sono anche loro. Aiutano l'arbitro a prendere le decisioni nella vita degli altri. Il tipico guardalinee si sente realizzato quando segnala un fuorigioco sospetto. Per esempio: voi siete a cena per lavoro con una bella collega, lui vi vede, riferisce al direttore di gara – non chiedete quale gara, lo sa lui – il quale, alla prima occasione, ne parla a vostra moglie, che non capisce e non gradisce (talvolta, le due cose insieme).

Come ovviare a tutto questo? Semplice: ammonite arbitro e guardalinee. Alla seconda ammonizione, cartellino rosso: fuori dai piedi. Il bello di questa partita è che si può fare.

2

Sport sentimentale

Gli odori dello sport non sono soltanto quelli di una borsa piena di indumenti sudati, dimenticata nel baule dell'automobile. C'è di più e di meglio. C'è il profumo del freddo (sci) e quello della fidanzata dopo la doccia (palestra). C'è l'odore dell'olio bruciato, afrodisiaco dei «motoristi», e quello dei campi d'autunno, che scalda il cuore agli ultimi cacciatori romantici (quelli che citano Carducci e non calpestano le coltivazioni).

Eppure, di odori sportivi si parla raramente. La poesia pudica associata all'olfatto produce pochi commenti. Di uno stadio si citano i rumori e i colori; non l'aroma di noccioline e Coca-Cola, o quello del discutibile caffè degli ambulanti. Gli americani – da cui copiamo tutto, meno quello che serve – conoscono queste sensazioni. Ricordo quando assistevo alle partite di basket della squadra universitaria di Georgetown, nella US Air Arena di Landover, Maryland. I vicini sembravano in preda al ballo di San Vito: e non era solo l'entusiasmo per il giovanissimo Allen Iverson. In ogni momento, ce n'erano almeno due che s'alzavano, scomparivano e tornavano con gigantesche confezioni di pop-corn, hot-dog, pizze, focacce, wafer affogati nella melassa, gelati, hamburger, patate dalle quali colava formaggio fuso. Un bombardamento di odori evocativi, che mi riporta in America più veloce di un Boeing.

Cosa deve fare, lo studente di olfattologia sportiva, oltre a tenere il naso al vento (ed evitare i raffreddori)? Deve prestare attenzione ai particolari. Ogni sport, come dicevamo, ha infatti un odore, e bisogna riconoscerlo. Non è un odore assoluto. È un misto di circostanze e sensazioni, una miscela di romanticismo e chimica organica. Il cloro delle piscine, quando non è eccessivo, sa di pulito e di fatica utile: un ragazzo che gioca a pallanuoto se lo porterà dietro per tutta la vita. Per i bambini che, come me, partivano all'alba con la colazione al sacco dentro i pullman del Club Alpino Italiano, lo sci alpino è uno sport profumato al mandarino. La sciolina scaldata, per chi pratica lo sci da fondo, vale le *madeleines* di Proust: crea un'atmosfera e porta a galla i ricordi (l'unica differenza è che non si mangia).

Chiunque abbia giocato in una squadra – qualunque squadra, qualsiasi sport – conosce l'odore dello spogliatoio: maglie accatastate e olio canforato, calze e shampoo, tè e vapore, plastica e fango (quando c'è). Non mi stupirei se le aziende, che dallo sport cercano di copiare lo spirito di squadra (scusate: «del team»), decidessero di organizzare corsi per dirigenti in uno spogliatoio. L'importante è che sia sporco e caotico, e i manager vengano costretti a discutere in mutande. In questo caso, avvertitemi. Il quadricipite dell'amministratore delegato interessa i lettori.

Esiste poi un odore sportivo di base, ed è quello del sudore. Gli americani lo temono, e s'illudono che l'odore del corpo umano corrisponda a quello del bagnoschiuma (poi la moglie cambia prodotto, e non la riconoscono più). In Europa abbiamo più immaginazione. Gli scienziati tra di noi sanno che il sudore, in origine, è inodore: le trasformazioni avvengono successivamente. I poeti – ben più numerosi – sanno che uno sport senza sudore non può esistere: dal calcio alla corsa, dal ciclismo al calciobalilla, sudano tutti. E sono contenti di farlo. Quelle goccioline sono infatti un segnale di ringraziamento del corpo, che dice: era ora, fratello (o sorella), che ti alzassi da quella sedia.

Ora la chiamano «motoria», ma ai miei tempi era ginnastica. Se ci avessero detto: «Ragazzi, oggi si va a motoria», avremmo risposto che non avevamo la patente. Nelle scuole medie degli anni Sessanta, e in un ginnasio dei primi anni Settanta, il nome ufficiale dell'ora di ginnastica era, se non sbaglio, «educazione fisica». Ma il termine non rende il fascino di quell'attività.

Ginnastica ci piaceva molto. Era la parte anarchica dell'orario scolastico. Un intervallo lungo un'ora, pieno di deliziose tentazioni, alle quali ci guardavamo bene dal resistere. Saltavamo quando dovevamo correre, correvamo dietro un pallone quando avremmo dovuto saltare, scoprivamo le coetanee in calzoncini corti. Il professore, impassibile, assisteva.

In vita mia non ho mai conosciuto nessuno che sappia assistere come un professore di ginnastica. Non era passività, né pigrizia. Era, invece, un invidiabile atteggiamento da bonzo, un'atarassia ministeriale, una forma di contemplazione. Non so da dove venisse, quel distacco. Credo che il professore di ginnastica degli anni Sessanta/Settanta fosse, a suo modo, un filosofo. Aveva capito che una banda di adolescenti uscita da un'aula scolastica era come un branco di puledri sbucato da un corral: inutile fermarla. Meglio lasciar correre, e lasciarci correre.

E, perbacco, noi correvamo. Sotto gli occhi tolleranti del professore, giocavamo a calcio sul prato spelacchiato di una palestra nei dintorni della stazione di Crema. Grande invenzione, i prati spelacchiati. Ci si possono fare molte cose, mentre i luoghi attrezzati consentono di fare solo ciò che permettono gli attrezzi. Segnavamo le porte coi maglioni e avevamo la traversa convenzionale. I ragazzi della nostra generazione sapevano – sanno ancora – riconoscere un tiro all'incrocio dei pali senza incrocio, e senza pali. Basta il tiro.

Oggi, ho l'impressione, sono cambiate molte cose. I

professori di ginnastica arrivano dall'ISEF (Istituto Superiore di Educazione Fisica), e sanno di fisiologia. Forse la conoscevano anche i professori di trent'anni fa, ma si guardavano bene dal lasciarlo capire. Non so se svolgessero altre attività, oltre l'insegnamento. Sospetto di sì. In vita mia, infatti, non ho mai conosciuto un professore di ginnastica che non faccia qualcos'altro (l'allenatore, l'assicuratore, l'agente di viaggio, il gelataio). Oggi molti offrono «corsi di mantenimento» in palestra. Ancora non ho capito se il mantenimento è dei professori (economico, dunque), oppure delle clienti (fisico, perciò). Immagino che questa molteplice attività sia consentita, e comunque non la considero una colpa. Forse è la varietà d'interessi che, nel corso della storia, ha reso i professori di ginnastica tanto rilassati, disinivolti e benvoluti.

Ogni cittadino italiano potrebbe raccontare qualcosa in materia. Magari scrivere un tema: «Io e il mio professore/la mia professoressa di ginnastica». Sarebbe un componimento affettuoso, pieno di aneddoti e nostalgie. Io rivedo, al ginnasio, il baldo professor Passerini, che scuoteva i baffi messicani ballando lo shake durante le lunghe notti in gita scolastica. E prima ancora, alle scuole medie, il professor Vecchi, il quale ci osservava con uno sguardo triste da cosmonauta sovietico mentre trasformavamo lo «stile ventrale» del salto in alto in clamorose panciate. Quando guardavo Hector Cuper sulla panchina dell'Inter pensavo avesse preso da Vecchi. Ma Cuper doveva allenare Vieri. Vecchi, invece, aveva a che fare con noi: indisciplinati, ipereccitati, impacciati, oserei dire imbranati. Eppure ci ha consentito di diventare grandi. O, almeno, non ha fatto nulla per impedirlo.

Qualcuno ricorda la scena d'apertura del film *Lolita*? Quello geniale di Stanley Kubrick (1962), non il rifacimento levigato di Adrian Lyne (1997). Humbert Humbert (James Mason) e Clare Quilty (Peter Sellers) giocano un'allucinante partita di ping-pong. Poi Quilty corre a nascondersi dietro un quadro, e Humbert gli spara. Gli ultimi due eventi, naturalmente, non fanno parte delle regole del gioco secondo la FITeT (Federazione Italiana Tennis Tavolo). Ma il ping-pong ha aspetti surreali, che vorrei provare a indagare insieme a voi.

Credo di poterlo fare, perché ho giocato molto, prima dei vent'anni. Il tavolo verde, sbocconcellato agli angoli, stava sotto il portico (nella bella stagione) e in cantina (d'inverno). Giocavamo per ore ogni giorno, e dopo un paio d'anni eravamo piuttosto bravi. Sapevamo inclinare le racchette (Stiga o Butterfly: altro non c'era) e praticare il top-spin, per aumentare la rotazione della pallina. Saltavamo a destra e a sinistra senza schiantarci contro i muri, eravamo sempre sudati e c'insultavamo con trasporto. Insomma, ci divertivamo.

Facevamo anche i tornei (i tornei, a diciott'anni, non si «disputano»: si fanno). Ricordo scontri epici negli oratori del cremasco, dove andavamo sperando che le ragazzine ci guardassero; e puntate nelle palestre della bassa cremonese. Ricordo tre avversari: lo scattante Suriani, l'impassibile Rozza e il minuscolo, micidiale Bologna, alto poco più del tavolo. Mi sembrava un anziano signore (avrà avuto quarant'anni) e difendeva sempre. *Toc*, faceva la racchetta di sughero di Bologna, spinto contro i muri delle palestre dai balzi di un sedicenne. Ma lui era contento, e una volta forse mi ha anche sorriso.

Il ping-pong mi è servito poi nei posti e nelle circostanze più strane. Per sfuggire la noia del servizio militare e quella (a pagamento) dei villaggi turistici; per trascorrere un pomeriggio di pioggia tropicale sulla Guadalupa; per tener buoni i soldati cinesi nelle giornate dell'insurrezione di Pechino, soppressa in piazza Tienanmen (1989). Loro usavano l'impugnatura a penna; io quella tradizionale. Loro deponevano la pistola; io il taccuino. E poi ci davamo dentro, gridando ognuno quel che voleva.

Mi fermo qui coi ricordi, anche perché devo tornare

ad allenarmi. Ho un figlio che ha appena imparato la schiacciata, e io non posso lasciarmi schiacciare da un figlio.

La scena è classica. Il gruppo di amici (maschi) si ritrova, e inizia a ricordare le imprese giovanili. Mogli, fidanzate e amiche ascoltano con sorrisi materni. Quei racconti li hanno già sentiti venti volte, ma è bello vedere mariti, fidanzati e amici così contenti. Tra tutte le storie narrate in queste occasioni, le più ripetute, amate e decorate riguardano le attività agonistiche. Sono le cosiddette GAS (Grandi Avventure Sportive). I GASati che le raccontano, con un misto di commozione e imprecisione, sono curiosi tipi italiani.

Anch'io ho le mie GAS, e voi lettori avete appena dovuto sorbirvene alcuni scampoli. Ora vorrei andar oltre, e raccontarvi della Famiglia Daccò.

Per arrivarci, devo fare un passo indietro. E ricordare il campionato giocato in Terza Categoria, nella squadra di Fiesco (un paese vicino Crema). Venticinquenne, laureato, giocavo mediano destro e avevo due carenze: ero scarso nei colpi di testa e usavo i congiuntivi in campo. Quest'ultimo era il difetto più grave. Nella rude terra di mezzo tra Bergamo, Brescia e Cremona, quest'abitudine veniva guardata con giustificato sospetto. Quando schivavo un brutto intervento, gridavo all'arbitro: «Ehi! E se mi avesse preso?». *Avesse preso*!? Il difensore avversario, turbato, mi inseguiva per il campo con rinnovato vigore. Un insulto poteva perdonarlo. Un periodo ipotetico, no.

Arrivato a ventisei anni, anche la Terza Categoria, col suo rito domenicale, era diventata troppo impegnativa. Sono sceso allora di un gradino, entrando nel gioioso scantinato del calcio amatoriale. Con un gruppo di amici, abbiamo fondato la Famiglia Daccò. Indossavamo le maglie biancoazzurre dell'Argentina. Sulle spalle avevamo cucito nomi ispirati al film di Bernardo Bertolucci, *Novecento*, dove si raccontano le vicende di una famiglia dal nome simile: i Dalcò. L'operazione può apparire vergognosamente intellettuale, e invece era solo incosciente.

La Famiglia Daccò giocava il sabato. Sul petto portavamo il marchio dello sponsor, un colorificio. Dietro, come dicevo, una serie di antichi nomi propri. Ricordo la faccia dell'arbitro quando arrivava negli spogliatoi, e leggeva la formazione. In porta Olmo Daccò. In difesa Nonno Daccò, Fosco Daccò, Pupo Daccò e Bimbo Daccò. A centrocampo Nuto Daccò, Mosè Daccò e Fusto Daccò. In attacco Babbo Daccò (aveva già una figlia), e la coppia formata dall'umorale Malombra Daccò e dal rapido, irascibile Veleno Daccò, il quale terminava una partita su due.

Alcuni di noi hanno conservato le maglie, e tutti, da qualche parte, tengono la foto della squadra schierata: la Famiglia Daccò, leggenda minore della pianura. Oggi ci incontriamo poco, ma siamo rimasti amici. Olmo è un veterinario, Fosco vive in California, Nonno Daccò lavora su Internet. Malombra è medico a Pavia. Mosè ha un negozio a Crema. Pupo Daccò, purtroppo, non è più con noi: era il più bravo, e di sicuro gioca a calcio tra le nuvole. Fusto gestisce alberghi. Babbo Daccò è un insegnante. Veleno fa il portiere di notte.

Io sono Nuto, e questa è la nostra avventura.

3

Sport generazionale

Tra i quarantenni italiani, la vanità sportiva ha sostituito la boria sessuale. Le mogli – donne sagge con figli, testa e zaini sulle spalle – ormai non si preoccupano più delle scappatelle. Le nostre compagne hanno preoccupazioni postmoderne: una mountain-bike è più temuta di una ventenne. Il cuore del marito, oggi, rischia soprattutto in salita.

Non è machismo, quello che spinge la nostra generazione a lanciarsi in eccessi sportivi sotto gli occhi pazienti dei figli, che non hanno mai visto tanta foga fuori dai cartoni animati. Non è neppure una questione di moda. Battersi con un windsurf che non vuole andar dritto è uno sforzo omerico, e le mode in Italia dilagano solo se non richiedono fatica.

Ciò che spinge il Quarantenne Sportivo (QS) è misterioso. È un miscuglio di salutismo, nostalgia e cupa determinazione. Siamo una generazione che in gioventù ha corso dovunque, sceso pendii e risalito spalliere, mulinato mazze e racchette, picchiato, tirato, acchiappato e colpito palle di ogni dimensione. Tornare a fare queste cose è una piccola gioia (se ci si riesce) e una sfida (se non ci si riesce più. Allora si passa al golf, giocandolo male e parlandone bene).

Ai famigliari e agli amici dei QS suggerisco di prestare attenzione ai primi segnali. Dopo, è difficile intervenire. Si comincia, di solito, con la Scoperta, che avviene su una bilancia o davanti allo specchio (mai avvicinare i due strumenti: scoprirsi panciuti e sovrappeso è letale). Il QS annuncia, in quel momento, che riprenderà «a fare sport». Notate la genericità del proposito. «Fare sport», senza indicare quale. Un giorno – siamo alla fase due – ricompaiono le scarpe da ginnastica (vecchio modello Adidas del 1985, squamate come la faccia di certe signore in TV). Il QS, sotto lo sguardo costernato della moglie, parte al galoppo, ma è già al trotto alla prima curva. Come torna, lo sapete.

La fase tre riguarda la scelta dello sport. Elencheremo ora alcune tra le discipline più popolari, indicando tra parentesi le conseguenze più comuni: tennis (tendinite), pesi in palestra (stiramento), calcio (contusioni), motociclismo (mal di gola), basket (palla in faccia). Il nuoto è benefico: bisogna farlo, però, e non limitarsi a guardare l'acqua. La bicicletta, infine, permette bluff strepitosi – chi va a controllare il contachilometri? – ma può ridurre un product manager a vestirsi come Arlecchino e camminare come Charlot. Quando lo vedete passare, salutatelo, ma non chiedetegli di rispondere. C'è chi ha alzato un braccio, ed è rimasto in quella posizione per un mese.

Visto che parliamo di infortuni, leggete qua.

Colonna vertebrale: lombalgia, lombosciatalgia, patologia discale. Spalla: rottura della cuffia dei rotatori. Gomito: epicondilite, detta anche «gomito del tennista». Ginocchio: rottura del menisco e dei legamenti. Caviglia: distorsioni, traumi ai tendini. Questi i più frequenti incidenti sportivi dei quarantenni, elencati sul «Corriere della Sera» del 20 maggio 2003.

«Negli Stati Uniti è già considerata un'emergenza sociale», si legge nel sommario. In Italia – come dicevo – è soprattutto un'emergenza familiare. Perché quando il papà quarantenne si fa male, sono figli e mogli a doverlo curare e sopportare. I maschi della generazione nata tra il 1953 e il 1963 – i Carosello Boys, i figli delle Prime Autostrade e degli Ultimi Giocattoli di Latta – sono infatti piuttosto sportivi, ma decisamente vulnerabili. Nell'Antico Testamento un uomo di quarantanove anni stava seduto su una roccia a parlare coi cespugli nel deserto. Oggi sgambetta su un campo da tennis, pedala in salita, rotea la racchetta da tennis e cerca il colpo al volo (qualche volta prende perfino la pallina). Alcune mogli speravano che il calcetto fosse una scusa per vedere l'amante. Nossignori: il consorte gioca davvero, e torna come un fante iracheno dopo la battaglia di Bassora.

Leggendo la lista dei traumi e dei disturbi elencati poc'anzi (lombalgia, lombosciatalgia, patologia discale, epicondilite, menisco eccetera), molti di noi si sono trovati a ripetere mentalmente la litania dell'infanzia, quando ci scambiavamo le figurine Panini fuori dalla scuola: «Ce l'ho, ce l'ho, mi manca». Oggi come allora i «ce l'ho» sono più dei «mi manca». I raduni estivi dei quarantenni (spiagge, giardini, porti, aeroporti, alberghi, campeggi) sono diventati congressi ufficiosi di traumatologia. Analisti finanziari illustrano il colpo della strega. Insegnanti consultano commercianti sulla frequenza e l'origine dei crampi al polpaccio, e le chiamano «distonie». Pubblicitari spiegano quali conseguenze possono avere le infiammazioni del metacarpo sul servizio di tennis.

Voi ridete: ma talvolta la foga porta alla tragedia. Sempre sul «Corriere» è apparsa la notizia: «Sbaglia il tiro a golf e si taglia la gola». Segue la storia di un piccolo imprenditore marchigiano che ha perso quattro litri di sangue sul green. Voleva guadagnare duecento metri con un colpo lungo senza *droppare*, la mazza ha picchiato contro un ulivo, s'è spezzata e gli è entrata in gola come un pugnale. Per la cronaca, la vittima se l'è cavata, e ha detto: «La prossima volta giuro che *droppo*».

Prudenza, dunque. Ma senza cadere nell'eccesso opposto. Ho amici che corrono solo col frequenziometro (anche se devono fare un salto all'edicola). Altri che trasformano un mal di schiena in un dramma dell'Alfieri, e lo recitano davanti al parentado, costretto a simulare l'aria affranta. Ci sono quelli che si stancano talmente nell'allenamento che poi non hanno più la forza di giocare la partita (calcio, pallavolo, tennis); e quelli che giocano la partita senza allenamento, partendo a razzo e fermandosi quasi subito (non è una metafora delle abitudini sessuali; ma ci somiglia). I miei preferiti, però, sono quelli che approfittano dell'estate per diventare inseparabili compagni di sport dei figli ormai grandi, i quali preferirebbero giocare (a calcio, a tennis, a pallavolo) con i coetanei. L'amica Valentina in bikini, anche se sbaglia l'alzata a beach volley, è infatti preferibile a papà paonazzo che sbraita ordini. Babbo però non lo capisce. Oppure lo capisce benissimo. Ma aver di fianco Valentina in bikini piace pure a lui.

Possiedo due biciclette. Una Bianchi Lusso degli anni Quaranta, appartenuta a uno zio farmacista (Cesare Severgnini, classe 1903). E una bici austriaca, che mi sono comprato io. Posso dire con sicurezza che sono tutt'e due nere, e la seconda è più veloce della prima, anche se la prima è più comoda della seconda.

Qui si ferma la mia competenza, e questo sconvolge molti cicloamatori che conosco. La passione per le due ruote, secondo costoro, deve passare attraverso una serie impressionante di caratteristiche tecniche, dati, numeri e materiali. Un vero cicloamatore, per esempio, sa sempre quanto pesa la sua bicicletta. Io so a malapena quanto pesa mio figlio; figuriamoci se so quanto pesa la bici. Posso dire però che quando porto l'erede sulla canna della Bianchi Lusso – una delle gioie di vivere a Crema; a Milano ci accuserebbero di disturbare il traffico – il carico totale è notevole (sempre che non ci traini Luna, il nostro cane da slitta travestito da dalmata).

La mia cicloincompetenza, in altre parole, è assoluta. Non me ne vanto, ma non intendo convertirmi. So bene che in alcuni sport la passione va abbinata al gusto per gli aspetti tecnici, che rende sopportabili le fatiche e interessanti i preparativi (pensate al motociclismo, allo sci o al windsurf). Ma ognuno ha diritto alle sue eccezioni.

La mia eccezione è certamente la bicicletta, verso la quale nutro un amore ingenuo e distratto. Uso i cambi, quando ci sono; ma le moltipliche mi sembrano complicate. Sono un disastro nella manutenzione, ed è già molto se mi ricordo di gonfiare le gomme (il mio promemoria è l'acciottolato: quando mi mordo la lingua a ripetizione come un personaggio dei fumetti, è ora di tirar fuori la pompa). Non sono neppure attaccato alle biciclette che possiedo. Se non avessi la Bianchi Lusso col cambio a bacchetta, opterei per il ciclocomunismo: ognuno prende il mezzo che vuole, quando vuole, e poi lo lascia dove vuole. Non seguo nemmeno più le gare in televisione. Sono infatti uno dei tanti Impantanati (entusiasmati e poi delusi da Pantani).

Una cosa mi piace davvero, però: osservare gli altri ciclisti. Non quelli di campagna come me. Quelli di Milano. I Ciclisti della City, quelli che prendono la cosa – scusate: la bici – con drammatica serietà.

Ce ne sono diversi tipi, tutti interessanti. C'è il Professionista: ha i capelli brizzolati, una bicicletta nera e una cartella di cuoio sul portapacchi (spesso lo trovo fotografato su «L'espresso» e «Panorama». Ho il sospetto sia sempre lui, e si divida tra le due testate). C'è la Signora-con-Cestino, che di solito non ha niente da metterci dentro (la spesa la fa la domestica, o gliela portano a casa). C'è la Ragazza Maschia: è convinta che una bicicletta da uomo sia una dichiarazione esistenziale. C'è, infine, l'Inguainato, tra tutti il mio personaggio preferito. Indossa mille euro di materiale, attillato e fosforescente. Porta un casco allungato, due scarpette buffe e un paio di occhiali fascianti come quelli del bullo che fa pubblicità alle automobili in TV. Solo che il bullo televisivo guida in abito da sera; l'Inguainato ciclistico sembra Paperoga. Ma non lo sa. Quando vede la propria immagine riflessa nelle vetrine pensa sia un altro Inguainato, e pedala forsennatamente per raggiungerlo. Se lo vedete passare, non ridete di lui. Incitatelo, invece. Gridate «Dài che lo prendi!», finché non sparisce all'orizzonte.

Siete nati negli anni Cinquanta e Sessanta. Attraversate perciò la fase di Infantilismo Sportivo Acuto (ISA) che – come abbiamo spiegato – caratterizza i maschi italiani in questa fascia d'età. L'estate è il periodo più pericoloso: temperatura, spostamenti, novità e nudità contribuiscono ad alterare il vostro equilibrio psicofisico. Per tenere il fenomeno sotto controllo, ecco diciotto segni inequivocabili che le ferie vi hanno dato alla testa.

1. Vi siete tuffati dalla scogliera per far colpo sulla baby-sitter (che, nel frattempo, stava digitando il centesimo messaggino).
2. Avete giocato a calcetto, e avete preso un calcione.
3. Partendo per una settimana di sport no-limits, vi siete strappati alzando la valigia.
4. Avete pensato al free-climbing, ma poi vi hanno detto che non c'è l'ascensore.
5. Avete comprato un windsurf, ma non siete riusciti a sollevarlo.
6. Siete riusciti a sollevarlo, e vi siete esibiti nel vento di fianco a dieci muscolosi ventenni olandesi. Vostra figlia faceva finta di non conoscervi.
7. In spiaggia vi hanno detto che ricordate Elizabeth Hurley in certe foto. Ma lei almeno aspettava un bambino.

8. Discutete con gli amici sul seguente problema: «Il cocco fa dimagrire?».
9. Cercate di convincere la moglie che due chilometri di corsa sulla spiaggia consentono un fritto misto abbondante.
10. Avete giocato a beach volley, e non siete mai riusciti a staccarvi da terra (alcuni bambini presenti pensavano vi avessero cementato nella sabbia).
11. Avete giocato a racchettoni (beach tennis?) per dieci minuti, e avete dovuto riposarvi per venti.
12. Avreste provato lo sci nautico, se quei maledetti attrezzi fossero stati un po' fermi.
13. Siete scesi in apnea per dieci secondi, riemergendo paonazzi. Le mormore mormoravano, o era solo un'impressione?
14. Avete deciso di correre ogni mattina nei campi, con la vostra tuta fosforescente. I contadini si davano appuntamento per vedervi.
15. Avete ripreso il tennis. Purtroppo, nell'occasione, i figli hanno ripreso voi (con la telecamera).
16. Indossate il cappellino da baseball a ogni ora del giorno e della notte. Ma, purtroppo, la differenza tra «cappelli» e «capelli» non sta soltanto in una consonante.
17. Avete gareggiato in abbronzatura con gli amici, e siete arrivati in zona medaglie.
18. Avete voluto somigliare a Briatore, e ci siete riusciti.

4

Sport familiare

La Mamma Sportiva è un personaggio affascinante e multiforme. Non esistono due esemplari uguali, ma la specie si può dividere in otto sottospecie. Se volete sapere a quale appartiene vostra madre (moglie, cugina, zia), sottoponetele queste pagine. Se arrossirà, negherà e mi accuserà di essere un rovinafamiglie, ho colto nel segno.

L'Iperattiva – Ama assalire il figlio adolescente, sdraiato a guardarsi MTV, con domande del tipo: «Che sport fai quest'anno?». Il ragazzo biascica qualcosa, e due giorni dopo mamma si presenta coi moduli d'iscrizione alla palestra/scuola di calcio/piscina. Il giovane deve mettersi a sedere, e fingere grande interesse. A quel punto pensa di aver fatto sufficiente attività sportiva, e vorrebbe tornare a guardare Pink. Illuso. Mamma intende proseguire la discussione a cena, in presenza di papà.

La Programmatrice – Ha deciso quali sport praticheranno i tre figli, che verranno informati solo a cose fatte. La settimana è scandita da ordini secchi, tabelle e orari: neppure sulle portaerei Usa impegnate nell'Oceano Indiano regna tanta disciplina. La Mamma Programmatrice ha un attimo di sconforto solo quando vede tre borsoni pieni di roba da lavare, e quando manda a karate il figlio con la sacca del calcio (sebbene i tacchetti siano sconsigliati nel combattimento). La Mamma Programmatrice però si riprende sempre, e continua a programmare.

La Taxista – La Mamma Taxista è una programmatrice che non ha programmato bene. Infatti passa il pomeriggio ad accompagnare un figlio e a riprenderne un altro, in un estenuante carosello sul quale è proibito fare ironia, pena la fine dell'armonia familiare.

La Competitiva – Non è l'equivalente italiano della *soccer mom* americana, come crede qualcuno. Non partecipa con entusiasmo ingenuo: vuole vincere per interposta persona. Se il figlio frequenta una scuola di calcio, critica l'allenatore; se nuota, se la prende col cronometro. Le Mamme Competitive più interessanti si trovano sulle piste da sci. Mentre le figlie si divertono coi compagni, loro osservano cupamente il tracciato dello slalom, immaginando anticipi e passaggi che non saprebbero eseguire.

L'Allenatrice – La Mamma Allenatrice è una competitiva scientifica. Studia preparazione atletica, regimi alimentari, strategie. Talvolta programma intere carriere. Il marito la lascia fare, anche perché non ha il coraggio d'opporsi. Quando la furia della consorte passa il limite – una Mamma Allenatrice aveva proibito l'uso dell'ascensore al figlio reduce dal minibasket, e la famiglia stava al sesto piano – papà pensa di rivolgersi all'Unicef. Poi non fa nulla. Si limita a pensare: «Crescerà». Non la moglie, naturalmente. Crescerà il figlio, che a diciott'anni scoprirà che nessuna facoltà in città fa al caso suo, e partirà per una remota università (dove non praticherà sport più faticosi del poker).

La Distaccata – Che i piccoli s'arrangino, dice alle amiche. Poi si commuove alla prima bracciata di crawl.

L'Esibizionista – La signora esibisce il figlio sportivo come fosse un trofeo. Se vince, perché vince. Se non vince, perché è bello. Se non è bello, perché è atletico. Se non vince, non è bello e non è atletico (succede), questa mamma dirà che il figlio si impegna e si diverte. Lui. Lei, no.

La Compagna di Gioco – La Compagna di Gioco vuole partecipare alle attività sportive dei figli. Propone nuotate al largo, discese in neve fresca, doppi misti. È fonte di enorme imbarazzo, ma non lo sa. Il liceale Valerio preferisce giocare a tennis con le coetanee, e viceversa. Così, quando mamma compare all'orizzonte sventolando la racchetta, lui corre a nascondersi nelle docce. Se là trova anche una delle ragazze, tanto meglio.

Sistemate le mamme sportive, dedichiamoci ai papà-allenatori: non sono meno inquietanti. Si aggirano intorno a tutte le squadre di tutti gli sport – in primo luogo, il calcio – e sono l'incubo di istruttori/preparatori/accompagnatori. Anche di questi papà esistono varie specie. Per descriverli, proviamo ad accostarli ad alcuni allenatori di serie A.

Papà Lippesco – È belloccio. Le mamme trentenni dei piccoli giocatori, al suo arrivo, appaiono ringalluzzite. Ma il Papà Lippesco non se ne cura. Lui si occupa della partita del figlio (categoria pulcini), e cerca di offrire suggerimenti attraverso onde psichiche (ecco come si spiega quell'espressione concentrata). Ogni tanto fuma, ma si vede che non ne ha voglia. Nell'intervallo, si avvicina al pargolo e gli sussurra qualcosa. Prima della partita lo si vede spesso in compagnia di un dirigente della squadra, tale Luciano, detto La Volpe. I due confabulano. Nessuno sa cosa si dicano.

Genitore Ancelottiano – L'Ancelottiano è il vero Pater Familias. La sua specialità è organizzare merende per la squadra, il suo divertimento è offrire ghiaccioli a tutti.

Mette sempre l'auto a disposizione per le trasferte, e nel viaggio racconta simpatiche barzellette. Il suo problema, qual è? La simpatia riduce l'autorità. Spesso i bambini più grandicelli vogliono fare di testa propria, e lui non riesce a impedirlo. Se protesta, quelli gridano: «Lasciaci in pace. Anche Costacurta e Maldini fanno quello che vogliono!».

Genitore Mazzoniano – Si incavola, grida, sbuffa, ulula come un coyote e salta come un canguro. Il Genitore Mazzoniano è il mito del campetto. La sua passione è pari alla sua competenza. Quando il figlio sbaglia un gol fatto, tira accidenti alla di lui mamma (dimenticando che è sua moglie). Qualcuno pensa che il pubblico venga per guardare la squadra che gioca. In effetti viene per ascoltare il Mazzoniano che urla.

Pater Cuper – Onesto padre di famiglia segue le partite con aria accigliata, quasi cupa (*nomen omen*). Nessuno sa cos'abbia nella testa. Ma è evidente che ha ragionato a lungo sulla posizione del figlio in campo. Nei suoi occhi scuri passano, veloci come nuvole sulla pampa, pensieri misteriosi. Ogni tanto Pater Cuper fuma, e osserva con un misto di dolcezza e durezza i bambini che corrono. Allenamento extra in settimana, dice il suo sorriso.

Babbo Sacchiano – È un teorico. Schiacciato contro la rete, osserva la squadra del figlio e disegna schemi mentali che poi tenta di vendere all'allenatore, il quale li ignora. Nella vita, il Babbo Sacchiano è neurochirurgo, ingegnere elettronico, astrofisico, avvocato amministrativista. Pensa di trasferire la complessità di queste materie allo sport giovanile, ma non ci riesce. Il difensore centrale, infatti, è un cicciottello che si chiama Walter ed è convinto che 4-4-2 faccia 11.

Babbo Capelliano – All'inizio era mite. Da quando la squadra vince, è cambiato. Ad ogni nuova montatura degli occhiali, appare più irritabile. È tranquillo solo quando i lupetti stravincono giocando bene. In caso contrario, polemizza. Con gli arbitri, ma soprattutto con gli avversari. È capace di sgridare anche i bambini sotto i nove anni, minacciandoli di portargli via la merenda. I piccoli lo sanno, e nascondono il pandorino in fondo alla borsa.

I giornali raccontano di una rissa tra genitori al torneo di calcio denominato «Fair Play», con intervento dei carabinieri. È accaduto domenica 8 giugno 2003 a Robbiate, in provincia di Lecco, dopo la finale tra due squadre di esordienti (dieci-dodici anni), l'Olginatese e la Virtus Valmadrera. Il motivo della scaramuccia, preceduta da numerosi insulti, era l'interpretazione del regolamento per assegnare il trofeo. Ha dichiarato amareggiato Giovanni Colombo, presidente della Federazione Calcio lecchese: «Avremmo assegnato il trofeo a tutt'e due le squadre finaliste. I ragazzini lo meritavano. Ai grandi gliel'avrei dato volentieri sulla testa».

Commento comprensibile, anche se non proprio pacifista. Ma il problema rimane. Anzi: potremmo dire che a Robbiate s'è vista solo la punta dell'iceberg (se la metafora non fosse abusata e Lecco avesse diverse temperature). Diciamo allora che l'infantilismo dei genitori costituisce il vero problema del calcio giovanile, e rischia di rovinare tutto. Cosa può pensare, un piccolo mediano, quando vede il padre paonazzo che insulta l'arbitro, l'allenatore e i papà degli avversari? E, soprattutto, cosa può fare? Espellerlo, mostrandogli il cartellino rosso? Sarebbe giusto: ma con i genitori non è consentito.

Non so perché in alcuni sport il pubblico sia più maturo che in altri. Anzi: non so perché in *tutti* gli sport (rugby, basket, pallavolo, pallanuoto ecc.) il pubblico sia più maturo che nel calcio. Forse perché nel calcio investiamo emozioni di lungo corso, riproduciamo tensioni d'infanzia, combattiamo battaglie virtuali, ci schieriamo per bande, riscoprendo l'adrenalina della sfida e la consolazione dell'appartenenza. Questo però spiega (in parte) la passione lancinante dei tifosi. Non giustifica l'isteria dei genitori. A Lecco sono arrivati alle mani. Ma dovunque in Italia le reti di recinzione dei campi, in occasione delle partite di pulcini ed esordienti, sono una mostra permanente di volti tesi, di sguardi cattivi, di parole aggressive.

Be', signori: nell'Aquagol di Crema queste cose non succedono. L'idea dell'Aquagol risale al 1995, ed è il modo con cui la FIN (Federazione Italiana Nuoto) intende diffondere la pallanuoto. Gli incontri non sono tornei, bensì manifestazioni. C'è un arbitro, si segnano e s'incassano reti. Ma non viene tenuto un punteggio. Le partite si svolgono in contemporanea su campi da gioco ridotti e con porte ridotte. L'unica cosa che non è ridotta è la grinta dei bambini, tutti tra i nove e i dieci anni. Chiamarli «pulcini» come i loro coetanei del calcio è poco appropriato (oltretutto sarebbero «pulcini bagnati», vista l'attività). In acqua sono infatti bellicosi. Ma alla fine dell'incontro, quando escono dalla vasca, sono tutti belli, stanchi e contenti, in pace col mondo e con gli avversari. Anche perché giocano tutti, mentre molte squadre giovanili di calcio (non tutte, per fortuna) condannano un bambino a fare l'eterna riserva. In Italia sono 200 le società che partecipano all'Aquagol, e 80 sono nate in vista di queste manifestazioni. Dimenticavo. Le squadre sono maschili, femminili o miste. Ed è consolante vedere una bambina che mette sotto un maschietto, preparandolo alla vita.

Ora che ci penso: perché non riservare lo stesso trattamento ai genitori e ai dirigenti che s'insultano per una partita, un torneo o una carica associativa? Un tuffo, in fondo, rinfresca le idee.

Se dicessi di voler descrivere lo «sport di coppia», a cosa pensereste?

1. Al bob a due, al canottaggio (due senza), al doppio nel tennis, al ciclismo (tandem), al beach volley.
2. A un eufemismo per indicare l'attività sessuale.
3. A un'allegoria calcistica del rapporto coniugale (con le sue punizioni, i suoi salvataggi in corner, le sue ammonizioni e le eventuali sostituzioni).
4. All'attività sportiva durante le relazioni sentimentali.

La risposta esatta è d. Lo sport condiziona infatti la vita di ogni coppia. Conosco mariti e mogli che non litigano mai; se però giocano a tennis uno contro l'altro diventano due belve. Se giocano insieme in doppio misto, è pure peggio. Lei commette il terzo doppio fallo e lui dice con finta soavità: «Cara, guarda che questo è tennis, non hockey, dove vince chi infila più volte la rete». Lei freme, e aspetta il momento della vendetta, che arriva quando lui manca clamorosamente la volée e dà la colpa al sole. «Caro, se quel moscone ti dava fastidio non c'era bisogno che cercassi di assassinarlo con una racchettata. Adesso stiamo giocando a tennis. Concentrati.» Dopo mezz'ora di questi scambi verbali, l'atmosfera in campo è tesissima. La coppia avversaria è imbarazzata, ma evita di fare commenti. Teme infatti di scatenare una mini-intifada, con accuse, insulti e recriminazioni che risalgono ai primi mesi di fidanzamento («Dovevo capirlo subito che eri una pappamolla, Sergio»).

Altro caso interessante: lui e lei giocano in squadre diverse. Immaginate una partitella di pallavolo su una spiaggia della Gallura, al tramonto. Tutti sono rilassati, annusano il vento, guardano il sole che sta per toccare il mare. Tutti, meno lui e lei. Competitivi al massimo, si lanciano su ogni pallone come scimmie nevrotiche, cercando di umiliarsi a vicenda. Gli altri giocatori non contano. La sfida è tutta interna alla coppia, e diventa ancora più interessante quando c'è di mezzo un figlio. Il bimbo, seduto sulla sabbia ai lati del campo, scuote la testa. Se qualcuno, indicando papà che sbraita contro mamma, gli chiede: «Conosci quell'uomo?», il pargolo, come Simon Pietro, risponderà tre volte: «Non lo conosco». A quel punto dovrebbe cantare il gallo. Invece papà cerca di colpire mamma con una schiacciata violentissima, mancandola d'un pelo.

Una terza fattispecie di «sport di coppia» è la seguente: lui (o lei) si mette in mostra, mentre lei (o lui) osserva. Il primo caso è più comune, considerato il naturale esibizionismo maschile. Un esempio classico è la tardiva scoperta della mountain-bike o del windsurf. Lo spettacolo è spesso esilarante, ma la compagna non può ridere, né sorridere. Deve mantenere un'espressione impassibile, soprattutto quando lui cade faccia nella vela (windsurf) o sbuffa come una locomotiva mentre tenta di uscire dalla rampa del garage (mountain-bike).

Il quarto e ultimo caso riguarda il tentativo di convertire il partner a una disciplina sportiva. Lui ama il calcio, e trascina la moglie in curva. Lei sa sciare da quand'era bambina, e costringe il fidanzato a cimentarsi sulle piste, dove il poveretto perderà ogni dignità. Amici impietosi fingono di scambiarlo per un pupazzo di neve, e insistono per mettergli una carota al posto del naso. Lui rischia le articolazioni ad ogni discesa, e dall'alto della seggiovia guarda terrorizzato le prove che l'aspettano. Lei non si scompone. Scodinzolando qua e là, tutta allegra, grida: «Vittorio, seguimi!». E lui dietro, ansimando, senza neppure la forza di gridarle che lui non si chiama Vittorio, ma Vincenzo. Vittorio era un fidanzato precedente, che dopo un paio di quelle giornate è scappato con una ballerina romena. Ragazza non impeccabile, ma con una qualità: l'unico sport che praticava era sorridere agli uomini.

Ecco un breve elenco di sport natalizi. Come vedrete, non si tratta soltanto delle classiche discipline invernali. Anche sport come il calcio, il ping-pong e i tuffi si adattano alle festività di fine anno. L'importante è allenarsi con scrupolo, per non soffrire durante la competizione.

Slalom – La disciplina, dura e impegnativa, viene praticata da quanti hanno più di una famiglia. Partenza. Lui passa la vigilia a Milano con la prima moglie e i figli, cercando di evitare la suocera. Poi il 25 mattina, con la figlia maggiore, schizza in montagna dalla seconda moglie, che sta a casa del suocero, ma non ha figli. Il suocero non c'è. È andato a prendere la moglie, che ama il nuovo genero, ma non la figlia di lui. Questa ha seguito papà, ma non vede l'ora d'essere accompagnata dagli amici. Il cronometraggio avviene al ritorno in città, nella casa vuota (l'ex moglie, beata lei, è partita per la crociera).

Slalom gigante – Il pazzo si è risposato altre due volte.

Discesa libera – Arriva la suocera, che detesta l'ex genero per aver lasciato la figlia (vedi alla voce: Slalom). Quest'ultima non vuole scenate, almeno a Natale. Appena mamma si infila nell'ascensore, invita perciò l'ex marito a scendere per le scale gridandogli, appunto: «Discesa libera!».

Fondo – Voce del verbo «fondere». È il grido disperato del nonno, che si è appisolato tre ore fa vicino al caminetto.

Bob – Come spiegare al marito americano (Robert, detto Bob) che non può presentarsi a cena dai suoceri di Sondrio vestito da renna?

Calcio – Si gioca così. Quando, durante la cena familiare (mamma nervosa, babbo depresso, zia che non si vedeva da mesi), qualcuno dice una frase sconveniente, occorre colpirlo con decisione sotto la rotula, approfittando della tovaglia. Di solito, tace.

Sollevamento da tavola – Non è una versione del sollevamento dalla panca. Vuol dire proprio alzarsi da tavola, dopo tre ore di cenone.

Tiro alla fune – Coppia trentenne. Tutt'e due vogliono trascorrere il giorno di Natale con i rispettivi genitori. Dopo una battaglia estenuante, alle ore 16.30 i due si trovano sulla tangenziale, imbottiti dal cappone della mamma di lui, e preoccupati dai ravioli di carne che attendono dalla mamma di lei.

Ping-pong – Scambio di accuse circa il fallimento del progetto precedente, e conseguente indigestione.

Ginnastica (specialità: anelli) – Lei s'aspetta che lui annunci il fidanzamento durante la cena di famiglia. Lui non ci pensa nemmeno, e s'abbuffa di mascarpone.

Lancio del disco – A mio fratello, il CD di Mango proprio non è piaciuto.

Golf – Per la ventesima volta, papà si vede regalare un maglione. A quel punto grida «Golf!», e tutti capiscono che l'idea-regalo è andata buca.

Tuffi – Lui vuole giocare, giocare, giocare. Ha annunciato l'intenzione di organizzare una Grande Tombola Natalizia, perdendo così tutti gli amici. La moglie vorrebbe buttarlo dalle scale, ma pensa ai figli: potrebbero passare di sotto.

Pugilato – Tradizionale appuntamento di Santo Stefano. Lui sogna di portarla in un luogo romantico e isolato, per trascorrere insieme un momento magico. Peccato che lei voglia andare in discoteca a ballare la salsa. Combattimento senza esclusione di colpi. Alla fine, vince lei per KO tecnico.

Rally – Pieni di intenzioni peccaminose, i tre ragazzi programmano da mesi, in ogni dettaglio, la lunga notte brava che dovrebbe iniziare il 24 dicembre e finire il 2 gennaio. La sera di Natale si trovano bloccati in un ingorgo mentre vanno dal Pub A alla Discoteca B (passando per il Bar C), dove li aspettava una ballerina mulatta. O almeno così diranno agli amici per telefono, mentre ascoltano un programma di Dediche & Auguri all'autoradio.

5

Sport sociale

Lo ammetto. Ero di quelli che andavano alle partite di pallavolo per guardare le ragazze. Le ho guardate talmente bene che ne ho sposata una (alzatrice).

Ho sempre trovato attraenti le ragazze sportive. Quelle capaci solo di equilibrismo sui tacchi (disciplina non facile, peraltro) mi interessano poco. Frequentando palestre e palazzetti, ho anche imparato che le fanciulle atletiche non hanno solo magnifiche spalle, ma spesso anche un buon carattere. Merito delle squadre, scuole di vita in comune.

Questo vale per molti sport. La pallavolo ha però caratteristiche che vale la pena d'esaminare. È uno sport semplice, per cominciare. Nella sua forma-base, consiste nel colpire un pallone prima che tocchi terra, e rimandarlo oltre la rete. Certo, ci sono poi schemi, tattiche e colpi particolari (come «la veloce», che è un tipo di schiacciata e non una tecnica sessuale, né una marca di biciclette). Non occorre il campo regolamentare: ci si può divertire anche all'oratorio o sulla spiaggia. Dovunque vado – da Settimo Torinese a Santa Teresa di Gallura – vedo gruppi di ragazzi che giocano corteggiandosi (o si corteggiano giocando: ancora non ho capito). Questa è la prova che si tratta di uno sport geniale, e socialmente utile.

La pallavolo – come il calcio, il nuoto e il ping-pong – è uno di quegli sport che vanno imparati. Nella vita possono venir buoni quando meno ce l'aspettiamo. Alla pallavolo liceale sono legati alcuni dei miei ricordi più belli: risento il rimbombo nella palestra, il suono perfetto della mano sul pallone (voleva dire che non l'avevo preso sul naso). Il ping-pong – come ho raccontato – m'è servito per ammansire i poliziotti di Pechino, quand'ero inviato speciale. Il nuoto è una disciplina che s'ignora a proprio rischio e pericolo. Non parlo di naufragi, ma del momento in cui la banda dei diciottenni si tuffa dallo scoglio, gioiosa come un branco di otarie. Come inseguire la ragazzina col costume amaranto, se si teme d'andare a fondo come massi?

Il valore sociale del calcio è evidente. È bene saperne qualcosa per poterlo commentare. È ancora più importante saperlo giocare, almeno un po'. Questo vale per uomini e donne. Quando vedo una fanciulla calciare con dignità (non con la gamba rigida stile Pinocchio, ma piegata all'altezza del ginocchio) penso: ragazza fortunata, e fortunati i suoi amici. Le americane, per esempio, sono ben preparate in materia. Ricordo, tempo fa, un amico italiano ritornato con la sposa californiana. Solita partita tra vecchie glorie (più vecchie che glorie, ma ci siamo capiti). Lui era così scarso che alla fine del primo tempo l'abbiamo sostituito con la consorte, che si è rivelata un'ottima ala destra. L'amico, all'inizio, c'è rimasto male. Poi ha capito d'aver sposato la ragazza giusta.

Il proverbio «Impara l'arte e mettila da parte», andrebbe perciò ampliato: «Apprendi un'attività sportiva. Perché il momento, prima o poi, arriva».

Arriva quando meno ce l'aspettiamo, come dicevo: ma arriva. Quando la bambina, tra dieci anni, rincorrerà l'amichetto bruno sugli sci (e lo raggiungerà) penserà: grazie papà, grazie mamma che mi avete insegnato queste tecniche essenziali. Quando il figliolo partirà per una vacanza in bici con gli amici, sarete voi a chiedervi: abbiamo fatto bene a crescerlo così sportivo?

Tranquilli. La risposta è sì.

Bowling Alone (giocare a bowling da soli) è il titolo di un saggio accademico apparso in America nel 1995. Studiato e lodato da Bill Clinton, è oggi un libro citato in mezzo mondo. L'autore, un professore di Harvard, si chiama Robert D. Putnam. La sua tesi: il senso comunitario degli americani si sta indebolendo, e questo porta una svalutazione del «capitale sociale». In venticinque anni la partecipazione alle riunioni delle associazioni è scesa del 58%, i pasti in famiglia del 33%, le cene con amici del 45%. Anche il gioco del bowling – gioco sociale per eccellenza – è cambiato, scrive Putnam. Gli americani non vanno più a giocare in gruppo. Semmai da soli, per allenarsi.

La questione sollevata da *Bowling Alone*, devo dire, mi ha sempre affascinato: quasi quanto il bowling. Così, dopo anni, sono andato a controllare come ce la passiamo in Italia. Salto alla conclusione: non siamo messi male. Forse non saremo mai campioni del mondo. Magari non sappiamo pronunciare «*bowling*» (ho sentito di tutto, da «*buling*» a «*bauling*». Si dice «*boling*», e il dittongo suona come in «*boat*», barca). Ma da noi il gioco resta un'occasione sociale. Una fidanzata che schizza in avanti perché non riesce a tirar fuori le dita dalla palla costituisce uno spettacolo indimenticabile. Noi italiani sappiamo apprezzarlo.

Erano vent'anni che non mettevo piede in un bowling. Ai miei tempi non c'erano i teleschermi coi punteggi per ogni pista, ma foglietti sudici da compilare a matita. Non c'erano scarpe decorose da affittare per scendere sul parquet: le migliori ti facevano sembrare Charlie Chaplin. Sono rimaste uguali però le palle nere, graffiate e segnate come se fossero state sparate da un cannone per respingere un assedio dei turchi. Ed è rimasto uguale, bisogna dire, il buon umore.

A Bob Putnam – che conosce l'Italia, e ne ha scritto – suggerisco un bowling nella Bassa lombarda, una domenica pomeriggio. Magari non troverà campioni che mirano alla partita perfetta (dodici strike, se non sbaglio). Troverà però compagnie, comitive, coppie, gruppi, bande e cricche. Troverà famiglie impegnate a sfottersi con amore. Vedrà Mister Muscolo che spara bordate nei canalini laterali (si chiamano così?). Conoscerà la celebre ragazza-moviola: tira così piano che, mentre la palla raggiunge i birilli, può andare a prendersi un caffè.

Se un *bowling alley* americano è luogo di competizione e concentrazione, l'equivalente italiano è un posto mediamente incasinato, dove il rumore delle palle sul parquet compete con quello di videogiochi, biliardi, Internet point, disco bar, slot-machine e partita di calcio su Sky. Leggo su www.fisb.it che la Federazione Italiana Sport Bowling si preoccupa «per l'immagine dello sport del bowling nazionale, tanto bistrattata e misconosciuta». Ma è proprio così? In fondo, la gente che ho visto aveva l'aria di divertirsi. Di questi tempi, non mi sembra poco.

Gli attori – devo dire – non mancano. C'è l'esperto improvvisato, che non conosce il gioco, ma lo spiega agli altri. C'è il competitivo, che fissa i birilli con aria di sfida. C'è l'impaziente, che saltella come una scimmia intorno agli altri giocatori, aspettando il suo turno. E c'è, naturalmente, il principiante fortunato e contento. Ovvero: ora mi fanno male i muscoli del collo, ma domenica pomeriggio ho fatto 168 punti alla seconda partita (sette strike). Mi hanno detto che non conta. Dovrei ripetere quel punteggio partita dopo partita, e allora se ne parla. Era quello che volevo: una scusa per tornare. Magari porto Robert D. Putnam, al Bowling Pegaso di Madignano (Cremona), e vediamo cosa ci tira fuori.

Chiamiamoli i Varenniani. Il nome viene da Varenne, mitico trottatore, che prima ancora d'essere destinato alla riproduzione ha generato alcuni esseri bizzarri: gli esperti istantanei. Gente che fino a ieri non distingueva il davanti dal didietro d'un cavallo s'è messa a dissertare di allenamenti, terreni pesanti, allunghi. Varenne di tutto questo non può ridere, naturalmente. Ma noi sì.

Il Varenniano pascola da tempo, e scalpita nei dintorni di molti sport. Perché esca allo scoperto, tuttavia, occorre un campione, un'occasione, una scusa. Allora l'esperto istantaneo che si nasconde in ognuno di noi (non tanto bene, spesso) è pronto a balzare allo scoperto, sparando castronerie orrende, travestite da commenti, opinioni, considerazioni.

Del Varenniano Ippico, s'è detto. Ma tutti abbiamo conosciuto il Varenniano Invernale, quello che ai tempi di Tomba e della Compagnoni dissertava di anticipi e piegamenti, di angolazione e tenuta di lamine. Messo sugli sci, non avrebbe saputo prendere lo skilift. Ma non contava. Il Varenniano Invernale doveva dire la sua, e assistendo agli slalom in TV gridava insulti e consigli incomprensibili («Non stare indietro, o bestia! Non vedi che scarichi le punte?»). Se fosse esistita la televisione interattiva, sarebbe stato bello vedere Albertone e Deborah che si fermavano, mettevano uno scarpone fuori dal televisore e lo prendevano a calci.

Interessante il Varenniano a Motore, di questi tempi molto attivo. Dopo aver seguito cinque stagioni di Gran Premi si ritiene un esperto, e parla come un ingegnere meccanico. Non si limita a dire «Schumacher ha una mascella interessante» o «Coulthard ha una bella fidanzata». No. Deve dissertare di minigonne (che non sono quelle della fidanzata di Coulthard) e della mescola delle gomme, argomenti di cui non sa praticamente nulla, se non quello che ha ascoltato e leggiucchiato qui e là. Il problema di un personaggio del genere, qual è? Che, dopo un po', nessuno vuole più seguire una gara di fianco a lui. Il Varenniano a Motore, a quel punto, si ritrova solo. Vi dirà che ha messo la sveglia alle quattro per vedere il Gran Premio. Ho il sospetto, invece, che i Gran Premi vengano fatti partire in quegli orari per evitare di rovinare le famiglie e rompere le amicizie.

Chiudiamo col Varenniano Rotondo, esperto istantaneo di qualsiasi sport con la palla. Passa dalla pallavolo (squadra locale) al basket (NBA), dal golf (stimolato da Tiger Woods) alla pallanuoto (gli piace il colore della piscina sullo schermo). Ma è col buon vecchio calcio che il Varenniano dà il peggio di sé. Talvolta è attirato dai successi della formazione della città (a Verona, dopo le vittorie del Chievo, sono state effettuate grandi retate di Varenniani). Altre volte riscopre sopite passioni d'infanzia, ora che la squadra è in testa alla classifica. E spesso il Varenniano è una Varenniana. Molte donne infatti, per amore dei mariti, dei fidanzati o dei figli, scendono questa china. All'inizio ricordano solo il nome del centravanti e del portiere (se è bello). Poi, lentamente, si appassionano e cominciano a ululare disapprovazione e feroci giudizi tecnici. Se avete una moglie/ragazza/mamma Varenniana, lasciatela tranquilla. Se l'avvicinate nel modo sbagliato, morde e scalcia. Come un cavallo, appunto.

Di solito quando si dice che qualcuno è «competitivo», la gente si allarma. L'immagine è quella di un rompiscatole che intende sempre primeggiare. Nello sport, va bene. Ma nella vita – ragionano in molti – mostrarsi competitivi significa essere antipatici e asociali. Nei casi peggiori, insopportabili. Secondo questa scuola di pensiero, una persona competitiva è afflitta dall'equivalente psicologico dell'alito cattivo. Meglio restare alla larga.

Be', io non sono sicuro che le cose stiano così. Conosco persone competitive socievoli, interessanti e spiritose. Vogliono vincere, ma sanno perdere: e questo non è da tutti, come sappiamo. E poi, cosa fondamentale, in gara sono leali. Molti di quanti dicono di detestare la competizione sono piccole iene mascherate. Chiunque lavora in un'azienda, sono certo, ha già in mente un paio di nomi.

Non solo. Molti competitivi – soprattutto quanti hanno trasportato nella vita la passione agonistica – pensano soprattutto a fare del proprio meglio (lo consigliava Baden Powell ai boy scout, e resta un buon suggerimento). Sanno anche – se è consentita una metafora podistica/ciclistica – che qualcuno deve pur tirare il gruppo.

C'è chi sostiene che questa è una visione un po' americana delle cose, ma forse la chiave del successo dell'America – che talvolta esagera, sono il primo ad ammetterlo – sta proprio qui. L'ossessione di diventare *the number one* può trasformarsi in una nevrosi. Ma l'orgoglio di fare bene il proprio mestiere, e il desiderio di farlo meglio, è un caposaldo dell'etica del lavoro statunitense. La cosa curiosa è questa. Gli americani, che mangiano pane e *competition*, sono anche la nazione che crede più nel lavoro di squadra (team, come dicono in Italia nelle convention aziendali). Molti dei connazionali che giurano di aborrire la competizione e adorare la solidarietà sono, nei fatti, strepitosi individualisti. Come la mettiamo?

Certo, i competitivi a tempo pieno sono, talvolta, un po' ridicoli. Conosco cinquantenni che si ammazzano di fatica pur di non perdere un set di tennis. A scuola e all'università ho incontrato gente che aveva trasformato il desiderio di primeggiare in un'ossessione. Ancora oggi scopro persone che, qualsiasi cosa si discuta, raccontano che a loro è successo di più, di peggio, di meglio. Ed è successo prima, in maniera più incredibile/appassionante/stupefacente (si parli di sesso, viaggi, cibo, vino, tecnologia, denaro o guida sportiva). Ogni bar d'Italia, per legge, ospita almeno un personaggio del genere. Per fortuna gli altri frequentatori abituali lo conoscono, e non ci fanno più caso. Se il tipo esagera, poi, lo si rincorre con la stecca da biliardo, e questo di solito risolve il problema per qualche tempo.

Fin qui l'aspetto folkloristico della faccenda (o patologico, dipende da come la volete vedere). La verità – ripeto – è che molte persone competitive sono più dirette, leali, utili e, tutto sommato, piacevoli di quanti giurano di non voler gareggiare mai. Anche perché, diciamolo: non gareggiare mai è impossibile. Gareggiavano i dodici apostoli, che pure avevano davanti un esempio irraggiungibile. Figuriamoci se riusciamo a non farlo noi.

Per chiudere, due consigli. Primo. Diffidate delle persone assolutamente non competitive: spesso dicono che non c'è gara, e poi scattano appena vi girate dall'altra parte. Secondo. Incoraggiate figli, nipoti e giovani amici a cimentarsi in qualche disciplina agonistica. Vanno bene tutte, dalla pallanuoto alle freccette (la pallanuoto fa meglio, però). Impareranno a controllare la tensione, a perdere con serenità e a vincere con stile.

Tre cose non facili, come sapete.

6

Sport rumoroso

Il Motorista è l'unico sportivo che sente odore di benzina in televisione. Il Motorista ama silenziosamente gli sport che fanno rumore: Formula Uno e motociclette, go-kart e acrobazie aeree. I pistoni lo affascinano più dei muscoli; davanti alla velocità di un centometrista, pensa a quella di una McLaren.

Il Motorista è uno sportivo informato. A differenza di altri appassionati (come i seguaci del calcio, che sono gli impressionisti del tifo), ragiona per numeri e statistiche, record e classifiche. Quando questi dati si abbinano a una forte personalità (un Valentino Rossi, un Michelino Schumacher) il Motorista va in estasi. Ma è un'estasi irritabile. A quel punto, infatti, sbucano le bande dei profani, gente che scopre uno sport quando c'è di mezzo un campione, e lo abbandona appena il campione non c'è più. Il Motorista, questo, non lo sopporta.

A nome di tutti i profani – gente che fatica a trovare poesia nel rumore – chiedo comprensione. Appassionarsi a un campione (o a una rivalità) è un tentativo di penetrare un mondo complicato. Non so se Motorista si nasce o si diventa. Ma, se si diventa, si diventa molto presto. Ricordo che, da bambino, avevo amici che compravano «Autosprint» e amici che giocavano «a lungo» (o «a sopra») con le figurine. Io stavo con questi ultimi. Le automobili che correvano in tondo mi sembravano vagamente noiose, ma ero certo che da grande avrei cambiato idea. Non è accaduto. Sono diventato grande, ma le automobili che girano in tondo continuano a sembrarmi vagamente noiose.

Forse per questo i Motoristi mi affascinano: osservandoli, vorrei carpire il segreto della loro passione. Prendiamo le motociclette. Mi piacciono i sessantenni coperti di cuoio che sfrecciano verso il tramonto (l'ho fatto anch'io, per vent'anni, accumulando romantici reumatismi. Poi ho smesso). Mi interessano quelli che guardano una Ducati come se fosse una ragazza bionda, e poi strapazzano una ragazza bionda mettendola su una Ducati (sotto la pioggia). Mi incuriosiscono quelli che recitano le tabelle nelle ultime pagine di «Motociclismo» come fossero sonetti del Petrarca. Ammiro quelli che sistemano le vecchie moto, lucidandole con paste e affetto speciali.

Ma non c'è dubbio: non sono dei loro. E i Motoristi lo sanno. Quando parlano con me, assumono un tono didattico. Anzi: evangelico. Devono convincermi della poesia di un percorso misto, della canzone di un motore, del fascino di uno pneumatico. E quando io dico di vedere solo curve, rumore e gomma, sospirano. Se il 4 novembre gli dicessi che è l'anniversario della vittoria, chiederebbero: «Quale Gran Premio?».

A Crema, dove abito, ho conosciuto un Motorista, che chiamerò Mister G., classe 1928: e nessuno riesce a tirarlo giù dalle motociclette. Ha sempre guidato auto veloci, si alza all'alba per vedere le corse e alza gli occhi al cielo ogni volta che sente un rumore: deve identificare il velivolo. Mister G. è competente. Anni fa un mensile mise in palio un'auto tra coloro che rispondevano a una serie di domande tecnicissime, e lui la vinse (salvo rivenderla subito, per comprarne una più potente). Con lui ho provato a ragionare di sport che non fanno baccano: niente da fare. Il calcio, se ho capito bene, potrebbe interessargli. Ma i calciatori dovrebbero andare a gasolio.

Parlando con Mister G. – anzi, ascoltandolo: perché non è facile interrompere mentre spiega le virtù di un nuovo carburante – ho capito una cosa. Non riuscirò mai a diventare un appassionato degli sport a motore: della Ferrari mi piace soprattutto il colore. Mi piacciono, però, i Motoristi. Mi appassionano quando si surriscaldano, mi intrigano mentre cambiano marcia mentale, mi divertono se vanno fuori giri.

Farò così: mentre guardano le macchine, io guardo loro.

Il mio primo ricordo della Formula Uno risale, credo, al 1964. Una foto di Lorenzo Bandini dentro una sorta di Ferrari-giocattolo – era di certo un'auto fantastica, per quei tempi – con un casco grigio e un paio di occhiali come quelli che usavamo per sciare. Avevo sette anni. Ne ho quarantasei, e sono andato finalmente a Monza a vedere un Gran Premio. Commento di un principiante assoluto: interessante, rumoroso, organizzato, prevedibile, pulito, rituale, molto nordeuropeo. Sì, è così: l'autodromo di Monza, nel giorno del GP di Formula Uno, m'è sembrato un'immensa astronave anglotedesca, planata in Brianza per il rifornimento.

Tedesco il campionissimo, germanica l'organizzazione, britanniche molte case e nordici i supersponsor (Vodaphone, l'anglolandese Shell). Inglese la lingua parlata da tutti. Inglese il capo dei capi, Bernie Ecclestone, una sorta di capelluto Hobbit a motore. E la Ferrari, e il pubblico?, direte voi. Il pubblico era soprattutto italiano, ovviamente. Una grande, ammirevole comparsa rossa. Entusiasta, ma consapevole che la Formula Uno è fatta per la TV. Partecipe e numeroso, ma meno numeroso di quanto le immagini trionfali dei telegiornali facessero pensare. C'erano vuoti sulle tribune; e ho visto molta gente, durante la corsa, a spasso per il parco: cosa ci faceva lì?

Alla Ferrari va tutta la mia ammirazione. È una cittadella italiana assediata. Fuori, gli amici anglotedeschi, coi loro tanti denari e i loro sorrisi metallici. Dentro, questi uomini in rosso, completamente assorti. Sopportavano le visite inopportune, la passerella un po' ridicola del *pit walkabout*, i vip e gli amici dei vip tra i piedi mentre loro lavoravano, le modelle che portavano l'ombelico a prender aria. Tutto in attesa di quei 53 giri (306 chilometri) che li avrebbero visti, una volta ancora, vincitori.

Pensavo, coi miei tappi regolamentari nelle orecchie: inglesi e tedeschi devono chiederselo dieci volte al giorno: «Ma come fanno, gli italiani, a essere più bravi di noi in qualcosa che non è musica o vestiti? Qualcosa che dovrebbe essere la specialità del Nord: il mondo duro dell'acciaio e dei numeri, contrapposto al mondo morbido delle opinioni e dell'arte?». Eppure, gli italiani vincono. Se la Ferrari decidesse di lasciare, non vinceremmo più una corsa per qualche secolo. Gli anglotedeschi vengono a correre a Monza, arruolano piloti sudamericani, sono nostri amici. Ma non vedono l'ora di riprendersi quello che pensano gli appartenga.

Ecco cosa pensavo, mentre osservavo quelli che guardavano la corsa sui televisori, dove almeno si vede qualcosa. La Formula Uno mi sembra uno sport ingeneroso con lo spettatore dal vivo: auto che schizzano come modellini, episodi che succedono sempre altrove, omini distanti. Più sono bravi, i tuoi eroi, più passano in fretta, meno li vedi. È un paradosso che il tifoso accetta (lui si consola coi numeri, coi ricordi, col mantra delle statistiche). Ma il visitatore occasionale non capisce. Il visitatore occasionale si consola col contorno, soprattutto se ha la fortuna di trovarsi ai piani alti delle vertiginose gerarchie di un autodromo. E il contorno di una gara di Formula Uno è eccitante. Un autodromo è infatti un parcogiochi per grandi, un giardino d'infanzia dove vengono ospitati e sorvegliati gli adulti. Anzi: un grande Kinderheim, visto chi comanda. Un luogo pieno di meraviglie e di colori, di tende e di attrezzi, di tesserini e di nastri, di spuntini e di gadget, di belle bambine e di tirocinanti in divisa.

A proposito: spero di non essermi comportato male. Non credo, perché le signorine mi hanno dato anche i regalini e la merenda.

Solo durante un comizio in Pakistan (1988, elezione di Benazir Bhutto) ho trovato il caos incontrato intorno all'autodromo di Monza prima del Mondiale Superbike: forse l'evento sportivo più chiassoso, improbabile, eccessivo, ingenuo e americano che io abbia mai visto in questo paese.

Perché abbia dovuto passare da Rawalpindi per trovare l'America in Italia, ancora non l'ho capito. Non penso sia colpa dei vigili di Monza, che avevano soltanto l'aria affranta. L'idea di imbottigliare dentro una stradina urbana l'intero traffico diretto a Porta Vedano (uno dei due ingressi) è troppo assurda per meritare altri aggettivi. Di aggettivi, invece, ne merita molti il circo Superbike. Cinque li ho già usati nel primo paragrafo (chiassoso, improbabile, eccessivo, ingenuo, americano). Due li utilizzo adesso: trattasi di kitsch monumentale, quindi imperdibile.

Solo nelle copertine dei Meat Loaf avevo visto tanto cuoio, tanti stivali, tanti capelli sudati, tante pancette e magliette colorate sotto i giubbotti neri. Solo al grande rodeo di Cheyenne, Wyoming, avevo incontrato ragazze-immagine tanto surreali, strette negli hot-pants e in bilico sui tacchi a spillo, protette dall'ombrello contro il sole che non c'era. Sembravano uscire da un quadro di Degas riprodotto in un fumetto per camionisti: indimenticabili.

Raramente ho visto valori tanto chiari: Donne & Motori, come in un Motor Show del 1973. Il mondo Superbike è la macchina del tempo. Si torna, appena superati i cancelli, a un'epoca ante-femminismo e pre-correttezza politica. Le donne mandate in giro dagli sponsor – non tutte, quelle deputate a farlo – sono lì per strappare sguardi e commenti. Statue non bellissime ma vistose, tentatrici annoiate e artigianali, ragazze pon-pon senza pon-pon. Solo in qualche TV privata si vedono ancora cose del genere.

Ospite della Ducati (che ringrazio, ma temo non m'inviterà più), munito di una serie impressionante di pass (pass-auto, pass-paddock, pass-pit-walk), ho scoperto che – per entrare, per capire – mi mancava sempre un bollino, un'informazione, un dettaglio. Ho navigato «strutture hospitality» non sempre ospitali, ho visto «open bar» chiusi al pubblico, ho sperimentato «buffet lunch» il cui cuoco deve allenarsi, durante la settimana, preparando i pasti di classe economica sugli aerei. Ho attraversato una fiera di paese dove tutti cercavano qualcosa: un omaggio, un adesivo, un gadget, una prova di esserci stati. Mancava la birra a fiumi, e me la sarei aspettata. Ma qualche tatuaggio l'ho visto, in quel magnifico *Rocky Horror Picture Show* brianzolo.

Ah già, le moto. Ho intravisto aeroplani senza ali che filavano a 340 km/h. Ho seguito con gli occhi piloti con nomi che sembravano finti: Ben Bostrom, Ruben Xaus, Troy Bayliss. Ho ammirato un meccanico australiano vincere due volte, fare cose pazzesche e poi andare tranquillo a firmare autografi, inseguito dalle ragazze-ombrello. Ho capito – credo – la differenza tra il pubblico delle auto e quello delle moto: il primo ammira i campioni, il secondo partecipa e s'immedesima. Michael Schumacher è un semidio irraggiungibile; Troy Bayliss (il meccanico) somiglia al ragazzo del quartiere con la moto più grossa, quello che veste strano, va troppo forte ma non è cattivo.

Non ci crederete, ma mi piace, il Mondiale Superbike.

Domanda: cos'è più fredda dell'auto, più spartana del camper, più scomoda di una corriera, più rumorosa del treno e più lenta dell'aereo (ma di poco)? La motocicletta, che diamine. La motocicletta è una prova di forza (per lui), di amore (per lei) e di resistenza (per la coppia). Parlo per esperienza. Quando sotto il casco i miei capelli erano neri, ho condotto amiche francesi su vespe italiane per strade spagnole; e poi una fidanzata italiana su una moto tedesca per strade francesi. Ho collezionato mal di gola gioiosi, ho opzionato reumatismi, sono sceso dalla motocicletta dopo settecento chilometri e quando mi sono guardato allo specchio ho detto: «Scusi, lei chi è?». Ma rifarei tutto. Il viaggio in moto è l'equivalente moderno della cavalcata nella prateria: fondischiena fiammeggianti e romanticismo rovente. L'importante è fermarsi in tempo. Se scendete dalla motocicletta e la sentite nitrire, avete viaggiato troppo.

Esistono molti modi di viaggiare. Personalmente ho sperimentato il viaggio Solitario (Sardegna, 1977), il viaggio col Vero Amico (Austria, 1978), il viaggio con Amici & Ragazze (Spagna, 1979), il viaggio a Sorpresa (Italia, 1980), il viaggio Avventura (Europa dell'Est e Svezia, 1982), il viaggio Scomodo & Romantico (Corsica, 1984). Sono diversi, ma tutti interessanti.

Il viaggio Solitario ha un vantaggio: nessuno ti bussa sul casco per chiedere: «Quando ci fermiamo?». Il viaggio col Vero Amico è come la vacanza in barca a vela: se al ritorno si è ancora amici, lo si rimarrà per la vita. Il viaggio con Amici & Ragazze è, tra tutti, il più eccitante. Non tanto per i contatti fisici con le passeggere, quanto per la gioiosa confusione che regna in queste comitive. Se lei viaggia con me ma sta con lui, e in tenda dorme con l'altra ma parla di me, non è che lui se la prende con lei, e lei non viaggia più con me?

Ancora più interessanti sono le altre categorie. Il viaggio a Sorpresa è un classico. Lui arriva inatteso da lei (in Liguria, Calabria, Puglia, Sardegna). Ferma la moto, spegne il motore e smonta teatralmente dal mezzo. Poi si leva il casco, e si passa una mano sul volto. Ogni mossa è studiata: una combinazione di James Dean e Max Biaggi che dovrebbe scioglierle il cuore. A rovinare tutto ci pensa la mamma di lei. Quando il centauro spoglia il casco e rivela una schiacciatina di capelli incollati, la signora esclama: «Che roba! Ci vorranno almeno tre shampoo».

Nel viaggio Avventura tutto questo non succede. Nel viaggio Avventura le madri vengono salutate alla partenza, e poi consultate virilmente al cellulare («Ho il mal di gola, mamma. Prendo un'aspirina o una e mezza?»). Sulle strade del mondo (o dell'Emilia-Romagna) si imparano molte cose: a guardare, a prevedere (l'arresto improvviso del furgoncino davanti), a meditare (in moto è difficile ascoltare l'autoradio). La maggioranza guida con intelligenza, consapevole della propria vulnerabilità; solo una minoranza ritiene che le statali siano piste, e gli automobilisti birilli. I motociclisti che puntano lontano appartengono alla prima categoria. Partire per la Scozia e andare a sbattere sulla tangenziale di Milano è un exploit che intendono evitare.

Siamo al viaggio Scomodo & Romantico. È il viaggio dei viaggi, quello che serve alle coppie per capire quanta strada hanno davanti (no, signorina: non può contare i chilometri sulla carta del Touring. La mia è una metafora). Il viaggio scomodo dev'essere romantico: altrimenti i due cominciano a insultarsi al primo autogrill. Ma il viaggio romantico dev'essere scomodo, perché occorre una prova, un test, una sfida, qualcosa da raccontare al ritorno ad amiche e colleghe («Che brava!», «Che matta!»).

Ecco alcuni suggerimenti utili a trasformare ogni viaggio in un VS (Viaggio Scomodo). 1) Per lui: scegli una moto bassa e sportiva, dove lei debba viaggiare con le ginocchia in bocca. 2) Per lei: scegli l'abbigliamento in base all'accostamento dei colori. 3) Per lui: quando lei dice: «Caro, ho freddo», rispondi: «Coraggio, mancano solo duecento chilometri». 4) Per lei: indossa una tuta prestata da un cugino, che l'aveva acquistata di seconda mano. 5) Per lui e per lei: portate piccoli caschi da città, in modo che mosconi e moscerini possano colpirvi meglio la faccia.

Questo è tutto. Che il Vento sia con voi.

La nostra regolarità era estremamente irregolare, ma divertente. Tra i molti sport che la mia generazione ha frequentato con poco successo, ma con molta passione, c'è anche questo: motociclette avanti e indietro tra i campi e su e giù per le montagne, nell'Italia irruenta e pre-ambientalista dei primi anni Settanta. Se mio figlio facesse quello che noi facevamo allora, mi preoccuperei. Ma ai tempi i genitori non capivano, o fingevano di non capire. Alcuni si rifugiavano nel fatalismo, da sempre il bunker antiatomico dei papà e delle mamme preoccupati.

Lo chiamavamo motocross, ma il termine è impreciso (anche se andavamo in moto, e attraversavamo l'attraversabile). Il termine esatto penso sia «regolarità», quella che oggi chiamano «enduro». Le moto, da principio, erano 50 cc di cilindrata; poi, a sedici anni, sono arrivati i 125 cc. Tra i 50 cc ricordo il Beta, il cui serbatoio ricordava uno spermatozoo; l'Aspes dall'aspetto nevrotico (coi parafanghi in fibra, che si rompevano sempre); il Gilera color caffelatte, che aveva un bel rumore; il mitico Zundapp, così alto che un quattordicenne sembrava Ulisse seduto sul cavallo di Troia; il Fantic Caballero, nome da periferia urbana, che sembrava più grosso di quello che era. Io avevo il Mondial con la testata radiale, serbatoio dorato. Non ne ho mai visto un altro. Credo che alla Mondial abbiano prodotto il mio, e poi si siano dati agli impianti di riscaldamento.

Scrivere questi nomi, a trent'anni di distanza, mi emoziona. Quante gioiose manomissioni, quante discussioni sul rapporto pignone-corona, quanti chiusini puzzolenti, marmitte svuotate, mucche spaventate, contadini arrabbiati, campi attraversati, amiche portate abusivamente tra i suddetti campi, con intenzioni che andavano al di là del motocross.

Il poeta che si nasconde in ogni quindicenne registrava immagini, suoni e odori che sono rimasti da qualche parte nel cervello: l'olio bruciato, gli sterrati, le riprese, i salti, le cadute. C'erano poi le gare: modeste corse nel fango della campagna cremasca, per quasi tutti. Quelli bravi (due Giò, un Antonio, un Gianni) partecipavano anche alle «Valli Bergamasche», un nome che racchiudeva poderose suggestioni. Vere discese e vere salite, per cominciare.

Sulle montagne del bergamasco, in motocicletta, sarei salito più avanti, con un Puch 125 rosso tra molti KTM azzurri. Il Puch – comprato usato – ha rappresentato la mia epopea motoristica. Avevo un equipaggiamento più volonteroso che adeguato (le piogge orobiche mi aspettavano per punirmi). Salivo sentieri della Val Seriana che una persona ragionevole non dovrebbe scendere a piedi. Ogni tanto scivolavo, e mi rialzavo. Tornavo coperto di fango, ma tornavo. Mettevo la moto in garage e mia madre, al balcone della Palazzina Est di Bratto, tirava un sospiro di sollievo.

Sono stato – sono ancora – un monogamo motoristico. Così, sostituito il Mondial (1971/73) col Puch (1973/75), venduto il Puch per un Vespone bianco (1975/1980), ceduto il Vespone per una BMW R65 (1980), oggi guido una Vespa di famiglia del '54. È curioso, pensandoci: sono diventato un motociclista regolare solo quando ho abbandonato la regolarità. Un po' la rimpiango. Credo sia regolare anche questo.

7

Sport bagnato

Il nuoto è uno sport di cui si parla raramente. È un po' come il ping-pong: moltissimi lo praticano molto poco. E lo fanno tanto male che si vergognano a pubblicizzare la cosa. Alla domanda «Sai nuotare?», milioni di italiani rispondono con uno squillante: «Certo!». E poi li vedi attaccati come cozze ai bordi delle piscine.

«Si tocca?» è una delle domande estive più frequenti. E non fate quelle faccette allupate: i toccamenti in questione avvengono coi piedi; e l'obiettivo è di sabbia. Guardatelo, il maestoso professionista urbano. Entrato in acqua dopo grandi cerimonie – la famiglia non lo saluta: lo vara – procede sulle punte come Alessandra Ferri, temendo di dover nuotare. Eppure basterebbe il girovita a tenerlo a galla. Andate a dirglielo, rassicuratelo: «Dottore! Lei dispone di un meraviglioso salvagente naturale, e non ha neppure bisogno di gonfiarlo».

Sia chiaro: molti di noi sanno nuotare. Certo, ci prendiamo troppe libertà nello stile libero, sembriamo orsi nel dorso, e se farfalle e rane ci vedessero avanzare negli stili omonimi si farebbero due risate. Il problema non è la tecnica, ma il fiato. Una delle scene più commoventi delle spiagge italiane è il giovanotto che entra in mare come un siluro, comincia a battere il crawl e si ferma di botto dopo dodici bracciate. A quel punto si mette verticale, e comincia a guardare le montagne che degradano verso la costa. Non è romantico: è stanco morto. Ma non può fare il morto: qualcuno potrebbe scambiare la pancetta per un gavitello, e attraccare con un gommone.

Alle donne che stanno ridendo non dirò – e potrei farlo – che, nella stessa posizione, rischiano di trovarsi ormeggiati *tre* gommoni (la pancetta ce l'hanno pure loro, e sopra c'è dell'altro). Dico invece: sfidate amici, padri, parenti, compagni, mariti e figli. Solo l'orgoglio ferito, infatti, può convincere un maschio italiano che sputare acqua salata sia meglio di restare sulla spiaggia a mangiare il ghiacciolo.

Le eccezioni sono costituite da quanti, durante l'anno, frequentano con regolarità una piscina. Si riconoscono subito. I bambini galleggiano con naturalezza e si spostano con rapidità. I ragazzi hanno una vita da ragazze, e le ragazze hanno le spalle da ragazzi. Gli adulti – uomini e donne – escono in mare per primi e rientrano per ultimi, senza materassino e con la cuffietta obbligatoria (in piscina), senza la quale si sentono nudi. Nel nuoto li chiamano «Master». Il termine equivale a un'onorificenza: Mitici Attempati, Siete Troppo Esuberanti per Rinunciare!

Costoro tuttavia non fanno testo. Non ho statistiche sottomano, ma credo di non sbagliare: l'autonomia media del nuotatore italiano (senza pinne) è intorno ai cinquanta metri. Sufficienti a farsi un paio di vasche nella piscina del villaggio-vacanze, ma inadeguati in caso di naufragio o corteggiamento atletico: a meno che tutto non avvenga a dieci metri dalla riva. In compenso, il nuotatore italiano medio indossa costumi impeccabili. Mai troppo lunghi e mai troppo corti, colori di stagione, larghezza consentita e non oltre. Se invece vedete qualcuno con un livido costumino a mutandina, troppo ridicolo per essere pornografico, attenzione. Magari sa nuotare davvero.

Un lettore mi scrive: «Ho 56 anni, e fino a due anni fa riuscivo a fare tre bracciate a stile libero. Poi ho letto il libro (25$ + 15$ di spedizione) del solito americano che ha scritto i soliti libri (con videocassette) e insegna a nuotare "come un pesce". Ora non faccio più neanche una bracciata. Dice infatti l'autore, che ha allenato la squadra olimpica Usa: i pesci non hanno le braccia e quindi non ci si deve sbracciare! Non si devono neanche usare i piedi e la testa va tenuta sott'acqua! La tecnica si chiama *Total Immersion*: si deve nuotare col tronco».

Dico subito che solidarizzo col lettore, e lo invito a diffidare dell'«immersione totale» (stesso consiglio a quanti studiano l'inglese). Le differenze tra un muggine e un commercialista, infatti, mi sembrano evidenti. Non possiamo pretendere che quest'ultimo guizzi (così, non dobbiamo chiedere al muggine di affrontare il Modello Unico). Eppure – l'abbiamo visto – esiste un manuale che propone questa soluzione. Non sono stupito. In questa branca dell'editoria, ho visto di tutto.

Ricordo quando mio padre, negli anni Sessanta, tentava d'impormi *Il vero sciatore*, la sua bibbia delle piste (copertina rossa cartonata). Mi sono rifiutato d'obbedirgli: non a caso io ho imparato a sciare, e lui no. Ricordo, in particolare, la pagina-manifesto che illustrava la curva a spazzaneve. Ripiegata all'interno del libro, proponeva una sorta di moviola ante litteram. La curva così eseguita doveva richiedere metà giornata. Lo sciatore, nei vari fotogrammi, appariva turbato: nemmeno la berrettina col pon-pon serviva a consolarlo. Ho sempre pensato che, tra uno scatto e l'altro, si asciugasse gli occhi dalle lacrime (pianto o riso, non ho ancora deciso).

Altri gioiosi fallimenti legati a un manuale sono quelli nel windsurf. Per potermi vendicare, ho cercato a lungo, senza trovarla, la pubblicazione incriminata. Evidentemente, dopo essere finito alla deriva più volte, devo averla usata per avviare il barbecue. Ogni illustrazione – ricordo – era un groviglio di frecce e tratteggi: direzione del vento, inclinazione della vela, posizione dei piedi e delle mani. Poi uno andava in mare e il maestrale pensava a far giustizia di tutte queste teorie.

Mi sarebbe servito un istruttore, direte voi. Vero. Ma chi compra i manuali, di solito, lo fa per evitare di prender lezioni. Quest'illusione mi ha spinto a comprare manuali di ping-pong dove occorreva una laurea in fisica per interpretare le rotazioni della pallina. Manuali di motociclismo per diagnosticare i malumori della mia Vespa 125 cc. Manuali di pesca sui fiumi per ingarbugliare tutto e non pescare niente. Manuali di tiro con l'arco senza comprare un arco. L'unico manuale che mi è servito è stato *Caccia sub – Come riconoscere e catturare le prede* (Fabbri Editore, 1976). I pesci che non riuscivo a prendere li potevo vedere in fotografia: era già qualcosa.

Il libretto – tuttora presente in un anfratto della casa al mare – faceva parte di una collana dove apparivano i seguenti titoli: 1 Funghi; 2 Piante medicinali; 3 Piante d'acqua; 4 Selvaggina; 5 Tappeti d'Oriente; 6 Mobili e stili; 7 Un cane per tutti; 8 Uccelli da gabbia e da voliera. Questa versatilità editoriale avrebbe dovuto insospettirmi, ma ero ansioso di migliorare. E *Caccia sub* conteneva considerazioni confortanti. Per esempio: «Pinneggiando in superficie con lo sguardo rivolto al fondale, il cacciatore segue un succedersi d'immagini, la cui sola regola è la tranquillità assoluta. Soltanto chi ha abituato l'occhio ai panorami sommersi s'accorge che quella strana roccia del tutto identica a quelle vicine è in realtà un pesce fortemente mimetizzato». Una frase del genere mi piaceva perché: a) Venivo definito «cacciatore». b) Ero giustificato quando tiravo alle rocce, rovinando le fiocine. c) Prima o poi, mancando una roccia, avrei preso un pesce.

Avete mai visto un principiante alle prese col windsurf? Prego notare: ho scritto *alle prese* e non *sul* windsurf.

Perché il diabolico attrezzo è come la bicicletta. I manuali, lo abbiamo appena visto, non servono. Per salirci sopra, bisogna muoversi. Ma per muoversi, bisogna salirci sopra. Questo esercizio viene naturale fino a diciott'anni, facile fino a venticinque, agevole fino a trentadue, possibile fino a trentotto. A cinquant'anni, montare sul windsurf è un'impresa titanica (con la differenza che i titani non si esibivano davanti a una spiaggia affollata). Nei dodici anni di mezzo (dai 38 ai 49), lo spettacolo è magnifico, ma riservato. Solo famigliari, vecchi amici e parenti.

Sono loro infatti che assistono – in silenzio, altrimenti lui si innervosisce – ai tentativi di montare sulla tavola e mantenersi in equilibrio (principianti), spostarsi di qualche metro (fase intermedia), prendere il largo (corso avanzato). A questo punto, cosa accade? 1) C'è troppo vento, e lui parte come un razzo. Non è chiaro dove la tavola lo sta portando, e c'è già chi pensa di avvertire la capitaneria. 2) Non c'è abbastanza vento, e lui resta fermo, in piedi in mezzo al mare. La posizione, sarete d'accordo, è vagamente ridicola. Se i figli si avvicinano col canottino e fingono di soffiare nella vela, papà si irrita (e non può far segno di sloggiare perché deve tenere il boma).

Interessanti sono anche la caduta di schiena (cercando di cazzare) e la catapulta faccia-nella-vela (nel tentativo di lascare). Il massimo dello spettacolo è però il ritorno dell'eroe. Riportare la tavola sulla macchina è relativamente semplice; il problema è la vela. Il vento infatti, assente per tutto il pomeriggio, prende a soffiare deciso, e costringe a manovre degne di Charlot. In questo caso è bene spostarsi, tacere e fingere di guardare il mare. A patto che in mare non ci siano altri windsurf. Altrimenti lui dice che state facendo confronti, e si annuncia una serata difficile.

Il mio portachiavi, al mare, è un'elica dorata. Gentile omaggio dei famigliari dopo che, nei pressi di Cala Corsara (isola di Spargi, arcipelago della Maddalena), ho centrato uno scoglio sommerso che, sono sicuro, non era mai stato lì. L'episodio è accaduto nel mese d'agosto 2002, ma l'equipaggio non ha ancora smesso di fare dell'ironia. Ora, devo dire, sono più guardingo. Studio le carte nautiche – che sono gigantesche e, aperte sul gommone, rischiano di trasformarlo in un deltaplano – e giro al largo da qualsiasi cosa sembri uno scoglio, una roccia, un masso, uno spuntone, una protuberanza sospetta. La tentazione di affrontare qualche passaggio avventuroso ancora ce l'ho (il Passo degli Asinelli tra Santa Maria e Razzoli, per esempio). Ma aspetterò d'essere solo e avere un gommone mio. Segnare la propria imbarcazione ha infatti qualcosa di melvilliano. Danneggiare un gommone a noleggio (e pagarne le conseguenze) è meno eroico e più scocciante. Non escludo, oltretutto, che il Passo degli Asinelli prenda il nome dai piccoli navigatori lombardi che, nel corso degli anni, hanno avuto le mie stesse fantasie, distruggendo eliche, chiglie, carene e quant'altro.

Non so, francamente, se questo libro è il posto giusto per parlare di tutto ciò. Non sono certo, infatti, che l'uscita in fuoribordo possa essere considerata uno sport. Forse è una forma di escursionismo, e non appartiene alla nautica vera e propria. O invece il *Manuale dell'imperfetto sportivo* è il luogo giusto per esorcizzare queste apprensioni estive? La gita in gommone, in fondo, concentra in sé gli elementi di molti sport: pattinaggio (sul pagliolo umido), alpinismo (risalire dalla scaletta dopo il bagno), sollevamento pesi (tirar su il motore), nuoto subacqueo (chi va a vedere perché l'àncora continua ad arare?).

Quello che ogni volta mi colpisce è la tranquillità di chi sa cosa sta facendo, e la vaga agitazione di tutti gli altri. Il NIG (Nuovo In Gommone) si riconosce subito. Comincia a coprirsi freneticamente di creme solari con protezione a doppia cifra; poi decide di tenere comunque la maglietta, incollandosela addosso. Non sa dove sedersi: sui bordi scivola, in mezzo sta tra i piedi, a prua sobbalza come un peluche su un autocarro durante la Parigi-Dakar. Allora decide di stare ritto a poppa, e tenere il timone. A quel punto assume un'espressione da lupo di mare, già vista sulle confezioni di Tonno Nostromo. In quel modo ha la sensazione di controllare la situazione, ma non è vero, perché arriva a venti nodi e comincia ad agitarsi se appare un traghetto all'orizzonte. Unica consolazione è osservare i volti sulle barche di passaggio: alcuni sono meno espressivi dei ricci sul fondo.

Qualcuno si starà chiedendo: ma piace, al nostro autore, andar per mare?

La risposta è sì. Al punto che, visitando finalmente il Centro Velico di Caprera dopo averne tanto sentito parlare, sono stato tentato d'iscrivermi, andando ad allungare l'elenco dei colleghi vittime di questa suggestione (Luca Goldoni, Piero Ottone). Se l'irreparabile capitasse, vi terrò informati. Anzi, chiederò a «Sportweek», il settimanale della «Gazzetta dello Sport», di realizzare un servizio illustrato intitolato «QAD, Quarantenni Alla Deriva». Niente sesso, ragazzine, colpi di testa. Al massimo, una bomata in mezzo agli occhi.

Di una domenica in barca a vela sul Lago Maggiore conservo i seguenti ricordi. I bambini che si arrampicano come pirati della Tortuga. I gitanti che ci guardano col canocchiale (mentre io guardo loro). Il nome della barca («Panta rei», tutto scorre. Ovvero, Eraclito sul Verbano). E poi le isole verdi, l'acqua scura, il nome del vento che scende dal paese di Piero Chiara, gli strumenti che mi parlano senza che io li abbia interpellati. Salvo uno, l'indicatore della velocità. Quello va sorvegliato costantemente. Se scendiamo sotto i due nodi, infatti, i bambini hanno il diritto di accendere il motore.

La navigazione sul lago ha un vantaggio: non viene il mal di mare. Volendo proprio vomitare, bisogna trovare un altro nome. Lo svantaggio è questo: sperimentare la vela dopo i quarant'anni provoca un rimpianto (perché non l'ho fatto prima?), un dubbio (ma ho voglia di farlo ancora?) e un vago, inconfessabile disagio (non siamo tutti D'Alema). La pratica di ogni sport è infatti il risultato di una serie di automatismi. Se mi lanciano un pallone da basket alzo la mano nel modo giusto (anche se poi non lo acchiappo). Il mio cervello, quando è sulla verticale di un paio di sci, sa dove portare il peso. Su una barca a vela, il cervello domanda invece cosa fare: e io che ne so? Mi sposto irrequieto sul ponte, incerto su dove aggrapparmi. Mi metto, mi tolgo, mi rimetto e mi ritolgo la giacca a vento. Reggo la barra del timone, dopo averla contesa ai bambini. A quel punto cerco di assumere una corretta espressione alla Tronchetti Provera (d'accordo, Afef: in brutto). Ma cosa fissa un uomo, mentre regge il timone su un lago? L'orizzonte? E cosa fa, se c'è scritto BIBITE – GELATI – PANINI CALDI?

La cosa interessante è che la barca va, come dicevano Orietta Berti e Cino Ricci. Non saprei fermarla, ma non devo preoccuparmi. Il bello degli inviti in barca a vela è che un amico sa dove mettere le mani. Vedo che è di buon umore, non ha freddo e non si preoccupa se la figlia bionda scompare fuori bordo («Nessun problema. Sarà sulla scaletta. E poi ha il salvagente. Se casca in acqua, la riprendiamo»). Le virate lo divertono, le strambate lo impegnano, i numeri lo entusiasmano (mi spiega la formula per calcolare la velocità massima di un'imbarcazione. Fingo di aver capito). A un certo punto mi trovo una corda in mano e, mentre qualcuno mi dice di non chiamarla «corda» (ma «cima»), provo a tirare. Penso: il prossimo passo sarà alzarmi di notte e guardare «Mascalzone Latino».

L'amico-comandante – iniziali: SS, e forse non è un caso – riesce a issare il gennaker, a dar ordini e a fare il caffè, tutto senza scomporsi. Come sono semplici le cose, fatte da chi le sa fare. Negli anni ho imparato a perdonare quelli che sanno disegnare, cantare, ballare il tango e calciare al volo. Non sono ancora pronto a tollerare che qualcuno annodi una corda (scusate: una cima) e la barca gli obbedisca. Scendo allora sotto coperta, e impiego dieci minuti per capire come si aprono gli armadietti. Poi torno su e mi metto a prendere il sole, che è il destino di tutte le persone inutili sulle barche (bellone e scrittori). Apro un occhio e vedo Laveno che si avvicina. Mi ricompongo, almeno per lo sbarco. A terra scateno una rissa con i bambini. Ci rotoliamo sul pontile, e due di loro si rialzano con schegge di legno nelle mani. Dico che càpita spesso ai marinai. Non mi sembrano convinti.

La pesca è uno sport che richiede pazienza: e io non ne ho. Notate bene. L'ho chiamato «sport», e non «passatempo», perché so bene quanta destrezza occorre. Stare in bilico su uno scoglio con un verme nervoso in mano e un figlio impaziente al fianco non è facile. Per staccare dall'amo e ributtare in mare tre mormore innamorate del piercing è necessaria forza di carattere (e mano ferma).

Tranquilli. Quello che state per leggere non è il resoconto di alcune uscite fantozziane, ma una richiesta d'aiuto. A me piacerebbe pescare, ma il corso-principianti è bestiale. Negli sport che conosco e pratico (sci, calcio, nuoto), i preparativi mi sembrano facili e divertenti. Nella pesca, tutto è difficile. Il nodo che l'amico pescatore e lo scaltro commerciante hanno eseguito senza guardare il filo, nel vento diventa impossibile. Il galleggiante non galleggia, il piombo non sprofonda come richiede la pesca a fondo. In assoluto, l'oggetto più ostile è il mulinello-monello: quello che si trasforma in un'orrenda matassa, e sembra che rida.

Ma andiamo con ordine. Breve autobiografia dell'Autore Pescatore. Anni dieci: pesca di rassegnate boghe liguri col bolentino, pasturate col mal di mare. Anni tredici: cattura di simpatici pesci-sole in una cava lombarda. Anni sedici/ventidue: discreti risultati con la pesca subacquea in Gallura, dopo un esordio folgorante (torneremo tra poco sull'argomento). Fine carriera giovanile. Ho ripreso come papà, e sono cominciati i problemi. Ecco un breve elenco di fallimenti: parco di Yellowstone (Usa), lago Washington (ibidem), lago d'Iseo, fiume Serio (Crema), Capo Testa e arcipelago della Maddalena (Sardegna), dove la mia umile traina è stata snobbata dalle ricciole locali, abituate ai passaggi presidenziali di Carlo Azeglio Ciampi.

Voi direte: ma è possibile? Confermo: è possibile. Una trota, in un fiume del Wyoming, ha abboccato (prova fotografica), ma poi ha deciso che non valeva la pena. Alcuni pesciolini sardi hanno banchettato con vermi più grandi di loro. Ma la pesca, per me, rimane fonte di frustrazioni. Quando vedo i pescatori che, sui giornali locali, mostrano magnifiche prede, li odio. Non è giusto! Loro festeggiano, e io sono fermo alle questioni di sopravvivenza (sportiva): i vermi coreani mordono? E poi perché si chiamano così (un riferimento agli ultimi Mondiali?). Come mai i cagnotti si chiamano cagnotti al Nord e bigattini al Sud? E perché mia moglie non li vuole nel frigorifero?

Fin qui le questioni teoriche. Poi arriva il momento della prova, con un figlio sarcastico come partner e testimone. Per una questione di dignità, preferisco sorvolare sul primo (e unico) esperimento di pesca con la mosca, in America: diciamo che non somigliavo al Robert Redford di *In mezzo scorre il fiume* (*A River Runs Through It*, 1992). Stiamo ai recenti esperimenti estivi. Quando attacco il verme all'amo – un'operazione che mi ostino a considerare ripugnante – ho l'impressione che mi guardi con odio. Quando lancio, ci riesco una volta su tre (le altre due vedo il suddetto verme che schizza via nel vento come un deltaplano). Quando osservo il galleggiante, non so mai se affonda perché un pesce l'ha tirato sotto oppure ho messo troppo piombo. Quando devo sistemare una nuova esca, mi accorgo che la scatola dei coreani è circondata da dieci vespe (giapponesi?), ostili all'idea che i loro amici vengano scaraventati in acqua.

Qui mi fermo. Mi fermo davvero: prendo la canna, e torno a casa. Quasi sempre, sulla strada del ritorno, vedo un pensionato-prestigiatore: i mulinelli gli obbediscono, le vespe lo rispettano, i pesci lo amano e si sacrificano volentieri per lui. Come potrei amare la pesca? Qualcuno me lo dica.

Ho l'impressione che siano meno numerosi di un tempo, i ragazzi italiani che praticano la pesca subacquea in apnea. Se è vero, provo a indovinare i motivi: scarsità di pesce, abbondanza di bagnanti, incoscienza dei natanti, acqua più torbida, notti più lunghe. Quando, diciassettenne, inseguivo i saraghi nelle Bocche di Bonifacio, le mie serate mondane si chiudevano all'una, e già mi sembrava di far tardi. Un ragazzo che oggi va a letto all'alba non ha voglia di alzarsi alle otto, indossare la muta e scendere sott'acqua. Se lo facesse, e incontrasse una murena, la scambierebbe per la cameriera del disco-pub («Una vodka al melone, signorina»).

Non sto dicendo che eravamo eroici; semplicemente, avevamo abitudini diverse, e genitori convinti che una puntura di riccio fosse meno pericolosa di un incrocio nella notte. Eravamo dilettanti umidi ma entusiasti. Accennavo prima al mio esordio. Estate del 1974. Equipaggiamento: fucilino a molla Mini Saetta Cressi (canna blu, impugnatura nera); fiocina a tre punte; maschera stile Pinocchio; boccaglio; pinne; costumino d'ordinanza. Scendo in spiaggia appena prima del tramonto – la maestosa Rena Majore, a ovest di Santa Teresa di Gallura – entro in acqua, sputo sul vetro della maschera per non farlo appannare, e vedo due grossi pesci grigiastri che brucano sul fondo (non so se i pesci brucano; ma quelli, vi assicuro, brucavano). Rimango perplesso: la pesca subacquea non può essere così facile. I pesci dovrebbero scappare; perché quelli stanno fermi? Sanno con chi hanno a che fare? Mi stanno prendendo in giro? Scendo, leggermente irritato, tiro il primo colpo della mia vita. Torno in spiaggia con una spigola da un chilo e mezzo infiocinata per la coda. Sguardi ammirati. Diciassettenne contento. Avevo trovato il mio sport.

Mai più preso un pesce del genere, naturalmente. Ma quell'estate, e quelle successive fino ai vent'anni, le ho passate a mollo, agli ordini di un pescatore locale che si chiama Antonio. Mi ha insegnato a respirare, a usare i pesi, a scender sotto, a restarci quanto basta, a riconoscere le tane e a non fare idiozie. Mai infilarsi in buchi troppo stretti, mai dare le spalle a un amico col fucile (due buone regole, utili anche nella vita professionale). Mai andare a pescare da solo. Mai aspettare d'aver esaurito l'ultima molecola d'ossigeno per risalire. Segnalare la propria presenza a chi passa in gommone sopra la tua testa. Rifiutarsi di pescare con le bombole: non solo è vietato, ma è sleale.

Osservando le regole di Antonio – che, dopo averle enunciate, ogni tanto le dimenticava: le punte di ricci conficcate nei gomiti e nei ginocchi erano la testimonianza – non sono diventato un grande sub. Ma conosco i fondali da Palau a Vignola (passando da Capo Testa). Qualche murena e qualche gronco li ho pigliati, sentendomi eroico; qualche mormora distratta è finita sulla griglia; qualche polpo si sarà meravigliato di quel padano tanto determinato (non sapeva quanto mi piaceva col prezzemolo). Ma i dentici mi hanno sempre osservato senza eccessiva preoccupazione, e le cernie le ho viste solo in pescheria. Ho imparato però che muoversi sott'acqua è come volare; e, risalendo, ho visto il colore del cielo che s'avvicinava. Bellissimo, ve l'assicuro.

Ho ancora i fucili a molla appesi in garage, al mare. Sono arrugginiti e sentimentali. Un po' come me.

8

Sport freddo

Lo sci è uno sport che amo, pratico e ho seguito nella sua evoluzione: dall'era della Scomodità Assoluta (i primi scarponi coi ganci erano strumenti ortopedici) all'epoca del Comfort Esagerato (con le moderne giacche a vento è impossibile bagnarsi decentemente dopo una caduta). Dagli anni dello sci lungo (207 cm) ai giorni degli sci tascabili (170 cm).

Tutto questo, devo dire, l'ho accettato. Una cosa, invece, non accetto. La cafonaggine da pista. Lo sci, come il tennis, è infatti uno sport dove esistono rituali. Purtroppo, c'è gente che non l'ha capito. Prima di prendermela coi colleghi sciatori, una parola sugli snowboard. Per me, tavole e sci possono convivere sulla stessa pista, ma solo se è larga e poco pendente. Altrimenti è come mettere un fuoribordo dentro una piscina. Ammetto che molti snowboarder sanno controllare l'attrezzo e conoscono i propri limiti. Ma altri sono vere teste di tavola: scendono e falciano. Andate a chiedere negli ospedali di montagna i guai che combinano ogni inverno. Come se non bastassimo noi sciatori a tener occupati gli ortopedici.

In attesa di litigare con comodo sull'argomento, vediamo alcune categorie di persone che riescono a rendersi irritanti sulla neve. Non sopporto, per esempio, quelli che ti franano addosso e poi ridacchiano: «Ehi, sai come si fa a fermarsi?». Quando gli fai notare che chi non sa fermarsi non dovrebbe sciare (salire sullo snowboard, guidare l'auto, andare in bicicletta) ti guardano col sorriso ebete di una valletta TV. È chiaro: non hanno capito. La tentazione sarebbe picchiarli col bastoncino mentre sono a terra, intonando canti di montagna per mantenere il ritmo. Ma non si può fare.

Un'altra categoria di sciatori snervanti è costituita dai genitori che continuano a gridare consigli ai figli (i quali, spesso, sciano meglio di loro). Io li chiamo «Martina-piegati-di-più!»: ne bastano un paio per rovinare la quiete delle montagne. Che esiste, e va rispettata. Non solo: questa abitudine dell'urlo in pista genera sgomento all'estero. Se andate in Tirolo e sentite un grido attraversare la vallata, state certi: è un inglese investito dal gatto delle nevi, o un italiano che chiama la figlia.

Un altro gruppo insopportabile è formato dai bambini che si lamentano, noti anche come «Ma-io-ho-freddo-alle-orecchie». Non credo nell'educazione spartana, ma trovo che talvolta i mini-sciatori esagerino. Vogliono sciare quando bisogna fermarsi, vogliono fermarsi quando si potrebbe sciare e chiedono di fare pipì molte volte al giorno, nonostante gli innumerevoli strati di abbigliamento che indossano. Le mamme, come sempre, sanno gestire queste crisi in quota. I papà, che raramente trascorrono un'intera giornata coi figli, sono euforici la prima ora, baldanzosi la seconda ora, attivi la terza. A metà giornata, entrano in crisi. Quando il figliolo annuncia per l'ennesima volta che deve fermarsi a far pipì, nei loro occhi si accende una luce sinistra. Non perdeteli di vista, e tenete sotto mano il numero del Telefono Azzurro.

Infine vorrei spendere due parole su quei maestri di sci che fingono di ignorare la complessità delle situazioni descritte poc'anzi. Quando stanno con loro, i nostri figli sono bravi, disciplinati, obbedienti, prudenti o coraggiosi secondo le circostanze. Pare che non gli scappi nemmeno la pipì. Forse perché i piccoli sanno che, se cominciano a frignare, il simpatico Roby li mette a testa in giù nella neve. Che dire? Forza Roby. Svelaci il tuo segreto.

I Fenomeni Freddi sono esseri umani perfettamente normali che, d'inverno, fanno cose strane. Abbiamo cominciato a esplorarne la complessa psicologia, ma occorre procedere con metodo.

Immaginiamo una giornata-safari in montagna. Scegliamo una località: Passo Rolle, sopra San Martino di Castrozza (perché non è mondana, perché piaceva a Dino Buzzati, perché la conosco).

Giù nella valle, salendo verso Trento, s'incontrano i primi tipi strambi. Sono i **Contrariati**, quelli che viaggiano in autostrada con gli sci sul tetto, punte in avanti, semiaperte come il becco di Duffy Duck. Usciamo a Egna/Ora, puntiamo verso est: tutto bene fino a Predazzo. Salendo verso Passo Rolle due nuovi incontri. Gli **Sprovvisti**, quelli che si guardano bene dal montare le catene e slittano come pattinatrici ubriache; e i **Giganti del Monte**, gli enormi ski-bus che vanno su e giù (spesso semivuoti). Se due mezzi s'incrociano sulle prime curve, per quanto bravi siano gli autisti, il traffico resta bloccato. Inutile protestare. Questi simpatici cetacei a motore sanno di svolgere un servizio pubblico, e se importunati sbuffano, come le balene nei documentari di Jacques Costeau. Impossibile spiegare che un servizio pubblico si potrebbe svolgere anche con autobus più piccoli, che non si bloccano sui tornanti.

Finalmente, Passo Rolle. Posto bello, aperto, arioso: peccato ci siano pochi parcheggi. O meglio, i parcheggi ci sarebbero, ma sono occupati dai **Lumaconi a Motore**, ovvero da schiere di camper color panna – perché i camper sono sempre color panna? – i cui proprietari trascorrono lì le vacanze, lasciando ampio spazio tra uno e l'altro, in modo da poter salire e scendere più agevolmente. Se tengono su la scaletta, mi è stato spiegato, i camper sono equiparati alle automobili, e nessuno può mandarli via. Io dico: forse basterebbe mettere un divieto di sosta notturno (valido per tutti). E fornire ai suddetti camper spazi adeguati, con attacchi elettrici, idrici, scarichi. Perché così è un casino (scusate l'espressione tecnica: ma bisogna intendersi).

I Lumaconi però sono educati (occupazione militare a parte). I **Quatto per Quatto** non lo sono per niente. Ho scritto proprio Quatto per Quatto (l'assenza di «r» non è un refuso). Si tratta dei proprietari dei fuoristrada, eccitatissimi perché finalmente le loro auto servono a qualcosa. Quatti quatti – da qui il nome – cercano di infilarsi in ogni pertugio, s'arrampicano sui mucchi di neve, tentano d'infilarsi sotto i nastri biancorossi che dovrebbero tener sgombri i lati della strada. Mentre il Quatto per Quatto compie manovre abominevoli, intorno si muovono personaggi interessanti: i **Gementi e Piangenti** (bambini che hanno freddo, e capiscono che un passo alpino aumenta il loro potere di ricatto); i **Rifugiati** (quelli che alle undici del mattino sono già chiusi nel rifugio a bere il vov); gli **Smemorati** (hanno dimenticato i guanti e parcheggiano davanti al negozio per comprarli); gli **Astronauti** (guidano con i Moon Boots o gli scarponi da sci) e i **Visitors** (pazzi scatenati che hanno scelto una giornata del genere per fare «un giretto in montagna»).

Ecco, siamo arrivati. Brulicante d'umanità, il Passo Rolle ricorda un dipinto di Jheronimus Bosch. Le piste sembrano invece una tela di Peter Bruegel il Vecchio. Stessi colori, stesso affollamento, stessa frenesia. Unica differenza: al posto dei villici fiamminghi del XVI secolo, i villani italiani del XXI secolo.

Nuovi, interessanti personaggi s'incontrano in biglietteria. Sono i **Moviolisti**, sciatori che sembrano aver nascosto il portafoglio nelle mutande: per estrarlo ci mettono dai tre ai cinque minuti. Narra la leggenda che si allenino ai caselli autostradali, e poi diano il meglio di sé acquistando lo ski-pass. Una categoria classica, ma sempre interessante, è quella dei **Bugiardi**. Indicano il figlio – un ragazzone di uno e ottantacinque – e sostengono che ha nove anni (per ottenere la tariffa ridotta). Un'odiosa sottospecie è quella degli **Anticipatori**. Per risparmiare, comprano il pomeridiano alle undici del mattino, e pretendono di sciare. Ne ho incrociato uno, alla partenza della seggiovia, che aveva tentato il trucco per sé e tutta la famiglia. Erano le 11.10: naturalmente, il cancelletto non girava. Lui, invece di vergognarsi e andarsene, ha cominciato a strillare come un ossesso. Gli addetti agli impianti, invece di colpirlo con un badile, l'hanno lasciato passare.

Siamo in cima alla seggiovia. I Fenomeni Freddi, a questo punto, devono scendere (se non vogliono restare lì tutta la giornata, e questa sarebbe una grande idea). Interessante è il **Contorsionista**, che scodinzola sui Rossignol Strato color amaranto come faceva nel 1973. I figli lo vedono, si vergognano e fingono d'essere alberi sempreverdi (ma vengono smascherati, perché sono diventati rossi). Irritante è il **Vigile**, che si ferma in mezzo alla pista, neanche dovesse dirigere il traffico. Indisponente è il **Salumiere**. Novanta chili, trentacinque anni portati male, cosce prosciuttesche, non scende: precipita a valle. Non grida «Pistaaaaaaa!», ma è come se lo facesse. Tutti lo odiano, quasi quanto detestano il **Derapatore**, che non curva: si gira di lato e gratta la neve. Dieci Derapatori sono in grado di spogliare una pista dolomitica in una mattinata. L'unico modo di fermarli sarebbe caricare a sale i cannoni da neve, ma le aziende di soggiorno non se la sentono (il sale scioglie la neve).

E le donne?, vi starete chiedendo. Non ci sono? Certo che ci sono. A differenza delle contadine di Bruegel il Vecchio, che si limitavano a malmenare elfi, sgozzare maiali e scuoiare pecore, alcune sciatrici tagliano la pista a ogni curva (le temibili **Pendoline**); altre protestano che le «piste rosse» sembrano sanguinarie e le «piste nere» suonano luttuose (le pavide **Azzurre**); altre ancora si specchiano nelle vetrate delle stazioni di partenza per controllare che il cappello vada con la giacca (le **Intonate**). Le più giovani, spesso, sono agganciate a uno snowboard: da sole, riescono a bloccare l'intera fila della seggiovia. Quando qualcuno domanda se intendono passar lì la villeggiatura, rispondono con un grugnito (da qui il nome: **Sgrunt-Girls**).

Qui ci fermiamo, ma potremmo proseguire. Diciamo solo questo. Capìto perché le chiamano «ridenti località invernali»? Perché è impossibile restar seri.

Sui miei sci rossi sta scritto «Power Channels Titanium». Più sotto «Intelligent Power Response». Sull'attacco «Hard Soft Touch Pad». Me ne sono accorto in funivia (si ha tempo da perdere, in funivia). Poi mi sono guardato intorno e ho notato che tutti gli sci, oltre la marca, portavano termini altrettanto misteriosi. Allora ho cominciato a prendere appunti, attività insolita sugli impianti della Val Gardena. All'arrivo nella stazione del Ciampinoi (2254 metri) sono giunto alla seguente conclusione: nessuno sa cosa vogliano dire certi termini. Però tutti li usano, perché sembrano moderni.

Se volete giocare al Piccolo Uomo di Marketing, scegliete un vocabolo da ognuna delle tre colonne qui sotto. Otterrete una formula buona per tutti gli usi.

Multi	Vacuum	System
Racing	Fiberglass	Sidecut
Soft	Motion	Plate
Cyber	Synchro	Center
Integral	Energy	Body
Air	Carbon	Design
Dual	Tech	Core
Techno	Digital	Control
Plasma	Basic	Speed
Pro	Classic	Race

Espressioni come «Cyber Carbon Control» o «Integral Motion System» possono voler dire tutto o niente (personalmente, propendo per la seconda ipotesi). Ma se un'azienda ha pensato di incollarle sopra un prodotto, significa che vendono. Il mondo dell'abbigliamento e dell'attrezzatura sportiva è ormai il regno dell'inglese futuribile. Anzi: dell'inglese estetico. Il significato non conta. Conta l'effetto su uno sci, sul fianco di una scarpa o sopra una racchetta da tennis.

Sia chiaro: non giudico, osservo ammirato. Dopo aver decifrato i miei attrezzi austriaci, ho continuato a leggere sci per una settimana. E non ho scoperto niente. Ho soltanto nuove domande. Perché, ad esempio, il titanio va tanto di moda? D'accordo, avrà qualità notevoli (la leggerezza, per esempio). Ma dov'era, fino a ieri? «Titanium», quand'ero bambino, poteva essere il titolo di un film della serie di Maciste (*La vendetta di Titanium, Titanium contro i Sette Ciclopi*). Oggi è stampato su tutti gli attrezzi sportivi che mi capitano in mano (per non parlare degli occhiali e dei computer).

Altrettanto popolare è «Carbon». Fino a pochi anni fa era un elemento cattivo, faceva venire in mente i fumi di scarico dell'automobile. Ora è cambiato tutto (forse c'è stata una rivolta dei chimici, e io non me ne sono accorto). L'amianto è cattivo, quello sì. Ma il carbonio è stato riammesso in società. Oggi è dovunque. Gli sci gialli di mio figlio assicurano di essere «Air Carbon Super Carve Plasma Edge». E ho l'impressione che la casa produttrice si sia fermata a sei vocaboli perché sono sci da bambino, e altro non ci stava.

Altrettanto fascinosa è l'evoluzione dell'abbigliamento sportivo. Io sono cresciuto con l'idea che una maglietta di cotone fosse migliore di una maglietta misto cotone, e molto migliore di una maglietta sintetica. Oggi mi dichiaro confuso. Il misto cotone è diventato «speciale tessuto multifibre», il sintetico è diventato «synt» (non è come pensare di ringiovanire il nonno Stanislao chiamandolo Stan?). La mia nuova, costosissima calzamaglia da sci è un concentrato di «filati ritorti, sacche d'aria e microfilamenti sottoposti a trattamenti per la rimozione dell'umidità». Ogni tanto mi dà un po' fastidio, devo dire. Ma è colpa mia: non ho una pelle abbastanza moderna.

Quarantacinque motivi per cui, nonostante tutto quanto avete letto finora, ritorno in montagna ogni inverno da quarantacinque anni (e sulle spiagge esotiche ci vadano pure gli altri).

1. Perché sulle seggiovie si possono raccontare le favole ai figli.
2. Perché, quando i figli vanno per conto loro, si può guardare il panorama.
3. Perché una giacca a vento colorata è un buon antidoto a un abito grigio.
4. Perché finalmente l'auto 4×4 serve a qualcosa.
5. Perché i vip presenti temono di scivolare, e tacciono.
6. Perché il freddo brucia le idee stupide, e conserva quelle buone.
7. Perché la sera si può mangiare senza sentirsi in colpa.
8. Perché in coda allo skilift si conosce gente interessante.
9. Perché le stelle congelate non ci sono nemmeno nella pubblicità.
10. Perché il Monte Pora (Bergamo) non è Selva Val Gardena (Courmayeur, Campiglio, Cortina o Kitzbühel). Ma gli voglio bene.
11. Perché gli alberghi italiani hanno qualcosa di austriaco, e quelli austriaci qualcosa d'italiano.
12. Perché aspettare la neve dal cielo è una forma di ottimismo cattolico.

13. Perché spararla coi cannoni è un'espressione di buona volontà protestante.
14. Perché il vin brûlé è così ingenuo da diventar quasi buono.
15. Perché i rifugi sono eremi a portata di seggiovia.
16. Perché chi ha inventato l'anfiteatro del Catinaccio è un dio.
17. Perché slittare è un diritto costituzionale.
18. Perché la neve fresca è una droga consentita.
19. Perché su una spiaggia bianca si può bluffare. Su una pista nera, no.
20. Perché le guance dei bambini che sciano diventano rosse come ciliegie.
21. Perché i suddetti bambini magari si lamentano, ma poi smettono (gli abeti sono baby-sitter pazienti).
22. Perché i sorrisi delle ragazze di montagna sono come le coperte: riscaldano.
23. Perché i guanti di oggi sono migliori di quelli d'una volta.
24. Perché si può indossare la calzamaglia senza sentirsi un ballerino.
25. Perché mettere la legna sul camino è una forma di meditazione trascendentale (soprattutto quando è acceso).
26. Perché la mappa delle piste è spesso incomprensibile, ma una cosa è certa: scendono tutte.
27. Perché, in fondo, c'è sempre lo sci di fondo.
28. Perché erano anni che aspettavo di vedere il professore sui pattini da ghiaccio.
29. Perché skipass e discoteche hanno prezzi proibitivi, d'accordo, ma giocare a palle di neve è ancora gratis.
30. Perché guardando le montagne al tramonto si capisce che i colori di certe fotografie non sono creati a computer.
31. Perché la neve è pietosa, perfino con gli abusi edilizi.

32. Perché i maestri di sci non vogliono mollare mai. Bene, Giancarlo e Gianni: vuol dire che non vi annoiate.
33. Perché ogni giorno arriva l'ora di levarsi gli scarponi.
34. Perché un tempo ero piccolo e avevo sci grandi; adesso sono grande e ho sci piccoli. Ma mi diverto allo stesso modo.
35. Perché nei locali del dopo-sci riconosco subito quelli che non hanno mai sciato.
36. Perché respirando si evita il solito aerosol di idrocarburi.
37. Perché la neve è pioggia col senso del dovere. Domani sarà più bello.
38. Perché si può entrare nel letto alle cinque del pomeriggio senza sentirsi in colpa.
39. Perché il mare d'inverno va bene per i poeti. Ma i bambini, cosa fanno?
40. Perché la settimana bianca è il primo miraggio dell'anno nuovo.
41. Perché c'è sempre qualche nome che non si riesce a pronunciare. Ma nelle valli perdonano questo ed altro.
42. Perché nello sci agonistico ho collezionato più punti di sutura che punti in classifica (sono orgoglioso degli uni e degli altri).
43. Perché Piera, nel 1964, ci accompagnava alla Presolana dentro un pullman del CAI (Club Alpino Italiano) che profumava di mandarino. E, in fondo, noi siamo sempre quelli.
44. Perché le montagne ci guardano dall'alto in basso, ma senza supponenza.
45. Perché c'è sicuramente qualcuno che non condivide nessuno dei quarantaquattro punti precedenti, e andrà ai Caraibi. Che dire? Buon viaggio. Aspetto la cartolina con la palma.

9

Sport con palline

Il primo Premio Bacchelli è stato assegnato a Don DeLillo per il romanzo *Underworld*. DeLillo è uno scrittore americano, bravo e decisamente timido. Per capirci: è di quelli che non vanno mai in televisione. Ma la città di Bologna gli consegnava un premio ricco e importante, e rifiutare le riprese RAI dev'essergli sembrata una scortesia. Così DeLillo ha accettato. Prima di salire sul palco – conducevo la serata – mi ha detto con aria sconsolata: «*I trust you*», mi fido di te.

Vi starete chiedendo come ci si può fidare di un giornalista; e perché racconto tutto questo in un libro che parla di sport. Ci arrivo.

Don DeLillo ha preso posto, con le luci in faccia, ed era visibilmente teso. Neppure la presenza di Umberto Eco – seduto accanto a lui con altri letterati (Pivano, Tadini, Guglielmi) – sembrava tranquillizzarlo. Ho pensato, allora, di ricorrere all'arma segreta.

Dovete sapere che *Underworld* – lo abbiamo citato anche nell'introduzione di questo libro – è la storia di cinquant'anni d'America attraverso i passaggi di una palla da baseball, quella del leggendario fuoricampo che consentì ai Giants di battere i Dodgers il 3 ottobre 1951, ai Polo Grounds di New York. Perciò avevo consegnato a un amico avvocato, seduto tra il pubblico, la *baseball* che avevo riportato dal primo viaggio negli Usa (1977). Se le cose si fossero messe male, avrei alzato un braccio e lui avrebbe dovuto lanciarmela.

Converrete che si trattava di un'idea rischiosa. Se avessi mancato la presa e Umberto Eco fosse stato abbattuto da un lancio di un avvocato di Finale Emilia, sarei entrato nella storia della televisione (l'avvocato, in carcere; il professore, in ospedale). Ma tutto è andato bene. Ho acchiappato la palla, e l'ho consegnata a DeLillo. «Spiegacela» ho chiesto. «Dicci perché questo oggetto è tanto affascinante.»

Non ci crederete: è stato come mettere gli spinaci in bocca a Braccio di Ferro, come accompagnare il Principe da Biancaneve, come mostrare una telecamera a Maurizio Costanzo. DeLillo, che seguiva la premiazione con una cortesia catatonica, si è svegliato di botto. Ha cominciato a spiegare che una *baseball* è bella da toccare, da soppesare e da girare tra le mani. Ha discettato sul fascino delle cuciture, sulle tracce d'erba, sull'anima del caucciù. «Ogni palla è diversa. Per questo ha tanto fascino» ha detto trasognato. «Un etto e mezzo di sfera di sughero, gomma, filo, cuoio di cavallo e punti a spirale, una cosa che riassume la storia del gioco ogni volta che viene lanciata o colpita. Quando *the baseball* vola nella folla, tutti si gettano a raccoglierla. Quando una palla da golf fila verso il pubblico, tutti si scansano. Vorrà pure dire qualcosa.» Il suo entusiasmo era tale che non ho avuto il coraggio di obiettare che la palla da golf fa più male.

La serata, comunque, mi ha insegnato qualcosa. Le palle dello sport hanno una personalità. Di quelle da baseball, s'è detto: la «Washington Post» in un articolo le ha definite *a soothing balm*, un balsamo lenitivo, dopo i giorni del dolore e del terrore seguiti all'11 settembre. Le palle del golf, confesso, mi lasciano perplesso: se volevano essere piccole arance, hanno sbagliato colore. La palla da pallavolo mi è simpatica: è spesso colorata, mai minacciosa, e ha un peso ragionevole. La palla da basket è interessante: è proporzionale ai giganti di quello sport, anche se costringe i bambini al sollevamento pesi. La palla da pallanuoto sembra innocua, ma è ruvida e robusta, come lo sport che rappresenta. La palla da rugby è bella da guardare: infatti non mi sono mai sognato di giocarci. Tra la pallina da ping-pong e la palla da tennis, preferisco la prima. Ambedue, però, sono inquietanti. Una leggera e subdola (per capire se è rotta, occorre schiacciarla). L'altra pelosa e indolente (quando è esausta, non lo dice).

Resta la palla da calcio. Quella mi piace da morire. Peccato sia quasi sempre bianconera.

La notizia l'ho letta mentre viaggiavo in California, e l'ho trovata subito irresistibile. È apparsa sulle pagine regionali del «Los Angeles Times», accompagnata da una fotografia bizzarra: un poliziotto esce da una tenda da campeggio montata dentro l'Hidden Valley Golf Club di Norco. La didascalia recita: «Un vice-sceriffo della contea di Riverside rimuove le prove da una tenda durante il raid al Golf Club». Cos'era accaduto? Che nel Golf Club della Valle Nascosta facevano entrare (di nascosto) ragazze disposte a consolare i soci delusi dal proprio *drive*. Non una: dozzine. Le fanciulle piazzavano la tenda in qualche green fuori mano, e tenevano allegri i giocatori. Immagino che le mogli li abbiano aspettati a lungo, nella *club house*.

Ho letto da qualche parte che quattro giocatori non dovrebbero impiegare più di quattro ore per fare diciotto buche. Credo che i soci dell'Hidden Valley Golf Club girassero su tutt'altri tempi. Durante le indagini, lo sceriffo e i suoi agenti si sono appostati a lungo tra gli alberi (affollatissimo, quel golf club), e hanno capito l'andazzo. Il proprietario ha giurato di non saperne niente, e ha dato la colpa allo sponsor, un ristorante di Los Angeles. «Càpita spesso che, durante i tornei, gli sponsor allestiscano tende dove vengono distribuiti drink e premi. Naturalmente, non premi come quelli.»

L'operazione ha portato a sei arresti (accusa: sfruttamento della prostituzione), dopo una lunga serie di interrogatori. Sono state sentite diciannove ragazze – alcune distinguevano una pallina da golf da una da ping-pong solo se la ricevevano in fronte – e un centinaio di golfisti, alcuni dei quali hanno rilasciato dichiarazioni memorabili. Tale Scott, per esempio, ha confessato alla cronista del «LA Times»: «E ora cosa dico a mia moglie? "*Hey, honey*, vado al Prostitution Club!"? Ma fatemi il piacere!». Un altro, tale Rodriguez, pur dichiarandosi innocente, ha ammesso d'aver tenuto nascosta la notizia alla consorte, e d'essere sgusciato di casa all'alba per quello che avrebbe potuto essere il suo ultimo round di golf.

La notizia, ripeto, mi ha colpito. In quanto non-golfista professionista – la mia professione, in altre parole, è resistere agli amici che mi spingono a provare – credevo che il golf fosse, tra tutti gli sport, il più asessuato. Sapevo che, in materia, il basket americano gareggiava col rock 'n' roll; sospettavo che, nelle palestre, l'esame reciproco del muscolo potesse portare ad altro; so anche – basta leggere i giornali – che molti calciatori italiani sono frequentatori assidui di saune & massaggi dove, immagino, si rilassano parlando con le brasiliane di Jorge Amado.

Il golf, invece, mi ha sorpreso. Ripeto: non lo consideravo uno sport che risvegliasse certe passioni. Riconosco, negli amici, l'ossessione da performance – ma di un'altra performance, legata a un improbabile *hole in one*. Come il bridge, mi sembra che il golf scateni monomanie di diverso tipo. Il coetaneo neogolfista lo conosco, ormai. Comincia per curiosità (20%), per stare all'aria aperta (10%), perché non riesce più a correre dietro a un pallone (30%), perché gioca anche il capo (10%), per snobismo (30%): ma quasi subito diventa un appassionato. Anzi: un assatanato. Compra sacche, mazze e carrellini; si veste in modo buffo; parla in maniera strana («Non bisogna posteggiare il carrello sui *tees* di partenza, sugli *avant greens* e tra *bunker* e *green*»); cita Tiger Woods invece di Fiorello. Insomma, è irriconoscibile. Gli concedo tuttavia d'essere uno sportivo, e non un tifoso. E un po' lo invidio. So infatti che ama starsene lì, felice e scoordinato, a guardare una pallina che va spesso da un'altra parte.

A proposito: le ragazze di facili costumi stiano lontane dai golf club italiani frequentati da coetanei neogolfisti. Come minimo, sbagliano il *drive* e gli demoliscono la tenda.

Continuiamo a parlare di palline. Palline più leggere, più economiche, più infantili: le biglie da spiaggia. Non biglie di vetro o d'acciaio. Biglie di plastica, quelle col mezzobusto del ciclista (meglio se anzianotto, non più in attività: Saronni va bene, Motta è perfetto). Evitate le biglie che rappresentano la Formula Uno. Sono una forma di corruzione dello spirito, e prima o poi un figlio vi chiederà di imitare il rumore del motore (papà avvertito, mezzo salvato).

Già che ci siamo, prima di addentrarci nel gioco, aggiungiamo un particolare doloroso: le biglie di oggi fanno schifo. Dopo qualche tiro si scollano. È, forse, un'allegoria del ciclismo moderno? Se anche fosse: che diamine! Una biglia scollata produce un suono irritante. Le biglie degli anni Sessanta erano invece indistruttibili. Poteva passarci sopra un avvocato obeso che non aveva visto la pista – gli avvocati, obesi e non, spesso non vedono le piste – e non succedeva nulla. Ho ancora una dozzina di reperti di quegli anni, che difendo da figlio, nipoti e amici dei medesimi. Una biglia rappresenta Altig. O almeno credo sia Altig, perché decenni di attività hanno smerigliato la plastica trasparente. Neppure dopo averla leccata – il tocco che distingue il professionista dal dilettante – il riconoscimento è certo.

Perdonate questa lunga introduzione: ma nelle biglie l'equipaggiamento, come in ogni sport, è fondamentale. Lo stesso vale per il terreno, che può essere uno e uno soltanto: la sabbia. Asciutta o bagnata. Su questo si può discutere. Ma sabbia dev'essere. Non a caso, la migliore pubblicazione sull'argomento – l'Artusi delle palline, roba da buongustai – si chiama *Il gioco delle biglie sulla spiaggia. Un manuale tecnicissimo.* L'autore, Gianni Micheloni, è un ingegnere, nato nel 1959. Straordinariamente acuta è la parte che riguarda la «tipologia delle ragazze trainabili», ovvero: a ogni tipo di fondoschiena corrisponde un diverso tracciato. La secchina produrrà una carreggiata doppia e stretta. La morbidina una pista tradizionale, arrotondata. La cicciotta una sorta di *Autobahn*, adatta fino a otto concorrenti.

Veniamo al gioco. Le cose da dire sarebbero molte, come ben sanno i papà che fingono d'intrattenere i figli perché vogliono giocare loro. Per ragioni di spazio mi limiterò a tre questioni che hanno diviso famiglie, distrutto amicizie, scatenato faide tra stabilimenti balneari. La prima riguarda il dito per il tiro. Con l'autorità conferitami da quarant'anni di attività agonistica (esordio: Forte dei Marmi, 1963), forte dell'opinione espressa nel Micheloni (pagina 127), dichiaro: va bene sia l'indice sia il medio (il mio preferito). Il tiro di pollice è ammesso dalla tradizione – e dai Saggi della Pista – solo per colpi brevi, necessari, per esempio, a percorrere una curva secca, e prendere posizione per il successivo rettilineo. In caso contrario, il tiro di pollice è considerato una presa per i fondelli, e gli altri giocatori possono prendere il reprobo e buttarlo in mare.

Seconda questione: il taglio della curva. È *assolutamente vietato*, nonché immorale. Chi sostiene il contrario (o nega d'aver tagliato) non è degno dell'antico sport delle biglie. Terza questione: il numero di errori consentiti. Io sono della vecchia scuola: chi sbaglia, si ferma dov'è. Ma accetto, occasionalmente, la regola del «fuori uno» (dopo un errore, si può riprovare), adottata, non sorprendentemente, da molti giocatori cattolici. Il sistema del «fuori due» è troppo permissivo, e danneggia la concentrazione. Il «fuori tre» è licenzioso. Nessun professionista l'accetterà mai. Si concede solo alle donne, ai bambini sotto i sette anni e alle persone con ferite alle falangi.

Qui mi fermo, invitandovi a organizzare un piccolo, simbolico campionato di palline, alla faccia del grande campionato di pallone. Quando tornerete al mare, naturalmente. Giocare sui marciapiedi di Milano, infatti, non si può. Quello non è posto da biglie: serve per le cacche dei cani.

Un tempo le spiagge erano posti oziosi dove l'attività più frenetica era allungare i soldi all'uomo del cocco. Oggi sono diventate luoghi di intensa attività sportiva. C'è, come sempre, chi gioca a calcio, dando la colpa alla sabbia per i tiri di stinco. C'è il gruppo del beach volley, e di quelli che guardano le ragazze mentre giocano a beach volley (questi ultimi sudano più di tutti). Ci sono i professionisti delle biglie, che discutono coi bambini. Ma oggi le due discipline più popolari sono i racchettoni e le bocce.

I racchettoni – tennis da spiaggia, dicono gli snob – sono una novità degli ultimi anni. Un tempo si giocava a tamburello: le spiagge sembravano dipinti di Manet, con le fanciulle che alzavano la gambetta cercando di prendere la pallina, senza riuscirci. Qualcuno giocava a volano: una strana capsula pennuta si librava nell'aria della sera, sotto l'occhio paterno dei pensionati. Ebbene, sono cambiate molte cose. I racchettoni, per cominciare, hanno un suono più lugubre. Ce ne sono di plastica e di legno. In comune hanno la capacità di tirare spaventose bordate, o di mancare regolarmente la pallina.

I giocatori sono di entrambi i sessi e di ogni età. Alcune combinazioni esiziali: giovani coniugi che tentano di stabilire un nuovo record a tre passi dalla vostra testa (centoventicinque, centoventisei, centoventisette...); il ragazzo palesemente incapace che si lancia come un parà pur di impressionare la ragazza; il papà trentenne con figlia di quattro anni, la quale non becca una pallina neanche a piangere (infatti piange, e continua a non beccarla).

I racchettonisti, a differenza di altri tipi da spiaggia, hanno la capacità di tirare avanti per tutto il giorno. Arrivate in spiaggia alle dieci e stanno palleggiando sulla battigia; ve ne andate al tramonto e sono ancora lì (settecentoventicinque, settecentoventisei, settecentoventisette...). È chiaro che non si divertono più. Lo fanno per senso del dovere, o per recitare uno strano mantra. Ho il sospetto che, tornando la notte, li trovereste ancora lì, a tirarsi una pallina fosforescente (settemilasettecentoventicinque, settemilasettecentoventisei, settemilasettecentoventisette...).

C'è anche un'altra specie estiva che ama la luce calante: quella dei bocciofili. Gente che gioca soltanto d'estate, soltanto verso sera e soltanto sulla sabbia: ma in quell'occasione sfoga un anno di frustrazioni.

Tipico è il nonno che dice di avere occhio, ma chiede sempre dov'è il boccino. Altrettanto temibili sono le coppie che litigano e le famiglie numerose, riconoscibili a occhi chiusi perché c'è sempre qualcuno che urla «A chi tocca?». Alcune volte il pubblico – che, con la sua presenza, incoraggia il naturale esibizionismo dei giocatori – viene ricompensato.

Succede infatti che i bocciofili si boccino a vicenda, oppure che discutano per un punto conteso. In questo caso, intervenite. Dite a ognuno ciò che vuol sentire, spostate le bocce col piede, affondate il boccino. Sarà una serata movimentata e, forse, l'inizio di un'estate diversa.

Un lettore chiede il ritiro dei calciobalilla dai luoghi pubblici. Dice che sono esempi di «archeologia ludica», e gli provocano «ricordi francamente struggenti». «La rabbia cresce perché non si può giocare da soli, e i tuoi coetanei stanno dietro al computer, o si vergognano, o hanno ormai scarsa capacità motoria. Per questo chiedo di togliere i calciobalilla dalla circolazione (o, in alternativa, pretendo la presenza di un addetto che faccia da avversario). È ora di rispettare chi ha raggiunto la mezza età, e deve evitare le emozioni.»

La questione – sarete d'accordo – è ben posta. Ma, prima di affrontarla, dobbiamo decidere se il calciobalilla è uno sport, e ha diritto di cittadinanza in un libro come questo. Secondo me, sì. Il calciobalilla (detto anche calcetto, prima che il calcio a cinque gli rubasse il nome) è uno sport complesso e sofisticato, quanto le biglie da spiaggia. Come le biglie, impegna parti limitate del corpo: qui il polso, là il dito indice (o medio, a seconda della tecnica individuale). C'è poi l'occhio, fondamentale in queste discipline. Conosco gente che ha polsi da camionista, ma non possiede la prontezza e la rotazione giusta. E persone rapide che dispongono della rotazione giusta, ma hanno polsi da acquarellista, e non riusciranno mai a segnare dalla difesa.

Come avete capito, il calciobalilla mi piace. Se vedete un tipo coi capelli metallizzati che litiga coi bambini per il turno, sono io. Sono anche un discreto giocatore, almeno in attacco e a centrocampo. In difesa, nel doppio, non ho ancora risolto il dilemma della posizione: di fronte o di fianco? Come sapete, non cambia solo l'impugnatura. Si tratta di un diverso atteggiamento verso la vita. I Frontisti sono, in genere, più raffinati. Si mettono di fianco al compagno, e curano la propria parte di campo, preferendo il rinvio al tiro, il passaggio alla botta violenta. I Laterali, muscolari e spicci, sono i Bruce Willis del calciobalilla. Piegati in avanti, sembrano sempre sul punto di scattare. In effetti, non vanno da nessuna parte. Stanno lì, emettendo suoni gutturali. Talvolta i Laterali sono carenti in difesa, ma compensano con un maggior contributo all'azione offensiva. Secondo uno studio condotto negli esercizi pubblici della Bassa bresciana, un Laterale segna 2,2 volte più di un Frontista.

Il calciobalilla pone poi alcuni interrogativi, ai quali non è facile rispondere. Chi ha moneta? Siamo sicuri che le palline siano uscite tutte? Un interista può tenere i rossi? È valido rollare (ovvero: girare vorticosamente le manopole, come fanno le fidanzate e i bambini fino ai cinque anni)? Cosa bisogna fare quando la pallina si ferma in un punto irraggiungibile (soffiare, alzare il calciobalilla, mettere le dita in campo rischiando di farsele tranciare, andare a prendere un caffè)? E, soprattutto: vale il gancio a palla ferma?

Su quest'ultima, delicata questione si sono interrogate alcune delle menti migliori nei bar e negli oratori italiani, senza raggiungere una conclusione definitiva. Un buon gancio – passaggio laterale tra gli ometti del trio d'attacco – consente infatti di segnare con facilità ed è fonte di soddisfazione. Un consiglio: se in porta sta un poveretto appassionato di videogiochi, non umiliatelo. Cercate di recuperarlo, invece. Spiegategli che il calciobalilla è il nonno della playstation. Magari ci crede, torna a giocare, e potete fargli pagare la partita.

Un altro lettore scrive che gli piacerebbe «sapere qualcosa di più sul Severgnini tennista». Errore madornale, di cui tutti pagherete le conseguenze. Intendo, infatti, rispondere pubblicamente. Di interviste sull'America, sulla lingua inglese e sull'Inter me ne sono state fatte diverse. Sul tennis, nessuna. Questa è perciò un'occasione storica, e non me la lascerò sfuggire. Tanto più che il lettore ha posto domande precise, che mi permettono d'addentrarmi nello sport caro a Giuliano Amato e Tony Blair.

Chi è stato il tuo idolo?

Il mio idolo è stato il signor Righini del Tennis Club Crema. Non era il miglior giocatore, ma sfiancava i migliori. Erano i primi anni Settanta, avevo quindici anni. Il signor Righini aveva l'aspetto di un agente sovietico in un film di 007, e non sorrideva mai. Scendeva in campo attrezzato per rimanerci ore: e spesso accadeva. Il signor Righini, infatti, prendeva tutto. Non attaccava mai, ma prendeva tutto. Aveva il pallonetto più subdolo del Lombardo-Veneto, e gli avversari lo chiamavano «pallettaro». Non era vero. Il signor Righini era un teorico della difesa a oltranza. Ogni partita, per lui, era una Stalingrado.

Quale tennista ti era troppo antipatico?

Ce n'era un paio che non sopportavo. Non facevano nulla di particolare, sul campo. Ma avevano diciott'anni ed esercitavano un certo ascendente su Monica e Paola, i cui gonnellini hanno turbato i sonni di una generazione di ragazzini cremaschi. Ricordo che ci accapigliavamo per averle come compagne di doppio misto, sebbene giocassero come Barbie con l'influenza. La speranza era che dopo l'incontro, stanche e accaldate, sbagliassero spogliatoio: ma non accadeva mai.

Quale grande torneo guardavi più volentieri?

Ricordo con nostalgia la sfida tra Tennis Club Crema e Tennis Club Palermo, nella primavera del 1979. Una giornata intera di insulti, beghe e rimostranze, interrotta da qualche rapido scambio di gioco.

Il match più bello che ricordi?

Certamente la finale del doppio nel Torneo Turisti a Rena Majore (Sassari), agosto 1976. Giocavo in coppia con S.N., di cui non posso rivelare il nome completo perché oggi dirige un reparto ospedaliero a Pavia: non vorrei turbare i suoi pazienti. I nostri avversari erano funzionari lussemburghesi della Commissione Europea, e avevano il doppio dei nostri anni (quaranta contro venti). Quando S.N., dopo una volée sbagliata, cercava di colpirmi con la racchetta e io rispondevo sparandogli il servizio nella schiena, i due rimanevano perplessi. Non ricordo come sia finito l'incontro (forse abbiamo vinto, perché possiedo ancora un'orribile coppettina). Ricordo però che fu divertente, e durò ore. Perché S.N., a ogni cambio campo, attaccava briga col pubblico, e dovevamo strapparlo dalle mani di simpatici omacciοni campidanesi che lo volevano torcere come un ginepro.

Che tipo di racchetta usavi?

Una Yoneyama color ramarro, che mi sembrava un attrezzo avveniristico. Sfregata ripetutamente sul rude cemento gallurese (tentando di raccogliere le palline) aveva i contorni taglienti. A fine carriera – carriera della racchetta: io continuo – era un'arma impropria. Avrei potuto decapitare il mio compagno di doppio che, forse per questo, si rifiutava di giocare a rete.

Il tuo modo di giocare: pallettaro, serve-and-volley o attaccante da fondo?

Mi piacerebbe essere un attaccante da fondo, ma c'è il problema di superare la rete.

Quale il tuo colpo migliore?

Il diritto d'attacco. A vent'anni, lo accompagnavo con un urlo. Oggi devo risparmiare il fiato.

Quale la tua superficie preferita?

Terra rossa con pozzanghere: consente variazioni sul tema.

Un'ultima domanda sul presente: hai appeso, come suol dirsi, la racchetta al chiodo?

E come ci arrivo al chiodo, con la spalla che mi ritrovo?

10

Sport con pallone

Ho scritto, da interista, dei milanisti. Ho raccontato lo juventinismo, una tentazione dell'animo umano. Mi sono trovato tra il capuleto Tim Parks e i montecchi del Chievo. Posso, quindi, rischiare ancora: parlerò, da milanese, dei romani. Anzi, dei laziali e dei romanisti, due tifoserie – ma che dico, due specie – assai interessanti. Userò un nordico distacco che, probabilmente, disturberà gli uni e gli altri. Ma sono allenato. Credo che i taxisti di Roma ormai mi riconoscano, perché da anni nei trasferimenti da e per Fiumicino li rimbambisco di chiacchiere sulle illuminazioni di Candela, la stazza di Stam, il senso di certe frasi di Sensi.

Appena salgo in macchina, cerco di capire per chi tifa il conducente. Certo, ci sono casi in cui non si possono avere dubbi. Mi ricordo un taxista che ascoltava un CD con i cori dell'Olimpico, e si commuoveva al grido «Forza Magica Roma». Se gli avessi chiesto per quale squadra tifava, mi avrebbe scaricato sul raccordo anulare. Ma non è sempre così semplice capire per chi tifa un romano, come dimostra la vicenda di Sabrina Ferilli. Allora bisogna iniziare un esame socio-antropologico, basandosi sugli elementi a disposizione. In caso di difficoltà, sono consentite due domande, ma non devono riguardare il calcio (per esempio: «Lei comprerebbe un'auto usata da Antonello Venditti?»).

Dopo anni di pendolarismo professionale, ho imparato a raccogliere indizi, e difficilmente sbaglio (anche se un taxista milanista del Testaccio mi ha spiazzato). Per esempio, il mangiacassette è quasi sempre romanista; il riproduttore CD è spesso (ma non solo) laziale. Il coprisedile è decisamente romanista; l'alberello deodorante, laziale. Il giubbetto di cuoio è romanista; quello scamosciato è laziale. La bottiglia d'acqua minerale è laziale. Anche l'occhiale metallico è laziale (a meno che sia rotondo), così come la maglietta girocollo. Se è lungo, il capello (minuscolo) identifica il tifoso di Capello (maiuscolo). Il cappello segnala invece un sostenitore di Mancini (finché resta). La foto dei figli può essere, indifferentemente, romanista o laziale. Ma i bimbi laziali sono più composti davanti al fotografo. Eccetera.

Queste cose, ai taxisti della capitale, non le dico. Espongo invece le mie teorie sulla rivalità cittadina (a Milano siamo più spiritosi, a Roma siete più bellicosi); e discuto sulle prospettive delle due squadre esaminando, come Umberto Eco, i nomi della rosa. «Cos'avete fatto a Poborsky il 5 maggio 2002?» domando al guidatore laziale. «Perché non date Emerson all'Inter?» chiedo al taxista romanista. «Mi descriva la pettinatura di Delvecchio» dico al giallorosso. «Veron era veramente bravo, vero?» sussurro al biancoazzurro. Attraverso lo specchietto retrovisore, vedo l'occhio stupefatto del conducente. So che sta pensando: dovremmo essere noi a rintronare di chiacchiere il passeggero, non viceversa. Ma io non mollo. Ho qualcuno che mi ascolta, e ne approfitto.

Negli ultimi tempi, devo dire, è più divertente parlare coi biancoazzurri che coi giallorossi, che rimangono turbati per le domande più innocenti («Sensi ha senso?»). Ma i romanisti, in genere, rimangono più gioviali. Alcuni non hanno ancora capito che forse è il caso di interrompere i festeggiamenti per lo scudetto 2000/2001; altri, appena sentono nominare Totti, si illuminano come il cruscotto. Se li vedo trasognati alla guida, ho un sistema infallibile per riportarli alla realtà. Chiedo: «Siete contenti che per due anni di fila lo scudetto sia finito qui a Roma?». A quel punto il conducente romanista borbotta qualcosa, e poi tace, guardando l'alberello deodorante che non ha.

Dei ruoli sul campo, lo stopper è il più inquietante. Tra le squadre di calcio, la Juventus è la più sconcertante. Logico, quindi, che gli stopper della Juventus siano personaggi affascinanti.

Li studio dall'infanzia, a metà degli anni Sessanta. Erano tempi felici in cui l'Inter vinceva e la Juve si entusiasmava per una solitaria Coppa Italia (1965). Lo stopper bianconero era Giancarlo Bercellino, che trovo così descritto in un sito Internet: «Berce Roccia, il John Wayne che sospirava per la Juve». In effetti, l'uomo era interessante. Non solo aveva una mascella cinematografica, ma era conosciuto, regalmente, come Bercellino I. Suo compagno di reparto era Sandro Salvadore, che mi sembrava un errore di stampa. Per portare al successo quella Juve occorreva un Salvatore, anche lui maiuscolo, ma con la «t» (per fortuna non perdeva tempo con le squadre di calcio). Detto questo, Salvadore non mi dispiaceva. Aveva una bella faccia da italiano, col capello bruno a spazzola e lo sguardo all'orizzonte – o almeno così lo ritraevano le figurine dell'epoca. Sono certo che piaceva ai neorealisti, al sindacato e alle turiste tedesche.

Ho cominciato a preoccuparmi con Francesco Morini. Quello stopper aveva i capelli biondi, la faccia angelica e il sorriso di un giovane inglese, quelli che studiavano nei college di Oxford e diventavano spie russe, atleti olimpici o archeologi in Egitto. Dimenticavo: il bel Morini picchiava come un fabbro. Ai miei occhi di piccolo interista, ciò riassumeva la perfidia bianconera. Solo la Juve poteva avere un difensore spietato con la faccia da gentleman. Noi avevamo Burgnich, che non andava leggero. Ma il suo primo piano era una dichiarazione d'intenti.

La bontà della mia intuizione è stata confermata dal successivo mastino juventino: Claudio Gentile. Chiamarsi in quel modo era una provocazione. Era come se la Fenech si fosse chiamata Edvige Pudica, e il primo nome di Andreotti fosse stato Candido. Dopo Gentile, è arrivato Sergio Brio. Altro cognome ingannevole: sotto le sue cure ruvide i centravanti non si divertivano per niente. Dopo Brio, che avrei visto bene in una partita tra tronchi d'albero (che so: querce contro faggi, platani contro pioppi), è arrivato Dario Bonetti, di cui ho in mente i ginocchi spigolosi, seguito da Jurgen Köhler, omonimo dell'autore di *Pauline, la donna che visse nella casa di Hitler* (controllate: è vero). Poi è toccato a Pietro Vierchowod, il soprannome con cui Bobo Vieri chiamava la fidanzata Elisabetta Canalis. Io, che conosco la ragazza, mi ostino a trovare differenze tra i due.

Vierchowod ha rappresentato un altro passaggio difficile, per un interista. Era un giocatore aperto e simpatico, così come Ciro Ferrara, e questo non va bene: gli stopper, soprattutto gli stopper della Juve, devono essere riprovevoli. Per fortuna è arrivato Mark Iuliano, al quale imputo due colpe: a) Un fallo da rigore su Ronaldo nel '98, cui non è seguito alcun rigore. b) Un nome che finisce con la kappa.

Siamo al presente, e cioè a Paulo Montero, che mi spiazza. Finalmente un giocatore senza contraddizioni: ha un cognome, una faccia e uno stile da stopper. Secondo me, la Juventus sta cercando di ingannarmi ancora.

Juventus e Torino, da brave piemontesi, si ignorano; Roma e Lazio si detestano; Inter e Milan fanno affari insieme; Chievo e Hellas Verona stanno nella stessa città per sbaglio. Ho sempre pensato che l'ultima, mitica rivalità calcistica d'Italia sia quella tra Genoa e Sampdoria.

So che la prima va abbastanza male e la seconda va

decisamente bene; che da una parte ci sono i soldi (Samp) e dall'altra parte i debiti (Genoa). Mi dicono che le squadre litigano come due vecchiette sul pianerottolo circa l'opportunità di lasciare Marassi (stadio Luigi Ferraris). Ma cosa ci posso fare? Mi mancano. La serie A, senza l'accoppiata genovese, è più povera; e i miei ricordi calcistici sbiadiscono. Perché dovete sapere che a Crema (Cremona), tra noi amici, alla fine degli anni Settanta, non si parlava d'altro.

Tre erano per il Genoa: l'Ingegnere, il Tunélo e il Veterinario, che giocava in porta con la bandiera rossoblu cucita sulla maglia. Tre tifavano Samp: il Dottor Gaynor, il Mago e il Sandalic, origini croate, che il mercoledì era già stato a Chiavari per vedere il recupero Entella-Poggibonsi (sospesa la domenica per straripamento dell'Entella). Ancora adesso non ho capito perché i miei amici non tenessero per squadre normali (Juve, Milan o Inter come me). Niente da fare. Solo Genoa e Samp, due misteri dai quali sono sempre stato escluso.

Partivano da Crema per Marassi la domenica mattina. Tutti studenti universitari, meno il Sandalic, che aveva il doppio degli anni e il triplo dell'entusiasmo. Quando c'era il derby, viaggiavano tutti insieme. Ricordo una trasferta con Fiat Supermirafiori imbandierata a sinistra con sciarpe e bandiere del Genoa, a destra con bandiere e sciarpe della Samp (vero esempio di tifo *bipartisan*). L'amore per la Samp – dice oggi il Dottor Gaynor, ma io non gli credo – era nato dopo aver saputo che, nei primi anni Settanta, le «donne blucerchiate» avevano coperto la curva sud di Marassi con un gigantesco ricamo dell'allora centravanti, Cristin, agganciato dal portiere del Napoli. Un modo per protestare per un rigore non dato. Ai doriani di pianura era piaciuto da impazzire.

Non so, invece, perché i genoani fossero genoani. Forse perché una volta il Genoa segnò al quinto minuto, e dalle tribune si levò il grido di un portuale: «*Arbitru, tempu!*». Una battuta fenomenale, sosteneva l'Ingegnere, che poi l'ha ripetuta per anni («A San Siro» mi diceva «a nessuno verrebbe in mente»). Quasi tutti i derby, se non ricordo male, finivano in parità. L'idolo degli amici rossoblu era il mitico «Sandokan» Silvestri, l'allenatore che imbrattava i muri dello spogliatoio con frasi inneggianti alla vittoria. Le passioni dei doriani erano il barbuto Zecchini, lo stopper che prima della partita incitava il pubblico della curva; e il piccolo Fotia, che poi a Mantova prese il soprannome di *ratin* (sorcetto, topolino). Un metro e mezzo o giù di lì, dribbling secco e funambolico. Il Garrincha di Marassi, dicevano.

Nei derby, i miei amici andavano tutti insieme nei distinti: esattamente nel mezzo, così da non far torto a nessuno. Una volta il Mago portò una gigantesca radio modello *ghetto blaster:* dopo un attimo di sconcerto, scatenò l'entusiasmo dei genovesi di tutte le fedi, che lo incitavano ad alzare il volume. I ritorni a Crema erano composti, con fermata all'autogrill per comprare gli strudel Pavesi ai fichi o all'albicocca. Dice il Dottore: «Poi sono arrivati Aguilera e il Liverpool di là, Vialli e lo scudetto di qua: ma quelli non erano già più i nostri derby. Cosa c'era di diverso allora, rispetto a oggi? Tutto, dalla Fiat Mirafiori all'assenza di violenza. Sarebbe pensabile girare intorno allo stadio prima del derby con la macchina *bipartisan,* rossoblu di qua, blucerchiata di là?».

No: anche perché la Samp è in serie A e il Genoa in serie B. Ma lo so: non è la risposta che voleva il Dottore.

Tutti hanno una squadra del cuore (anche quelli che non lo sanno, anche quelli che non hanno un cuore). Molti hanno una squadra dei nervi (quella che proprio non sopportano). Qualcuno ha una squadra della pancia.

La squadra della pancia è la squadra che ti sta simpatica e non sai perché. Quella che avrebbe tutti gli elementi per lasciarti perplesso: però la domenica sera vai sempre a controllare il risultato. Io ho due squadre della pancia: la Fiorentina e la Spal.

Se ci penso freddamente, la Fiorentina non dovrebbe piacermi. Firenze è la città italiana con cui ho meno familiarità. I fiorentini sono una tribù autosufficiente e misteriosa. I tifosi sono feroci, con la propria squadra prima che con gli avversari (lo so, perché ho visto Montanelli soffrire e inveire di fronte al televisore: non so quale delle cose gli riuscisse meglio). Il colore della maglia non è entusiasmante: va bene per una squadra amatori sponsorizzata da un'enoteca, ma questo è quanto. L'ex presidente Cecchi Gori faceva e gridava cose che non approvavo. Il fallimento è stato una punizione troppo severa. Il ripescaggio (dalla C alla B) un premio eccessivamente generoso.

Una squadra così non dovrebbe piacermi. Invece, mi piace. La Fiorentina è scapigliatura con i tacchetti: non ricordo un solo campionato normale, da quando la conosco. La squadra schiera sempre un giocatore incredibile, pazzesco o almeno sorprendente. Adesso c'è «Soldatino» Di Livio, che si è comportato come imponevano la sua leggenda e il soprannome, seguendo la squadra in disgrazia. Da bambino ricordo Kurt Hamrin, che aveva il riportino: sembrava un impiegato del catasto, ma sapeva giocare a pallone. C'erano Luciano Chiarugi, un angelo nervoso che tirava punizioni celesti, ed Enrico Albertosi, il quale in un'intervista dichiarò che giocava senza mutande.

Poi arrivò Giancarlo Antognoni, il megaputto che portò la Fiorentina a conquistare ammiratori anche fuori dalla Toscana. A Crema avevo un amico che adorava i viola e stravedeva per Antognoni e i suoi lanci. Si chiama Max. Ancora adesso, a quarantasei anni, quando vede un pallone ci s'avventa contro urlando: «Antognoniiiiiiii!». In questo modo (Max, non Antognoni) ha spaccato vetri, distrutto vasi, abbattuto bambini. Ora ha sposato una ragazza americana e vive a San Francisco. Sono sicuro che il figlio Alessandro – che già calcia meglio di lui – ogni tanto abbatte un manufatto californiano gridando: «Antognoniiiiiiii!». Chissà come lo pronuncia, a proposito.

Campionato 1966/67: avevo dieci anni, i Beatles uscivano con *Sgt Pepper's* e nel mondo accadevano un sacco di cose interessanti. Una di queste era la Spal.

Tifavo Inter, anche da bambino. Ma della Spal mi piaceva tutto. Il nome misterioso, che – ho scoperto molto tempo dopo – è l'acronimo di Società Polisportiva Ars et Labor. Le maglie biancoazzurre a righe strette, che sembravano camicie (m'aspettavo che i giocatori prima o poi tirassero fuori la cravatta). Ancora oggi credo di amare l'Argentina più del Brasile perché gioca con le maglie della Spal (righe larghe, azzurro più tenue).

Non ricordo i nomi di tutti i giocatori. Così sono andato a cercarli in *Trent'anni di calcio italiano nelle Figurine Panini* (volume secondo). Erano lì ad aspettarmi come vecchi amici.

Ecco Gianfranco Bozzao, nato a Venezia nel 1936: ha le mani sui fianchi, i tratti marcati, la riga a sinistra. Avrebbe potuto essere un gondoliere, un attore di western o un sottosegretario democristiano. Era un terzino sinistro, e a me andava bene così. Mediano sinistro era Osvaldo Bagnoli, che poi avrei rivisto in televisione, più autorevole, con meno capelli ma con la stessa identica espressione: una bonaria, milanesissima diffidenza verso il mondo, sconosciuta alla mezzala destra Maurizio Moretti, nato a Gradisca di Sedigliano (Udine) nel 1945. Moretti, inconsapevole che un omonimo avrebbe un giorno condotto girotondi, osserva l'obiettivo con aria di sfida. È chiaro che era disposto a rovinarsi la frangetta in un contrasto. Proprio come un altro friulano, l'ala destra Ivano Bosdaves, un tipo che a dieci anni trovavo strepitoso. Ivano avrebbe potuto superare qualsiasi difesa (meno quella dell'Inter, ovviamente). Bastava gridasse il suo nome taurino e partisse alla carica.

La Spal, squadra apolide (mai creduto fino in fondo che fosse di Ferrara), era un ritratto dell'Italia di quegli anni: artigianale, determinata e brevilinea (solo i portieri e il centravanti bergamasco Rozzoni arrivavano al metro e ottanta). Non poteva mancare l'oriundo: Oscar Massei, nato a Pergamino (Argentina), cresciuto calcisticamente nel Rosario Central. Questo Massei – gli occhi e la bocca di Rivera, i capelli impeccabili di Guarneri – aveva segnato 64 reti in 248 partite, giocando anche nell'Inter e nella Triestina. Confesso che me l'ero completamente dimenticato. È rispuntato da un album in un pomeriggio d'autunno, pettinato come sempre, di fianco a Enrico Muzzio, un'ala sinistra con l'espressione malinconica (perché hanno sempre la faccia triste, le ali sinistre?). Subito dopo stava Gabriele Cantagallo. Solo la Spal poteva avere un secondo portiere che si chiamava come un autogrill. Forse mi era simpatica per questo.

Sotto, nella sezione «Altri titolari», stava un tipo per il quale non avrei potuto immaginare un futuro nel mondo del calcio. Nato a Pieris (Gorizia) il 18-6-1946. Altezza m 1,78. Peso forma kg 71. Celibe. Mezzala. Ventiquattro presenze e una rete in serie A. Aveva esordito due anni prima con una sconfitta: Sampdoria-Spal 3-1. Era pettinatissimo, quasi come Massei e Bozzao. Si chiamava Fabio Capello.

Ci ho sempre preso col calcio, io.

11

Sport osservato

Il tifo è una questione di abitudine, come il *Grande Fratello*. Ci sono differenze, è vero: i calciatori, per esempio, sanno fare qualcosa (non tutti). Eppure, non c'è dubbio, è l'assuefazione a render cara una squadra, una vicenda o un personaggio. Ci si abitua ai campioni come ai mediocri, le cui discutibili imprese finiscono per diventare un'epopea consolante. Certo, non bisogna esagerare. L'Inter, per esempio, ha già dato, e oggi siamo contenti di avere, là davanti, Vieri e non Juary.

Non siete convinti? Pensateci. Le squadre di calcio producono una forma di *fiction*. Forniscono una trama, un ambiente e un certo numero di personaggi. I giornali, la TV, la radio e la rete provvedono ad aggiornare quotidianamente – che dico: ogni ora – sulla situazione. Alcuni di noi fingono d'arrabbiarsi, di fronte allo spettacolo. Ma, in effetti, leggere gli stessi nomi e vedere le stesse facce è riposante, come guardare i pesci in un acquario o seguire le vicende delle famiglie reali (i Windsor sono il Torino: tradizionali, ma non più quelli d'una volta; Haakon e Mette di Norvegia sono il Chievo: piccoli e simpatici; i Grimaldi sono la Lazio: può succedere di tutto).

Lo sport che riesce a produrre questo narcotico diventa uno sport nazionale. Gli altri restano sport e basta. Prendete l'America. Del baseball ama i riti, i ricordi, le carriere, le statistiche, le attese, l'odore di birra sugli spalti, il colore della notte oltre i riflettori, il rumore della mazza che colpisce la palla (*the crack of the bat*). Chi di noi venga piazzato in uno stadio di baseball capirà poco, anche se conosce le regole. Così gli americani non amano il calcio perché non lo capiscono, e non ne dipendono: nessuno spaccia la dose quotidiana.

La ripetitività genera dipendenza. Ma anche competenza. Perfino i bruti da stadio – e in Italia ne abbiamo, purtroppo – sono in grado di apprezzare un tiro al volo in corsa, o un lancio di prima con l'esterno. Noi interisti conosciamo le *Memorie di Adriano* (non Marguerite Yourcenar: Santiago Bernabeu). Quei sei minuti contro il Real Madrid sono stati il nostro sogno di quella mezza estate. Tutti capiamo quando c'è del genio, in una giocata (anche di Del Piero, d'accordo). Anzi, molti di noi vorrebbero rivedere le immagini, invece di ascoltare i commenti dei protagonisti o – peggio – le interviste. Domandare ad Adriano di raccontare quella punizione è come chiedere a Tosatti di batterla: credo che tutt'e due avrebbero qualche difficoltà. I giocatori vanno fatti parlare meno possibile, come le cantanti, Schumacher e i monaci tibetani: la loro specialità è un'altra.

È fornirci episodi e memorie e pensieri riposanti. Quando sono da solo in automobile, ragiono spesso sul centrocampo dell'Inter. Sto ancora cercando un posto per Almeyda, che mi sembra un buon giocatore, un bravo ragazzo e in mutande – diciamolo – è meglio di Floriana e Taricone.

C'è chi dice: il Bar Sport ha chiuso. Non è vero. Ha solo traslocato. Dalle periferie delle città s'è trasferito al centro della televisione. Il giornale è ancora lì, sul frigo dei gelati, ma lo leggiamo meno. Abbiamo vite caotiche, e lo sport viene sbocconcellato, come ogni altra cosa. La «Gazzetta» al mattino, un commento a colazione, una battuta in ufficio, un'opinione dall'autoradio, un programma in TV la sera.

Al Bar Sport – ricordate? – era diverso. Al momento di tirar giù la saracinesca, le pagine sportive erano veline. Le avevano consumate i clienti, in cerca di spunti per la loro commedia umana. C'era il Competente, che da giovane aveva giocato in prima categoria e, appena si parlava di calcio, storceva il naso. L'Imparziale, che pretendeva di portare equilibrio in uno sport pieno di interessanti squilibrati. L'Isterico, euforico per qualunque vittoria e depresso dopo ogni sconfitta. L'Onesto, che voleva parlare di *fair play*, ma non sapeva come pronunciarlo.

Poi c'erano il Milanista e l'Interista, lo Juventino e l'Altro: quello che in Lombardia tifava Torino, Cagliari o – come abbiamo visto – Sampdoria (l'importante era essere in minoranza). Poi c'era il coro formato da quelli che ascoltavano, guardavano, gridavano qualcosa mentre giocavano a carte. Ogni Bar Sport schierava il Seduttore e il Timido, il Fascio e il Comunista, il Sagrestano e il Bestemmiatore, il Professore e l'Uomo dello Stravecchio, lo Scommettitore e l'Irascibile (scusate: l'Incazzato Full Time). Senza di loro il Bar Sport sarebbe stato solo un bar, un posto buono per un caffè in piedi.

Il Bar Sport si poteva chiamare anche Caffè Commercio o Bar Garibaldi: cambiava poco. Comunque sia, si è trasferito. Oggi è in esilio presso gli innumerevoli programmi che parlano di calcio, in TV e alla radio. Non posso dire che siano tutti buoni, ma non mi sento nemmeno d'affermare che siano del tutto inutili. Sono la continuazione della discussione da bar con altri mezzi, e prendono il calcio per quello che è: un racconto popolare. Ecco perché quando passano dal sogno alla realtà (i bilanci pop delle società, le amnesie della Figc, gli intrecci familiari della Gea) l'incanto si rompe. Calcio e verità, cucinati nello stesso piatto, hanno un cattivo sapore.

È meno peggio quando il conduttore – il barista, un tempo – permette agli ospiti di parlare tutti insieme. Non si capisce niente, è vero, nella cagnara. Ma comunque è una musica di fondo, una distrazione, una sostanza che, presa a piccole dosi, diventa un narcotico consentito. Come tutti gli psicofarmaci, va assunto con cautela (leggere il foglietto illustrativo: questo capitolo, magari). Ma serve, in certi momenti della vita. In TV le vicende diventano infatti poco stressanti, le indignazioni passeggere, le disfatte temporanee (c'è sempre il prossimo turno). Le opinioni appaiono rassicuranti, la faziosità consolante, la competenza indiscutibile. I protagonisti sono netti e stagliati: Corno e Melli, il Milanese e il Romano del *Processo di Biscardi*, sono personaggi di una commedia di Plauto (e li riconosce anche chi non sa chi è Plauto). Quando guardano partite che noi non vediamo – sguardo fisso nel monitor, occhi allucinati, mozziconi di frasi – gli ospiti in studio sono dervisci in trance. Qualche volta, approfittando delle poltrone girevoli, ruotano anche su se stessi.

Ecco perché cerco di partecipare meno possibile ai programmi sportivi. Perché mi divertirei, e cercherei d'essere ragionevole. La prima cosa è pericolosa. L'altra sarebbe insopportabile.

L'ho appena scritto: i discorsi sul calcio sono il mio antidoto al *Grande Fratello*. Se proprio devo istupidirmi, meglio guardare quanto succede su un campo (vero) piuttosto che in una casa (finta). Mia moglie tuttavia è perplessa, e ha ragione. Perciò cerco di non farmi sorprendere, mentre sbircio certe trasmissioni. Non parlo della *Domenica Sportiva* o di *Controcampo*. Parlo di altri programmi, dove lo spettacolo non è dato dai filmati (che spesso non ci sono), ma dalla commedia umana che va in onda.

Ci sono personaggi che trovo particolarmente interessanti. Di alcuni ho imparato il nome. Di molti altri no, ma li riconosco dal timbro della voce, da un particolare fisico e dalla logica (o assenza della medesima).

L'Ansiogeno – Devono avergli detto che «occorre mantenere alta la tensione» e lui obbedisce. Ogni notizia (da un'Ansa a un calcio d'angolo) viene data con una nota di allarme nella voce.

Il Boia-Chi-Molla – Nulla di politico, in lui. È invece un ex conduttore di successo che non si rassegna alla sostituzione. Accetta perciò particine sempre più piccole, che svolge con grande diligenza. Di solito il conduttore in auge annuncia il suo intervento con un florilegio di aggettivi. È un modo di tenerlo buono, e non essere rintronati dalle sue proteste a trasmissione finita.

Il Cittadino – Questo personaggio venne individuato da James Joyce (osservatore di una società di Dublino). Esprime lo scontento, immagina complotti, se la prende con l'autorità. Non è cattivo; se mai, un po' ripetitivo.

Il Cinico – Il Cinico adora il calcio, ma deve parlarne male. Giace con la faccia schifata sulla sua poltrona, e appena gli danno la parola emette vapori amari. Ogni frase inizia con un implicito «Puah!». In scena è cattivo, sarcastico. Appena si spengono le luci grida: «Ehi ragazzi, chi viene a mangiare una pizza?».

Il Competente – Ama e segue il calcio, di cui conosce personaggi e retroscena. Quando sente certe stupidaggini, il baffo gli scende tristemente e vorrebbe piangere. Ma non può farlo. Altrimenti non lo invitano più.

Il Minimizzatore – Il suo merito, e il suo limite, è essere ragioncvolc. Molti però nel calcio non cercano ragionevolezza; e non capiscono quindi cosa ci faccia lì.

Il Negazionista – Il Negazionista apre ogni discorso con «Assolutamente no!» (varianti: «Non se ne parla nemmeno!», «Neanche per sogno!»). Il problema è che poi deve dire la sua opinione. Ma di solito, a quel punto, mandano la pubblicità.

Il Saggio-sul-Poggio – Il Saggio-sul-Poggio conduce il suo programma dicendo di voler portare buon senso e *fair play* nel mondo del calcio. In effetti, gode quando gli ospiti si scannano, il che avviene quasi sempre.

Il Sadico-Ludico – Spalla ideale del precedente. È un incursore spietato, e punta giocosamente alla giugulare degli ospiti. Loro offrono il collo, felici.

Lo Scettico – È il cuginetto buono del cinico (vedi). Non crede a nulla, se non al gettone di presenza.

Il Sultano – Il Sultano è romantico. Vuole trovare il bello e il buono nello sport, e talvolta deve cercare a lungo. I ragazzi in campo sono tutti volonterosi, la cornice festosa, gli schemi interessanti. È preoccupato del buon nome dello sport e del rinnovo del suo contratto di collaborazione.

Il Tattico – Sposta vorticosamente omini e dischetti sulla lavagna magnetica. Non si capisce niente, ma chi non ha Sky deve accontentarsi.

L'Umorale – Tra tutti, è il personaggio più italiano. Passa da stati di euforia a momenti di depressione che condizionano il suo giudizio. Se la squadra X segna subito, trascorre mezz'ora a lodarne la campagna acquisti, i dirigenti, l'allenatore e gli schemi. Se, alla fine, la squadra X perde 2-1, passa un'altra mezz'ora a criticarne la campagna acquisti, i dirigenti, l'allenatore e gli schemi. Perché non lo disprezziamo? Semplice: ci somiglia.

12

Sport giocato

I test sono stati una delle grandi scoperte della mia generazione. Noi che portavamo i pannolini nel '58 abbiamo affrontato la vita a colpi di questionari, compilati di frodo su «Grazia» e «Arianna» delle mamme. I test ci hanno rassicurato sul senso della giustizia, l'aggressività, la potenza sessuale e la predisposizione per il twist. Abbiamo perfino un'«etica da test». Per esempio, sappiamo di non dover sbirciare le risposte a fondo pagina.

Ecco perché vorrei sottoporvi a una prova per saggiare la vostra conoscenza del calcio italiano. Scegliete una risposta, senza barare. Poi calcolate il punteggio. Il test è stato preparato scientificamente da due psicologi disoccupati, un allenatore di seconda categoria e tre avventori della trattoria Via Vai di Bolzone Cremasco.

1. *Perché Sensi e Moggi se ne dicono di tutti i colori?*
   a. Per tenerci allegri.
   b. Perché tutti e due sono innamorati di Edgar Davids.
   c. Perché uno pensa alla Lupa, l'altro agli Agnelli.

2. *A cosa somiglia il prato di San Siro?*
   a. A un biliardo dimenticato nel deserto del Sahara.
   b. A una coperta patchwork cucita dalle donne Amish.
   c. Al campo vicino alla chiesa di Palazzo Pignano (Cremona).

3. *Il nome «Byron» cosa ti fa venire in mente?*
   a. Un poeta inglese (Londra 1788-Missolungi 1824).
   b. Un tipo di Quito che si crede un arbitro.
   c. Nuovo modello-regalo della Bic.

4. *Cosa succede se Maradona diventa l'allenatore del Napoli?*
   a. Feste divertentissime!
   b. Il San Paolo chiede a San Pietro se può tornare su in cielo.
   c. Fra quattro anni, Coppa Campioni o Campionato Eccellenza.

5. *Cosa grida il presidente del Chievo Campedelli quando è felice?*
   a. Della Morte!
   b. Sono Harry Potter! Datemi la Pozione Polisucco!
   c. Che Jellas, non c'è l'Hellas (mi divertivo col derby...).

6. *Chi è Domenico Luzzara?*
   a. Il teorico del dopopartita in trattoria.
   b. Il presidente che nel secolo scorso ha fatto grande la Cremonese.
   c. Luzzara? Non l'avevano squalificato a vita per eccesso di *fair play*?

7. *Perché Abramovich ha comprato il Chelsea?*
   a. Perché gli era rimasto in tasca qualche spicciolo.
   b. Perché credeva che Ranieri fosse quello di Montecarlo.
   c. Perché gli piaceva il colore delle maglie.

8. *Perché Rivaldo corre in quel modo buffo?*
   a. Perché in campo indossa solo scarpe da donna numero 36.
   b. Perché è un campione e fa quello che vuole.
   c. Rivaldo non corre. Cammina.

9. Perché Walter Zenga è andato ad allenare a Bucarest?

a. Perché non aveva il patentino OF (Ospite Fisso) per la TV.
b. Perché è stato ipnotizzato da Lucescu.
c. Chi è Walter Zenga?

10. Perché tanti giocatori si chiamano Christian/Cristiano (Vieri, Zanetti, Panucci, Doni ecc.)?

a. Perché sono i più bravi a farsi il segno della croce entrando in campo.
b. Perché le loro mamme sapevano che il calcio è un ambiente diabolico.
c. Perché ogni partita è una crociata.

Punteggio: Calcolate un punto per le risposte 1a 2c 3a 4c 5a 6b 7a 8c 9b 10c; due punti per le risposte 1c 2a 3b 4a 5b 6c 7b 8a 9a 10a (sono più divertenti). Sottraete un punto per le risposte 1b 2b 3c 4b 5c 6a 7c 8b 9c 10b. Se avete giocato in un Torneo dei Bar, moltiplicate per due il punteggio finale.

Post Scriptum: so che è un criterio pazzesco, ma ho dovuto arrangiarmi. La giuria infatti s'è defilata: gli psicologi hanno trovato impiego nel reparto Risorse Umane di una grande azienda automobilistica italiana, e sono ancora increduli. Gli avventori del Via Vai hanno detto di chiamarsi Randy, Chuck e Skip, ma i nomi sono risultati falsi. Non è un problema, comunque. I test, notoriamente, non servono a niente. Anche questo ha imparato la mia generazione, sbirciando su «Grazia» e «Arianna».

L'avrete letto: Byron Moreno vuole creare una scuola per arbitri. La notizia apre una serie di strepitose prospettive. Se tutti si mettono a fare ciò per cui non sono tagliati, se si lanciano in iniziative da cui dovrebbero restare a distanza di sicurezza, il mondo del calcio è destinato a diventare uno strepitoso luna-park (più di quanto non sia, intendo). Ecco alcune possibilità.

Business School Vittorio Cecchi Gori – In assenza del fondatore (trattenuto da impegni domiciliari) il corso sarà tenuto dal professor Sergio Cragnotti. Titolo della prima lezione: «Li pagavo, e perdevano. Non li pagavo, e vincevano. Paradossi dell'economia calcistica».

Accademia Linguistica Boskov & Trap – I docenti terranno corsi di sintassi italiana (Prof. V. Boskov) e filologia tedesca (Herr Dr G. Trapattoni). Alla domanda «E la glottologia?» il professor Boskov ha risposto: «Non è affar mio. Parlatene col fisioterapista».

Seminario Vescovile Diego Armando Maradona – Questa istituzione si propone di far crescere il talento nella virtù. Testi adottati: *Io sono il Diego tuo, non avrai altro Diego all'infuori di me* (primo corso); *La mano di Dio* (secondo corso); *Con quella Boca puoi dire ciò che vuoi* (corso avanzato). Viva preoccupazione tra le autorità ecclesiastiche.

Galliani School of Government – Dal programma accademico (estratto dalla presentazione del corso sul conflitto d'interesse): «Non è giusto essere a capo della Lega e del Milan. Guardate Berlusconi: lui dirige molte più cose!».

Scuola Guida Zebina – Il forte giocatore della Roma insegnerà come guidare una potente automobile ad alta velocità per le strade di una grande città. Prova finale: gimcana tra i cassonetti.

Scuola di Drammaturgia Vratislav Gresko – Il difensore terrà la *lectio magistralis* dal titolo: «Un colpo di testa all'indietro? Non è una tragedia». La lezione sarà in slovacco, per timore di reazioni inconsulte da parte degli studenti interisti.

Scuola di Danza Rino Gattuso – Il mediano del Milan, cui la scuola è intitolata, eseguirà un saggio, «Il Lago dei Cigni». C'è un problema: durante le prove, alla comparsa di Gattuso, i cigni si sono dati alla fuga. Li stanno ancora cercando.

Istituto di Relazioni Pubbliche Bobo Vieri – Il cattedratico terrà la prolusione dal titolo: «Sgrunt». Si prega d'essere puntuali perché durerà pochissimo.

Accademia per Corazzieri Emre-Okan – La tradizione militare ottomana sposa l'ottimismo milanese. Chi ha detto che i corazzieri debbano essere alti? Belozoglu e Buruk dimostreranno che conta l'atteggiamento. Se si ha fiducia in se stessi (e Materazzi si sposta), si può vedere l'orizzonte.

Corsi di Meditazione Franco Sensi – Lo yogi Sensi insegnerà come mantenere la calma, e farla perdere a Luciano Moggi.

Scuola di Parrucchieri Massimo & Milly – La signora Moratti terrà un corso dal titolo: «Com'è possibile che quest'uomo sia sempre spettinato in modo diverso?».

Società di Mutuo Soccorso Ronaldo da Lima – Il principio, enunciato dal titolare, è semplice: quando avevo bisogno, siete venuti in mio soccorso. Grazie. Ora concedetemi un mutuo. Devo comprare un attico a Madrid.

Il calcio è un romanzo popolare, e ha i suoi personaggi. Alcuni sono conosciuti con un soprannome, l'origine del quale non è sempre evidente. Leggete le domande, scegliete ogni volta una risposta, e controllate le soluzioni alla fine.

1. *Perché Julio Ricardo Cruz è soprannominato «il giardiniere»?*
   a. Perché quello era il suo mestiere, prima di diventare professionista nel calcio.
   b. Perché viene da Santiago del Estero, «il giardino dell'Argentina».
   c. Perché prima degli allenamenti si dilettava a rasare il campo da calcio con un tagliaerba.

2. *Perché Javier Zanetti è chiamato «el tractor»?*
   a. Perché la famiglia gestiva una trattoria a Buenos Aires.
   b. Perché il padre aveva un'azienda agricola nella *pampa gringa*, e il piccolo Javi amava il lavoro dei campi.
   c. Perché quando parte non lo ferma più nessuno (copyright Scarpini/Inter Channel).

3. *Perché Fatih Terim in Turchia viene chiamato «l'imperatore»?*
   a. Peché ha preteso di sostituire la panchina con un trono.
   b. Per i molti successi ottenuti col Galatasaray.
   c. Per la somiglianza con l'imperatore Teodosio II, anche lui attivo a Istanbul/Costantinopoli.

4. *Perché Hernán Crespo è conosciuto come «Valdanito»?*
   a. Per il nome delle sua prima squadra, il Valdan.
   b. Per una certa somiglianza con Valdano, ex centravanti (ora direttore generale) del Real Madrid.
   c. Per la capigliatura, che ricorda quella del chitarrista serbo Lucky Valdano, interprete di *Fool for Loving You.*

5. *Perché Angelo Di Livio è noto come «soldatino»?*
   a. Per la diligenza tattica.
   b. Per il taglio di capelli.
   c. Perché ha dimenticato di chiedere il congedo, e s'è fatto cinque anni di servizio militare.

6. *Perché Filippo Inzaghi viene chiamato «Superpippo»?*
   a. Il soprannome gli è stato dato da Sheva, che in ritiro l'ha visto con addosso un pigiama rosso e peloso.
   b. Per la capacità di volare in area appena viene sfiorato.
   c. Per via del diminutivo (Pippo) e del valore (Super).

7. *Perché Marcelo Salas veniva chiamato «el matador»?*
   a. Perché era «colui che uccideva le partite» (le quali, oggi, non hanno più nulla da temere).
   b. Perché, nel tentativo di tenere allegri i compagni di squadra, improvvisava piccole corride, con Montero nella parte del toro.
   c. Perché in gioventù, a Temuco in Cile, con una pallonata stese un bovino che ruminava nei pressi del campo di allenamento.

8. *Perché Claudio Lopez è noto come «el piojo» (il pidocchio)?*
   a. Per la scarsa igiene personale.
   b. In quanto fastidioso per le difese avversarie.
   c. In quanto fastidioso per Mancini (se non lo fa giocare).

9. *Perché Alessandro Del Piero ha ricevuto l'appellativo «Pinturicchio»?*
   a. Perché discendente dell'omonimo pittore (Perugia 1454-Siena 1513).
   b. Perché, secondo Gianni Agnelli, come l'artista sembrava aver «successo forse superiore ai suoi effettivi meriti, che sono quelli di un festoso e

aggraziato decoratore, solo raramente capace di dare unità spaziale alle sue composizioni» (Garzantina dell'Arte, pag. 653).

c. Per via del talento nell'arte figurativa (notevole un ritratto di «Moggi da giovane» e il trittico denominato «Rinnovo del contratto»).

10. *Perché noi tifosi dell'Inter chiamiamo Ronaldo «il fenomeno»?*

a. A causa della fenomenale ingratitudine.

b. Per via della strepitosa fortuna (gioca cinque buone partite in un anno, e sono tutte in mondovisione).

c. Perché, se pensa di tornare a giocare a Milano, è un fenomeno d'ingenuità.

Risposte esatte: 1c, 2c, 3b, 4b, 5a, 6c, 7a, 8b, 9b, 10a+b+c.

Dopo il ritiro dalla scena italiana di alcuni personaggi (Boskov, Zeman), e la conclusione di proficue esperienze all'estero di altri grandi interpreti (Scoglio, Trapattoni), il linguaggio sportivo s'è impoverito. Le dichiarazioni di allenatori e dirigenti hanno perso il gusto frizzante d'un tempo. Espressioni memorabili ormai se ne registrano poche. La spinta verso l'omologazione è evidente. Tutti cercano d'essere cauti e precisi, scegliendo le parole giuste (ovvero, le parole sulle quali nemmeno il titolista più fantasioso potrebbe montare un «caso»). Ancelotti è corretto, Lippi e Capello meticolosi (soprattutto quando non perdono), Moggi e Galliani acuti (specialmente quando vincono), Mancini ragionevole, Prandelli assennato, Del Neri impeccabile. Moratti, bloccato sulle scale da una muta di reporter, usa la *consecutio temporum*. Perfino Cuper stava imparando l'italiano, e avrebbe abbandonato presto le sue squisite espressioni spagnoleggianti («Giuventus» per Juventus). Diciamolo: il futuro è nelle mani di Gaucci, Mazzone e pochi altri.

Per aiutare la causa, abbiamo pensato di riunire alcune celebri espressioni latine, inglesi e francesi. Usate in modo innovativo, potrebbero riportare nel linguaggio calcistico il brio che manca. Le proponiamo a dirigenti e allenatori, sperando ne facciano buon uso.

Ecce homo! = Finalmente, un colpo di mercato!
Ex voto = Galliani? L'hanno scelto i presidenti dei club...
Festina lente = Si festeggia solo alla certezza matematica!
Finis terrae = È caduto o è stato spinto?
Habeas corpus = L'ha toccato in area! Quindi, è rigore.
In medio stat virtus = Un buon centrocampo.
Obtorto collo = Colpo di testa in stacco.
Ora pro nobis = Palla nostra.
Pro capite = Lasciate parlare il capitano.
Quousque tandem = Qualsiasi coppia d'attacco (nel 4-4-2).
Repetita juvant = Non vincerà ancora la Juventus?
Statu quo = Centrale difensivo poco mobile.
Transeat = Passaggio filtrante.

Banana split = Tiro al volo mancato clamorosamente.
Body building = La squadra è ammassata in area.
Cameraman = Compagno di stanza in ritiro.
Long playing = Partita finita ai supplementari.
Petting = Controllo di petto con tocco di mano.
Pole position = Chi si mette sul palo per il corner?
Playback = State indietro, per la miseria!
Private equity = Ha ammesso il fallo.
Reprocessing = Tornare al *Processo di Biscardi.*
Stream of consciousness = Sono cosciente che Stream è confluito in Sky Italia.
Tonic water = La squadra ama il campo pesante.

Aplomb = Inzaghi non può cadere così!
Attaché = Seconda punta.
Avance = Elegante manovra d'attacco.
Ballon d'essai = Incontro tra vecchie glorie.
Boutade = Lunga rimessa in gioco con le mani.
Esprit du corps = Gesto irriguardoso verso il direttore di gara.
Manchette = Regalo inopportuno all'arbitro.
Ménage = Serie di interventi alla Ta-ma-ga-co (Tacchinardi, Materazzi, Gattuso, Couto).
Négligé = Chino Recoba non ha voglia di giocare.
Passe-partout = Procuratore molto abile.
Parterre = Inzaghi, non avevamo detto di smetterla?

13

Sport nazionale

Breve storia personale dei Mondiali.

Cile 1962 – Campionato vinto in finale dal Brasile contro la Cecoslovacchia. Terzo il Cile, quarta la Yugoslavia. Tutto questo, però, l'ho saputo dopo. A cinque anni non avevo idea di dove fosse il Cile, e l'unico pallone che m'interessava era gonfiabile, a strisce colorate, e rimbalzava sulla spiaggia di Forte dei Marmi. In compenso, come testimoniano alcune inquietanti fotografie dell'epoca, portavo occhiali scuri come George Best dopo una notte brava.

Inghilterra 1966 – Memorie vaghe. Nella pensione Pineta al mare (sempre al Forte) i papà andavano nella sala della TV, vicino all'ingresso in ombra, a vedere le partite. Non capivo perché, dal momento che fuori c'era un bel sole. Ho in mente un'immagine dei rossi che vincono, imbrogliando un po'. Successivi approfondimenti confermano che avevo visto giusto.

Messico 1970 – Il mio primo vero Mondiale. La finale col Brasile è stata una delusione cocente. L'adolescente Severgnini era convinto che, dopo il pareggio del grande Bonimba, potessimo vincere. Ho rivisto mille volte, nella mente, i gol di Gerson e Jairzinho. Magnifici, ma non per questo meno dolorosi.

Germania 1974 – Vince la Germania, ma io, come tutti, tenevo per l'Olanda. Ricordo il calcio d'avvio: quindici passaggi tra arancioni senza che un tedescotto toccasse palla (segue rigore di Hoeness sul magico Cruyff). L'Italia l'ho rimossa. Mi sembra di ricordare Capello, perché aveva le gambe di una mia compagna di classe.

Argentina 1978 – A ventun anni è tutto bello: ma quell'Italia era splendida davvero. Piena di juventini abilmente camuffati (Zoff, Cabrini, Gentile, Cuccureddu, Scirea, Benetti, Causio, Tardelli, Bettega), ma certamente capaci (anche Paolo Rossi sarebbe finito a Torino, di lì a poco). Nonostante questo – gli juventini diranno: per questo – quella nazionale era magica, come tutto quel Mondiale. Kempes, Ardiles, Rivelino, Krol, Haan (gol da trenta metri a Zoff): i giocatori erano rockstar in pantaloncini corti. Non avevano neppure la solita chioma UPB (Un-Po'-Burina), che per i calciatori di tutti i tempi è quasi un obbligo morale.

Spagna 1982 – L'abbiamo vinto, no?

Messico 1986 – Ventinovenne prossimo al matrimonio, ricordo poco di quel Mondiale. Come tutti, guardavo ipnotizzato Maradona: era chiaro che il giorno delle nozze non dovevo pettinarmi così.

Italia 1990 – Notti magiche? Non sono convinto. Ricordo un paese boriosetto e iperecсitato, e un'organizzazione da nuovi ricchi (ma eravamo ricchi?). Non solo: quel campionato, nella mia orrenda parzialità di tifoso, rientra nei cinque Mondiali-che-avremmo-dovuto-vincere-e-non-abbiamo-vinto (1970, 1978, 1990, 1994, 1998). Mi piaceva Meteora Schillaci. Ogni volta che segnava era come se gridasse al mondo: non so come ho fatto, e non chiedetemelo.

Usa 1994 – Vivevo a Washington D.C., e viaggiavo. Ricordo birre gelate e stadi festosi, entusiasti e incompetenti. Grande Boston: Baggino laggiù in fondo, che segna alla Spagna quando ormai non ci spero più. Riposante New York: al Giants Stadium, contro la Bulgaria, avrebbe vinto anche la Cremonese. Allucinante Pasadena: avevo acquistato il biglietto da un argentino, e dopo la partita sono rimasto a fissarlo per tre ore sulla spiaggia di Malibu (il biglietto, non l'argentino).

Francia 1998 – Dovevamo vincere: i francesi erano meno bravi di noi. Ricordo la finale, e la tristezza per Ronaldo, che sembrava un peluche costretto a giocare centravanti. La partita l'ho seguita nella sala TV di un ostello della Ymca sulle Montagne Rocciose. C'erano francesi anche lì, accidenti.

Corea-Giappone 2002 – Ora ci arriviamo.

Nel mio libro *Interismi* ho paragonato i giocatori della mia amatissima, labirintica squadra ad altrettanti personaggi letterari. In occasione dei Campionati del Mondo del 2002, ho provato a ripetere l'esperimento con gli azzurri della Nazionale.

Buffon – Sta sulla porta fischiettando, come il cacciatore di Carducci. Invece che «stormi d'uccelli neri, com'esili pensieri», gli arrivano quattro pallonate croate e coreane. Due poteva prenderle, pensandoci: la poesia non ne avrebbe risentito.

Nesta – Il fratello maggiore di Tadzio (Thomas Mann, *Morte a Venezia*). Invece di scavare buche nella sabbia del Lido, gioca tra i fili d'erba del prato. Quando manca, si sente. Tutti lo vogliono, in campo e fuori. L'anziano professor von Gallianbach, che da tempo lo concupisce, riuscirà ad avvicinarlo? Risposta: ma certo.

Panucci – Giovane pescatore, cugino dei Malavoglia: versione festiva, lavato e pettinato. È per non sporcarsi la maglietta che concede la palla al coreano, a pochi minuti dalla fine? Ahi, ahi Christian: Verga sarebbe la giusta punizione.

Cannavaro – Contadino bello in un romanzo di Corrado Alvaro.

Maldini – Personaggio del libro *Cuore*: robusto, onesto e affidabile. Papà lo adora, i lettori pure. Finché un discolo di nome Ahn non gli salta in testa, e lui lo lascia fare. Così non va, Paolino: ai soprusi bisogna reagire.

Coco – Protagonista di un romanzo di Andrea De Carlo («Tre di tre. Un terzino tra Milan, Barcellona e Inter»). Lui si chiede: «Cos'è la vita?». Il papà procuratore gli dice: «Taci e corri».

Tommasi – L'unico che si dà una mossa in un racconto di Baricco. Anzi, forse è Baricco con la barba.

Zambrotta – Eroico partigiano in un romanzo di Beppe Fenoglio. Punta alla bandierina, ma non sempre arriva.

Zanetti – L'ho già scritto, parlando dell'Inter: è un giovane beat amico di Kerouac. Molto deciso, ma è una necessità letteraria.

Di Biagio – Maresciallo in un racconto di Camilleri. Ferito nel corso di un'operazione, osserva malinconicamente i compagni in azione. Decide di approfittare della pausa forzata per farsi crescere i capelli. Ci riuscirà?

Gattuso – Personaggio dello stesso racconto di Camilleri. Rude, ma buono. Sbaglia nel finale, e il lettore piange.

Inzaghi – Elfo tolkieniano. Quando deve colpire di testa, tira giù le orecchie.

Totti – Certamente un personaggio di Pasolini. Per rimettere sulla retta via gli amici della borgata, li prende a calci.

Vieri – In passato l'ho descritto come l'eroe di una saga degli antipodi (una versione pulp di *Uccelli di rovo*). Ora lo immagino barcaiolo del Manzoni. Lucia lo vede, azzurro come il cielo di Lombardia, e dice: «Però, che fisico».

Trapattoni – Non ha bisogno di sembrare un personaggio letterario: è un personaggio letterario. Vai Trap. Distruggili con la sintassi.

E il pubblico a casa? Ci sono diversi Tipi Mondiali.

L'Eremita – Guarda le partite da solo. Non tollera commenti, richieste, imprecazioni, segni di esultanza. È il mistico della telecronaca: il rumore di un sacchetto di patatine lo disturba. Un commento sulla pettinatura di un giocatore lo innervosisce terribilmente. La solita domanda dalla cucina («Chi ha segnato?») può provocargli una crisi isterica.

Il Compagnone – Più del gioco, gli interessa l'atmosfera cameratesca che si crea in occasione degli incontri della nazionale italiana. Ragazze che fino a ieri non distinguevano il palo dalla bandierina del corner discutono il modulo tattico. Gente mai vista compare con una vaschetta di gelato. Amici insospettabili s'innamorano del quadricipite di Cannavaro. Tutto questo, al Compagnone, piace moltissimo. Talvolta è già ubriaco a metà del secondo tempo e grida «Supplementari!». Non sta parlando dei tempi di gioco: vuole solo altre birre.

L'Internazionalista – Si innamora di una squadra semisconosciuta, con cui assilla amici e conoscenti. Se la squadra semisconosciuta si comporta bene (in passato è accaduto, per esempio, a Camerun e Senegal), non lo tiene più nessuno. Tifa, grida, esulta. Progetta addirittura vacanze nei paesi in questione. Poi scopre che in Senegal fa caldo, e comincia a pensare che anche la Danimarca, in fondo, non è male.

Il Fissato – Questo Tipo Mondiale è interessante perché sviluppa una strana forma di culto della personalità. Non si concentra, però, sui campioni (Zidane o Totti, Owen o Emerson). Si fissa su personaggi minori, che lo hanno colpito per un particolare. Un grande idolo dei fissati fu Carlos Valderrama, un colombiano con una testa che sembrava una foresta tropicale dopo un incendio. A chi toccherà questa volta?

Il Tecnico – Ha collezionato inserti, letto libri, visionato cassette: sui Mondiali sa tutto. Chiedetegli della difesa belga, e vi risponderà con una raffica di nomi e statistiche. Parlategli della formazione dell'Argentina e vi domanderà: «Quale? Messico 1986 o Italia 1990?». Chiedetegli qual è l'ultimo club in cui ha giocato il già citato Valderrama e risponderà: «Carlos Alberto Valderrama Palacio? Facile: Tampa Bay». Alla fine del primo turno è insopportabile. Ai quarti viene abbandonato anche dai congiunti. Le semifinali deve guardarle da solo: è diventato un Eremita (vedi sopra).

L'Ecumenico – Dice che i campionati del mondo gli piacciono perché sono pieni di nazioni, squadre, lingue, stili diversi. Il suo Mondiale è una versione atletica delle Nazioni Unite, un'Olimpiade con un unico sport.

Sogna che il centravanti e lo stopper avversario si abbraccino a metà del primo tempo, gridando: «È bellissimo essere qui!». Questo atteggiamento dura finché l'Italia non arriva nei quarti: allora l'Ecumenico diventa una belva competitiva, e grida «Ammazzalo!» davanti alla TV. I figli non lo riconoscono, gli animali domestici lo evitano. L'Ecumenico è ormai diventato un bellicoso (vedi di seguito).

Il Bellicoso – Il Bellicoso è un nazionalista aggressivo, per cui i Mondiali sono l'allegoria della guerra. All'inno di Mameli comincia a digrignare i denti, al calcio d'inizio ha già gli occhi di fuori. È sconsigliabile portarlo a vedere la partita in compagnia di tifosi delle nazionali che giocano contro l'Italia. L'incontro con la Croazia, visto a Trieste o a Zagabria, sarebbe finito con una dichiarazione di guerra scritta sulla carta del prosciutto.

In Giapporea (Giappone + Corea) è andata male. Ecco venticinque motivi per cui i Mondiali 2002 mi hanno addolorato, eppure non mi sono dispiaciuti.

1. Perché in quel periodo ero in viaggio negli Usa, dove seguire il calcio è un atto d'amore. Mai provato a svegliarsi tre volte alle quattro del mattino per vedere cinque gol annullati da quattro guardalinee rimbambiti?
2. Perché sono dell'Inter, e al masochismo sono abituato (lo ammetto: ero più nero che azzurro, dopo Corea-Italia).
3. Perché ho provato a spiegare il calcio agli americani, che non capivano.
4. Perché ho parlato di calcio con gli immigrati, che capivano benissimo.

5. Perché è bene che gli americani non capissero, visto che sono andati più avanti di noi.
6. Perché, privato del Rap del Trap (le TV negli Usa non capiscono la poesia), ho potuto immaginarlo, e ripeterlo negli aeroporti della California.
7. Perché non ero in Italia mentre litigavate sull'inno (cantano, non cantano?).
8. Perché Bobo Vieri con la maglia attillata sembrava Atlante (non il libro, ma l'eroe).
9. Perché i giocatori coreani sembravano tartarughe Ninja: mancava solo la bandana (forse l'avevano lasciata negli spogliatoi).
10. Perché i tifosi giapponesi tifavano forsennatamente, ma non sapevano bene per chi.
11. Perché Buffon può essere buffo.
12. Perché in fondo Del Piero è un bravo ragazzo.
13. Perché Messico-Italia sembrava una sfida Braccianti-contro-Piccoli Lord. E i braccianti per poco non ce le suonavano.
14. Perché l'Irlanda mi ricorda l'Italia: matta, sfortunata e masochista.
15. Perché i cinesi e i francesi sono proprio un disastro (questi dilettanti!).
16. Perché le maglie della Croazia sembrano bandiere rubate in un autodromo.
17. Perché solo uno che ha giocato nel Milan poteva arrivare a trent'anni e farsi la cresta alla mohicano (Ziege).
18. Perché lo Spice Boy Beckham, dopo il rigore all'Argentina, sembrava avesse vinto la Coppa.
19. Perché lo ieratico Collina, se fosse rimasto in Giappone un altro paio di mesi, avrebbe fondato una setta.
20. Perché Coco Bill è venuto all'Inter.
21. Perché Owen non andrà alla Juventus.
22. Perché noi giornalisti abbiamo sbagliato tutte le previsioni.

23. Perché i *bookmakers* hanno sbagliato più previsioni di noi.
24. Perché un altro Mondiale con degli orari così pazzeschi e un finale così schifoso (per noi) non ci sarà più per un pezzo.
25. Perché mi piace il calcio, purtroppo o per fortuna.

14

Sport mentale

Ora tento di spiegarvi perché, come milioni di italiani, seguo il campionato di calcio. Lo seguo perché: a) Mi piace. b) Fa parte della nostra vita. c) Riassume la condizione umana. I punti b e c servono a giustificare il punto a, che da solo sarebbe sufficiente, e non ha bisogno di spiegazioni.

In sostanza: si può rifiutarlo, il calcio, ma occorre forza di volontà (oppure bisogna guardare intensamente la faccia di certi dirigenti). Le vigilie, le partite, i rimpianti, le discussioni coi colleghi, soprattutto con gli juventini, che hanno il difetto di vincere troppo spesso. I ragionamenti splendidamente assurdi con cui tentiamo di difendere i nostri beniamini, anche quando sono indifendibili. Tutte queste cose ci piacciono. Sono tra le poche prevedibili in un Paese fin troppo sorprendente.

Anni fa, il libro di un giornalista straniero sull'Italia s'intitolava *Cosa fa la Juve?* (o il Milan, o l'Inter: non ricordo). L'autore era colpito dal popolo-senza-radiolina che, la domenica pomeriggio, chiedeva al popolo-con-radiolina come andassero le partite. Ecco perché tanti di noi sono contrari al campionato-spezzatino. Il rito collettivo diventa un attacco di singhiozzo. Come gioire completamente, non conoscendo gli altri risultati? Come disperarsi teatralmente dopo una sconfitta, se la sera anche gli odiati rivali potrebbero perdere?

La terza questione è altrettanto evidente: il calcio è la commedia umana. Alcuni personaggi sembrano esser stati inventati da un romanziere di talento. Perché i tifosi dell'Inter stavano con Hector Cuper e non con Roger-Ronie-Rabbit, e gli hanno voluto bene perfino mentre applaudivano il suo licenziamento? Perché Fratello Ettore magari ne combinava di tutti i colori (vedi i derby col Milan), ma sembrava incapace di malizie (sembrava: magari è un Moggi delle pampas). Il suo stile era impeccabile. Solo Schillaci (centravanti) sgranava gli occhi meglio di lui, solo Salinger (narratore) esibisce silenzi altrettanto loquaci. Fateci caso. Se Cuper indossava la cravatta, la teneva allentata come un detective privato, un tipo alla Philip Marlowe (se l'avesse stretta al collo, avremmo pensato a un tentativo di suicidio). La cravatta di Hector era l'inizio di un racconto: il resto lo scriveva ognuno di noi (ora che ci penso: anche Zaccheroni allenta la cravatta in modo interessante. Bene: forse possiamo sognare ancora).

Lo sport – tutti gli sport, non solo il calcio – è terreno d'incontro tra letteratura e vita o, se preferite, tra fantasia e realtà. L'elenco degli scrittori che si sono occupati di sport – spesso, praticandolo – è lunghissimo: Albert Camus e il calcio, Norman Mailer e la boxe, Irwin Shaw e il football, Hemingway e quasi tutto (pesca, boxe, caccia grossa), Don DeLillo e il baseball, John Updike e il golf. Mordecai Richler – l'autore di *La versione di Barney* – con *Il mio biliardo* riesce ad appassionare allo snooker anche chi non distingue una buca da biliardo dalla tana di una talpa.

Vent'anni fa, Giovanni Arpino veniva al «Giornale» di Montanelli e scriveva di calcio. Ricordo: non mi capacitavo della cosa. Ma lui si stupiva del mio stupore di ventiseienne («Nel calcio circola la vita, come nei giornali» mi ha detto un giorno. «Non vorrai che faccia il letterato guardando le cime degli alberi?»).

Un altro scrittore, Frederick Exley, spiega nel *Taccuino di un tifoso* perché il football (americano) lo riconcilia con la vita: «In parte, perché lo vedo come un'isola di chiarezza in un mondo che chiaro non è. Nel football bisogna portare a termine un compito difficile, brutale, e le possibilità sono due: successo o fallimento. Niente vaghezze, nessuna retorica».

Non è il riassunto perfetto di ciò che aspetta noi dell'Inter, ogni anno?

Ogni sport inventa il proprio linguaggio, che gli adepti capiscono. Vale anche per il calcio. Un tempo i responsabili delle espressioni più strampalate erano i telecronisti. Oggi le stesse espressioni fanno parte della lingua quotidiana. Mi chiedo cosa capirebbe un alieno (che so, un americano appassionato di baseball), se arrivasse in Italia e ci sentisse parlare. Ecco, quindi, un piccolo dizionario bilingue (Footballese/Italiano), che potrebbe tornare utile. Non necessariamente con gli alieni e gli americani. C'è sempre un amico/amica che dev'essere rieducato/a.

Allarga – «Allargare» vuol dire mandare la palla verso i lati del campo (fasce: vedi alla voce), dove si suppone che ci sia un compagno in attesa. Se il compagno non c'è, chi allarga è un somaro. Importante: al verbo «allargare» non corrisponde il sostantivo «allargamento» (quello è riservato all'Unione Europea), bensì «apertura».

Cambia gioco – Non è l'invito rivolto a un calciatore affinché si dia all'atletica, all'ippica o alla pallamano. «Cambiare gioco» significa spostare l'azione da destra a sinistra, o viceversa.

Copre la fascia – Non vuol dire che il capitano, imbarazzato per la pessima prestazione, mette la mano sul braccio cercando di nascondere i gradi. «Coprire la fascia» significa giocare all'esterno del campo (non fuori del tutto: la palla deve stare dentro la riga bianca). Un tempo, quando tutto era più semplice e Domenghini da solo correva come metà dell'Inter, si diceva: «Gioca ala».

Fasce – Alcuni giocatori – ormai dovrebbe essere chiaro – giocano ai lati dello schieramento. In questo caso si chiamano «giocatori di fascia». I «giocatori in fasce» per ora non esistono. Ma si narra di osservatori europei che battono gli asili-nido dell'Africa a caccia di nuovi talenti.

In fase propositiva – Vuol dire che la squadra, finalmente, prova a combinare qualcosa, invece di difendersi e basta.

Raddoppia – Una squadra raddoppia se, fatto un gol, ne segna un altro. Un giocatore raddoppia se aiuta un compagno in difficoltà, il quale non lo ringrazierà neppure.

Scarse geometrie – Significa che una squadra continua a sbagliare i passaggi. Voi penserete: «Ma porca miseria! Dicano allora "la squadra continua a sbagliare i passaggi"». Giusto. Ma nessuno lo fa.

Si frappone – Si mette in mezzo. L'espressione «si frappone» viene utilizzata solo da alcuni etilisti in fase euforica e dai telecronisti (sobri, si suppone). Nessun altro dice «si frappone». Provate a immaginare: sale in macchina una vostra amica, siete già in due sul sedile posteriore, le dite: «Rita, frapponiti!». Come minimo, la ragazza vi lancerà un'occhiata che azionerà il lunotto termico.

Si rifugia in angolo – Nessuno oggi calcia la palla in corner. I difensori «si rifugiano in angolo», neanche la bandierina fosse una tenda da campeggio.

Si sovrappone – Il giocatore A ha la palla. Il giocatore B lo supera di corsa e aspetta il passaggio. Se il giocatore A non passa al giocatore B, lo stadio protesta. Anche il giocatore B, quando riprende fiato.

Spezza il gioco – Rovina l'azione degli avversari, che non sono contenti e devono ricominciare.

Smista – Passa la palla prima che gliela portino via.

Uno-due – Nel basket si dice «dài e vai». A passa a B e corre a ricevere il passaggio di ritorno. Non ci riesce quasi mai, ma i tifosi sono contenti comunque e applaudono.

Verticalizzazione – Passaggio in avanti (non passaggio indietro, anche se la linea è in ogni caso verticale). Un passaggio laterale, invece, non è una orizzontalizzazione. Chissà poi perché.

«Per me conta il gioco di squadra.» «Bisogna unire lo spogliatoio.» «Siamo ai minuti di recupero.» «Si avvicinano i calci di rigore.» «Autogol? Direi di no.» Domanda: chi, negli ultimi tempi, ha pronunciato queste frasi? Maurizio Mosca? Massimo Moratti, lo psicoanalista di San Siro? Oba Martins, che ha improvvisamente imparato l'italiano? Risposte sbagliate. Le frasi vengono dalle pagine politiche dei quotidiani.

La metafora sportiva – dal giorno in cui Silvio Berlusconi è «sceso in campo» (trasformando l'incoraggiamento per la *nostra* nazionale nel nome del *suo* partito) – non ha conosciuto un momento di stanchezza. Motivo? Più d'uno, probabilmente.

Innanzitutto, chi parla in questo modo ha l'impressione di essere capito. Dire «si avvicinano i calci di rigore», per un tifoso della Juventus (Manchester, 28 maggio 2003) e della nazionale italiana (Mondiali 1994 e

1998), è un concetto dolorosamente chiaro: meglio evitarli. Un'equivalente espressione idiomatica – «Siamo agli sgoccioli» – ricorda il tempo in cui la gente imbottigliava il vino e travasava l'olio. Attività che, a torto o a ragione, oggi non vengono considerate particolarmente eccitanti.

Un secondo motivo per cui gli uomini pubblici (politici in testa) amano la metafora sportiva: sperano di suscitare entusiasmo. Anni fa, quando Romano Prodi ha voluto commentare le apparenti ostilità tedesche al nostro ingresso nella moneta unica, non ha affrontato (saggiamente) la questione del debito pubblico complessivo. Ha evocato invece un momento di euforia collettiva: «La Germania si ricordi di Italia-Germania 4-3. Abbiamo già vinto una volta ai supplementari!». Si trattava – riconosciamolo – di un passo avanti rispetto ai «sorci verdi» che pochi mesi prima, sempre secondo Prodi, dovevamo far vedere ai francesi. Mostrare in giro ratti di colore insolito, infatti, suscitava un certo ribrezzo; ricordare quella magica notte messicana provocava fermenti patriottici.

Le settimane seguite all'11 settembre 2001 hanno portato a una recrudescenza del fenomeno. È capitato di leggere «contropiede dei mujaheddin» e «autogol degli americani» (che non sanno nemmeno cos'è un gol: figuriamoci un autogol). Qualche mese prima l'allora ministro Enrico Letta diceva al centrosinistra: «Basta con gli autogol o perdiamo», e Francesco Rutelli insisteva: «Possiamo vincere con un autogol». Ora lo sappiamo: aveva ragione il primo.

L'aspetto epico-sportivo, sembra di capire, risveglia la nazione dal torpore. Una ricerca nell'archivio del «Corriere» conferma che, usando parole-chiave come «fuorigioco» e «pressing», non si trovano solo articoli sportivi. La diffusione della metafora calcistica è tale che, davanti a un titolo come «Agnelli: il problema è la ripresa», viene un dubbio: l'Avvocato – che salutiamo da quaggiù – si riferiva alla ripresa economica o al secondo tempo della Juventus? Allargassimo la ricerca alle parole di altri sport, i risultati sarebbero altrettanto sorprendenti. Gustatevi questa sontuosa allegoria sindacal-ciclistica: «In questa corsa in salita non vorremmo fossero i lavoratori a pedalare e altri a ritirare la coppa». Se D'Annunzio fosse intervenuto a quel congresso della CISL, non avrebbe saputo far meglio di D'Antoni.

Sto leggendo un libro di Emilio Cecchi, squisito (e dimenticato) scrittore fiorentino. Si intitola *Corse al trotto*, ed è stato pubblicato da Sansoni nel 1952: mezzo secolo fa. Uscisse oggi, il titolo sarebbe *Corse al galoppo* (versione rilegata), *A briglia sciolta* (edizione economica), *Cavalcare presto e bene* (edizione per le scuole), *Il rodeo facile in venti lezioni* (opera a fascicoli), *L'impero del trotto sfrenato* (videocassetta allegata). Nessuno accetta più d'andar piano, in Italia. Solo Varenne era autorizzato a trottare, perché era un fulmine.

Eppure la lentezza – a differenza dell'ozio, che richiede doti agonistiche – ha ancora il suo fascino. Certo: è complicata, ostica, spesso di difficile comprensione. Il concetto però comincia a farsi strada in letteratura e nel marketing. Qualche anno fa, ha contribuito a vendere un libro mediocre (Kundera, che come se non bastasse si chiama Milan). Qualcuno, forse colpito allo stomaco da una scarica di Big Mac, ha scoperto lo Slow Food (che è in sostanza il modo di mangiare normale, italiano, pre-hamburger: primo, secondo, contorno, vino, il tutto servito da un cameriere con l'aria vagamente assente). E nello sport? Quali possibilità ha la lentezza?

Vien da dire: poche. Nello sport moderno – dal calcio all'automobilismo, dal tennis allo sci – tutto sembra tendere verso la velocità. Sembra. Ma provate a cercare le tracce della lentezza: ci sono.

I movimenti del velista sono misurati. Il golfista non

corre da una buca all'altra: cammina. Il pescatore riprende lentamente la lenza. Anche Elisa Frisoni, tre volte campionessa mondiale juniores di ciclismo su pista, sembra affascinata dalla lentezza. «Ho un debole per le tartarughe» ha dichiarato.

Non siete convinti? Pensate al ritmo con cui Michael Schumacher impara l'italiano. Come definirlo, se non lento? Lenta è stata l'ascesa della pallavolo femminile. Lentissima – impercettibile, direi – la resurrezione del tennis maschile. Per venire al calcio: lento – da sbadiglio – è spesso l'inizio del campionato. Lenta è stata la sostituzione di Monsignor Pizzul. Va bene che è grande e grosso, ma per rimpiazzarlo alla RAI dovevano chiamarne addirittura sei?

Pensate allo scatto di Conceicao quand'era all'Inter: come definirlo, se non lento? Voi direte: ma Cordoba è velocissimo! Vero (e guai se non lo fanno giocare). Ma lento è stato l'acquisto di Chivu da parte della Roma, lenta (e pericolosa) la disputa sul Catania in serie B.

Lentissima, infine, è stata la comprensione dell'enigma Luciano/Eriberto. Fateci capire. Perché uno che si chiama Luciano Siqueira De Oliveira si faceva chiamare Eriberto Da Conceicao Silva? Non poteva cambiare un nome solo? Luciano Siqueira Da Silva non andava bene? Anche Eriberto Siqueira De Oliveira non suonava male, così come le altre combinazioni. Ci spieghi questo mistero, Luciano/Eriberto. Lentamente. Non c'è fretta.

Sono contento che l'Arena di Milano venga intitolata a Brera. No, signora: non stiamo parlando del vicino quartiere coi ristoranti così carini. Un altro Brera. Giovanni fu Carlo, detto Gianni, nato a San Zenone Po, provincia di Pavia: uno che merita questo onore. Quando scriveva aveva infatti una voce inconfondibile, e questo è il marchio dei fuoriclasse. Non solo. Brera sapeva, e riusciva a spiegare, come lo sport sia anche quello che ci sta intorno. Le passioni e le attese, i colori e i rumori, la luce del pomeriggio e i fari delle notturne, i viaggi e la folla, le cene e i ricordi, i rientri la domenica sera e le discussioni del lunedì.

Non posso dire d'averlo conosciuto, Brera. L'ho incrociato un paio di volte quando lavorava al «Giornale», dove l'aveva trascinato Indro Montanelli. Veniva considerato scontroso. Non so se lo fosse davvero, e comunque non è importante. Perché Gianni Brera scriveva profumato. E a chi scrive profumato si perdona tutto.

Quello che raccontava, con la scusa della partita, rimandava sempre a qualcos'altro. Un passaggio diventava un paesaggio, un'infanzia, una lettura dimenticata. Negli anni Settanta leggevo Gianni Brera sul «Giorno». Al Bar Garibaldi di Crema – dove andavamo a guardare le discese libere alla TV Svizzera e le ragazze che prendevano il pullman per Orzinuovi – il giornale stava sul frigorifero dei gelati. Per prendere due mottarelli, bisognava spostarlo. Per spostarlo, occorreva guardarlo. Guardandolo, l'occhio cadeva sulla pagina dello sport. A quel punto, mordevamo il mottarello leggendo Brera. Vi assicuro che ci sono modi peggiori di passare un pomeriggio d'estate.

Il frigo dei gelati del Bar Garibaldi era l'altarino, un posto d'onore dove qualunque giornalista dovrebbe essere orgoglioso di finire. Nella rassegna stampa ti può citare un collega amico. Sul frigo dei gelati ti segue solo un estimatore. La giuria spietata dei mottarellisti d'Italia non conosce infatti favoritismi. Quando incontra un Brera, lo riconosce e lo premia.

Dovete pensare che quell'Italia non conosceva ancora il dibattito calcistico televisivo (in cui anche il nostro sarebbe finito, più avanti: un leone in un circo, annoiato e un po' patetico). I giornali, trent'anni fa, erano l'unica palestra dove esercitare gli umori calcistici. In questo, Brera era un maestro. Era un instancabile produttore di parole (del suo «calciolinguaggio» ha scritto Andrea

Maietti da Lodi), un poeta rustico, un uomo di magnifica parzialità.

Non credo molto, infatti, alla neutralità sportiva (all'onestà, sì). I colleghi che oggi leggo più volentieri parteggiano (anche quando cercano di nasconderlo), soffrono e si arrabbiano. Gianni Brera dava l'impressione di essere incavolato full-time, come direbbero in Bocconi. Aveva le sue idee, e guai se qualcuno osava contraddirlo. Giacinto Facchetti, per esempio, era il suo centravanti privato: lo voleva là, piantato in mezzo all'area di rigore, come un pioppo fra Treviglio e Pavia. Se qualcuno osava discutere, si irritava. Si irritava se le squadre attaccavano troppo, e se difendevano male. Aveva una visione epica della partita. Sono sicuro che della mia Inter apprezzerebbe i due Zanetti: gente che, con una corazza addosso, sarebbe stata adatta a qualche guerra di Omero.

Qui mi fermo, sperando che qualcuno, chiuso questo libro, abbia voglia di riprendere in mano quelli di Gianni Brera. Però non li legga in poltrona, davanti alla TV, mentre va in onda la pubblicità. Li legga in una trattoria lombarda, con due fette di salame nel piatto, un bicchiere di rosso davanti e una lastra di nebbia tra gli alberi.

Manuale dell'uomo domestico

Dedicato a tutte le donne che mi hanno sopportato (alcune ancora mi sopportano)

«Leggendo non cerchiamo idee nuove, ma pensieri già da noi pensati, che acquistano sulla pagina un suggello di conferma.»

Cesare Pavese, *Il mestiere di vivere*

Italian Polaroid
(Una specie di introduzione)

Questa è un'introduzione coerente scritta da un incoerente. Mi ero ripromesso, dopo il *Manuale dell'imperfetto viaggiatore* (Rizzoli, 2000), di non raccogliere altri pezzi in un libro. Poi ho scoperto una cosa. Anzi, due. Innanzitutto, è impossibile portare trecento riviste su un treno, a letto o su un prato. E poi, se non avessi deciso di pubblicare questo secondo *Manuale*, tutto quanto ho scritto per «Io Donna» (non è una dichiarazione esistenziale, ma il femminile del «Corriere della Sera») sarebbe andato perduto.

Voi direte: a chi importa? Be', a me. E, spero, a qualcuno di voi. Mi illudo infatti che quei corsivi siano piaciuti a chi li ha letti. E possano piacere a chi ancora non li conosce. Non sono, infatti, articoli di un quotidiano, legati all'attualità. Sono tessere di un mosaico. Anzi, sono le Polaroid di questi anni (1996-2002). E sapete? Talvolta le Polaroid sono meglio delle fotografie. Più efficaci e immediate.

Scrivo queste cose perché mi sembra onesto. Ma sono convinto che molti faticheranno a credere che le prossime pagine non siano nate come capitoli d'un libro. Sono rimasto sorpreso anch'io, quando mi sono accorto della facilità con cui una considerazione lasciava posto a un'altra, e tutte insieme illustravano un argomento. Non credevo d'aver scritto tanto di famiglie e bambini, uffici e negozi, automobili e vacanze, dell'avvento della posta elettronica e dell'uso italiano dei cellulari, notoriamente geniale e perverso.

Ma chissà: forse non è così sorprendente. Forse non è del tutto strano che, da una rubrica settimanale, esca un ritratto dell'Italia quotidiana. Se cinquantadue sabati fanno un anno, sei anni fanno un'epoca. Un'epoca in cui sono successe molte cose.

La nostra vita ha subìto una brusca accelerazione, e uno scarto d'umore. Dalla metà degli anni Novanta a oggi sono cambiati le abitudini e le ossessioni, le curiosità e gli acquisti, i timori e l'autoindulgenza (entrambi in aumento), gli umori e i governi. Il mondo è mutato, e l'Italia – anche se ogni tanto se ne dimentica – fa parte del mondo.

Eppure non troverete, in questo libro, riferimenti diretti ai grandi avvenimenti di questi anni, di cui anch'io ho scritto sul «Corriere della Sera» e sull'«Economist». Troverete invece le ricadute di quegli avvenimenti. Il *fall-out* personale, familiare, sociale e sentimentale di quei fatti (scusate il termine *fall-out*. Ma se non usassi un'espressione inglese di tanto in tanto, che italiano sarei?).

Nella rubrica di «Io Donna» (come in quella di «Qui Touring», da cui ho tratto qualche spunto per gli ultimi capitoli) ho scelto di concentrarmi sulla nostra vita quotidiana, e analizzarla nei dettagli. Montanelli mi ha insegnato a mettermi sempre nei panni dei lettori. Be', io vi immaginavo il sabato mattina, finalmente tranquilli, a letto, in cucina o in un bar. E volevo offrirvi quello che, in America, chiamano *food for thought*, cibo per i pensieri. Cibo divertente, naturalmente: si digerisce meglio.

Le considerazioni che leggerete – immagino – le avete fatte anche voi; io vorrei solo aiutarvi a fissarle. Offrirvi materiale per una riflessione, occasioni per un sorriso, pretesti per un esame di coscienza, possibilità di una risata, munizioni per prendere in giro mariti, fidanzati, amici, colleghi. E, naturalmente, mogli, fidanzate, amiche e colleghe (che sono sempre complici, se non altro perché ci sopportano).

Ecco, mi sono confessato. Ora l'assoluzione tocca a voi. Mi auguro che questo *Manuale dell'uomo domestico* vi diverta e vi faccia pensare al mondo – e al modo – in cui viviamo. L'Italia, infatti, si nasconde nei dettagli, alcuni formidabili e preziosi. Come i cercatori d'oro, io li raccolgo e ve li sottopongo. Fatemi sapere se sono sassi o pepite.

Crema, settembre 2002

1

Le cose che facciamo
IN CASA

Un tempo le case venivano costruite, poi abitate. Oggi siamo al cantiere continuo: demolizioni, apertura di porte e finestre, pavimentazioni e piastrellature. Appena finito, cambia il proprietario. E si ricomincia.

La ristrutturazione ha sostituito la filosofia, nella società moderna. È un modo di occupare il tempo, con la differenza che gli architetti fanno più rumore dei filosofi (e la filosofia non era soggetta all'Iva). Suddividere le stanze, alzare il pavimento, abbassare il soffitto, allargare la cucina: i condomini sono alveari insoddisfatti, e i vecchi edifici sono templi dove le famiglie sfidano gli dèi dell'urbanistica (chiamando «manutenzione straordinaria» una demolizione tellurica). Le strutture portanti delle nostre case sono in pericolo, o meglio: sono nelle mani di allegri muratori bergamaschi, che parlano dell'Atalanta mentre scalpellano le nostre vite.

La ristrutturazione nevrotica ha anche un aspetto ludico: la disposizione delle stanze, nelle abitazioni, cambia continuamente. Così, se andate a cena da vecchi amici e vi dirigete spediti verso il bagno, vi ritrovate nella stanza della baby-sitter (e la ragazza potrebbe non gradire, soprattutto se avete già cominciato a spogliarvi). Un tempo – mi ha scritto un lettore – «gli edifici avevano una struttura logica per ragioni tecniche e d'uso» (le cucine sopra le cucine; i bagni sopra i bagni; le camere da letto sopra le camere da letto). Oggi è l'anarchia assoluta. Ci si trova a mangiare sotto lo scarico di una lavatrice (o peggio), e a dormire sopra un soggiorno popolato di adolescenti rock. Le prese d'aria delle cucine sbucano ovunque. Le facciate sembrano groviera, mentre i balconi offrono al vento le orbite bianche delle parabole e vetrate lattiginose, che sono il modo italiano di ottenere una stanza in più, alla faccia della volumetria.

Cosa ci riserva il futuro? Niente di speciale: probabilmente finiremo per tenerci in casa i muratori, così saranno sempre a disposizione. In fondo, cosa ci vuole? Un bel soppalco, la cucina abitabile, il terzo bagno e cinquantamila euro all'anno per le loro piccole spese.

* * *

Acquistare piastrelle viene giudicata un'attività secondaria. È una sciocchezza. Innanzitutto, gli errori in materia sono spesso irreparabili (o meglio, sono riparabili solo acquistando altre piastrelle). Un rivestimento sbagliato vi guarderà biecamente per anni, dalla parete del bagno o dal piano di lavoro della cucina, ricordandovi l'antica leggerezza. Non solo. Le piastrelle sono l'anima rigida e colorata della nazione: si sporcano, si rigano, si crepano, e pongono delicati problemi di coscienza. Prendiamo i nomi. La fantasia dei produttori e dei loro architetti appare senza limiti. I soggetti sensibili rimarranno turbati.

Per esempio: non credo esista una singola piastrella, nella sterminata produzione nazionale, che ammetta di essere «azzurra». C'è il colore Spinnaker Blu, Azzurro Malva, Scirocco, Acqua di Baia Sardinia e Cielo del Sahara (non invento: cito). In effetti, come qualsiasi bambino può confermare, sono tutte azzurre; ma, poiché i nomi sono gratis e nel Sahara nessuno protesta, le ditte produttrici si sono lanciate. Dubito che abbiano osservato il cielo del deserto. Per quello che ne sanno, potrebbe essere verde pisello. Ma, al momento della scelta, non hanno dubbi: chi trascura una piastrella azzurra, potrebbe farsi tentare dal cielo del Sahara (per schiaffarlo nel bagno di servizio).

Non prendete sottogamba questo esotismo da catalogo. La spericolata citazione cromatica è la prova che siamo arrivati a pigiare tutto nel tritasassi commerciale; poi guardiamo nel foro d'uscita, sperando che esca qualche emozione. Questo vale per le piastrelle e per gli abiti, per le scarpe e per le automobili. Un paio di visite presso concessionari mi hanno rivelato l'esistenza del Bianco Casablanca, del Verde Cosmico, del Blu Jazz, del Rosso Flash e del Nero Vulcano. Termini che nessuno adopera («Cara, posso prendere la macchina Bianco Casablanca?» «Caro, dimmi: hai bevuto di nuovo?»), nemmeno gli agenti della stradale («L'autoveicolo Verde Cosmico procedeva in direzione sud, quando il furgone Blu Jazz si è immesso sulla carreggiata...»). Confesso: vorrei psicanalizzare l'inventore di quei nomi. Ma, poiché non sono uno psicanalista, mi accontenterei di invitarlo a colazione, fissarlo negli occhi Nero Vulcano, e vederlo diventare Rosso Flash.

* * *

Ecco alcune richieste dei milanesi nel più rinomato ferramenta della città, «Meazza». Le frasi sono state raccolte, nel corso degli anni, dai commessi. Il documento completo (nove pagine) è stupefacente. Quando sono di cattivo umore, ne leggo qualche riga. Tra parentesi, alcune possibili spiegazioni: ma la mente del «bricoleur» è misteriosa, e chissà cosa nasconde.

Avete il pongo per incastonare una cucina?
(stucco?)
Avete i meccanismi per le finestre evariste?
(vasistas?)
Sto cercando le maniglie con pisellino.
Avete i chiodini autoadesivi?
Avete i paraventi per gatti?

Mia nuora mi ha chiesto il nastro adesivo con gli spilli che messo sulla ringhiera del balcone fa pungere le mani dei miei nipotini così non s'appoggiano.
(*bambini o piccioni?*)
Avete i portacravatte a pile?
Avete i ganci per appendere un piatto vinto col «Sale di Sicilia»?
Il commesso mostra al cliente una ruota da mobile, e dice: «Vede, rispetto alla sua è un pochino più bassa». Cliente: «Ma crea problemi per la velocità?».
Avete i carabinieri per le persiane?
Avete i pompelmi per mobili?
(*pomelli?*)
Avete i chiodi magici?
Non ha qualche maniglia un po' movimentata?
Avete profilattici di alluminio?
Vorrei uno zoccolino in plastica con ascella.
C'è qualcosa per avvitare una farfalla?
Dove posso vedere le zampe da tavolo?
(*di solito si parla di «gambe». Ma il cliente deve aver trovato affinità tra il tavolo e il cane di casa*)
Avete una calamita per il vetro?
Queste ruote non le avete un po' più quadrate?
Scusi, vorrei un metro da cinque metri.
Cercavo l'uomo morto per vestiti.
(*ometto?*)
Avete maniglie abbronzate?
Mi serve una serratura per una maniglia che gira in folle.
Avete l'assorbente per i caloriferi?
Cerco un bastone per tende ramificato.
(*ramato?*)
Scusi, questa pattumiera va bene per il mio bagno?

Quest'ultima domanda è la mia preferita. Come vorrei vederlo, quel bagno milanese.

* * *

Se fossi un sociologo, mi prenderei come assistente un corniciaio. Ciò che gli italiani mettono dentro un quadro – e poi, purtroppo, appendono ai muri – non rappresenta solo un'indicazione delle turbe individuali, ma un campionario delle fissazioni nazionali.

Sospettavo da tempo che il problema fosse serio; e alcune recenti visite in un negozio di cornici mi hanno convinto d'avere ragione. Disseminati sui banconi e addossati ai muri, pronti per i posteri (che, essendo posteri, non possono protestare) c'erano gli oggetti più strani: finti papiri egizi e riviste, agghiaccianti gigantografie di bambini e fogli di calendario, stampe antiche di almeno tre anni e maxi-poster dei Caraibi che, appesi nella camera di un'adolescente, possono spiegare una fuga da casa.

Il corniciaio, vedendo il mio stupore, ha sorriso. Con la calma serena del saggio, ha detto: «Ciò che lei vede, non è niente». Nell'ultima settimana – ha spiegato – aveva dovuto incorniciare una maglietta da calcio sudata (gli era stato proibito lavarla) e un paio di calzettoni (portavano un autografo, apparentemente); otto stampe pornografiche, dozzine di oleografie e innumerevoli riproduzioni, ognuna delle quali valeva un decimo della cornice che la conteneva. Il giorno prima gli era toccato costruire una cornice speciale – una sorta di cofanetto pensile – per esporre un reggiseno che un cliente aveva ricevuto in dono in discoteca (questa, almeno, la versione ufficiale).

Provate a pensarci. Il fenomeno turistico che gli antropologi chiamano «incorniciamento ed elevazione» (più un oggetto viene messo in evidenza, più appare appetibile) si è ormai trasferito nella vita domestica. In altri paesi non avviene. Negli Stati Uniti, per esempio, i prezzi delle cornici su misura sono proibitivi, e questo scoraggia gli esperimenti. Nel mondo arabo manca la tradizione; in Giappone mancano i muri. In Italia, invece, siamo ormai alla tassidermia del passato prossimo:

siamo tutti ansiosi di imbalsamare i ricordi, prima che ci scappino di mano e di mente.

Non si salva più nessuno. Non il sottoscritto, che ha un conto dal corniciaio; non il corniciaio, che – sospetto – potrebbe incorniciare queste pagine del sottoscritto.

* * *

Osservateli, quando andate in casa d'altri. Sono lucidi, robusti, intensi e intonsi. Sono i celebri Libri della Scala, un patrimonio segreto della cultura italiana.

I Libri della Scala, naturalmente, non stanno solo sulle scale, ma anche di fianco ai caloriferi, lungo i corridoi, sdraiati sotto il televisore (perché sono sempre un centimetro troppo alti). Si occupano di cose magnifiche (scavi, chiese, pittura, storia, viaggi, spiagge e gastronomia) e hanno illustrazioni spettacolari. Raramente sono stati acquistati. Quasi sempre arrivano da soli, come i pensieri. Chi li diffonde è pieno di buone intenzioni. Banche, associazioni, società, enti, fondazioni: una fiumana che non si riversa nel mare del mercato, ma prende canali misteriosi. Regali, omaggi, ricordi per l'ospite, doni al conferenziere. In sedici anni di incontri presso Lions e Rotary (1984-2000, ora sono un baby-pensionato del ramo) ho accumulato una gigantesca bibliografia sui campanili d'Italia. La scala di casa Severgnini potrebbe fare a meno dei muri. Basterebbero i volumi.

Ripeto: quasi sempre i Libri della Scala sono ottimi. Belli, profumati di carta lucida, aperti da una prefazione in cui qualcuno si chiede come l'umanità (la banca, il paese, la provincia, il club, l'associazione, la comunità montana) abbia potuto farne a meno, fino a quel momento. Sono anche interessanti: a patto che interessino.

E qui sta, forse, la soluzione. I Libri della Scala non vanno lasciati sulla scala, bensì riciclati forsennatamente. Prima o poi troveranno il destinatario ideale: qualcuno che li sfoglierà, li leggerà e – udite, udite – li sgualcirà, finalmente. In questi giorni ho conservato un album fotografico sull'Italia del dopoguerra (m'interessava); ma ho girato un volume sulla biblioteca Ambrosiana (a un amico milanese colto), un libro della Ducati (a un cognato motociclista), uno studio sui Buddha (a un quarantenne orientalista), un catalogo sul design (a una collaboratrice sofisticata). Il tomo anastatico sulle macchine d'invenzione (*Theatrum Instrumentorum et Machinarum*) è andato a un amico architetto.

A ognuno ho detto quello che stavo facendo: cercavo casa per un libro. Un posto dove qualcuno lo amasse e lo apprezzasse. E non lo mettesse sulla scala.

* * *

Sia lode alla scomodità minima necessaria: guai se è tutto troppo facile. Qualche difficoltà aiuta i muscoli e l'umore. Le macchine sono fatte per risparmiarci fatica: dal trapano al frullatore, dallo schiaccianoci ai vetri elettrici dell'auto. Dovessimo approfittare di tutte le facilitazioni che ci vengono proposte, ci ridurremmo come amebe (qualcuna in giro se ne vede già). Sia chiaro: non è un invito a rompere le noci con la testa e a bucare il muro con le dita. È soltanto un suggerimento: non aboliamo la scomodità dalla nostra vita. Serve anche quella.

Un esempio, per capirci. Mi è capitato di soccorrere ospiti che arrivano alla mia porta (secondo piano) con gli occhi di fuori, emettendo rantoli preoccupanti. Quando riprendono conoscenza, ammettono di essere schiavi dell'ascensore: gli unici gradini che conoscono, ormai, sono quelli della carriera. Errore. Fare a meno, ogni tanto, dell'ascensore, ha tre vantaggi: non si resta chiusi dentro, si evitano conversazioni cretine e ci si tiene in esercizio. Un ottantenne che sale duecento gradini al giorno (cinque volte quaranta gradini) avrà un fiato che un ascensorista cinquantenne si sogna. La sceneggiata con la mountain-bike due volte l'anno, infatti, non serve a niente.

Ricordate, però: la scomodità necessaria è una conquista. Non ce la regala nessuno. Tutti cercano di semplificarci la vita, eliminando gli sforzi. Talvolta occorre accettare il regalo (il computer è più comodo della macchina per scrivere; i cancelli automatici ci risparmiano le parolacce di quelli bloccati nella via, in attesa che noi apriamo a mano). Altre volte, il dono non è necessario. Si va dal gadget splendidamente inutile (il cappellino con aria condizionata che volevano vendermi in America) all'elettrodomestico intelligente per un albergo, ma superfluo nelle nostre case. Non tollero, per esempio, che qualcuno mi tolga il piacere primitivo di aprire una confezione di pelati con l'apriscatole (possibilmente senza tagliarmi un dito). Non accetto di essere circondato da congegni sputaghiaccio, affettatrici e (orrore!) macchine per il caffè. Un tempo avevo dichiarato guerra anche alla lavastoviglie, finché non sono stato informato che avrei dovuto sostituirla io.

* * *

Come gli scoiattoli, all'avvicinarsi dell'inverno, uomini e donne riempiono la tana di provviste. Non si tratta di ghiande (il che potrebbe essere eccentrico, ma innocuo). Si tratta di progetti, e soprattutto di oggetti.

L'autunno è la stagione dell'accumulo e dei propositi. C'è chi giura di voler imparare l'inglese e chi si ripromette di andare a ginnastica; e chi comincia a riempire l'abitazione di prodotti di ogni tipo. Ogni sera, ascensori e scale portano nelle case oggetti nuovi; e buttarne un po' dal balcone a Capodanno, come facevano una volta a Napoli, non si può. Il risultato è che le nostre case stanno diventando depositi e grandi magazzini (non nel senso di supermarket, ma di magazzini, grandi). Penso alle videocassette: con quelle che mi circondano potrei innalzare una colonna grande come la casa; oppure costruire un fortino e giocare a Fort Apache. Molte di quelle cassette non le voglio. Arrivano da sole, per canali misteriosi, e io non so con chi scambiarle, e mi manca il coraggio di buttarle via (anche perché non ho ancora trovato il sacchetto giusto: plastica, prodotti chimici o semplice spazzatura, come suggerisce l'istinto dopo aver visto alcuni film?).

Propongo un nome per questa malattia sociale: *troppismo*. Oggettivamente gli oggetti stancano, se superano una certa quantità. Quando occupano ogni cassetto, ogni scaffale e ogni ripostiglio, subentra il panico. Esistono armadi, nelle case italiane, che dovrebbero portare un cartello «Pericolo Valanghe». Aprendoli, si rischia di finire travolti da cianfrusaglie, piccoli elettrodomestici, vecchi giocattoli, corsi d'inglese, scatole e spazzole (ho un sacrosanto timore delle spazzole: scivolano a valle con facilità). La nostra furia commerciale è inversamente proporzionale ai nostri bisogni: ed è troppo comodo dare la colpa alla pubblicità. La verità è che nel mare del mondo usiamo gli oggetti come salvagente. Ma pensate la disperazione, se uno si trova naufrago, aggrappato a due videocassette di Tinto Brass.

* * *

Un tempo, quelli che non volevano buttare via niente erano i nonni: cresciuti in un'Italia più povera, erano parsimoniosi per natura. Non solo. Molti oggetti ricordavano loro il passato, e per questo volevano averli intorno, come zattere nel mare della modernità. Ora il fenomeno è esteso ai figli e ai nipoti. I Conservatori italiani, ormai, non hanno età.

Questi individui sono, quasi sempre, di sesso maschile. Mentre le mogli e le mamme, con piglio futurista, si aggirano per casa con grandi sacchi neri, i mariti e i figli corrono a nascondere maglioni sgualciti e borse sformate, auguri di Natale 1982 e audiocassette esauste, bomboniere di sconosciuti e vecchie riviste. Leggerete, nel prossimo capitolo, della battaglia per tenere in casa il mio primo computer (Apple Macintosh SE, 1987). Resisto, per adesso, ma l'amata avversaria non si dà per vinta, e cerca nuovi obiettivi. Sabato ho nascosto – callido come Ulisse, rapido come Achille – le vecchie magliette. Mia moglie dice: sembrano stracci. Io ribatto che sono il mio diario tessile.

C'è quella che indossavo per giocare a pallavolo al ginnasio «Racchetti» di Crema (1971): viola e immensa, ereditata da un colosso di terza liceo. C'è quella riportata dal primo viaggio in America (1977), col nome stampato sulle spalle; e quella a rombi bianconeri, reperto di una fase ska opportunamente rimossa (1980). Ci sono le T-shirt dei congressi inglesi, con sopra «I love Maggie» (1984); e quelle dei vertici Usa-Urss (Washington 1987, Mosca 1988), con «Mickey Gorbaciov» vestito da Topolino. C'è la maglietta dell'Hotel Bela Vista di Macao (1986), dove anche un laureato in giurisprudenza poteva sentirsi Kipling; e quella regalata da una ragazzina di Beida, l'università di Pechino, temporaneamente trasferita in piazza Tienanmen (1989).

Come posso buttare? Non posso. Infatti, tengo. Anzi: conservo. Solo io e la gatta conosciamo il nascondiglio. Se qualche collega conservatore e carbonaro fosse interessato, posso dargli un appuntamento segreto.

* * *

Chiede una lettrice: a quale categoria appartiene una persona che ha sempre bisogno di oggetti di scorta, e tiene doppioni di tutto in ogni luogo? Risposta facile: ai Cambusieri.

Il Cambusiere rientra di diritto tra le Grandi Figure Italiane. Il Cambusiere non è il Troppista (che imbosca e dimentica), e non somiglia al Conservatore (che nasconde e idolatra). Il Cambusiere sa esattamente dove stanno le sue provviste. Conosce l'anfratto in cui ha celato cinquanta rotoli di carta igienica. È capace di ritrovare in un attimo il dentifricio di scorta (per questo, mentre vi state lavando i denti, osserva le vostre gengive schiumose: vuole vedere se avete bisogno di lui/lei).

Forse la gentile lettrice non se ne rende conto, ma il Cambusiere del XXI secolo è un nevrotico doc. Nel tempo dell'abbondanza, lui/lei accumula, ammassa, accantona, ammonticchia. Quello che gli americani chiamano *panic buying* (acquisto dettato dal panico) diventa una gioia. Il Cambusiere è schizzato al supermarket prima del Millennium Bug, e ci è ritornato di corsa dopo l'11 settembre. Ora attende altri cataclismi.

Il Cambusiere si vergogna un po' di questa fissazione. Anni fa ho scoperto trenta rasoi bilama nella valigia di un amico (la vacanza durava dieci giorni). Messo alle strette, ha confessato che quella silenziosa presenza lo rendeva sicuro. Ho amiche che partono con tante aspirine da poter curare un reparto di corazzieri (cavalli compresi). Per tutto il viaggio aspettano che qualcuno abbia il raffreddore e chieda soccorso: se non accade, si irritano. Conosco perfino un pettinomane (maniaco dei pettini). Ne piazza dovunque, e non ha più capelli del presidente del Consiglio.

Che fare, se avete in casa un Cambusiere? Se l'avete sposato, potete sempre litigarci. Se si tratta di papà o mamma, dovete sopportare. Per rilassarvi, di tanto in tanto, è consentito manomettere la cambusa, spostando la carta igienica tra gli spaghetti e gli spaghetti col detersivo. A quel punto, proponete una bella caccia al tesoro. Il Genitore Cambusiere prima minaccerà ritorsioni. Poi si divertirà moltissimo.

* * *

Perché un vocabolo orribile come «rottamare» ha avuto successo? Perché è una necessità dell'animo umano, e nella lingua italiana non esisteva un termine equivalente.

I verbi «gettare», «buttare», «eliminare» e «scartare» portano con sé un senso di colpa. «Rottamare», invece, è un inno alla gioia. Io butto, con infantile entusiasmo; e qualcuno è disposto a dare un valore ai miei rifiuti. La rottamazione è l'antibiotico del *troppismo*, virus consumistico da noi studiato qualche pagina addietro. Chi rottama non lo fa quasi mai per risparmiare: è solo in cerca di attenuanti.

Non tutto si può rottamare, naturalmente (suo marito per esempio se lo deve tenere, signora). Molte presenze domestiche possono però ricevere il trattamento toccato alle automobili, anche in assenza di incentivi governativi: elettrodomestici, biciclette, macchine per scrivere, macchine fotografiche, telefoni, fotocopiatrici, stereo, computer. Chi si prende questa roba? Non tutti hanno amici interessati all'acquisto, parenti rassegnati a un regalo, o il coraggio di mettere annunci sulle riviste dell'usato, rischiando telefonate notturne («Pronto? Chiamo da Bari. Che me lo fa, lo sconto?»). La rottamazione, quindi, è il futuro. Una catena di negozi sportivi ha lanciato quella degli sci; mentre altri pagano il cliente, purché se li tenga (io ne ho un garage pieno, con modelli dal 1964 al 1994: interessano?).

A Londra, un negozio del West End propone la rottamazione tessile (cinquanta sterline a chi sostituisce il vecchio abito). Ma per gadget e macchinari, quali sono le possibilità? Solo un Museo della Prototecnologia, come quello che ho allestito in campagna (espongo anche una calcolatrice del 1950, una cinepresa del 1960, un registratore a mattonella del 1970, un fax del 1980 e un miniregistratore del 1990). Occorre però una soffitta spaziosa. E qualcuno che, mosso a compassione, la voglia visitare.

* * *

Non ho mai dubitato che la «raccolta differenziata» dei rifiuti (dove esiste) avesse successo. Non contavo tanto sul senso civico della nazione, quanto sulla nostra pignoleria domestica.

È una delicata ossessione, infatti, che spinge insospettabili professionisti ad attraversare la casa con una mosca morta in mano, per raggiungere il secchiello dell'umido. So di bionde accademiche che telefonano nottetempo ai colleghi per sapere dove buttare il guscio delle arselle (risposta: vongole/cozze/arselle nel secco; la corazza dei crostacei nell'umido). Recentemente, a cena, mi è stato chiesto se anch'io staccavo le etichette dalle bottiglie, per buttare queste con il vetro, e quelle nella carta. Ho risposto che mettevo bottiglie, farmaci, foglie di oleandro e termometri rotti nello stesso contenitore, e poi lo vendevo a trafficanti pakistani di scorie nucleari. Prima di capire che scherzavo, la padrona di casa ha deglutito due volte.

Perché ci piace così tanto suddividere tutto in ordinati secchielli, scatole e contenitori? Perché l'operazione è privata, prima di essere pubblica. La precisione necessaria a suddividere l'immondizia non è diversa dalla meticolosità di chi pretende pavimenti lucidi (salvo permettere al cagnolino di sporcare il marciapiede). La raccolta differenziata risveglia il piccolo chimico e lo scolaro che sono in noi. In fondo è un compito a casa, e nemmeno dei più impegnativi.

La consegna periodica dei rifiuti rappresenta il culmine di questa esperienza: un'operazione necessaria per poter ricominciare. Avvicinatevi, qualche volta, alle campane per la raccolta del vetro. Vedrete papà che competono silenziosamente coi figli per gettare le bottiglie all'interno, dove esploderanno fragorosamente. Ecco, forse dovremmo collegare questi piaceri infantili a ogni dovere civico. Chissà: se per la dichiarazione dei redditi fosse necessario incollare tutte le ricevute su un bell'album colorato (in ordine di data), potremmo debellare l'evasione fiscale. Se poi le ricevute fossero autoadesive, come le figurine dei calciatori o di Harry Potter, ce la faremmo di sicuro.

* * *

Un tempo molti prodotti (lamette, caramelle, zucchero, sigarette) si vendevano sfusi; non li ricordo, ma dovevano essere bei tempi. Oggi le confezioni sono a prova di bomba: ottime per l'igiene e la sicurezza; si dà il caso, tuttavia, che dobbiamo aprirle. Vasetti, scatole, buste: tutto è chiuso in modo ferocemente efficiente. Pensate alle bottiglie. Una volta solo lo spumante creava problemi meccanici: l'apertura era perciò delegata a un maschio esperto, il quale, dopo aver armeggiato un po', produceva un botto terrificante, e sparava il tappo sul lampadario, tra gli applausi.

Oggi è tutto complicato. Le bottiglie di vino portano un cappuccio di stagno avvinghiato alla bottiglia. Le bottiglie di aranciata hanno tappi a vite che, alla prima apertura, dovrebbero staccarsi dalla ghiera sottostante; ma questo non sempre accade. È necessario allora prendere un coltello e forzare i punti di saldatura; oppure girare con forza erculea. In un caso e nell'altro, si rischia di squarciarsi la mano.

Viviamo in anni sigillati. Una volta gli alimenti «sotto vuoto spinto» erano talmente rari che la circostanza veniva indicata nella pubblicità: oggi formaggi, carne, verdure, dischi e riviste sono tumulati in sarcofaghi di plastica trasparente. Chi si mangia le unghie soffre perché non riesce ad aprire le lattine (e i CD). Molte merendine, per essere consumate, richiedono la fiamma ossidrica. Benché siano tutti uguali, i bagnoschiuma hanno tappi sempre diversi e cervellotici (così uno, nudo e con l'acqua in faccia, deve pensare: «Trattasi di Bagnobello con tappo a vite, di Bagnopiù con tappo a scatto o di Bagnofresco con tappo a rotazione?»).

Tutto questo è irritante, ma non è stupefacente. L'intera organizzazione commerciale sembra basata sul fatto che le cose vadano acquistate; aprirle è un optional. Il tempo che perdiamo a tagliare, forzare, strizzare, girare, mordere e strappare confezioni antitaglio, antiforzatura, antistrizzo, antigiro, antimorso e antistrappo è incredibile. Credo che questo tempo sprecato sia chiuso in una bolla che vaga in un angolo dell'universo, in attesa di essere mostrata a tutti i *product managers* di questo mondo, nel giorno del giudizio universale.

* * *

Qualcuno, dopo aver letto i miei lamenti su ristrutturazioni, mattonelle e confezioni commerciali, penserà che io ce l'abbia con architetti, stilisti e designer. Be': è vero. Vorrei essere la voce della loro coscienza. Mentre noi giornalisti riempiamo pagine effimere che il giorno dopo servono per asciugare il pavimento, gli architetti creano infatti oggetti destinati a durare nel tempo: case e palazzi, letti e rubinetti, sedie e lampade. Molte di queste creazioni sono geniali. Altre, invece, sembrano esser state studiate solo per far colpo sugli amici (architetti anche loro), senza pensare a quello che una volta si chiamava «popolo bue», e adesso è conosciuto come «utente finale».

A nome della categoria, consentitemi un breve muggito di protesta. Ce l'ho, in particolare, con i disegnatori di interruttori. Fino a pochi anni fa, le luci di casa si azionavano facendo clic verso l'alto (acceso) e clic verso il basso (spento); oggi ci sono cursori, sensori, levette, pomelli, bottoni. L'interruttore più banale è mimetizzato in un pannello nero dotato di sette pulsanti neri, di cui cinque inutilizzati. Provate ad acquistare i vecchi modelli, se ci riuscite (clic, acceso; clic, spento). Vi diranno che non sono «a norma». Provate a domandare qual è la norma; cambieranno discorso.

La verità, sospetto, è un'altra. Irritati dalla genialità dei vecchi interruttori, architetti e arredatori d'interni – con l'aiuto degli elettricisti, che si divertono un mondo alle nostre spalle – li hanno aboliti, oppure sapientemente occultati. Pensate ai bagni delle stanze d'albergo. In America, l'interruttore è sempre un affaretto bianco, entrando a sinistra, all'altezza della mano. In Italia può assumere qualsiasi aspetto, ed essere nascosto dovunque: sotto lo specchio, di fianco al phon, dietro agli asciugamani, sopra il lavabo, fuori dal bagno. Chi, alzandosi di notte, deve avanzare nel buio palpando la parete e picchiando lo stinco contro il bidet, non se la prenda col cielo o la cattiva sorte. Sappia, invece, che da qualche parte c'è un architetto con la coscienza sporca.

* * *

Durante le mie recenti, scomposte letture (Borges, Lupo Alberto, DeLillo, Alfieri, Arbasino), mi sono trovato in mano uno strano libro: *La caffettiera del masochista. Psicopatologia degli oggetti quotidiani*. L'autore, Donald A. Norman, è uno dei padri della psicologia cognitivista. Non spaventatevi: i dotti americani vogliono farsi capire (e amano divertire, se possono).

La sua tesi è che molti oggetti sono progettati male: se sbagliamo, o rinunciamo, a usarli, la colpa è di chi li ha disegnati e prodotti. Perché, si chiede Norman, le forbici arrivano senza libretto d'istruzioni? Perché sono uno strumento perfetto, dotato di «inviti e vincoli d'uso» (gli anelli sono lì per infilarci qualcosa: le dita. L'anello più grande suggerisce due dita; quello piccolo, uno. Ma se usiamo le dita sbagliate, funzionano lo stesso). Dei ventimila oggetti che ci circondano, molti sono invece dotati di funzioni inutili, oppure hanno funzioni utili comandate da azioni arbitrarie («Gli elementi da ricordare non hanno alcun significato, né particolari rapporti tra loro e con altre cose già note. Questo è l'apprendimento meccanico, il flagello della vita moderna»).

Musica per le mie orecchie!, pensavo leggendo. E poi elencavo le bizzarrie che mi complicano la vita. Perché la radiosveglia è così complicata, quando deve fare una cosa sola: svegliarmi? (Le cifre, poi, sono troppo luminose: ho dovuto legarci sopra un paio di occhiali da sole.) Perché quando dimentico i vetri elettrici abbassati devo girare le chiavi per alzarli, e i tergicristalli non sono semplici da usare come il lunotto termico? Perché l'autoradio ha un numero di comandi superiore a quello dell'intera automobile? Perché nessun intellettuale sa usare la lavatrice della moglie? Perché questo computer, se scrivo 1 all'inizio della frase, va a capo e scrive da solo 2? Chi è il folle che ha progettato i telefoni degli alberghi? Infine, un gigantesco problema filosofico: perché i telefoni della Telecom portano un tasto R, se non serve a niente? Ce lo dica, Donald A. Norman. Siamo nelle sue mani.

* * *

L'altro giorno non trovavo gli occhiali, e cercarli senza occhiali era difficilissimo. Anche perché i miei nuovi occhiali sono minuscoli e sottili. Mentre vagavo nella nebbia nervosa della miopia, pensavo: è colpa nostra. Costruiamo oggetti invisibili, e poi ci lamentiamo se non li vediamo.

La cosa non riguarda solo gli occhiali. Succede anche coi telefonini. Mia moglie riuscirebbe a perderne uno grande come un mattone, e non fa testo (metà degli squilli domestici sono suoi: sta cercando se stessa). Ma il fenomeno è sotto gli occhi – si fa per dire – di tutti. Un tempo i cellulari erano grossi, pesanti e sfondavano le tasche: saggiamente, le case produttrici hanno pensato di ridurne le dimensioni. Sono usciti telefonini grandi come agendine, poi come pacchetti di sigarette. Ora siamo alle dimensioni di un cioccolatino. Se uno non sta attento, lo apre e lo mette in bocca (dove suonerà, avvertendo dell'errore).

E cosa dire delle chiavi dell'auto? Una volta erano un mazzo (visibilissimo); oggi tutto si apre con una chiavettina sexy o un microtelecomando: perdi quelli, e sei finito. E gli orologi? Io porto un modello ultrapiatto. Dovrei dire: portavo. Perché l'orologio è rimasto su qualche comodino d'albergo. L'orologio ultrapiatto, infatti, ha una caratteristica: è piatto. Molto piatto. S'appiattisce su qualsiasi ripiano come un vietcong, e diventa invisibile.

Devo proseguire? Proseguo. Quando ho messo per la prima volta le lenti a contatto (1977, per piacere alle ragazze) erano cocci di bottiglia. Se cadevano, si trovavano dovunque: nelle aule, nelle pizzerie, in piscina. Quando ho rimesso le lenti (2001, per vedere il pallone quando arriva) mi sono reso conto d'avere addosso oggetti molto diversi. Ma che dico «oggetti». Le moderne lenti usa-e-getta sono concetti, monadi, idee platoniche. Ecco: io vedo il pallone attraverso un'idea platonica. Eppure questo non ha migliorato il mio tiro al volo.

* * *

Si è rotto il frigorifero di casa, da noi astutamente incassato nel muro. L'uomo dei frigoriferi, accorso con tutta calma, lo ha visitato e ha detto che era meglio comprarne uno nuovo. Mio figlio ha subito scelto il modello più improbabile dell'intero catalogo: blu elettrico, con pesciolini e meduse fosforescenti.

Immagino ne vendano tre all'anno: il primo a uno sceicco arabo, il secondo a un contrabbandiere armeno. Per trovare il terzo, da consegnare alla famiglia Severgnini, occorreva aspettare. Dopo un rapido consulto, abbiamo perciò deciso di adottare la «soluzione Flintstones», ovvero: tutto sul davanzale della finestra, approfittando della stagione invernale. Devo dire che è andata bene. La novità è piaciuta a tutti, compresa la gatta, che poteva esaminare la mercanzia senza attese davanti al frigorifero chiuso.

Racconto l'episodio perché ci introduce alla Filosofia del Guasto, una versione moderna del vecchio adagio «non tutto il male vien per nuocere». La rottura del frigorifero, in fondo, ci ha ricordato che il freddo non l'ha inventato l'industria. Così, l'inconveniente al riproduttore CD dell'autoradio mi ha spinto a riaprire la scatola con le cassette, dove si annidavano Tom Waits e Marianne Faithful (diciamolo: nessuno ulula nella notte come loro). Un doppio problema ai due adorati Macintosh (la Apple, come l'Inter, è una fede che ti mette alla prova) mi ha spinto a rispolverare il vecchio portatile e la vecchia stampante, che si sono rivelati all'altezza. L'orologio meccanico da polso, riesumato perché quello nuovo è rimasto sul comodino di un albergo (vedi sopra), può sbagliare di un minuto al giorno: ma quanto vale, in fondo, un minuto? (trentun lire, diceva la Telecom, ma non è la risposta giusta). Lunga vita, dunque, alla Penultima Tecnologia. Non si può essere sempre moderni, impeccabili e aggiornati. L'ultimo grido è interessante. Ma non occorre sempre gridare. Qualche volta è meglio abbassare la voce, e limitarsi a parlare.

* * *

Il giovane Holden si chiedeva: dove vanno le anatre di Central Park? Io mi domando: dove finiscono le biro di casa mia? Mi rendo conto che l'umanità (e la famiglia Severgnini, nel suo piccolo) deve pensare a cose più importanti; ma confesso di essere affascinato da questi misteri minori domestici, al limite del paranormale.

Il lunedì, il portapenne della scrivania è pieno: biro nere, biro blu, biro verdi, biro che scrivono morbosamente in rosa, biro che non scrivono. Il giovedì sono rimaste solo queste ultime. Il Folletto Mangiabiro, evidentemente, ha deciso che non erano di suo gusto. Le altre sono svanite, come i sogni al mattino.

Il fenomeno è affascinante, anche perché le penne biro – come i medici e i militari – hanno subìto un certo declassamento sociale. Subito dopo la guerra, una biro costava mezzo stipendio; oggi ce le lasciano rubare a mazzi negli alberghi. Ogni viaggio, convegno, riunione, incontro produce penne con marchio, che implorano di essere asportate. La storia professionale di molti di noi si potrebbe scrivere allineando le biro di casa lungo il corridoio.

Perché questo è il punto: come le anatre di Central Park, le penne biro ritornano. Appena ne acquistiamo di nuove, quelle vecchie ricompaiono, beffarde. Ho ritrovato le biro del Peace Hotel di Shanghai, che non scrivono dal 1989, ma fanno anche da tagliacarte, e sono ideali per accoltellare un sacchetto di patatine. Ho ripescato, dalle profondità di un armadio, la temibile penna-killer regalata da una compagnia di assicurazione, che mi ha rovinato una giacca nel 1996. Ho rivisto le «biro dell'architetto», che sono l'equivalente di certe sedie: sembrano belle e originali, ma in effetti non le usa nessuno.

Queste apparizioni, tuttavia, sono temporanee. Dopo qualche giorno, le penne riprendono a spostarsi, si nascondono, si chiudono da sole nei cassetti: finiscono dovunque, meno dove potrebbero servire. Nessuna biro, per esempio, accetta di restare accanto al telefono per più di quarantotto ore. Altro che le anatre di Central Park.

2

Le cose che facciamo IN FAMIGLIA

Mia moglie sostiene che sono un eccentrico, perché pretendo di tenere in salotto un vecchio computer Macintosh SE, un oggetto cubico che funziona anche se cade dal secondo piano. Ho smesso di usarlo da tempo. L'ho piazzato là perché lo considero più elegante della maggior parte dei soprammobili, e perché gli devo molto. L'ho comprato nel 1987: un anno dopo avevo scritto il primo libro, e mi ero liberato di nastri e puzzolenti correttori ortografici. Ero un uomo nuovo, e un gran rompiscatole; tutti dovevano conoscere i prodigi dell'elettronica (anche chi li conosceva già, e chi non li voleva conoscere).

Quell'uomo nuovo, tuttavia, si è trovato presto con un computer vecchio. Le macchine passano in fretta: neppure i mariti – prendete nota – invecchiano con la stessa rapidità. Ho adottato computer più potenti, ma meno fascinosi. Ho conservato anche il Macintosh, che non poteva essere venduto: il suo valore commerciale non supera quello di una radiosveglia (usata). Potevo relegarlo in soffitta (triste) o regalarlo a un bar alla moda che intendesse anticipare l'inevitabile revival anni Ottanta (drammatico: l'idea di tre ganzi col pizzetto che appoggiano l'aperitivo sul mio SE non mi farebbe dormire la notte).

Così ho deciso di tenerlo, e di metterlo in salotto. È bello e inutile quanto l'argenteria, non va lucidato e nessuno si sogna di rubarlo. Mia moglie lo guarda con sospetto, e forse è gelosa (ha ragione; alcune mie passioni di gioventù non erano così attraenti, e avevano un sistema operativo ben più complicato). Mio padre, quando sale a trovarci, lo vede come una macchina futurista; mio figlio, come un oggetto d'antiquariato. La gatta lo considera un collega (passando, accarezzo entrambi). Io non so giudicarlo: mi limito a volergli bene. So che con le macchine occorre essere spietati (altrimenti trasformiamo le nostre case in musei, e ci riduciamo a vivere negli intervalli tra una riparazione e l'altra). Il Macintosh cubico è l'eccezione. Quindi, Ortensia, giù le mani.

* * *

Ho un'armata di nipoti (li stanno ancora contando, ma dovrebbero essere diciassette). L'altro giorno, dopo una cresima, ne è comparso uno con la cravatta rosa fosforescente, stretta e corta, puro acrilico. Improvvisamente, ho rivisto una scena di ventitré anni fa (cosa ci volete fare: la memoria di Proust funzionava a biscottini, la mia si accende con le cravatte rosa). Io ventiduenne, davanti al Metropol di Berlino, in attesa di un concerto dei Talking Heads. Indossavo quella cravatta (probabilmente mi vedevano nel buio), ed ero felice. C'era chi aveva la *giacca*, di quel colore.

Non so come la cravatta rosa sia finita al collo di Alessandro, anni quattordici, residente a Como: ma approvo incondizionatamente. Forse è stata fatta sparire da mia moglie, che l'ha girata al fratello, che l'ha usata prima di metterla in un sacco, che è stato aperto da qualcuno che voleva controllare cosa ci fosse dentro. Poi, attraverso una serie di altri armadi e passaggi, la cravatta rosa è finita al collo di Alessandro, che ne va orgoglioso (anche se mi ha confessato di averla trovata nello scatolone di carnevale, insieme al travestimento da pagliaccio). È una classica «catena dell'abbigliamento», versione tessile della più nota «catena alimentare». Se si interrompesse, l'Italia rimarrebbe nuda.

Esistono i cedenti puri (quelli che scartano, e vestono solo capi nuovi), e i beneficiari assoluti (quelli che non comprano niente, ed ereditano tutto). La maggior parte di noi, tuttavia, svolge ambedue i ruoli. Io passo giacche e cravatte, ma eredito impermeabili. C'è chi smette scarpe, ma accetta magliette. Conosco zie che cedono alle nipoti che lasciano alle sorelle che passano alle amiche che regalano ai poveri che ispirano gli stilisti che disegnano vestiti che le zie compreranno. È questo il cosiddetto «ciclo dell'abbigliamento». La filosofia indiana se ne dovrebbe occupare.

* * *

Abbiamo parlato dei Conservatori, quelli che non vogliono buttar via nulla. Adesso affrontiamo i Terminator, quelli che devono far fuori tutto.

Penso li abbiate conosciuti; o, addirittura, si nascondono in casa vostra, travestiti da mariti e figli. I Terminator amano finire le cose: dentifrici, shampoo, rasoi, libri, pietanze. Esaurire dà loro un piacere fisico. Viceversa, l'idea di iniziare un secondo tubetto di dentifricio mentre il primo contiene ancora un po' di pasta, li irrita. Aprire un secondo flacone di shampoo quando nella doccia ce n'è uno semipieno, li indispone. Non lo faranno mai. E se lo fa qualcun altro, si arrabbiano.

Lo studio di questi personaggi è affascinante. Il comportamento dei Terminator oscilla tra una delicata nevrosi e una lodevole parsimonia. Non amano discuterne, però. Preferiscono aggirarsi per casa come pantere, in cerca di qualcosa da finire e buttar via: i quotidiani del giorno prima sono tra le vittime preferite. La destinazione non è sempre la spazzatura; talvolta un prodotto si può riporre in ordine. Un libro, per esempio, finisce in libreria; un CD tra i dischi. L'importante è che sia finito, letto, ascoltato.

Volete sapere se vivete con un Terminator? Non è difficile. Guardate come si comporta al mattino. Se insiste nello sfruttare la bomboletta di schiuma da barba finché fuoriesce solo un fumo biancastro (pessimo per la fascia di ozono), l'uomo è da tenere sotto osservazione. Se usa il rasoio usa-e-getta finché è arrugginito, non c'è dubbio: è uno di loro.

«Esaurire» è la parola d'ordine dei Terminator. Poco importa che, nel frattempo, facciano venire l'esaurimento nervoso ai famigliari. Questi personaggi, tra l'altro, non sono sempre adulti o anziani: ci sono ragazzi che soffrono della stessa sindrome (e poi si chiedono perché non trovano la fidanzata). Come dicevo, non ne parlano volentieri. Ma se vengono colti sul fatto, ammettono di trovar rassicurante il gesto di buttar via, scartare, riporre, chiudere. Confesso che un po' li capisco: in un mondo pieno di oggetti, bisogna pur difendersi in qualche modo.

* * *

Un'altra figura di estremo interesse è l'Organizer. Un tempo veniva definito «una persona ordinata». Ma le persone ordinate non ci sono più. Sono scomparse, come il capoufficio (ora c'è il manager). Le loro delicate ossessioni, però, continuano a tormentare amici e parenti.

Un caso affascinante è l'Organizer Automobilistico: se entrate nella sua macchina e spostate qualcosa, si innervosisce. L'Organizer da Scrivania mantiene una precisa disposizione di matite, biro, forbici, gomma e colla: solo la presenza di un figlio in casa, che considera quella scrivania legittima zona di saccheggio, riesce a guarirlo dalla sua mania. C'è l'Organizer da Cucina che, naturalmente, non cucina. Si limita a dare consigli alla moglie/fidanzata/compagna sulla collocazione dei vari arnesi; oppure si dedica ad attività splendidamente inutili, come versare metà bottiglia di minerale dentro l'altra, in modo da ottenere una bottiglia piena.

Simpatico è l'Organizer da Armadio, che pensa di conoscere il posto giusto per i capi di abbigliamento di tutta la famiglia. Non è raro sorprenderlo mentre gira trasportando qua e là mutande e scarpe della moglie, sotto gli occhi perplessi del gatto.

Avrete notato che queste figure sono tutte maschili. Una donna, semmai, è organizzata; un uomo è Organizer. Spesso è inoffensivo, ma non sempre. In assoluto, uno dei personaggi più inquietanti è l'Organizer Contabile, quello che decide di tenere un meticoloso bilancio familiare. S'aggira per la casa come una pantera in gabbia, cercando ricevute e scontrini. L'avvento dell'euro lo ha reso nervoso. Ditegli che avete trovato cinquantamila lire nel portafoglio: lo vedrete lanciare un urlo e schizzare verso la banca più vicina. Gli Organizer Contabili si ritrovano tutti là. Uno spettacolo che vale il circo.

* * *

Ora è il turno dei Ripetitori. Non temete: non sarà una disquisizione sui rischi dell'elettrosmog, o sulla copertura dei cellulari. I Ripetitori sono quelli che ripetono le cose. Ce ne sono di tre tipi. Quelli che credono che tu non abbia capito. Quelli che pensano che tu abbia capito, ma ripetono lo stesso. E quelli cui, semplicemente, piace ripetere.

La prima sindrome è spesso di origine professionale: medici, avvocati, insegnanti e militari sono convinti di parlare a gente che comprende poco, e quel poco non lo ricorda. Così s'abituano a ripetere. L'originale intento pedagogico è encomiabile. Ma queste persone ripetono le cose anche ai famigliari (che hanno capito benissimo) e, in genere, a chiunque attraversi il loro cammino. Conosco un primario ospedaliero che fa precedere ogni affermazione da una lunga ricostruzione. Amici e parenti, appena apre bocca, mostrano segni di malessere (che lui ignora).

Il secondo tipo di Ripetitore è ancora più insidioso. Sa che voi avete capito: ma ripete comunque. Sadismo, indifferenza, pura malvagità? È difficile stabilirlo, ma ogni ufficio italiano è fornito (per legge) di uno di questi personaggi, che può svolgere anche la funzione di allarme antincendio: inizia a parlare, e tutti abbandonano l'edificio.

Il terzo tipo di Ripetitore è il più interessante, dal punto di vista scientifico. I parenti, esclusa ogni causa fisica e psichica, concludono che la nonna/il papà/la zia si diverte a raccontare le stesse cose. Come i cantastorie d'un tempo, ama rivisitare aneddoti e situazioni, arricchendoli di particolari. La scoperta genera un duplice sentimento. Da un lato, fa piacere sapere che la nonna/il papà/la zia conservi intatte le proprie facoltà mentali. Dall'altro, non si sa come uscirne. Ripetere «Già detto!» è scortese. Tentare di imbavagliare il soggetto è illegale. Non rimane che la fuga. L'importante è non far rumore.

* * *

Se mi chiedessero quali sono le cose che apprezzo di più negli inglesi, risponderei: la lingua, l'umorismo e l'imperfezione. Quest'ultima qualità riassume anche le prime due: la lingua inglese è, in fondo, una magnifica catena di imprecisioni (pensate alla distanza tra grafia e pronuncia), e l'umorismo è l'abilità di sorridere delle stonature del mondo. Ma l'imperfezione va oltre. È tolleranza, rispetto dell'usato e attenzione ai segni del tempo. È capacità di badare alla merce, e non alla confezione.

Sono imperfetti i mobili vecchi che attendono di diventare antichi; sono imperfette sei sedie non perfettamente uguali intorno a un tavolo. È imperfetta la poltrona che mostra segni d'usura (va messa di fianco alla poltrona tappezzata di fresco, così da rendere omaggio a tutt'e due). È imperfetta e nobile una scarpa che ha camminato, invece che dormire in vetrina.

Lord Brummel, quando faceva indossare gli abiti nuovi dal valletto, non faceva l'artista: faceva l'inglese. Oggi queste pratiche sono scomparse – niente più Beau Brummel, e soprattutto niente più valletti – ma l'idea di fondo è rimasta. Loro, gli inglesi, apprezzano i maglioni sformati, il Barbour scolorito, e i libri pieni di ditate (*well-thumbed*). Conosco gente, in Italia, che piuttosto di sciupare un libro non lo legge; e butta un maglione al primo sospetto di consunzione sui gomiti, non sapendo che si tratta di un segno di nobiltà, che il denaro non può comprare. Anni fa ho detto a Montanelli che mi piaceva la giacca di velluto che aveva indosso. Mi ha risposto che non me la potevo permettere. C'erano voluti cinquant'anni per farla diventare così.

Certo, spesso gli inglesi esagerano, e l'imperfezione diventa sciatteria. Ma la lezione è da meditare. Se nella moquette (*carpet*) di molte case britanniche si annidano presenze inquietanti, la lucentezza cimiteriale di tanti pavimenti italiani lascia perplessi. Lo stesso vale per le automobili. Un piccolo segno sulla carrozzeria non è una tragedia: è una medaglia al valore. Ditelo a vostro marito, la prossima volta che calcolate male le distanze.

* * *

Cosa bisogna fare dei vecchi biglietti d'auguri? Un tempo c'era il focolare, che risolveva in modo rituale queste faccende: una fiammata, e via. Oggi ci sono i termosifoni, e non svolgono la funzione con la stessa efficacia. Mettete trenta biglietti di Natale su un calorifero e resteranno lì ad appassire fino a Pasqua, ricordandovi il tempo che passa. Una proposta, allora. Prendeteli e studiateli. C'è di tutto.

Anche in un semplice cartoncino d'auguri, noi italiani confermiamo la nostra fantasia e la nostra originalità (quella che affascina e preoccupa il mondo). I biglietti più curiosi arrivano dagli Scarabocchiatori, i personaggi che firmano con uno sgorbio illeggibile, così la famiglia deve arruolare un investigatore privato per conoscere il mittente. Interessanti sono i Fotografi, quelli che si fanno stampare un cartoncino con la fotografia della famiglia. Se volete esser perfidi, non guardate i figli, che di solito sono carini. Guardate quanti capelli grigi sono venuti a lui, e che faccia stravolta ha lei. Affascinanti sono anche i Moltiplicatori, ovvero coloro che utilizzano il cartoncino aziendale, dimenticando che dieci colleghi hanno fatto altrettanto. Per esempio, io ho una collezione di biglietti Bocconi, Microsoft, Omnitel, Touring Club, Smau e Rizzoli. Se a qualcuno interessano, propongo scambi.

Interessanti sono i Grafici, che spediscono biglietti eccentrici e incomprensibili, e i Macchinisti, che hanno fatto stampare sul cartoncino anche la propria firma. I Bigliettai spediscono un biglietto anonimo, ma allegano un biglietto da visita (che però si perde nella busta). Strepitosi sono infine i Commossi, quelli che non si fanno vivi per tutto l'anno e poi mandano un biglietto affettuosissimo, da cui risulta che non possono vivere senza di voi. Se volete provate la «tecnica falò» (magari sul fornello della cucina), vedrete: quel tipo di auguri brucia che è un piacere.

* * *

Col tempo, mi sono accorto d'aver sviluppato una curiosa filosofia. I doni preferisco farli e riceverli quando capita, e diffido dei regali di Natale. Questo probabilmente è un retaggio infantile. Essendo nato il 26 dicembre, ho sempre creduto che l'esenzione dall'obbligo natalizio fosse un mio privilegio, un modo per compensarmi dal dono cumulativo che ricevevo. Non solo: amo la fantasia, e capisco il riciclo creativo (tu offri un dono a me, e io lo giro a lei; io do un regalo a loro, che lo demoliscono e ne fanno tanti regalini per la tombola). Se pensate che questo faccia di me un eccentrico, aspettate. C'è dell'altro.

Dei regali, mi piace quello che ci sta intorno. La carta colorata non m'interessa (chi la piega e la conserva in un cassetto ha bisogno urgente di un cane o di un fidanzato). Mi affascinano, invece, confezioni e imballaggi. Spesso, infatti, si rivelano più longevi dei regali che contengono.

Gli Spumanti Ferrari, un tempo, mi spedivano due bottiglie natalizie dentro una cassetta di legno. Le bottiglie sono state vuotate e riciclate; le cassette di legno riempiono ancora la nostra vita domestica (contengono biglietti da visita, vecchie agende, giocattoli). L'Enel, per Natale, mi ha mandato un paio di stivaloni da elettricista avventuroso. Non so cosa ne farò – potrei sempre scalare un impianto idroelettrico nel Mato Grosso – ma ho già utilizzato l'interessante scatola trasparente che li conteneva. Infine, la Benetton. Per tre anni mi ha regalato un maglione, chiuso in un robusto cassetto di cartone. Questa volta, a Treviso, hanno deciso di devolvere l'equivalente del regalo a un'agenzia delle Nazioni Unite. Hanno fatto bene, e gliel'ho scritto. Ma adesso dove metto le ricevute?

* * *

Un piccolo libro di gran successo in Francia, *La prima sorsata di birra e altri piccoli piaceri della vita* (autore Philippe Delerm), ci spiega che esistono azioni dalle quali tutti, o quasi tutti, traiamo soddisfazione. Una guida all'edonismo minimalista, insomma, che ci spiega quant'è bello indossare il primo maglione autunnale, tenere in tasca un coltellino, annusare le mele e ascoltare la radio in automobile. Dev'essere un elenco convincente, a giudicare dalle vendite del libro. Mi permetto tuttavia di aggiungere un piccolo piacere extra, e proporlo a lettrici e lettori.

Si tratta di questo: buttar via i medicinali. L'operazione va effettuata con solennità, passando da un armadio a un cassetto, da uno scaffale a un mobiletto. Occorre leggere le date di scadenza – spesso invisibili, per aumentare il piacere della ricerca – e infilare i prodotti scaduti in un sacco. Analgesici con antistaminici, antibiotici con sonniferi, confetti con gocce, pomate con sciroppi. L'importante è ottenere una bella insalata russa, e con quella avviarsi verso le cassette poste davanti alle farmacie. Ascoltate il tonfo delizioso dei medicinali inutili che cadono. È la salute ritrovata, che in via eccezionale ha deciso di far rumore.

Sia chiaro: non stiamo invitando al consumismo farmaceutico, che in anni non lontani ha prodotto buchi di bilancio e Poggiolini. Molte di quelle medicine non dovevate nemmeno comprarle, e il vostro medico poteva fare a meno di prescriverle. Ma, dal momento che occupano i cassetti di casa, è giusto levarsele di torno, evitando di comprarne altre, quando non è necessario.

Osservate quei cadaverini chimici mentre si avviano verso il sepolcro. Molti sono stati aperti e subito abbandonati (il prodotto era così efficiente, oppure del tutto inutile?). Altri presentano confezioni intatte (siete di quelli che comprano i medicinali, leggono il foglietto illustrativo, si preoccupano, e non prendono nulla). Solo alcuni prodotti sono stati acquistati, usati e sono serviti a qualcosa. A quelli potete accordare una sepoltura con gli onori militari. Buttando via l'ultima pastiglia, imitate uno squillo di tromba, ringraziate, e godetevi tutte le malattie che non avete più.

* * *

Doveva accadere. A quarantacinque anni ci sono cascato anch'io. È una debolezza generazionale che vi chiedo di perdonare, se potete. Non sto parlando di entusiasmo eccessivo per commesse e baby-sitter, né di lozioni e tinture (mi tengo il grigio metallizzato). Sto parlando, invece, di scomposte passioni sportive.

Giorni fa mi sono ritrovato su una mountain-bike,

con walkman in testa, ed ero contento. D'accordo: la mountain-bike restava a distanza di sicurezza dalle montagne, ma la gravità dell'episodio rimane. Potrei anche dirvi cosa stavo ascoltando mentre pedalavo, ma non vorrei peggiorare la mia posizione.

Perché gli uomini, passati i quarant'anni, fanno queste cose? Probabilmente perché sentono il tempo che passa (e poi qualcuno deve pur andare a prendere il pane). Il guaio è che queste gesta non vengono compiute con la spensieratezza dei vent'anni. C'è una sorta di cupa determinazione, nei quarantenni sportivi. Alcuni continuano e diventano piccoli Prodi (o Bazoli, che dice di essersi fatto le Dolomiti in bici). Altri si limitano a far ridere i figli.

Perché i figli guardano, e giudicano (le mogli non hanno bisogno di guardare: giudicano e basta). Papà in bicicletta è una forma di avanspettacolo (alla partenza); e il suo volto ricorda quello di un Pokémon dopo la battaglia (all'arrivo). Notate bene: ho sempre fatto attività sportiva, come molti della mia generazione. Nel corso degli anni ho preso calci negli stinchi, palline in pancia, racchette in testa. Vado sugli sci da quando sono bambino, e ho gareggiato in tutti gli sport possibili: dalla dama al calcio rude della terza categoria. Ma allora avevo la naturalezza dell'età: allenamento, equipaggiamento e abbigliamento erano questioni secondarie. Il quarantenne che prova uno sport nuovo, invece, trasforma la propria ansia in acquisti. E poi, per giustificare la spesa, soffre, suda, spinge gli amici a fare altrettanto. Vogliategli bene: andare in bicicletta, in fondo, è un antidoto contro la tentazione di pitturarsi i capelli. Sudando, infatti, c'è il rischio di perdere colore, faccia e dignità.

* * *

L'amica ha un cane indisciplinato (Origano), e decide di farlo addestrare. Ma non è convinta. Le sembra una violenza. Segue le lezioni con apprensione, continua a porre domande. Presto l'istruttrice capisce che dovrà addestrare due allievi: il cane, e la mia amica. All'ennesima rimostranza, sbotta: «Lo sapevo. Un'altra padrona democratica».

L'aneddoto è illuminante, e illustra un fenomeno in crescita: il tentativo di umanizzare gli animali. I quali saranno animali, ma non sono stupidi; e ne approfittano gioiosamente. I nostri eccessi assumono forme diverse. Il cappotto del barboncino è un classico, ma le variazioni sono pressoché infinite.

La famiglia Severgnini, per esempio, è irritata perché la gattina bianca di casa (Minù) è stata sottomessa da una gattona gialla abusiva, che arriva dai tetti (Lulù). Dopo mesi di scaramucce, Minù ha infatti deciso che Lulù è più forte, e le cede il passo: davanti alla ciotola e negli angoli migliori del balcone. La cosa ci dispiace, perciò abbiamo cercato di tenere lontana Lulù. Ma il tentativo di imporre la democrazia sui tetti è ridicolo. Da che mondo è mondo, i gatti piccoli cedono il passo ai gatti grossi. Lo stesso fanno i leoni nella savana (e, pensandoci, in molte aziende accade lo stesso, anche in assenza di felini riconoscibili).

Il trasferimento delle regole umane agli animali è una forma di egoismo camuffata da sensibilità. I marciapiedi di Milano sono pieni di escrementi. E se la cacca è indubbiamente dei cani, la colpa è certamente nostra (perché non la raccogliamo, perché non riprendiamo quelli che non la raccolgono, perché costringiamo grandi cani in piccoli appartamenti). I pochi spazi verdi delle città sono impraticabili per lo stesso motivo: concediamo l'erba ai cani, e la togliamo ai bambini. Ma i cani, anche in questo caso, non hanno responsabilità. Se fossi un labrador e avessi un campo-giochi a disposizione, non avrei esitazioni a usarlo come toilette.

* * *

La Signora col Cane. L'avete in mente? Quella che porta la bestiola per strada o ai giardini pubblici, e ne approfitta per fare un po' di défilé. Un tempo si limitava a indossare scarpe sbagliate e vestiti troppo eleganti per l'occasione. Ultimamente ha preso l'abitudine di mettersi il guinzaglio di traverso sulle spalle, come fosse una stola di volpe. O un fonendoscopio.

Ecco, questa potrebbe essere una spiegazione. Effetto *E.R.*, quello che colpisce anche i neolaureati in medicina: il fonendo pendulo, che a Ciccio non scivola mai, ma in realtà cade giù continuamente (perché non è fatto per restare appeso così). Lo strumento certifica «Io sono un medico» (non per nulla è inserito in ogni confezione di «Giochiamo al dottore»). Il guinzaglio assicura: «Guardate che ho un cane, e lo porto in giro con notevole disinvoltura».

Sia chiaro: io amo i cani e, in fondo, anche quelli che li conducono a spasso. Quello che non sopporto è la messa in scena, e la sciatteria che spesso l'accompagna. I proprietari dei cani, nelle grandi città dell'Occidente, si portano appresso una paletta e un sacchetto, e raccolgono i rifiuti (nome tecnico: cacche) dell'incolpevole animale. A Milano, no. Quando il povero fox terrier sporca il marciapiede, la Donna (e l'Uomo!) col Cane tira diritto. Il risultato è nauseabondo. Camminate nel rinnovato Corso Lodi, a Brera, o intorno al Palazzo di Giustizia, e capirete cosa dico. Non sono servite implorazioni, invettive, denunce, trasmissioni televisive, campagne-stampa, associazioni per i diritti del pedone.

Resta una soluzione drastica: il guinzaglio. Non per il cane. Per il padrone. Invece che lasciarglielo sulle spalle, mettiamoglielo al collo. Poi parcheggiamo l'umano fuori da un negozio. Non c'è bisogno che si metta a cuccia. Basta che si guardi intorno e rifletta. Se vuole abbaiare, faccia pure. Non ci lasceremo commuovere.

* * *

Il film *La carica dei 102* allarma gli amici degli animali. C'è il rischio di una nuova infatuazione per i dalmata, seguita dall'abbandono. Questa preoccupazione, certamente nobile, è motivata?

Non sono in grado di rispondere, ma posso portare una testimonianza personale. Da qualche tempo, infatti, possediamo una cucciola dalmata, Luna. O meglio, lei possiede noi. Potrei dire che è la regina di casa Severgnini (ma le sovrane non si sgranocchiano la reggia). Luna, vi assicuro, non corre alcun rischio di abbandono. Io qualcuno in più, se manifestassi intenzioni del genere.

So troppo poco di cani per mettermi a dare lezioni. Ma tre o quattro cose penso di poterle dire, ai genitori che aspettano il permesso dei bambini per prendersi un dalmata. La prima: si tratta di un cane straordinariamente affettuoso, e decisamente intelligente. Se non fa qualcosa, è perché non ne ha voglia. Scava più buche di uno stopper del Milan; non a caso, il giardino di casa sembra il prato di San Siro dopo il derby. Ama guanti e cappelli: sono il suo snack preferito. Adora i bambini. Luna è la star della scuola elementare di Borgo San Pietro (Crema), dove all'uscita viene sommersa da piccoli urlanti. Lei li lecca democraticamente tutti, e sembra felice. Non è un cane da tenere in casa o in appartamento, se non per brevi periodi. Secondo me, la piccola (si fa per dire) dalmata è fatta per correre. Andare in bicicletta con lei al guinzaglio è come fare sci nautico.

Ho deciso, infine, che Luna è spiritosa. Giorni fa è venuta a trovarmi la troupe televisiva di Inter Channel, per parlare (ovviamente) dell'Inter. Ci siamo seduti in giardino. La prima domanda è stata: «Lei ha scritto che il mondo si divide in due. Ci sono quelli che amano l'Inter, Londra e i gatti. E quelli cui piacciono la Juventus, Parigi e i cani. Conferma?». L'intervistatrice non aveva finito di parlare che Luna è balzata in scena, ha leccato la telecamera, ha fatto uno shampoo al cameraman e si è accomodata tra le mie gambe. E io lì, felice di essere smentito da un cane bianconero. È il colmo.

3

Le cose che facciamo
COI FIGLI

Un terzo degli italiani, secondo un'indagine, sarebbe semianalfabeta. Non sa eseguire semplici operazioni, commette errori di ortografia, non possiede le più basilari nozioni storiche o scientifiche.

Se è vero, è grave. Il problema non riguarda però le mamme coi figli alle elementari (va bene: anche alcuni papà). Conosco genitori in grado di trovare la stella polare, altri che sanno quando i Longobardi arrivarono in Italia (VI secolo. E Rotari non era l'inventore del club omonimo). Un amico sa perfino dividere 308 per 14 senza usare la calcolatrice. E pensare che fa l'avvocato.

Il merito? Dei bambini, naturalmente. La letteratura, da Alfieri in poi, ci offre l'immagine di fanciulli che fanno i compiti in solitudine, nella cameretta illuminata da una luce fioca. Errore. La cameretta è ormai un parcogiochi e un centro elettronico. I compiti si fanno in cucina, in sala, in bagno e in ogni altro luogo dove il quaderno possa bagnarsi e sporcarsi. Non sono più «lavoro a casa», ma un rito collettivo, un happening, uno spettacolo suoni-e-luci.

Non posso garantire che tutte le scuole d'Italia preparino adeguatamente i bambini: ma di sicuro stanno producendo una generazione di genitori coltissimi. A furia di ascoltare le poesie, le mamme conoscono Gianni Rodari; dopo aver provato e riprovato scienze, i papà sanno finalmente cos'è l'anfiosso, un'informazione che può sempre tornare utile. Quando arrivano in azienda i consulenti col nome americano, domandate se l'anfiosso è l'antenato del pesce, un anfibio o un corso d'acqua sotterraneo (risposta: a). Poi chiedete di mettere in ordine cronologico queste forme di vita: rettili, meduse, anfibi, mammiferi, uccelli (risposta: bcaed). Se sbagliano, pretendete uno sconto.

Volete giudicare il vostro livello di istruzione, prima di sfidare il prossimo? Bene: leggete queste domande.

1. Quando apparvero le prime forme di vita sulla Terra? (Terza elementare)
2. Quante persone abitano nella tua provincia? (Quarta elementare)
3. Quando venne introdotto in Italia il suffragio universale? (Quinta elementare)

Domanda di riserva: Come si calcola l'area del trapezio?

Se non conoscete le risposte, arrossite. Poi fate un figlio. Fra pochi anni, saprete tutto.

* * *

Noi adulti abbiamo timore del vuoto. Vogliamo riempirlo a tutti i costi. E quando abbiamo esaurito i nostri spazi, puntiamo a quelli dei bambini.

Guardatevi intorno. Le camere dei figli (o dei figli degli amici) grondano oggetti: le mensole gemono, i cassetti traboccano, a ogni presa elettrica sono collegati tre marchingegni. Nel resto della casa, ogni angolo deve servire a qualcosa. Lo stesso vale per i parchi-giochi. Attrezzi pensati dai grandi aspettano piccoli perplessi, occupando ogni spazio.

Ho il sospetto, invece, che ai bambini il vuoto non dispiaccia: possono decidere come riempirlo. Pensate ai corridoi domestici, vittime delle incessanti ristrutturazioni italiane. Erano spesso bui, talvolta inospitali, quasi sempre inutili. Ma generazioni successive hanno trovato modo di utilizzarli. Abbiamo giocato a calcetto con le calze arrotolate, a tennis, a hockey, abbiamo praticato qualsiasi sport potesse attentare all'incolumità dei lampadari. Provate a giocare a calcio in un appartamento moderno: è impossibile. Ogni tiro provocherebbe una strage di oggetti, quadri, video, stereo, strumenti elettronici.

I bambini amano il vuoto anche quando sono all'aria aperta. In un prato si possono fare cento giochi; in un «parco attrezzato» solo quelli consentiti dagli attrezzi. Perfino l'erba, in certi casi, può essere di troppo. Noi adulti la amiamo, giustamente. Ma ho il sospetto che nei bambini sia rimasto un desiderio antico di cortili dove le bici scattino, i palloni rotolino, i portoni rimbombino (se colpiti nel punto giusto), le ginocchia corrano un rischio moderato ed eccitante.

Non sto invitando gli amministratori pubblici alla pigrizia, e gli amministratori condominiali alla crudeltà (di solito incoraggiata dagli inquilini del primo piano, così sciocchi da non capire che la pallonata di un bambino è una carezza). Sto solo dicendo che i nostri figli non hanno bisogno dei gadget con cui li inondiamo, cercando di metterci a posto la coscienza. Hanno bisogno invece del nostro tempo e dei loro spazi.

Nel primo caso, dobbiamo esserci. Nel secondo, è meglio se ci togliamo dai piedi.

* * *

Non c'è dubbio che noi italiani parliamo a voce alta. Per raggiungere i nostri decibel a un tedesco occorre una botte di birra, a un francese una discussione e a un russo una rivoluzione. Parliamo forte in ufficio, al ristorante e al cellulare. È il caso di arrabbiarsi, urlando la nostra disapprovazione? No: meglio ascoltare in silenzio, perché capita di registrare conversazioni interessanti.

Da qualche tempo, per esempio, studio il linguaggio

dei bambini. Mi piace la loro fantasia; mi affascina la loro sincerità; mi incuriosisce la diversità dei modelli educativi. Vale a dire: alcuni genitori si lasciano insultare, altri no.

Quale regola adottare? Francamente, non mi sento di dare consigli. Confesso però il mio turbamento quando sento un bambino di nove anni dire «stronza» alla madre. Com'è possibile? Il piccolo non ha neppure la scusa costituzionale dell'adolescenza. Non è stato provocato, nessuno gli ha negato il diritto a un videogioco, né ha cambiato canale TV senza presentare richiesta scritta. È vero: la mamma quarantenne usa vocaboli come «megagalattico», e talvolta parla come se si fosse addormentata nel 1978 e si sia appena svegliata. Ma si può redimerla (o redarguirla) in altro modo.

Non stupitevi del mio stupore. Appartengo a una generazione che non poteva dire «Chi se ne frega» (tollerato invece «menefreghismo», nobilitato dall'astrattezza), e se diceva al papà «Tu sei matto» veniva punita seduta stante con un manrovescio (io non ne ho mai presi; ma stavo attento a come parlavo). Il sostantivo «culo» era tollerato se indicava «fortuna»; vietato se indicava la parte anatomica. È vero: avevamo un doppio linguaggio (libero fuori, prudente in casa). Ma questa doppiezza allora si chiamava buona educazione, e non ci ha danneggiato (le parolacce le abbiamo imparate tutte comunque). I genitori che oggi tollerano di essere trattati come stracci rendono perciò un pessimo servizio ai figli e alla società. Sono in sostanza dei ********, ma i figli non glielo devono dire.

Dragon Ball, Pokémon, Game Boy, PlayStation, X-Box, videogiochi, carte collezionabili: di questo parlano i genitori del Duemila, istruiti pazientemente dai figli, che di queste materie sono, in genere, professionisti. La domanda che si pongono è la seguente: è giusto permettere queste cose ai bambini? È necessario fornir loro apparecchiature/album/figurine? Risposta: non è necessario. Ma può essere opportuno, e proverò a spiegare perché.

Vietare Pokémon/Game Boy/PlayStation/videogiochi a un bambino è difficile, e rischia di essere controproducente. Queste infatti sono conoscenze indispensabili alla sua vita sociale (in milanese moderno: *social skills*). Un bambino che sa a quale livello si evolve Bulbasaur (un Pokémon con una curiosa somiglianza con l'ex ministro Dini) avrà qualcosa di cui parlare coi compagni nell'intervallo. Provate a spiegargli che occorre essere indipendenti e originali. Non ci riuscirete. E, se ci riuscite, farete di vostro figlio un genio (2%) o un disadattato (98%). In ogni caso, un infelice.

I bambini non vogliono essere eccentrici e diversi: a otto anni, sono naturalmente conformisti. Non c'è nulla di strano. L'intero concetto di «moda» è basato sul conformismo. Se noi adulti fossimo davvero originali, dovremmo andare in giro con un imbuto sulla testa (senza comprarlo da Moschino). E poi osservate l'abilità vertiginosa con cui un bambino maneggia un Game Boy: nessun telecomando, telefono o computer avrà mai segreti, per lui. L'universo dei Pokémon (prezzi scandalosi a parte) costringe a esercitare memoria e intuizione. E i videogiochi allenano i riflessi. Certe simulazioni di guida potrebbero aiutare i bruchi motorizzati che intasano le nostre città.

L'importante, come in ogni cosa, è non esagerare. Non bisogna permettere a un ragazzino di passare il pomeriggio incollato a un videogioco: mezz'ora basta e avanza. Ma questa è la solita vecchia regola del buon senso e della misura. Un bambino ossessionato dalle tabelline o dal cioccolato bianco mi preoccuperebbe allo stesso modo.

* * *

Nel primo capitolo abbiamo discusso di *troppismo* (sindrome da accerchiamento da oggetti, una forma di materialismo stoico). Abbiamo ragionato sugli effetti prodotti dal numero eccessivo di cose-nelle-case: ma abbiamo parlato degli adulti. Ai bambini può capitare di peggio. Il pericolo non è che una generazione di piccoli italiani cresca con la vocazione del grossista (un mestiere dignitoso, non ci sarebbe nulla di male). Il rischio, invece, è che un bambino abbia tutto, capisca poco e non si appassioni a niente.

Non è una predica, perché sarei un pessimo predicatore. La mia casa è un deposito di cartoni animati e un accampamento di peluche: quando ricevo visite di conoscenti grassottelli e pelosi, devo stare attento che, in un momento di distrazione, non vengano chiusi in un armadio. Ma sui peluche – dei quali un tempo dovevo conoscere i nomi, pena l'ostracismo – ho alzato bandiera bianca. Dopo alcune ricerche, ho scoperto che in fondo nemmeno io sono cresciuto in modo spartano, come mi si voleva far credere. Nelle fotografie talvolta è quasi impossibile trovarmi, dentro una foresta di giocattoli.

In un campo, però, non transigo: i CD-rom. Ho deciso che uno ogni sei mesi basta e avanza.

Il piccolo ha tempo per studiarlo, per capirlo (e per spiegarlo a me). In casa Severgnini sono passati sei CD-rom per bambini, che conosco a memoria. Mio figlio si è divertito col primo quando aveva quattro anni, e trafficava con l'ultimo quando ne aveva sette (ora ne ha dieci, ed è in altre faccende affaccendato). Si chiamavano, nell'ordine: *L'allegro paesino, Aaron alla scoperta del mondo, Il castello, Il mio primo giro del mondo, I fantastici cinquanta* e *Forestia*. Non farò invece i nomi di tutti quelli che ho trovato inutili, complicati, e noiosi. Anche perché un paio li ho lanciati in giardino dalla finestra, e devo dire che volavano benissimo.

* * *

Curioso destino, quello dei bambini italiani. Vengono vezzeggiati, ma non protetti; incensati, ma spesso non sorretti; lusingati, ma non sempre serviti. I tedeschi educano i loro figli, gli inglesi li giudicano, gli americani li spronano. Noi li ammiriamo.

Per capire di cosa sto parlando, vi invito a condurre un esperimento. Provate a entrare in un ristorante con una bimba di due anni, e chiedete una sedia per lei. Vi guarderanno come un extraterrestre. In Italia non esistono le sedie per bambini; non esistono i seggiolini che s'agganciano al tavolo; non esistono i sedili che, appoggiati su una normale seggiola, portano il bimbo all'altezza giusta (in America questi aggeggi si chiamano *boosters*, «rinforzatori»). In Italia esistono i cuscini.

Provate poi a chiedere un «menu per bambini». Vi risponderanno che non c'è. C'è un menu solo, buono per tutti. Ai miei tempi – primi anni Sessanta – esistevano almeno le «mezze porzioni»; oggi sono scomparse, uccise dal sospetto (il cliente vuole risparmiare; puniamolo). Le «mezze porzioni» italiane hanno fatto la fine dello sconto, che da noi è sempre una faccenda ufficiosa, una sorta di concessione *ad personam*, che permette al venditore di sembrar generoso, e al compratore di sentirsi importante. Lo sconto e la «mezza porzione», negli Stati Uniti, sono invece scientifici. Sono lì, ne hai diritto, puoi pretenderli.

Perché i ristoratori americani (ma anche tedeschi, olandesi, svedesi) si attrezzano in questo modo? Forse perché amano teneramente l'infanzia, e vogliono provvedere alle sue necessità? Neanche per sogno. I ristoratori stranieri procurano seggiolini e *children's menus* perché vogliono attirare i genitori. Si rendono conto infatti che, per dieci anni almeno, le decisioni familiari in materia di tempo libero dipendono dai figli. I bambini, in altre parole, sono un *business*. Un grande *business*. E la cosa, vi dirò, non mi scandalizza. Questo atteggiamento – attrezziamoci per i bambini, così aumentiamo i clienti – mi sembra un modo accettabile di combinare spirito imprenditoriale e spirito di servizio. Meno accettabile, invece, è rimbecillire i bambini di pubblicità televisiva. E qui, devo dire, noi italiani siamo all'avanguardia.

* * *

L'avete capito: quando, in un ristorante, vedo una famiglia con bambini, mi metto nei panni dei più piccoli. I grandi parlano, progettano, litigano, guardano le mappe o le ricevute che li hanno fatti litigare: insomma, si divertono. I bambini non hanno vie di mezzo. O sono troppo buoni, e spezzano il cuore; o sono terribili, e rompono i timpani (e qualcos'altro). Come risolvere la faccenda? Semplice: basta farli giocare.

I Giochi da Tavola non sono giochi da tavolo: questi esistono già, quelli bisogna inventarli. In attesa che ne creiate di vostri, ecco quattro suggerimenti (collaudati: non ci hanno ancora buttato fuori). Sono giochi adatti a bambini dai tre ai trentatré anni (includono pezzi piccoli, attenti che i trentatreenni non cerchino di ingoiarli).

TRANSIT – Gioco semplice e divertente. Occorre colpire il tappo della minerale, in modo da farlo passare tra due bottiglie. Esiste una versione per professionisti, con la sponda.

GARAGE – Ogni concorrente rovescia un bicchiere sul fianco, e lo mette davanti a sé. L'avversario deve tirare il tappo/la pallina di mollica, e centrarlo. (Nota: è buona cosa vuotare i bicchieri prima di iniziare il gioco.)

BURRONE – Il gioco non consiste nel tirarsi addosso grosse confezioni di burro, come sperava il piccolo Riccardo. Oggetti necessari: una scatola di fiammiferi, una moneta. Inizio del gioco: la scatola viene posta al centro del tavolo. I due giocatori scelgono testa o croce, poi tirano a turno la moneta: chi indovina, avanza verso l'avversario. Vince la partita chi spinge la scatola oltre il bordo. (P.S.: Più il tavolo è lungo, più il gioco si protrae. In un pranzo di nozze, può durare tutta la domenica.)

FATTORIA DEGLI ANIMALI – Passatempo perfido, quindi appassionante. Si tratta di stabilire a quali animali somigliano gli altri avventori. Un giudice familiare sceglierà le impressioni più accurate. Non è un gioco difficile (tutti abbiamo amici-scimmia e amiche-topo), ma occorre prudenza. Se un piccolo concorrente punta il dito verso il tavolo vicino e grida: «Porco!», saranno necessarie spiegazioni.

Buon divertimento!

* * *

La spettacolarizzazione delle nostre vite prosegue. Battesimi, prime comunioni, secondi matrimoni, funerali (unici): tutto diventa un happening da fotografare e filmare.

Per esempio: ho saputo che in molte parti d'Italia si è cominciato a festeggiare la prima confessione. Alcuni parroci hanno concluso infatti che, come sacramento, era discriminata (rispetto a battesimo, comunione, cresima e matrimonio), e hanno pensato di intervenire. Fin qui, nulla di male. A quel punto, però, sono entrate in gioco le famiglie, adottando i feroci riti sociali legati ad altre occasioni religiose. Non contenti di aver trasformato le prime comunioni in mini-matrimoni (bambine in bianco, trecento invitati), papà e mamme hanno deciso di enfatizzare allo stesso modo la vigilia, riprendendo con la videocamera il figlio mentre si incammina verso il confessionale, e organizzando un ricevimento per il dopo-assoluzione. Il prossimo passo, immagino, sarà costringere il piccolo a salire in piedi sul tavolo, e recitare davanti ai parenti la lista dei peccati.

Non volevo crederci, quando mi hanno raccontato queste cose. Poi ho pensato: perché no? La confessione mondana, in fondo, rientra nelle Abitudini Sociali Italiane Nuove e Incredibili (ASINI), grazie alle quali la nostra vita è diventata una lunga prova generale, in attesa che qualcuno compaia con la cinepresa. Se va bene, si mostra il filmato ad amici e parenti (che di solito non lo vogliono vedere). Se va male, c'è sempre *Paperissima*.

Spero siate d'accordo. La spettacolarizzazione della società italiana procede spedita, sul modello americano. Siamo ormai diventati i coreografi di noi stessi. Nelle messe solenni la bambina raccomandata porta all'altare l'agnellino (le altre, cestini di paglia). I funerali finiscono con un applauso per il defunto (una mano sulla spalla mentre era in vita sarebbe stata più utile). I ragazzini, negli oratori e sui prati, imitano le sceneggiate dei calciatori dopo un fallo o un gol. Non chiedetevi: «Dove andremo a finire?». Perché, dovunque sia, ci siamo già finiti.

* * *

Le assistenti di volo talvolta prendono troppo letteralmente la propria qualifica professionale: gli aerei volano, loro assistono. Ogni tanto, però, vedono cose interessanti.

Le mie preferite sono quelle che, quando l'aereo è semivuoto, invece di barricarsi dietro una tenda, parlano con i passeggeri. Meritano gratitudine, perché alcuni di noi – diciamolo – sono noiosissimi (mentre altri provano a invitarle a cena). La prossima volta, quando le signorine si sbracceranno per mostrarci «l'ubicazione delle uscite di sicurezza dell'aeromobile», prestiamo attenzione. In cambio, magari, ci racconteranno qualcosa.

Gabriella, una stewardess (in italiano antico: hostess) che lavora per l'Alitalia, mi ha riferito questo, per esempio. Quando sull'aereo viaggiano «minori non accompagnati» – leggi: bambini palleggiati tra papà, mamme, nonni e zie – lei cerca di tenergli compagnia. Dice d'aver scoperto un nuovo tipo di ragazzini, seri e responsabili, più grandi della loro età. Sono talvolta malinconici, ma quasi sempre si dichiarano soddisfatti di quella vita: accompagnati alla partenza dall'autista di papà, recuperati all'arrivo dall'amico della mamma. Gabriella li chiama «gli adultini».

Alzate gli occhi. Se c'è un aeroplano nel cielo, e non è un Tornado, a bordo sta probabilmente un adultino che va o torna da vacanze complicatissime, che i genitori hanno costruito su misura (per sé), salvo poi ricordarsi d'avere un paio di figli. Allora i piccoli partono, si adattano, si spiegano, si arrangiano, sempre coscienziosi e attenti. Sanno dove si fa il check-in e dove ci s'imbarca, e non si piazzano nevroticamente davanti ai monitor per seguire le vicende del proprio volo come fosse un film giallo. Hanno un orologio e una carta d'imbarco, e sanno leggere. Spesso li incontro, viaggiando. Confesso che vorrei vederli più spensierati: aranciata a go-go, piedi scalzi sulla poltrona, e commenti perfidi sul cranio lucido che sbuca dallo schienale davanti. Gabriella è d'accordo. Preferirebbe sopportarli che ammirarli, gli adultini dei cieli.

* * *

Un segno dell'età che avanza è osservare i giovani, scuotere la testa e brontolare. Io non brontolo, e scuoto la testa solo per far uscire l'acqua dalle orecchie. Ma osservo, e resto affascinato. I giovani, a patto di non chiamarli giovani, sono materiale interessante. Avete mai incontrato, per esempio, le Ufette e i Bambinoni?

L'Ufetta ha meno di vent'anni (se li ha compiuti passa nella categoria Ufo, che è più preoccupante, ma meno intrigante). È una teenager che vive in un mondo tutto suo. È sottile, sorridente, solitaria e insonorizzata.

È dotata di due strumenti. Il primo è il walkman con auricolari, col quale si astrae: la vedi sorridere, chiudere gli occhi, sospirare. Potresti saltarle davanti ballando il cha-cha-cha, e lei non farebbe una piega. Il secondo oggetto è il telefonino, con cui manda continui messaggini (forse ad altre Ufette). Quando incontro una di queste ragazzine in autobus o in metropolitana, sono sempre tentato di chiedere: «Scusa, da quale pianeta?». Poi mi trattengo. Non vorrei puntasse il ditino al cielo come ET, e mi chiedesse di accompagnarla a casa.

Il Bambinone ha dieci anni di più. È facile da individuare perché tiene ancora in spalla lo zaino del liceo. Più è malconcio, più lui è orgoglioso. Il Bambinone ama stare con altri come lui (quando nessuno li ascolta, discutono del colore degli zaini). Ha il cuore buono, e la sua rumorosità non è sintomo di maleducazione, bensì un segno del piacere di stare al mondo. Il Bambinone dispone di scarso spirito d'osservazione, ma coltiva almeno due passioni (il calcio e le Baleari, le moto e i videogiochi, la birra e il Milan). Ha comprato l'auto dopo aver visto la pubblicità in TV, ama Nek e ascolta la Marcuzzi (e viceversa). Adora l'aneddoto scolastico e/o estivo; e non capisce perché la fidanzata, che l'ha sentito raccontare quattro volte, non rida di gusto.

Importante: è raro che un Bambinone frequenti un'Ufetta. Lei infatti non lo sente; lui non la vede. Possono però scontrarsi per strada. Se lei gli dice «Ma che bello zaino», e lui risponde «Fammi vedere il telefonino», qualche speranza c'è.

* * *

Questa pagina ha uno scopo terapeutico: vorrei consolare qualche mamma e papà. Parleremo, infatti, dell'orecchino.

Conosco genitori che, sulla questione, hanno rischiato l'esaurimento nervoso, spalleggiati dai nonni (che invece avevano travasi di bile). Ebbene, sappiate che l'orecchino maschile è un'antica tradizione italiana. Ho scoperto che lo portava anche un mio bisnonno, Francesco. Era un'abitudine diffusa nelle campagne lombarde – che, nella seconda metà dell'Ottocento, non erano esattamente un covo di progressisti.

Lo stesso vale per l'abbigliamento. Quando frequentavo il ginnasio, andavano di moda i mantelli: le ragazze sembravano tante Cappuccetto Rosso, noi un incrocio tra Zorro e Belfagor. Ricordo che, indossandolo, mi sentivo profondamente anticonformista. Finché papà non è comparso col mantello del nonno Giuseppe, e me l'ha offerto. L'ho indossato senza protestare – era perfetto – ma capivo che qualcosa si era rotto: non mi sentivo più Zorro, ma Giovanni Pascoli.

Morale: se i ragazzi di casa portano pantaloni con il cavallo alla caviglia, non dite loro la verità (la moda viene dai ghetti neri in America, dove il pantalone extralarge del ragazzino appartiene al padre o al fratello). Dite, invece, che li indossava anche Vittorio Emanuele III, noto brevilineo (non so se è vero, ma che importa?).

Ecco, dunque, un consiglio ai genitori: davanti a qualunque provocazione, restate calmi. Complimentatevi con i figli per il lodevole recupero delle tradizioni, e chiedete di fotografarli per l'album di famiglia. È una mossa sleale, lo so; ma potrebbe funzionare. Uso il condizionale perché non ci ho ancora provato: non ho, infatti, un figlio adolescente. Se l'avessi, e tornasse a casa con un anello all'orecchio, un altro nel naso e dei pantaloni che sembrano rubati a un clown, sarei meno sereno. Forse correrei a rileggere queste righe, ma dubito servirebbero a molto.

* * *

Ho assistito alla «giornata dell'orientamento» in un istituto tecnico. Non è, come il nome lascia pensare, un incontro in cui alcuni studenti vagano bendati (i futuri geometri), mentre altri si aggirano con la bussola, cercando l'uscita (gli aspiranti ragionieri). È, invece, un buon servizio che alcune scuole offrono ai ragazzi. Ex alunni ed esperti arrivano, un sabato mattina, e presentano i vari sbocchi universitari e professionali.

Non essendo un ex alunno, e rifiutando di considerarmi un esperto, sono rimasto ad ascoltare (un esercizio sempre utile). Ero in un'aula, seduto al solito banco color acquamarina. Stavano parlando tre ex alunne, ormai ventenni: Laura, che lavora presso un'assicurazione; Simona e Alessandra, impiegate come programmatrici in un'azienda. A un certo punto, sono rimasto di stucco. Laura ha detto: «Non pensavo mi assumessero...». Simona ha spiegato: «Se non avessi studiato qui...». Alessandra ha concluso: «Spero che quello che ho appena detto vi abbia interessato». Sbalorditivo: tre giovani italiane usavano i congiuntivi.

Ora, io non vorrei sembrare snob, né pedante come i vecchi professori di liceo (che nostalgia; non se ne può più di tutta questa gente interessante). Ma vi assicuro che se quello fosse stato un colloquio di lavoro, le avrei assunte tutt'e tre. Usare il congiuntivo vuol dire infatti avere il cervello con le marce: è più facile salire, qualunque sia la montagna. Badate bene: Simona, Alessandra e Laura non erano zitelline malinconiche. Avevano le treccine africane d'ordinanza, il maglioncino con la cerniera, vestivano con trasandatezza meticolosa. Laura aveva anche il piercing al naso. Credevo fosse incompatibile col periodo ipotetico, ma mi sbagliavo.

Certo, si può essere dei genii e farfugliare come disc-jockey a fine turno. Ma vi assicuro: sempre di più, il linguaggio diventerà un segno distintivo, qualcosa che permetterà di farsi notare (sul lavoro, in compagnia, nella società). Ora che tutto si compra, infatti, sta diventando prezioso quello che s'impara. Fidatevi, ragazzi. Conosco ragazze che considerano un congiuntivo più sexy dell'orologio di lusso e del pantalone firmato. Non fate quella faccia: sono pure carine.

* * *

Si parla spesso del latino, di questi tempi. Di come sia bello, utile, europeo (anche «The Times», bontà sua, ne ricorda spesso l'importanza). Si tratta di elogi sinceri, ma funerei. È come se il latino fosse morto, e noi ne piangessimo la scomparsa, triste ma inevitabile.

Sono discorsi che non mi convincono e non mi piacciono. D'accordo: sono parziale. Ho studiato in un liceo classico («Alessandro Racchetti» di Crema); e credo che il latino mi abbia insegnato a ragionare, a imparare altre lingue e a manovrare un computer (sissignori). So anche quanto gli americani ci invidiano questa lingua logica, antica, fascinosa. Una citazione in latino, a New York, dà più lustro di un gioiello (anche quando è sbagliata: gli americani dicono *Qui pro quo*, ma intendono *Do ut des*).

Il dramma del latino, qual è? Quello di venire imposto nelle scuole italiane dove, talvolta, è insegnato male. Per salvarlo, quindi, non c'è che un modo: vietarlo. Trasformarlo in una sostanza proibita, come i libri nel romanzo di Ray Bradbury, *Fahrenheit 451*.

Chi si lascerà sfuggire una frase latina (per esempio *Castigat ridendo mores*, che è quanto cerco di fare qui), dovrà pagare un'ammenda fino a cinquanta euro. Chiunque venga trovato in possesso di un testo di Orazio verrà processato (condanne da due a quattro mesi, in una cella dove trasmettono soltanto repliche di Teo Mammucari).

Nessuno potrà più parlare di *libido* o di *deficit* (neppure Tremonti a Roma o Prodi a Bruxelles). Saranno bandite le *agende* (gerundivo); nessuno avrà più *alibi*. Sarà rigorosamente vietato chiudere una lettera con *post scriptum*, e nessuno potrà accusare un uomo politico di essere «tacitiano» (ma non c'è pericolo: di questi, non se ne vedono in giro). Ai giovani verrà permessa solo la detenzione di una modica quantità per uso personale. Che so, un verso di Lucrezio, un epigramma di Marziale.

Immaginate: bande di ragazzi si ritroveranno nelle cantine a inebriarsi con Catullo; italiani e tedeschi comunicheranno nella lingua di Cicerone. Poi arriverà Rutelli e chiederà la liberalizzazione. E noi gli diremo: giammai.

* * *

Come molti bambini italiani, ho avuto un'istruzione parallela, diversa da quella scolastica e familiare. La mia accademia alternativa ha preso vari nomi: oratorio, lupetti e boy-scout, «cantine», bar, calcio amatoriale. Aggiungo le gare di sci e di ping-pong, uno sport magnifico (a patto di non chiamarlo tennis da tavolo). In quegli ambienti il figlio di un professionista, qual ero, ha imparato a essere un po' meno insopportabile. A quei posti, perciò, sono grato. Mi hanno insegnato a passare la palla e a stare con gli altri, due cose che nella vita tornano sempre buone.

L'oratorio, per esempio. La domenica guardavamo film di cowboy al chiuso, durante la settimana giocavamo a calcio all'aperto (due attività accomunate da un particolare: mai capitato di vedere un bacio). L'oratorio (San Luigi, a Crema) aveva muri alti e prati spelacchiati; c'erano ghiaccioli al tamarindo, biciclette e palloni. Compariva ogni tanto il curato, don Antonio, che ci piaceva non tanto per le cose che diceva, ma per quelle che faceva. Tollerava molto: anche una ragionevole dose di parolacce. Nessuno ci ha mai fatto prediche, che io ricordi. L'unico rigore cui eravamo tenuti era quello dagli undici metri.

Tutto ciò avveniva negli anni Sessanta. Poi gli oratori sono passati di moda. La stessa chiesa (che talvolta rischia di farsi ipnotizzare dalla modernità da cui dice di volerci salvare) forse li riteneva superati. Oggi sono tornati, alla grande. In tanti paesi e in molti quartieri sostituiscono il muretto dei giovani, il ritrovo per anziani, il centro sportivo. Le case del popolo chiudono, i comuni contano i soldi, il pomeriggio nelle discoteche c'è solo il custode. Restano gli oratori. Ce ne sono 1200 in provincia di Milano, 400 nel bergamasco, altri 350 tra Cremona, Mantova e Pavia. In Veneto li chiamano «patronati». Nell'Italia del Sud, centri parrocchiali. Molti genitori li considerano un luogo sicuro. Un adolescente che gioca a calcio rischia, al massimo, una pallonata in faccia. Con i tempi che corrono, è salutare come una benedizione.

* * *

Il settimanale «New Yorker» segnala «la progressiva infantilizzazione della società americana». L'articolo si intitola «*Kids are us*», i bambini siamo noi. La tesi è semplice: negli Stati Uniti d'America, oggi più che mai, si gioca.

Programmi televisivi, abbigliamento, vacanze, passatempi: rassicurati dalla discreta salute dell'economia, gli adulti si concedono vezzi e lussi infantili. Le generazioni dure e pure degli anni Cinquanta e Sessanta hanno lasciato il posto alla dittatura dei *baby-boomers*. I quali, a leggere il «New Yorker», sono più *baby* che *boomers*: comprano le scarpe da ginnastica con la soletta speciale, vogliono l'automobile con i gadget e le lucine, guardano i Simpson in televisione e giocano con i computer.

E in Italia? Anche noi siamo diventati una gigantesca scuola materna? Verrebbe voglia di rispondere no, se si considerasse la disciplina: le scuole materne della repubblica sono più ordinate e organizzate rispetto al mondo di fuori, e le maestre possiedono un'autorità che le alte cariche dello Stato si possono scordare. Se invece guardiamo i gusti e gli atteggiamenti, allora si può essere d'accordo. Noi «nuovi adulti» italiani – la generazione nata negli anni Cinquanta e Sessanta – siamo più infantili dei nostri genitori.

Sia chiaro. Restar bambini non è un demerito: filosofi, santoni, stilisti e pubblicitari sostengono, anzi, che sia una bella cosa. Il fatto, tuttavia, rimane. Le prove? Quante ne volete. Usiamo la tecnologia per giocare, o per vantarcene. Vestiamo comodo e colorato. Appena possiamo, compriamo tenerezza (shampoo alle erbe dolci, Aldo Giovanni e Giacomo). Con la scusa della salute, facciamo merenda, andiamo in bicicletta e giochiamo a pallone. Amiamo le collezioni e le raccolte (dalle promozioni dei quotidiani ai bollini della benzina).

Direi che abbiamo una sola giustificazione: i nostri genitori – classe di ferro, che ha visto la guerra e ha fatto l'Italia – non mollano. Hanno deciso che siamo bambini a oltranza, e adorano viziarci e comandarci (a seconda dell'umore). Il guaio è che talvolta esagerano; e questo, francamente, non dovrebbero farlo. Altrimenti lo diciamo ai nostri figli. Poi ci pensano loro.

4

Le cose che facciamo
TRA UOMINI E DONNE

Entrée. Cartilagini di maiale gratinate al forno accompagnate da insalatina di arancia tarocco e finocchio. Il caldo contrasta il freddo, l'acido il grasso, in una preparazione integrata di nord e sud. Accompagnato da Salina Bianco 1999, podere Ansonica-Cataratto.

Questo testo è stato sottratto a un coetaneo, buon amico e bravo ortopedico, che si è inventato un'associazione di «gourmet» e l'ha chiamata «Club de la Brouette» (carriola, in francese). Due del gruppo cucinano, scrivono e stampano il menu, poi tutti assaporano, discutono, discettano. Voglio lodarli per non aver scelto il solito nome inglese. Per il resto, mi dichiaro perplesso.

La passione gastronomica si diffonde tra i coetanei come un'epidemia. Gente che fino a ieri per cena si scaldava un toast (e qualche volta dimenticava di togliere la plastica), ora discute di «vellutata di lenticchie profumata al cardamomo». La generazione che si faceva un punto d'onore di bere Coca-Cola con l'arrosto ora discute del retrogusto di un Illivio dei Colli Orientali del Friuli. Sia chiaro: il fenomeno non è, di per sé, da condannare, anzi. Una cosa che sappiamo ancora fare, in Italia, è mangiare e bere. È la passione improvvisa e furibonda a insospettirmi.

Dopo molto pensare, sono arrivato a questa conclusione: trattasi di dirottamento del desiderio. A trenta e a cinquant'anni, lenzuola e campi di calcio sono terreni di battaglia, dove i trentenni sognano e i cinquantenni rimpiangono: vedi, per la parte amorosa, *L'ultimo bacio* di Gabriele Muccino.

I quarant'anni sono un intervallo tra due tempi. Un intervallo robusto e vivace, sia chiaro, in cui l'eventuale fiato corto viene compensato dall'esperienza e dalla buona volontà. Ma la voglia esuberante – per scelta o per necessità – viene convogliata altrove. L'erbetta verde un tempo si pestava correndo dietro a un pallone; ora si condisce con l'aceto balsamico. Dalle bianche lenzuola si passa ai bianchetti lessati in acqua salata.

È un modo di invecchiare anche questo, incanalando i desideri e scegliendosi le abitudini. Meglio gourmet che travet, in fondo.

* * *

Come il fiume porta a valle i rifiuti di plastica, così la tradizione italiana trascina con sé alcune vecchie idee. In un caso e nell'altro, si tratta di prodotti non-biodegradabili. Ovvero, la vita non li cambia.

Prendiamo la cena a due: uomo e donna intorno a un tavolo, con una bottiglia di vino davanti e un cameriere nei dintorni. Sui giornali e nelle conversazioni, questa situazione viene presentata come qualcosa di romantico e/o sessuale, quasi come l'anticamera della stanza da letto. Ho il sospetto che non sia più così (se mai lo è stato). Gli italiani viaggiano, s'incontrano, lavorano fino a tardi. Due colleghi, amici o conoscenti possono cenare insieme per motivi che non hanno niente a che fare con l'amore o col sesso.

Sarò un ingenuo, ma quando incontro qualcuno in un ristorante con una persona diversa dalla moglie non immagino niente. Certo: se i due si rotolano sotto il tavolo e al mio arrivo fuggono coperti dalla tovaglia, è diverso. Ma questo accade raramente, anche perché le tovaglie moderne sono piene di posate, bicchieri e ammennicoli, e l'effetto finale sarebbe devastante.

So che molti lettori sono d'accordo con me. Ma i pregiudizi sono duri a morire. Non sto parlando del conto, che molte donne libere e adulte continuano a guardare con orrore, neanche il cameriere avesse deposto un topo sul tavolo. Parlo delle aspettative – chiamiamole così – sentimentali. Una giovane amica non sposata sostiene che, dopo cena, tutti gli uomini ci provano, spesso senza convinzione. A suo giudizio, si sentono in dovere. Io non ci voglio credere. Sospetto che sia lei a non capire che un quarantenne stanco, quando dice «Saliamo a fare quattro chiacchiere?», pensa veramente a quattro chiacchiere. Se sono due, ancora meglio.

Sento già il rumore della fotocopiatrice. Molti di voi stanno pensando di riprodurre questa pagina e vogliono appenderla in cucina. Fatelo, ma solo se siete pronti a concedere a vostra moglie lo stesso trattamento. Altrimenti, lasciate perdere. Lei scoppierebbe a ridere, e le mogli che ridono, notoriamente, vincono sempre.

* * *

Chiamiamoli gli Assaggiatori. Anzi, chiamiamole le Assaggiatrici. Perché lo fate soprattutto voi, care lettrici. Siete voi le gazze dell'antipasto, i rapaci del carpaccio, le aquile del contorno, le poiane del dessert. Siete voi quelle che dicono: «Magari ne assaggio un po' del tuo».

Una premessa. Il merito, o la colpa, di queste righe va a una giovane donna bruna, Federica, vicina di tavolo in un ristorante di Milano. La signorina non ha cercato di infilare la forchetta nel mio piatto, ma ha lasciato intendere che avrebbe potuto farlo, se fossimo stati in confidenza. Devo aggiungere che Federica è un'assaggiatrice reo-confessa, e questo le fa onore. Ha ammesso infatti che le donne – dai cinque ai centocinque anni – hanno questo difettuccio: non ordinano, piluccano. Non s'abbuffano come noi uomini ma, appunto, «ne assaggiano un po'».

Il giorno dopo il nostro incontro – c'era un fidanzato testimone, che deve averci rimesso due cucchiaiate di dessert – la signorina mi ha spedito una sorta di sfogo, recuperato su Internet. Il testo contiene la frase-chiave, quella che passa nella testa di ogni maschio in queste occasioni: «Ma porca miseria, prendine una porzione e avanzala».

Invece no. Questo non accade. Assaggiare dev'essere un piacere sublime. Vedere la faccia infantile del compagno privato di un terzo di tiramisù è una soddisfazione che noi uomini (titolari del tiramisù) non possiamo capire.

Ma non buttiamoci giù. Possiamo rispondere, magari usando la stessa arma. Mettiamoci anche noi a pizzicare, piluccare, testare, sperimentare, lanciare la posata predatrice attraverso il tavolo. Il nostro modello sia Bill Clinton, che spingeva – probabilmente spinge ancora – la sua incontinenza fino ad assaggiare tutto quanto compariva sulla tavola (dovunque: Casa Bianca compresa). Voi direte: «Ma lui è l'ex presidente degli Stati Uniti! Nessuno ha il coraggio di protestare. Se lo facciamo noi, ci trapassano la mano con la forchetta».

Calma: chi l'ha detto? L'importante è iniziare, e poi allenarsi fino a diventare professionisti. Gesti morbidi, rapidi ed essenziali. E, insieme, la formula magica: «Magari ne assaggio un po' del tuo».

Forza, ragazzi. La vendetta sarà (un) dolce.

* * *

Spazio sul tavolo, cameriere premuroso, mezza di bianco, rivista illustrata, nessun rischio di furti (vedi sopra) né di venir trascinati in conversazioni inutili. Andare al ristorante da soli, ho scoperto, è un piacere che gli uomini non confessano volentieri. Piuttosto, raccontano di aver invitato a cena la procace collega. Ma sanno che la procace non tace; perciò, se ne guardano bene. Meglio una riposante solitudine condita di leggera misantropia (che è come l'aceto balsamico: usata con moderazione, è piacevole).

È questo l'imbarazzante segreto di molti uomini: ogni tanto, stanno bene da soli. Ed è questo che molte mogli, anche le più intelligenti, non capiscono. Non che sospettino che dall'altra parte del tavolo, invece di mezza minerale, ci sia Claudia Koll tutta intera. Sono soltanto un po' gelose di questa autoindulgenza. Ho esposto la mia teoria a diversi coetanei, negli ultimi tempi, e quasi tutti confermano. Un dirigente d'azienda mi ha ripetuto le parole-chiave che ci tocca ascoltare prima o dopo queste occasioni: «Da solo?! Cosa ci trovi, poi».

Cosa ci troviamo? Be', tutto non si può dire. Ma fidatevi: non si tratta di tardo autoerotismo. Andare al ristorante da soli è un lusso adulto. Piace quando è una scelta, e non una mancanza di alternative. Piace perché consente di mangiare in fretta, oppure con una lentezza estenuante. Piace perché permette di pensare. Solo alcuni sconsiderati trascorrono questo tempo prezioso parlando al cellulare. Meriterebbero di ritrovarsi al tavolo una di quelle oche giulive che popolano i varietà televisivi. Spero che accada quando io sono in sala. Osservare, infatti, è un altro privilegio solitario.

Osservare le comitive che gridano con la bocca piena, e le coppie che pensano a tutto meno a quello che hanno nel piatto. Osservare la specialissima malinconia dei camerieri sopra i sessant'anni, e la falcata delle cameriere sotto i trenta. Osservare un altro solitario nell'angolo opposto della sala, e scambiarsi un'occhiata d'intesa, come due Robinson su isole vicine.

* * *

Scriveva Cyril Connolly, critico e saggista inglese: «Ci sono solo tre cose che rendono la vita degna di essere vissuta. Scrivere un libro decente, partecipare a una cena per sei persone, e viaggiare verso sud con qualcuno che la tua coscienza ti permette di amare».

Lasciamo perdere il libro e la coscienza (entrambi troppo delicati). Concentriamoci invece sulle cene, che non sono, come Connolly ben sapeva, un vezzo delle classi alte o un rito mondano. Sono – dovrebbero essere – una piacevole abitudine alla portata di tutti. Sono il caposaldo della vita sociale italiana, e corrono seri pericoli. Alcune bizzarre abitudini, infatti, stanno rendendo gli inviti rischiosi come discese nei torrenti. Uno sport estremo, che non tutti si sentono di praticare.

Cos'è successo? Diverse cose. La prima: molte cene italiane vengono offerte «per sdebitarsi», e diventano occasioni drammatiche. Il senso del dovere, misto a senso di colpa, è dipinto sul volto dei padroni di casa, che hanno invitato troppa gente in uno spazio troppo piccolo. Queste serate sono conosciute come «cene in piedi», e sono riconoscibili perché tutti cercano, disperatamente, un posto dove sedersi.

Secondo problema. Tra le giovani padrone di casa si sta diffondendo una pericolosa «ansia da prestazione», non dissimile da quella che assale i mariti/compagni in circostanze più intime. Queste ansie sono del tutto ingiustificate: in entrambi i casi, infatti, quel che conta è l'atmosfera. Gli invitati, a meno che siano sadici pignoli (in questo caso, non invitateli), non vengono per abbuffarsi o per gustare insolite prelibatezze. Vengono per quella che, una volta, si chiamava «la compagnia». Piccola, possibilmente, e ben scelta.

Perché le cene per sei sono piacevoli? Perché si imparano in fretta i nomi dei commensali; perché permettono di conversare tutti insieme, senza gridare come hooligan da un capo all'altro del tavolo; perché anche l'esibizionista più sfrenato (che so, un culturista, un accademico, uno stilista, un giornalista) non troverà soddisfazione nell'esibirsi di fronte a sole cinque persone. È probabile, perciò, che costui si comporti in maniera pressoché normale; in qualche caso, potrebbe addirittura rivelarsi una persona gradevole. (Non fatevi illusioni. Ho scritto: in qualche caso.)

* * *

Ci sono due categorie di maschi: quelli che amano fare e quelli che preferiscono disfare. I primi non sono migliori dei secondi. Sono, semplicemente, diversi. La distinzione non risale all'infanzia, ma all'inizio della gioventù. Più precisamente, alle prime vacanze con gli amici. Quasi subito, i maschi si dividono in due gruppi: quelli che cucinano e quelli che lavano i piatti. Oppure: quelli che preparano e quelli che spreparano. Quelli che apparecchiano e quelli che sparecchiano. Quelli che fanno, insomma, e quelli che disfano. La divisione avviene in modo assolutamente naturale, e solo l'avvento della lavastoviglie ha portato un po' di confusione in materia. I cucinieri sono attivi e intensi (e lasciano un casino in cucina); i lavapiatti, filosofici e alla mano (Svelto Piatti favorisce i rapporti sociali. Avevo un amico che conquistava le ragazze così: risciacquo e conversazione. Entrambi producevano risultati brillanti, tant'è vero che poi faceva a meno d'andare in discoteca). La dicotomia (che bello avere lettori colti, così non devo spiegare cosa vuol dire) è talmente netta che sospetto sia genetica, come la forma dei lobi delle orecchie. Il sottoscritto, per esempio, è un lavatore. Detesto agitarmi quando ho fame, soprattutto nei dintorni del cibo che cuoce. Cucinare non mi interessa: preferisco mangiare. Nell'attesa sorseggio vino bianco e osservo i cucinieri al lavoro. Il loro entusiasmo è il mio aperitivo. Dopo mangiato, rinfrancato dal nutrimento (e stufo delle chiacchiere, di solito), comincio a darmi da fare. *Post prandium deambulare*, dicevano gli antichi romani. E io deambulo che è un piacere, dopo pranzo, tra carrelli e cucine. Sparecchiare è un modo di avvicinarsi all'ordine cosmico; lavare i piatti è una forma di meditazione. Soprattutto quando ci sono amici in giro, che diranno alla moglie incredula: «Che bravo tuo marito! Ma quanto aiuta!». Lei proverà a spiegare che voi vi date da fare solo quando ci sono ospiti. Questo è vero, naturalmente. Ma voi – mi raccomando – negate, scuotendo la testolina innocente mentre passate un bicchiere sotto l'acqua tiepida.

* * *

Se qualcuno avesse dubbi sulla pazienza delle donne, osservi una coppia all'ingresso di un ristorante. Lui apre la porta per lasciarla entrare (errore: la regola di cedere il passo, nei locali pubblici, non vale). Poi occorre scegliere il tavolo. Per quasi tutti gli uomini italiani (compreso il sottoscritto) si tratta di un'operazione complessa, densa di significati e gravida di perdite di tempo.

Lui osserva, riflette, sceglie, cambia idea, sceglie di nuovo, scarta, accetta, mugugna, protesta. Lei sorride indulgente. Un tempo aveva provato a dire la sua, ma era stata ignorata e/o contestata. Oggi lascia fare, e approfitta del momento di pausa per chiedersi qual è il senso della vita, oppure se le è sceso il trucco. La scelta del tavolo è un'area dove il femminismo non ha fatto breccia; le donne sono troppo intelligenti per battersi per così poco.

Il guaio è che, quel poco, a noi sembra moltissimo. La scelta del tavolo mostra di che pasta siamo fatti. Ci sono gli Accomodanti, che accettano di buon grado quello che viene loro proposto (ne conosco tre, uno a Udine e due a Torino). Ci sono gli Idiosincratici: mai vicino alla cucina, e mai in vista del bagno (essi ammettono la necessità di entrambi i locali, ma non vogliono riconoscerne l'esistenza). Ci sono i Pistoleros: pranzano solo con le spalle al muro, e vogliono avere la situazione sotto controllo. Ci sono gli Spigolosi, che pretendono tavoli d'angolo (il loro sogno è un locale ottagonale, ma poi direbbero che gli angoli sono ottusi e poco intimi). Ci sono i Curiosi: amano sedersi dove possono vedere; e i Vanitosi, che scelgono posizioni dove vengono visti. Ci sono i Pentiti, che si rovinano il pasto pensando d'aver sbagliato tavolo; gli Invidiosi, che guardano con cupidigia il tavolo del vicino; e i Vendicativi, che maltrattano il cameriere il quale, giustamente, non capisce perché.

E poi ci sono le Donne, che ci osservano, sorridono e

pensano: com'è possibile che siano stati gli uomini, fino adesso, a comandare il mondo?

* * *

Sto scrivendo tra due scatole di antibiotici, un termometro, due ricette, medicinali vari di cui ho riletto ossessivamente il foglietto illustrativo, tre libri, due telecomandi, un cellulare, una stilografica che rischia di sporcare il letto, varie riviste che in condizioni normali andrebbero di filata nel cestino. Insomma, sono malato.

Sono febbricitante in un albergo di Moena (Trento). Questa è la Settimana-In-Cui-Severgnini-Aveva-37,8, e non credo la dimenticheranno tanto presto. In altre camere, anziane turiste tedesche sopportano stoicamente la loro condizione. Non io. Un italiano malato deve avere su di sé tutta l'attenzione.

Ne ho parlato spesso con amici stranieri: secondo loro, lo spettacolo di un italiano che non sta bene è esilarante. In sostanza, noi faremmo sceneggiate; la nostra misantropia, incoraggiata dal termometro, raggiungerebbe livelli elevatissimi. Oppure, per dirla con una conoscente americana in possesso di un ottimo italiano, «siamo degli emeriti rompiscatole».

Vorrei testimonianze dalle lettrici, perché non sono convinto. E se fossero gli stranieri a prendere le cose alla leggera? Mi è capitato, in montagna, di avere ospiti inglesi che si univano cantando alla comitiva pur avendo 39 di febbre, una temperatura con la quale un italiano chiama l'eliambulanza. Se avessi chiesto loro: «Come state?», avrebbero risposto: «*Not too bad*» (non male), prima di stramazzare tra i funghi e gli aghi di pino.

Questo non è eroismo, sostengo io. Questa è incoscienza. Anzi, peggio: è incapacità di cogliere un'occasione. Quando gli uomini sono moderatamente malati, possono far leva sui nobili sentimenti che albergano nel cuore femminile. Ovvero: se noi siamo indisposti, voi siete disposte (a tollerarci). Se il malato-attore è particolarmente abile (per esempio, sa chiedere piccoli piaceri con occhi da cocker), può ottenere quasi tutto (tè zuccherato, giornali, una partita in TV). Certo: si tratta di un'azione subdola, di cui dovremmo vergognarci. Ma poiché non è l'unica, facciamo finta di niente.

* * *

Scena. Stazione ferroviaria di Firenze. Metà gennaio, mezzogiorno. Sono in coda per il taxi. Davanti a me c'è una signora. Arriva una macchina. Mentre lei sale, io grido: «Ciao stella!». Vedo lo sguardo turbato, la portiera che si richiude in fretta.

Stavo parlando al cellulare con mia moglie, ma la signora non l'ha capito. Né poteva capirlo: portavo l'auricolare, il filo era coperto, e il telefono era nascosto nella tasca interna del cappotto. La scena mi ha molto divertito – ho passato cinque minuti a ridacchiare da solo, convincendo i presenti che ero definitivamente matto – e mi ha fatto riflettere (per quanto sia possibile riflettere a Firenze, con i turisti che ti chiedono dov'è la chiesa che hanno di fronte al naso).

Noi quarantenni (i nostri ritmi, le nostre abitudini, le nostre ansie camuffate) siamo diventati una forma di intrattenimento per il resto della nazione. Vorrei evitare di filosofeggiare sull'argomento. Diciamo che cerchiamo di fare sempre due cose contemporaneamente.

Guidiamo e parliamo al cellulare (chi col viva-voce, chi con viva incoscienza). Andiamo in taxi e telefoniamo (ormai è un riflesso condizionato: se non dobbiamo chiamare nessuno, controlliamo la segreteria). Mangiamo e lavoriamo. Andiamo in treno e leggiamo (non Brera, Buzzati e Lupo Alberto, come sarebbe salutare; ma tesi, lavori, bozze, progetti). Teniamo riunioni superflue (milanese moderno: *meeting*) controllando posta elettronica sovrabbondante. Non ci accontentiamo di riempirci la vita fino all'orlo: pretendiamo di coinvolgere chi ci sta intorno (dovremmo essere arrestati per consumo e spaccio di adrenalina).

Questo cosa provoca? Calo del desiderio, naturalmente. No, non quello. Penso, per esempio, che abbiamo smesso di entrare nei negozi a comprarci un disco (lo facciamo solo negli aeroporti: tipico). Venticinque anni fa avevamo le voglie e le conoscenze, ma pochi soldi in tasca. Ora i soldi ci sono, ma non sappiamo cosa volere. Avevo pensato di dire ad amici e conoscenti, in dicembre: «Per Natale, regalatemi un desiderio». Poi, come al solito, non ho avuto tempo.

* * *

La notizia: gli uomini raggiungono la maturità sessuale a quarantacinque anni. La fonte: il congresso della British Psychological Society. Il commento (di un quarantacinquenne): e vai!

Cos'altro dire davanti alla notizia? La tesi, sostenuta dalla psicologa Lorraine Boule, è semplice e confortante: gli uomini, dai quarantacinque anni in avanti, lo fanno meglio. Hanno meno problemi di erezione, maggiore abilità sessuale e resistono a lungo, durante il rapporto, prima d'arrivare all'orgasmo. L'attività sessuale si riduce, magari; ma la qualità migliora, sostiene la prestigiosa professoressa Boule, citata dal «Daily Mail». E aggiunge: «La menopausa maschile è un mito diffuso dall'industria farmaceutica per sostenere il mercato del trattamento dell'impotenza». La simpaticissima signora Boule conclude (secondo «The Times»): «La vita comincia a quarant'anni, per quelli che hanno la giusta impostazione mentale».

Voi capite quanto la strepitosa dottoressa Boule possa piacere alla mia generazione. La sua tesi è combustibile nucleare per la nostra autostima. Non che ne avessimo bisogno. Ci vogliamo, notoriamente, un bene esagerato. Praticamente parliamo soltanto di noi stessi.

Siamo la Generazione Egocentrica. Tutto quanto riguarda gli italiani nati tra il 1947 e il 1962 è diventato argomento di interminabile, appassionato dibattito e continua rivisitazione. Dal Sessantotto a Gianni Morandi, dai Rolling Stones a Pippo Baudo, da Andreotti alle figurine Panini: non buttiamo nulla. Inseguiamo i nostri figli roteando amarcord, e i poveretti non sanno più dove nascondersi. Adesso arriva l'annuncio che, a letto, siamo meglio dei ventenni. Chi ci tiene più?

Abbiamo un'attenuante, forse. La società occidentale ha inventato la gioventù elastica, allungabile a piacimento. Se i ventenni imitano gli adolescenti (ribellismo e notti bianche), e i trentenni si comportano da ventenni (scoperta della libertà, ritorno da mamma e papà), era inevitabile che quarantenni e cinquantenni si riverniciassero con colori giovanili. Qualche sconsiderato ci ha provato coi capelli. Ora arriva – imprevista e confortante – l'ultima notizia. Siamo bombe del sesso (come cantava Tom Jones, classe 1940, una sorta di fratello maggiore).

Cosa diranno i lettori ventenni e trentenni? Fossi in loro, noterei alcune circostanze curiose. Uno: le conclusioni presentate alla British Psychological Society derivano da un'indagine tra maschi la cui età media è – guarda caso – quarantacinque anni. Due: la professoressa Boule lavora a Sheffield, la città di *Full Monty* (ricordate? Striptease per uomini maturi). Tre: i quotidiani che hanno rilanciato la notizia sono il «Daily Mail» e «The Times» (tipiche letture da 45-55enni).

Insomma, potrebbe essere l'ennesimo trucco della Generazione Egocentrica. Se così fosse, cari venti/trentenni, perdonateci. E abbiate pazienza: prima o poi saremo anziani anche noi. Basta aspettare.

A lungo, naturalmente.

* * *

La faccenda del Viagra è insidiosa. Mettere una pillola anti-impotenza nelle mani degli italiani è come piazzare un mitragliatore davanti a un bambino: non si sa cosa succederà, ma sarà un guaio. L'idea di un «farmaco sessuale» apparirà a molti come una contraddizione in termini. Per ogni malato che farà ricorso al Viagra, ci sarà un esibizionista, un curioso, un bullo, un avventuroso, uno smodato e qualcuno che vorrà raccontarlo al bar. La salvezza? Una volta ancora, sta nelle donne. Non solo perché molte di voi sono in grado di provocare violenti movimenti del sangue senza ricorrere a pillole. Ma perché, con prevedibile e involontaria ferocia, finirete per crearci nuovi problemi. Problemi che – diciamolo subito – potrebbero rivelarsi salutari.

Se il Viagra diverrà di uso comune – e non si scoprirà che tra gli effetti collaterali ci sono i denti verde smeraldo e le orecchie a punta come gli eroi di *Star Trek* – nascerà infatti una distinzione: uomini che lo fanno col farmaco, e uomini che lo fanno senza farmaco. Non so come le donne lo capiranno: ma, sono disposto a scommetterci, lo capiranno. Ignoro attraverso quale combinazione di competenze psicologiche, anatomiche e medianiche arriverete alla risposta; ma sono sicuro che ci arriverete. Alcune saranno contente («Finalmente, Alberto»); altre, deluse («Non capisco, Aldo: prima la vodka, adesso il Viagra»), altre ancora, indifferenti («Zitto, Alfredo: l'idraulica non è affar mio»). Tutte, comunque, se ne faranno una ragione.

Non so se noi saremo altrettanto bravi. Si creeranno subito invidie e gelosie: chi ha bisogno dell'aiuto, e chi no. Negli spogliatoi e negli uffici d'Italia, i Viagra Men – qualcuno tirerà fuori il solito nome inglese – dovranno subire i lazzi dei Natural Men. Sorgeranno club e si apriranno consultori e siti Internet; ci saranno i primi pentiti del Viagra (motto: meglio una notte da pecora che dieci pillole da leone). Sarà una versione aggiornata del confronto tra uomini-coi-capelli e uomini-trapianto-e-tintura. E, come quello, farà soffrire inutilmente.

* * *

Un mensile ha pubblicato due fotografie del sottoscritto. La prima al naturale, con la solita massa informe di capelli grigi, e un'espressione particolarmente turbata, come qualcuno che avesse appena visto Helmut Kohl in costume da bagno. La seconda foto era ritoccata al computer: stessa espressione, ma i capelli erano tornati neri. Il gioco serviva a illustrare un'inchiesta sulla melatonina che dicono faccia ringiovanire, e pare aiuti a superare il *jet lag* (il malessere che segue i lunghi viaggi aerei). I colleghi hanno agito in buona fede, e non sanno di avermi tirato un brutto scherzo. Se quella foto cade in mano al mio barbiere, sono finito.

Io infatti non voglio combattere il *jet lag*, né l'età che avanza: una cosa e l'altra mi consentono infatti di lamentarmi, e questo mi piace immensamente. Gigi non è d'accordo. Da dieci anni – da quando i miei capelli, dopo essersi consultati, hanno deciso di adottare diverse tonalità di grigio – si aggira alle mie spalle con bottiglini e alambicchi, proponendo soluzioni miracolose. Io resisto e, per tenerlo a bada, ho elaborato una serie di argomenti per spiegargli che no, gli uomini non devono tingersi i capelli.

Innanzitutto, perché lo fanno male. In televisione capita di vedere cose agghiaccianti: se gli interessati avessero immerso la testa nel liquido della fotocopiatrice, avrebbero ottenuto risultati migliori. E anche quando i capelli sono tinti bene, non vedo la necessità dell'operazione. Non è il colore della capigliatura a invecchiare una persona. Bill Clinton, per esempio, è completamente grigio, eppure si comporta come un sedicenne (se tornasse castano, andrebbe in giro con le dita nel naso). Qualcuno dirà: perché le donne sì e gli uomini no? Qual è la logica? Nessuna. Non c'è logica. C'è soltanto il buongusto, che non è meno importante.

* * *

Ogni sei mesi compare sui giornali una previsione lugubre. L'ultima è questa: le donne italiane, si legge, rinunceranno alle calze. Vorrei darvi un sommesso consiglio, care lettrici: NON FATELO! Lo fanno le inglesi, ed è uno spettacolo sconcertante.

Quando sono andato a fare il corrispondente da Londra (1984), avevo un'età in cui mi capitava di notare le gambe delle ragazze (mi capita ancora, devo dire). Quasi subito, mi sono accorto che pochissime indossavano le calze (*stocking*). D'estate, era normale. Ma a partire dall'autunno, le gambe britanniche assumevano colorazioni portentose: ciclamino, indaco, carminio. Entrando nell'inverno, viravano lentamente verso il blu di Prussia (un colore che s'intonava bene, peraltro, col rosso scarlatto delle scarpe di vernice). In primavera, adottavano diverse tonalità di verde.

Ricordo di aver raccontato in un articolo questa mia scoperta. Quel pezzo ha provocato una certa curiosità. Molti mi hanno chiesto spiegazioni del fenomeno. E io spiegazioni non ne avevo. Dapprima ho pensato fosse una questione di risparmio (errore: le *stockingless girls*, le ragazze senza calze, spendevano per una sera in discoteca l'equivalente di cinque paia di collant). Poi alcune mi hanno assicurato che non soffrivano il freddo (bugia: avevano una pelle d'oca che sembrava un paesaggio lunare). Qualche esperto ha avanzato spiegazioni antropologiche (gli inglesi desiderano il contatto con la natura) e giustificazioni sociali (nelle scuole, le adolescenti devono scegliere tra gamba nuda o calzettone di lana; e scelgono, ovviamente, la gamba nuda). Alla fine, ho avuto un sospetto: e se si credessero sexy?

Con orrore, ho capito che era così. Ma una pelle d'oca degna di un surgelato non è sexy: è inquietante. E la gamba livida è una sofferenza inutile: le italiane hanno troppo buon senso per cascare in una trappola del genere.

Credetemi. Non mi hanno istigato i produttori di calze e collant, che diffido dall'usare queste pagine per la pubblicità. Ma ascoltatemi, care lettrici: non fatelo. Non vorrei che poi, per vendetta, ci chiedeste di imitarvi. Al pensiero, già mi sento gelare l'alluce.

* * *

Sono in un'agenzia di viaggi e mi cade l'occhio su un opuscolo. Due amiche parlano: «Gli ho detto: se vuoi passare due notti con me, devi prima farlo sei volte. E dovrai farlo entro il 31 marzo». Stavo per prendere il cartoncino e farlo sparire in tasca – talvolta gli uomini sono inspiegabilmente timidi – poi ho guardato meglio: si trattava di una pubblicità Alitalia. Le «sei volte» cui alludeva la signora erano sei voli in Europa. Niente sesso, nessun tour de force da camera.

Quella pubblicità mi ha colpito, devo dire. Non tanto per l'allusione, quanto per l'aria complice e felice. Un'aria complice e felice che, da quel giorno, ho ritrovato spesso. Anche le amiche del detersivo Svelto e dell'amaro Lucano, per esempio, muoiono dalla voglia di raccontarsi i segreti più intimi. A differenza degli stakanovisti dell'amaro Montenegro, che passano il tempo a tirar fuori cavalli dai burroni, queste giovani donne appaiono rilassate. In genere sono trentenni dal capello scomposto, sicure del fatto loro, certamente in possesso di una carta di credito per pagare la consumazione. Carine, devo dire, un incrocio tra la sorella struccata di Michelle Pfeiffer e Demi Moore tenuta una settimana a pane e salame.

Dire che mi mettono a disagio è troppo. Mi rendono però perplesso, e un po' invidioso. Gli uomini della stessa età non si scambiano confidenze ai tavolini dei bar: corrono trafelati qua e là, e se sono seduti al bar hanno un panino in bocca e un cellulare all'orecchio. La pubblicità se n'è accorta da tempo: i maschi in compagnia vanno bene fino ai venticinque anni, quando servono per portare il gelato alle ragazze. Poi spariscono, e ricompaiono intorno ai quarantacinque, con l'occhio lucido fisso su un bicchiere di whisky. Non parlano tra loro, non si confidano. Quando uno è totalmente inebetito, lo piazzano sulla pista di un aeroporto con una valigetta in mano, e lo chiamano *executive*. Se una ragazza – anche la sorella di Michelle Pfeiffer, anche Demi Moore che ha finito il pane e salame – gli chiedesse: «Ehi tu, vuoi farlo sei volte?», l'*executive* caccerebbe un urlo, per poi gettarsi tra le ruote di un Airbus che atterra.

* * *

Una lettrice si sfoga: «Perché nei matrimoni occorre aspettare che gli sposi abbiano finito di fare le foto, con la conseguenza che il rinfresco si protrae fino a ore indecenti? Perché costringere gli ospiti a resistere fino allo stremo delle forze? Due righe da parte sua, caro Severgnini, costringerebbero gli sposi a un esame di coscienza».

Lei scherza, signora. Né due né duecento righe (mie, o di chiunque altro) riusciranno a far cambiare idea a due sposi emozionati e a un fotografo convinto di rendere un servizio all'umanità. Tutto è cambiato, infatti, nella società italiana: non le foto dei matrimoni.

Ce ne sono di due tipi. Quelle affidate al Fotografo Ufficiale il quale, sfruttando lo stordimento degli sposi, li ritrae in posizioni di cui si vergogneranno per tutta la vita. Egli considera suo diritto piazzarsi nei luoghi più inadatti nel momento più inopportuno (il suo sogno segreto è infilarsi la sera tra le lenzuola, e scattare col flash).

Ci sono poi le foto (o le riprese) affidate all'Amico Spiritoso, un dilettante altrettanto pericoloso, perché mira a cogliere la gente con la bocca piena, appisolata e con le dita nel naso (il suo obiettivo è combinare le cose. Un ospite sorpreso con la bocca piena, appisolato e con le dita nel naso, sarebbe il massimo).

E gli invitati? Sono ostaggi vestiti bene. In quanto parenti e amici delle vittime, essi devono mostrarsi pazienti e, quel che è peggio, divertiti. Alcuni ripetono che, in fondo, i matrimoni non devono essere male, se servono da ambientazione per tanti film (poi si accorgono che non sempre le spose assomigliano a Andie MacDowell e Julia Roberts; né gli invitati a Hugh Grant o Rupert Everett). Voi direte: anche i battesimi e i funerali non sono più quelli di una volta! È vero: ma là i protagonisti, per motivi diversi, non possono intervenire. Gli sposi sarebbero in grado d'impedire che due madri – alleate con un fotografo, un videoamatore e un fiorista – trasformino una festa in una fiera. Invece subiscono. E noi subiamo stoicamente con loro.

* * *

La gente viaggia. C'è chi riporta a casa un soprammobile, chi un tappeto e chi un marito (o una moglie). Nessuno si stupisce più. I matrimoni tra persone di culture diverse sono ormai comuni: italiano sposa americana, tedesca sopporta italiano, italiana educa inglese. Talvolta non c'è neppure bisogno di viaggiare. L'Italia – nel solito modo caotico e disorganizzato – sta diventando «multiculturale», e le occasioni di incontrare stranieri si moltiplicano. Il proverbio «Mogli e buoi dei paesi tuoi» ha perso validità, e non soltanto per carenza di buoi.

Conosco molte di queste coppie: spiarle è una delle mie attività preferite. Non sono un esperto, ma dopo anni di osservazioni sul campo – sulle spiagge, nelle automobili, dentro i ristoranti, negli aeroporti – sono arrivato a una conclusione: nelle coppie miste, le incomprensioni sono del tutto normali (nelle camere da letto non mi sono spinto, ma sospetto che gli equivoci avvengano anche lì).

Alcune incomprensioni sono serie; altre, divertenti e superabili. Tra le prime: la nuora giapponese pretende che la suocera occidentale le insegni ad accudire il marito; la nuora occidentale, se la suocera (giapponese, o di Monza) prova a fare una cosa del genere, si scoccia. Oppure, meno grave: la moglie inglese non risciacqua i piatti, il marito italiano detesta il sapore del detersivo (soluzione: comprano una lavastoviglie). La moglie americana ama pianificare, detesta le tende alle finestre e, durante i viaggi, mette le valigie sul letto. Il marito italiano è fatalista, non vuole estranei che guardano dentro casa e sostiene che le valigie vanno tenute a terra, perché sono sporche. Risultato: lui invoca il malinteso culturale, e ottiene pubblica soddisfazione. E poi fa come dice lei.

* * *

Cosa si regala alle mogli? Il problema viene sottovalutato (non una puntata di *Porta a Porta*, neppure un dibattito in parlamento). Eppure ne va della serenità delle famiglie.

La questione non è semplice. Molte mogli, per cominciare, se davvero desiderano qualcosa se lo comprano. Certo, c'è la sorpresa. Ma è un sentiero stretto, pieno di trabocchetti. Non ci sono solo figli, suocere e amici, tutti impegnati a rovinare il gioco: fino all'ultimo dovete sperare che tacciano, ma una combinazione di entusiasmo, ingenuità e perfidia potrebbe rovinare tutto. C'è poi un problema più serio. Non potete sostenere di ignorare i gusti della moglie: il matrimonio non lo consente. Quindi, dovete scegliere, e sperare in bene. Se lei apre il pacchetto e grida «Puah!» come Paperina dopo aver bevuto l'aceto, siete nei guai.

Che fare, dunque? Una possibilità è dichiarare abolite tutte le ricorrenze minori (onomastici, primo incontro, fidanzamento, feste comandate) e concentrarsi sui due appuntamenti che contano: l'anniversario di matrimonio e il compleanno. Ricordate però che sono due eventi divergenti. Il primo, ogni anno, diventa più facile. Il secondo, più delicato.

Concentriamoci, quindi, sul compleanno. Prendiamone uno importante, una cifra tonda significativa (30, 40, 50, 80). Per prima cosa, il buon marito deve terrorizzare parenti e conoscenti: nessuno s'azzardi a fare un regalo più bello o, peggio, lo stesso regalo. È bene poi mettere in giro notizie false e tendenziose. All'amica di famiglia diremo che a nostra moglie regaleremo un cane. Alla suocera lasceremo capire d'aver prenotato un viaggio esotico (Patagonia, Pattaya, Pavia). In casa dissemineremo cataloghi di orologi (se intendiamo regalare una borsa), e vecchi numeri di riviste femminili dove le pubblicità sono piene di frecce e punti esclamativi. Se la consorte chiedesse spiegazioni, risponderemo che vogliamo acquistare le modelle. E non sono per lei.

A quel punto, la confusione sarà massima, le aspettative alle stelle. Resta da risolvere un problema: quale regalo? Be', questo dovete saperlo voi. Potrebbe bastare «Buon compleanno, amore mio». Questo, forse, le mogli non se l'aspettano.

5

Le cose che facciamo
IN SOCIETÀ

Strane figure si aggirano per l'Italia: la Donna Piovra e l'Uomo Polipo. Sono facili da riconoscere. Lei: stringe il telefonino tra l'orecchio e la spalla, regge la borsetta col mento, cerca qualcosa con una mano, tiene il cane con l'altra mano, chiude la portiera col piede. Lui: tiene il cellulare con la sinistra, prende un numero con la destra, segnala a qualcuno con gli occhi, chiude la borsa tra le gambe, stringe il giornale sotto l'ascella.

Osservateli attentamente. Sono davvero figli del loro (anzi: del nostro) tempo. Vogliono fare molte cose insieme, ma non hanno abbastanza mani, dita, occhi, orecchi. La Donna Piovra e l'Uomo Polipo segnano un'evoluzione della specie, che torna sui suoi passi. Reimpareremo a usare le estremità inferiori, come i nostri antenati. Il manager-col-piede-prensile sarà l'Uomo del 2402: firmerà contratti mentre gesticola, accarezzerà la fidanzata col malleolo, farà «Ok» con l'alluce.

Scherzo? Fino a un certo punto. Mi sembra che nelle città, sui treni e negli aeroporti siano in corso le prove generali di questa trasformazione. Contorsionisti, giocolieri, ginnasti nevrotici: ecco quello che siamo diventati, mentre cerchiamo di fare tre cose insieme, reggendo cinque oggetti nello stesso momento (facendone cadere due).

Girando l'Italia le studio per bene, queste novelle dee Kali dalle molte braccia. Non sempre sono donne-manager (quelle con la calzetta scura e lo sguardo da bidella nervosa). Spesso sono mamme piene di pacchi. Talvolta sono accompagnate da papà carichi di gadget, giacche e guinzagli. C'è anche un bambino, ogni tanto. Lui, di solito, ha le mani libere.

Ha senso intervenire? Dobbiamo offrire una mano, una spalla, un gomito a questi esseri umani in difficoltà? Non è necessario, secondo me. Basta non avvicinarsi dicendo: «Scusate. Vorrei scattarvi una foto per una rivista scientifica». Questo sarebbe crudele. I malcapitati infatti vorrebbero rispondere con un gestaccio. Ma non hanno più mani per farlo.

* * *

Chi sono, gli Esperti? Quelli che sanno tutto, e non possono fare a meno di dirtelo.

L'Esperto soffre di una malattia che, in altre circostanze, è una virtù: l'esperienza. Avendo fatto/visto/pensato/sperimentato alcune cose, è convinto che a voi debba accadere lo stesso. Il suo motto è: «Vale per me. Deve valere anche per te». L'Esperto non tollera d'essere ignorato, ma non gli dispiace essere contraddetto, in modo da poter ripetere con più vigore le proprie argomentazioni.

L'Esperto è un essere comune, come il coleottero. Ma, come il coleottero, si divide in molte sottospecie. C'è l'Esperto Familiare (spesso si presenta sotto forma di papà), e dispensa i propri consigli con fare soavemente dittatoriale. C'è l'Esperto Neofita, un ossimoro ambulante. Ha appena scoperto qualcosa (la buona tavola, il golf, il sesso, la musica celtica) e deve convincervi che non c'è nulla di meglio al mondo. C'è l'Esperto Enologico, una figura in rapida espansione: non vi lascia bere un bicchiere senza mostrarvi la sua competenza, condita di sguardi di commiserazione per voi che dividete il vino in due categorie (bianco, rosso). C'è l'Esperto Giardiniere, interessante personaggio stagionale. Mentre i fiori spuntano sulle piante, strane idee botaniche sbucano nella sua testa. Peccato non distingua un ficus da un'ortica, se non toccandoli.

C'è, infine, un personaggio noto come il Super Esperto. Costui conosce tutto, qualunque sia l'argomento. La strada più veloce da Montebelluna a Vicenza, l'età della Parietti, la formula chimica del carbonio, la soluzione della crisi mediorientale. Il Super Esperto sa perfino se Jovanotti s'è messo a scimmiottare Manu Chao, o viceversa (e non è una questione semplice). Un tempo, era confinato nei bar d'Italia, dove gli altri avventori lo evitavano accuratamente. Oggi è dovunque. Il Super Esperto (età minima: trentacinque anni, ma esiste anche una categoria juniores) rappresenta una minaccia per la società occidentale, che però non si cura di lui. Perché la società occidentale non ce l'ha in casa. Voi sì. Auguri, dunque: altro non posso dirvi.

* * *

L'arte della conversazione è morta da tempo. Ora abbiamo ucciso anche la tecnica del colloquio. Nessuno conversa: tutti aspettano di prendere la parola.

Ascoltate la conversazione di una coppia di amiche, o di amici. Vi accorgerete di un curioso fenomeno. Sempre più spesso, i due non parlano: annunciano. Non comunicano: emettono piccoli comunicati, preparati dal micro-ufficio-stampa che ognuno di noi si porta nella testa. L'attenzione con cui ascoltiamo i discorsi degli altri è ingannevole. In effetti, siamo in attesa di un varco per inserirci.

Il fenomeno non è nuovo, naturalmente. Ma sta assumendo proporzioni epidemiche. Parlare con certa gente è diventato un impegno psico-fisico non indifferente. Voi dite: «Sai? Voglio fare l'abbonamento a Internet», e loro rispondono: «Anche mia sorella». Voi osservate: «Forse sceglierò il collegamento gratuito». Loro ribattono: «Lei invece no». Voi dite che volete ordinare un CD su Amazon.com, e loro annunciano: «Non ho ancora sentito l'ultimo di De Gregori». A questo punto voi dovreste gridare: «E chi se ne frega!», ma pochi hanno questa prontezza di spirito. Quasi tutti, invece, stanno lì ad ascoltare le congetture sull'ultimo De Gregori, che con Internet non c'entrano assolutamente niente.

I più subdoli non-conversatori, come abbiamo detto, sono coloro che fingono di ascoltarti, annuendo con aria interessata, ma in effetti sono lì in apnea, pronti a tuffarsi nella conversazione. Per far questo, ogni scusa è buona: i loro pensieri associativi sono agili come Tarzan e veloci come Ronaldo. Solo che Ronaldo ogni tanto si blocca; loro, mai.

Non penso sia crudeltà mentale. Piuttosto, il desiderio di raccogliere le prove di aver vissuto. È una testimonianza a favore di se stessi, una storia orale personale, un'autobiografia a puntate che ha bisogno di un pubblico. Volete sapere quant'è pericoloso il vostro interlocutore (termine inesatto, dal momento che non vi lascia interloquire)? Usate questa tecnica. Pronunciate frasi strampalate («L'inverno sarà abolito», «Andreotti è biondo»). Se lei/lui risponde: «Anche mia sorella!», è un caso irrecuperabile.

* * *

Le collezioni non m'interessano. Colleziono, invece, collezionisti. Non devo nemmeno cercarli. Sono loro che trovano me.

Il collezionista, infatti, è un apostolo, e deve convincere il mondo del fascino della propria impresa. Personalmente, non nego la mistica del collezionismo. Ma del fenomeno ho una visione laica, e questo fa di me una preda ambita. Sono, in parole povere, un uomo da convertire.

Ci hanno provato in molti, devo dire. Architetti che amano i libri antichi, bambini che raccolgono gomme, lettori che collezionano sabbia, cappelli, acquasantiere, distintivi, stilografiche, orologi, fiammiferi e paesaggi con la neve (basta capovolgere). Anch'io, che mi considero un non-collezionista, raccolgo vecchi computer (ma solo i miei) e tartarughe: due camminano, duecento sono ferme sulla libreria.

Cosa non mi piace, del collezionismo? Lo sconfinamento, pressoché inevitabile, nel feticismo. Chi raccoglie sigarette per non fumarle sbaglia, quasi quanto chi le fuma senza raccoglierle. Del collezionismo apprezzo, invece, il rispetto implicito per il passato prossimo.

Tempo fa, per esempio, ho conosciuto Tiziano Mazzo, che sta a Grignano Polesine, una frazione di Rovigo (una città di cui avevo sempre sentito parlare, ma la cui esistenza non era mai stata provata. Ora so che c'è, e non è per niente male). Il signor Mazzo colleziona macchine per scrivere. Ne possiede settanta, pulite e funzionanti, e le tiene in una sorta di catacomba privata, dove ama portare conoscenti scettici. L'ho ascoltato descrivere con toni lirici una AEG Mignon Monotasto (in costruzione dal 1903 al 1930) e commuoversi davanti a una Smith&Corona pieghevole del 1925 (tre caratteri su ogni martelletto). Lo vedevo perplesso, tuttavia. Di solito, come tutti i collezionisti, deve mettersi tra l'uscita e la vittima – scusate, l'ospite – per impedirne la fuga. Invece io lo ascoltavo affascinato, pestando ogni tanto su piccoli tasti proibiti. Alla fine gli ho detto che a Rovigo dovrebbero aprire un Museo delle Macchine per Scrivere. Appena si sparge la voce, ne arrivano da tutta Italia.

Il signor Mazzo mi ha guardato, convinto che scherzassi. Non scherzavo. A proposito: ho quattro Olivetti in soffitta. Interessano?

* * *

Complimenti al ministro che ha abolito l'uso del titolo «Eccellenza», e cerca di contenere l'abuso delle maiuscole. Tutto quello che va contro il formalismo e il servilismo, in questo paese, è benemerito. Non è tutta colpa nostra, peraltro. Secoli di dominazioni ci hanno insegnato a essere ossequiosi verso i potenti di turno. Lo scambio era: superlativi contro tranquillità. Noi, per secoli, abbiamo elargito superlativi.

Il barocchismo delle forme di cortesia italiane mi lascia senza parole. Prendiamo la corrispondenza. Mentre inglesi e americani se la cavano con *dear* (caro), noi sfoderiamo aggettivi francamente ridicoli: egregio, eccellente, ottimo, illustre. Chiamiamo «Chiarissimo» un oscuro barone universitario; «Stimatissimo» chi disprezziamo; «Gentilissimo» chi ci tratterà male (o non ci tratterà per nulla). Appellativi come «Onorevole» e «Presidente» diventano adulazioni, e rimangono anche quando la carica che li ha generati è stata rimossa o dimenticata. Essere chiamati «Dottore» è diventato imbarazzante. Le persone dignitose si rifugiano nel nome e cognome, sperando di salvare almeno quelli dagli assalti degli adulatori.

I rapporti personali sono altrettanto complessi. In questo secolo, per rivolgersi al prossimo, gli italiani hanno adottato la seconda persona singolare (tu); la seconda persona plurale (voi); la terza persona plurale («Lorsignori non vorranno...»), e perfino la ridicola terza persona singolare femminile (per cui ci rivolgiamo a un omaccione barbuto chiamandolo come una femmina: «Lei, sa che è maleducata?»). Per parlare di noi stessi, usiamo la prima persona singolare (io) e plurale (noi). Alcuni viziosi hanno preso l'abitudine di parlare di se stessi in terza persona. Per esempio: «Gigi Rossi non è d'accordo!» (grida Gigi Rossi). Un tempo, questo Gigi era il bullo del bar, e potevamo mandarlo a quel paese. Oggi è il nostro capo (dottor Rossi Gigi, dirigente), e ci tocca star zitti.

* * *

Non siamo l'unico popolo al mondo che ama le cariche: i giapponesi le adorano, e scrutano i biglietti da visita per gustarne l'importanza. Gli americani le usano: non ti chiedono *How are you* (Come stai?), ma *What do you do?* (Cosa fai?), per capire se è il caso di perder tempo con te. Noi italiani amiamo le cariche perché contribuiscono al lato estetico della vita. Non contano per quello che comportano; contano per quello che appaiono e consentono.

La cariche sono uno dei grandi ostacoli sulla strada della trasformazione italiana. Perché è impossibile semplificare l'amministrazione tributaria? Perché in ogni ufficio periferico esistono direttori e vicedirettori pronti a vendere cara la pelle. Per quale motivo i piccoli ospedali inadeguati non diventano ambulatori superattrezzati? Perché, dentro, sono annidati primari che, come il generale Custer, sono pronti a tutto pur di non mollare la posizione. Perché è tanto complicato riformare le forze armate? Perché bisogna trovar posto a un esercito di generali. Come mai le piccole università e i micro-partiti si moltiplicano? Perché qualcuno possa essere chiamato «professore» e «segretario generale». Potrei andare avanti, ma credo abbiate capito.

Che fare, dunque? Una soluzione, forse, c'è. Se negli Stati Uniti d'America le società creano schiere di *vice-presidents*, e i giornali dozzine di *editors* (in origine: direttori), in Italia potremmo dichiarare tutti, indistintamente, «dirigenti». Cinquantasette milioni di italiani verranno promossi per decreto. Panetterie, multinazionali, uffici pubblici: ognuno dirigerà qualcosa. Nelle scuole, i dirigenti-insegnanti insegneranno ai dirigenti-studenti, aiutati dai dirigenti-bidelli. I mariti dirigeranno le mogli, le mogli dirigeranno i mariti, i figli saranno dirigenti dell'associazione Giovani Famigliari.

Voi direte: ma come faremo a capire chi comanda? E io domando: forse adesso lo capite?

* * *

Mi ha scritto Renzo Cianfanelli, inviato del «Corriere della Sera»: «Come mai gli italiani non sanno decidere se scrivere il nome prima del cognome, o viceversa? Di conseguenza, qui negli Usa mi arrivano fatture indirizzate a Mr C. Renzo. Oppure non arrivano».

La domanda di un collega mi spinge a riflettere. Perché Maria Rossi si firma Rossi Maria? Posso capire che la banca-dati di un computer sia ordinata secondo il cognome, come l'elenco del telefono. Quindi, se una bolletta Telecom è indirizzata a Severgnini Giuseppe, passi. Ma perché, firmando, io dovrei imitare la bolletta della Telecom? Questo, francamente, mi sfugge. Infatti firmo – dovunque – mettendo il nome prima del cognome: Giuseppe (o Beppe) Severgnini.

Sono arrivato a questa conclusione, caro Renzo: quelli che si presentano con cognome-nome sono gli stessi che firmano sui timbri (non sopra, sotto o di fianco: proprio sopra). Alla base c'è la stessa inconfessabile insicurezza, lo stesso misterioso desiderio d'ordine, la stessa nostalgia burocratica. A Giovanni Bianchi sembrerebbe d'essere troppo disinvolto, se firmasse così. Bianchi Giovanni gli appare invece una scelta rassicurante, come un abito grigio, un'utilitaria a cinque porte, l'uniforme dell'aeronautica nelle previsioni del tempo.

Dobbiamo scusare, quindi, il suo comportamento? Assolutamente no: possiamo spiegarlo, ma non perdonarlo. Firmare con cognome-nome è come indossare i calzini alla caviglia, come portare il borsello, come presentare la moglie e dire «la mia signora». Si può fare, ma si viene classificati. L'interessato potrebbe dire: ma io ho il cuore buono! Al che rispondo: a maggior ragione. Si tenga il suo buon cuore – che è la cosa più importante – e firmi Giovanni Bianchi. Se poi riesce ad allungare le calze e a rinunciare al borsello, tanto meglio. Per quanto riguarda la moglie, caro Giovanni, è di sicuro una signora. Ma non è sua.

* * *

Basta ragionare, e si capisce come comportarsi in società. Il bon ton, infatti, è solo un corso di recupero. Buona educazione imparata quando è troppo tardi.

Scriveva Vasco Pratolini in *Cronaca familiare*: «Mille cose rivelano un uomo: il passo e l'intercalare, come mastica il cibo, come annoda il laccio delle scarpe, la maniera di impugnare la paletta nel gioco del ping-pong e la posizione abituale nel dormire». Tralasciamo queste ultime attività (sebbene un uomo addormentato con una paletta da ping-pong possa essere interessante). Pensiamo, invece, al modo in cui una persona cammina, mangia e, soprattutto, parla. È così che si formano le prime impressioni. Cambiarle poi diventa difficile. Soprattutto se quella persona continua a camminare male, mangiare peggio e a dire le cose sbagliate.

Alcuni comportamenti condizionano il giudizio. Da chi parla della moglie dicendo «la mia signora» (vedi sopra) mi aspetto che usi lo stuzzicadenti. Da chi si presenta col titolo di studio («Dottor Rossi», «Ingegner Bianchi») mi attendo una conversazione noiosa (di solito, accade). Irritanti sono quelli che dicono il proprio nome mentre voi state pronunciando il vostro. Così nessuno capisce, e tutti passano la serata arrovellandosi su come strappare la preziosa informazione, senza risultare scortesi. Come ha scritto l'autrice di un manuale di buone maniere: se qualcuno si avvicina dicendo «Piacere!», vien voglia di rispondere «Beato lei».

I personaggi più fastidiosi in assoluto sono quelli che *non* si presentano, pensando che voi dovete sapere chi sono. Accademici apparsi in televisione, vicesindaci, calciatori, vallette stagionate, artisti e giornalisti (oh yes): ci cascano in molti, nella presentazione implicita. È invece educato, elegante e saggio dire sempre il proprio nome. Gli americani, in questo, sono bravissimi. Ricordo quando una tipa spettinata mi è comparsa davanti e ha detto: «*Hi. I am Madonna*». Stavo per rispondere: «E io sono San Giuseppe». Poi ho capito che avrei commesso un errore. Rischiavo un pugno sul naso, un gesto che la Madonna – quella vera, antica, dolce e pettinata – avrebbe evitato accuratamente.

* * *

Un consiglio ai viaggiatori (ma non solo). Se vi chiamano vip, vogliono vendervi qualcosa.

Chi viaggia, lo sa. Linee aree, autonoleggi, alberghi, ristoranti e negozi sono prodighi di *Gold Passports, Platinum Cards, Executive Clubs.* Parole come *membership* e *VIP card* vengono sparate qua e là, nella speranza che colpiscano la fantasia di qualche grullo. È un fenomeno mondiale; in Italia vi abbiamo aggiunto soltanto un po' di ingenuità. «Vipperia» (prestigio) e «vippaio» (concentrazione di vip), presenti nel dizionario Devoto-Oli, sono tra i vocaboli più brutti in circolazione. Se li avesse sentiti Leo Longanesi, avrebbero dovuto dargli un calmante.

La mia impressione è che molti di noi credano a queste illusioni. Alcuni connazionali sono convinti che, in fondo, tutti possono essere promossi a un rango non precisato, ma comunque elevato. Vogliono onorificenze. Sognano – temo – una società dove tutti hanno il diritto al lavoro, alla salute e a una *VIP card.*

Naturalmente (e fortunatamente) ciò non è possibile. Eppure questa smania non ci abbandona. La gioia di essere riconosciuti per il colore di una carta di credito è lo stesso sentimento che spinge certi italiani a tornare sempre nello stesso luogo di villeggiatura: desiderio di considerazione. I parcheggiatori se ne sono accorti molto prima degli uffici marketing: chiamate un italiano «Dottore», e quello è felice.

Non vorrei sembrare paternalista – meglio perfido, allora – ma vorrei mettervi in guardia contro questa forma di «adulazione industriale». Quando andate in un albergo, per esempio, non fatevi intontire dai superlativi: una *suite* è spesso una stanza troppo grande e troppo cara; il *business center* è la prigione per una segretaria malinconica e il suo computer; l'*American Bar*, di solito, è un bar del tutto normale (ci può essere un americano di passaggio, ma è solo una coincidenza).

In altre parole: guardate alle cose, non ai nomi. Siate realisti, ragionevolmente diffidenti, occasionalmente spietati. Viaggiando (ma non solo) cercate buone esperienze, buona accoglienza e buoni prezzi; non titoli fasulli. E se qualcuno vi chiama «Vip», chiamatelo «Altezza!». Rimarrà perplesso, ma – vedrete – non lo farà più.

* * *

L'ho constatato spesso, e dovunque. Assemblee, congressi, matrimoni, dibattiti, riunioni Lions e Rotary, premiazioni, trasmissioni TV, assemblee condominiali: gli italiani, in genere, non sanno parlare in pubblico. Capita che riusciamo a interessare chi ci sta di fronte, ma avviene quasi per caso. Di solito siamo confusi, vaghi, lunghi, monotoni, ripetitivi e poco efficaci. Talvolta l'oratore se ne accorge (soprattutto se è presente la moglie, che gli dà una gomitata); ma è raro. La maggioranza degli italiani, quando parla, è così impegnata ad ascoltarsi che non ha tempo di controllare se il pubblico sta facendo lo stesso.

Perché questo? I motivi, a mio giudizio, sono due. Il primo è caratteriale; il secondo, scolastico. Noi italiani siamo convinti che alcune azioni (viaggiare, parlare) non si debbano imparare; si fanno e basta. È un fenomeno abbastanza recente: all'inizio del secolo scorso la gente viaggiava col baedeker, e prima di affrontare un discorso, studiava come fare. Ho in casa il manuale *Come devo parlare in pubblico?* (Ulrico Hoepli, Milano, 1912): i consigli sono semplici, ma impeccabili. Per esempio: «Se chi parla a chicchessia non deve annoiare, chi parla in pubblico deve divertire. E per "divertire" non s'intende che l'oratore faccia il giullare. S'intende che diletti con la parola l'uditorio». Se prendete un moderno manuale americano di *public speaking*, troverete scritte le stesse cose.

Gli americani infatti – e non sono i soli – ritengono che parlare in pubblico sia una *skill* (tecnica, abilità) utile in molte occasioni e in ogni professione. Perciò i bambini, fin da piccoli, devono imparare ad affrontare un pubblico (la classe), esponendo un argomento in maniera chiara, concisa e, possibilmente, divertente. Gli studenti italiani non fanno niente del genere: non alle elementari, non alle superiori, non all'università (fa eccezione la generazione del Sessantotto, che è cresciuta con un microfono in bocca). I risultati si vedono: osservate l'aria beata del pubblico, mentre sonnecchia nei congressi e nei Lions Club.

* * *

L'assenza di una forma idiomatica in una lingua è, di solito, significativa. Indica che i comportamenti descritti sono sconosciuti. Un esempio, e ci capiamo. In inglese l'espressione «fare bella figura» è intraducibile. Nel mondo anglosassone l'aspetto estetico delle azioni è quasi sconosciuto. Uno è stato buono o cattivo, leale o sleale, egoista o altruista; l'impressione che ha suscitato è relativamente poco importante. Così, in italiano non esiste l'equivalente di *to bounce ideas off you* o *to pick your brains.* La traduzione letterale è «far rimbalzare idee su di te» e «piluccarti il cervello». Gli avvoltoi non c'entrano. La prima espressione significa «chiedere a qualcuno un'opinione circa un'idea o un progetto, prima di prendere una decisione»; la seconda, «chiedere informazioni e consigli a qualcuno che sa molto di una certa questione».

Perché non abbiamo, in italiano, espressioni idiomatiche equivalenti? Semplice: perché noi, consigli, ne chiediamo raramente (preferiamo darne, soprattutto quando non richiesti). Salvo eccezioni, la decisione è per noi un affare privato, cui s'arriva dopo un lungo, solitario rimuginare. Il lavoro di gruppo, quando c'è, è regolamentato: moglie e marito, intorno al tavolo della cucina; perniciose assemblee di condominio; riunioni di lavoro che, nove volte su dieci, si rivelano perdite di tempo.

In un'azienda americana, chi deve decidere butta lì le proprie idee davanti alla macchina del caffè, per saggiare le reazioni; oppure dice la prima cosa che gli viene in mente, ben sapendo che attraverso la demolizione di quell'idea ne nasceranno di nuove (alla fine farà quello che vuole, com'è giusto). Nei giornali inglesi ho assistito spesso a questa scena: chi deve scrivere un commento, mette la testa nella stanza di tre colleghi che stima, e dice: «Secondo me è così. Cosa ne pensate?». Chi facesse una cosa del genere in Italia susciterebbe sospetti: correremmo tutti a nascondere le matite, e suggeriremmo un periodo di riposo.

* * *

In Italia esiste il reato di vilipendio alla bandiera nazionale, punito con la reclusione da uno a tre anni (articolo 292 del codice penale). Sarò ingenuo, ma non capisco perché lo stato italiano, per conquistarsi il nostro affetto, debba sempre minacciarci. Le bandiere non sono l'unico esempio. Prendete i passaporti. Mentre quello britannico coccola il possessore, e lo riempie di orgoglio nazionale («*Il Segretario di Stato di Sua Maestà britannica richiede ed esige che, nel nome di Sua Maestà, al titolare di questo passaporto venga concesso libero passaggio senza ostacolo o impedimento...*»), il passaporto italiano ci tratta come una banda di furbastri, di cui è meglio non fidarsi. In seconda e terza di copertina – andate a controllare – ci spaventa con una serie di sanzioni (compreso l'arresto) se dimentichiamo, perdiamo, falsifichiamo o manomettiamo il passaporto, dopo aver elencato i motivi per cui non meritiamo nemmeno che ci venga rilasciato (legge 21 novembre 1967, numero 1185, articolo 3).

Torniamo alle bandiere. In America ho visto Old Glory (la bandiera a stelle e strisce) usata per decorare camion, canoe, capanne, cabine, bare, aiuole, auto, moto, idranti, lattine, nasi, biciclette, cappelli e guanti da boxe; e trasformata in lenzuolo, asciugamano, pannolone, canottiera, aquilone, slip, boxer e bikini. Si può anche bruciarla, volendo: la Corte Suprema ha deciso che è una forma della libertà di espressione.

Tutto questo mi piace: gli americani, usando e abusando della bandiera, mostrano di amarla. Il nostro rispetto formale maschera invece un fondamentale disinteresse (in altre parole: meglio maltrattare che ignorare. Vale per le bandiere, vale per i mariti). Quando, in una strada di Milano, vedrò un bassotto con un cappottino tricolore, dirò di aver incontrato un patriota (di cattivo gusto, d'accordo). Se poi il patriota impedisse al bassotto di usare il marciapiedi come toilette, saprò che è anche un cittadino. A quel punto, giuro, potrei commuovermi.

* * *

Le associazioni colpirono Alexis de Tocqueville quando arrivò negli Stati Uniti, a metà dell'Ottocento; oggi colpiscono i nuovi iscritti quando entrano in un club del bridge. Il grande viaggiatore francese le considerò una prova della vitalità americana. Noi possiamo vederle come un esempio dell'imprevedibilità italiana.

Un aspetto interessante è lo studio dei rapporti al vertice. Le relazioni tra presidente, vicepresidenti, tesoriere e altre cariche associative. Capita, infatti, che siano tempestose. Al punto che sorge un dubbio. Forse la vera ragione sociale – al di là di quello che sta scritto nello statuto – è impedire che vicepresidente e segretario vengano alle mani, dopo aver sparlato uno dell'altro per tutta la settimana, nel corso di telefonate infuocate a tutti gli iscritti.

Conosco associazioni dove le riunioni sono più tese degli incontri dell'Autorità Palestinese. Un particolare interessante: molti di questi gruppi sono nati per far del bene, e ne fanno. Ma, tra una buona azione e l'altra, bisticciano. Conosco volontari che hanno un cuore d'oro, ma una lingua affilata come un rasoio bilama.

Ci sono, poi, le ambizioni personali. Pare che un italiano su cinque sia presidente di qualcosa, ma è chiaro che gli altri quattro aspettano il loro turno. Non meno perniciose sono le rivalità: associazioni per la difesa dei consumatori che si consumano pensando ai consumatori iscritti altrove; amici del cane che ringhiano verso i protettori dei quattrozampe (gli animali osservano, perplessi). Alcuni club di servizio servono soprattutto a rovinarsi il fegato. Ho saputo di consigli pastorali che potrebbero ispirare i tifosi di Roma e Lazio. Voi direte: anche i dodici apostoli cercavano di primeggiare! Sì, ma almeno lì c'era un presidente autorevole che pensava solo a trovare nuovi soci.

Qui mi fermo, consapevole d'aver detto poco, e di non aver risolto un bel niente. Il mio motto rimane: mi spezzo, ma non m'iscrivo. Se posso aiutare, volentieri. Cosa volete farci: amo la gente, ma non sono associevole.

* * *

Tornando a casa dopo una settimana di assenza, ho trovato quattro lettere con richieste di offerte in denaro, ognuna munita di bollettino postale (terzo mondo, vittime di guerra, poveri, malati). Una sconosciuta al telefono mi ha proposto di acquistare un biglietto teatrale per sostenere un'associazione (della quale peraltro sono già membro), e voleva una risposta senza darmi tempo di pensare. Uscito di casa, ho incontrato due ragazzini albanesi che chiedevano l'elemosina. In metropolitana, due zingare la pretendevano.

Sono sicuro che ognuna di queste persone/organizzazioni, davanti a un rifiuto, penserà: «Che egoista!». Non è così; o meglio, non è sempre così. Esiste, in inglese, l'espressione «*compassion fatigue*», che potremmo tradurre con «usura della compassione». Anche quel sentimento si stanca e si svuota, se sollecitato troppo. Commuoversi continuamente, così come ridere sempre, è impossibile. Anche Gesù Cristo in qualche caso ha dovuto negarsi; e a quei tempi non esistevano poste e telefoni.

Altruismo e buon senso non sono incompatibili. Dobbiamo scegliere: scegliere a chi dare; scegliere quando dare; e scegliere cosa dare. Chi offre il proprio tempo, spesso, è più generoso di chi caccia cinque euro in una busta. Così, chi chiede di sapere dove vanno a finire i propri soldi non è un pignolo. È invece una persona saggia, che vuole evitare di alimentare i racket sorridenti della compassione.

Quando le scelte sono fatte, non dobbiamo provare imbarazzo nel dire «Ho già dato»; né temere di fare un'eccezione e dare ancora, se capiamo che è necessario. Mi capita di devolvere i compensi di articoli o conferenze a quelle che ritengo buone cause; e di litigare al telefono con misteriose agenzie che organizzano spettacoli di beneficenza, e si rifiutano di dirmi qual è la commissione sui biglietti che vendono. Non credo di essere particolarmente buono, nel primo caso; ma certamente non sono cattivo nel secondo. La carità non è elemosina. Chi la sfrutta, la spreme e la svuota rende un pessimo servizio a quelli che hanno davvero bisogno.

* * *

La morte ci imbarazza. Noi italiani non sappiamo accettarla come gli indiani o gli arabi; non sappiamo ricordarla come gli ebrei; non riusciamo a scherzarci sopra come gli inglesi; non abbiamo imparato a esorcizzarla come gli americani (pensate a Halloween, che negli

Usa è una festa per bambini). Noi italiani temiamo la morte con un timore superstizioso: non ne vogliamo sentir parlare, e non sappiamo parlare a chi se l'è trovata di fianco. I nostri morti sono spesso figure lontane. Ai bambini (con l'eccezione della Sicilia) si insegna a dimenticarli, quasi fossero fantasmi in grado di turbarne i sogni.

Che una nazione cattolica si comporti in questo modo sarebbe ironico, se non fosse desolante. Non è sempre stato così. Nelle nostre campagne, così come c'era posto per i vecchi, c'era spazio per i morti. C'erano fotografie e ricordi, e sublimazioni alimentari, più dolci che macabre, come i biscotti che i lombardi, ancora oggi, chiamano «ossa dei morti». Restava, e resta, il problema dei cimiteri. Non occorre essere Ugo Foscolo per capire che la nostra fissazione monumentale è angosciosa, mentre i cimiteri anglosassoni – verdi e lindi – sono sereni. Ricordo lo stupore quando, a Londra, vedevo gente che portava tè e biscotti tra le croci, a Kew o Hampstead. Mi sembrava una mancanza di rispetto. Poi ho capito: la mancanza era mia. Il loro era rispetto.

Può cambiare, questa nostra nazione-ragazza, che vuole divertirsi molto e pensare poco? Forse sì, ma ci vorrà tempo. Forse dovremmo rileggere quello che ha scritto Dacia Maraini: i morti non vogliono spaventarci, ma possono consolarci. Certamente dobbiamo ricordare che la nostra storia personale, come la nostra storia nazionale, è fatta da chi c'era, da chi c'è e da chi ci sarà. Muoiono davvero solo coloro che dimentichiamo. Gli altri sono qui, e sono in grado di darci silenziosamente una mano, anche (ma non solo) in un'occasione come il 2 novembre. Che magari non è un giorno di festa. Ma certamente non è un giorno di lutto.

6

Le cose che facciamo
NEI NEGOZI E NELLE BANCHE

I supermercati sono i miei tropici. Come un personaggio di Conrad, m'appassiono, mi perdo, m'interrogo, m'inquieto. Spendo quando non vorrei; voglio quello che non trovo; trovo quello che non voglio. Ma ogni tanto riesco a imparare qualcosa.

Come molti maschi, scelgo in base ai seguenti criteri: colore della confezione, originalità del nome, possibilità di reggere il prodotto sotto il braccio quando dimentico il cestino, senso estetico (è bello prendere l'ultimo sacchetto di caffè in una fila, e lasciare una falange compatta). Ma, ripeto: nella mia romantica follia commerciale, ogni tanto, intuisco qualcosa.

Avevo notato, per esempio, di non riuscire mai a trovare sale e zucchero: mentre ero in caccia, dovevo risalire chilometri di scaffali. Prima ho pensato d'essere un incapace (vigorosi cenni di assenso della signora Severgnini). Poi ho capito d'essere una vittima. Sale e zucchero sono nascosti di proposito. Mentre inseguono quei prodotti indispensabili, gli sprovveduti come me comprano biscotti al cioccolato, alici sott'olio e un altro spazzolino da denti perché ha una bella impugnatura. Messo alle strette, un professionista della grande distribuzione ha confessato: «Sale e zucchero sono prodotti *traffic building*». Creano traffico, insomma. Vengono nascosti in modo che noi, cercandoli, percorriamo chilometri di scaffali, e siamo indotti a comprare di più.

La scoperta è illuminante. Spiega, per cominciare, la

scarsità di orologi a muro (è meglio che nessuno veda il tempo che perde). E, forse, anche l'assenza di personale (si incontrano solo gli addetti che incollano i prezzi sui prodotti. Se gli chiedi dov'è lo zucchero, assumono l'aria di Leonardo disturbato mentre sta terminando *L'ultima cena*). Il mio sogno? Avere una pistola lanciarazzi, e sparare traccianti verso l'iperuranio dell'ipermercato: «Soccorso! Sono qui! Qualcuno venga a dirmi se questo è sale grosso!».

* * *

Amo, dicevo, lo spionaggio nei supermercati. Mi appassiona vedere quello che la gente mette nei carrelli. Mi attirano gli acquisti inutili, che poi a casa osservo pensoso, chiedendomi: «Perché?». So di essere sospetto, mentre mi aggiro nel reparto intimo/prodotti bagno. Ma nel corso di queste esplorazioni si capiscono molte cose sulla società occidentale. Non tutte rassicuranti, devo dire.

Prendiamo gli additivi e i profumi enfatizzati sulle confezioni. La mia schiuma da barba, per esempio, proclama: «Arricchita con olio di Jojoba». Ammetto che il nome è, in sé, emolliente. Se avessero scritto: «Arricchita con microcristalli di Krasnojarsk», avrei provato un'irritazione alla pelle. Però io non so cosa sia «l'olio di Jojoba». Anzi, non so nemmeno chi/cosa sia Jojoba. Un'isola? Una pianta tropicale? Una fattucchiera brasiliana? Non ne ho idea. Eppure, non ho comprato una schiuma normale. Ho comprato la schiuma «arricchita con olio di Jojoba». Se non altro, ho qualcosa cui pensare mentre mi faccio la barba.

È il vecchio «trucco dell'esca»: abbastanza divertente, se uno sa che è un trucco (sebbene le carpe nei laghetti non si divertano poi molto, immagino). Nomi esotici e additivi misteriosi hanno il solo scopo di attirarci. L'altra mia schiuma da barba (quella piccola, da viaggio) porta scritto: «Idratante Pacific Light». Ma io dubito che Gillette abbia studiato gli effetti di luce al largo di Big Sur, prima di spedire il prodotto all'autogrill sulla Parma-La Spezia. Durante le periodiche esplorazioni nel centro commerciale Gran Rondò di Crema – la mia Amazzonia personale – ho trovato altri prodotti affascinanti. Una schiuma da barba con «white system» (anzi: White System. L'additivo misterioso è sempre maiuscolo). Altre arricchite con «Guaranà» e «Cool Wave». Una con «Estratti Ayurvedici Totali». Questo è, tra tutti, il mio nome preferito. Stavo per chiedere se non avevano una schiuma (o era un dentifricio?) con «Estratti Ayurvedici Parziali». Poi ho pensato che rischiavo di farmi picchiare dalle cassiere, e ho lasciato perdere.

* * *

Mettendo la testa nel carrello della spesa, ho trovato: originale, genuino, autentico, rustico, nostrano. E poi: organico, fresco, integrale, naturale. Infine: della fattoria, di campagna, di casa nostra, dall'orto, della nonna.

Pensate se la nostra ingenuità commerciale non è stupefacente. Qualunque prodotto contenga queste parole-chiave ci rassicura e ci attira. Anzi, ci attira perché ci rassicura. Spesso i prodotti sono quelli di ieri: cambiano solo l'etichetta, il prezzo e il nostro entusiasmo. Gli ultimi due, non c'è dubbio, sono cresciuti.

Non vorrei sembrare un Savonarola del consumo: la Confcommercio aspetti ad allestire il rogo. Gli eretici, infatti, sono sempre arrabbiati; io sorrido. E ammiro la prontezza conformista degli uffici marketing, non da oggi.

Ogni epoca, infatti, ha avuto le sue parole d'ordine commerciali, quelle che facevano sospirare, sognare e metter mano al portafoglio. Negli Stati Uniti il suffisso «-ex», che sapeva di modernità, ancora oggi identifica i prodotti usciti tra gli anni Venti e gli anni Trenta (Pyrex, Windex, Kleenex). Risalgono invece ai primi anni Quaranta quelli che finiscono in «-master», segno di bonario controllo in un'epoca preoccupata (Mixmaster, Toastmaster). Finita la guerra, si guarda al futuro e al progresso: il suffisso di moda diventa «-matics» (Seat-O-Matics, Cruise-O-Matics). E le idee viaggiavano in fretta. Nell'istruttiva *Enciclopedia della Donna* (editore Bianchi-Giovini, Milano, 1947) si ritrovano le stesse suggestioni.

Oggi in Italia stiamo invece attraversando un periodo ansioso, e cerchiamo serenità nei nomi che richiamano la natura (alla quale, purtroppo, non vanno nemmeno i diritti d'autore). Non potendo girare col «Piccolo Chimico» – e in assenza di muscolose associazioni consumatori come in Nordeuropa – non sappiamo se alla genuinità del nome corrisponde quella del prodotto. Dobbiamo fidarci, e ringraziare comunque: per l'illusione, se non altro. Noi infatti siamo le allodole, e amiamo gli specchietti. Con una differenza: i simpatici volatili filano verso un luccichìo. Ma quando si tratta di scegliere il verme per il pasto, non badano alla pubblicità.

* * *

Da tempo colleziono i nomi di prodotti che vengono reclamizzati attraverso immagini o allusioni sessuali. Sono arrivato a centoventi, e mi sono fermato. Passi per profilattici, profumi e deodoranti. Ma perché automobili, birra, aeroplani, aperitivi, dopobarba, gelati, cellulari, ciclomotori, acque minerali, condizionatori, orologi, cioccolatini, caffè, dentifrici, scarpe, cucine, mostre d'arte, cinture, gioielli, divani, prosciutti e software gestionali devono utilizzare il sesso per farsi pubblicità?

Non ne faccio un problema morale, e neppure una questione di buongusto. È proprio che non capisco: sono convinti di vendere di più? Credono che, dopo aver visto un tipo seminudo che lava la macchina, le donne correranno a comprarla? Pensano che una scollatura produca in noi uomini il desiderio irrefrenabile di un caffè?

Delle due, l'una. O i pubblicitari si sbagliano, e allora non si capisce perché insistano. Oppure hanno ragione, e noi consumatori siamo una banda di babbuini (anzi, peggio: i babbuini, quando scelgono una banana, non pretendono di averla vista in mano a una babbuina nuda).

La pubblicità erotica esiste anche in altri paesi, è ovvio, ma non monopolizza la scena. Lo straniero che arriva in Italia rimane allibito: si convince che la nazione sia in preda a un attacco combinato di priapismo e ninfomania. Se aggiungete il fatto che le italiane e gli italiani sono aperti e di bell'aspetto, il vino è buono e l'aria dolce, voi capite come devono sentirsi quei poveretti. Restano a Roma o a Siena per qualche giorno, e c'è il rischio che tentino di sedurre una statua.

E questo sarebbe niente. Il bombardamento erotico sta avendo conseguenze anche su noi indigeni. Siamo sempre meno interessati a che le cose funzionino; ci basta che ci facciano sentire belli, fascinosi e soprattutto sexy. Vedrete: prima o poi, qualcuno proporrà di sostituire il tricolore con un tanga. Sarebbe il giorno in cui, finalmente, tutti alzano gli occhi e salutano la bandiera.

* * *

Apro una busta dall'aspetto innocuo e trovo scritto, con i caratteri ritagliati dai giornali, stile lettera anonima: TI STAVAMO CERCANDO. PERCHÉ SAPPIAMO CHI SEI. Qualche riga più avanti: CONOSCIAMO LE TUE MOSSE, I TUOI SPOSTAMENTI, I TUOI GUSTI, I LOCALI CHE FREQUENTI... Mi allarmo quel tanto che basta, e poi scopro che si tratta della pubblicità di una ditta di abbigliamento la quale, non contenta di avermi spaventato, mi informa che «sono diverso da tutti gli altri», e «non accetto né regole né imposizioni».

La prima affermazione – mi ritrovo a pensare – è esatta (basta guardare la caricatura in copertina). La faccenda del rifiuto delle imposizioni, invece, è una sciocchezza: mio figlio, per esempio, fa di me quello che vuole. La lettera, naturalmente, è standard. Il mio nome è confinato nell'apposito spazio.

Nella posta c'è anche la lettera con cui un settimanale mi chiede per la centesima volta perché non rinnovo l'abbonamento (che domande: vi siete letti?). E un'altra busta: m'informano che la mia famiglia è stata scelta per l'assegnazione di un «soggiorno gratuito» sulle Dolomiti, alle Canarie o in Costa Azzurra. La decisione è facile. Come sempre quando leggo la parola «gratuito», butto (le altre parole-cestino sono «esclusivo», «vip» e «top»). Devo dire che non mi sono mai pentito.

Esco di casa e mi dirigo verso il bancomat. Quello della mia banca è fuori servizio, e mi avvicino a un altro apparecchio. Inserisco la carta. Esce una scritta lampeggiante: ATTENZIONE! IL COLPO DEL SECOLO! Mi sento un rapinatore colto sul fatto. Vorrei far notare alla macchina che sto ritirando soldi miei, ma con le macchine non si parla (si può, al massimo, digitare). Vagamente ansioso, guardo meglio: «il colpo del secolo» è l'offerta di aprire un conto corrente a condizioni vantaggiose. Prendo i soldi, ritiro la carta e mi allontano. Se il buon giorno si vede dal mattino, questo non mi piace.

* * *

Conosco una signora inglese che mette in frigo una caraffa d'acqua del rubinetto, la tira fuori prima di cena e la serve agli ospiti. Se chiedono: «Che acqua è?», lei inventa un nome francese o italiano. Ci credono sempre.

A Londra, e in molte altre metropoli occidentali, tutti bevono l'acqua del rubinetto. Potersi riempire il bicchiere al lavandino viene considerato un diritto civile. L'acqua si chiama «potabile» perché si può bere, non perché è un bel nome.

Noi italiani, anche in questo, siamo speciali. Consumiamo acqua minerale come nessun'altra nazione al mondo. Certo: il prodotto è generalmente buono (le polemiche sulla impurità mi convincono poco; anche se alle affettuose analisi sulle etichette non ho mai creduto). E i produttori – diciamolo – sono stati bravissimi. Hanno tenuto basso il prezzo, trasformando un lusso in un'abitudine. Nel contempo, ci hanno ammaliato con nomi rassicuranti (quanti santi, tra le fonti), promesse mirabolanti sugli effetti benefici, variazioni filosofiche sulle bollicine (l'anidride carbonica non si è mai sentita così sexy come da quando frequenta le bottiglie di acqua minerale). L'ansia traspare solo dai massicci investimenti pubblicitari. I produttori sanno infatti che la minerale non è un prodotto a domanda rigida (come la benzina). Le abitudini possono cambiare. La domanda è: devono?

Forse sì. Per due motivi. Milioni di bottiglie attraversano incessantemente l'Italia, occupando strade e autostrade: acqua lombarda che va in Emilia, acqua emiliana che va in Umbria, acqua umbra che va in Lombardia. Una volta a destinazione, quest'acqua riempie grandi magazzini, depositi, cantine, sottoscala, ripostigli. Poi ci sono i vuoti: e si ricomincia. Come distribuzione di un prodotto di prima necessità, sembra uno spettacolare controsenso.

Il secondo motivo è altrettanto serio. Se l'acqua del rubinetto è buona (o discreta), beviamola. Lo fanno a New York e a Londra, che non sono villaggi alpini dove l'acqua zampilla dalle rocce. Se l'acqua dei rubinetti italiani fosse cattiva, invece, protestiamo, e pretendiamola migliore. Rinunciare all'acqua potabile per l'acqua minerale, infatti, è come rinunciare al pane per le fette biscottate. Per qualche tempo si può fare. Poi, basta.

* * *

Era la donna, un tempo, a chiedere la fedeltà di un uomo (e viceversa). Oggi la pretendono supermercati, benzinai, linee aeree, treni, autonoleggi, operatori telefonici: tutti ansiosi di legarci a sé. Ma di quanta fedeltà è capace, un essere umano?

Me lo domando spesso, di questi tempi. Prendo un treno, e mi offrono un programma a punti (io m'accontento che mi conducano a destinazione in orario). Accendo il cellulare e trovo un sms dell'operatore che promette vantaggi se mi associo a non so più cosa. Salgo su un aereo, e mi informano: «Questo volo dà diritto a nuove miglia». Faccio benzina, e mi domandano se voglio i bollini. Sono in un supermercato e, alla cassa, mi chiedono se ho la tessera. Quale?, indago. Quella di giornalista, la tessera sanitaria, quella del Centro Amicizia Italia-Estonia? La cassiera mi guarda storto: la tessera a punti – sibila – che dà diritto a un servizio di bicchieri. Ammetto di non possederla, e assicuro che pagherò le conseguenze: berrò dal rubinetto con le mani. La coda dietro di me rumoreggia. Una voce dal fondo dice: «Dalli a me, i tuoi punti».

Non tutti hanno il mio atteggiamento scettico, verso queste novità (novità per modo di dire: come al solito, seguiamo gli Usa di tre/cinque anni). Molti di noi si lasciano fidelizzare con entusiasmo. Non solo in Italia. Mentre volavo a Zurigo, ho letto sulla rivista di bordo che «il signor Andre Eggenschwiler ha collezionato sei milioni di miglia con Swissair, pari a tredici andate-ritorno sulla luna». Sarebbe interessante sapere cos'è passato per la testa di Herr Eggenschwiler quando Swissair, qualche tempo fa, sembrava sul punto di chiudere. Chissà che moccoli in *Schweizer-deutsch*.

Tornando a noi. Cosa ci spinge a lasciarci trattare come fagiani in riserva? Il desiderio di regali? Impossibile: le nostre case già traboccano di oggetti. L'illusione d'essere amati dalle società in questione? Difficile: siamo strani, in Italia, ma non siamo tonti. L'impressione di essere dei privilegiati? Questa è una spiegazione interessante (l'Italia, sosteneva Ennio Flaiano, è una collezione di casi unici). Ma non è sufficiente. Ci dev'essere dell'altro. Ma ci verrà rivelato solo al raggiungimento dei cinquantamila punti.

* * *

Il paese, come dicevo, è spazzato da una tempesta di punti, accrediti, bollini, bonus, miglia. Molti di noi, come nanetti felici, sono impegnati a raccogliere, accumulare, collezionare. Non sempre facciamo i conti, però. Peccato, perché il divertimento sta lì. Ed è gratis.

Un lettore mi ha scritto in proposito, sostenendo d'aver avuto una rivelazione. Fedele alle promozioni della benzina («Vento di Regali», «Regali di Lusso», «Più Scelta, più Premi», «Ciak, si Premia»), s'era accorto che per ottenere uno zaino doveva spendere (allora) tre milioni di lire; per una tuta da ginnastica, sette milioni e mezzo. Per un televisore, occorrevano 11.400 litri di benzina e un contributo extra di 299.000 lire. La cosa mi ha incuriosito, e ho cominciato a fare qualche conto anch'io.

Dal 1994 sono titolare di una carta di credito American Express (quella verde plebea: basta e avanza). Qualche tempo fa mi è stato proposto di iscrivermi al «Club Membership Rewards»: per ogni diecimila lire spese, avrei guadagnato un punto, e coi punti accumulati avrei potuto ottenere «bellissimi premi». Vincendo la diffidenza per il nome inglese, ho ceduto alla tentazione. «Uso spesso la carta per lavoro», ho pensato. «Forse mi conviene.» Viaggi aerei, alberghi, ristoranti, bollette del cellulare. Ero certo che alla fine dell'anno mi aspettassero regali strepitosi, e già pensavo a come distribuirli tra amici e parenti. Illuso.

Con i 2500 punti accumulati (pari a una spesa di venticinque milioni), mi sono accorto d'aver diritto a ben poco (una notte in albergo o un noleggio auto categoria B). Se fossi arrivato a 3000 punti, però, mi avrebbero regalato la tessera del Club Eurostar delle Ferrovie. Ma io sapevo cosa valeva, perché già ce l'avevo: 150.000 lire, prezzo al pubblico (all'American Express costava certamente meno). Questo vuol dire che, se avessi speso trenta milioni, il premio sarebbe consistito in uno sconto dello 0,5%. Dite che è poco? Aspettate. La quota associativa annuale della carta di credito era 120.000 lire; quella del «Club Membership Rewards», 35.000 lire. Totale, 155.000 lire. Il «bellissimo premio», come abbiamo visto, valeva 150.000 lire. Quindi, sono in credito di cinquemila lire. Aspetto. Va bene anche in euro.

* * *

A Crema, di fronte alla scuola di mio figlio, c'è una panetteria che ha ripristinato il libretto. Oppure, chissà, non l'ha mai abolito. Si va, si compra, si segna e si paga ogni tanto.

L'idea è antica. Sono convinto che le matrone romane, quando andavano a far compere (*shopping*, dicevano le nuove ricche), non portassero con sé borse di sesterzi. Probabilmente dicevano l'equivalente latino di «Metti in conto».

Il libretto – blu, costa nera – è stato una presenza della mia infanzia. I negozi in cui la famiglia Severgnini aveva il conto non erano di mio interesse, salvo la cartoleria della signorina Nelli (un nome da cartolaia, se ce n'è uno. Oggi le cartolaie si chiamano Jessica e sembrano truccate con l'evidenziatore). I negozi-del-conto rappresentavano però i punti fissi di una costellazione commerciale, dentro la quale imparavo a muovermi: macellaio, droghiere, fruttivendolo. Penso che il fenomeno fosse diffuso. Gianni Morandi, negli stessi anni, chiedeva alla ragazza di farsi mandare dalla mamma a prendere il latte. Immagino avesse il libretto pure lei.

Questa sana abitudine è poi passata di moda, almeno al Nord, e non capisco il motivo. Ma era chiaro che sarebbe tornata, come ogni buona idea. Perché il libretto è un trattato di alleanza. È il papà della banca: quel che conta è avere un conto. I piccoli negozi, minacciati dalla grande distribuzione, dovrebbero riparare tutti su quel terreno, dove gli ipermercati non possono inseguire. Provate, quando uscite col carrello, a gridare: «Metta in conto» e tirar diritto. Se vi va bene, chiamano la sicurezza. Se vi va male, vi fanno compilare dieci moduli per darvi una carta fedeltà.

P.S.: Al termine di quest'apologia mi viene il sospetto che il libretto blu non sia compatibile con le attuali norme fiscali. In questo caso, nego tutto. Di fronte alla scuola di mio figlio i libretti non ci sono. Mai visti. I bambini pagano la merendina col bancomat. Sono così moderni che è un piacere vederli, mentre digitano il codice segreto.

* * *

Uno dei Massimi Problemi Minori della società occidentale è la riparazione. In luglio ho girato con un sandalo in mano per Santa Teresa di Gallura (Sassari), alla ricerca di qualcuno che lo cucisse (tempo necessario: cinque minuti). Non ci sono riuscito. Avrei potuto acquistare uno scooter, un quintale di corallo, un'uniforme da vigile, vermi sfusi per pescare, una telecamera, forse una moglie di riserva. Ma trovare un calzolaio si è rivelato impossibile. Secondo una leggenda locale ce n'è uno vicino al porto, ma non sono in grado di confermarlo.

È curioso. Mentre tutti giurano di guardare al mercato, c'è una domanda cui non corrisponde un'offerta: la riparazione, appunto. È vero che alcuni oggetti conviene acquistarli nuovi, piuttosto che aggiustarli; ma cambiare la bicicletta perché si buca una gomma mi sembra esagerato. La tentazione viene, tuttavia. Succede addirittura questo: chi ci vende un prodotto si rifiuta di ripararlo; oppure la tira in lungo, sperando che ci stanchiamo. Trovo questo atteggiamento (a) irritante e (b) commercialmente miope. E cercherò di spiegare perché.

Il servizio – la riparazione entra in questa categoria – non è una cortesia; è un'industria. Il ciclista che non vuole ripararvi la bicicletta piagnucolerà, probabilmente, perché l'ipermercato lì vicino offre prezzi cui lui non può scendere. Non pensa che gli ipermercati non possono fornire assistenza e riparazione; mentre lui sì. Non capisce che i clienti si mantengono anche così: se ti riparo la bicicletta dieci volte, è probabile che quando la dovrai cambiare verrai da me, anche se costa qualcosa di più. Lo stesso discorso vale per le imprese e i negozi di fronte alla concorrenza del commercio elettronico: non capiscono che dovranno trasformarsi (in tutto o in parte) in società di servizi. Ed è un peccato che non lo capiscano: perché da questo allegro suicidio nessuno ha niente da guadagnare.

* * *

Attenzione! Per una volta non intendo criticare, bensì lodare. Lodare i commessi competenti, quelli che ci assistono nelle scelte più delicate: il tessuto per il divano, le scarpe, un paio di occhiali che non ci faccia sembrare l'omino della Philco (per i più giovani: il Pokémon Jigglypuff). Spero che questi personaggi vengano pagati bene. Se così non fosse, perché non ci sono soldi, propongo di toglierli ad altri. Per esempio ai Commessi Incompetenti e Vaghi, che rovinano la reputazione al negozio e il fegato ai clienti.

Come neutralizzarli? Semplice: esaminiamoli. Se vendono computer, vediamo se sanno configurare un indirizzo di posta elettronica. Se offrono CD, domandiamo loro il titolo di cinque album dei Rolling Stones. Se trattano strumenti musicali, chiediamo loro di suonarli. Se vendono tessuti, chiediamogli a bruciapelo cos'è l'alpaca (risposta: forma domestica del lama, ruminante dei camelidi, che vive nell'America del Sud, con la cui lana si tesse una stoffa di straordinaria finezza).

Questo sistema è particolarmente utile se il commesso (anche il proprietario, ora che ci penso) siede dietro il banco di un'agenzia di viaggi. Alcune semplici domande possono aiutarci a capire con chi abbiamo a che fare. Come in ogni concorso a quiz, le domande devono essere di difficoltà crescente.

Viaggi fino a 500 euro: «Qual è la distanza chilometrica tra Milano e Parigi?» (margine di errore: 20%).

Viaggi fino a 1000 euro: «Nominare un personaggio tunisino che non sia Afef».

Viaggi fino a 1500 euro: «Indicare tutti gli aeroporti di Londra, e la loro posizione geografica» (informazione fondamentale: se il vostro albergo sta a Hampstead e voi atterrate a Gatwick, trascorrete la vacanza in taxi).

Viaggi oltre 2500 euro: «Indicare le forme di governo in Medio Oriente» (un suggerimento: di democrazia ce n'è una sola, Israele).

Bene: questo è tutto. Buon viaggio, buoni acquisti e, soprattutto, buon interrogatorio. Se volete portare una lampada e puntarla sul volto dell'indagato, fate pure. Se protesta, ditegli che è abbronzante.

* * *

È il tempo dell'Autenticità Artificiale. Per mettere in scena le esperienze che non abbiamo il tempo e il coraggio di fare, siamo disposti a pagare qualsiasi prezzo.

L'altro giorno mi sono guardato i jeans usati, e ho capito di non averli mai usati. Mi spiego: i jeans sono scoloriti, e hanno l'aria vissuta. Da ragazzo ci mettevo tre estati a conciarli in quel modo; oggi si comprano così. Trent'anni fa alchimie materne e lavaggi speciali ne ritardavano lo scolorimento; oggi una marca propone il «lusso dello sporco» (finto). Una giovane donna di New York spende duecento dollari dal parrucchiere per assumere l'*unwashed look* («aspetto non lavato», ottenibile gratuitamente dopo un viaggio in treno). I ragazzini di Milano girano sbracati come i teenager dei ghetti neri americani (mentre i teenager dei ghetti neri americani sognano gli abiti degli stilisti di Milano). I papà cinquantenni avrebbero qualcosa di cui andar fieri, una medaglia al valore rilasciata dal tempo: i capelli grigi. Ma corrono a tingerli (non tutti: c'è qualche saggio tra gli uomini grigi, e qualche capello grigio sulle teste dipinte degli incoscienti).

È l'epoca dell'Autenticità Artificiale. Basta saperla osservare, e c'è da ridere. L'usato, lo sporco e la consunzione sono figli del tempo: l'unico bene che non possiamo permetterci. Jack Kerouac doveva attraversare due volte l'America in autostop, e prosciugare i bar lungo la strada, per avere quella faccia; oggi le star chiedono a un fotografo di ottenere lo stesso effetto in un pomeriggio. Un tempo ci volevano anni per diventare un viaggiatore (occorreva, per esempio, aver viaggiato); ora le compagnie aeree spediscono tessere Frequent Flyer a cani e porci (e questi ultimi non volano, se non nei libri di Lidia Ravera). Una volta bisognava saper mangiare e bere, per essere considerati buongustai; e amare, per essere amanti. Ormai vino, cibo e sesso si consumano in TV e nella pubblicità (costa meno, non s'ingrassa, e lui/lei non ti telefona il giorno dopo).

È grave, tutto questo? No. È soltanto la saccarina della vita. Può andare, ma lo zucchero è meglio.

* * *

Con l'orologio da polso avevamo una relazione sentimentale, che spesso sfociava nel matrimonio. Oggi siamo poligami, anzi promiscui. Una notte e via. Il giorno dopo non sappiamo più nemmeno che quadrante abbia.

Scrivo in quanto esponente della generazione UOPV (un orologio per volta) e figlio della generazione UOPS (un orologio per sempre). Per noi, l'orologio era un oggetto importante. Si conservava, si caricava, si riparava. Un orologio passava attraverso diversi cinturini. Dopo qualche anno, quando era irrimediabilmente rovinato/superato, lo si sostituiva. Il vecchio orologio veniva posto in un cassetto, che diventava così una sorta di cimitero degli eroi.

Potrei scrivere la storia della mia vita, attraverso gli orologi: il regalo della cresima, l'orologio subacqueo, l'orologio fosforescente (sciolto sotto una lampada, dove l'avevo messo per aumentarne la fosforescenza), l'orologio al quarzo, l'orologio d'oro dello zio, lo Swatch d'annata regalato dalla moglie, allora fidanzata. Ora vengo a sapere dal mio orologiaio (ce ne sono ancora, non sono tutti gioiellieri) che «Swatch non fa quasi più pezzi di ricambio». Non mi stupisce, visto che gli orologi *sono* pezzi di ricambio.

Non solo gli Swatch: gli orologi ormai vanno dall'usa-e-getta all'usa-a-rotazione. Abbiamo tanti orologi per la casa che non abbiamo il tempo di utilizzarli (ironico, no?). Li compriamo negli aeroporti («Allora: due giornali, caramelle, questo libro e un paio di orologi»), li troviamo nel detersivo, li riceviamo come omaggi aziendali. Sembrano diversi. Ma sono tutti uguali, come impiegati giapponesi. Sorridono dal polso, si comportano bene, non si fermano mai (e i cinturini si cambiano per il colore, non perché sono consumati).

Di solito io porto un cronometro del 1938, acquistato una quindicina d'anni fa a Londra (regalo della Dunlop ai dirigenti per i cinquant'anni della società, sta scritto sulla cassa). Va ricaricato, e ogni tanto corre avanti. Di poco, ma mi permette di arrivare (quasi) puntuale agli appuntamenti, e mi fornisce splendide attenuanti quando non ci riesco. Soprattutto, mi ricorda che tutto è relativo. Siamo esseri imperfetti: come possiamo tollerare di portare al polso oggetti infallibili?

* * *

Avrete notato che le banche italiane, da qualche tempo, hanno il vezzo di proporre pubblicità immaginifiche: storie di animali (Cariplo), viaggi nello spazio (Banca di Roma), confidenze di uomini illustri (Monte dei Paschi). Finché tutto questo avviene in televisione, passi: il mezzo si addice alle semplificazioni colorate. Meno comprensibile è l'uso delle stesse suggestioni sulla stampa.

Scrivendo su un giornale, sia chiaro, sono contento che le agenzie pubblicitarie prendano in considerazione i quotidiani. Mi chiedo però se lo spazio – parlo ora come lettore/cliente – non si possa usare meglio. Ho l'impressione infatti che, in Italia, l'inserzionista punti troppo sull'impatto emotivo. La pubblicità dei prodotti finanziari, in altre parole, tende a imitare quella di vestiti e profumi. Punta a gratificare il cliente, facendolo sentire bello, seducente, importante, unico e coccolato (come se noi italiani avessimo bisogno di questi incoraggiamenti).

Confesso che in certi casi – apertura di conti correnti, acquisto di azioni e quote di fondi – preferirei meno fumo e più arrosto. Ovvero: meno spettacolo e più informazioni. La pubblicità dei prodotti finanziari italiani dovrebbe prender esempio dall'America dove, per qualunque merce, il messaggio è più o meno lo stesso: «Il prodotto è buono e conveniente per questi e questi motivi. Acquistalo». Per far ciò, gli inserzionisti americani riempiono tutto lo spazio disponibile con prezzi, sconti, indirizzi, numeri di telefono. Ovvero, col genere di informazioni minuziose che in televisione, per motivi evidenti, non si possono dare.

Molte delle pubblicità che appaiono sui quotidiani italiani – belle e accattivanti, per carità – negli Stati Uniti sarebbero inconcepibili. Verrebbero considerate la brutta copia di un *commercial* televisivo, e frettolosamente dimenticate.

* * *

Un tipo spettrale s'aggira per l'Italia: il Monetarista. Il 1° marzo 2002 la lira è andata definitivamente in pensione (era ora: solo Michael Jordan, Francesco Cossiga e Yves St. Laurent l'hanno fatta tanto lunga). E lui continua a trovare monete che non sapeva d'avere.

Sbucano dovunque. Dorate duecento lire scivolano da ogni tasca. Nel pozzetto dell'automobile riappare una piccola fortuna in cinquanta e cento lire (comprese quelle microscopiche, che lo stato italiano diffuse durante una fase di disturbo della personalità). Le classiche cinquecento lire bicolori, quando servivano per il parcheggio e il carrello del supermarket, non si trovavano mai: oggi sorridono gioconde sul fondo d'un cassetto. È comparsa perfino una moneta da mille lire. Chiaramente, una forma di provocazione.

Il Monetarista rileva tutto questo, e si interroga. Portare in banca la somma di 3750 lire e cambiarla in 1,94 euro? È ridicolo. Ecco, allora, la necessità di studiare strategie alternative.

La prima cosa che il Monetarista scopre d'avere è un cuore d'oro. Vorrebbe disfarsi delle monete dandole in elemosina o regalandole qua e là. Ma mendicanti, sagrestani e venditori d'accendini si sono fatti furbi: dal 28 febbraio, accettano solo euro. Il Monetarista passa allora al Piano n. 2: cercare di ingannare un bambino (figli e nipoti le vittime preferite), dandogli una piccola mancia. Ma i bambini italiani sono stati i primi a capire la rivoluzione dell'euro, e non ne vogliono sapere. Piano n. 3: conservare le lire come souvenir. Il guaio è che la stessa idea è venuta a tutti i famigliari, e un cassetto già contiene l'equivalente di mezzo stipendio. Disperato, il Monetarista decide di sbarazzarsi delle vecchie lire buttandole in una fontana. Non contento d'aver commesso un'azione tanto meschina, ha anche il coraggio di esprimere un desiderio.

Morale. Se avete la fortuna di conoscere un Monetarista, applauditelo. In fondo, produce una versione artigianale del Teatro dell'Assurdo. Anzi: se lo spettacolo vi è piaciuto, infilategli in tasca di nascosto cinquecento lire. Così sarà costretto a disfarsene, e vi terrà allegri. È un gioco bellissimo, che può durare all'infinito.

7

Le cose che facciamo
IN UFFICIO

Esistono misteri minori che meritano di essere indagati. Uno dei più affascinanti è questo: perché gli italiani firmano sui timbri? Non sotto, non di fianco, non appena sopra. Firmano proprio *sui* timbri, producendo un piccolo capolavoro: rendere illeggibile, in un colpo solo, sia la firma sia il timbro. Il fenomeno non è limitato ai funzionari pubblici; i privati cittadini – lo abbiamo visto – fanno lo stesso. Aprite un cassetto e controllate le ricevute del dentista e del falegname (ammesso che ve le abbiano date): firma e timbro sono stretti in un abbraccio voluttuoso.

Nessuna legge impone una pratica del genere. Dunque, perché accade? L'indagine storica e psicologica si presenta interessante. La prima ragione fu, probabilmente, la necessità. I primi esseri che decisero di firmare sopra un timbro lo fecero per mancanza di spazio: il foglio era finito; la ricevuta era piccola; oppure il riquadro con l'indicazione «Timbro e firma del rivenditore» era microscopico, secondo la migliore tradizione nazionale (siamo il paese che aveva inventato i bolli della patente *più larghi* degli spazi in cui andavano incollati, non dimentichiamolo).

Un secondo motivo può essere la diffidenza. Chi appone la firma sul timbro sente di rendere più difficile la falsificazione: nessuna gomma, lametta o scolorina potrà violare quell'inestricabile garbuglio. Un'altra possibilità è l'imitazione. Forse molti anni fa un rappresentante di cacciaviti di Mondovì, dopo due bottiglie di Freisa, mise la firma sul timbro, scatenando una reazione a catena. Ora lo stesso peccato lo commettono professori universitari e presidenti di banca (e non hanno l'attenuante della Freisa).

Siamo alla quarta spiegazione, tra tutte la più preoccupante. Chi firma sui timbri si sente importante: gli sembra di essere indissolubilmente legato all'istituzione (negozio, ufficio, società) che rappresenta. È una forma di osmosi burocratica. Malinconica, se volete, ma significativa. Forse non siamo individualisti e originali come vogliamo far sembrare. Sotto sotto siamo una nazione di impiegati di concetto, che si sente più sicura sotto un'insegna, dietro a uno sportello o sopra un timbro. Fosse vero, dovremmo riscrivere la storia d'Italia. Ma lo faremo in un'altra occasione.

* * *

Un lettore osserva indispettito: «Nel parcheggio di un ipermercato, su una fila di carrelli, ho visto troneggiare la scritta: "Modalità utilizzo cauzione carrello". Quale contorsionista della sintassi può aver complicato a tal punto ciò ch'era facile? Leggeremo mai "Come prendere un carrello?"».

Osservazione impeccabile di un fenomeno esecrabile. Perché scriviamo – anzi, scrivono – cose del genere? Perché il telecronista dice «Appoggia verticalmente la sfera» invece di «Passa in avanti la palla»? E il politico parla di «fenomeno terroristico» invece che di «terrorismo»? E prima della partenza dobbiamo ascoltare «la descrizione delle dotazioni di sicurezza di questo aeromobile», un vocabolo che nessuno userà mai? Se ora alzate la testa dal libro e dite al marito «Caro, hai prenotato l'aeromobile?», lui corre a prendere il ghiaccio e ve lo mette in fronte, temendo un malore.

Quale la spiegazione di questa mania? Credo si tratti

di una forma lieve di Importanzite, noto virus italiano. Rifugiarsi nelle parole astratte dà un senso di ufficialità, che a una nazione di impiegati – quale siamo – piace moltissimo (un po' come firmare sui timbri: vedi sopra). La semplicità non viene vista come un valore, ma come un rischio: quello di essere poco considerati.

Se l'addetto dell'ipermercato avesse scritto «Come prendere un carrello» si sarebbe sentito squalificato e, soprattutto, vulnerabile. Certo, tutti avrebbero capito. Ma che importa? «Modalità utilizzo cauzione carrello» è uno schermo riposante, dietro cui nascondere la propria insicurezza. Le preposizioni e gli articoli, da molti italiani, sono considerati i pantaloni corti del linguaggio: si possono usare in famiglia, ma non al lavoro. Wittgenstein diceva: «Tutto quello che si può dire, può essere detto chiaramente». Ma chi è, in fondo, Wittgenstein? Con quel nome, vada a vendere la birra.

* * *

Qual è la differenza tra la biro e la graffetta?, si chiedevano i filosofi, prima che il computer mettesse entrambe in crisi. Semplice: le biro scompaiono, le graffette ricompaiono. Non esiste ufficio o appartamento che ne sia completamente sprovvisto: basta cercare. In fondo ai cassetti, dentro le tasche, nelle scatole, sulle mensole. Una graffetta (graffa, fermaglio, clip) c'è sempre.

Si tratta di una presenza rassicurante. La graffetta non è insidiosa come lo spillo, drastica come il punto metallico, perentoria come il doppio buco, viscida come la colla, provvisoria come il nastro adesivo, leziosa come altri strumenti moderni (angoli d'alluminio, dorsi di plastica). La graffetta è sobria, eppure non è monotona. Dieci, messe in fila sulla scrivania, sembrano le finestre di una cattedrale. Alcune sono vezzose e colorate, metallizzate o dorate, nazionali o internazionali (*paper clips, Briefklammern*). Ci sono quelle piccole, quelle medie e quelle grandi, che di solito tengono insieme mazzi di fogli di cui non c'importa nulla. In questo caso scartate i fogli, ma conservate la graffetta. Le graffette, infatti, non si buttano mai. Sono i fanti della cancelleria, umili e utili, indispensabili in tutte le battaglie di carta.

Non c'è bisogno di acquistarle: basta riutilizzarle, recuperarle, riciclarle. Sono l'unica forma di comunismo che abbia mai funzionato. Passano di scrivania in scrivania, di ufficio in ufficio, di casa in casa, di tasca in tasca. Sono di tutti. Nessuno le ruba; qualcuno le raccoglie. La palingenesi della graffetta dimostra che anche i consumisti hanno un'anima.

Non è facile – anzi: è offensivo – buttare una graffetta che ci ha servito per anni, stringendo l'unico dente. Solo all'apparizione della ruggine è legittimo rinunciarvi. In questo caso dobbiamo tributarle gli onori militari: un'occhiata e un pensiero riconoscente, prima di lasciarla cadere nel cestino, dove potrà finalmente riposare in pace.

* * *

La questione è minuscola, e riguarda le maiuscole. C'è chi le piazza ovunque (tanto sono gratis), e chi tende a utilizzarle il meno possibile. Chi le usa a proposito e chi le mette a caso, spargendole qua e là per il testo. Chi ne fa un problema ideologico, e chi una questione di rispetto. Chi le usa involontariamente, dando la colpa a una zia tedesca; e chi non capisce perché i tedeschi imbelliscano in quel modo tutti i sostantivi, privandosi della possibilità di stabilire gerarchie. A Berlino, un cavolo (*der Kohl*) vale uno statista (Herr Kohl).

Maiuscolite e minuscolite sono malattie sociali, e vanno studiate con attenzione, perché rivelano tratti del nostro carattere. C'è per esempio chi ha dichiarato guerra alle maiuscole, ritenendole, fondamentalmente, di destra. Secondo questo punto di vista, esse esprimono dipendenza e sudditanza, e vanno evitate. Questi minuscoli rivoluzionari hanno trovato incoraggiamento nella posta elettronica, dove le maiuscole saltano («caro severgnini, che si dice al corriere?»). Ma non hanno fatto i conti con i nuovi programmi della Microsoft, che le maiuscole le impongono d'autorità (non solo: Word 98, a proposito del periodo appena sopra, si è permesso di dirmi: «Non è consigliabile iniziare una frase con una congiunzione». Per punizione, ho disattivato il «controllo grammaticale e sintattico» a tempo indeterminato).

L'orgoglio nazionale, invece, può operare in due sensi. C'è chi, come Alberto Ronchey, lo invoca per ribellarsi all'abitudine anglosassone di usare le maiuscole nei titoli (*For Whom the Bell Tolls*, Hemingway). E chi, come Indro Montanelli, scriveva Paese con la maiuscola (sebbene fosse convinto che non la meritasse). Meno nobile, ma diffusa tra i giornalisti, è la Maiuscola Enfatica. Uno scrive un articolo modesto, e pensa che con un paio di maiuscole azzeccate le sue banalità vengano assunte nell'Olimpo dei concetti assoluti (esempio: «Stiamo parlando della Tradizione! Qualcosa che nasce dalla Storia, qualcosa che appartiene all'Uomo»).

Siamo, infine, alla Maiuscola Servile, tra tutte la più insidiosa. Stateci attenti, Cari Lettori: se qualcuno si rivolge a Voi in codesto modo, chiedendoVi umilmente scusa del disturbo arrecatoVi e invocando la Vostra cortesia, non è escluso che sotto ci sia una fregatura.

* * *

La punteggiatura è un territorio affascinante e inesplorato. C'è chi la evita, quasi fosse contagiosa. E chi la sparge a caso nelle frasi, come formaggio sulla pasta. Alcuni si affezionano a un segno ortografico, e ne abusano allegramente. Ci sono i fissati dei due punti e i maniaci del trattino: ma si tratta di minoranze. Ben più numerosi sono i Virgolisti, in grado di cacciare sei virgole tra nove parole, di solito nel posto sbagliato («Le virgole sono, praticamente, gratis, e, quindi, usiamole, cari amici»).

Irritanti sono i Puntinisti, i quali adorano i puntini di sospensione. Corrotti dalla corrispondenza intimista degli anni Settanta (lettere fitte scritte a mano, per diluire in quattro pagine quello che non s'aveva il coraggio di dire in tre parole), i Puntinisti non scrivono: alludono. Le loro frasi galleggiano nell'acqua come le ninfee di Monet («Caro Severgnini... cosa dirle? Mio marito la stima... mia figlia la legge... io penso invece che lei abbia... come dire... la pettinatura di Paperoga...»).

Anche la punteggiatura, tuttavia, segue le mode: e questo è il momento del punto esclamativo. Titoli, pubblicità, programmi TV, siti Internet, e-mail: improvvisamente, tutti esclamano (Fantastico! Cliccate qui! Venite! Leggete! Comprate!). I punti esclamativi sono i soldati semplici della punteggiatura, ma ormai costituiscono un esercito. Chi li aveva abbandonati alle elementari, ritenendoli goffi e ridondanti, si ritrova circondato, e deve riflettere.

Come si spiega il fenomeno? Una possibilità è che nel mondo delle mille offerte, chi vende/annuncia/propone qualcosa deve alzare il volume. Così la gente grida in TV, eccede nei titoli – e scrive coi punti esclamativi. Seconda spiegazione: il punto esclamativo è una scorciatoia per esprimere sorpresa, entusiasmo, disappunto. Ottenere lo stesso effetto con le parole è più elegante; ma non tutti lo sanno fare.

Infine: il punto esclamativo rispecchia il nostro carattere nazionale. La virgola è francese, il punto americano, il punto interrogativo tedesco; ma il punto esclamativo è certamente italiano. È emotivo, eccitabile e lievemente enfatico. Quindi, amici, lasciate che vi dica: ho ragione! E guai a chi dice di no!!!

* * *

È una sindrome sociale che colpisce le persone più diverse. Crea dipendenza: pochi vogliono guarire. È un virus che non si riproduce, ma riproduce. Chiamiamolo Morbo di Xerox.

I primi sintomi sono questi: desiderio irrefrenabile di riprodurre testi, immagini, tabelle, articoli (talvolta, perfino i miei). I famigliari, da principio, non ci fanno caso: poi si accorgono che ogni foglio della loro vita esiste in duplice copia. Il fotocopiatore, da principio, nega. Poi, lentamente, s'accorge che ormai scrive agli amici solo sul retro delle fotocopie, e fotocopia ricevute, fatture, documenti, pagine di libri, copertine, perfino l'orologio da polso (avete provato? Esce bene). I figli lo guardano spaventati. È chiaro che fotocopierebbe anche loro, se solo riuscisse a chiudere il coperchio.

Se l'avvento dei computer non ha ridotto il consumo di carta, la colpa è del fotocopiatore. Di solito non è giovanissimo: spesso ricorda l'età dell'oro del ciclostile. L'avvento, negli anni Settanta, delle prime fotocopiatrici – grandi come un'utilitaria, perennemente inceppate – lo ha riempito di una meraviglia infinita (infatti, dura ancora).

Il fotocopiatore non è mai inoffensivo. Quasi sempre, infatti, vuole rifilarvi le sue fotocopie. Se lavora in un ufficio, si aggira nei dintorni della macchina dei desideri, che manovra con abilità sorprendente. È l'unico che sa passare da un formato A3 a un formato A4, lavorando sulla percentuale di riduzione. Se opera da casa, tiene un archivio con le fotocopie delle fotocopie, che poi, per sicurezza, fotocopia.

In lui, tre tratti italici – l'amore/odio per i documenti, il collezionismo e la sindrome fotografica – si combinano armoniosamente. Il fotocopiatore vuole le prove documentali d'aver vissuto, e ci tiene che siano ordinate. Il suo sogno inconfessabile è presentarsi al Giudizio Universale con un mazzo di fogli e spiegare, documenti alla mano, il suo caso. Be', sappia che quel giorno varrà la regola di tanti uffici pubblici: niente fotocopie. Presentarsi, per favore, con gli originali.

* * *

Quand'ero bambino, le scuole celebravano la Giornata del Risparmio. Ci veniva consegnato un salvadanaio blindato, che risvegliava in noi la vocazione dello scassinatore.

Oggi sono cambiate molte cose. Gli adolescenti hanno il bancomat, e i fratelli minori non risparmiano: accantonano, investono e ammortizzano (un regalo grosso quest'anno, due piccoli l'anno venturo). Se la mamma promette qualcosa, il bambino chiede una fideiussione a papà (ovvero: se non me la dà lei, me la dai tu). Conosco fanciulline che quando i genitori rimangono senza contanti, prestano denaro a interessi usurari; e bimbetti che hanno rinunciato al salvadanaio perché contrari a immobilizzare il capitale. Possiamo ancora insegnare qualche forma di risparmio, a questi piccoli finanzieri?

Una forse sì: e riguarda la carta. Chi pensava che i computer l'avrebbero tolta di torno, si sbagliava. I computer hanno solo moltiplicato i testi da stampare: e per stamparli ci vuole carta. Scuole, ospedali e tribunali ne producono in quantità industriale. Nelle case editrici stampare libri è ormai un'attività marginale: il vero, grande impegno è produrre inviti, programmi e comunicati-stampa. A casa e al lavoro, chi ha più di quarant'anni, e non è cresciuto col computer, tende a stampare perché: (a) non si fida, (b) «vuole vedere come è venuto».

La tentazione di premere un tasto e veder uscire un documento bello pulito è irresistibile. Entrate in un ufficio: quando sentite il ronzio di una stampante, aspettate. Da una porta sbucherà una tipa che, saltellando come la Vispa Teresa, andrà a raccogliere i suoi foglietti.

Tutto ciò produce carta. Molta carta. Montagne di carta. E qui tornano in ballo i bambini. Spiegate loro che quando il retro è bianco (quasi sempre), i fogli A4 sono perfetti per disegnare; servono come scartafaccio; si possono rimettere nella stampante. Così facendo si riempiono meno cestini; si evitano viaggi inutili per le scale e trasporti pesanti dalla cartoleria; si salvano gli alberi. Da quando ho capito tutto questo, anch'io guardo i comunicati-stampa con occhio nuovo. Li prendo e li giro. Se dietro sono bianchi, leggo perfino quello che c'è scritto davanti.

* * *

Gli uffici-stampa e le società di pubbliche relazioni custodiscono turpi segreti. Per esempio, sanno cosa sono capaci di fare i giornalisti per un gadget.

È da tempo che studio il fenomeno, ma solo quando, al termine di una conferenza, mi sono scoperto a mettere in borsa due cartelline portadocumenti (quando avevo diritto a una soltanto) ho deciso di confessarmi in pubblico. Non era un furto perché, mentre agivo, commentavo ad alta voce: «Sono molto carine, ne darò una a mio nipote». Un'aggravante: il conferenziere ero io.

Quest'istinto all'accaparramento – parente della cupa bramosia che spinge i viaggiatori ad asportare i bottiglini di shampoo dagli alberghi – è interessante. Non è vero, infatti, che lo facciamo per altri. I nipoti d'Italia (ma anche i figli, i genitori, i cugini e i cognati) non ne possono più di borse, biro e cartelline ricevute in dono dai parenti giornalisti. Se commettiamo il misfatto, è solo per noi. Se cediamo alla tentazione, è per soddisfare un istinto inquietante (di cui l'Ordine dovrebbe occuparsi).

Il fenomeno è talmente noto ai professionisti delle relazioni pubbliche, che in quasi tutte le conferenze-stampa viene distribuito ormai un omaggino (la borsa, la penna, il gadget). Vuol dire: pigliatevi quello, e state buoni. Ma noi, buoni non stiamo. Osserviamo il bottino, come cacciatori che controllano il carniere, e poi ci guardiamo intorno famelici. Non è avidità. Gli oggetti hanno, in genere, un valore modesto. C'è dell'altro, che non so definire.

Alcune PR, grate perché tempo fa le ho definite Povere Ragazze, mi hanno raccontato aneddoti stupefacenti. A Milano circola un feroce accaparratore di biro (e scrive con la stilo). A Roma, un noto personaggio si porta via, dentro un sacchetto di plastica, la frutta che gli fanno trovare in stanza. Ma è a Verona che ho appreso questo episodio leggendario. Un giornalista ha trovato nella camera d'albergo, appoggiata al televisore, una scatola di dolci col solito biglietto: «*With compliments*». Il giorno dopo l'hanno bloccato all'uscita col televisore in braccio. La cosa interessante è che non voleva mollarlo. Diceva che era un regalo.

* * *

Si diffonde una nuova epidemia: la Convegnite. È una patologia insidiosa. Si manifesta ovunque (università e aziende, associazioni e assessorati, circoli culturali e gruppi sportivi, banche e partiti, oratori e ospedali). Convegni, congressi, convention, conviviali, seminari, simposi, tavole rotonde, dibattiti a geometria variabile. Ogni volta molte persone si incontrano, spesso di fronte a poche persone (per forza, sono tutte ad altri convegni). Argomenti? A scelta tra: 1) Internet, la rivoluzione. 2) Internet, la delusione. 3) Il consumatore/professore/dottore/saldatore del Nuovo Millennio. 4) La sfida della globalizzazione. (A sinistra: I pericoli della globalizzazione.) 5) La gente è stanca dei giornali? (dei libri, del sesso, del cinema, del gatto?). 6) Quale Europa? 7) Il ritardo italiano. 8) Dove va il Mezzogiorno?

«La Convegnite è ormai una malattia del capitalismo», mi scrive l'industriale Luigi Serra. Il bello è che proprio lui mi aveva invitato a un convegno sulla grande distribuzione. E quando avevo spiegato che ricevo cinque inviti al giorno, e ho deciso di concedermi una pausa, ha risposto: «Non solo la capisco, ma la ammiro. Avendone organizzati (e frequentati) molti di convegni, il mio apprezzamento va a chi risponde di no, come Ciampi quand'era ministro del Tesoro». Altri tempi, caro Serra. Oggi siamo tutti vittime consenzienti. Vorrei sapere, per esempio, quando il governatore della Banca d'Italia Antonio Fazio trova il tempo di mangiare, o di pettinarsi. Ogni volta che accendo la TV o apro un giornale, lui è a un convegno (va bene che c'è la Banca Centrale Europea, ma insomma).

Esistono periodi in cui la Convegnite è virulenta. Il mese di giugno, la seconda metà di settembre, ottobre e la prima metà di dicembre. Questa settimana dovrei essere a Mosca, a Helsinki, a Lione, a Parigi, in Brasile, a Brescia, a Courmayeur, a Prato, all'incontro organizzato da Luigi Serra, in una mezza dozzina di convegni a Milano, in un congresso a Roma e in un dibattito sulla Riviera ligure. Non so quindi dove mi trovo oggi. Lo chiederò agli altri convegnisti.

* * *

Voglio regalarvi una parola: *serendipity*. Non è di moda. Però è bella, è gratis, e potrebbe cambiare il modo di lavorare.

Secondo la leggenda, il sultano di Serendip (l'attuale Sri Lanka) partì per cercare l'oro. Si spinse lontano, attraversò monti e vallate, ma non lo trovò. Trovò invece tè di qualità superba, che alla fine si rivelò più prezioso dell'oro. Basandosi su questo e altri racconti popolari dove gli eroi facevano scoperte per caso, lo scrittore inglese Horace Walpole (1717-1797) coniò il vocabolo *serendipity*. Ovvero: la capacità di trovare ciò che non si sta cercando. La parola da qualche tempo è entrata nella lingua corrente, soprattutto in America. Non credo che molti ne conoscano l'origine, ma quasi tutti hanno un'idea del significato.

Voi direte: e a noi, cosa importa? Importa, o meglio: dovrebbe importare. *Serendipity* non è una filosofia, né una moda. È invece l'ammissione che, come si diceva, molte scoperte avvengono per caso. A un patto: che si lasci al caso il modo e il tempo di operare. Se le vostre vacanze sono iperprogrammate – una versione in mutande delle giornate di lavoro – le cose inattese non accadranno (è già molto se quelle attese avvengono come da programma). Difficilmente scoprirete un luogo speciale, o vi imbatterete in una persona interessante. Sapete perché tanti scienziati raccontano d'aver avuto le idee migliori passeggiando? Perché lasciavano vagare la mente, e quella trovava da sola la strada (al sottoscritto le idee vengono sugli aerei: non posso telefonare, non voglio lavorare, non amo disturbare il vicino. La mente ringrazia, e comincia a darsi da fare).

Serendipity è trovare in casa un libro affascinante perché l'occhio cade su un titolo (ma bisogna avere libri nei dintorni, e occorre dare tempo all'occhio, magari spegnendo la TV). È scoprire una spiaggia quando si cercava un ristorante, e viceversa. È dar tempo ai pensieri associativi di associarsi (e questo riesce meglio sdraiati su un pattino che alla guida di un motoscafo). *Serendipity* – ormai l'avete capito – è la lampadina che s'accende nel cervello. Ma perché accada, bisogna che i fili siano collegati, i contatti puliti e la testa sgombra.

* * *

Guardandosi intorno si potrebbe dubitarne, eppure è provato: tutti hanno idee. Molti le sciupano, parecchi le copiano, alcuni le rubano. Pochi le cercano: le idee, come dicevo, arrivano spesso da sole.

Lo scrittore Ray Bradbury (*Fahrenheit 451*) mi ha raccontato che le buone idee gli vengono sotto la doccia, al mattino. A quel punto, corre fuori ad annotarle (bagnato, immagino). Per usare le sue parole, vuole «acchiappare le farfalline prima che volino via». In questo modo, dice, alle nove ha finito di lavorare. Per il resto della giornata, si limita a ordinare quello che ha già pensato.

Mi ha sempre affascinato sapere dove e quando vengono le idee. Docce, bagni, treni, automobili e ascensori sono i reparti di ostetricia delle intuizioni. A differenza dei bambini, però, le idee sono imprevedibili (nessuna gravidanza, niente doglie): arrivano quando uno meno se le aspetta (e nascono perfino agli uomini, stanno pensando alcune di voi). Costringono a cercare una matita, o un cellulare per comunicarle a un amico, che di solito non le vuol sentire. L'uomo raccolto in meditazione è una figura superata; il pensatore moderno è un tipo che sta facendo qualcos'altro. Qualcosa di non impegnativo, in modo da permettere al cervello di scegliere le strade da prendere. Se gliele suggeriamo noi, è finita.

Poi bisogna decidere cosa farne, delle idee. Il mio metodo è questo: le scrivo dove càpita, poi le riporto in un documento che lascio sullo schermo del computer. Ogni tanto, le rileggo. Alcune sono talmente imbarazzanti che non verrebbero in mente a uno stopper dopo una pallonata in faccia. Altre sembrano passabili. A quel punto, comincio a giocherellarci. Beppe dice che sono banali, e Severgnini le difende. Severgnini le smonta, e Beppe le rimonta. Provo a immaginare come mi apparirebbero, quelle stesse idee, fra tre mesi o tre anni. Penso a un paio di colleghi carognette (non ci crederete, ma ne ho) e prevedo le loro critiche. Spesso devo concludere che hanno ragione. Allora ringrazio mentalmente le carognette, e butto le idee.

In questo modo ho scritto migliaia di articoli e – con questo – otto libri. Se qualcuno vi è piaciuto, il metodo funziona.

8

Le cose che facciamo AL COMPUTER

Nel 1995, rientrando dopo quindici mesi da Washington, sono rimasto colpito dal modo in cui noi italiani trattavamo i computer. In America erano già elettrodomestici; in Italia, ancora giocattoli. Quarantenni incoscienti descrivevano a cena le dimensioni del proprio disco rigido. Uomini e donne discutevano le meraviglie di Internet, senza sapere bene cosa fosse. Solo trecentomila connazionali utilizzavano la posta elettronica. Poco più dei tifosi del Verona, e altrettanto incompresi.

Oggi è cambiato tutto. Non sono tanto i numeri a confortarmi, quanto una constatazione. A Milano, ormai, molti si *vergognano* di non usare la posta elettronica. Gli si chiede l'indirizzo e-mail, e accampano scuse bambinesche (è fuori uso, non ricordo, devo chiederlo a mia figlia, sto ristampando i biglietti da visita). Questo imbarazzo è una buona notizia. In Italia, la modernizzazione non poteva che passare dal conformismo.

Il fenomeno, per ora, è limitato ai professionisti urbani. Sono loro che arrossiscono come adolescenti, quando vengono colti in fallo. Confusamente, si rendono conto che non usare l'e-mail è come portare il borsello. Si può fare, ma bisogna accettarne le conseguenze.

Altrettanto divertenti sono coloro che si sono fatti installare la posta elettronica, ma non la aprono. I messaggi rimangono lì, in attesa di una segretaria caritatevole. Ho provato a spiegare a questi personaggi che avere l'e-mail e non leggerla è come possedere una radio e non accenderla. Mi guardano con occhi bovini, aspettando che cambi discorso.

Ci sono infine coloro che hanno installato la posta elettronica, la usano, ma non hanno ancora imparato a scrivere il simbolo della «chiocciolina» (@), presente in ogni indirizzo, e producono sgorbietti inguardabili. In questo caso, devono intervenire le mogli. Basta piazzare figlio (anni sette) e marito (anni quaranta) allo stesso tavolo, e metterli sotto con gli esercizi. Usare matite appuntite, e molta pazienza.

* * *

Forse i primi italiani che usavano il telefono ci gridavano dentro come fosse un megafono (alcuni miei conoscenti lo fanno ancora). Poi gli utenti hanno capito che il nuovo mezzo imponeva nuove regole. Non si poteva chiamare la gente alle quattro del mattino e non era il caso di restare all'apparecchio per due ore, poiché questo produceva un segnale di occupato della stessa lunghezza. Soprattutto, non si doveva mai, in nessun caso, telefonare a qualcuno e dire: «Pronto chi parla?».

La posta elettronica sta uscendo dalla stessa fase pionieristica, e ha ancora bisogno di regole. Eccone alcune, frutto di una certa pratica (e alcune sofferenze).

1. Non è necessario spedire il messaggio in cinque copie. Una, basta.
2. Non è il caso di telefonare per sapere se il messaggio è arrivato.
3. Evitate messaggi lunghi. Tre paragrafi è il massimo consentito (se è una dichiarazione d'amore, due bastano).
4. Evitate messaggi troppo cerimoniosi. «Spett. Dott. Ing.» «Ch.imo Dr. Prof.» fanno già ridere sulla carta. Sullo schermo sono grotteschi.
5. Evitate messaggi troppo informali. Se scrivete a

Umberto Eco, non potete esordire con: «Ehilà, Berto!».

6. Rispondere è cortese, ma non è obbligatorio.
7. Evitate gli allegati (*attachments*), se non sono necessari. Spesso il computer del destinatario non ha un «traduttore» adeguato, e comunque è tutto lavoro in più.

7bis. Soprattutto evitate di spedire disegnini, canzoncine, foto dei figli e del gatto, a meno che non siate in confidenza col destinario (o non vogliate punirlo).

8. Noi italiani, in cerca di rassicurazione, abbiamo chiamato «chiocciolina» il simbolo @ (in inglese: *at*), rifilando il nome dell'animale più lento al mezzo di comunicazione più veloce. Chiamare il computer Fido e il mouse Sorcetto, però, è eccessivo.
9. Non preoccupatevi troppo della sintassi o dell'ortografia. Ma un po', sì. Rileggete almeno una volta. Evitate di scrivere: «Caro Teresa, devi spere cheho fto tardi ieri sera e non è statr possibile chiamlareti al telefono; Fatt viva. Ciao, Monica». In un messaggio un errore, frutto della fretta, è perdonabile. Quindici sono una prova di sciatteria.
10. Scrivete solo se avete qualcosa da dire.

* * *

Avete sentito parlare così tanto di commercio elettronico, negli ultimi tempi, che eviterò di riempirvi di numeri. Vi basti sapere questo. L'e-commerce «al dettaglio» (B2C, *business to consumer*), in Italia, vale poco. Vendere qualche migliaio di «pezzi» (libri, bottiglie di vino o CD musicali) viene considerato un successo clamoroso.

Quali i motivi del ritardo? Certamente, la geografia (se vivo in un ranch del Montana ordino la camicia su Internet; se sto in un appartamento di Mantova, scendo e me la compro). Di sicuro, la minore diffusione dei computer in rete rispetto ad altri paesi. Qualcuno aggiunge il timore per i sistemi di pagamento, ritenuti insicuri (ma quando mai: io mi preoccupo quando do la carta di credito al cameriere di Bucarest, non quando spedisco il numero su una linea sicura di Internet).

Credo però che alla base del ritardo italiano ci sia un'altra questione e riguardi il nostro carattere. Mettiamola così: le rivoluzioni tecnologiche, in Italia, devono innestarsi su una caratteristica nazionale. Il telefonino, per esempio, è stato un successo formidabile perché ha stuzzicato prima il nostro esibizionismo (farsi belli); poi il nostro conformismo (ce l'hanno tutti!); infine il nostro familismo (papà chiama mamma, mamma chiama nonna, nonna chiama nipote, nipote chiama amico eccetera).

Il commercio elettronico va invece a scontrarsi con un altro tratto italiano: la diffidenza. Diffidenza verso un prodotto che non abbiamo a portata di mano; diffidenza verso i tempi e i sistemi di consegna; diffidenza, come abbiamo visto, verso i sistemi di pagamento. Per questo le vendite su catalogo, in Italia, hanno sempre avuto vita grama (quelle americane rappresentavano il 5% del totale degli acquisti prima che arrivasse l'e-commerce). Siamo, in sostanza, una nazione di santommasi: se non tocchiamo, non compriamo. Chi vorrà venderci qualcosa su Internet, dovrà tenerne conto. Dico bene, Amazon.com?

* * *

Molti alberghi italiani sembrano avere un motto: «Abbasso la modernità!» (anche, e soprattutto, quelli che si chiamano Albergo Moderno). Non ci credete? Provate a viaggiare con un computer. Troppi albergatori sembrano aver ingaggiato squadre speciali per complicare la vita a chi chiede solo una cosa: un attacco telefonico per collegarsi alla rete, e scaricare la posta elettronica (che non è, come sostiene qualcuno, una forma di tardo yuppismo, ma una necessità di lavoro per molti).

Il trucco preferito dell'Albergatore Dispettoso è collegare il telefono al muro della stanza con un cavo grosso come una gomena: per staccarlo, sarebbe necessario il pugnale di Sandokan. Ho chiesto: perché? Risposta: se non faccio così, mi rubano i telefoni (opinione raccolta in Trentino, non in Bolivia). Un altro trucchetto è il telefono che rifiuta i «numeri verdi», imponendo così di utilizzare numeri normali, che producono scatti, venduti a cifre esorbitanti. C'è anche il telefono che non dà alcun segnale di linea: per ottenerlo, occorre premere un tasto (e questo il computer non può farlo; può, invece, comporre un numero iniziale, come lo zero). C'è, infine, lo speciale, futuribile centralino che semplicemente non permette il collegamento Internet dalle camere. Immagino sia carissimo, ma un vero sadico non bada a spese.

Certo: gli alberghi inglesi non hanno il bidet, che è peggio. Ma questo italico accanimento non si spiega. È un caso di luddismo turistico, un tentativo di riportare tutti al buon tempo antico? Non credo, perché l'albergo che boicotta il computer ha messo nelle stanze tecnologia degna della Nasa (nonché l'inevitabile canale TV coi filmetti hard, che qualche forsennato cerca di guardare fotogramma per fotogramma, affinché non scatti l'addebito sul conto). Ripeto: io vedo una forma di tecnosadismo. Osservare un poveretto che gira per gli ascensori col computer in braccio gridando: «E adesso come faccio?» diverte moltissimo certi albergatori. A loro potrei dire: così non aiutate l'Italia a diventare adulta. Ma dubito siano sensibili a questi argomenti. Forse dovrei aprire il loro prototelefono, e metterci la schiuma da barba. Allora capirebbero.

* * *

Un'agenzia pubblicitaria mi ha scritto dicendo di voler lanciare, con un «mini-talk-show nel corso di un brunch in una location da definire», un nuovo prodotto che consenta alle ragazze «di sentirsi appealing, maliziose e daring» e di «sfoderare tutto il loro glamour». Come se tutto ciò non fosse abbastanza preoccupante, i mittenti – di cui non rivelo l'identità, per non creare un piccolo imbarazzo e una certa pubblicità – hanno aggiunto: «Saremmo lieti di coinvolgerla in qualità di moderatrice-conduttore». Ho risposto manifestando il mio stupore: *moderatrice*?! Precisazione a stretto giro di e-mail: «Ci scusi. È stato un refuso».

Invece non era un refuso. Era un errore, delizioso (per me) e disastroso (per loro). Cos'è accaduto? Quasi certamente, l'agenzia cercava una moderatrice (donna); non l'ha trovata, e ha utilizzato la stessa lettera per girare la proposta al sottoscritto. Il nome del destinatario è stato cambiato; ma nessuno si è accorto che, nel testo, era rimasta la parola «moderatrice». Niente refuso, quindi. Refuso è volere un «moderatore» e chiedere un «foderatore» (incarico interessante: avrei potuto accettare). Chiedere una «moderatrice» è invece un capitombolo, frutto di una disattenzione.

Succede. Il computer, infatti, è perfido; la posta elettronica, impietosa. «Copiare e incollare» (scuse, auguri, proteste, complimenti, condoglianze) è comodo; ma l'errore è in agguato. Così, possiamo mandare un messaggio in copia a molte persone. Ma, se è sciocco, moltiplichiamo le sciocchezze. La facilità di risposta porta a ribattere quando sarebbe meglio tacere; e a farlo subito, quando sarebbe opportuno riflettere. Gli uffici del mondo sono pieni di «pentiti elettronici», autori dell'e-mail che era meglio non spedire. Tra questi, immagino, coloro che mi hanno proposto «il mini-talk-show nel corso di un brunch in una location ancora da definire». Ai quali ripeto: come «moderatrice» mi sento poco adeguato. A meno di drastici interventi che non rientrano nei miei programmi.

* * *

La mia casella di posta elettronica, prima di Natale, è una galleria d'arte moderna. Ricevo cartoline, animazioni, vignette, concerti per mucche pazze, messaggi eroticonatalizi («Salve, sono la tua renna!»), Jingle Bells cantate dai gatti, auguri da Calimero.com, messaggi minimalisti, poesie. Un lettore ha esordito con: «Carissima Ornella!». Un file audio MP3 recita minaccioso: «Buon Natale da Vip! Io sono Imeil, una clonimmagine realizzata da un provider di Vicenza».

Ora, io non sono un anziano poeta che scrive con la penna d'oca: mi mancano l'età, la poesia e, a pensarci bene, le oche. Da anni sostengo che utilizzare Internet ed email è utile, intelligente e giusto. Ma anche le cose giuste, usate nel modo e nel momento sbagliato, smettono d'essere intelligenti, e non sono nemmeno molto utili.

La posta elettronica è una strepitosa invenzione: discreta, fulminea, praticamente gratuita. Ma va usata con buon senso. A Natale, soprattutto. La lusinga del ricordo, l'impegno degli auguri scritti a mano e il rito del francobollo erano, infatti, quanto potevamo offrire ad amici e conoscenti. Molti di noi ricevono invece raffiche di biglietti virtuali (e virtualmente uguali: «Congratulazioni! Allegata a questa e-mail c'è una cartolina personalizzata creata apposta per te!»). Oppure messaggi come questo, spedito a una lista di cento nomi: «Vorrei abbracciarvi tutti, ma sono pigra e la posta elettronica è così comoda!». Non c'è dubbio, mia cara. Ma tu non hai neppure letto la lista dei nomi, prima di gettare il tuo cuore nel cyberspazio. Hai preferito economizzare: nonni zie amici e colleghi, tutti sistemati con un «clic» del mouse (comando «Send/Invia», in alto a destra).

Ammettiamolo. Alle persone cui teniamo, ormai possiamo offrire un'unica cosa preziosa: il tempo (il resto si compra, si affitta, si duplica, si ricicla, si delega). Il tempo per scrivere un biglietto a mano, il tempo di una visita, il tempo di uno sguardo più lungo del solito, il tempo per una telefonata. Il tempo per avere un'idea originale, e recapitarla (anche con la posta elettronica, perché no). I biglietti aziendali prodotti in serie, l'indirizzo autoadesivo uscito dalla stampante, la lista di indirizzi lunga come un canto della *Divina Commedia*, le *e-cards* velocissime da mandare (e lente da scaricare) sono ammissioni pubbliche di sentimenti tiepidi. Spedire il solito «Buon Natale! Buon @nno!» a cento conoscenti già riuniti in una mailing list richiede circa venti secondi (collegamento compreso), pari a 0,2 secondi per conoscente. Voi direte: meglio che niente.

Non sono sicuro. Forse è meglio niente.

* * *

Di cultura classica e umanistica, l'Italia è piena. Ma se ne vergogna, preoccupata di non essere *trendy* (o *à la page*, come si diceva una volta, a dimostrazione che non parlare italiano è un vecchio vizio). Errore: la cultura classica non è la verbosità di certi avvocati; e neppure il sognante frammento di Alceo che spedivamo alle compagne di scuola. L'ho capito salendo al liceo «Paolo Sarpi» di Bergamo, che ha vinto un concorso nazionale (duemila scuole) per la miglior opera multimediale. In parole povere: i ragazzi hanno creato un magnifico CD-rom sulla contestazione del Sessantotto (per loro è storia; con lo stesso spirito, ma con minore tecnica, noi facevamo le ricerche sui moti del Quarantotto). Il «Sarpi», come ho detto, è un liceo classico. Questo non significa che i suoi studenti siano avvantaggiati di fronte alla vita. Ma neppure che siano svantaggiati davanti a un computer.

Il loro successo dimostra che non esiste contrasto tra cultura umanistica e nuove tecnologie. Tradurre dal greco vuol dire apprendere una logica: la stessa che serve per scrivere in HTML (HyperText Markup Language, il linguaggio usato per creare documenti su Internet). Riconoscere un ablativo assoluto – ne sono convinto – aiuta a leggere i manuali e i libretti di istruzioni. È vero, questo tipo di studi non insegna un mestiere. Perché fa di più: prepara a tutti i mestieri. Una buona scuola superiore – non solo il classico – dev'essere la presciistica della mente: alla prima discesa, scopriremo che è tutto facile. Il tanto citato *college* americano non è basato sullo stesso principio? Prima si allena la mente; poi ci si specializza (nelle varie *business, law, medical schools*). Solo che loro cominciano a diciott'anni. Noi a quattordici.

Sarò ingenuo, ma credo che al liceo classico bastino più inglese e computer a portata di mano. Al resto pensano i ragazzi. Prima che andassi a Bergamo per incontrarne un po', mi hanno spedito (per e-mail) il titolo del mio intervento: «Est modem in rebus?». L'ho accettato senza fiatare. Riconosco il genio, quando me lo trovo davanti.

* * *

Mentre alcuni italiani rifiutano ogni novità (e fanno male), altri sono in piena isteria elettronica. Li vedi al mattino che leggono dieci e-mail, poi ne scrivono venti, poi controllano se ne sono arrivate di nuove, poi stampano quello che hanno ricevuto, poi cominciano a ricevere telefonate sul cellulare e a mandare messaggini, poi giocano in Borsa e pasticciano coi fogli elettronici, poi si perdono nei meandri di Internet e commentano coi colleghi quello che hanno trovato. A un certo punto decidono che è ora di mettersi a lavorare. Ma sono le cinque del pomeriggio, ed è ora di andare a casa.

Questa dipendenza si può spiegare così: l'entusiasmo per il nuovo mezzo conduce all'abuso. Accade anche ai quattordicenni col motorino: sono così contenti di averlo, che continuano a girare attorno all'isolato. Ma i quattordicenni non lavorano; noi dovremmo farlo. La sindrome dell'eccesso elettronico si può riassumere in quattro parole: subito, superfluo, sinistro e salato (c'è anche un acronimo: «Su, Su. Si Sa»).

Perché «subito»? Perché la rapidità degli strumenti ci ha ipnotizzato: abbiamo sempre fretta anche quando fretta non c'è. Superfluo: prima dell'e-mail e del cellulare comunicavamo con dieci persone al giorno, che magari erano poche; adesso con cento, che sono decisamente troppe. Sinistro: siamo agli ordini di uno squillo e di uno schermo, e non è una faccenda simpatica. Salato: sommate bollette e carte ricaricabili, il costo dei telefoni, dei computer, dei programmi, dei CD-rom e delle periferiche, e pensate a quello che potevate realizzare, combinare, ottenere e guadagnare nelle ore trascorse a schiacciare pulsanti. Potevate guardare il cielo, per esempio. Non c'è schermo ad alta definizione che tenga. Oltre la finestra, è più bello.

* * *

All'inizio del capitolo ho suggerito dieci regole-base per l'uso della posta elettronica. Ora elenco ventiquattro segni inequivocabili: avete imparato, ma state esagerando.

1. La nuova pettinatura della moglie vi sembra una chiocciolina (@).
2. Sgridate il figlio, poi lo guardate negli occhi e dite: «Rispondi al mittente!».
3. Vi lavate i denti mentre scaricate i messaggi.
4. Durante i Mondiali, controllavate le e-mail nell'intervallo delle partite.
5. Se non rispondete a tutti, vi sentite in colpa. Se rispondete, anche.
6. Avete detto «Te lo forwardo io», e non siete andati a confessarvi.
7. Se avete meno di trenta messaggi in arrivo, vi sentite soli al mondo.
8. Se avete più di trenta messaggi in arrivo, vi sentite assediati.
9. Se qualcuno non vi ha risposto dopo quattro ore, temete che vi odi.
10. Se qualcuno vi risponde immediatamente, pensate che vi perseguiti.
11. Avete contratto un virus, e sospirate di sollievo. Era solo influenza! Poteva essere nel computer.

12. Odiate gli *attachments* pesanti. Meno quelli che mandate voi.
13. Avete spedito la foto dei figli a tutti gli amici che detestano i bambini.
14. Avete una figlia maggiorenne, ma scrivete ancora con quel vezzoso carattere azzurro.
15. Leggete «VDF» e pensate a un nuovo formato (come PDF, JPG, TIF, ZIP, RTF). Poi vi accorgete che sono i vigili del fuoco.
16. Leggete «CC» e non vi vengono in mente i carabinieri, ma i messaggi in copia.
17. Fate così tanti errori che, rileggendo, risultate incomprensibili a voi stessi (cxapita, batendo trppk in frertta).
18. Rispedite a tutti gli amici la barzelletta che tutti gli amici, a turno, hanno spedito a voi.
19. Avete chiamato Eudora la cagnolina, Outlook il gatto e Hotmail il pesce rosso.
20. Quando siete contenti gridate: «Yahoo!».
21. Al ristorante, premete il dito sul naso del cameriere e dite: «Check mail!».
22. Arrotolate gli spaghetti, e li infilate nella «In Box».
23. Prima di esprimere il vostro parere su un argomento, dite: «Subject, due punti».
24. Il bigliettino affettuoso per il fidanzato recita così:
    From: «Silvia Posa» <sposa@hotmail.com>
    To: «Sandro Carlo Poli» <scapoli@libero.it>
    Subject: 6 1 tesoro, s8 s8. Attendo 3pida.
    Date: Sat, 13 July 2002 09:33:23 +0800
    X-Priority: 1 (High)

* * *

Domenica ho ricevuto una lezione di vita. Ero in campagna dove, nella bella stagione, i professionisti urbani amano recarsi, per il gusto di stare tra i piedi ai contadini e dare uno scopo alla vita dei tafani. Dopo pranzo, un vecchio amico (nel senso che è un amico, e non è giovanissimo) ha annunciato: «Vado a leggere il "Corriere" sulla rete», e si è diretto, giornale in mano, verso un'amaca. Niente Internet, niente collegamenti telefonici. L'unica corrente necessaria era una lieve brezza da ovest. Dimenticavo: la rete in questione era a banda larga, altrimenti l'amico rischiava di cadere faccia in giù.

Avevo incontrato il mio Tecnosauro, e mi aveva battuto. Il Tecnosauro è un animale mansueto, ma non dovete stuzzicarlo. Non detesta la tecnologia; semplicemente, non la ama. Il Tecnosauro non è un luddista, che rifiuta le macchine per partito preso. Il Tecnosauro è sostanzialmente allergico alle novità. Si innamora di un meccanismo, e lo difende con la vita (e per la vita). C'è chi usa un rasoio elettrico che fa più rumore di un elicottero. Chi mantiene un citofono del 1971 attraverso il quale non riconosce neppure i figli. Chi usa termocoperte che sono versioni semplificate di sedie elettriche. Non mi stupirei se tra poco nascessero i Club Nostalgici del Duplex, dove i soci si ritrovano per litigare gioiosamente su chi deve telefonare a una cert'ora.

Ben più aggressivo è il Tecnosauro-Predicatore, il quale non si limita a difendere le sue idee, ma intende cambiare le vostre. Se ha accettato una novità, poi boicotta ogni aggiornamento, sostenendo che è inutile e dannoso. Per esempio: se è un automobilista, si è spinto fino all'aria condizionata. Ma non vuole né il climatizzatore né la chiusura centralizzata.

Mi è stato riferito di un dirigente d'azienda che rifiuta di usare i CD-rom. Giorni fa ha chiamato il supporto tecnico dicendo: «Mi si è guastato il portabibite nel computer». Cosa volete fare a un uomo del genere? Deriderlo, redarguirlo, convertirlo? Non serve. Basta dirgli di bere Fanta e non Sprite. Quando si rovescia nel computer, l'effetto cromatico è migliore.

9

Le cose che facciamo
AL TELEFONO

Ho una suoneria che riconoscerei tra mille. È incredibile, non ce l'ha nessuno. Perché è una suoneria normale. Il cellulare fa (più o meno) drin drin, e poi scatta la segreteria telefonica (di solito quando cerco di rispondere).

Non ho infatti scelto mazurche, inni nazionali, temi di film, canzoni da hit-parade. Non ho scaricato né Nek né *Star Trek*. Non ho selezionato Attraction, Badinerie, Dawn, Polite, Tick Tick, Samba Rumble, Jumping, Lamb. Non ho voluto l'irritante Toreador, la snervante Matilda, l'anacronistico Merry Christmas, il solito Auld Lang Syne, l'allucinante Hurdy-Gurdy, l'indigesto Groovy Blue, il penoso Sunny Walks, il ridicolo The Buffoon (non ho inventato niente: stanno tutti nel menu Nokia). Il mio telefono non cinguetta e non gorgheggia. Perché, come dicevo, io ho una suoneria normale. Quindi, eccezionale.

La faccenda, badate bene, non è limitata ai cellulari. L'originalità di massa è uno dei fenomeni più interessanti di questi anni. Vogliamo essere speciali imitando tutti gli altri. La contraddizione non ci disturba; anzi, ci eccita e ci rassicura.

Un tempo questo atteggiamento terminava con l'età adulta: oggi non più. È normale, a quattordici anni, volersi confondere nel gruppo fingendo di volersi distinguere. Osservate l'uscita di una scuola (italiana: in altri paesi è diverso). Sciami di ragazzini con l'identico zainetto e la stessa giacca a vento nera invadono il marciapiede. Chi di loro desiderasse davvero essere speciale dovrebbe mettersi la tuba, o indossare il mantello. Ma nessuno lo fa. Il mantello si mette solo nelle annate del mantello. Ricordo, per esempio, l'anno scolastico 1971/72. Sembravamo tutti i cuginetti di Belfagor. Le nostre compagne di classe, le sorelline di Cappuccetto Rosso.

Trent'anni dopo, il fenomeno inizia nei primi mesi di vita (per colpa delle mamme) e non smette più. I pubblicitari, ovviamente, si fregano le mani: vendere oggetti esclusivi alla massa permette di alzare il prezzo e moltiplicare il fatturato. Io mi frego gli occhi, perché non ci credo. Anzi: ci credo. Basta che suoni un cellulare. La Cucaracha! Chiamano l'amministratore delegato.

* * *

Un tempo la distrazione era segno di animo poetico: lei, pensando a lui, calpestava il gatto; lui, pensando a lei, passeggiava sognante sull'argine del fiume, e finiva in una buca (Petrarca deve aver rischiato la pelle, in questo modo). Oggi i distratti sono meno romantici, e più insidiosi. Se rischiano la vita (la loro, ma anche la nostra), è per colpa di un telefono cellulare.

Guardateli, mentre vagano per le città. I neodistratti incedono come sonnambuli, ascoltando una voce lontana: nulla potrebbe turbarli, tanto meno un'automobile (la vostra) che cerca di uscire dal parcheggio. Il neodistratto è il cugino mistico dello zombie, e come lo zombie crede di essere immortale. Parla in mezzo alla strada, mentre sale su un treno o scende lungo una pista di sci, ed è talmente assorto che dovete aspettarvi di tutto. A seconda delle notizie che ha ricevuto può scoppiare a ridere o a piangere, abbracciarvi o mordervi sul naso.

Il neodistratto più inquietante è quello con l'auricolare, che parla da solo agitando le mani, e fa spaventare i bambini. Il neodistratto più ridicolo è l'innamorato:

mentre cinguetta nel telefono, pesta una cacca di cane, ma è felice. Il neodistratto più atletico va in bicicletta: tiene il manubrio con una mano, oppure con due mani (ma allora regge il cellulare col collo storto); in un caso e nell'altro procede a zig-zag come un ubriaco in un film di Charlot. Il neodistratto più patetico ha la motocicletta: sente il trillo, si blocca e comincia una sorta di frenetico spogliarello, toccandosi qua e là, a caccia del telefonino (di solito lo trova, ma ha già smesso di suonare).

Il neodistratto più irritante è però l'automobilista. Se vedete qualcuno che si ferma in mezzo agli incroci, procede a strappi e gira a sinistra dopo aver messo la freccia a destra, state sicuri che sta telefonando. E non si limita a una breve conversazione: conduce affari, grida, suda, litiga. Se lo arrestassero, non si accorgerebbe di niente. Almeno finché non ha esaurito la carta prepagata.

* * *

S'è detto e letto tanto, dei cellulari, che sembra impossibile aggiungere altro. Non è così. Un lettore si è accorto di un fenomeno nuovo e interessante. «Ero in vacanza in Camargue con mia moglie e una sera, al ristorante, abbiamo capito come riconoscere i connazionali (anche senza sentirli parlare). Le famiglie italiane sono quelle che sembrano in catalessi: babbo fissa mamma, mamma guarda nel vuoto, la ragazzina osserva la sorella. Cosa li rianima? Il trillo del cellulare. Seguono cinque minuti di entusiastica sintesi della vacanza. Volano aggettivi, esclamazioni, urletti di piacere. Chiuso il telefonino, i connazionali tornano statue di sale. Fino alla prossima chiamata.»

Tutto vero, purtroppo. Quest'eccitazione a comando dimostra che stiamo entrando in simbiosi col telefonino. Tra poco acquisteremo modelli impermeabili, per non separarcene durante la doccia; oppure modelli anatomici che possano nascondersi sotto le ascelle (mamma), nell'ombelico (figlia) o tra le pieghe della pancia (papà). Alcuni, come Houdini, riporranno l'apparecchio nella parte interna della guancia. Dovranno stare attenti a non inghiottirlo, ma potranno rispondere senza mani.

Ormai dobbiamo fare i conti con la famiglia cellulare. Fino a tre anni fa, papà telefonava, e i famigliari protestavano: buon segno. Oggi sono tutti in attività, come formiche digitali. Papà riordina la rubrica, mamma controlla la scheda, i figli adolescenti scrivono messaggini a raffica, sperando che qualcuno risponda. Ogni squillo è un gradevole mistero in arrivo (breve: sullo schermo spesso appare il nome di chi chiama), ma è anche la prova che qualcosa non va. La dipendenza sociale dal telefonino mostra infatti la nostra inquietudine personale. Anzi, la nostra irrequietezza. Non ci bastano i luoghi, la compagnia, le attività. Vogliamo sentire altro, parlare con altri, essere altrove. Incontentabili. Potrebbe essere un buon titolo per una canzone di Celentano, ma non è una bella notizia.

* * *

Su un volo diretto a Malpensa ho incontrato una classe di liceali torinesi, di ritorno da un viaggio scolastico. Erano bravi ragazzi, con l'aria allegra degli italiani in gita (cito Paolo Conte, piemontese anche lui). Sull'aereo dicevano e facevano le cose che, a suo tempo, hanno detto e hanno fatto i loro papà e le loro mamme. Si lamentavano del cibo del Nord, e ingurgitavano snack aeronautici dall'aspetto ben più inquietante. Mugugnavano perché stavano per tornare in Italia, e sono scoppiati in un applauso all'atterraggio. Tutto regolarmente contraddittorio, insomma. Tutto già visto.

Appena arrivati in aeroporto, però, è avvenuta una mutazione. Quei ragazzoni vitaminici si sono trasformati in automi cellulari. Ognuno ha tirato fuori la Terribile Insidiosa Macchinetta (Tim, ma c'erano anche Omnitel e Wind), e si è scatenato. Molti telefonavano alle mamme, qualcuno ai papà o ai nonni. Alcune ragazze chiamavano i fidanzati (erano riconoscibili perché sussurravano abbarbicate a una colonna). Quasi tutti tentavano il giochetto dello «squillo» (far suonare una volta il cellulare nella tasca dell'amico, poi interrompere). Con scarso successo, perché i telefoni erano tutti occupati.

Mi chiedevo: quando sono in classe, questi ragazzi spengono i cellulari? Secondo notizie provenienti da tutta Italia, la battaglia è in corso. Un crepitio di suonerie riempie le aule della repubblica. Una professoressa (sempre di Torino, per coincidenza) mi ha chiesto aiuto disperata: «Cosa farebbe, fosse al posto mio?». Ci ho pensato, e rispondo pubblicamente. Appenderei un pannello all'ingresso di ogni aula, con tante caselle quanti sono gli studenti. Sotto l'insegna «Saloon Quarta B» scriverei: «Deponete le armi. Firmato: lo sceriffo». I ragazzi capirebbero: portano solo armi telefoniche, che irritano ma non uccidono; e hanno il senso dell'umorismo. Provi, signora professoressa, poi mi faccia sapere. Non per telefono, possibilmente.

* * *

Ho un nuovo amico: Mister P. Lavora per la Tim. Il suo compito è seguire alcuni clienti. Non so con quali criteri veniamo scelti: sospetto tra i più loquaci.

Mister P è gentile, e per nulla assillante. Penso abbia una certa discrezionalità: se un cliente si arrabbia, può concedere sconti (io non mi arrabbio, e pago). Mister P e io comunichiamo per posta elettronica. In questo modo, vengo periodicamente informato dei «nuovi profili tariffari». C'è un problema: non ne capisco niente. Migro da un profilo che non conosco a un profilo che ignoro, pagando sempre la stessa cifra. Alta.

Ma di questo, Mister P non ha colpa. Lui si limita a suggerirmi nuovi profili (forse ha visto una mia foto, e sa che posso migliorare). L'anno scorso mi ha proposto quanto segue:

> Long Tim Premium. La tariffa prevede 90 lire/min + Iva 20% tutti i giorni 24 ore su 24 per tutte le chiamate verso qualsiasi telefonino o telefono di rete fissa tariffazione a scatti, scatto alla risposta di 250 lire + Iva valido per i primi 5 secondi di conversazione. Per i successivi secondi di conversazione ogni scatto ha un costo di 250 lire (+ Iva) e una durata di 52 secondi sconto 40 i Clienti abbonati che attiveranno il profilo avranno diritto al 40% di sconto da applicare sul traffico nazionale uscente in fonia (dove per traffico nazionale in fonia deve intendersi quanto attualmente riportato nelle voci fattura «Traffico Nazionale al» e «Traffico verso Numero/i Amico/i al») eccedente la soglia bimestrale di Lit. 200.000 (+ Iva). La liquidazione è su base bimestrale. Lo sconto concorrerà a erodere la spesa per il traffico nazionale in fonia uscente e per il traffico verso numero/i amico/i sconto 10 i Clienti abbonati al superamento della soglia bimestrale base di Lit. 200.000 (+ Iva) fissata per lo sconto 40 matureranno un ulteriore sconto del 10% da applicare alla spesa di traffico nazionale uscente, eccedente la suddetta soglia e al netto dello sconto 40. Sono disponibile per un eventuale chiarimento.

Gli ho risposto: so che è disponibile, caro Mister P. Ma evitiamo i chiarimenti. Faccia di me quello che vuole. Decida lei il mio profilo. Tanto, bello non è.

* * *

Che giudizio date sul servizio che offre telefonate gratuite in cambio di pubblicità? Una proposta commerciale, un'atrocità o una novità interessante? Personalmente, propendo per quest'ultima ipotesi. In fondo, ci aiuterà a capire chi siamo, chi frequentiamo e, soprattutto, qual è il nostro prezzo.

Il meccanismo è semplice. L'abbonato, dopo aver chiamato, ascolterà dieci secondi di pubblicità; poi, ogni due minuti, la conversazione verrà interrotta da un piccolo spot. I messaggi – leggo – «saranno calibrati sulla sfera degli interessi e basati su profili personali». In altre parole: se siete una donna non vi offriranno dopobarba; se siete un uomo, non vi proporranno – non dovrebbero proporvi – calze a rete.

È il caso di preoccuparsi? Direi di no. Pensate ai vantaggi. Se un amico vi costringe ad ascoltare cinque spot pubblicitari, sapete che è ora di cambiare amici (in alternativa, gli chiedete una percentuale). E poiché i messaggi sono modellati sui gusti dell'abbonato, scoprirete con chi avete a che fare (se parlate con la fidanzata e ascoltate solo pubblicità di pappe e biberon, la ragazza vi nasconde qualcosa).

Soprattutto, potrete chiedervi: se il mondo è un mercato, quanto costiamo? E prima rispondiamo a questa domanda, meglio è. Perché il telefono gratis è solo la punta dell'iceberg. Oltreoceano si prepara ben altro: e in queste faccende – lo abbiamo già detto e ripetuto – noi seguiamo l'America. Gli indirizzari e gli elenchi-abbonati, negli Usa, sono tra i prodotti più appetibili sul mercato pubblicitario. Esistono siti Internet «*click for cash*» (cliccando su un'inserzione, ricevo denaro). Ci sono ditte che regalano un computer in cambio di «confessioni complete» sulle proprie abitudini di consumo.

Questi sviluppi dimostrano che la pubblicità, combinata con le nuove tecnologie, è malvagia? No. Mostrano invece che occorre capirla, per poi adottarla o rifiutarla. La pubblicità televisiva o radiofonica è una forma di scambio: noi accettiamo gli spot, perché guardiamo la partita e ascoltiamo il programma musicale. Lo stesso vale per la pubblicità sui giornali: se non ci fosse, costerebbero il doppio oppure offrirebbero la metà.

La pubblicità telefonica, quindi, non è cattiva in sé. È

solo invadente e irritante. Venderci è già seccante. Ma svenderci è intollerabile.

* * *

Erano le dieci del mattino. Stavo scrivendo un articolo (in inglese), quand'è suonato il telefono: una signorina mi proponeva corsi d'inglese. Ho provato a dirle che non ne avevo bisogno. Non c'è stato niente da fare. Chiamava a nome di una scuola di lingue, e aveva una serie di novità da sottopormi. Potevo frequentare quando volevo. I metodi erano efficaci e moderni. I prezzi modici. Dopo un mese, avrei potuto farmi capire a Londra. Ho ringraziato, affranto, dicendo che ci avrei pensato.

I corsi d'inglese non sono l'unica offerta telefonica che ho ricevuto. Nell'ultimo mese hanno chiamato assicurazioni, finanziarie, società di marketing, organizzatori di spettacoli di beneficenza, editori. Queste telefonate, oltretutto, avvenivano nei momenti più inopportuni. Perché è così: gli anonimi telefonisti mostrano la capacità paranormale di beccarci sotto la doccia, quando usciamo di casa, mentre brucia il caffè.

E sarà sempre peggio. Quando vivevo a Washington, ricevevo il triplo delle telefonate. In America, se hai una carta di credito e respiri, la concorrenza spinge le società commerciali a inseguirti fin dentro il bagno, e oltre. Quello che posso fare è suggerire una sorta di legittima difesa, basata sulla conoscenza dell'avversario.

Per esempio: se qualcuno vi propone corsi di inglese, chiedetegli di continuare la conversazione in quella lingua (abbasserà il ricevitore). Se vi offrono biglietti per spettacoli di beneficenza, chiedete quale percentuale va all'ente benefico, e quale agli organizzatori (se non lo sanno, o non ve lo vogliono dire, mandateli a quel paese con la coscienza tranquilla). In tutti gli altri casi (investimenti, assicurazioni, aspirapolvere) passate al contrattacco. Dite che appartenete alla setta ipertecnologica degli Adoratori del Televideo (Internet è troppo ovvio), avete i loro numeri privati, e richiamerete tra le quattro e le cinque del mattino, tutte le mattine, fino al solstizio d'inverno. Vedrete: vi lasceranno in pace.

* * *

Sono entrato in un negozio di elettronica, giorni fa, per comprare una segreteria telefonica. Le commesse mi hanno guardato come se chiedessi un velocipede o una macchina per scrivere. Avevano un solo modello: carissimo, coloratissimo, disegnato dal solito stilista con disturbi alla personalità e/o problemi di stomaco. L'ho rifiutato: la gatta di famiglia avrebbe potuto risentirne.

Ho rinunciato perciò all'acquisto, ma ho capito che sta per chiudersi un'epoca. Telefoni con segreteria incorporata, *voice-mail* aziendale, servizio di segreteria dei cellulari, posta elettronica: la tradizionale segreteria telefonica è al capolinea. Rendiamole omaggio, perché ha segnato le nostre vite.

Chi non ricorda i trepidi rientri a casa quando, saltellando come Winnie-the-Pooh, ci avvicinavamo alla macchinetta per controllare se lei/lui aveva telefonato? I più moderni avevano anche il conta-messaggi, e certe giornate si misuravano col numero luminoso che appariva sulla segreteria (0 = nessuno mi ama; 2 = giornata moscia; 4 = giornata interessante; 7 = giornata entusiasmante; 12 = che fidanzato noioso). Esistevano piccoli, ridicoli telecomandi per controllare le segreterie dall'esterno. Premendo una combinazione di asterischi, cancelletti e codici segreti, i messaggi venivano ripetuti, cancellati, memorizzati. Il sistema era complicatissimo. Nei concorsi d'ammissione ai servizi segreti, la prima domanda – sono certo – è: «È mai riuscito ad ascoltare i messaggi chiamando da una cabina telefonica dentro una stazione ferroviaria?».

C'erano, poi, i messaggi di benvenuto (*outgoing mes-*

sages): una forma di letteratura minore. Ispirati al tono dei disc jockey delle radio private, peccavano quasi sempre di entusiasmo. Uno chiamava e aveva l'impressione di aver interrotto una festa. Ci sono persone con cui avevo lavorato, viaggiato, cenato: ma non le avevo capite finché non mi sono imbattuto nella loro segreteria telefonica.

Cosa farò adesso? Potrei chiamarle al cellulare, ma c'è il rischio che mi rispondano.

* * *

Una postilla alla Rivoluzione nelle Telecomunicazioni: il mondo corre troppo in fretta, per permettere a certa gente di farci perdere tempo. Esser buoni è, in genere, una cosa nobile. Ma telefoni cellulari e computer fanno eccezione. In questo caso, essere spietati è un dovere sociale, un servizio che rendiamo a noi stessi e agli altri (così imparano).

Ecco, quindi, il Decalogo del Sadico Telematico. Fatene tesoro. È il frutto di anni di lodevoli cattiverie.

1. Se qualcuno è con voi, e continua a ricevere telefonate sul cellulare, prendetegli con garbo il telefonino, portatelo alla bocca e cominciate a masticare lentamente. Non occorre romperlo: basta inumidirlo.
2. Se qualcuno vi chiama sul cellulare e dimentica di chiedervi: «Disturbo? Puoi parlare?», emettete gemiti e sospiri («No! No! Sì, sì! Aaaahhh!»). Sarà così imbarazzato che non lo rifarà (soprattutto se è vostro marito).
3. Se qualcuno rischia di tamponarvi perché guida parlando al cellulare, scendete, avvicinatelo, sorridete e ditegli che ha il piano tariffario più caro in assoluto. Magari siete fortunati, e gli rovinate la giornata.

4. Se qualcuno vi manda più di cinque «messaggini» al giorno è innamorato, è scemo, oppure non ha niente da fare nella vita. Regalategli un criceto, così la smette.
5. Se qualcuno, attraverso la posta elettronica, v'inonda il computer di disegnini, foto e canzoncine, mandategli come allegato la collezione completa dei discorsi di Oscar Luigi Scalfaro. Non dovrebbe farlo più.
6. Se qualcuno vi inserisce in una lunghissima *mailing-list*, prima premete «Delete», poi chiedetevi: cos'era?
7. Se qualcuno vuole convincervi che Internet è pornografico, portatelo sul retro di un'edicola. È brutale, lo ammetto. Ma gli servirà da lezione.
8. Se qualcuno vuole vendervi un computer e non sa usarlo, lasciateglielo. Se non viene a installarvelo, compratelo altrove.
9. Se qualcuno ci mette più di tre minuti a spiegarvi cos'è la TV digitale, il DVD e il GPRS, sbadigliategli in faccia.
10. Se qualcuno legge questo decalogo e dice che siete sadici, emettete un lungo ululato, sbarrate gli occhi e gridate: «È vero!».

10

Le cose che facciamo
CON L'AUTOMOBILE

La station-wagon è un'invenzione che pochi sanno pronunciare. Di fatto, è una giardinetta che ha visto un film americano e si è montata la testa. È, insieme alla monovolume, il simbolo di una nazione di famiglie sempre più piccole, che comprano auto sempre più grandi.

È la macchina della famiglia giovane. Un aggettivo, questo, che in Italia non definisce un'età anagrafica, ma una sorta di entusiasmo mentale, necessario a caricare l'automobile la sera prima della partenza.

Lo stationwagonista è un eroe morbido, armato di fazzolettini, mappe, biscotti, lattine, cappellini, vari occhiali da sole. Ma le station-wagon moderne non hanno posto per queste cose. I portaoggetti sono scomparsi per far posto ad air-bag, navigatori, autoradio, riproduttori CD. Così fazzolettini, mappe, biscotti, lattine, cappellini e vari occhiali da sole galleggiano per l'abitacolo, come oggetti in un'astronave. Se il bambino è piccolo, tra un tentativo e l'altro di ghigliottinarsi con l'alzacristalli elettrico, li butterà fuori, risolvendo in parte il problema.

Ci sono alcune interessanti sottocategorie di stationwagonisti. Lascio la parola a un lettore, che chiede di non essere identificato: «I mille chilometri tra Italia e Francia con pargolino irrequieto mi hanno fatto scoprire il meraviglioso mondo dei Corsia-centralisti (cento all'ora in mezzo, e non mi sposto nemmeno se arriva da dietro un missile cruise); l'universo degli Autogrill-consumisti (compro il camioncino di plastica incellofanato con quattro salsicce calabresi); la setta degli Spazialisti (auto caricata perfettamente utilizzando ogni pertugio: segue rovinoso crollo nel parcheggio dell'autogrill appena si apre il portellone per prendere il ciuccino a goccia erroneamente messo in una borsina)».

Che dire, davanti a uno sguardo tanto acuto? Nulla. Tutt'al più, possiamo aggiungere l'interessante categoria dei Motor-gadgettisti, quelli che a ogni sosta al distributore vorrebbero comprare il cavo da traino, i cavi per la batteria, la torcia elettrica, perfino l'alberello-deodorante. Pensano: nella station-wagon non ci sta niente. Tanto vale comprare tutto.

* * *

L'abitacolo dell'auto è rivelatore: si va dalla camera a gas (fumatori) all'ordine meticoloso (scapoli pignoli), passando per la gioiosa anarchia delle famiglie numerose.

Questo è un vantaggio, per il passeggero: quando sale in macchina, non deve guardare davanti. Può guardare di fianco, dietro, di lato e sotto. Soprattutto sotto, dove si annidano spesso presenze interessanti. Conosco famiglie che, estraendo gli oggetti nascosti negli anfratti del veicolo, potrebbero organizzare una vendita di beneficenza (dai risultati modesti: non tutti sono interessati ad acquistare mezzo panino schiacciato). Queste famiglie vivono felici, finché non sale in auto un amico/parente ordinato, che assume un'espressione schifata. Vergogna, dicono le narici allargate: avete ridotto quest'auto come una stalla (quelle d'una volta; le stalle moderne sono pulite).

Se dovesse accadervi, citatemi come testimone. Ho amici, soprattutto in Inghilterra, che quando viaggiano temono d'essere fermati dall'Ufficio d'Igiene, non dalla polizia stradale. Se venissero in Italia, i lavavetri ai semafori non si avvicinerebbero, schifati. Eppure, vi assicuro: i miei amici sono brave persone.

Il disordine è una forma di arredamento moderno. I cuscini e il plaid, le bamboline e i cagnolini sono ormai oggetti da museo. Oggi l'automobilista esprime la sua personalità in forme più sottili. Ci sono adesivi imbarazzanti (PORSCHE da incollare su una Punto, ma non viceversa); deodoranti in grado di stordire un toro (ma i tori sono furbi: non mettono la testa nelle macchine); e i taccuini a ventosa, dove il guidatore può scrivere le ultime volontà mentre sorpassa in curva.

Trovo affascinanti i termometri a calamita e l'autoradio estraibile (così non te la rubano; la dimentichi al ristorante). È interessante trascorrere un'ora estraendo dai portaoggetti mappe e cassette, occhiali e monete, schede e ricevute, bicchieri e cerotti. Studiando con calma questa mercanzia, è possibile risalire all'identità del proprietario e allo stato di famiglia. Per esempio: due biro che non scrivono, una mappa dei parchi, un pannolino e una cassetta dei Talking Heads indicano un mio coetaneo con prole, amante della natura, con una moglie paziente. Non tutte, infatti, ci lasciano ascoltare *Psycho Killer* senza farsi venire cattive idee.

* * *

«Musi, facce, fumetti, scenette a colori. Le tendine per auto sono già arrivate alla terza generazione», mi scrive una lettrice perplessa. «Perché all'improvviso questa fioritura di ombra/privacy (esibita)? Ha notato la comparsa delle ventose, che non si vedevano da anni (frecce dell'arco e pistole, vecchi giochi dimenticati)?»

Certo che ho notato, signora: le strade italiane sono tra i miei luoghi di osservazione preferiti. Se la polizia fosse altrettanto attenta, avremmo meno incidenti.

L'aspetto interessante dell'arredamento automobilistico italiano è la sua apparente discrezione: una manomissione lieve, che può ingannare. Negli Stati Uniti sono capaci di incollare moquette (pelosa) sul volante, così guidando ti sembra di strangolare un dobermann. In Francia amano coprire il lunotto posteriore con immagini di grande effetto (mare, windsurf, tramonti). In Cina piazzano Mao Tse-tung dappertutto, convinti che porti bene. Noi italiani siamo subdoli. Il cagnolino che dondola la testa è agghiacciante. Ma per notarlo occorre una vista acuta, e nessun rispetto della distanza di sicurezza. (Non tutti, va detto, mettono cagnolini ciondolanti sulla cappelliera: c'è anche chi li appende allo specchietto retrovisore.)

Gli autosofisticatori infestano le strade d'Italia fin dal dopoguerra. Quand'ero bambino (primi anni Sessanta) giravano già i professionisti. Oggi sono rimasti gli amanti dei fendinebbia (che abitano di solito in zone senza nebbia); i gommofili, che spendono più per i pneumatici che per la macchina (infatti gli rubano solo quelli); e i fanatici dei guanti da guida, quelli con le dita mozzate (a diciott'anni li ho comprati anch'io, ma per fortuna li ho persi subito).

Affascinanti, ma ormai in estinzione, sono anche i maniaci del clacson-sirena e della marmitta sportiva. I loro patroni sono Alberto Sordi e Carlo Verdone; il loro credo si può riassumere in quattro parole: Fai Più Casino Possibile. Credo che dovremmo allestire speciali circuiti, dove questi personaggi possano esibire i loro strumenti dal suono lacerante e dal nome impossibile (Marmitta Pitone, Scarico Assoluto, Fucilata nel Deserto). Mio figlio, sono sicuro, si divertirebbe un mondo.

* * *

Chiunque abbia più di trent'anni ricorda il tempo in cui, per aprire dall'interno un'automobile, bastava cercare la maniglia. Oggi le aperture delle portiere sono mimetizzate: nero su nero, e sempre più piccole. Per liberare il passeggero intrappolato, il guidatore deve sdraiarsi su di lui (o su di lei): una mossa che può generare malintesi.

Per onestà – perfino i giornalisti hanno un'anima, anche se talvolta la nascondono bene – attribuisco questa osservazione a chi me l'ha riferita, Luca Goldoni. Ma intendo proseguire nella ricerca, perché la maniglia invisibile, insieme alla confezione blindata e all'interruttore mimetico, è uno dei fenomeni più interessanti di quest'inizio secolo.

Perché nascondere le maniglie? I costruttori di automobili sono forse sadici? Non credo. Penso invece che una maniglia troppo evidente offenda il loro senso estetico: una robusta leva fosforescente, che perfino un eremita miope saprebbe trovare in una notte di pioggia, verrebbe giudicata di cattivo gusto. Meglio una levetta sottile, nascosta sotto il poggiabraccio. Nessuno la troverà: ma gli altri disegnatori, quando la scopriranno, diranno: «Ottimo lavoro. Questa maniglia non disturba l'armonia della portiera». Qualcuno potrebbe far notare, a quel punto, che le portiere non sono quadri di Raffaello: l'importante è che si aprano. Ma gli esteti sbufferebbero annoiati.

Il fenomeno va oltre le automobili. Esiste un inconfessabile pudore dell'apertura, come se maniglie e serrature fossero volgari e sconvenienti. Nei condomini, il pulsante d'uscita è nascosto dietro uno spigolo, sotto un adesivo microscopico che dice: «Portoncino». I meccanismi dei cancelli, che in altri paesi d'Europa vengono oliati con religioso zelo, cigolano come nei castelli della Transilvania. All'interno di case e uffici, maniglie con nomi esotici e prezzi esorbitanti aspettano al varco il passante, per piantarglisi nelle costole. Ma il catalogo assicura che sono «eleganti» e hanno «una linea morbida». Quindi, non possiamo neppure urlare di dolore. Saremmo contro il futuro.

* * *

Molti di voi hanno già il Navigatore Automatico sull'automobile: solo che non lo sanno. È dotato di un software sofisticato, quasi umano direi. L'installazione è semplice (fa tutto da solo) e non costa nulla, se non un po' di pazienza. Un particolare importante: non è una macchina.

Molti di voi l'hanno riconosciuto: il Navigatore Automatico è un amico, un parente, un papà, un fidanzato. Uso il maschile non perché voglia accattivarmi la simpatia delle lettrici, ma perché le donne, queste cose, in auto non le fanno (ne fanno altre). Il desiderio irrefrenabile di dire «Gira a sinistra. Passa di qua. Sali di là» è esclusivamente maschile.

Non chiedetemi perché succede. Di sicuro, succede. Ognuno di noi ha un Navigatore Automatico particolarmente temuto. Spesso è una brava persona, ma di star zitto non ne vuol sapere. Avete già percorso mille volte quella strada, e sapete che in fondo c'è lo stop. Niente da fare: il Navigatore deve dirvi: «Attento che c'è lo stop». Andate da trent'anni nello stesso luogo di villeggiatura. Il Navigatore, partendo, vuole suggerirvi la strada da fare. Vedete benissimo dove parcheggiare. Ma il Navigatore deve indicare ogni buco e ogni spazio, aggiungendo i suoi commenti.

Come reagire? Qualcuno pensa allo strangolamento, ma è impraticabile. A parte i vincoli affettivi che spesso legano il guidatore al Navigatore, c'è un problema pratico (difficile strangolare qualcuno tenendo il volante: occorrono, come minimo, tre mani). C'è chi alza al massimo il volume dell'autoradio, ma il Navigatore esperto, prima di parlare, l'abbassa. Molti suggeriscono di ignorare ogni commento. L'idea è buona, ma occorrono nervi d'acciaio.

Il mio consiglio (frutto di una certa pratica: il mio Navigatore ha già capito che sto parlando di lui) è questo: tenetelo occupato. Indicate il paesaggio, estraete una cartina, parlate delle vacanze o della globalizzazione. L'importante è distrarlo fino a destinazione. A quel punto, capirà: siete arrivati fin là senza bisogno di lui.

Guarito per sempre? Neanche per sogno. Al prossimo viaggio, si ricomincia. Gira a sinistra passa di qua sali di là. Eccetera, eccetera, eccetera.

* * *

Lo ammetto: quello che andiamo a trattare non è un problema centrale dell'umanità. Ma il comportamento di una categoria di persone mi ha sempre incuriosito. Sto parlando dei Lavativi.

La loro colpa non è la mancanza di volontà: quelli sono gli antichi lavativi, e non ci interessano. I neolavativi hanno una fissazione: tenere pulita la macchina. Sono gli schiavi dell'autolavaggio, gli esteti della carrozzeria, i filosofi della pelle di daino. Poiché appartengo all'altra categoria – i Punk Motorizzati, quelli che lavano l'auto solo quando cambia colore e non la ritrovano nei parcheggi – non capisco questa passione. Mi sembra una mania d'altri tempi, un argomento buono per le vignette della «Settimana Enigmistica». Invece scopro che ci sono Lavativi di trent'anni, i quali provano un piacere sensuale nel vedere l'auto brillante, e un dolore fisico quando si sporca, s'impolvera, si macchia.

Ripeto: come proprietario di auto sporche, impolverate e macchiate – il contributo di mia moglie, in questo senso, è determinante – non capisco. La pulizia mi sembra una perdita di tempo: tanto, l'auto si sporcherà di nuovo. Non capisco questa ipnosi da spazzole rotanti. Se proprio uno vuole chiudersi in macchina e sentirsi circondato da un rumore assordante, circoli a Milano il venerdì pomeriggio. Il lavaggio dell'auto mi sembra interessante solo nei telefilm americani, dov'è un modo di socializzare. Se due studenti, per guadagnare qualche dollaro durante le vacanze, si mettono a lavare una lunghissima Cadillac, al termine dell'operazione possono ritrovarsi fidanzati.

In Italia è diverso. L'autolavaggio, quando non viene fatto per prevenire l'intervento dell'Ufficio d'Igiene, mi sembra una perdita di tempo. A meno che non sia una scusa per ripescare negli anfratti della carrozzeria frammenti delle nostre vite passate: monete da duecento lire, biro, appunti, ricevute, chiavi. In questo caso il lavaggio diventa un'operazione proustiana, e ha la mia approvazione. Basta non soffermarsi troppo su queste memorie, perché quelli in coda si spazientiscono, e suonano il clacson.

* * *

Vorrei parlarvi di una sindrome sociale molto conosciuta ma poco studiata: la Vicinite. Il vocabolario non aiuta, perché il termine l'ho inventato adesso. Mi tocca, quindi, una definizione. «Vicinite: patologia per cui il conducente deve parcheggiare il veicolo nelle immediate vicinanze della destinazione, senza curarsi delle conseguenze.»

Ecco alcuni casi clinici. Vicinite Commerciale: l'automobilista arriva nel grande parcheggio dell'ipermercato, e pretende di trovare un posto davanti all'ingresso pedonale. Cento metri più in là il parcheggio è semivuoto, ma non fa niente. Gli automobilisti girano in tondo come squali, tra bambini e carrelli, aspettando di piazzare la macchina a due passi dall'entrata.

Lo stesso avviene intorno agli ospedali (Vicinite Sanitaria), agli stadi (Vicinite Sportiva) e agli aeroporti (Vicinite da Viaggio). Quest'ultima ha anche una forma virulenta. Si tratta della Vicinite Vippesca: il dirigente (politico, aziendale, sindacale, statale, militare) ritiene che il proprio status sia inversamente proporzionale alla distanza tra l'aereo e l'automobile. Per esempio: auto sotto la scaletta: vippissimo; auto nel parcheggio interno: vip; auto davanti alle uscite (dove sta tra i piedi a tutti): abbastanza vip; auto nei parcheggi: per nulla vip, anzi imbarazzante.

Una forma altrettanto odiosa di Vicinite è quella Urbana, detta anche Vicinite della Seconda Fila: le città italiane sono praticamente bloccate da legioni di «mifermo-solo-un-attimo». Costoro non cercano un parcheggio a cento/duecento/cinquecento metri: no, devono arrivare davanti alla porta del negozio. Queste anime candide potrebbero trasformare il Dalai Lama in un hooligan, ma non se ne rendono conto: una conseguenza della Vicinite è infatti il rimbecillimento temporaneo. E c'è di peggio. Sempre più spesso capita di vedere, nei parcheggi riservati ai disabili, auto senza permesso; oppure auto con permesso preso in prestito o ottenuto in modo fraudolento (il proprietario scende zompettando come una capretta e sparisce nel cinema). In questi casi di Vicinite Vergognosa la terapia toccherebbe all'autorità, e dovrebbe essere drastica. Ma l'autorità ha altro da fare: deve trovare un parcheggio, e che sia vicino.

* * *

Un tempo c'era la «Milano da bere». Ora c'è la Milano da tossire. Merito dei sabotatori del traffico, professionisti della doppia freccia, virtuosi del parcheggio in seconda fila.

Ecco le sei categorie principali (se le conoscete, le evitate. Forse).

I MAD (MAGARI APPENA DIETRO) – Costoro aspettano che un furgone si fermi per una consegna (ce ne sono in ogni ora del giorno; della notte, mai), e parcheggiano subito dietro. In questo modo, una cassetta di yogurt riesce a bloccare viale Coni Zugna. Non è magnifico? È l'applicazione milanese della Teoria del Caos.

I FOUS (FORSE OSTRUIAMO UN SEMAFORO) – Girano a coppie. Lui è più veloce di Nuvola Rossa: con un dito, in un attimo, piazza quattro frecce. Lei è più saggia: vede un tram venirle addosso, conta i peli nel naso dell'autista e chiede: «Caro, sei sicuro?».

L'AMICO DEL BARISTA – Trent'anni fa questo personaggio era caro a Jannacci; oggi è nemico di tutti noi. Scende a prendere il caffè, e si mette a parlare del Milan (gioca al Superenalotto, va in bagno, compera le sigarette, legge il giornale). L'auto? Dovunque. Una volta l'anno, perfino in zona disco.

IL PANETTONISTA – Per impedire il parcheggio, alcune sottili menti meneghine hanno pensato di porre ai lati delle vie agghiaccianti «panettoni» di cemento. Non avevano fatto i conti col Panettonista. Cosa fa, costui? Parcheggia di fianco al panettone. Così, invece di restringere la strada, la blocca del tutto.

IL BASISTA – Fermo in un punto assurdo (incrocio, svincolo, passo carraio), il Basista parla animatamente al telefono. Non solo non potete arrabbiarvi: dovete anche ringraziarlo. Se uno così mette in moto, fa fuori cinque persone.

MISS VADO-E-TORNO – Scende saltellando, ride e trilla: «Torno subito». Da notare che nessuno le ha chiesto niente. Ma lei sa d'aver parcheggiato in seconda fila, e cerca attenuanti. A quel punto scompare, e torna dopo un'ora. Multarla sarebbe poco. Spalmiamole un bignè sul parabrezza, e vediamo se ride ancora.

* * *

Lo scrittore americano John Updike, sul «New Yorker», racconta il linguaggio delle automobili (*car talk*). Se gli esseri umani si esprimono attraverso le corde vocali, la lingua, i denti, gli occhi e le mani – scrive –, le auto usano clacson e fari. Un suono corto significa «Salve!». Un suono lungo «Ti odio!». Lampeggiare coi fari vuol dire «Passa tu».

Ho il massimo rispetto per Updike, che ha scritto romanzi magistrali. Mi permetto tuttavia di osservare come la sua semantica automobilistica sia piuttosto elementare. Se davvero è interessato ad approfondire l'argomento, venga in Italia. Capirebbe che le macchine non soltanto *parlano*. Qui commentano, insultano, insorgono, insinuano, tengono corsi universitari. Sussurrano, gridano, protestano, chiedono, piangono, esprimono ogni sfumatura dell'animo umano. E noi italiani le capiamo. Non dobbiamo aspettare l'età della patente. Veniamo al mondo, e nel nostro codice genetico sono iscritte queste informazioni.

Cominciamo dai fari. Il lampeggio, in Italia, non vuol dire «Passa tu», come in America e in buona parte d'Europa; vuol dire, invece, «Passo io» (lo straniero che ignora questo messaggio, lo fa a suo rischio e pericolo). Sulle autostrade, in corsia di sorpasso, il lampeggio da tergo significa «Corri, coniglio!» (per coincidenza, il titolo del più celebre romanzo di Updike). Quando appare del tutto immotivato, il lampeggio serve a segnalare la presenza di una pattuglia della polizia stradale oltre una curva. È, questo, uno dei rari casi in cui gli automobilisti italiani – felici di ingannare l'autorità costituita – uniscono le forze, e manifestano generosità verso gli sconosciuti.

Veniamo al clacson. In Italia, con quell'arnese, componiamo sinfonie. Lo rendiamo espressivo, allusivo, offensivo. Esiste un suono secco che indica: «Ehi, quel parcheggio l'ho visto prima io!». Un altro suono, lungo e desolato, domanda: «Di chi è quella macchina di fronte al mio portone?». Un breve suono intermittente indica: «Sono qui!» (al figlio che esce da scuola). A Roma ho incontrato taxisti che, con il clacson, riescono a esprimere perfino dispiacere e solidarietà. Sono convinto che a Napoli qualche virtuoso si sta preparando a eseguire, col clacson, un'intera cantica della *Divina Commedia*. Quale? L'Inferno, naturalmente.

* * *

Il mondo si divide in due: quelli che scelgono le code migliori, e gli altri. Io sono uno degli altri. Ma non sono arrabbiato. Ammirato, semmai.

La capacità di scegliere la fila giusta è, infatti, un talento naturale. C'è chi sa dipingere, chi sa cantare e chi si mette nella coda che si rivelerà più breve. Prendiamo le automobili. Ci sono gli Intuitivi del casello: tra dieci incolonnamenti apparentemente uguali, scelgono quello che durerà meno. Gli Scienziati, invece, calcolano le variabili (poi cercano di spiegarle alla moglie). Per esempio: «Mai prendere la fila di destra» (si dovrà lasciar entrare chi s'era infilato per sbaglio nella corsia Telepass). Oppure: «Un camion vale due automobili». Quindi, la coda con più camion sembra uguale alle altre. Invece è più rapida.

Poi, come dicevo, ci sono tutti gli altri. Sono i francescani della strada: buoni anche quando non vorrebbero. Se al casello scelgono la fila coi camion, trovano il camionista polacco che vuole pagare in zloty. Se evitano i camion e restano dietro ad altre auto italiane, scopriranno che, non vista, c'era anche una motocicletta, il cui conducente, per pagare il pedaggio, deve spogliarsi fino alle mutande.

Lo stesso accade nelle banche, nelle biglietterie e negli uffici postali. C'è chi si trova allo sportello in un attimo, e chi è destinato a contemplare per un'ora la calvizie di chi sta davanti, resistendo alla tentazione di scriverci sopra col pennarello.

A me succede spesso di rimanere bloccato dietro l'Uomo-Moviola, che compie un movimento al minuto, e guarda con ferocia chi lo osserva e sospira. L'Uomo-Moviola è uno dei classici dell'estate italiana. Ai caselli autostradali non riparte finché non ha messo nel portafoglio il resto e la ricevuta, si è aggiustato i pantaloni e ha riallacciato la cintura di sicurezza. Nelle biglietterie, arriva allo sportello e non ha ancora deciso che treno/volo/nave vuole prendere. Nelle banche, arriva alla cassa senza aver compilato la distinta di versamento. A quel punto si mette all'opera, con la lentezza di un calligrafo giapponese.

In questi casi è inutile protestare: bisogna rassegnarsi. Al massimo, quando l'Uomo-Moviola se ne va, si può tentare di fargli lo sgambetto.

* * *

Sabato ho partecipato a un rally. Ero l'unico concorrente, non ho vinto e non mi sono nemmeno divertito. Da Crema dovevo andare all'aeroporto di Linate a prendere mio cognato, scampato da uno sciopero degli aerei in Spagna, senza mia moglie, attardata da uno sciopero dei treni in Abruzzo. Distanza da percorrere: trentacinque chilometri.

Dopo tre chilometri mi sono imbattuto nella corsa ciclistica Pedale Cremosanese. Al quindicesimo chilometro un matrimonio, ovvero: cinquanta automobilisti in mezzo alla strada con la freccia a sinistra, che suonavano il clacson perché erano felici. Al ventesimo chilometro, altro matrimonio (il ristorante stava sulla destra, per fortuna). Sulla statale Paullese, lavori stradali, sospesi per il fine settimana: attesa misteriosa sotto il sole. All'Idroscalo, blocco stradale: mondiali di triathlon. Il traffico veniva deviato nel Parco Agricolo Sud Milano, dove alcuni automobilisti – ignari di cosa fosse il triathlon – hanno rischiato di vagare per giorni. Finalmente, Linate. Soliti problemi di sosta, salutati quasi con entusiasmo.

L'estate italiana è questa. Un gigantesco blocco stradale, organizzato con le migliori intenzioni. Sagre, feste, comizi, sposalizi, manifestazioni, corse, concerti: ogni scusa è buona per chiudere una strada.

I blocchi stradali un tempo erano prerogativa di polizia e carabinieri. Poi sono arrivati gli allevatori. Ora tocca agli assessori (turismo, cultura, viabilità). Le loro direttive sono messe in pratica da cittadini entusiasti, cui non par vero di alzare una paletta e bloccare il traffico.

Il fanciullino nascosto in loro – quello che sognava di fare il vigile – è finalmente contento.

Circolare d'estate in Lombardia, perciò, è diventato faticoso. Muoversi d'inverno, anche (il gelo, la nebbia). Spostarsi nei fine settimana di primavera e d'autunno, pure (le code). Complicati sono i giorni feriali (i pendolari) e le feste comandate (le visite ai parenti). Restano, è vero, i sabati mattina di novembre, ma diciamolo a bassa voce. Se lo sanno i Signori della Paletta, siamo finiti.

* * *

Un altro protagonista delle strade italiane è il Furgoncino Rosso. Come una divinità misteriosa, regola i nostri umori e regge il nostro destino. Non è soltanto un piccolo autocarro dipinto con colori vivaci. Il Furgoncino Rosso è una categoria dello spirito. Per dirla con Schopenhauer, esso riassume il mondo come volontà (di rallentare il traffico) e rappresentazione (dei lavori stradali, le cui logiche sfuggono alle nostre menti semplici).

Il Furgoncino Rosso – astuto e insidioso, sempre nel posto sbagliato nel momento sbagliato – ha un motto: «Stiamo lavorando per voi!». Il che, tecnicamente parlando, è vero. Non si capisce tuttavia per quale motivo *loro* debbano lavorare per *noi* proprio lì, sulla corsia di sorpasso, alle undici del mattino, creando un gigantesco imbottigliamento.

Prendiamone atto: vacanze e viaggi dipendono dal Furgoncino Rosso. Ogni viaggiatore tenga un diario, e prenda nota degli avvistamenti. Ecco i miei:

- Lunedì, mezzogiorno, tangenziale ovest di Milano. Il Furgoncino Rosso, segnalato dagli appositi birilli, è piazzato strategicamente sulla sinistra, in modo da ridurre il numero delle corsie. Immobile, senza nessuno a bordo. Pausapranzo, probabilmente.

- Martedì, ore 12.30, ingresso autostrada Milano-Torino. Il Furgoncino Rosso serve per la pitturazione del casello, e riduce il numero delle porte d'accesso. Segue coda.
- Giovedì, ore 10, strada statale n. 415 Paullese. Il Furgoncino Rosso provvede alla sistemazione del manto stradale. Traffico bloccato.
- Venerdì, ore 11, raccordo anulare di Roma. Il Furgoncino Rosso procede a passo d'uomo sulla corsia di sorpasso (deve tagliare la siepe che divide le carreggiate). Risultato: ingorgo spaventoso, perdo l'aereo.

In ciascuna di queste occasioni, gli automobilisti pensano (o urlano, dipende): «Perché, come in molti paesi civili, questi lavori non li fate di notte?». La risposta non sta tanto nelle regole sindacali (che comunque, sospetto, renderebbero difficile questa soluzione). La risposta è un'altra: il Furgoncino Rosso è una divinità vanitosa. Vuole che tutti Lo vedano, e capiscano il Suo enorme potere.

* * *

Se dall'aeroporto Charles De Gaulle andate verso Parigi, noterete qualcosa di strano. Innanzitutto, un'autostrada a due carreggiate, con un treno che corre nel mezzo. Non solo. Sulla circonvallazione di Parigi (*périphérique*), scritte luminose aiutano l'automobilista. Se il traffico è scorrevole appare la scritta «*Fluide*»; se la circolazione è difficile, viene indicato il tempo necessario per raggiungere una destinazione (ad esempio: «*Porte d'Orléans, 18 min*»). Sulle autostrade francesi appaiono scritte come: «Hai controllato la pressione dei pneumatici?», «Usa la cintura di sicurezza», «Mantieni la distanza», «Se sei stanco, fermati».

Sulle autostrade italiane le scritte luminose dicono:

«Buon viaggio con Viacard». Oppure: «Telepass Family». Che io sappia, nessuno s'è mai salvato la vita grazie alla scritta «Telepass Family»; mentre è accaduto con le cinture di sicurezza, che noi ci ostiniamo a ignorare.

Un altro esempio? Tempo fa ero fermo in coda all'entrata di Bergamo, tra le folle lombarde meccanizzate che la domenica sera scendono dalle valli. Un cartello luminoso diceva: «Visitate la mostra di Lorenzo Lotto». Ora, io non ho nulla contro il Lotto: oltretutto, mi fa piacere che si diffonda nel paese la consapevolezza che si tratta d'un pittore, e non dell'inventore del gioco omonimo. Ma quell'informazione, in quel momento, era inopportuna. Peggio: inutile.

Quali le ragioni del fenomeno? Certo l'interesse commerciale (la Viacard si compra, la distanza di sicurezza si tiene – gratis). Ma, soprattutto, la pigrizia. È bello ed eccitante inaugurare i cartelli luminosi; tenerli aggiornati è complesso e faticoso. Non accade solo sulle autostrade, ma anche a Milano. Il cartello che annuncia il tempo d'attesa dell'autobus numero 50, dalle parti di casa mia, segna «Massimo 3 minuti» da cinque mesi. L'avessi preso alla lettera, sotto quella pensilina ci sarebbe la mia mummia cotta dal sole.

* * *

Ho trovato esilarante l'affermazione dei vigili urbani di Milano secondo cui l'uso del cellulare durante la guida è diminuito, in quanto sono diminuite le multe: da 15.672 nel 2000 a 12.732 nel 2001 («Corriere della Sera», 9 aprile 2002). È come sostenere che l'Italia sia diventata più onesta perché sono diminuiti i processi per corruzione. Si può fare, ma occorre uno spiccato senso dell'umorismo.

La mia esperienza – e la vostra, credo – è diversa. Vedo continuamente guidatori con cellulare, senza cintura (e magari con figlio piazzato stile bambolotto sul sedile anteriore) che sfilano impunemente davanti ai vigili, i quali osservano la scena con una sorta di atarassia orientale. Ormai in una città come Milano (Torino, Roma, Napoli, Catania), non si può neppure parlare di «uso del cellulare durante la guida». Bisogna parlare di «guida durante l'uso del cellulare». Gli automobilisti, ormai, sono centralinisti disoccupati. Si concentrano sulla guida quando non devono fare/ricevere telefonate.

Leggo che, secondo il ministero, metà degli incidenti in Italia è causata da disattenzione dovuta alle telefonate. Non ho difficoltà a crederci. Ormai lo riconosco da lontano, il Cellularista (automobilista-con-cellulare). La macchina procede a zig-zag, poi rallenta, poi riparte a balzi. Un tempo, in questi casi, s'immaginava che il conducente fosse ubriaco. Oggi, in novantanove casi su cento, è al telefono (nel centesimo, è ubriaco e al telefono).

E non sono mai telefonate brevi, del tipo: «Ho capito. Sono in macchina, ti richiamo». Sono discussioni, negoziati, trattative, rappacificazioni, spiegazioni, richieste di informazioni, riunioni di programma (anzi, di *planning*. Quelli che usano il cellulare in macchina di sicuro dicono *planning*).

Uno dei casi più interessanti è quello del Guidatore Giocoliere, che usa la mano destra per reggere l'apparecchio e per cambiare le marce. Opera così. Passa il telefonino dalla destra alla sinistra, cambia marcia, e riporta il telefono a destra; oppure dice: «Aspetta un attimo», e cambia marcia con la stessa mano in cui regge il telefonino. In questo caso la conversazione diventa schizofrenica. «Come ti dicevo – aspetta un attimo (mette la seconda) – il capo vuole proprio questo – aspetta un attimo (mette in terza) – e quindi non è il caso di insistere – aspetta un attimo (semaforo: scala dalla terza alla prima).» Al semaforo, un momento di quiete: si può parlare in pace. C'è solo un vigile-bonzo che osserva la vita sociale dei piccioni.

Il Conducente Contorsionista è un animale altrettanto interessante. Costui (o costei, anche se di solito lei è meno funambolica e incosciente di lui) tiene due mani sul volante. Ma non rinuncia al telefonino. In assenza di una terza mano – e del viva-voce: non sia mai! – regge l'apparecchio tra il mento e il collo. Le città sono tanto piene di questi personaggi da far sospettare un'imminente mutazione genetica (Homo Sapiens Collotortus). La figlia di un'amica americana residente a Milano – sette anni, seconda elementare – ormai disegna gli italiani così. Seduti in auto, con la testa piegata.

11

Le cose che facciamo
IN VIAGGIO

La prima cosa da dire è che il bagaglio a mano sta tra i piedi. Ma noi passeggeri non vogliamo ammetterlo. Ho scritto, in passato, del rifiuto ideologico del check-in, ovvero: gli italiani non sono convinti che la valigia consegnata a Olbia ricompaia a Mosca (neanch'io, ma ormai è andata). Ora ho capito che c'è di più, e di peggio.

In partenza dalla Sardegna (volo IG 213), ho assistito a questa scena. Una signora milanese, travestita da giovane, ha iniziato a strillare come un'aquila perché «volevano obbligarla a consegnare il bagaglio». Se avessero cercato di strapparle un figlio, avrebbe gridato di meno. Scuotendo minacciosamente i gioielli, gridava che borse simili erano passate, che non potevano prendersela solo con lei, che piuttosto di consegnare il bagaglio si metteva tutto adosso. Il personale Meridiana, invece di filmare la scena per tenere alto il morale in bassa stagione, le ha lasciato il bagaglio. Come ringraziamento, la signora ha bofonchiato: «Telefonerò a qualcuno che vi toglierà la pelle».

Come giudicare l'episodio? Malissimo, naturalmente. Malissimo perché vicende come queste perpetuano la confusione. Di bagaglio a mano se ne può portare soltanto uno, ma tutti hanno una borsona e una borsetta, o due borsette e una cartella, oppure una borsa a mano e una a tracolla. Un tempo contavano le dimensioni. Ma le compagnie aeree hanno capito che, nelle misure regolamentari, gli italiani riuscivano a far entrare l'inverosimile.

Certi carrellini (in italiano moderno: trolley), a giudicare dal peso, contengono solo cemento e piccole incudini da viaggio. È scattata allora la regola «cinque chili al massimo» (una limitazione ridicola: ho amiche che quel peso lo raggiungono con la borsettina della toilette). A quel punto l'esercito dei viaggiatori si è sentito tradito, e sono cominciate le scaramucce. Non tutti sono aggressivi come la Piccola Belvetta Lombarda vista in azione a Olbia. Ma l'imbarco, ormai, è una forma di avanspettacolo.

E se il BIG (Bagaglio Illecito e Gigantesco) riesce a raggiungere la cabina dell'aeroplano, inizia il secondo tempo. Sollevare un carrellino stracolmo fino «all'alloggiamento posto sopra di voi» è, infatti, un'impresa titanica. E spesso inutile, perché l'alloggiamento in questione è stracolmo di carrellini identici. In questo caso, le assistenti di volo offriranno al passeggero di prendersi cura del bagaglio, ma dai loro occhi uscirà un muto rimprovero, che maschera il desiderio di buttarlo giù dall'aeroplano (il bagaglio o il passeggero, fa lo stesso).

Cosa possono fare le compagnie per ovviare a questo mini-dramma? Una soluzione, forse, ci sarebbe. Ai viaggiatori, invece delle «miglia» (che consentono voli gratuiti), dovrebbero offrire «chili» e «centimetri». Il viaggiatore, grazie al punteggio accumulato, potrà portare a bordo borsette, borse, borsoni, valigie, scatoloni, forse anche un elefantino. Ecco: spacciare un elefantino come bagaglio a mano è il sogno segreto dei viaggiatori italiani.

Accontentateci. Cosa vi costa?

* * *

«Caro Beppe, vorrei raccontarle la mia condizione di viaggiatrice (occasionale, purtroppo). Faccio sempre fatica ad addormentarmi in letti diversi, così ho il vizio di portarmi in valigia il mio comodissimo cuscino di piume, che ormai è diventato un oggetto da viaggio irrinunciabile, come lo spazzolino da denti o le ciabatte per la doccia. In effetti un po' mi vergogno a presentarmi con il cuscino appresso, e in giornata lo tengo sempre nascosto nel borsone. Capita anche a lei? Ha conosciuto altri che si portano da casa oggetti insoliti cui non possono rinunciare?»

Questo domanda una lettrice (Rosy), che ringrazio per aver aperto un capitolo importante nella fenomenologia del viaggio. Chiamiamoli «oggetti inconfessabili»: sono quelli di cui non possiamo fare a meno, ma preferiamo non discutere in pubblico.

Rosy è una Cuscinista. Ma ci sono anche i Pantofili, i Vestaglianti, i Cappellai e altre categorie. Io, per esempio, sono un Vellutista. Una giacca di velluto verde-marrone, acquistata (usata) al mercato di Portobello nel 1979 è la mia coperta di Linus. Non la metto nel bagaglio aereo per paura che venga smarrito; non l'appendo negli armadi degli alberghi per timore di scordarmela dentro. Quella giacca mi ha accompagnato in giro per il mondo. Mai troppo calda, mai troppo fredda (mai del tutto adeguata, peraltro, se non nei pomeriggi d'autunno a Pechino).

Alcuni oggetti, in sostanza, diventano amuleti. E persone per nulla superstiziose finiscono per esserne dipendenti. La chiave è la comodità, non la scaramanzia. Conosco Cuscinisti che attraversano le frontiere con aria da contrabbandieri, e un bagaglio a mano gonfio in maniera sospetta. Se li fermano – e spesso li fermano – si scopre che stanno esportando solo un po' di piume. Interrogati, spiegano – come Rosy – che i cuscini del mondo sono inaffidabili (troppo duri, troppo molli), quando non si rivelano trappole infernali. Ci sono paesi in cui si presentano sotto forma di cilindri, o di parallelepipedi dispettosi. Verrebbe voglia di usarli come manganelli e inseguire l'albergatore per le scale. Ma non si può fare.

Ho accennato, sopra, ai Pantofili. Sono la categoria più imbarazzante e imbarazzata, perché farsi sorprendere (da doganieri, amici, colleghi, amanti) con un paio di ciabatte consunte, è dura. Ma il Pantofilo non demorde. I pavimenti freddi del mondo sono i suoi nemici, e sulla questione è capace di filosofeggiare per ore. Non ama neppure le moquette popolate da misteriose presenze (Regno Unito); la terra battuta (Caucaso, e villaggi turistici); l'antico linoleum che si solleva negli angoli della stanza (ex paesi socialisti); e, in generale, i pavimenti dove hanno passeggiato in molti (treni, navi, motel). Talvolta la moglie – il Pantofilo è quasi sempre di sesso maschile – tenta di dimenticare a casa quei logori oggetti del desiderio. Ma lui se ne accorge, e li infila all'ultimo momento in valigia, da dove sbucheranno nei momenti meno opportuni.

I Vestaglianti sono altrettanto interessanti. Non sempre si portano appresso la vestaglia classica, quella che li fa sembrare Raimondo Vianello (lui) e Sandra Mondaini (lei). Talvolta il morbido rifugio serale è costituito da una tuta da ginnastica, un golfino (la bandiera dell'italiano all'estero) o una felpa. Il Vestagliante vi si rifugia come in un bozzolo, e cerca di raccontare ai compagni di viaggio il suo attaccamento per quel particolare indumento. Quelli guardano, e vedono solo una tuta, un golfino, una felpa. La famiglia del Vestagliante, dopo alcune deboli resistenze, cerca di coprirlo. Papà vestito come un profugo deve restare una faccenda privata.

Chiudiamo con i Cappellai, che non sono matti, e neppure personaggi delle fiabe. Sono, invece, viaggiatori convinti delle virtù di un copricapo. C'è chi ha il berretto impermeabile acquistato in Irlanda: perfettamente inutile in Tunisia, ma è comunque nella borsa. C'è chi non sa staccarsi dal cappellino con visiera, quello che trasforma ogni bambino in un americano, e molti adulti in perfetti mammalucchi. Numerosi trentenni amano il cappellino nero di maglia stile *Qualcuno volò sul nido del cuculo*, che conferisce loro una rassicurante espressione da psicopatici. Alcuni quarantenni, infine, tentano di nascondere la calvizie portando dovunque la «bandana» alla pirata. Se insistono, lo diciamo ai bambini, che li demoliranno con una risata.

* * *

Quando si tratta d'alberghi, le guide turistiche sono reticenti. Stelle e asterischi dicono poco. Al viaggiatore interessano docce, telefono, luci, cuscini e cortesia. Ecco i voti su cinque alberghi dove ho alloggiato, e forse non mi lasceranno più tornare.

TURIN PALACE (Torino)
Doccia: 7. Lavarsi stile anni Settanta. Il primo piano è il deposito del passato prossimo.
Telefono 6. Ehi! Funziona.
Luci: 5. Entrate sereni, uscite malinconici. Entrate malinconici, uscite in lacrime.
Cuscini: 6. Effetto gommapiuma. Lasciate cadere la testa sul cuscino: rimbalza.
Cortesia: 6. Nessuno sorride. Guardate che è permesso. Sì, anche a Torino.

BRUNELLESCHI (Firenze)
Doccia: 8. Entusiasmante. Un'alluvione verticale.
Telefono: 4. Modello a conchiglia. Se la cornetta non è posata bene, sono guai.
Luci: 6. Si accendono e si spengono. È già qualcosa.
Cuscini: 7. Non ricordo. Forse dormivo. Buon segno.
Cortesia: 8. Allegri anche sotto intenso attacco turistico.

MAJESTIC (Roma)
Doccia: 8. Ottima.
Telefono: 7. Buono, va d'accordo perfino col computer.
Luci: 6. Ho lottato per accendere la lampada sul comodino. Tonto io o complicata lei?
Cuscini: 6. Uno duro, uno molle. Venti minuti per decidere qual è meno peggio.
Cortesia: 9. Veri professionisti. Ricordano i nomi dopo la prima visita.

TENNERHOF (Kitzbühel, Austria)

Doccia: 6. Teutonica con effetto scozzese (ogni tanto, acqua fredda).

Telefono: 6. Caro. Per collegarmi con un provider Internet di Salisburgo, ho speso 2600 scellini (oggi, circa 190 euro) in una settimana.

Luci: 6. Dove sono le prese a muro? O si ricarica il computer o si accende la lampada.

Cuscini: 7. Dopo lo sci, va tutto bene.

Cortesia: 5. Con uno sguardo, la proprietaria può trasformare Haider in Pippi Calzelunghe.

THE PIERRE (New York)

Doccia: 10. Un'esperienza mistica. Se arrivasse Jack Nicholson col ghigno di *Shining*, gli direste: «Dopo. Adesso non disturbare».

Telefono: 6. Il quadro-comandi di un aereo da caccia è più semplice.

Luci: 7. Con le lampade della camera si potrebbe illuminare Central Park (manca però un interruttore generale).

Cuscini: 9. Non è un voto, ma il numero. Nove cuscini sul letto (contati), compresi tre a forma di caramella. Se avete un marito, rischiate di non trovarlo più.

Cortesia: 9. Sorridono anche gli ascensori.

* * *

Dopo le mini-recensioni, ecco dodici Indiscutibili Verità Alberghiere (IVA). È bene conoscerle: non possiamo evitarle, ma almeno non ci roviniamo il fegato.

IVA n. 1 – Se nell'albergo non vi conoscono, vi rifileranno la Rumorosa, la Torrida o la Cupa (ovvero, le camere che non vuole nessuno).

IVA n. 2 – Se in un albergo ricordano il vostro nome a distanza di tempo, non compiacetevi. Cercate di ricordare, invece: come avete lasciato il bagno, l'ultima volta?

IVA n. 3 – Gli armadi degli alberghi sono inutili. Nessun viaggiatore di buon senso, infatti, chiude i vestiti là dentro, col rischio di dimenticarli alla partenza.

IVA n. 4 – Telefonare da un albergo è come invitare a cena Naomi Campbell. Si può fare, ma costa una fortuna. Meglio trovarla occupata (la linea, come Naomi).

IVA n. 5 – I saponcini sono come Monica Bellucci. Sembrano francesi, ma vengono dalla provincia di Perugia.

IVA n. 6 – Le pese degli alberghi rubano sempre qualche chilo. È un modo per farci felici, e non costa niente.

IVA n. 7 – I kit del cucito non servono a nulla. Nessuno li ha mai usati (salvo una coppia di Monza in un albergo di Firenze, nella primavera del 1987, ma l'episodio non è mai stato confermato).

IVA n. 8 – I pettini di plastica sono solo un modo di sostenere l'economia della Repubblica Popolare Cinese.

IVA n. 9 – Se lo shampoo è tanto scadente che non vi viene voglia di rubarlo, cambiate albergo.

IVA n. 10 – Non portate via le biro. Fuori dal loro ambiente, non sopravvivono.

IVA n. 11 – Se il minibar contiene un'aranciata che ha l'età della cameriera, lasciatela stare (l'aranciata, e la cameriera).

IVA n. 12 – Se, alla partenza, i proprietari dell'albergo ringhiano, non preoccupatevi. Hanno solo scoperto che avevate sul comodino questo libro.

* * *

Molte guide turistiche indicano i buoni alberghi, e i criteri per sceglierli. Ma come riconoscere un albergo cattivo? Ecco alcuni indizi. Uno solo non basta, ma due dovrebbero insospettirvi. Tre, preoccuparvi. Quattro, allarmarvi. Se un albergo presenta cinque di queste caratteristiche, scappate nel cuore della notte.

ALL'ARRIVO

1. Il portiere indossa un cilindro lucido e liso, e somiglia a Braccobaldo.
2. Il ragazzo dei bagagli sposta le vostre valigie con un calcio.
3. Al banco del ricevimento vi chiedono «Documenti!» con tono poliziesco.
4. La chiave della camera è appesa a un teschio.

SALENDO IN CAMERA

1. C'è un chewing-gum incollato allo specchio nell'ascensore.
2. Sul televisore sta scritto: «Benvenuta, signora Dal Boni!» (voi però vi chiamate De Longhi).
3. Nella «camera non fumatori» ci sono due portacenere.
4. Il frigobar presenta segni di effrazione.

IL BAGNO

1. Non c'è.
2. I saponcini sono nudi.
3. Il rubinetto emette un rantolo orribile e poi sputa acqua salmastra.

4. Ci sono le solite pantofoline di spugna. Usate, però.

SERVIZIO AL PIANO

1. La cameriera fuma in corridoio, appoggiata al muro come Marlene Dietrich.
2. Quando appendete il cartellino «Non disturbare», il cameriere entra e dice: «Perché?».
3. Ordinate la colazione, e arriva all'ora di pranzo.
4. Il personale è convinto che il passe-partout sia una verdura bollita.

DI NOTTE

1. Non c'è bisogno di oscurare le finestre. Tanto guardano contro un muro.
2. La coppia nella camera di fianco ascolta marce militari in luna di miele.
3. Il condizionatore è più rumoroso delle marce militari.
4. Vostro figlio vuol fare una ricerca di scienze sugli animaletti che ha trovato sotto il letto.

AL MATTINO

1. Servizio-sveglia. Una voce dice: «Dài, sbrigati».
2. Telefonate per sapere se potete avere la colazione in camera, e vi rispondono: «Certo. Vieni a prendertela».
3. Il cameriere arriva col caffè, vi guarda appena svegli, e si mette a ridere.
4. Nella sala-colazioni ci sono solo comitive tedesche che mangiano pane e mortadella (e l'unico quotidiano disponibile è stato usato per asciugare il pavimento).

ALLA PARTENZA

1. Chiedete di poter fare il «check-out» e vi rispondono: «Ci dispiace, non abbiamo la palestra».
2. Lunga coda per pagare, e una persona sola

alla cassa. Le altre sono chiaramente visibili nell'ufficio retrostante, mentre chiacchierano del più e del meno.

3. Il sorriso del personale è conteggiato tra gli extra.
4. Salite in macchina e dite alla famiglia: prossima volta, campeggio.

* * *

Minibar, se ci pensate, è un nome anni Sessanta. Le altre «mini» – gonne e automobili – hanno almeno cambiato modello. L'unico «mini» rimasto immutato è nascosto sotto il televisore nella stanza d'albergo, mimetizzato dentro un armadietto color legno. Talvolta il minibar è sigillato; altre volte è munito di chiave, consegnata all'arrivo con aria complice. Non sempre si apre facilmente; oppure si apre e non si chiude; oppure si apre, si chiude e non si riapre, inghiottendo l'apribottiglie, che gli albergatori amano occultare, temendo che qualcuno possa usarlo.

Tra i viaggiatori abituali, gli studiosi dell'argomento sono numerosi. Considerato il livello di molti programmi televisivi, il minibar è comunque uno spettacolo interessante.

Ce ne sono quattro tipi, classificabili secondo il contenuto. C'è il Minibar Monastico, che contiene solo una bottiglia di minerale di marca sconosciuta, conservata a temperatura ambiente. C'è il Minibar Banale, che offre una bottiglia di birra, una di Coca-Cola e una di acqua, insieme a un pacchetto di salatini che risale al quarto governo Andreotti. C'è il Minibar Normale (quanto sopra, più aranciata). C'è, infine, il Minibar Vizioso, che racchiude tutto ciò che il viaggiatore può desiderare (e anche quello che non desidera).

Prendiamo il Clift Hotel di San Francisco (quando l'ho visitato era in ristrutturazione, simpaticamente drappeggiato come una camera ardente). Nel minibar, oltre a una vasta selezione di bevande che comprendeva l'inquietante «Frappuccino» ($5), c'era una fornitura degna d'un ipermercato, non fosse stato per i prezzi (da $2.50 a $6.25): Althoids, Dry Snacks, Shortbread, Dry Cereals, Chocolate Bar, Granola Bar, Pringles, Pretzels, Snack Mix, M&M, Peanut, Oriental Mix, Cheese Crisp, Gourmet Logo Nut Packs, Gummy Bears, Pistachios, Biscotti, Smoky Almonds, Nabisco Line Air Crisp, Oreo e Nutter Butter. Concedetevi uno spuntino del genere: non riuscirete più a uscire dalla porta.

Il minibar del XXI secolo non si accontenta, però, di offrire generi alimentari. Spesso, è un negozio senza negoziante (bastano i clienti: voi). Il già citato Clift Hotel offriva, tra l'altro: spazzolino, rasoio e schiuma da barba, macchina fotografica monouso, pettine, mappa della città e una selezione di profilattici, pudicamente nascosta sotto il nome «Intimacy Kit». Nel magnifico Shutters on the Beach di Santa Monica (Los Angeles) – un posto dove i clienti normali sembrano attori e gli attori fingono di essere normali – è in vendita l'intero arredamento: stupendi portacenere di ceramica, CD musicali, un libro di Hemingway, videocassette, accappatoio, pantofole. Se ci pensate, è la prova che gli americani sono bravi a trasformare le tentazioni (turistiche) in occasioni (commerciali). «Ruba & Paga», potrebbe essere il loro motto. L'importante è indicare che certi articoli – doccia, letto, comodino, cameriera – non sono in vendita. Perché, diciamolo: chi se li può permettere?

Torniamo al minibar. È interessante notare come riveli il carattere nazionale dei viaggiatori d'affari (in milanese moderno: *businessmen*).

Gli americani tendono a essere ipocriti. Durante le colazioni di lavoro guardano il vino quasi fosse arsenico, e poi in camera si attaccano alle bottigliette di vodka come biberon. Francesi e tedeschi sono abitudinari. Cercano vini e birre nazionali, e guardano con sospetto la concorrenza. Gli inglesi sono ormai consumatori spensierati. Pagando in sterline, sono diventati gli sceicchi dello sperpero alberghiero.

Rimangono gli italiani. Noi siamo gli spigolatori del minibar: leggiamo la lista, scegliamo l'acqua minerale, guardiamo l'etichetta, vediamo che è francese, controlliamo il prezzo, decidiamo che è troppo cara e andiamo a bere dal rubinetto (è una forma di nazionalismo parsimonioso che ci fa onore). C'è addirittura chi apre il minibar per metterci in fresco la *sua* acqua. E chi prende la preziosissima Evian, beve, rabbocca, richiude, e fa finta di niente. Non neghi, ingegnere. Tanto, non lo dico a nessuno.

* * *

A proposito di minibar. I viaggi – come la politica, il sesso e il tifo – producono delicate ossessioni. Prendiamo il caso di CdP, noto giurista italiano. Si è innamorato delle mignonette, che non sono giovani bellissime studentesse, bensì piccole bottiglie di liquore che riproducono in formato ridotto la confezione normale. Le bevesse, sarebbe niente. Il guaio è che le raccoglie. Voi direte: che c'è di male? Aspettate. Il professor CdP chiede ad amici e conoscenti di contribuire alla collezione. La regola vuole che le mignonette non vengano pagate. Questo lascia ai malcapitati tre possibilità: il ritrovamento casuale («Toh, una bottiglietta di brandy lungo questo sentiero dell'Appenzello!»), il dono, e il furto.

Pensare a bande di studiosi italiani che manomettono i minibar del mondo, mi diverte. Capisco che il mio divertimento possa sembrare approvazione. Ma cosa ci volete fare: ho un debole per le debolezze umane, in particolare per quelle degli uomini di legge. Anche perché costoro amano rivestire le proprie malefatte di attenuanti e squisite finezze. Sapete come il professore chiama i suoi agenti? *Pickers*, i raccoglitori. Per facilitare il lavoro, spesso consegna loro doppioni della collezione, da lasciare nel frigobar al posto della mignonette asportata. Ma CdP accetta anche i contributi – scusate: la refurtiva – di un altro cleptoaccademico, specialista nel servirsi dai carrelli nei corridoi degli alberghi.

Il professore mi ha parlato di scambi clandestini coi francesi, di misteriosi siti Internet, di collezionisti americani impazziti per un bottiglino di centoerbe abruzzese. Ora punta su una confezione di mignonette prodotta per i carabinieri negli anni Settanta. L'uomo-chiave sarebbe un maresciallo in pensione, invitato a diventare *picker* in non so quale caserma dell'Arma.

Se il professore-mandante venisse colto con le mani nel sacco – scusate: sulle mignonette – vi terrò informati. L'importante è che la TV non capisca di chi si tratta. Dopo anni di insegnamento e prestigiose pubblicazioni, diventar celebre grazie a una bottiglietta di limoncello sarebbe crudele.

* * *

Ho un'idea per un dottorato di ricerca. Qualcuno dovrebbe studiare i simboli negli ascensori. O meglio, dovrebbe studiare coloro che li hanno inventati.

Salire è facile: dovendo arrivare al terzo piano, si preme 3. Il problema è scendere. L'idea di «piano terra» deve avere eccitato i progettisti, perché l'indicazione è sempre vaga. C'è la banale lettera T: vuol dire Terreno, anche e soprattutto quando l'uscita non è a pianterreno. Talvolta appare una P (Portineria? Portone?). In un condominio ho visto una U (di certo, Uscita); in un ospedale una R che ha dato luogo a una gara semantica tra i pazienti: c'è chi sostiene voglia dire Rialzato, chi Ritorno, chi *Rez-de-chaussée* («rasente il piano stradale», quindi pianterreno). Perché un ospedale italiano abbia simboli francesi non è chiaro. Molte cose, del resto, non sono chiare negli ospedali italiani.

Quando uno crede d'aver capito tutto, entra nell'ascensore di un albergo e viene preso dallo sconforto. Diversi hotel – pensando alla clientela internazionale, o per puro sadismo – adottano termini inglesi: L per Lobby (atrio), R per Reception (ricevimento), G per Ground Floor (pianterreno), E per Exit (uscita). Spesso c'è anche M (Mezzanine); talvolta l'uscita è indicata da una stella (☆). Un albergo di via Veneto a Roma usa, misteriosamente, Π (pi greco?). Sul quadro-comandi di certi ascensori può capitare di trovar scritto: M-E-G-R-L-☆. Voi non sapete quale pulsante premere; lo sa invece la famiglia tedesca che scende con voi. Peccato voglia andare da un'altra parte.

In America, come è noto (agli americani), il piano terra è il primo piano, e viene indicato con 1. Il visitatore straniero, poco pratico, premerà invece l'ultimo bottone, e finirà nel seminterrato – dove incontrerà altri europei, i quali giurano che, la prossima volta, scenderanno per le scale. Questo è un errore, naturalmente: non usare l'ascensore, negli Stati Uniti, è considerato un comportamento antisociale. Solo i ladri, gli adulteri e i pazzi scendono dodici piani di scale. L'ultima volta che ci ho provato – a San Francisco – mi sono trovato intrappolato al quarto piano, e sono finito nella festa di compleanno di un bambino cinese, dove peraltro mi sono trovato bene. Non avevamo argomenti di conversazione, ma i piccoli sapevano tutto degli ascensori.

* * *

I souvenir. È bene che qualcuno se ne occupi, perché di sicuro non lo fanno i compratori, come dimostra il numero di oggetti discutibili presenti nelle case italiane. I proprietari del toro-spagnolo-che-muove-la-testa potrebbero rispondere: «Caro Severgnini, "souvenir" significa "ricordare". E noi, grazie a quell'oggetto, il viaggio non lo dimenticheremo più» (innegabile, considerato l'oggetto).

I Souveniristi si dividono in otto categorie che, curiosamente, iniziano tutte con la stessa lettera: Naturalisti,

Nevosi, Napoleonici, Negoziatori, Ninnolisti, Negazionisti, Nullatenenti, Nebulosi.

I NATURALISTI – Così chiamati perché tendono ad asportare campioni naturali. Vegetali, minerali, perfino animali (farfalle, stelle marine). I Naturalisti non si accontentano di ammirare la natura, come le persone sagge. Vogliono portarne a casa un pezzo. Erich Fromm (*Avere o essere?*) si arrabbierebbe. Ma il vecchio Erich non è lì a controllare quando cercano di raccogliere un sacchetto di sabbia o un pezzetto di marmo da uno scavo archeologico. Ci sono anche Naturalisti buoni, naturalmente, che s'accontentano di usare una foglia come segnalibro. Ma ce ne sono di imbarazzanti. Le stelle alpine, quando li sentono arrivare, arrossiscono e fingono di essere papaveri.

I NEVOSI – Comprano solo ed esclusivamente paesaggi sottovetro; capovolgendoli, cade la neve. Possiedono piramidi sotto la neve, gondole sotto la neve, grattacieli sotto la neve, chiese sotto la neve, perfino montagne sotto la neve. I nipoti, quando li vanno a trovare, rabbrividiscono. Sanno infatti che prima o poi il Nonno Nevoso (o lo zio) tenterà di regalargli l'intera collezione.

I NAPOLEONICI – Amano piccoli busti da mettere sulla libreria, pronti a cascare sulla testa di amici e parenti. Comprano il David di Donatello a Parigi, e Napoleone a Firenze, ma sono felici comunque. Confesso di conoscere la categoria. Sulle mensole di casa Severgnini fanno mostra di sé John F. Kennedy, Lenin (2), Mussolini, Stalin, Umberto Bossi, Ho Chi Minh, Gorbaciov (2), un Asburgo non meglio identificato, Ronald Reagan, Mao Tse-tung e, appunto, un giovane Napoleone. Ho l'impressione che si guardino in cagnesco, ma finora non sono venuti alle mani (anche perché non le hanno).

I NEGOZIATORI – Il Negoziatore non compra per comprare, bensì per il gusto di trattare il prezzo. La sua casa sembra un deposito; ma tutto – vi spiegherà – è stato un vero affare. Volete innervosirlo? Domandategli quanto ha pagato quel vetro di Murano (comprato a Roma, scheggiato alla stazione di Milano). Alla risposta – qualunque risposta – dite: «Accidenti! Pensa, l'ho visto uguale a metà prezzo».

I NINNOLISTI – Riportano di tutto dai viaggi: basta che sia piccolo. Se è microscopico, meglio. Sono i profeti della miniatura, i maestri della riduzione, i principi del diminutivo. Tartarughine, orsetti, bamboline, pesciolini, tappettini, piattini. Una cagnolina dalmata in carne e ossa, tempo cinque minuti, può causargli danni per migliaia di euro. Se volete far la prova, vi presto la mia (Luna, detta «il Terrore del Ninnolista»).

I NEGAZIONISTI – Negano di comprare souvenir, o di collezionare alcunché. Poi scoprite che non si separerebbero mai dalla cintura (agghiacciante) comprata a Marrakesh, o dal maglione ricamato svedese con ganci di metallo, che li fa sembrare i cugini tonti di Babbo Natale.

I NULLATENENTI – Non lo sono, naturalmente. Fingono di esserlo per resistere alle pressioni familiari (figli esosi, mogli entusiaste dell'artigianato locale). Appena entra in un negozio, il Nullatenente comincia a lanciare sguardi sconsolati e assume un'aria da povero. O almeno così crede. In effetti, i venditori di souvenir conoscono il suo reddito annuale dopo un'occhiata. Approssimazione: + o – cinquemila euro.

I NEBULOSI – Non cercano souvenir: sono i souvenir che trovano loro. Il fenomeno è bizzarro e poco studiato. Accade questo. Ogni anno, la casa si riempie di oggetti di provenienza misteriosa, che hanno in comune una caratteristica: l'assoluta inutilità. Il Nebuloso non sa spiegarsene la presenza. Guarda il vasetto greco e la scatolina cinese, e li detesta. Ma non osa buttarli via. Sa che verrebbero rimpiazzati da un piatto provenzale e da un cavatappi lappone a forma di renna. Così si rassegna, e quando chiedete: «Questo da dove arriva?», risponde: «Non ricordo», come certi testimoni reticenti.

12

Le cose che facciamo
IN VACANZA

I viaggi di gruppo, ormai, sono la somma di tanti viaggi individuali (ciascuno coi propri obiettivi, desideri e capricci). Diversa è anche la percezione del mondo. Prendiamo il gruppo più piccolo: la coppia. Se Mario e Maria visitano New York, e tengono diari separati, faticheranno a credere d'aver viaggiato insieme.

TAXI

Lui: È straordinaria la varietà di questa città! Oggi abbiamo preso cinque taxi, e i conducenti venivano da cinque paesi diversi. O almeno così dicevano, perché alcuni non somigliavano per niente alle fotografie sul permesso esposto. Eppure tutti parlavano inglese. Un tale Jacek mi ha chiesto se ero di Londra! Maria era molto impressionata.
Lei: Prendere un taxi a Manhattan è un casino. Bisogna capire se la luce sul tetto è accesa o spenta, e poi si entra in un transatlantico a quattro ruote, con i sedili così sporchi che una vorrebbe mettersi sotto una salviettina. E i guidatori? Ragazzi! Oggi un tipo si è addormentato al volante e un polacco un po' strambo ha chiesto se Mario era inglese. Che fosse ubriaco?

GRATTACIELI

Lui: Questi grattacieli sono una sfida e un'emozione. Mi commuovo sempre quando vedo cosa riesce a fare l'uomo. Se penso alle Twin Towers, poi, non parliamone: erano così gagliarde! Oggi, per consolarci, siamo stati all'Empire State Building e alla Trump Tower. Gli ascensori salgono e zac! in un attimo ti ritrovi in cielo. Mi sento bambino, certe volte.

Lei: Ti pareva che Mario non mi parlasse delle Torri Gemelle – Twin Towers, le chiama lui, e non sa nemmeno pronunciarlo tanto bene. Per poi portarmi al solito Empire e alla Trump Tower. Posso dirlo? Questi due grattacieli saranno anche belli, ma cominciano a stufare. Dovrebbero mettere Ivana Trump a schiacciare i pulsanti degli ascensori. Almeno una le conta i gioielli, e il tempo passa.

STATUA DELLA LIBERTÀ

Lui: Nel pomeriggio ci siamo dedicati a Lower Manhattan. Hanno fatto le cose in grande, laggiù. Per costruire tanto, in Italia, ci vorrebbero un paio di secoli. Volevamo visitare Ellis Island e la Statua della Libertà, ma abbiamo deciso che era troppo turistico. Così siamo andati ad annusare un paio di *bookstores*, poi ci siamo fatti un *milkshake* e un *muffin*.

Lei: Oggi siamo finiti in basso. Hanno costruito come matti da quelle parti, non c'è che dire. Volevamo andare sopra la Statua della Libertà ma c'era una coda pazzesca per i traghetti (l'avevo detto a Mario ma lui: no, vedrai). Così siamo finiti in una libreria. Almeno c'era l'aria condizionata. Mario sfogliava i volumi con aria da intenditore. Forse guardava le figure, perché a leggere un libro in inglese lui ci mette un anno.

MANCE

Lui: Il sistema americano delle mance è brutale, ma chiaro. Occorre raddoppiare l'importo delle tasse. Lo si fa volentieri, in fondo, perché i camerieri sono pagati poco e sono cordiali. Oggi erava-

mo nel Village, e ci siamo fermati in un ristorante. Un po' caro, e con quello che ho lasciato di mancia potevo comprarmi un'altra camicia da Gap. Comunque, l'ho detto a Maria: questa è l'America, baby.
Lei: Ho sposato uno spilorcio. Dovevate vederlo. Eravamo in un ristorante e quando c'è stato da lasciare la mancia – quindici dollari – aveva i crampi. Ma sapeva che i camerieri ci tenevano d'occhio, e l'avrebbero inseguito se cercava di fare il furbo. Da filmare.

METROPOLITANA

Lui: Oggi siamo scesi nel subway. È un girone dantesco, ma che emozione. Mi sentivo Al Pacino. Rumori pazzeschi, facce incredibili, graffiti. Dovremmo farlo più spesso.
Lei: Oggi siamo scesi nel subway. Un posto di matti, e non riuscivamo a capire che treno dovevamo prendere per risalire verso il Lincoln Centre. Così siamo usciti a razzo. Voglio vedere se questa la racconta, il mio eroico consorte.

MUSEI

Lui: Quello che mi colpisce dei musei americani è la capacità di unire cultura e business. Prendiamo il Moma. Innanzittutto, il nome è simpatico. E poi tutto è chiaro, invitante, vendono un sacco di belle cose. Uno entra e gli viene voglia di imparare. Dovrei frequentare di più i musei anche in Italia.
Lei: Non lo reggo, quell'uomo. Va nei musei e non guarda i quadri: guarda le riproduzioni dei quadri nel negozio. Sarà stato là dentro un'ora. E mezz'ora nella caffetteria. Ma forse è meglio così, perché quando siamo andati in giro per le sale si è messo a dissertare d'arte moderna. Lui, che fino a ieri era convinto che Paul Klee fosse un terzino del Bayern. Ora in Italia avrà il pallino dell'arte moderna. Fino a Natale. Poi gli passa.

* * *

Quando siete in coda, guardatevi intorno. È un modo di passare il tempo, e apprendere alcuni meccanismi della società italiana. Qualunque coda va bene, ma le code delle vacanze sono le più interessanti. Escono infatti allo scoperto personaggi meritevoli di studio: i cosiddetti Codardi. Vediamoli uno dopo l'altro.

L'AFFANNATO – Piomba sulla coda col fiato grosso e gli occhi di fuori. Chiaramente, ha fretta. Confida nella mimica e nella gestualità. Se la coda (ai controlli di sicurezza in aeroporto, per esempio) capisce, tanto meglio: l'Affannato passerà davanti a tutti senza colpo ferire. Ma spesso la coda non capisce, o non vuol capire: qualcuno chiede il perché di tanta fretta. Si scopre allora che il volo dell'Affannato parte alla stessa ora degli altri. Colto in castagna, il gentiluomo si mette in fila, e tace.

L'ADOLESCENTE – È un ex bambino che s'è allenato a fregare gli sciatori in coda allo skilift. Diventato grande, usa questa tecnica per passare davanti a qualsiasi allineamento/assembramento. Conta sulla bassa statura (30% dei casi), sulla faccia angelica (30%), sull'aspetto preoccupante (borchie, cinghie, giubbotti stracciati: 30%). Il restante 10% non ha alcuna di queste caratteristiche. E viene beccato, pagando per tutti gli altri.

L'AFFIANCATORE – Abilissimo nell'affiancare una coda esistente, utilizza tutti i mezzi consentiti (anche quelli non consentiti): entrate secondarie, passaggi, aperture. Quando si avvicina alla fila in attesa, l'Affiancatore non zufola: ma è come se zufolasse. Guarda in giro, fa finta di niente. Poi, zac! È in coda. A quel punto non c'è più niente da fare: dirà di essere sempre stato lì.

L'ANGUILLA – Personaggio odioso, ma interessante. È il prestigiatore della coda. Giri la testa, e lo vedi dietro di te; alzi gli occhi, ed è accanto a te; guardi di nuovo, e sta cinque metri avanti. Come ha fatto? Non lo sa neanche lui, ma una cosa è certa: l'Anguilla è un rettile, qualunque cosa dica la zoologia.

L'ARROGANTE – L'Arrogante supera la coda con spavalderia, e conta sulla pavidità dei presenti. Spesso gli va bene. Le persone in fila belano qualche protesta, e finisce lì.

IL CONFUSO – Tra tutti, il personaggio più affascinante. Il Confuso è un attore. Finge di non aver capito la situazione, e si porta davanti alla coda. Oppure chiede informazioni alle prime persone della fila, e poi rimane lì. Quando capite cosa ha fatto, vorreste strangolarlo. Ma non potete. È troppo avanti.

LA DIVISA – Maestri di sci, forze dell'ordine, personale di soccorso, bigliettai: basta una divisa, in Italia, per superare una coda. Quasi sempre c'è una giustificazione per questo; e allora, niente da obiettare. Ma qualche volta la giustificazione non esiste. La questione è: come capirlo? È lo stesso problema delle ambulanze. Quando passano lampeggiando ci si chiede: esiste un'urgenza, o il guidatore ha la pasta che scuoce?

LA FAMIGLIA NUMEROSA – Avete solo dieci persone davanti a voi: ma ognuna viene raggiunta da uno o più famigliari (figlio, cognata, fratello con tre bambine). Non avete cuore di protestare. Alla fine v'accorgete di avere trenta persone davanti a voi.

LO GNORRI – Salta la coda e fa finta di nulla. Quando viene beccato («Ehi, tu! Mettiti in fila come tutti gli altri!»), si profonde in scuse e salamelecchi. Non fidatevi: è il parente pavido dell'Anguilla.

SOLO-UNA-DOMANDA – Personaggio ben noto in ogni fila italiana. Arriva, sventolando un biglietto (foglietto, appunto, documento di incerta provenienza) e grida: «Solo una domanda!». Quando è allo sportello, si scopre che doveva fare la stessa cosa di tutti gli altri. Ma ormai è tardi.

IL SONNAMBULO – Il sonnambulo è uno Gnorri alla seconda potenza. Molto attivo di primo mattino, intorno alle code assurde che da qualche tempo si formano a Linate. Come uno zombie si dirige verso il metal-detector, superando tutti. Colpitelo alla nuca con la borsa: si sveglia e torna indietro.

LO ZUZZURELLONE – Le code sono un rischio, esattamente come certi pranzi: non si sa mai chi ci si trova di fianco. Può andare bene, può andare così così, può andare male. Come quando, in coda, ci troviamo insieme con Zuzzurellone: un simpatico signore che fa continuamente lo spiritoso, quasi si divertisse a stare in coda davanti a una biglietteria, schiacciato come una sardina. Come comportarsi? Suggerisco di salirgli con noncuranza sul piede, con tutto il proprio peso. Il malcapitato urlerà, è vero. Ma almeno smetterà di ridere.

* * *

Le famiglie che sciano sono interessanti: quando partono, quando salgono, quando scendono, quando sgridano i figli che non vogliono scendere, o scendono troppo in fretta. L'antropologia sportiva non sarebbe completa, se non ci occupassimo di questi gruppi sociali, che hanno subìto, negli anni, profonde mutazioni. Quand'ero piccolo, le famiglie in montagna erano organizzazioni militari; oggi sono una forma di commedia all'italiana.

Osservatela, la Famiglia media. Non ha un'attrezzatura media, per cominciare. I bambini sono dotati di sci carving, scarponi aggressivi, occhiali antiappannamento, tute impermeabili. Nonostante questo, si lamentano; e i genitori corrono a soccorrerli. Consideriamo una giornata-tipo: dalla partenza (Milano) all'arrivo (Monte Pora, Bergamo). Cento chilometri di strada, seguiti da dieci ore di delicati passaggi psicologici.

Ore 8. La Famiglia è pronta. Papà grida che ai suoi tempi, a quest'ora, era già a Clusone. I bambini, che non sanno dov'è Clusone, bofonchiano. Poi estraggono il Game Boy, pieno di piccoli Pokémon più irascibili di loro.

Ore 8.20. La Famiglia è ferma. Il piccolo Nicolò vuole il cappuccino, che non gli è mai piaciuto. Mamma dice che bisogna fare una buona colazione, prima di sciare. Papà dubita che si arriverà mai, a sciare.

Ore 9. Superata Bergamo, la strada sale. Papà, euforico, grida: «Allacciarsi gli scarponi!». Nicolò e Martina non ci pensano nemmeno. Forse riescono a catturare Zapdos (Pokémon elettrico), e non possono distrarsi.

Ore 10. Arrivo, posteggio, prime difficoltà. Papà mette i guanti per scaricare gli sci, spoglia i guanti per mettere gli scarponi ai figli, rimette i guanti per chiudere i propri, rispoglia i guanti per pagare gli abbonamenti giornalieri. Rimetterebbe ancora i guanti per sciare: ma i guanti non si trovano più. Chi ha preso i guanti!? Il problema tiene impegnata la Famiglia per cinque minuti.

Ore 10.05. I guanti erano in tasca di papà. Tutti fanno finta di niente.

Ore 10.20. Finalmente, in coda per la seggiovia. Il piccolo Nicolò non riesce a infilare il giornaliero nella macchinetta, e papà si lancia attraverso un muro umano per aiutarlo. Quando lo raggiunge, Nicolò ce la fa da solo.

Ore 10.30. La seggiovia è a quattro posti e la Famiglia cerca di salire insieme. Ma altre famiglie, gruppi di amici e doppie coppie vogliono fare lo stesso. Risultato: su ogni sedile a quattro posti salgono tre, due o una persona. Qualche volta nessuna, perché nel tentativo di salire insieme gli sciatori creano ingorghi viziosi. Questo innervosisce il personale degli impianti, i cui commenti in bergamasco non si possono riferire qui.

Ore 11. Pronti per sciare. A Nicolò scappa la pipì. Ma gli alberi non gli vanno bene: vuole un bagno. Papà ricorda i molti alberi che ha gioiosamente innaffiato in gioventù, e i figli sbadigliano. Sbadigliare e insieme fare la pipì è difficile. Nicolò, infatti, bagna i pantaloni. Mamma lo consola; papà grugnisce.

Ore 11.10. Tutti in pista!

Ore 11.12. Suona il cellulare nella tasca di mamma. Tutti fermi. Gli amici informano di essere su un'altra pista. Comincia un vorticoso giro di telefonate per darsi un appuntamento.

Ore 12. Finalmente si scia tutti insieme! Papà chiede per la quinta volta ai figli se sono contenti degli sci nuovi. I bambini rispondono a monosillabi. Papà, seccato, ricorda che sono un regalo. Loro ribattono: sei tu quello che ci tiene a sciare con noi; e sciare senza sci, non si può. Papà incassa e tace. Poi mostra come portare il peso sulle caviglie e cade faccia nella neve. La mamma sussurra: «Ragazzi, non ridete!». Loro obbediscono, ma si danno il cinque.

Ore 13.30. Colazione nel rifugio. Papà vuole la polenta, i figli due Mars a testa. Mamma fa da mediatrice: un panino ciascuno. Nicolò chiede se può giocare col Game Boy, ma papà minaccia di dirgli il nome di tutte le montagne. Il bambino rimette in tasca il gioco, sul quale cadrà rovinosamente alla prima discesa. Papà spera che sia rotto e/o congelato. Nulla da fare: il Game Boy è robusto.

Ore 14.30. Si riprende a sciare. Papà grida: «Non è bellissimo?». Martina si guarda intorno speranzosa: «Chi?».

Fine.

P.S.: So che mancano ancora due ore di sci, il rito dell'estrazione degli scarponi e il ritorno a Milano in coda. Ma ormai mi sono immedesimato nel papà, e a questo punto sono stanco anch'io.

* * *

Esiste ancora il «tipo da spiaggia»? Certo. Solo che oggi si riveste, e va in giro tutto l'anno. Sulla spiaggia d'estate, in sostanza, si allena.

L'UOMO CHE TRILLA – Gli ornitologi danesi si sono accorti che alcuni uccelli, a Copenaghen, hanno cominciato a imitare i trilli dei cellulari. Se i volatili danesi scendessero su una spiaggia italiana, rimarrebbero sconvolti. La varietà di suonerie è strabiliante; e c'è chi le vuole provare tutte. L'Uomo che Trilla mostra ai vicini i suoni che il suo maledetto telefono riesce a produrre. Per opporsi, c'è solo un modo. Approfittando di un momento di distrazione, fate scivolare l'apparecchio in una buca nella sabbia. Poi, ricoprite. Quando il telefono suonerà, l'Uomo che Trilla sarà diventato L'Uomo che Scava. È un po' crudele, ma indimenticabile.

LA DONNA CHE PARLA – L'ombrellone italiano è il progenitore del talk-show: un luogo dove si discute troppo e invano. La Donna che Parla ama raccontare le vicende della famiglia/salute/vacanza. In effetti, non si rivolge a voi. Ricapitola, invece, la propria vita. Voi siete solo un registratore. Non per nulla, ogni tanto dice: «Dov'ero arrivata?». In questo caso, dovete imitare il suono del nastro che si riavvolge, contorcendovi sulla sedia a sdraio. La signora non capirà, ma i bambini presenti si divertiranno un mondo.

IL BAMBINO CHE PIANGE – La saggistica si è occupata spesso del Bambino che Piange. È un puro stereotipo italiano. I bambini tedeschi, infatti, dopo i due anni, meditano; quelli americani, trattano; quelli inglesi, obiettano; quelli francesi, contestano. Nessuno sa perché piange, il Bambino italiano che Piange. Ma piange. Se i genitori lo ignorano, piange. Se gli dicono di smettere, piange. Se gli comprano il cocco, lo getta nella sabbia: poi piange. Per difendersi, la cosa migliore è buttarsi in mare.

Ma attenzione! Alcuni bambini hanno imparato a piangere anche con la maschera e il boccaglio.

* * *

Si parla spesso di inquinamento acustico. Il termine è troppo sofisticato. Diciamo che alcuni rumori estivi rompono francamente le scatole. A quelli tradizionali (motorino con marmitta manomessa), se ne sono aggiunti di nuovi. Ecco una hit-parade che, sospetto, molti di voi si sentiranno di sottoscrivere (in caso contrario, sono santi o sordi).

10. Un classico: l'allarme dimenticato. Per legge non può durare più di un certo tempo. Ma poi riprende, non preoccupatevi.
9. I videogiochi. Molti esercizi hanno avuto l'insana idea di piazzarli in ristoranti, mense, bar, pizzerie, tavole calde. Emettono rumori straziantì (così, per puro sadismo), anche quando nessuno sta giocando.
8. Il terrificante risucchio dello scarico del bagno sugli aeroplani. Unito all'orrendo odore del deodorante, costituisce un'esperienza indimenticabile.
7. La sirena delle navi (se non vi hanno avvertito prima).
6. Il furgoncino del 1977: quando passa, interrompe ogni conversazione. Nessun incentivo alla rottamazione convincerà il proprietario a sostituirlo. Disturbare, da solo, un intero quartiere gli procura una gioia indicibile.
5. L'infante incattivito (vedi sopra). Non piange, ulula. Se lo guardate, smette: ma è solo per riprendere fiato.
4. La TV serale e notturna. Ma quanti telegiornali vedono, i vostri vicini?

3. L'altoparlante. Venditori, organizzatori, animatori: all'alba del terzo millennio, hanno scoperto il potere di megafoni, amplificatori e altoparlanti. Impossibile non sentirli. Unica difesa: riempirli di sabbia (megafoni e altoparlanti; ma anche venditori-organizzatori-animatori, se càpita).
2. La musica al ristorante. Esistono locali che curano l'ambiente, la cucina, la lista dei vini, il servizio. Poi si sintonizzano su una radio locale che vomita musica tecno. Il mio ricordo peggiore: la terrazza di un rifugio a Selva di Val Gardena. Protestavano anche le montagne.
1. La SSS (suoneria superbamente sciocca) del cellulare dell'amico. La prima volta che la senti, ti piace: è divertente. La seconda volta pensi: l'ho già sentita. La terza volta dici: non ce n'è un'altra? La quarta volta sbuffi: ancora! La quinta volta gridi: bastaaaaa!

* * *

Negli ultimi anni il DPEF (Denudamento Pubblico Erotico Femminile) è avvenuto per gradi e per zone. Dopo la schiena il ginocchio, dopo il ginocchio la coscia, dopo la coscia il seno. Alcune hanno pensato di andar oltre; ma vigili, voyeur, scottature e sabbia suggeriscono prudenza.

Ora siamo all'ombelico, che festeggia la sua età dell'oro. Ai tempi dei primi bikini aveva troppa concorrenza: glutei e seni lo mettevano in ombra (si fa per dire). Oggi invece l'ombelico occhieggia tra la maglietta e la gonna, o fa capolino sopra i pantaloni (non solo d'estate; prima o poi dovremo scongelarlo). Non può passare inosservato. Talvolta vien voglia di rivolgergli la parola. In molti casi, infatti, appare dotato di personalità.

Ci sono gli Ombelichi Profondi: piccoli crateri pensosi, consapevoli del ruolo che hanno avuto nella Vita. Ci sono gli Ombelichi Americani: sembrano sorrisi radiosi, e hanno un nome adatto (*belly-buttons*, bottoni della pancia). Ci sono gli Ombelichi Contorti: personalità interessanti, talvolta sono la prova di un carattere difficile (dell'ostetrico, un giorno lontano). Personalmente non amo l'Ombelico Inanellato (crudele) e l'Ombelico Pallido (triste, ma poi si abbronza); mentre ho simpatia per gli Ombelichi a Stella, che irradiano buon umore e intelligenza. Molti sono più espressivi delle proprietarie. E questo, effettivamente, è un problema.

* * *

Domanda: perché le ragazze di vent'anni, più sono belle, più sembrano arrabbiate? Amori infelici, problemi finanziari, scarpe strette, digestione?

Me lo sono chiesto durante l'unica (e ultima) visita al Billionaire, il celebre locale di Porto Cervo dove la monade di Naomi Campbell (ovvero: lei non c'era, ma avrebbe potuto esserci) era sufficiente per eccitare il provincialismo mondano che aleggia in Costa Smeralda, insieme al profumo dell'elicriso e del rosmarino. Sia chiaro: il posto (nome a parte) è adeguato. Tranquillo, non troppo grande, con tanto di quel personale che all'ospedale Cardarelli di Napoli se lo sognano. Suonano musica anni Settanta che consola noi quarantenni finché non ci rendiamo conto che *Staying Alive*, per quella ragazzina che passa con un tovagliolo al posto della gonna, è come *Smoke Gets in your Eyes* per noi alla sua età: antiquariato.

C'è una differenza, però. Noi, quando uscivamo la sera, sorridevamo (qualcuno, addirittura, rideva). Miss Tovagliolo avanza invece nel locale, e non sorride. Ha un passo da pantera, ma un'espressione da medusa. Si guarda intorno corrucciata, si sistema il tovagliolo sui fianchi e scompare dietro un angolo, tirandosi dietro il solito trentenne col pizzetto, vestito di nero, con l'aria sbalordita di un pescatore di frodo sorpreso all'alba dalla guardia costiera (avete notato? Un tempo, nei locali, le ragazze sembravano accessori. Oggi tocca ai ragazzi. Scommetto che la fanciulla ne tiene nell'armadio due di riserva, uno bianco e uno blu, e li cambia a seconda del vestito).

La signorina Tovagliolo non era l'unica ad avere l'espressione schifata. C'erano un paio di ventenni altezzose che esibivano l'ombelico (vedi sopra), come se al mondo fossero le uniche a possederlo. C'erano tre amiche imbronciate che parlottavano tra loro, e dovevano gridare perché l'avantreno di ognuna impediva di avvicinarsi più di tanto. C'era una tipa che portava una gonna così corta che, per un momento, ho pensato fosse un collare: incavolata pure lei.

Ora io vi chiedo, ragazze. Se avete quella faccia quando venite a divertirvi, come vi svegliate al mattino? Guardate che un giorno avrete un figlio, un gatto, un marito: e quelli si spaventano.

* * *

Gli italiani, come gli agenti segreti dei film, non tolgono gli occhiali da sole nemmeno durante le presentazioni. Fascino, abitudine o maleducazione? Non ho ancora deciso.

Prendiamo Antonio Di Pietro. In diverse fotografie e filmati, l'ex magistrato saluta qualcuno, e lo fa senza togliere gli occhiali scuri. Non è il solo. Anzi: è in compagnia di tre quarti della popolazione italiana (l'ultimo quarto non usa occhiali da sole). Si tratta di un'abitudine curiosa, che non manca di sconcertare gli stranieri. In America, per esempio, l'occhiale scuro a tempo pieno è consentito, ma solo alle dive di Hollywood, ai piloti da caccia (in italiano: top gun), alle persone con problemi oftalmici e agli spacciatori (in Gran Bretagna, invece, il problema non si pone: cosa se ne fanno gli inglesi degli occhiali da sole, se non hanno il sole?). In tutte le altre parti del mondo, la buona educazione impone di guardare negli occhi le persone con cui parliamo.

Esaminiamo il fenomeno con calma. Come si spiega che l'Italia in vacanza diventi una nazione di Blues Brothers? Non può essere la violenza della luce. In un paese di occhi prevalentemente scuri, è impensabile che le persone non resistano un attimo senza occhiali da sole, mentre dicono: «Salve, sono Filippo e faccio il geometra» (oppure: «Buongiorno, mi chiamo Antonio, e faccio il leader referendario»).

Questo bizzarro comportamento si spiega, forse, attraverso una combinazione di elementi. Il «sintomatico mistero» di cui parla Franco Battiato in una canzone (l'occhiale scuro fa sentire più affascinanti); la timidezza (l'occhiale scuro fa sentire protetti); la possibilità di guardare senza essere visti; e una robusta dose di inconsapevole scortesia.

Tengo a sottolineare l'aggettivo: inconsapevole. Le cose bislacche che noi italiani facciamo – e sono parecchie – hanno spesso questa spiegazione: non le facciamo apposta. Ma questa è una scusa che, nel mondo civile, gli individui smettono di usare intorno ai nove anni («Mamma, giuro! Non l'ho fatto apposta!»). Mentre noi, che siamo i bambini del mondo, proseguiamo imperterriti. Il guaio è che siamo simpatici e ci perdonano, così non cambieremo mai.

* * *

Con la bella stagione escono le tartarughe, arrivano le rondini e sbucano gli uomini-sandwich. Dico «uomini», ma le donne non sono messe meglio. Gente che gira con magliette decorate col nome dello stilista che (non) le ha prodotte (sono fatte in Asia); incolla adesivi grandi come cartelli pubblicitari; indossa felpe dove il marchio non è un segno discreto, ma una bistecca stampata sul petto. Certi cappellini, vent'anni fa, li mettevano solo i gelatai allo stadio; oggi li hanno in testa i dirigenti d'azienda. Questo sarebbe niente. Il bello è che li hanno comprati.

Il fenomeno è noto, ma vi invito a riflettere. Per portare in giro un marchio dovrebbero pagare noi: invece siamo noi che paghiamo loro. La logica vorrebbe che, se mi offrono un berretto con scritto Autofficina Fratelli Schifosi, io dica: «D'accordo, cari Schifosi. Datemi un euro al giorno, trecento euro l'anno con lo sconto. Vi foste chiamati Botticelli, sarebbe stato diverso. Ma, con quel nome, di meno non posso fare». Invece no. Gli Schifosi sono convinti di avermi fatto un regalo, e s'aspettano che io indossi il loro cappellino. L'anno prossimo americanizzeranno il nome (Lousy Brothers, Skif Bros, AFS Co.), e faranno anche le magliette.

Il fenomeno non è solo italiano. Il mondo è pieno di individui che fumano, e comprano pure un giubbotto con stampato il marchio delle sigarette (così, tra un colpo di tosse e l'altro, non rischiano di dimenticare chi li ha conciati così). Noi, però, ci mettiamo solerzia e fantasia. Gli studenti non indossano la felpa col nome della loro università italiana; ne scelgono una col marchio di un college americano. Quando si sono innamorati della giacca Barbour, i ragazzi-bene si sono accorti con orrore che non si vedeva il marchio; i produttori, che non sono sciocchi, hanno provveduto a riprodurlo su una spilletta dorata.

Case automobilistiche, radio private, bar, alberghi, agenzie di viaggio, colossi dell'elettronica, marche di birra: tutti hanno pronto qualcosa che noi pagheremo per indossare, regalare, incollare, sventolare. Scendesse un marziano, penserebbe che siamo matti. Poi darebbero un cappellino anche a lui, e ripartirebbe contento.

* * *

Abbiamo parlato, all'inizio del capitolo, dei maghi delle code. Ora studiamo i Postiferi, i moderni orchi dei posti a sedere. Quelli che lasciano un cappello, un giornale, un nipote o un asciugamano «per tenere il posto».

È un'azione meschina, naturalmente. I posti non si tengono: si occupano (e si cedono agli anziani, alle persone in difficoltà e alle ragazze con cui si vuole far conoscenza). Quando salgo su un traghetto e vedo file di borse e cappellini sui sedili, vorrei buttare tutto in mare. Poi, di solito, scelgo una ritorsione più crudele: aspetto. Di solito, vengo ricompensato. Chi mette sette cappellini e tre borse per occupare dieci posti e poi va al bar, ha una faccia che vale un documentario.

I Postiferi cronici sono inquietanti. Ma di questa perversione esiste una forma blanda ed episodica, e prende personaggi insospettabili. Sono certo che tutti avete buoni amici i quali, all'ingresso di un ristorante, si buttano come faine sui posti migliori. Non sono cattivi, né egoisti. Uno psicanalista direbbe che hanno avuto una scuola materna difficile (poche sedie, molti bambini); un etologo ricorderebbe il comportamento di alcune specie animali nella savana.

Io non so perché gli uomini moderni (e le donne!) provino questo desiderio di occupazione fisica. I moderni Postiferi non sono pionieri del Far West, non sono nazisti ansiosi di invadere la Polonia, non sono parlamentari in cerca di un incarico di sottogoverno. Eppure, occupano: tavolini nei caffè sulle piazze, poltrone nei cinema all'aperto, pezzi di prato prima dei concerti. L'odioso Postifero della tavola calda lascia quattro felpe e blocca un tavolo, poi si mette in coda. Così voi, che eravate arrivati prima di lui, girate come zombie col vassoio in mano. Non avete il coraggio di sedervi a quel tavolo vuoto. Invece, dovreste. E le felpe? Nessun problema. Possono servire come tovaglictte.

* * *

Mai dire a un ospite: «Fai come se fossi a casa tua». Potrebbe prendervi alla lettera. A casa propria molta gente

– più di quanta immaginate – guarda la televisione in mutande, e io non vorrei che i miei ospiti girassero in mutande. Un altro invito sconveniente è: «Evitate le formalità». Le formalità – quando sono limitate e ragionevoli – sono la salvezza del mondo. Rinunciarvi, di tanto in tanto, è liberatorio. Rinunciarvi sempre è controproducente. Vuol dire che ogni volta dobbiamo crearci regole su misura, operazione faticosa.

Le vacanze sono il periodo dell'anno in cui questi due capisaldi della civiltà – un po' di stile, un minimo di formalità – corrono i maggiori pericoli. Sulle barche e nei camper, per mancanza di spazio e scarsità di servizi igienici, avvengono episodi incresciosi. Sulle spiagge si commettono gravi reati di gusto (non posso descriverli qui: non sarebbe di buon gusto). Nei campeggi si aggirano bruti con la barba lunga e un asciugamano sulla pancia (loro si rilassano; ma io mi spavento). Dalle automobili, trent'anni fa, uscivano i gomiti. Adesso – l'avete notato? – sbucano piedi.

Di chi è la colpa? Degli americani, naturalmente (ve lo dice un amico dell'America). Sono loro gli inventori della filosofia *casual* – un vocabolo di terribile potenza, in grado di rincretinire il mondo. L'ho scritto, in passato: il termine *casual*, in America, non ha nulla a che fare con le sofisticate variazioni di vestiario che in Italia vanno sotto lo stesso nome. Il *casual* americano è più vicino all'etimologia del termine: abiti e scarpe scelti a caso, e indossati senza rispetto di alcuna regola, se non quella dell'assoluta e irrinunciabile comodità di chi li porta. Una buona impressione estetica diventa irrilevante. Perfino i cattivi odori – dai quali, negli Usa, sono terrorizzati – acquistano la leggerezza di un'opinione.

Quindi, attenzione. Difendiamoci, finché siamo in tempo.

* * *

«*Living out of a suitcase*» vuol dire, più o meno, «vivere con quello che ci sta in una valigia». Lo facciamo, in vacanza. Questo non ci insegna niente?

Pensate a tutte le cose di cui abbiamo fatto a meno: ai gadget, agli apparecchi, agli accessori e agli ammennicoli che abbiamo dovuto lasciare a casa. Eppure ce la siamo cavata, e molti di quegli oggetti non ci sono mancati. Certo: alcuni di noi sono saliti in aereo spacciando un baule per bagaglio a mano; altri hanno le seconde case stracolme come le case in città; altri ancora sono partiti in roulotte (camper, motorhome, tende) portandosi dietro tutto, per illudersi d'essere a casa lontano da casa. Ma la maggior parte di noi ha sperimentato la sobrietà involontaria, l'unica di cui siamo capaci. Ha scoperto, costretta da un viaggio o da una vacanza, che molte cose non sono necessarie.

Non sto predicando contro il consumismo: già fatto da altri, e pochi hanno ascoltato. E neppure invito ad adottare regole di vita monacali (non funzionerebbe: a Milano, dopo un mese, ci sarebbe il saio corto, il saio di seta e quello firmato da due ex frati che hanno scoperto l'amore e la partita Iva). Sto solo cercando di dire che siamo assediati da necessità fasulle, che partoriscono oggetti inutili, repliche e doppioni. Se due occhi hanno senso, non sono sicuro si possa dire lo stesso per due cellulari, tre riproduttori CD, quattro orologi, cinque occhiali da sole, dieci cinture, venti maglioni, trenta paia di scarpe.

Certo: d'inverno abbiamo bisogno di più abiti (per l'esterno) e di più gadget (per l'interno). Compriamoli, se ci piacciono. Siamo gli Stati Esauditi d'Europa, e al di là di qualche veloce commozione, non rinunceremo alla gioia di viziarci. Non facciamoci ingannare dal «No Logo»: è solo l'ultimo logo. Acquistiamo pure le marche, quando garantiscono qualcosa, e non ce lo fanno pagare in maniera forsennata.

Ma, insisto: ripensando alla valigia, impariamo a distinguere l'essenziale, il piacevolmente superfluo e l'assolutamente inutile. Sarebbe un modo di riportare dalle vacanze qualcosa di più duraturo dell'abbronzatura.

Indice

MANUALE DELL'UOMO DOMESTICO

L'autore

Beppe Severgnini scrive per il «Corriere della Sera» dal 1995 e dal 1998 conduce il forum «Italians» (www.corriere.it/severgnini). È stato corrispondente in Italia per «The Economist» (1996-2003) e nel 2004, a Bruxelles, è stato votato «European Journalist of the Year». Il suo lavoro giornalistico, dal 2007, viene distribuito dal «New York Times Syndicate».

I libri, pubblicati in Italia da Rizzoli, sono best-seller. Beppe Severgnini ha scritto tre ritratti nazionali: *Inglesi* (1990), *Un italiano in America* (1995) e *La testa degli italiani* (2005). Due libri sulla lingua: *L'inglese. Lezioni semiserie* (1992) e *L'italiano. Lezioni semiserie* (2007). Due libri di viaggio: *Italiani con valigia* (1993) e *Manuale dell'imperfetto viaggiatore* (2000). E un'autobiografia, che gli è molto cara: *Italiani si diventa* (1998).

Un italiano in America, col titolo *Ciao, America* (Doubleday, 2002) è diventato un National Bestseller negli USA. *La testa degli italiani*, col titolo *La Bella Figura* (Doubleday, 2006) è stato New York Times Bestseller, ed è tradotto in otto lingue.

Appassionato di calcio, Beppe scrive per la «Gazzetta dello Sport» dal 2001 ed è autore di una multipla dichiarazione d'amore alla squadra del cuore: *Interismi* (2002), *Altri interismi* (2003) e *Tripli Interismi!* (2007). I tre volumi sono raccolti nel *Manuale del Perfetto Interista* (2007).

Beppe Severgnini ha scritto e condotto le trasmissioni televisive *Italians, cioè italiani* (RaiTre 1997), *Luoghi Comuni. Un viaggio in Italia* (RaiTre 2001 e 2002). Dal 2004 collabora a SKY Tg24 con interviste, conduzioni e interventi (*Severgnini alle 10, Zona Severgnini, America 2008*). Nel 2006 ha condotto un viaggio nei Mondiali di Germania per Sky Sport. Dal 2007 collabora a RadioMontecarlo.

Beppe è nato il 26 dicembre 1956 a Crema (Cremona), dove ha studiato fino alla maturità classica. Laureato in diritto internazionale a Pavia, dopo un periodo presso la Comunità Europea a Bruxelles è stato corrispondente a Londra per «il Giornale» di Montanelli (1984-1988), inviato in Europa Orientale, Russia e Cina (1988-1992), distaccato presso «The Economist» a Londra (1993), corrispondente a Washington D.C. per «la Voce» (1994-1995).

Ha insegnato a Middlebury College, Vermont (2006) e nelle università di Milano-Bocconi (2003), Parma (1998) e Pavia (2002), che lo aveva scelto come «laureato dell'anno» per il 1998; e ha tenuto lezioni in molte altre università, in Italia e all'estero.

Nel 2001 Elisabetta II gli ha conferito il titolo di Officer of the British Empire, O.B.E.

È sposato con Ortensia e ha un figlio, Antonio.

www.corriere.it/severgnini

Manuale dell'imperfetto sportivo

Un lungo viaggio dentro l'acqua e sulla neve, oltre il tennis e nel golf, tra tentativi di pescare e palleggi maldestri, salite in bici e discese con gli sci, calcio sotto il sole e motociclette nella pioggia.

Saggi - Pagine 272 - ISBN 1700531

✧

Manuale dell'imperfetto viaggiatore

Uno sguardo ironico e divertito ai viaggiatori italiani di questi anni. "Se ho saputo descrivere la commedia umana che circonda i nostri viaggi, il motivo è uno solo: tra gli attori ci sono anch'io, e di solito mi diverto come un matto."

Saggi - Pagine 240 - ISBN 1712742

✧

Manuale del perfetto interista

Tornano *Interismi*, *Altri interismi* e *Tripli interismi!*, con una nuova introduzione, "La lunga marcia neroazzurra", e un'appendice, "100 piccoli interismi". Un secolo di eroismi, follie, curiosità; e scivoloni, miraggi, tentazioni di mollare tutto. Ma non abbiamo mollato.

Extra - Pagine 476 - ISBN 1701883

✧

Manuale dell'uomo domestico

L'Uomo Domestico è l'Italiano Normale. Quello che cerca di fare dieci cose insieme, ma non ha abbastanza mani. Quello che compra la mountain bike, e scopre che ci sono le salite. Un ritratto che coinvolge mogli e figli, fidanzati e mamme, amiche e colleghi.

Saggi - Pagine 352 - ISBN 1700013

English Books

An Italian in America

America reveals itself in the little things. And to discover them, you need the inquisitiveness of a new arrival and the patience of a beachcomber, one of those mildly inappropriate individuals who roam the shores in search of small treasures. The seashore is America. The mildly inappropriate individual is me.

Saggi - Pages 288 - ISBN 1712553

✧

An Italian in Britain

An Italian in Britain irreverently explores a sampling of such British eccentricities as the mystery of the sinks with separate hot and cold taps, the secret of the millions of girls who go bare legged in the middle of winter and can't say why and much more.

Saggi - Pages 320 - ISBN 1710043

✧

An Italian in Italy

Ten days, thirty places. From north to south. From food to politics. From saintliness to sexuality. This ironic, methodical, and sentimental examination will help you understand why Italy – as Beppe says – “can have you fuming and then purring in the space of a hundred meters or ten minutes”.

Saggi - Pages 320 - ISBN 1701734

